Das Buch

Eine Gruppe ehemaliger kalifornischer Studenten sieht sich mit ihrer fast vergessenen Vergangenheit konfrontiert: Während der Weihnachtsfeiertage 1975 hatten sich die Freunde in einem abgelegenen Haus getroffen, um mit LSD zu experimentieren. Einer von ihnen, Michael Quinn, hochintelligent, aber abgrundtief böse, entführte einen Jungen und beging ein furchtbares Verbrechen. Die anderen sahen dabei zu.
1995: Als Quinn vorzeitig aus dem Gefängnis entlassen wird, beginnt eine junge mysteriöse Frau in der Vergangenheit herumzustochern. Und plötzlich holt das Grauen von damals alle Beteiligten wieder ein. Denn jemand setzt alles daran, daß das Verbrechen tot geschwiegen wird. Auch wenn dafür weitere Bluttaten nötig sind.

Der Autor

David Hewson ist als freischaffender Journalist für zahlreiche Zeitungen tätig, u.a. für die *Sunday Times* und *The Times*. Nach großen Erfolgen mit Reisebüchern über Südspanien wurde er für seinen ersten Roman *Semana Santa* auch in Deutschland von der Kritik enthusiastisch gefeiert.

Von David Hewson sind in unserem Hause bereits erschienen:

Semana Santa
Villa der Schatten

David Hewson

Epiphanias

Thriller

Aus dem Englischen
von Susanne Aeckerle

Ullstein

Besuchen Sie uns im Internet:
www.ullstein-taschenbuch.de

Umwelthinweis:
Dieses Buch wurde auf chlor- und säurefreiem Papier gedruckt.

Neuausgabe im Ullstein Taschenbuch
1. Auflage Dezember 2008

Titel der englischen Originalausgabe: *Epiphany*
(HarperCollins Publishers, London)
Umschlaggestaltung: HildenDesign, München
Titelabbildung: HildenDesign unter Verwendung der Motive von
© Filipchuk Oleg Vasiliovich/shutterstock (Hintergrund) und
© Temelko Temelkov/shutterstock (Nagel)
Druck und Bindearbeiten: CPI – Ebner & Spiegel, Ulm
Printed in Germany
ISBN 978-3-548-26976-4

Wir sehen die Vergangenheit *nicht* in chronologischen Sequenzen. Es mag von Nutzen sein, sie narkotisiert, mit hier und da angebrachten Daten, auf dem Tisch auszubreiten, aber was wir wissen, strudelt in Wellen und Spiralen aus uns und unserer eigenen Zeit hervor.

EZRA POUND, *Guide to Kulchur*

Danksagung

Vivienne Schuster, meine Agentin bei Curtis Brown, gab mir wie immer den entscheidenden Rat, als ich anfing: Schreiben Sie es einfach. Nick Sayer, mein Lektor bei Harper Collins, erwies sich als ebenso konsequent, weil er stets wußte, was ich sagen wollte, auch wenn mir die richtigen Worte dazu nicht einfallen wollten. Jane Barringer übernahm die Feinarbeit bei der endgültigen Manuskriptfassung. Connie Hallam nahm die erstaunlich langwierige Aufgabe auf sich, die meisten der Idole aus der Vergangenheit zu überreden, mich ein paar Perlen ihrer Weisheit zitieren zu lassen. Was Jagger und Richards angeht ... tja, offen gestanden, im nachhinein gesehen, war mir das auch nicht so wichtig. Manchmal schwafelt der Midnight Rambler ein bißchen zuviel. Barry Hampshire, der mich vor fast einem Vierteljahrhundert in die obskuren Freuden des Spielens in einer Rock-and-Roll-Band einführte, stellte mir im Flower in Hand Hotel, Scarborough, willkommene Abgeschiedenheit zur Verfügung, als ich sie am nötigsten brauchte. Und meine Frau Helen, stets der ruhende Pol, hielt zu Hause alles zusammen, während ich den größten Teil des Jahres 1995 damit verbrachte, zwischen Seattle, San Francisco, Kent und Spanien hin und her zu reisen.

Es war ein langer Trip, aber ich hoffe, Sie alle denken, daß er sich gelohnt hat.

David Hewson, Juni 1996

Desert Rose

Prolog

Spaltung

Engel werden nicht zu Engeln gemacht, weil sie heiliger sind als Menschen oder Teufel, sondern weil sie keine Heiligkeit voneinander erwarten, nur von Gott.

William Blake

Heiligabend 1975, Palo Alto, Nordkalifornien

»Wie das glitzert.«

Der Blick aus fünfjährigen Augen huscht durch das Schaufenster, bleibt an goldenen und silbernen Figürchen hinter der Scheibe hängen: eines mit einem Taktstock in der Hand, ein anderes mit einer winzigen Violine, beide angetrieben von einem Uhrwerk.

»Guck mal, Florrie. Wie das glitzert.«

Der Spitzname nervt sie. Sie kommt sich dämlich vor in diesem fremden Land, in dieser albernen weißen Verkleidung, die ihr bis auf die Knöchel reicht, mit den doofen Goldflügeln auf dem Rücken. Findet es peinlich, in dieser fremden, unvertrauten Umgebung so herumstehen zu müssen.

Sie schaut ihren Bruder an, versucht ihre Wut, ihren inneren, namenlosen Schmerz auf ihn zu verlagern, schaut ins Schaufenster, sieht die Spiegelung zweier kleiner, geisterhafter Gestalten im fahlen Wintersonnenlicht, sieht, wie sich ihre weißen Hemden im Wind leicht bauschen. *Wie niedlich, wie niedlich*, hatten die Vorübergehenden gesagt, und jedes Wort machte sie wütender. *Wie niedlich, wie niedlich*, ihre Mutter war stehengeblieben, hatte sie angeschaut, bewundert, die kleine Kodak Instamatic herausgezogen, sie vor dem Schaufenster fotografiert, hatte »nur eine Minute« gesagt –

nur eine Mami-Minute, dachte das Mädchen – »wartet kurz hier«. Es gab noch einiges zu erledigen, und im Geschäft war es so voll.

Sie spürte, wie die Kälte in ihr emporstieg.

»Red nicht solchen Schwachsinn, Miles. Auch wenn's schwerfällt. Aber versuch es wenigstens.«

Ihre Stimme verfügt über die Autorität der zwanzig Minuten früher Geborenen. Sie ist der ältere Zwilling, und das hat immer wie eine Wand zwischen ihnen gestanden, als etwas Spürbares und Selbstverständliches, das nicht erwähnt werden muß. Zwanzig Minuten, zwanzig Jahre. Kein Unterschied. Der Abstand ist greifbar. Sie fühlt sich überlegen, ständig, selbst als Fünfjährige. Fühlt sich *verantwortlich* und gibt ihm die Schuld für diese Last.

Hinter ihnen rumpelt ein großer Laster die University Avenue hinab, spuckt Dieselwolken aus, füllt ihre Köpfe mit lautem, schmerzhaftem, beängstigendem Lärm. Die Staubwolke hängt in der Nachmittagsluft und senkt sich dann langsam herunter. Schwarze Flecken tauchen auf ihren makellos weißen Hemden auf wie faule Stellen auf der weichen Haut halbreifer Pfirsiche. Sie spürt, wie der schwache, leicht beißende Winterwind die an ihrem Rücken befestigten Flügel bewegt. Die Goldfolienblättchen machen ein raschelndes Geräusch. Der Dieselgeruch vermischt sich mit dem Zimtaroma aus der zwei Häuser entfernten Bäckerei.

Miles greift nach ihrer Hand, kleine, pummelige Finger, die nach Sicherheit, Beruhigung, Wärme suchen. Sie ballt die Hand zur Faust, so fest sie nur kann. Verwehrt ihm den Zugang. Es kommt ihr gut, richtig, korrekt vor. Erwachsen.

»Warum braucht sie so lange? Warum? Florrie? Warum?«

Da ist dieses dünne, hohe, hartnäckige Quengeln, dieses Nörgeln, das an ihr zerrt, ein Schauspieler, der nie seinen Einsatz verpaßt. Sie schließt die Augen, schließt sie so fest, daß es weh tut, verschränkt ihre Arme, schiebt die kleinen

Fäuste unter die Achseln, läßt ihr lautes Schweigen über sie beide hinwegbranden, öffnet dann mit abgewandtem Kopf wieder die Augen, starrt ins Schaufenster: Gold und Silber, Rot und Grün. Ein leuchtendroter Weihnachtsmann erwidert ihr Starren über ein funkelndes Saxophon hinweg. Plattenspieler für Kinder ragen aus den Geschenkpackungen der Weihnachtsdekoration hervor. Noten liegen um die Instrumente verstreut, wie Blätter, die von einem unsichtbaren Baum gefallen sind.

Aus dem Inneren des Ladens, das Gesicht durch das Blitzen der Schaufensterscheibe etwas verschwommen, schaut ein junger Mann zu ihnen heraus. Sanft hält er eine Gitarre am Griffbrett, als hätte sie ein eigenes Leben, ein kostbares Leben, mit eigenen, inneren Werten, ein Leben, das geschützt werden muß. Am Revers seiner billigen Baumwolljacke ist ein weißes Plastiknamensschild befestigt. Sie entziffert die Buchstaben, einen Namen, der durch ihre Gedanken huscht, um Wiedererkennen kämpft, dann davonschwimmt, träge an den Rand ihres Gedächtnisses treibt.

Er schaut zu den Kindern, verwirrt, vielleicht ein bißchen besorgt, und lächelt dann freundlich – zwei kleine Engel, die am Heiligabend stockstill auf der University Avenue stehen. Dann dreht er sich um, hört eine Stimme (das merkt sie, ohne den Klang zu hören, und denkt, vielleicht ist es Mutter, vielleicht hat sie endlich gefunden, was sie wollte, sich daran erinnert, daß es uns gibt, daß wir hier draußen auf sie warten) und ist verschwunden.

»Florrie?«

Höher jetzt, wie der Wasserkessel kurz vor dem Kochen auf dem Küchenherd zu Hause, in der kühlen, grünen, unendlichen Weite von Cambridgeshire, wo die Geräusche anders sind, die Gerüche anders sind, wo die Dinge eine beruhigende Vertrautheit haben, die niemanden bedroht, nicht mal die Kinder.

Wo wir jetzt sein sollten, denkt sie. Nicht an diesem fremden Ort, wo niemand unseren Namen kennt und das dauernde Lächeln die Qualität billiger Weihnachtsdekorationen hat: oberflächlich, vorübergehend, jederzeit bereit, sich vom kleinsten Windstoß vertreiben zu lassen.

Manchmal (und das begann, bevor sie ins Flugzeug stiegen, das begann schon im weiten Grün, in einem Schlafzimmer, das weder ihres noch seines war), manchmal kann sie dieses Versteinertsein tief in sich spüren, dieses schwarze, harte Gefühl, das kommt und geht. Manchmal ist es so hart, daß es sie beängstigt, daß es sie Dinge denken läßt, die sie nicht glauben kann: ihr Vater tot, ihre Mutter verrückt, Autos, die zusammenprallen, Flugzeuge, die vom Himmel fallen, das Ende der Welt.

Und ihr Bruder verschwunden. Dieser Gedanke kommt oft, öfter als jeder andere.

Manchmal hört sie etwas, in einer lauten, klaren Stimme, die weder männlich noch weiblich ist. Worte, die sie nicht versteht, Worte, die sie gehört hat, aber niemals laut aussprechen darf (was die Worte aber nicht davon abhält, in ihrem Kopf zu hallen, zuerst mit der Stimme, die aus der Härte kommt, dann mit ihrer eigenen inneren Stimme, immer und immer wieder).

Am Anfang ließ sie die Versteinerung einfach dort liegen, kalt in ihrem Bauch, bis sie aus eigenem Antrieb verschwand.

Aber es gibt Momente, die inzwischen immer häufiger werden, in denen sie die Härte als angenehm empfindet, darauf wartet, daß sie kommt. Sie *willentlich* herbeiführt und die Stärke genießt, die sie dann durchströmt. Wie jetzt.

»Florrie!«

Sie schaut ihn an, und er wünscht sich, nie den Mund aufgemacht zu haben. Ihre Augen sind von einer Schwärze erfüllt, die er wiedererkennt und die er nicht mag. Aus Gewohnheit preßt er sofort den Arm eng an den Leib, weil er weiß, wie weh es tut, wenn sie ihm das Handgelenk verdreht.

»Das sag' ich Mami«, piepst er, flach, automatisch, in einer Stimme, die bereits die Niederlage hingenommen hat, eine Drohung ohne Gewicht, wie der Wind, der durch die University Avenue streicht. »Wenn Mami aus dem Laden kommt, dann sag' ich's ihr.«

Sie lächelt, und er fröstelt unter seinem dünnen weißen Hemd. Die Goldflügel sind so schwer. Er ist müde, ihm ist kalt, und er fühlt sich einsam.

Ihr Gesicht verzerrt sich wie das einer schlechten Schauspielerin; so, denkt Miles, wie Mädchen das immer machen, wenn sie einem etwas Gemeines antun wollen.

»Der kleine Engel Gabriel«, sagt sie langsam und betont, und da ist ein Brennen in seinen Augen, das er nicht ausstehen kann, das er zurückhalten möchte, über das er aber keine Kontrolle hat.

Sie beugt sich vor und berührt sanft seine Wange. Ihre Hand ist eiskalt, doch er meint, Schweiß daran zu spüren, Feuchtigkeit auf ihrer Haut.

»Der kleine Engel Gabriel«, wiederholt sie, und er spürt, wie sie ihn mit Finger und Daumen fest, erbarmungslos in die Wange kneift.

Zwischen den niedrigen Läden an der University Avenue frischt der Wind plötzlich auf, bläst durch die Blätter auf der Straße, wirbelt alte Zeitungen und weggeworfenes Papier auf, läßt die Menschen, die in letzter Minute Weihnachtseinkäufe machen, ihre Hüte festhalten und sich fragen, was sie hier eigentlich tun, wo sie doch zu Hause vor dem Fernseher sitzen, sich zum Kirchgang fertigmachen oder sich einen Drink mixen könnten, um die vor ihnen liegenden Tage, die Jahre, das allzu schnell vergehende Leben zu überstehen.

Von der anderen Straßenseite sah es so aus, als würden die zwei kleinen Kinder, die in ihren niedlichen Kostümen stockstill vor Moores Musikladen standen, miteinander verschmelzen. Die goldenen Federn ihrer Flügel gingen in der plötzlichen Windbö ineinander über, machten sie zu einem einzigen himmlischen Geschöpf.

Sie umschließt ihn mit ihren Flügeln, und plötzlich ist es dunkel um ihn. Heiße Freude durchströmt sie, als sie ihn schluchzen hört, als sie die innere Stimme

drei Quarks für Muster Mark

monoton singen hört, unzusammenhängenden Blödsinn, als ihr die Stimme Worte ins Ohr flüstert, Worte, die sein Entsetzen anfeuern, bis sie sein Jammern als wilde, laute Vibration in ihrem Schädel wahrnimmt, ein schrilles, schmerzhaftes Heulen, das lauter und lauter wird und schließlich alles andere übertönt.

Die Härte spendet ihr Trost durch ihre geheime Komplizenschaft, ihrer Einladung zur Verschwörung, und sie meint, sie fast sehen zu können, wie einen Film zwischen dieser Welt und einer anderen, eine perfekte, nahtlose Glasscheibe, hart, glänzend, ohne Eingang und Ausgang, ohne Möglichkeit des Scheiterns, ohne versteckte Winkel, in denen sich eine Lüge verbergen läßt.

Sein Jammern hört auf. Jetzt kann sie hören, wie die Worte aus ihr hervorbrechen, durch ihre Zähne zischen, von ihren Lippen gleiten zusammen mit den Spucketropfen, entstanden vor lauter Eile beim Hervorstoßen, ohne überhaupt zu wissen, was die Worte bedeuten.

Sie spürt sein Zittern, weiß, daß der richtige Zeitpunkt gekommen ist, hebt ihre goldenen Flügel. Die fahle kalifornische Sonne erleuchtet sein Gesicht, und einen Moment lang ist sie von Triumph erfüllt, spürt ihren Sieg und eine helle, heiße, erwachsene Hitze.

Doch diesmal ist es mehr, mehr, als sie erwartet hat, mehr

als sie wollte. Seine Augen rollen unkontrolliert hin und her. Aus seiner Kehle kommt ein Geräusch, das eher tierisch als kindlich ist.

Sie streckt ihre vergoldeten Flügel hoch über seinen zusammengekauerten Körper, so hoch, daß ihr die Arme weh tun. Wie ein kleiner, in seinem Nest gefangener Vogel erhebt er sich, die Augen schießen hierhin und dahin, suchen nach einem Fluchtweg, dann fliegt er davon, ein flatterndes Etwas aus Weiß und Gold, das vor ihr flieht.

Die Versteinerung in ihr löst sich auf, zieht sich wie rasch ablaufendes Wasser zurück. Die Stimme schweigt. Sie kann sich nicht mehr daran erinnern, wie sie geklungen hat. Ihr ist kalt. Das Gewicht der Flügel drückt schmerzhaft auf ihren Rücken, und ihre Schultern sacken nach vorne.

Als die Mutter schließlich zurückkommt, ist sie wieder fünf Jahre alt. Keine Erklärungen, keine Begründungen, nur Tränen und ein beängstigendes neues, unkindliches Gefühl, das so mühelos, mit einer solchen Leichtigkeit in ihre Welt eingedrungen ist, daß sie nicht weiß, ob es jemals wieder vergehen wird.

Miles ist verschwunden; und was sie entsetzt, was ihr das Gefühl gibt, die Welt unter ihren Füßen erzittern zu spüren, ist die Erinnerung an ihren letzten Gedanken, als er aus dem bedrohlichen Schutz ihrer Flügel floh. Die plötzliche, unumstößliche Gewißheit, daß es endgültig war und kein Zurück mehr gab.

Daß er, egal, wie oft sie sich entschuldigte, wie oft sie die Figuren auf der Tapete im Schlafzimmer zählte, für immer verschwunden war.

Daß er, in seiner Flucht vor ihr, auch vor der Welt geflohen war.

1

Die smaragdgrüne Stadt

LORENZO:
Der Mann, der nicht Musik hat in ihm selbst,
Den nicht die Eintracht süßer Töne rührt,
Taugt zu Verrat, zur Räuberei und Tücken;
Die Regung seines Sinns ist dumpf wie Nacht,
Sein Trachten düster wie der Erebus.
Trau keinem solchen! – Horch auf die Musik!

WILLIAM SHAKESPEARE, *Der Kaufmann von Venedig*, 5. Aufzug, 1. Szene

Ohne dekorative Musik ist Zeit nichts weiter als ein Haufen langweiliger Produktionstermine oder Zahlungstermine.

FRANK ZAPPA

Awop-bop-a-loo-bop alop-bam-boom.

LITTLE RICHARD

Heiligabend 1995, Seattle, Washington State

Vorbei an der Sexbar mit der Leuchtreklame – die Hälfte der Birnen kaputt, die Schrift aber immer noch lesbar –, die »einhundert schöne nackte Frauen (und eine häßliche)« verspricht, vorbei am Spezialgeschäft für Papageien, dem Christlichen Landhandel, der Reihe heruntergekommener Pfandhäuser und Pornoläden, den Fischständen, an denen große Pazifiklachse für die staunenden Videokameras der Touristen durch die Luft fliegen, drei Stockwerke tiefer, vorbei an den Zauberläden und feministischen Buchhandlungen, den Ständen mit orientalischer Papierfaltkunst, dem kleinen Imbiß, an dem man scharfes, ampelrotes Chiligelee auf dünnen braunen Brotscheiben probieren kann, hinter dem Krach der Menge, dem Krächzen aufdringlicher Bettler, den Klängen eines auf der Straße gespielten Klaviers (Bruce Hornsby, etwas unsauber, aber trotzdem eine gute Imitation), tief im Inneren von Pike Place, dieser unterirdischen Urgemeinschaft von Flüchtlingen aus Einkaufszentren und sich treiben lassendem, abgewracktem menschlichem Strandgut, sitzt Paul Dunsany am Mischpult, spielt mit den Reglern vor sich, versucht einen Weg zu finden, wie er Ordnung in das Klanggewirr bringen kann, das durch die fest an seine Ohren gepreßten Kopfhörer zu ihm dringt.

Schon wieder ein Haufen Kids, die meinen, sie wären die Wiedergeburt von Nirvana. Bis hin zu dem blondgefärbten Haar des Leadsängers. Noch ein Haufen Kids, die es nicht kapiert haben.

Er beobachtet, wie sich das Band auf der alten, achtspurigen U-Matic dreht, sieht für einen kurzen Moment die Magnetpartikel auf dem dünnen braunen Plastikband zu den elektronischen Klängen, die der Tonkopf ausspuckt, hierhin und dorthin tanzen, schiebt den Baßregler hoch und denkt, mit einiger Schwierigkeit, an Ry Cooder, versucht sich an ein paar Takte ferner, hinreißender Gitarrenmusik zu erinnern. Hinter dem von Zigarettenrauch verschmierten Fenster starren die Jungs zu ihm herauf, warten auf ein Zeichen, warten auf ein kleines Wunder. Karierte Holzfällerhemden, unrasierte, nichtssagende Gesichter, langes schmutziges Haar. Die übliche Uniform. Die Uniform Seattles, entstanden in diesen grauen Industriestraßen.

Er zuckt die Schultern, macht den Mix etwas rauher und stellt im Kopf die Rechnung auf. Vielleicht hundertzwanzig Dollar für die gesamte Session, und wenn man das Band aufrauht, alles bis zum Anschlag hochdreht, denken sie am Ende, es würde besser klingen als beim Spielen.

»Prima«, sagt er schließlich ins Mikrofon und versucht, sich nicht übermäßig gelangweilt anzuhören. »Geht einen Kaffee trinken. Geht spazieren. Ihr kriegt das Band, wenn wir das Geld kriegen.«

Sie zucken die Schultern, gehorchen, räumen ihre Sachen zusammen: zwei billige Strat-Kopien, einen unidentifizierbaren Baß und ein elektronisches Schlagzeug für zweihundert Dollar. Dum dum, denkt Dunsany, dum dum didi dum. Vermutlich von einem Teenager in Tokio in den Mikrochip des Systems eingegeben. Willkommen im Zeitalter der Digi-Musik: drei Griffe auf der Gitarre und Schlagzeugrhythmus aus einer Sega-Maschine.

Du wirst zu alt für so was, sagt er sich bereits zum dritten Mal an diesem Morgen. Treib hunderttausend auf, richte ein neues Elektronikstudio ein, überlaß Frank und dem kleinen Computergenie die ganze Sache, lehn dich zurück, spiel wirkliche Musik, entspann dich.

Hunderttausend. Ein kleines, trockenes Lachen bildet sich irgendwo in seinem Hals, macht sich bemerkbar, wird zur Kenntnis genommen und verschwindet wieder, zu träge, sich in Klang umzusetzen, zu abgestumpft, der Lunge den nötigen Atem abzuringen.

Dunsany schimpft wieder auf die Rhythmusmaschine, deren blecherner Klang ihm noch im Ohr dröhnt, hält aber mitten im Satz inne. Das schwarze Telefon auf der Konsole klingelt. Er schaut durch die offene Tür des Kontrollraumes in das schmuddelige kleine Büro. Das kleine Computergenie hängt mit der Nase am Farbmonitor, völlig vertieft in ein Steuerungsprogramm, kriegt nichts mit. Frank ist nirgends zu sehen. Dunsany seufzt, nimmt eine der drei Weihnachtskarten, wedelt die Zigarettenasche weg, greift zum Telefon und sagt: »Pike-Studios, Musik für Ihre Ohren, Versorgung anderer Teile zum Tagespreis.«

Am anderen Ende ist es still, und er hebt automatisch,

ohne zu wissen warum, die Hand, fährt mit dem Zeigefinger über die glatte, dünne Linie der Narbe, die sich von seinem rechten Auge fast bis zum Kinn erstreckt. Sie ist inzwischen beinahe unsichtbar, hauptsächlich am Fehlen der Bartstoppeln zu erkennen. Dunsany ist letzten Monat zweiundvierzig geworden. Jemand brachte einen Kuchen mit ins Zanzibar, hatte ihn in der Pause vor ihm aufgebaut. Er nahm einen Bissen, lächelte, lehnte ab. Zu alt für Haschkuchen; der Geschmack von Redhook, frisch gezapft, kalt, bernsteinfarben, schien angebrachter, passender. Sein Haar ist jetzt kurz geschnitten, noch immer voll und kastanienbraun, reicht etwas über die Ohren und gerade bis an den Kragen. Er trägt eine runde, eulenhafte Schildpattbrille, und seine Wangen werden allmählich schwer. Ähnelt mehr einem dieser modischen Werbefritzen als einem Musiker. Andere Zeiten, andere Menschen.

»Paul?«

Er erkennt die Stimme, und diesmal fängt die Narbe tatsächlich an zu pochen, ein schwacher, kalter Schmerz direkt unter der Haut.

»Paul? Hast du die Zeitung gelesen? Ist es zu fassen?«

Er braucht einen Moment, um sich zu orientieren, zu kapieren, um der Stimme, die so nahe klingt, aber ein zeitlich und auch räumlich so fernes Echo im Timbre ihres Klanges hat, ein Gesicht zu verleihen.

»Hal?«

»Wer denn sonst?«

Es scheint Jahre her zu sein. Es *ist* Jahre her. Immer noch der Bostoner Akzent, nicht so ausgeprägt wie vor zwei Jahrzehnten, aber vorhanden, mit der Stimme, der Person verschweißt, unsichtbar, ein Merkmal, das durch den Telefondraht dringt und Hal identifiziert.

Dunsany sucht nach Worten, sucht nach einem Bild, einer Vorstellung des Mannes am anderen Ende der Leitung. Es irritiert ihn, daß die Erinnerung von vor zwanzig Jahren viel stärker, viel realer ist als die ihres letzten, eher zufälligen Treffens in einem Restaurant am Wasser, wo sie die Fähren auf dem Sund beobachteten und sich krampfhaft bemühten, Worte zu finden, die sie auch jetzt noch verbanden …

Schließlich stammelt Paul Dunsany etwas, um ihrem Gespräch ein wenig Leben einzuhauchen. »Wie geht's denn so, Hal? Und wie geht's Louise? Verdienst du immer noch die Megakohle und ziehst Kinder groß, damit die Schulen in Bellevue was zu tun haben?«

»Spar dir den Small talk. Liest du überhaupt Zeitung, oder bist du nach wie vor zu sehr damit beschäftigt, den fünften Beatle zu spielen?«

»Also manchmal, Hal, läßt du dein Alter ganz schön raushängen. Mit dem fünften Beatle kannst du heutzutage nichts mehr reißen.«

»Was du nicht sagst. Ich werd's mir merken. Hast du überhaupt eine Ahnung, warum ich anrufe?«

Seine Stimme hat einen merkwürdigen Klang, einen, den Dunsany zuvor selten gehört hat. Irgendwo in der Tiefe schwingt Furcht mit, der hohe, unverkennbare Ton der Panik.

»Klär mich auf.«

»Himmel. Es kam überall in den letzten fünf Tagen, im Fernsehen, auf den Titelseiten …«

»Ich hab' manchmal einfach viel zu tun.«

»Sieht so aus. Eines Tages könntest auch du erwachsen werden und merken, daß es in dieser Welt einen Unterschied zwischen Aktivität und Arbeit gibt. Das ist ein Zeichen, mein Freund. Das erste Zeichen, daß du erwachsen wirst.«

»Ich werd's mir merken.«

»Das bezweifle ich. – Quinn. – Ich weiß ja, daß du seit damals ein Problem mit deinem Erinnerungsvermögen hast, aber sagt dir der Name irgendwas, alter Freund? Klingelt's da bei dir?«

Dunsany atmet scharf ein, und jetzt schmerzt die Narbe wirklich. Seine Haut zieht sich so krampfhaft zusammen, daß er den Beginn einer Migräne im Hinterkopf spürt. Etwas schwirrt durch seine Gedanken, eine wilde Mischung aus Formen, Farben und Menschen.

»Quinn gibt's in meinem Leben nicht mehr. Das weißt du. Es hätte ihn von Anfang an nicht geben sollen.«

»Nein. Hat es aber. In unser aller Leben, ob es uns nun gefiel oder nicht. Und jetzt kommt er zurück. Ist das nicht nett?«

Paul Dunsany spürt, wie sich sein Magen verkrampft, ist erstaunt darüber, fragt sich, warum.

»Wenn ich nachher auflege, Paul, möchte ich, daß du rausgehst und dir eine Zeitung kaufst, ein paar Minuten in der wirklichen Welt verbringst und dir klarmachst, was da draußen vorgeht, außerhalb deines Kopfes, wo wir anderen zu Hause sind.«

»Quinn hat lebenslänglich gekriegt, Hal. Wir können ihn vergessen.«

»*Hatte* lebenslänglich gekriegt, Paul. In deinem Wolkenkuckucksheim kannst du diese Dinge vielleicht ignorieren, aber wir anderen müssen uns mit dieser seltsamen Spezies, die sich Anwälte schimpfen, auseinandersetzen. Anwälte tun schlimme Dinge, Paul. Dinge, die wir nicht wollen. Sie lesen Bücher, beugen das Gesetz, kriegen Geld von der Regierung, das es ihnen ermöglicht, ihre Nase in Dinge zu stecken, die sie nichts angehen. Lies die Zeitung, Paul. Quinn ist draußen. Seit heute. Das hat Schlagzeilen gemacht. Nicht ganz so sehr, als wenn sie Charles Manson freigelassen hätten, mit einer Millionenrente und einem Satz Küchenmesser zur freien Verfügung. Nicht *ganz* so sehr. Aber fast.«

»Das ist unmöglich.«

»Siehst du, du unterschätzt die Anwälte schon wieder. Natürlich ist es möglich. Was meinst du wohl, wozu diese Leute da sind? Hätten sie Quinn jetzt geschnappt, wäre ihm der elektrische Stuhl so gut wie sicher gewesen. Aber das haben sie nicht. Sie haben ihn vor zwanzig Jahren geschnappt, als das Leben nicht unbedingt das war, was es heute ist, besonders, wenn der Richter beim Verkünden des Urteils die falsche Sockenfarbe trug. Irgendein verdammter Anwalt hat die Gerichtsakten durchgeschaut und ist auf Verfahrensfehler gestoßen, so daß sie ihn freilassen mußten. Nicht unbedingt eine Begnadigung, aber wenn er erst mal draußen ist, wird er sich deswegen kaum anstellen. Machen wir uns doch nichts vor, wir wissen beide, wir wissen *alle*, daß er seine Strafe verdient hatte. Und mehr.«

Dunsany überlegte: Wußte er das wirklich? Oder war es etwas, das er einfach nur hingenommen hatte?

»Was machen wir jetzt?«

»*Du* machst gar nichts. Verhältst dich nur ruhig. Sprichst mit niemandem. Wenn jemand mit dir darüber reden will, läßt du es mich wissen. Arbeitest du Weihnachten?«

»Pike Place Studios – wir schlafen nie. Ja. Ein paar Jungs haben für morgen gebucht, also werde ich hier sein.«

»Gut. Wenn was ist, ruf' ich dich an. Solange wir zusammenhalten, kann uns nichts passieren. Dafür werde ich sorgen. Im Gegensatz zu dir habe ich was mit dem Geld angefangen, das wir mitgebracht haben, und kann mir einiges leisten. Aber keine Sorge. Ich werde dich nicht zur Kasse bitten. Ich will nur, daß wir uns darüber einig sind, wie wir die Sache angehen.«

Dunsany versuchte, sich die Konsequenzen auszumalen. Es war unmöglich; so, als würde man versuchen, zwei Noten auf dem Griffbrett zu greifen, die zu weit auseinander liegen, wie sehr man auch die Finger spreizt.

»Danke«, sagte er schließlich.

»Schon gut. Wenn wir alles richtig machen, kann uns nichts passieren, Paul. Aber du kennst Quinn. Welche Tricks dir dein Gedächtnis wegen der Sache damals auch immer spielen mag, du *weißt*, daß er uns alle ans Messer liefern kann, wenn er mit der Polizei oder der Presse oder *irgend jemandem* redet.«

»Ja«, sagte Dunsany und überlegte erneut, ob er wirklich wußte, daß es stimmte?

»Und Maus?«

Das schien alles so weit weg. Dunsany spürte, wie die Jahre um ihn herumschwirrten.

»Du meinst Margie?«

Die Stimme am anderen Ende schwieg. Er wußte nicht, wie sehr dieser Hal Jamieson es vertragen konnte, verbessert zu werden.

»Ja«, sagte Jamieson schließlich. »Margie. Weißt du, wo sie ist? Was sich da tut?«

»Nein.« Dunsany schüttelte den Kopf, obwohl es niemand sehen konnte. »Das ist alles so lange her, Hal. Die ganze Sache liegt so weit zurück. Glaubst du, wir hätten so lange in Verbindung bleiben können?«

»Nein. Aber ich mußte fragen. Das weißt du, nicht wahr?«

»Ja«, sagte Dunsany, ohne darüber nachzudenken.

»Wann fängt denn ein Musiker dieser Tage an zu arbeiten?«

Und endlich, als hätte es sich aus einem verborgenen und halb vergessenen Ort vorgearbeitet, lag etwas von Freundschaft in seiner Stimme, eine Mischung aus Entschuldigung und Verwirrung über die Entwicklung der Dinge nach so langer Zeit. »Nur falls ich dich anrufen muß. Ich weiß, ihr Bohemiens habt eine seltsame Tageseinteilung.«

Aus reiner Gewohnheit schaute Dunsany auf die Uhr. Es war Viertel vor zehn morgens. Drei Stunden Schlaf, seit sie in der Zanzibar Schluß gemacht hatten. Er brauchte einen anständigen Kaffee, der so schmeckte, als hätte er irgendwann mehr als eine flüchtige Bekanntschaft mit der als Koffein bekannten Substanz gemacht. Er mußte nachdenken. Er mußte diesen Haufen junger Brüllaffen loswerden, die jetzt wieder im Studio aufgetaucht waren und »Santa Claus Is Coming to Town«, arrangiert von Bruce Springsteen, anstimmten.

»Morgen ab zehn. Bis was weiß ich.«

»Und, Paul?«

»Ja?«

»Geh los. Kauf dir eine Zeitung. Werd nüchtern. Reiß dich zusammen. Könnte sein, daß du es brauchst.«

Dunsany nickte, legte den Hörer auf, zündete sich eine Zigarette an, ließ die Asche in die Spalten des Mischpultes fallen.

»Quinn«, sagt er leise vor sich hin. Und zwanzig Jahre seines Lebens verpufften wie eine Rauchwolke.

2

Joni und der Detektiv

All the tears
All the rage
All the blues in the night
If my eyes could see
You kneeling in the silver light
If you're out there can you touch me?
Can you see me? I don't know
If you're out there can you reach me?
Lay a flower in the snow

Robbie Robertson/Martin Page,
»Fallen Angel«

Der kleine Zubringerzug fuhr unter dem Sea-Tac-Flugplatz im Kreis, immer rundherum, brachte sie vom Flugsteig zum Flughafengebäude, und sie war nur fähig, ihr Spiegelbild im dunklen Fensterglas zu betrachten, teilnahmslos, müde, blaß, ihre blonden Locken zerzaust, und sich zu fragen, warum? Sie war weit weg von London, weit weg von dem einzigen Ort, den sie auch nur entfernt als Zuhause bezeichnen konnte. Sie fühlte sich ausgelaugt, ein wenig schwindlig nach dem neunstündigen Flug, und es fiel ihr schwer, sich zu konzentrieren. Es fiel ihr schwer, überhaupt zu *denken*. Die Zeit lief rückwärts an diesem seltsamen, fremden Ort, und während ihr Körper ihr sagte, daß es Mitternacht sei, teilte ihr die Armbanduhr mit, es sei fünf vor vier am Nachmittag.

Als der Zug hielt, schloß sich Joni Lascelles der aus den Türen strömenden Menge an, ging zum Gepäckband, wartete auf ihren schlichten schwarzen Koffer und überlegte, wie sie sich an diesem neuen Ort, auf diesem neuen Kontinent orientieren sollte. Zum ersten Mal hatte sie diesen großen Treck unternommen, zum ersten Mal hatte sie vom Flugzeug aus beobachtet, wie sich die Welt in Eis verwandelte, als sie über das Dach der Erde geflogen waren, von einem Ozean zum anderen. Sie hatte so viel in die Sache investiert, das weit über Geld hinausging, weit darüber hinaus, und trotzdem war sie nicht bereit, war sie unvorbereitet. Es war alles so schnell geschehen, die hastigen Vorkehrungen nach der Beerdigung, das eilige Umorganisieren der Verantwortlichkeiten in der kleinen Anwaltskanzlei, in der sie arbeitete, die Telefonate mit Amerika, um Hilfe zu finden, Menschen aufzuspüren, die man zu Hause einfach in den Gelben Seiten nachschlagen konnte.

Warum tat sie das alles? Warum mußte es hier sein?

Der kleine Koffer fiel auf das Gepäckband, sie nahm ihn hoch, ging zum Ausgang und wartete auf den Flughafenbus in die Stadt. Es hätte aufregend sein sollen; ein neuer Ort, eine neue Welt. Es roch anders: feucht, chemisch unter der Feuchtigkeit, aber überlagert mit etwas Salzigem und Elementarem, das vom Meer stammte. Der Tag trug einen Schleier aus grauem, irisierendem Nebel. Man konnte nur ein paar hundert Meter weit sehen. Eine Einschätzung war nur aufgrund von Gerüchen möglich, und die waren so industriell exotisch, so seltsam, so weit von dem entfernt, was sie erwartet hatte, daß es ihr unwirklich vorkam. Hier hätten Fichten, Grizzlybären, breite Flüsse, hohe, schneebedeckte Berge sein sollen. Statt dessen nur dieser graue Schleier und der Geruch von Dieselöl und Fabriken, der den salzigen Nebel vom Meer überlagerte.

An der Außentür des Flughafens hing ein Kranz und darunter, als wenn irgend jemand das vergessen könnte, standen die Worte: »Fröhliche Weihnachten für alle Sea-Tac-Kunden und ein glückliches Jahr 1996.«

Sie betrachtete den Kranz aus Blättern und roten Blumen und dachte: Sie sehen Weihnachten, ich sehe eine Beerdigung. Die Welt interpretierte das eine, sie interpretierte etwas anderes. Im Geist sah sie das Bild des kleinen, aus den fünfziger Jahren stammenden Krematoriums im Norden Londons, ein heller Fichtensarg, der über die Rampe verschwand, Orgelmusik vom Band, drei Trauergäste, außer ihr selbst, und zwei davon aus dem Sanatorium. Ein Leben, das dreiundfünfzig Jahre gewährt hatte, das, begonnen während der Bombardierung Londons, den kalten Krieg und Elvis, die Suez-Krise und Jackson Pollock, Stalin und Gorbatschow, Bernstein und die Beatles erlebt hatte. Ein Leben, das in eine seltsame Starre verfallen war, eine enervierende Bernsteinhülle, als es gerade hätte am besten sein, als es gerade hätte erblühen sollen. Und all dieses in Staub verwandelt, aus der Welt genommen in wenigen – sie könnte sie zählen – Sekunden, die in dem kleinen Backsteingebäude verstrichen, das ohne weiteres als Wartehalle für den städtischen Bus durchgegangen wäre.

Aber dort, wo sie jetzt ist, gibt es keinen Hunger. Dort, wo sie jetzt ist, gibt es keinen Schmerz.

Joni Lascelles bestieg den Flughafenbus, bezahlte das Fahrgeld, betrachtete die vorbeiziehende Gräue, die, als sie sich der Stadt näherten, von riesigen, klotzigen, nur halb zu sehenden Bürotürmen und den vagen Formen der Fußgänger durchbrochen wurde, durch den Nebel eilenden Figuren, die nicht stillstehen, die Feuchtigkeit nicht in sich aufnehmen wollten. Ihre Müdigkeit ließ ein wenig nach, als sie die Menschen auf der Straße sah, und sie konnte leidenschaftslos, distanziert über ihr eigenes Leben nachdenken, über dessen Form und über die vor ihr liegende Arbeit. Und es war die Arbeit, auf die es ankam, sonst nichts. Es mochten noch andere Dinge geschehen, während sie hier war, und sie wußte, was dieser Gedanke bedeutete, obwohl sie ihn nicht ausfüllen, ihm keine Form geben mochte. Diese seltsamen, kurzen, hektischen Affären, die innerhalb von Tagen, höchstens Wochen aus dem Nichts über Leidenschaft zur Langeweile führten, waren ein Teil von ihr, eine Facette ihres Charakters, die sie nicht kontrollieren, auch nicht im Ansatz verstehen konnte. Wenn das passierte, dann passierte es eben. Aber die Arbeit hatte Vorrang, war wichtiger als alles andere.

Der Bus hielt vor ihrem Hotel. Es war alt, das Mauerwerk vom Smog und vom salzigen Sprühwasser des Ozeans gezeichnet. Sie trat durch die schmale Eingangstür, trug sich unter dem nur halb interessierten Blick des Portiers ein, ging in ihr Zimmer, legte sich aufs Bett, betrachtete die Zimmerdecke und wartete. Es war der Tag vor Heiligabend. Die Zeit existierte nicht mehr; oder wenn sie es tat, hatte sie sich verändert, hatte ihre Form verloren, war auf dem Flug über die Welt unbeständig, unzuverlässig geworden. Sie sah auf die Uhr, begann auszupacken, hörte nach der Hälfte auf, legte sich wieder aufs Bett und schlief ein.

Es war fast zehn Uhr morgens, und sie war seit vier Uhr wach, hatte auf dem Bett gelegen und an nichts Bestimmtes gedacht. Tom Cordobes kam zehn Minuten zu früh, ohne sich dafür zu entschuldigen. Er sah zu, wie sie einige Notizen und einen Block aus ihrem Koffer nahm und ihn dann, mit einer fast verstohlenen Geste, unter das Bett schob. Er ließ sich auf dem Korbstuhl nieder, griff nach einer Zigarette und wartete. Schließlich setzte sie sich auf das Bett, zog den zerkratzten Couchtisch heran, lächelte matt und sagte: »Es wäre mir lieber, wenn Sie es nicht täten.«

Ein Blick aus kalten blauen Augen, so undurchdringlich wie der Nebel, der jetzt die Stadt einhüllte.

»Wenn es Ihnen nichts ausmacht.«

Tom Cordobes schnaubte, klopfte mit der unangezündeten Marlboro auf den kleinen Hotelzimmertisch und steckte sie dann zurück in die Schachtel. Plötzlich fühlte er sich alt.

Er hätte wohl doch nicht mit dem Auto hier hochfahren sollen, durch ganz Oregon, diese unendlich lange Strecke durch menschenleeres Gebiet. Aber das senkte die Kosten. Man konnte natürlich fliegen und sich vor Ort ein Auto mieten, doch wenn dann die Rechnung nicht bezahlt wurde, und das kam heutzutage immer öfter vor, war der Verlust noch größer. Und er dachte nicht daran, nach London zu fliegen, falls er auch bei diesem Auftrag seinem Geld hinterherlaufen mußte.

»Sie klingen wirklich sehr englisch«, sagte er und bemühte sich rasch, seine Grimasse hinter einem Lächeln zu verbergen. Was für eine blöde Bemerkung. Tom Cordobes war ein Meter achtzig groß, ging auf die sechzig zu und hatte die kräftige Figur eines jüngeren, muskulöseren Mannes, der etwas aus dem Leim gegangen ist. Er trug einen hellen, verknitterten Anzug und hellbraune Lederschuhe, so auf Hochglanz poliert, daß man ihnen das Alter fast nicht ansah. Sein Gesicht war gebräunt und wettergegerbt, runzlig wie ein Stück Leder, das zu lange in der Sonne gelegen hat. Er hatte einen graumelierten Zapata-Schnurrbart, der aus seiner Zeit als Motorradpolizist stammte. Tom Cordobes schaffte sich Dinge an und vergaß dann, sich wieder von ihnen zu trennen. Der Schnurrbart war eines davon, genau wie die Sammlung von Roy-Orbison-Platten und der Wohnwagen bei Milpitas, unten in Kalifornien, der ihm als Wohnung und Büro diente, seit die Steuern in San Jose so unmöglich hoch geworden waren, so hoch, daß es nur vernünftig schien, den Anrufbeantworter, den Computer und das Fax auszustöpseln und im Wohnwagen wieder zu installieren. Wenn man bescheiden genug lebt, braucht man nicht so viel Geld zu verdienen, hatte sich Cordobes damals gesagt. Und als die Polizeipension mit jeder Rechnung, die ihm auf den Frühstückstisch flatterte, weniger und weniger zu werden schien, hatte er vergessen, welcher Teil der Gleichung als erster kam.

Er schob seine Visitenkarte über den Tisch. Das Pequod

Hotel an der Ecke Dritte Straße und Lenora war nicht gerade der Ort, an dem man erwartete, eine schicke englische Anwältin zu treffen. Es war die Art Gegend, die Makler als »kommend« bezeichneten, was für Tom nichts anderes hieß, als daß die Pseudobohemiens Schlange standen, um ein Loft zum Renovieren zu ergattern, auf der Straße aber immer noch über Penner stolperten, wenn sie ihre Futons über die Türschwelle schleppten. Die Straße vor dem Hotel war grau und dreckig – soviel hatte er in dem dichten, undurchdringlichen Nebel, der über Nacht vom Puget-Sund hereingeweht war, ausmachen können. Der Verkehrslärm wurde dadurch zwar gedämpft, war aber immer noch deutlich zu hören, selbst durch das geschlossene Fenster. Dreimal war er auf den dreihundert Metern vom Parkplatz bis zum Hotel von zwielichtigen Typen angerempelt worden. Das Zimmer war groß, doch die Möbel wirkten wie vom Sperrmüll: ein großes Doppelbett mit einer durchgelegenen Matratze, zwei Stühle, ein zerkratzter Couchtisch, darüber hing ein billiger, vergilbter Kronleuchter, der nicht genug Licht gab, um den Staub in den Ecken sichtbar zu machen.

»Haben Sie sich das Hotel selbst ausgesucht, Miss?«

Sie warf ihm einen erstaunten Blick zu. Einen so direkt Blick, daß er beinahe rot wurde.

»Das Reisebüro hat es für mich gebucht.«

Mehr nicht.

»Na ja, ich rate Ihnen nur, nicht allein in dieser Gegend herumzulaufen. Ein paar Blocks weiter, drüben am Pike Place mit all den Touristen, ist es kein Problem. Aber diese Gegend hier ist, wie soll ich sagen, noch sehr verbesserungsbedürftig. Und es wird noch eine Weile dauern.«

»Vielen Dank«, sagte sie und schob ihrerseits eine Visitenkarte über den Tisch. Er griff danach: Lascelles und Soames, Anwaltskanzlei, mit einer Londoner Adresse, die ihm nichts sagte. Darüber stand: Joni Lascelles, Seniorpartner.

Senior: Diese Senioren werden auch täglich jünger, dachte Tom Cordobes.

In einer anderen Zeit, als er noch mit dem Polizeiwagen durch Palo Alto gegondelt war und sich wie der Zar aller Reußen gefühlt hatte, hätte er sie als »Mädchen« bezeichnet, und niemand hätte ihm widersprochen. In jenen Tagen widersprach niemand Tom Cordobes, nicht, wenn ihm sein Leben lieb war.

Joni Lascelles war schlank, schon beinahe hager, etwa ein Meter zweiundsiebzig groß und trug enge dunkelblaue Levis und einen schwarzen Rollkragenpullover. Am Handgelenk baumelte ein schmales Silberarmband, dazu eine teuer aussehende Armbanduhr. Sie trug kein Make-up, und das machte sie irgendwie noch bemerkenswerter; runde, große, etwas vortretende hellblaue Augen in einem offenen, attraktiven Gesicht, Augen, die einen scheinbar unverwandt anschauten. Und ein Mund, der stets halb offen stand, selbst wenn sie nicht sprach; ein ausdrucksvoller Mund, der, wie der Rest ihrer Gesichtszüge, fast zu übertrieben, fast zu groß wirkte. Auf dem Kopf ein blonder Lockenwust, zweifellos gefärbt, aber mit einer Selbstsicherheit in der Farbwahl, die darauf deutete, daß es keine Rolle spielte. Exakt so wollte sie aussehen, erklärte sie damit, mit einer Deutlichkeit, daß es selbst ein Mann in Cordobes Alter verstand – wie ein Hippiemädchen. Wie eine aus der Achtundsechzigergeneration, nur war sie sauberer, smarter und wissender, hatte dieses Aussehen *gewählt* und sich nicht dem Druck hartnäckiger Gleichaltriger gebeugt. Irgendwo in ihrer Handtasche, das wußte er einfach, hatte sie eine runde, undurchsichtige Sonnenbrille mit Nickelrahmen, und wenn Joni Lascelles sie aufsetzte, würde sie wie eines der Gesichter auf den Plattenhüllen aussehen, auf denen man Dopereste fand, wenn man die Häuser der Hippies durchsuchte: gelassen, starrend und vielleicht ein bißchen wild hinter der Fassade. Cordobes konnte sich nicht entscheiden, ob er sie attraktiv, vielleicht sogar schön fand, oder ob sie etwas Leeres, Ausdrucksloses im Gesicht hatte, wie viele dieser jungen Leute heutzutage, die man sich gar nicht genauer anschauen wollte, weil es Zeitverschwendung sein könnte. Was immer es war, sie war nicht reizlos. Und von wegen senior, sie war höchstens fünfundzwanzig, wenn nicht sogar viel jünger, das ließ sich immer schwerer sagen.

Ihm ging auf, daß er sehr lange geschwiegen, sich zu intensiv mit ihrem Aussehen beschäftigt hatte. Als er spürte, wie sie ihn musterte, wäre er beinahe wieder rot geworden. Dann lächelte sie, ein breites, offenes Lächeln, das ebenmäßige, strahlend weiße Zähne zum Vorschein brachte, so daß er nicht anders konnte, als das Lächeln zu erwidern. Wenn sie lächelte, war Joni Lascelles einfach nur liebenswert. Es war, als würde man von einem gewaltigen, leuchtenden Wärmestrahl erfaßt. Tom Cordobes hielt sich also nicht damit auf, die Aufrichtigkeit dieses Lächelns zu bezweifeln, sondern fragte sich nur, wie oft dieses kleine Wunder geschah und ob es irgendwo einen glücklichen Mann gab, für den es hin und wieder privat angeschaltet wurde.

»Irgendwie habe ich den Faden verloren«, sagte Cordobes.

»Schon gut.« Sie lächelte immer noch, und alle Leere war aus ihrem Gesicht verschwunden. Manche Frauen können einen mit ihrem Charme glatt von den Bäumen locken, sagte sich Cordobes, aber es war lange her, seit er so einer begegnet war. Die einzigen hübschen jungen Frauen, denen er heutzutage begegnete, bezichtigten ihn meist, ihre Ehe zerstört zu haben. So wie es in seinem Geschäft nun mal lief.

»Zunächst sollten wir wohl das Finanzielle regeln.«

Joni griff nach ihrer Handtasche und zog eine blaue Geldtasche aus Plastik heraus, wie man sie in der Bank bekommt, vollgestopft mit Dollarscheinen. Sie zählte eine Handvoll davon ab und legte die Scheine auf den Tisch.

»Hier sind die tausend Dollar Vorschuß, wie von Ihnen verlangt. Mit den zweihundertfünfzig Dollar pro Tag plus Spesen, die Sie am Telefon erwähnten, bin ich einverstanden.«

Cordobes steckte das Geld ein und wünschte sich, es liefe immer so reibungslos.

»Es gibt eine Menge, was ich wissen muß, Miss. Zum Beispiel, wie Sie überhaupt auf mich gekommen sind.«

»Nachforschungen«, sagte sie und beließ es dabei.

»Könnten Sie das etwas näher erklären? Ich meine, es gibt Dinge, die ich nicht zu wissen brauche, aber andere muß ich wissen. Im Moment habe ich das Gefühl, nicht sonderlich viel zu wissen. Warum ausgerechnet ich? Man kriegt in Milpitas dieser Tage nicht übermäßig viele Aufträge aus London. Ich würde mir gerne einbilden, es sei eine Ehre.«

Sie holte einen teuren Füller aus ihrem Aktenkoffer und begann sich Notizen zu machen. Er kam sich vor, als würde er auf eine medizinische Untersuchung vorbereitet.

»Sie waren während der Quinn-Sache Polizeilieutenant in Palo Alto.«

»Ja. Woher wissen Sie das?«

»Wie schon gesagt, Nachforschungen.«

»Wenn Sie so gut im Nachforschen sind, wozu brauchen Sie dann mich?«

Sie dachte darüber nach. Die Frage schien ihr zu gefallen.

»Es ist eine Sache, jemanden alte Zeitungen durchschauen zu lassen und sie mit dem aktuellen Staatsregister lizensierter Privatdetektive zu vergleichen, Mr. Cordobes. Das können wir telefonisch von London aus erledigen; jetzt müssen Nachforschungen vor Ort angestellt werden, und das ist wirklich nicht unser Gebiet.«

»Und was ist Ihr Gebiet? Sind Sie Strafverteidigerin oder was?«

Sie schüttelte den Kopf. »Wir beschäftigen uns mit Zivilrecht. Ich weiß nicht, wie man es hier nennt, aber wir befassen uns mit Nachlässen, Testamenten, Verfügungen. Solchen Sachen.«

»Klingt ziemlich langweilig.«

»Meinen Sie?«

»Wenn ich das so sagen darf. Und es handelt sich bestimmt nicht um eine Zeitungssache? Ich habe gehört, daß der *National Inquirer* an der Sache dran ist, daß ganze Horden von Sensationsreportern dem fabelhaften Quinn auf der Spur sind und ihn mit haufenweise Geld überschütten wollen, nur um rauszufinden, was damals wirklich passiert ist. Wenn Sie da die Pfoten drin haben, Miss, sollten Sie mir das auf der Stelle sagen. Ich habe Regeln, nach denen ich arbeite, und wenn es in die Privatsphäre geht, dann kann es für mich ziemlich häßlich werden, falls es schiefläuft.«

Sie ging zum Nachttisch, griff nach einer Flasche Mineralwasser, schraubte sie auf und goß sich ein Glas ein.

»Möchten Sie auch etwas?«

Er verzog das Gesicht. »Haben Sie je gehört, was W. C. Fields von dem Zeug hielt?«

»Sie meinen, daß Fische darin ficken?«

Und diesmal wurde er wirklich rot, tief unter der Walnußbräune, und sie wußten es beide.

Er sagte nichts.

»Ja, Mr. Cordobes.« Joni Lascelles lächelte ihn an. »Mehrmals, glaube ich.«

Sie setzte sich wieder und stellte das Glas auf die Resopaltischplatte. Cordobes hörte das Prickeln der kleinen Blasen im Glas und merkte, daß er nicht fortfahren konnte, bevor sie sich beruhigt hatten.

»Es ist ein alter Witz. Ein schlechter Witz. Entschuldigen Sie.«

»Keine Ursache.« Sie lächelte immer noch. »Ich bin volljährig. Und um Ihre Frage zu beantworten, nein. Unser Klient ist keine Medienorganisation. Unser Klient ist genau die gleiche Art von Klient, die wir immer haben. So langweilig das auch sein mag. Ein Nachlaß, der angefochten werden kann oder auch nicht, je nachdem, was wir über die Vorgänge in Palo Alto vor zwanzig Jahren herausfinden können. Ich bin sicher, daß ich Sie an eines nicht zu erinnern brauche: Auch wenn Ihre Zeitungen Quinn als eine Art Massenmörder zu betrachten scheinen, gab es damals in Palo Alto nur einen nachgewiesenen Todesfall, den die Polizei ihm aber nicht anlasten konnte.«

»Nicht *anlasten*. Nein. Das ist nicht dasselbe wie nicht schuldig.«

»Vor Gericht ist es allerdings *genau* dasselbe.«

»Sie sind die Anwältin. Ich bin nur ein Expolizist, der mit dem ganzen Scheiß fertig werden mußte, und ich sage Ihnen, daß Quinn bis zum Hals in Sachen verwickelt war, bei denen Ihnen die Haare zu Berge stehen würden. Wir haben noch nicht mal die Hälfte davon erfahren, wenn Sie meine Meinung wissen wollen.«

»Nein«, sagte sie, und die Härte in ihrer Stimme verblüffte ihn. »Das ist genau das, was ich nicht will, Mr. Cordobes. Meinungen zählen nicht bei dieser Art von Fall, über den wir hier sprechen.«

»Testamentssachen? Vermächtnisse? So was in der Art?«

»So was in der Art. Wir haben einen Nachlaß, der geregelt werden muß und auch geregelt werden wird, wenn wir keine weiteren Informationen von Mr. Quinn erhalten. Wenn er sich andererseits bereit erklärt, eine einfache Aussage zu machen, ohne Voreingenommenheit, ohne Schuldige zu benennen ...«

»Aha«, sagte Cordobes und meinte, jetzt endlich kapiert zu haben.

»Dann«, fuhr sie fort, »würde der Nachlaß anders geregelt werden.«

»Es geht um den Unterschied«, sagte er, »zwischen einer toten und einer vermißten Person. Wenn jemand tot ist, kann man ihn aus dem Testament ausschließen, wenn er aber noch vermißt wird, muß man entsprechende Vorkehrungen oder so was treffen.«

»Genau. Damit brauchen Sie sich aber nicht zu befassen. Wir verlangen nur von Ihnen, Mr. Quinn zu finden, das Gespräch zu organisieren, wenn er einverstanden ist, und das wär's dann. Wir sind bereit, die Sache zwei Wochen lang zum vereinbarten Preis zu finanzieren, und wenn sich bis dahin nichts entschieden hat, werden wir die Idee aufgeben.«

Cordobes nickte. »Ziemlich blöder Zeitpunkt, das zu versuchen – über Weihnachten.«

Sie sah ihn durchdringend an. »Was bleibt uns denn anderes übrig? Irgendwann wird Quinn garantiert mit jemandem reden. Wenn er von den Medien Geld dafür bekommt, wird das seine Aussage in den Augen des Gerichtes vermutlich ungültig machen. Entweder sprechen wir als erste mit ihm oder gar nicht.«

»Ja. Verstehe.«

Joni Lascelles beendete ihre Notizen und legte den Block auf den Tisch.

»Können Sie das für uns tun?«

Cordobes zuckte die Schultern. Er wurde zu alt dafür, den Leuten etwas vorzumachen.

»Wie ich schon am Telefon sagte, ich kenne Leute im Obispo-Gefängnis. Gute Leute. Es ist ihnen zuwider, daß Quinn überhaupt *rauskommt*. Und das macht sie ein bißchen vorsichtig bei dem, was sie sagen. Verstehen Sie, kann sein, daß nicht nur die Medien hinter dem Kerl her sind. Eine Menge Verrückte würden ihn liebend gern abknallen, wenn sie die Chance dazu bekämen. Gibt eine gute Jagdtrophäe fürs Arbeitszimmer ab. Und ich kann mir nicht vorstellen, daß viele was dagegen hätten.«

»Und?«

»Und wie ich schon am Telefon sagte, habe ich einen ziemlich guten Tip aus Obispo, daß der Mann auf dem Weg hierher ist. Aber mehr war nicht rauszukriegen. Und mit *hier* meine ich den Staat Washington, der ein einziges Riesenversteck ist. Es ist ein Anfang, kein sehr guter, aber es ist ein Anfang.«

»Was haben Sie also als nächstes vor?« fragte sie, und Tom Cordobes merkte, daß er sich nicht gerne ausfragen ließ, besonders nicht von jemand so Jungem, absolut nicht.

»Als nächstes muß ich sehen, welche Verbindungen es gibt. Ich schätze, daß er einen Grund hat, hierherzukommen, daß jemand dafür bezahlt. Seine Eltern sind tot. Ich habe mir seine Unterlagen angesehen. – Ich mag zwar alt sein, Miss Lascelles, doch auch ich besitze einen Computer. – Die Eltern haben ihm ein bißchen Geld hinterlassen, von dem er allerdings nicht leben kann. Vielleicht kümmere ich mich als erstes um Verbindungen, Zusammenhänge, suche nach Leuten, die Mitte der siebziger Jahre von Palo Alto hierhergezogen sind, vielleicht kommt dabei was raus. Das ist das Beste, was ich im Moment vorschlagen kann.«

Joni Lascelles nickte und lächelte enthusiastisch. »Gut, genau das, was ich mir auch dachte. Soviel ich gelesen habe, war Quinn Teil einer bestimmten Subkultur. Das könnte uns weiterhelfen.«

Sie lächelte ihn an, und es war schwer, sich von diesen Augen zu lösen. »Sie meinen, er war ein Hippie?«

»Genau«, sagte sie, und er konnte spüren, wie ihr Eifer beim Sprechen übersprudelte, konnte ermessen, wie wenig sie sein Interesse an ihr wahrnahm. »Und schauen Sie sich die Zeit an. Auch noch ein später Hippie. Haight Ashbury war 1975 längst vorbei. Die Dinge hatten sich weiterentwickelt. Es war keine allgemeine Szene, zu der er gehörte, es war eine Zeitschleife, etwas, das in der Vergangenheit hängengeblieben war wie eine Fliege im Bernstein.«

»Ja«, sagte Cordobes und grinste. »Und wissen Sie, das ist interessant. Eine nette, junge Anwältin, die sich für Zeitgeschichte interessiert. Das ist ungewöhnlich. Das ist wirklich ungewöhnlich.«

Im Zimmer wurde es still, was Tom Cordobes nichts ausmachte. Überhaupt nichts. Er mochte Joni Lascelles, könnte vielleicht lernen, sie noch viel mehr zu mögen, konnte die Arbeit gebrauchen und würde ihr auf jeden Fall die Nummer des billigen Motels am Stadtrand dalassen, bevor er das Pequod verließ, falls sie ihn zwischen den regelmäßig zu erstattenden Berichten sprechen wollte.

Aber es wäre ihm äußerst unangenehm gewesen, wenn diese nette junge Anwältin denken würde, er wäre vertrottelt oder so was.

3

Die Scheune

Man hüte sich, zu freimütig zu sein; nur Hunden steht es zu, sich den ganzen Tag lang zu paaren.
FRIEDRICH NIETZSCHE

1975, bevor das ausgedehnte Gresham-Woods-Einkaufszentrum gebaut und der Grundwasserspiegel von halb Palo Alto und Menlo Park abgesenkt wurde, führte der San-Jacinto-Creek manchmal auf seinem langen, gewundenen Weg von der Quelle in den Los-Altos-Hügeln noch ein bißchen Wasser mit sich. Der kleine *arroyo* mäanderte träge den ganzen Weg hinunter durch trockenes, unbebautes Buschland bis hin zum großen Highway des El Camino Real, der alten spanischen Siedlerstraße, wo er in einem Abzugskanal nahe der CalTrain-Bahnlinie von San Francisco nach San Jose und darüber hinaus verschwand, um dann irgendwo bei der University Avenue ins öffentliche Abwassersystem zu münden. Das Flußbett war gewöhnlich beim Erreichen des Highways knochentrocken, bis auf den Greshamwald, ein paar Hektar mit Eukalyptusbäumen, deren Rinde in der kalifornischen Sonne abblätterte und deren Blätter die Luft ständig mit dem unangenehmen Geruch von Hustenbonbons erfüllte, die aber genug Schatten für ein wenig Schlamm und vielleicht sogar ein Rinnsal brackigen Wassers abgaben.

Der Bach führte mitten durch den Wald, hatte ein fast drei Meter sechzig hohes Steilufer und trennte Palo Alto von Menlo Park. Die Bäume boten den Landstreichern, die ihren Weg aus der Stadt hierhergefunden hatten, gewöhnlich als Mitreisende auf den Güterzügen, ein wenig Schutz. Die Penner verdreckten das steinige Flußbett mit Einkaufswagen, leeren Flaschen, Bierdosen und Plastikbeuteln. Wenn man nahe genug kam, vorbei an den Spielfeldern, wo die Sportbegeisterten von Stanford Fußball und Rugby spielten, konnte man über die unübersehbaren Anzeichen ihrer schattenhaften Unterwelt stolpern. Ein widerlicher Gestank nach Fäkalien und Urin drang unter den Plastiktüten hervor, die am Fuße der Eukalyptusbäume lagen; er kämpfte einen täglichen Kampf gegen den schweren Geruch der Blätter und der Benzin- und Dieselwolken, die vom El Camino herüberwehten. Niemand würde eine Prognose gewagt haben, wer in diesem Kampf gewann.

Es war zehn Uhr morgens, und Roscoe Sutter – von den Einwohnern der Scheune seit dem Moment ihres Einzugs nur Muttley, der Murmler genannt – biß hungrig in die Reste eines kalten, fettigen Hamburgers, den er auf der Straße in der Nähe der Oasis-Bar gefunden hatte. Morgen würden die Kirchenleute zur University Avenue kommen, richtig sentimental werden und den Obdachlosen ein ordentliches Weihnachtsessen spendieren. Er war noch nicht dort gewesen, denn er hatte die letzten zwei Winter in der Stadt verbracht, bis es ihm da zu gefährlich wurde, aber er hatte bereits davon gehört: kostenloses Essen, Wärme, vielleicht etwas zum Anziehen. Das würde er sich keinesfalls entgehen lassen, aber im Moment war er mit einem weggeworfenen Hamburger durchaus zufrieden.

Roscoe Sutter saß auf dem Boden, den Rücken an einen Baumstamm gelehnt, und aß, ohne nachzudenken. Sein verwirrter Geist nahm das unvertraute Geräusch aus dem Flußbett, den sanften Klang fließenden Wassers, nur halb wahr. Etwas bewegte sich zu seiner Linken, auf dem Pfad über die Eisenbahnschienen, und er drehte sich wider besseren Wissens danach um. Ein langhaariger Junge in ausgebeulten Jeans schlurfte gedankenverloren über den Pfad, die Hände tief in den Taschen vergraben. Roscoe spürte, wie die Wut in ihm aufstieg, bis in seine Kehle, und daß er sich nicht dagegen wehren konnte. Die Collegekids taten ihm nichts, außer ihn zu verspotten. Niemand hatte ihn verprügelt, seit er die Stadt verlassen hatte, woran er sich auch erst gewöhnen mußte. Aber sie hatten etwas an sich, das ihn in Rage brachte, und wenn er einmal angefangen hatte, konnte er nicht mehr aufhören.

Er begann wortlos zu murmeln, gerade laut genug, daß der Junge es hören konnte. Es war eine Angewohnheit, die Sutter nicht in der Gewalt hatte und der er seinen Spitznamen verdankte. Der Junge lauschte eine Weile dem aus dem schattigen Eukalyptusgehölz dringenden übellaunigen Gemurmel und ahmte es dann nach

rassenfrassenrassenfrassenrassenfrassenrassenfrassen

ahmte es so exakt nach, daß der alte Landstreicher immer wütender wurde. Muttley, der Cartoonhund, immer da, immer einsatzbereit. Und kein Dick Dastardly, der ihn in Schach hielt. Hal Jamieson fragte sich, wer zuerst auf den Namen gekommen war. Michael? Vermutlich. Er kam auf die meisten Sachen, außer bei Dope (das war Hals Stärke). Er hatte die Regeln aufgestellt, nach denen sie in der Scheune lebten, und niemand wußte so recht, wie es passiert war.

Hal Jamieson hörte mit dem Murmeln auf, sobald Muttley außer Hörweite war, atmete tief durch den Mund ein und hoffte, er würde es bis zur Vordertür schaffen, ohne noch mal den gräßlichen Gestank aus dem Wald in die Nase zu kriegen. Er schaffte es nicht. Wieder zuviel geraucht, dachte er, und erstickte fast an seinem Lachen.

Die Scheune war schon vieles gewesen, aber nie eine Scheune. Auch dieser Name stammte von Michael, und er war irgendwie hängengeblieben. 1973, als die Baulöwen das

Land um den San Jacinto unter die Lupe nahmen und ernsthaft eine Bebauung rechts und links vom El Camino in Erwägung zogen, war das Gelände in einen vorübergehenden Zustand des Verfalls geraten. Niemand wollte riskieren, dort Bauland zu kaufen, aber es wollte auch keiner verkaufen, falls sich gerade dieses Stück steinigen Bodens als idealer Platz für einen neuen Wendy's-Drive-in oder, mit etwas Glück, den nächsten Nordstrom-Laden erwies. Eine Starre legte sich über die Gegend, bis das von der Ostküste heranflutende Geld zur Ruhe kam und beschloß, sich irgendwo niederzulassen. Da aber niemand genau wußte, wann und wo das passieren würde, wurden die kleinen Häuser und Grundstücke in der Nähe des Waldes, erreichbar über ungepflasterte Privatwege, immer stärker vernachlässigt und gerieten täglich mehr in Vergessenheit.

Die Scheune war ein einstöckiges Holzhaus, das in den zwanziger Jahren als Landhandelsgeschäft gedient hatte, als Orangensaft der heißeste Verkaufsschlager des Tals war. Das war die Zeit vor den Mikroprozessoren, die Zeit vor dem Internet. Damals lebte das Tal vom Obstanbau und schickte Ströme von Orangensaft nach San Francisco und darüber hinaus, der Tropfen für Tropfen aus den gutgepflegten Obstplantagen an den Hängen des Tals stammte, entlang des flachen, eiszeitlichen Flußbettes, bewässert von den Bächen aus den rechts und links aufragenden, braungezackten, wie für die Ewigkeit bestimmten Bergen. Im Laufe der Jahre, als der Obstanbau anderen Industriezweigen Platz machte, als Stanford wuchs und neue Firmen wie Hewlett-Packard und Xerox aus den Garagen von Professoren, die ihre akademischen Gehälter aufbessern wollten, hervorwuchsen, ging der Landhandel bankrott, der Laden wurde zu einer Art Wohnung umgebaut und eine Reihe von Besitzern kamen und gingen, blieben nie lange. Was nicht daran lag, daß das Haus häßlich war. Es war aus braunem Holz, hatte ein großes

Wohnzimmer, von dem drei Schlafzimmer abgingen, eine schmale kleine Küche, ein Badezimmer und zwei Nebengebäude. Es gab viel schlimmere hier in der Gegend, und einige wurden hübsch angemalt, mit einem Gartenzaun versehen und für einen anständigen Preis an die neue Flut von Akademikern und Berufstätigen, die in den fünfziger Jahren in zunehmender Zahl ins Tal strömten, verkauft. Das waren neue Leute, professionell, zukunftsorientiert. Aber sie mochten das Tal. Ihnen gefielen die alten Städtchen und Dörfer, die ein wenig europäisch wirkten. Ihnen gefiel es, daß die Gegend Stil und Klasse und etwas Etabliertes hatte, was in den wachsenden Vororten der Stadt nicht der Fall war. Alt bedeutete gut, vor allem, wenn es um Häuser ging. Aber es mußte die richtige Art von alt sein.

Das Problem war, daß die Scheune sich immer wieder als Bestätigung des Spruchs eines alten Immobilienmaklers erwies: Das Wichtigste ist die Lage, die Lage und die Lage. Kaum anderthalb Kilometer entfernt lag der ausgedehnte, Wohlstand vermittelnde Campus von Stanford mit seinen geschmackvollen Gebäuden, dem gepflegten Gelände und diesem flachen, geordneten Aussehen, das verkündete: Kommt her, Jungs, und ihr werdet mit allem, was ihr anpackt, Erfolg haben. Aber es war einfach zu weit weg von der Scheune, die auf der falschen Seite der alten spanischen Straße lag, ungewaschen, ungepflegt, mitten in einem Wald, der nach einer Mischung von unterirdischem Männerklo und Drogerie roch. Die Sonne drang nur selten durch das Gewirr schattiger Eukalyptusbäume, es gab keine richtige Straße, nur einen gewundenen Feldweg, und alle dreißig Minuten oder so, wenn man es am wenigsten erwartete, kam das Donnern der Räder, das Schrillen der Dampfpfeife, und CalTrain schickte ein riesiges, so langsames und schweres Eisenmonster über die Schienen, daß man das Zittern der Bodenbretter spüren konnte.

1968 entdeckte ein gerade aus Vietnam zurückgekehrter Air-Force-Lieutenant, der etwas von seinem mit Rauschgifthandel verdienten Geld loswerden wollte, das zum Verkauf angebotene Grundstück in einer Broschüre, rief einen ihm bekannten Makler an, hielt die Sache für riskierenswert und kaufte das Haus plus einiger Hektar des umliegenden Eukalyptuswaldes. Er wohnte in Austin, Texas, und sah sich das Ganze niemals an, selbst als es auf jeder Titelseite abgedruckt war, auf jedem Bildschirm im ganzen Land auftauchte. Drei Jahre später verkaufte er es mit siebenhundert Prozent Gewinn und hielt sich für einen intelligenten und glücklichen Mann.

Anfang 1975 war sich der Air-Force-Lieutenant nicht so sicher gewesen. Er hatte eine beträchtliche Summe investiert, aber es kam nichts zurück. Also wandte er sich an einen örtlichen Makler und bat ihn, Mieter zu finden; egal wen, Hauptsache, sie zahlten im voraus und verlangten keine dämlichen Vereinbarungen im Vertrag, die ihnen Sicherheit, Rechte oder sonst was garantierten, was einem schnellen Verkauf im Wege stünde, falls der Markt plötzlich anzog.

Michael Quinn hatte die Anzeige in der Lokalzeitung gesehen. Wie alle anderen, die er in Stanford kannte, war er in einem Studentenheim untergebracht. Studentenheime waren sauber, eine Beruhigung für die Eltern und garantierten ein bestimmtes Maß an Versorgung. Aber sie stellten auch Regeln, Bestimmungen, Einschränkungen auf. Dinge, die einen einsperrten, einem vorschrieben, was man zu tun hatte. Innerhalb von zwei Tagen hatte Quinn sich die Einzelheiten über das Mietobjekt besorgt, die erste Jahresmiete mit erstaunlicher Leichtigkeit von seinen Kommilitonen in der Elektroingenieur-Fakultät zusammengekratzt und den in seinem Namen ausgestellten Mietvertrag unterschrieben. Alle anderen Namen ließ er raus, falls etwas schiefgehen sollte, was bei all dem Dope und dem anderen Zeug, das da umgeschlagen werden sollte, durchaus passieren konnte. Nicht, daß irgend jemand vorhatte, dort tatsächlich zu wohnen, zumindest nicht ständig. Es war einfach ein Ort, wo man sein konnte, ohne von den falschen Leuten beobachtet zu werden.

Die einzige Regel sei, daß es keine Regeln gäbe, sagte Michael Quinn am Einzugstag. Und so war es dann auch im großen und ganzen gelaufen.

Hal Jamieson schob die Tür auf. Sie war so gut wie nie abgeschlossen. Es gab nichts sonderlich Wertvolles, außer einer zerkratzten Stereoanlage, einer guten Schallplattensammlung und Dope im Werte von durchschnittlich zweitausend Dollar, je nachdem, wie gut er in der Stadt abgeschnitten hatte und ob man den Wert daran bemaß, was er bezahlt hatte, was seine Kunden bezahlten oder was, um es in der Polizeisprache auszudrücken, der »Straßenpreis« war.

»After the Goldrush« dröhnte aus den Lautsprechern der Stereoanlage; Neil Youngs hohe Stimme durchschnitt das dämmrige Innere des Raumes. In der Ecke auf der anderen Seite, über das Plattencover gebeugt, die langen, blonden, glatten Haare auf das sonnengebräunte Foto des Sängers herabhängend, drehte jemand einen Joint. Hal schaute genauer hin.

»Maus«, sagte er zu sich in der fast vollständigen Dunkelheit. Ein rundes, ausdrucksloses Gesicht starrte ihn mit offenem Mund an. Sie war schon völlig bedröhnt, wie üblich, aber das spielte kaum eine Rolle. Maus – er kannte ihren richtigen Namen noch nicht – war jemand, den Quinn gerade aufgegabelt hatte, von der Straße, jemand, der nichts über das College wußte, jemand, der den Müll raustrug, jemand, mit der Quinn vögelte, wenn ihm danach war. Außerdem war sie noch nicht mal Studentin, arbeitete nur irgendwo als Bedienung und benutzte die Scheune als Zuhause, nicht als Vergnügungsort wie die anderen. Sie machte hin und wieder sauber, kümmerte sich ein bißchen ums Haus. Das war ganz angenehm, auch wenn die Gespräche mit ihr kaum über Bands und Dope hinausgingen.

Sie deutete mit dem Kopf auf eine der Schlafzimmertüren. »Er ist da drinnen. Liest.«

Maus ließ es so klingen, als sei das fast so schlimm wie *Mary Poppins* anzuschauen.

Hal Jamieson betrat das Schlafzimmer. Es stank nach Schweiß und Ungewaschenheit. Michael Quinn saß auf dem Bett, über ein großes Buch gebeugt, das aussah, als käme es aus der Laborbibliothek. Jamieson schaute auf die aufgeschlagene Seite, sah einen Untertitel, der irgendwas mit Quantenmechanik zutun hatte, schüttelte den Kopf und fragte sich, warum Quinn sich mit diesem Zeug abgab. Dann griff er in die Tasche seines Mantels, zog einen kleinen, zerknitterten Umschlag heraus, streckte die Hand aus und ließ Quinn hineinsehen. Zehn kleine Pillen, dunkelrot und harmlos aussehend.

»Ein neues Acid, frisch auf dem Markt«, sagte Jamieson. »Sie nennen es Desert Rose.«

Quinn sah von seinem Buch auf, und Jamieson spürte, nicht zum ersten Mal, wie ihn ein Schauer überrann. Michael Quinn – irgendwie hatten sie alle akzeptiert, *wußten* sie alle, daß man seinen Vornamen nicht verkürzen durfte – sah aus, als hätte er in einem Kirchenchor singen sollen: magerer Körper, kurzgeschnittenes blondes Haar, ein engelgleiches Gesicht, eisblaue Augen, die einen anblitzten, egal, mit wieviel Dope man ihn abfüllte. Jamieson überlegte kurz, ob es wohl irgend etwas gab, das Quinn nicht tun würde, wenn ihm danach war. Einiges, was hier in der Scheune passiert war, hatte Hal ziemlich zugesetzt, hatte ihn sich die Frage nach den Grenzen stellen lassen, hatte ihn erkennen lassen, daß es für Quinn in zunehmendem Maße keine Grenzen *gab*.

»Du solltest mehr Bücher lesen«, sagte Quinn. »Danach schmeckt das Dope noch besser.«

Dann griff er in den Umschlag, nahm eine Tablette raus, legte sie sich sanft auf die Zungenspitze, lächelte, ließ kleine, scharfe, etwas gelbliche Raubtierzähne aufblitzen und schluckte.

4

Pike Place

Unsere Erfindungen sind nichts als hübsche Spielzeuge, die unsere Aufmerksamkeit von ernsthaften Dingen ablenken. Sie sind nur verbesserte Mittel für einen unverbesserten Zweck.

Henry David Thoreau

They said, ›You have a blue guitar,
You do not play things as they are.‹
The man replied, ›Things as they are
Are changed upon a blue guitar.‹

Wallace Stevens
»The Man with the Blue Guitar«

Das kleine Computergenie, auch Genius genannt, hing tief über einen Apple 9500 PowerMac gebeugt, die Kopfhörer auf den Ohren, und lauschte einer Sache, die ein Grinsen auf sein bleiches, wächsernes Gesicht zauberte, so breit, daß der dünne braune Schnurrbart auf seiner Oberlippe bereit schien, den Geist aufzugeben und Haar für Haar auszufallen. Er hieß Jamie Earl Dexter und war vor kurzem fünfundzwanzig geworden, aber das spielte keine Rolle; im Pike Place Studio – wo sein offizieller Titel Aufnahmeassistent der Produktion lautete – war und blieb er das kleine Computergenie.

Seine Augen waren fest geschlossen, und er summte laut und falsch, wie Leute es tun, wenn ihnen die Musik in ihren Kopfhörern gefällt. Erst als er etwas in der Luft spürte, etwas, das nicht in die Tiefen von Pike Place gehörte, öffnete er die Augen, nahm einen schwachen Parfümgeruch war, sah Joni Lascelles ins Gesicht, wurde knallrot und begann zu stammeln.

»*Stutenalarm, Stutenalarm*«, murmelte Genius mit immer höher werdender Stimme. »Himmel. Frank? Frank? *Stutenalarm!*«

Paul Dunsany kam aus dem Kontrollraum, Kopfhörer um den Hals, Kabel bis zur Hüfte herunterhängend, schaute sie an, sah die Erheiterung in ihrem Gesicht, lächelte, zuckte die Schultern.

»Genius«, sagte er.

Genius schwitzte stark, die Fettrollen bewegten sich sanft unter seinem schmuddeligen Pearl-Jam T-Shirt, so daß er aussah, als würde er gleich in Tränen ausbrechen.

»Genius. Wenn du willst, daß ich die Sanitäter rufe, sag es, aber laß uns zuerst versuchen, es selber hinzukriegen. Beruhige dich. Nimm's mit Ruhe. Atme tief durch. Du schaffst das schon, Junge, wirklich, du schaffst das.«

Genius' fettes Gesicht zitterte wie ein Wackelpudding. »Ich hab ›Stutenalarm‹ gerufen, und Frank ist nicht gekommen. Ist einfach nicht gekommen.«

Dunsany ging zu ihm und legte ihm tröstend die Hand auf die Schulter, wobei er Joni Lascelles nicht aus den Augen ließ. Man gewöhnte sich so sehr daran, picklige Jungs durch das Studio schlurfen zu sehen, daß man schließlich nichts anderes mehr erwartete. Paul Dunsany war der zweite Mann in Seattle, der an diesem Tag Joni Lascelles Lächeln zu sehen bekam und es hypnotisch fand, etwas so Aufrüttelndes, daß man es nicht ignorieren konnte.

»Hallo!« sagte sie, und Genius spürte sofort, wie sich seine Brauen runzelten. Das klang überhaupt nicht nach Seattle. Noch nicht mal nach Bellevue oder Redmond, wo die Reichen wohnten.

Paul Dunsany lächelte zurück und konnte sich nicht vorstellen, warum ihm so unbehaglich war. Sie war so gelassen, sie sah so *dünn* aus. Und selbstbewußt. Strahlte ein so knallhartes Selbstbewußtsein aus, wie sie dastand und sie anschaute, daß es ausgeschlossen schien, sich ihrem Anliegen nicht zu widmen. Ihr Haar war eine Fülle, ein Wust blonder Locken. Die runde Sonnenbrille auf ihrer Nase paßte perfekt dazu. Sie nahm die Brille ab, und er blickte in große, runde, blaue Augen, die seinem Blick nicht für eine Sekunde auswichen.

»Sind Sie *Künstlerin?*« fragte Paul Dunsany.

Genius dachte, seine Augenbrauen würden zusammenwachsen und für immer gerunzelt bleiben. Der Boss sprach nie so mit anderen. Auch nicht im Zanzibar, wenn eins der Mädels zu tief ins Glas geschaut hatte und voll auf ihn abfuhr, nachdem sie ihn hatte spielen hören, nachdem er irgendein altes Stück gespielt hatte, vielleicht JJ Cale, vielleicht was von Cooder, es langsam, ein bißchen anzüglich und schmachtend mit seiner tiefen Stimme gesungen hatte, nur von der Gitarre begleitet, kein Keyboard, kein Synthesizer und schon gar keine digitalisierte Rhythmusmaschine. Genius verbrachte sein halbes Leben damit – die Hälfte, in der er keine elektronischen Noten auf einen hochauflösenden Bildschirm malte –, von Frauen zu träumen, und je mehr er träumte, desto weiter entfernten sie sich. Der Boss schien sie einfach an sich abprallen zu lassen, ohne sie zu bemerken. Was für eine Verschwendung.

Die Dame lachte, es war ein nettes Geräusch. Es entlockte Genius ein Lächeln, also starrte er auf den Bildschirm und versuchte es zu verbergen.

»Muß man Künstlerin sein, um hier reinzukommen?«

Sie sah Paul Dunsany mit schräggelegtem Kopf an. Eine komische Angewohnheit, dachte er. Als würde sie ihn studieren, ihn überprüfen.

Wieder zuckte Dunsany die Schultern und spürte dann, wie seine Narbe zu brennen begann, rieb daran, fragte sich, was zum Teufel hier eigentlich vorging. »Nicht unbedingt. Wir nehmen sie, wie sie kommen. Unser Genius hier, der ist allerdings ein echter Künstler.«

Genius merkte, wie er bis unter die Wurzeln seiner schmierigen braunen Haare rot wurde.

»Er bringt die unglaublichsten Sachen auf dem Computer zustande. Er führt hier den Laden, glauben Sie mir. Ist einfach nur nicht der sensible Typ von Künstler, was, Genius?«

»Hab' ›Stutenalarm‹ gerufen. Der verdammte Frank ist einfach nicht gekommen«, grummelte Genius, die Augen immer noch auf den Bildschirm gerichtet.

Dunsany verstaute das Band, an dem er gearbeitet hatte – ein Jingle für eine neue Limonade namens Karma, die das Gedächtnis stärken und den Cholesterinspiegel senken sollte, gesungen von der führenden Ella-Fitzgerald-Imitatorin der Stadt –, und betrachtete die Besucherin genauer. Joni Lascelles trug ein dunkelblaues Wolljackett, dazu große Silberohrringe, und sah aus, als wäre sie der Werbung für eine Retrospektive der sechziger Jahre entsprungen, außer daß sie Köpfchen zu haben schien, soviel war offensichtlich.

»Der Mann aus dem Bioladen hat mich geschickt«, sagte sie mit langsamer, tiefer, artikulierter Stimme.

»Ah ja!« meinte Dunsany. »Marti das Großmaul. Das Einmannachrichtensystem vom Pike Place. Sagen Sie, schulde ich Ihnen Geld? Läuft irgendein Haftbefehl gegen mich? Die meisten, die Marti mir dieser Tage schickt, wollen Geld. Das ist der Lauf der Welt.«

»Kein Geld«, sagte sie und hörte die Müdigkeit, die Resignation aus seiner Stimme heraus. Das Studio sah schäbig aus. Vielleicht, dachte sie, sehen alle Studios schäbig aus. Aber hier gab es auch Geldschwierigkeiten. Das konnte man spüren.

»In dem Fall können Sie sich setzen«, sagte Dunsany. »Selbst wenn Sie keine Künstlerin sind.«

Sie beachtete seine Anspielung nicht, faltete nur die Hände auf dem Tresen. Es waren lange Hände, lange, weiße, zartgliedrige Finger. Kein Ring, bemerkte er und hätte sich für diesen Gedanken gleich einen Stoß versetzen wollen. Man geriet in seinem Alter nicht mehr so leicht in Hitze. Es war nicht richtig. Es war unpassend. Wenn irgendwas passierte, wartete man einfach ab, bis es einen erreichte, so stark, so beharrlich, daß man nicht nein sagen konnte. Paul Dunsany betrachtete sie, spürte auf mehr als eine Weise die Jahre von sich abfallen und fand das Gefühl alles andere als angenehm.

»Ich brauche einen Rat«, sagte sie und setzte die Sonnenbrille wieder auf, aus keinem vernünftigen Grund, soweit er sehen konnte, bei der dämmrigen Beleuchtung des Raumes. »Ich schreibe. In England schreibe ich Artikel über Rockmusik für die Kulturseiten einiger Zeitungen und Zeitschriften. Ich bin über Weihnachten mit einem Billigflug hergekommen und brauche ein paar Ratschläge, wo ich hingehen könnte. Musikkneipen und solche Sachen, die ich in meinem Artikel erwähnen könnte.«

»Verstehe«, sagte Dunsany, schob die Kassette mit der Werbemusik in einen wattierten Umschlag und überlegte, was an dieser Frau so seltsam, so faszinierend schien. »Die Szene in Seattle. Sind die Leute in England immer noch daran interessiert? Ich bin ein alter Mann, wissen Sie, ich verfolge die Sache nicht mehr so genau, aber ich dachte, ihr da drüben hättet wieder die Führung übernommen und nicht wir. Grunge ist alt. Schauen Sie sich am Pioneer Square um, gehen Sie in die Clubs. Sie können es spüren.«

Sie verkrampfte ihre langen weißen Finger über dem Tresen. Er war sich nicht sicher, was es war. Nervosität oder etwas anderes?

»Ich bin nicht an Grunge interessiert«, sagte sie, und er wünschte sich, sie würde die Sonnenbrille abnehmen, ließe ihn die Person sehen, die er zuvor gesehen hatte. »Ich wollte weiter zurückgehen als das. Ich wollte etwas darüber schreiben, was von der Hippiekultur übriggeblieben ist. Was in den Sechzigern, den Siebzigern aus Kalifornien kam. Welchen Einfluß es jetzt noch hat. Man sagte mir, hier wäre der richtige Ort, das rauszufinden.«

Dunsany dachte kurz darüber nach, war sich nicht sicher, ob er richtig gehört hatte. »Was?«

Sie sagte nichts, schien etwas erschreckt über die Plötzlichkeit seiner Reaktion.

»Wenn Sie rumlaufen und in dieser Stadt solche Fragen stellen, Lady, könnten die Leute das sehr übelnehmen. Hier ist *nicht* der richtige Ort. Fahren Sie nach San Francisco, da kriegen Sie die wirklichen Freaks zu sehen, ausgestopfte Ausstellungsstücke, Perlen, Patschuli, Sweatshirts von den Greatful Dead – soviel ich weiß. Wahrscheinlich ein historisches Archiv, vielleicht sogar ein Themenpark. Das hier ist Seattle. Wir sind ...«

Er suchte nach dem richtigen Wort, es fiel ihm aber nicht gleich ein.

Genius sah vom Bildschirm auf, sein rundes, schwammiges Gesicht todernst.

»Wir sind keine Traumtänzer«, sagte er. »Das hier ist 1995, beinahe schon '96. Wir leben in der Gegenwart.«

Und dann schob er wieder seine Maus herum, die Augen starr auf den Bildschirm gerichtet.

Sie sagte nichts, und Dunsany wußte sofort, daß sie die Sonnenbrille nicht abnehmen würde, jetzt nicht, eine ganze Weile nicht. Ein blasses, verschwommenes Gefühl der Enttäuschung hing um ihren Kopf, um ihre blonden, im dämmrigen Licht des Studios schimmernden Locken, das war nicht zu übersehen. Dunsany hatte plötzlich Mitleid mit ihr, war erschrocken, vielleicht ein wenig schockiert von der Vorstellung, daß jemand wie sie verzweifelt, einsam sein könnte.

»Sie sind den ganzen weiten Weg aus England hergekommen?« fragte er. »Deswegen? Über Weihnachten?«

Diesmal zuckte Joni Lascelles die Schultern. »Es war mir wie eine gute Idee vorgekommen.«

»Himmel. Ich wußte nicht, daß ihr Engländer so impulsiv seid. Kennen Sie hier jemanden? Haben Sie irgendwelche Pläne?«

Sie schüttelte den Kopf. Dunsany seufzte. Er war an das scheinbar ziellose Auftauchen und Verschwinden von Menschen in dieser Stadt, in seinem Leben gewöhnt. Manchmal dachte er, das sei es, was das Leben, was Amerika wirklich ausmachte: ein zielloses Herumwandern, sich treiben lassen und sich dabei an allem erfreuen, was einem über den Weg lief. Aber für gewöhnlich sahen sie nicht so aus wie die hier – so selbstbewußt, so bemerkenswert, so offensichtlich ihrer selbst sicher, trotz der Zerbrechlichkeit, der spröden Nervosität, die von ihr ausging. Sie hatte etwas ungeheuer Zielstrebiges. Man konnte sich nur schwer vorstellen, daß diese Frau sich irgendwohin treiben ließ, wohin sie nicht wollte.

»Schlechte Recherche«, sagte Genius, ohne die Augen vom Bildschirm zu nehmen. »Wenn man was Vernünftiges schreiben will, muß man anständig recherchieren. Das weiß ja sogar ich.«

»Ja«, sagte sie. »Schlechte Recherche. So was passiert.«

Selbst Genius spürte, daß er Mitleid mit ihr empfinden könnte. Die Stadt war ein kalter, feuchter, erbärmlicher Ort, wenn man allein war. Zum Teufel, selbst wenn man Leute kannte, war es die meiste Zeit nicht viel anders.

Dunsany griff unter den Tresen, zog ein Faltblatt vom Club heraus und reichte es ihr.

»Wenn Ihnen danach ist, kommen Sie runter zum Pioneer und besuchen Sie uns im Zanzibar. Wie es in dem Song heißt, nur für die Verlorenen und Einsamen. Aber kein Nirvana, kein Rap, kein Techno.«

Sie schaute auf das Faltblatt, auf das Farbfoto einer Band. Dunsany stand in der Mitte, hielt eine hellblaue Fender Stratocaster in der Hand.

»Sie spielen?«

Dunsanys Augen weiteten sich, und er schaute sie mehr als ein bißchen amüsiert an. »Sie schieben mich gewöhnlich im Rollstuhl auf die Bühne, wenn ich es mit der Gehhilfe nicht mehr schaffe. Heutzutage schlage ich keine Hoteleinrichtungen mehr zusammen, aber wenn ich mich ordentlich fit fühle, kann ich immer noch eine richtige Sauerei im Badezimmer veranstalten. Hängt mit dem Alter zusammen, wissen Sie, wie Inkontinenz und Gebisse. Die wirklich häßlichen Details erspare ich Ihnen lieber.«

Jetzt lachte sie mit ihm, und das gefiel ihm. Er mochte es, wie sie ihn anschaute, so freimütig, so offen, so erstaunt. Es gefiel ihm, daß sie nun die Brille absetzte, ihn das blaue Blitzen sehen ließ, so lebendig, so anziehend, daß er sich beinahe wünschte, sie hätte es gelassen, beinahe wünschte, sie hätte nein gesagt und wäre für immer verschwunden. Das wäre vielleicht doch besser gewesen.

»Ich werde versuchen, es einzuschieben«, sagte sie und steckte das Faltblatt in die Handtasche.

»Das wäre ... *nett*«, erwiderte Dunsany und versuchte, dem Wort einen englischen Akzent zu geben.

Und innerlich sagte er sich, als sie zur Tür ging, sich noch einmal umschaute, daß es genau das richtige Wort war. Im Nebel, im Schmutz, in der Seelenlosigkeit dieser Stadt war da ein Funken von etwas aufgetaucht, das *nett* sein würde.

Er nahm das Band mit der Werbemusik aus der Jiffytüte, ging, die Melodie vor sich hin pfeifend, zurück in den Kontrollraum und beschloß, es sich noch einmal vorzunehmen, es ein bißchen zu verbessern. Warum nicht?

Genius überlegte, ob er etwas sagen sollte, ob er sein Gesicht von den Viertelnoten und halben Noten auf dem Bildschirm abwenden sollte (die jetzt zu dem irgendwo in Arkansas aufgenommenen digitalisierten Schweinequieken tanzten).

Aber er tat es nicht. Genius wußte nur wenig über Frauen,

also kam es ihm nicht richtig vor, das zu sagen, was er dachte. Und was er dachte, war, daß diese nett aussehende englische Dame, die dem Cover einer Junkieplatte aus den Sechzigern entsprungen zu sein schien, sich als Ärger erweisen könnte. Als ziemlich großer Ärger.

5

Das Brausen und Desert Rose

Es ist Aberglaube, auf einer speziellen Diät zu beharren. Im Grunde besteht alles aus denselben chemischen Atomen.

RALPH WALDO EMERSON

Eine Droge ist weder moralisch noch unmoralisch – sie ist eine Chemikalie. Die Chemikalie selbst stellt so lange keine Gefahr für die Gesellschaft dar, wie nicht ein Mensch ankommt und meint, ihr Konsum sei gleichbedeutend mit der Erlaubnis, sich wie ein Arschloch zu benehmen.

FRANK ZAPPA

Was wir machen, ist so amerikanisch wie Lynchjustiz. Amerika war schon immer ein komplexes Land.

JERRY GARCIA
Interview in *Rolling Stone* vom 30. 11. 1989

Viereinhalb Stunden, bevor Rosamund Seymours Schreie eine Polizeioperation in Gang setzten, die zunächst die Polizei von Palo Alto und später einen Großteil von Amerika über die Weihnachtsfeiertage elektrisierte, begann Michael Quinn die ersten Auswirkungen des Alkaloids zu spüren, das durch seine Blutbahnen gepumpt wurde.

Desert Rose war ein Experiment. Aber die gesamte Sache mit Acid war ein Experiment, also sagte sich der Chemiestudent aus Berkeley, der den Prototyp dieses Halluzinogens in einem kleinen Mietlabor in einem abgelegenen Industriekomplex außerhalb Oaklands hergestellt hatte, was soll's? Es kam nicht darauf an. Nicht im geringsten. Noch nicht mal soviel wie ein Haar in Nixons Nase. Nicht zuletzt, weil der

Junge nicht die geringste Absicht hatte, das Zeug selbst zu nehmen.

Dank einiger neuer Bücher über Chemie und Botanik, die der Amateurdrogenmacher aufgetan hatte, war Desert Rose ein psychothropischer Cocktail, der das Alte mit dem Neuen vermischte, ein chemisches Destillat, kombiniert mit einer botanischen, rauscherzeugenden Verbindung. Es vermischte Lysergsäurediäthylamid mit zwei natürlichen, chemisch verwandten Alkaloiden: Mutterkorn, ein parasitischer, besonders auf Roggen zu findender Pilz, der aus dem Landwirtschaftslabor von Berkeley gestohlen worden war, und ein ebenso narkotisches Alkaloid aus dem Samen einer tropischen Windenart, importiert aus Mexiko. Der frischgebackene Chemiker mischte alle drei, fügte ein bißchen Färbe- und Bindemittel hinzu, füllte es dann in eine kleine Tablettenmaschine, damit etwas dabei herauskam, das man in einen Umschlag tun und für fünf Dollar pro Stück verkaufen konnte. Es war nicht vom Gesundheitsministerium abgesegnet worden, aber wer brauchte das schon, da jedes der drei Elemente des Cocktails ein bekanntes und sicheres Halluzinogen war.

Es schmeckte trocken und metallisch, hinterließ ein hartes, etwas unangenehmes Gefühl in der Kehle und trocknete den Gaumen aus. Und dann wartete man einfach. Schließlich war es Acid. Man wartete immer, fragte sich, ob man merkte, wie es passierte, oder ob es sich einfach von hinten anschleichen und einem einen Schlag auf den Kopf versetzen würde.

Quinn wußte in dem Moment, daß sich etwas verändert hatte, als das Buch vor ihm, der vorher unverständliche Text über Quantenmechanik, plötzlich einen Sinn ergab. Am Tag zuvor war er in der Vorlesung eines englischen Gastdozenten gewesen, eines Kerls namens Seymour, und hatte halb verwirrt, halb fasziniert zugehört, wußte, daß hier etwas Wichtiges geschah, etwas, das ihm helfen konnte, aber der

Schlüssel dazu, das Ding, das ihm die notwendige innere Vision öffnete, war ihm verborgen geblieben. Es hatte genaugenommen nichts mit Elektrotechnik zu tun. Aber irgendwas hatte ihm seit Monaten gesagt, daß alles um ihn herum, alles, was ihn interessierte, letztlich auf dasselbe hinauslief. Vielleicht war alles Mathematik, konnte man das Universum mit Kreide an eine Tafel schreiben. Vielleicht war alles Quantenmechanik, eine riesige Suppe aus Elektronen, Atomen, Molekülen und seltsameren Partikeln, die alles – das Album der Deads auf dem Sofa, den Schleim in seiner Lunge, die Ringe das Saturn, Gerald Ford – alles in einer nahtlosen, fleckigen Wolke zusammenhielt.

Dem großen, aggressiv aussehenden, rothaarigen Engländer war es um Elektroneninterferenz gegangen, und als Quinn ihn jetzt wieder in seinem Kopf hörte, legte sich ein kleiner Schalter um, ließ ihn nach dem Buch in seinem Schoß greifen, dessen Worte sich zu bewegen begannen, silberne Schnörkel an den Enden bekamen, zu einer Musik tanzten, die er noch nicht hören konnte, und sich in eine Art elementaren, existentiellen Streit stürzten, in dem Physik, Moral, Religion und etwas, das er als Realität zu betrachten versuchte, mit den Köpfen aneinanderprallten und sich aufs übelste verprügelten.

Wenn man Beweise wollte, hatte der Engländer gesagt, mußte man bis zum Jahr 1801 zurückgehen, als Thomas Young sein Schlitzexperiment durchgeführt hatte (was die Idioten im Hörsaal natürlich zum Kichern brachte). Egal. Quinn hörte begierig zu, konnte an nichts anderes denken, als der Engländer beschrieben hatte, was passiert war, als Young ein Licht auf eine Maske mit zwei schmalen Schlitzen und eine Leinwand dahinter gerichtet hatte. Wenn man die Schlitze schmal genug machte und sehr eng beieinander anbrachte, sah man auf der Leinwand keine zwei hellen Linien, sondern eine Art Muster, wie Wellen.

Quinn hatte die Idioten im Hörsaal unbeeindruckt mit der Schulter zucken sehen, hatte selbst aber weiterhin fasziniert auf die leise, lakonische, etwas eintönige, ihnen Verständnis abtrotzende Stimme des Engländers gelauscht.

Er verlor das Buch aus den Augen, schwamm in seinen eigenen Gedanken. Im angrenzenden Zimmer legte Maus eine Platte auf, wieder diesen Kanadier mit der hohen Stimme. Was passiert war, hatte der Engländer gesagt, und das ließ sich später leicht verifizieren, als man die Ausrüstung zum Verfolgen der einzelnen Photonen hatte, *beweisen* konnte, was passiert war – *round and round and round we spin* –, war, daß die einzelne Quelle, das einzelne Element, diese winzige Lichtessenz auf der anderen Seite des Filters mit sich selbst interferierte, daß das Muster, die Fransen aus ein und demselben Partikel bestanden, der mit sich selbst immer und immer wieder kollidierte.

Und das bedeutete, (Quinn konnte nicht fassen, daß man so was in dieser langsamen Eintönigkeit aussprach, konnte nicht fassen, daß man es nicht herausschreien wollte) daß der Partikel durch beide Schlitze zur gleichen Zeit wanderte. An zwei Orten – nein, mehr als zwei, überall – zur gleichen Zeit war. Daß er, sie alle, alles, jedes Partikel, jedes Stäubchen und winzigste Teilchen des Universums hier und nicht hier waren. Keine Regeln, keine Grenzen, keine Trennungen, nichts, um sie in diesem Ding (*Dingen?*) einzuschließen, zu definieren, daß sie die Welt nannten.

Quinn schaute auf das Buch, und es war lebendig, die Buchstaben und Illustrationen schwirrten über die Seiten wie jagende Quecksilberadern. Sie waren filigran und bewegten sich durch mehr Dimensionen, als noch vor ein paar Augenblicken existiert hatten, hinein und hinaus aus dem Papier, das jetzt wie Pergament, wie Haut wirkte, bedeckt mit Poren, die durch die Zwischenräume, die Löcher atmeten, die durch das Atom, das Elektron, das Proton, das Neutron und was sonst noch in der göttlichen Suppe existierte (oder nicht existierte) flossen.

Der Song endete, aber die Noten, die unglaublich hohe Stimme blieben in seinem Kopf, kreisten und kreisten, hinterließen eine Art Markierung, einen elektrochemischen Fleck auf dem zerebralen Nukleus. Quinn überließ sich jetzt dem Halluzinogen, ließ es seine Realität, sein Universum werden und wußte, daß es kein Aufhalten gab, spürte vor dem Loslassen einen letzten, plötzlichen Schauder wie ein tiefes Einatmen vor dem Sprung auf eine riesige, astrale Achterbahn und fragte sich, wann die Fahrt wohl zu Ende sein würde.

Er schaute auf seine Hände, die bleiche Haut, die Poren, den leichten Schweißfilm und spürte, daß er hineinspringen, daß er die Haut durchbrechen und tief in die Materie eintauchen konnte, über alles Bekannte, alles Geschriebene hinaus, hinunter in die winzigsten Partikel, die winzigsten Subelemente, die es gab, etwas, das hier und dort und überall zugleich war, über Logik, über Chaos hinaus, (und die langsame, gelangweilte Stimme des Engländers kam zu ihm zurück, war das letzte, was er vor der Metamorphose, vor der Transformation hören würde)

drei Quarks für Muster Mark

über Substanz, über Zeit hinaus. Etwas im Multiversum.

Michael Quinn spürte, wie er sich veränderte, hörte das Pulsieren des Blutes in seinen Adern. Hörte das Geschnatter der winzigen, unzähligen Stimmen seiner eigenen Essenz, der Partikel, die ihn ausmachten, die ihn durch Zeit und Raum mit Herodes und Hitler, Samarkand und Arcturus, Materie und Antimaterie verbanden, die ihn einzig und zahllos im selben Atemzug machten, im selben Moment der Zeit, derselben Zeit in einem Moment.

Er stand auf und spürte den Sonnenwind an seiner Wange, spürte die Sehnen, die Knochen, die pulsierenden Adern und Venen seiner körperlichen Hülle ächzen und zerren, während sie sich bewegten. Der Raum war von Farben erfüllt, Schattierungen, die über das normale Spektrum, über Adjektive hinausgingen, Farben, die wirbelten, sich drehten, vor ihm tanzten. Die Welt, das Universum waren so voller Energie, einer so lebendigen, schreienden Energie, wie er es nie gekannt hatte. Doch er konnte immer noch nicht weit genug sehen, bis hinab in die Essenz vordringen, zu dem kleinen silbernen Schlüssel, der das Tor zum Verständnis öffnete.

Die Musik führte ihn weiter, hypnotisch, wie ein Magnet, durch die Tür in das Dämmerlicht des Wohnzimmers, die Klänge lauter und lauter in seinem Kopf, und Quinn sich mehr und mehr bewußt, worauf die Energie, die physische Energie in ihm jetzt gerichtet war, wo sie Befreiung suchte.

Sie saß auf dem Sofa, schweigend, bewegungslos, fast starr, fast als hätte sie auf ihn gewartet. Er berührte ihr Haar; es knisterte unter seiner Berührung, war voller Goldtupfen, die es früher nie gehabt hatte, war verzaubert, beinahe heilig.

Quinn ließ seine Hand über ihre Wange gleiten. Sie fühlte sich an, als würde sie brennen. Durch seine Fingerspitzen spürte – nein, *empfing* – er das Pulsieren des Blutes in ihren Adern, das Samtige ihrer Körperhärchen, das Absondern des Schweißes aus ihren Poren, das mikroskopische Singen der tanzenden, wirbelnden Partikel.

Sie schaute nicht zu ihm auf, ließ nur seine Hand über ihre Haut wandern, ließ den langen dünnen Zeigefinger ihre Lippen finden, und er spürt das Fett da, spürt, wie es seinen Schwung aufhält, fährt leicht über die Hautfalten, gleitet hinein. Die Feuchtigkeit, die Weichheit, das sanfte Liebkosen der Poren ihrer Zunge erstaunen ihn, er spürt, wie sich die Energie in seinen Leisten konzentriert, härter wird, spürt ihre Hand dort, merkt nicht, daß er sich bewegt, merkt nicht, daß er nun neben ihr kniet, spürt, wie sich ihr Mund von seiner Hand wegbewegt, leicht seinen Hals berührt – ein Geruch, ein Miasma ihrer inneren Ausdünstung steigt in einer Partikelwolke aus ihrer Kehle auf –, sich weiter nach unten bewegt, harte, kurze Finger, die an seinem Hemd, am Reißverschluß seiner Jeans zerren.

Als sie ihn in den Mund nimmt, wirft er den Kopf automatisch zurück. Er starrt in die Dunkelheit des Zimmers hinauf und läßt sich über die Welt hinaus an einen Ort treiben, wo es keine Worte gibt, nur Gefühle, Empfindungen, Offenbarungen.

Als es passiert, verliert er jedes Zeitgefühl. Michael Quinn weiß nicht, wie lange er geschrien hat, kann der Empfindung, die seinen Körper, seine Essenz ergreift, keinen Namen geben, kann nicht wissen, ob es Schmerz oder Ekstase ist, die Versprechung des Lebens, ein Bündnis mit dem Tod.

Er schaut hinab zu der Quelle, dem Fokus der Energie, die heiß unter ihm pulsiert. Das Gesicht des Mädchens sieht totenbleich aus, ihre Augen sind geschlossen, sie nimmt ihn, immer noch hart, aus ihrem Mund, und Sterne strahlen auf, werden geboren, perlweiß, eine Galaxie, die in die Luft fliegt, sich ins Universum emporschwingt, aufblüht, dann im mitleidlosen Griff der Gravitation herunterfällt, zur Erde fällt, ihr Haar, ihre Haut befleckt, wie kostbare Tropfen auf das gelbweiße Elfenbein ihrer Zähne fällt, auf der billigen Goldkette glitzert, die an ihrem Hals hängt.

In seinen Ohren dröhnt ein Klang, ein Chor überirdischer Stimmen

drei Quarks für Muster Mark

der langsam, atonal, in perfektem Gleichklang singt.

Er sieht, wie sich die größte Perle in ihrem Mundwinkel bildet, die Haut bedeckt, aus dem Inneren heraus leuchtet. Sein Magen ist von einem unangenehmen Gefühl erfüllt, wie

Übelkeit, nein, wie Schwindel, als stünde er auf dem Dach eines hohen Gebäudes, dem höchsten, es gibt kein höheres, stünde am Rand und würde hinunterschauen, hinunter in den perlfarbenen See, das perlfarbene Meer, das sich von Horizont zu Horizont erstreckt, vom Anfang bis zum Ende der Zeit und darüber hinaus. Die Struktur unter seinen Füßen, verborgen, dürftig, gibt nach, und Michael Quinn fällt durch die Ewigkeit, fällt in das perlweiße Meer, wird von ihm verschluckt, verschlungen, subsumiert, spürt seine Substanz, seine Materie, seine Partikel, schaut ihnen ins Gesicht, sieht sie größer und größer werden, bis nur noch eines übrigbleibt.

Und sie hat kein Gesicht, sie kann kein Gesicht haben, diese Erscheinung, gold und weiß mit Flügeln, die sanft auf ihrem Rücken flattern, im perlweißen Himmel flattern, der nicht existieren kann, nicht wirklich sein kann in dieser Zeit, in jeder Zeit. Eine Proteinessenz, die im Herzen, in der Seele der Schöpfung steht.

Michael Quinn starrt auf dieses sich verändernde Ding vor ihm, ist sich irgendwie des Geruchs bewußt, dieses menschlichen Geruchs in dem perlweißen Stoff um ihn, weiß, daß es nichts mehr, nichts Kleineres, nichts Fundamentaleres gibt, hört auf die Stimme des Dings, leise und jung und unwiderstehlich

gottnichtgott

und hört die Stimme sagen, *was soll's?*

Die Schöpfung wird zur Schwärze. Als er aufwacht – eine Sekunde, eine Stunde, ein Jahrtausend ist vergangen –, ist das Mädchen nirgends zu sehen.

Das Lächeln bleibt in seinem Gesicht wie eine Fissur, der Ansturm ist vorüber. Er geht in die kleine Küche, greift in die Schublade, nimmt das lange billige Messer heraus, das jemand bei Woolworth gekauft hat.

Die Veränderung ist permanent. Das Wissen liegt ihm wie etwas Bleiernes im Magen. Als er den Messergriff umschließt, spürt er die Partikel unter der schwarzen, plastiküberzogenen Oberfläche vibrieren, als er das Metall betrachtet, kann er in dessen Struktur sehen, die komplexe molekulare Zusammensetzung der Legierung erkennen, die es in seiner alltäglichen Erscheinung zusammenhält.

Er geht ins Badezimmer und pißt lange und ausführlich. Sie war vor ihm hier. Er kann es riechen. In der Wolke menschlichen Geruchs, die schwer und spürbar in der Luft hängt, kann er die schwache, ledrige Spur verdauten Dopes fühlen, kann sie *sehen*. Er schüttelt die Urintropfen ins Klobecken, sieht sie ins Wasser fallen, erinnert sich, was ihnen vorausging, schaut und sieht die strudelnde, spiralförmige Struktur der DNA in den Samenspuren, klar erkennbar in dem bleichen gelben Strom, der aus ihm herausfließt, spürt keine Verwunderung, keine Ehrfurcht vor diesen Offenbarungen.

Michael Quinn steckt das gezackte Küchenmesser in seine Jackentasche, geht aus der Tür der Scheune und betritt eine Welt, die neu geboren ist.

Inzwischen ist es später Vormittag in Palo Alto, und einen knappen Kilometer entfernt eilen die Menschen zu letzten Weihnachtseinkäufen über die University Avenue.

6

Schrödingers Katze (1)

> Es muß nicht mehr heißen, daß eine (Arbeits-)Stunde eines Menschen gleichkommt der Stunde eines anderen Menschen, sondern daß vielmehr ein Mensch während einer Stunde soviel wert ist wie ein anderer Mensch während einer Stunde. Die Zeit ist alles, der Mensch ist nichts mehr, er ist höchstens die Verkörperung der Zeit.
>
> Karl Marx
> *Das Elend der Philosophie*

Als Hal Jamieson damals nach Norden kam, nach dieser schrecklichen, langsamen, beängstigenden Flucht aus Kalifornien, hatte er sich keine Gedanken über den Namen gemacht. Es gab einen vagen Plan, die Idee, mit dem Geld eine Firma zu gründen, sich in die gerade im Entstehen begriffene Welt der Computerprogrammierung einzuklinken, sich ein paar Fähigkeiten anzueignen und dann zu sehen, was passierte.

Das Geld würde für zwei, vielleicht sogar drei Jahre reichen, wenn sie hier und da noch für ein kleines Zusatzeinkommen sorgten. Nur darauf kam es an. Das waren andere Zeiten, und wenn man irgendwo in der Innenstadt in einem unauffälligen Gebäude ein Büro für dreihundert Dollar mieten wollte, sich als »Schrödingers Cat Company« eintragen ließ und den Leuten erzählte, man würde Software entwickeln, interessierte das kein Schwein. Nach ein paar Jahren hörten die Anrufe von Katzenbesitzern auf, die Katzenfutter bestellen wollten, ihre Software setzte sich durch, zuerst für die frühen Apples, dann auf den ersten IBM-PCs, und Hal Jamieson merkte, wie er auf dem großen und wachsenden Berg des Personal-Computer-Marktes ins Rollen kam wie ein Schneeball und dabei immer mehr Schnee mitriß.

Es war nicht mit Microsoft zu vergleichen, aber sie waren auch keine glitzernde Eintagsfliege in der gewaltigen PC-Explosion. 1979, in ihrem ersten vollen Geschäftsjahr, verbuchte die Schrödingers Cat Company einen Umsatz von 379 600 Dollar und einen Reingewinn von 5200 Dollar (vor allem, weil Jamieson kaum etwas für seinen Lebensunterhalt aus der Firma entnommen, sich mit dem Tür-zu-Tür-Verkauf von Lexika über Wasser gehalten und Amateurprogrammierer auf Honorarbasis beschäftigt hatte, manche nicht älter als dreizehn, die das Zeug in Heimarbeit entwickelten, um es über das Beta-Stadium hinaus und auf den Markt zu bringen).

Fünf Jahre später, als Apple den ersten Macintosh startete, kam SCC – der Firmenname wurde jetzt fast immer abgekürzt, und nur wenige konnten sich an seinen Ursprung erinnern oder ihn gar verstehen – der Konkurrenz mit einem Bitmap-Zeichenprogramm für die neue Rechnerplattform zuvor. MacGogh brauchte einige Zeit, sich durchzusetzen – Jamieson konnte es kaum fassen, als Apple ihm mit einem kostenlos mitgelieferten Zeichenprogramm fast einen Strich durch die Rechnung machte –, aber innerhalb von zwei Jahren besaß fast jeder, der einen Mac hatte, auch eine Kopie von MacGogh, und viele davon hatten sogar die 249,95 Dollar bezahlt, die es kostete. Selbst Jamieson war darüber verwundert, da man mit dem Ding nicht viel mehr anfangen konnte, als kleine Bildchen für Kinder zu malen, aber wenn er sich sein Jahresendergebnis ansah, war ihm das relativ egal.

1987 setzte SCC 34 Millionen Dollar um, machte einen Reingewinn von 4,7 Millionen Dollar, bezog schicke, neue

Büroräume in Bellevue und bekam einen Eintrag im Nasdaq. Über Nacht wurden Jamieson und seine ursprünglichen Anteilseigner Millionäre, genau wie kurz darauf alle anderen, die mehr als drei Jahre für die Firma gearbeitet und von ihrem Aktienvorkaufsrecht Gebrauch gemacht hatten.

Und wie Topsy wurde SCC einfach immer größer. MacGogh war nicht Jamiesons Idee gewesen, erwies sich aber als die beste, die SCC je gehabt hatte. Zuerst war es nur ein einfaches Bitmap-Zeichenprogramm – man malte mit dem Pinsel einen Punkt auf den Bildschirm oder arrangierte diese Punkte zu Mustern, fügte später vielleicht etwas Farbe hinzu, und das war's dann. Aber als die Macs stärker wurden und als sie das Produkt für Windows portierbar machten, ging es wirklich los. Jetzt malte man nicht mehr nur Punkte, man manipulierte sie. Das war digitale Technologie, die nichts mehr als analoge Serie fortgesetzter, aneinander grenzender Elemente beschrieb, sondern als eine Sammlung einzelner Tupfen, Punkte, Pixel, winziger Informationsatome. Das bedeutete, daß die cleveren Jungs, die Jamieson – jetzt Präsident und CEO – weiterhin beschäftigte, Jungs, die in höherer Mathematik ebenso zu Hause waren wie im Programmieren, in Elektrotechnik oder sogar Quantenphysik, daß diese Jungs Algorithmen schreiben konnten, Werkzeuge zur Verformung der Atome der digitalen Zusammensetzung eines Bildes, die Cyan in Magenta umwandelten, Fotos solarisierten, Flecken entfernten, eine neue Realität schufen.

Am Anfang war es so was wie ein Witz. Zeitungsgrafiker benutzten den Mac, um verzerrte Politikerfotos in Gemälde einzufügen. Solche Art Karikaturen kamen in den Printmedien und in der Werbung in Mode, bis die Grafiker ihrer überdrüssig wurden, zu etwas anderem übergingen und die Software – jetzt MacGogh Pro Version 7.0, Einzelhandelspreis 795 Dollar und mehr – als etwas Selbstverständliches akzeptierten, genau wie Grafikmesser und Kreppband, etwas, das man bei Bedarf benutzte, ohne zu sehr damit anzugeben.

1994, als Apple mit dem PowerMac kam, zehn Jahre nach dem ersten kleinen Mac 512, warf SCC ein Videomanipulationspaket auf den Markt, VideoGogh Pro, zum Preis von 1500 Dollar, und allen Herstellern von Workstations wurde nach dem ersten kurzen Blick darauf ganz schlecht. Es war zu spät, sich die Bildmanipulation unter den Nagel zu reißen, mit der es Tom Hanks in *Forrest Gump* gelungen war, Richard Nixons Hand zu schütteln – die war an Silicon Graphics gegangen –, aber das war Jamieson ziemlich egal. In einem Jahrzehnt war es SCC gelungen, vom Malen eines einzelnen, monochromen Punktes auf einen Neunzollmonitor zur Manipulation riesiger Mengen von Pixels mit unendlichen Farbenvariationen in hochauflösender Filmqualität überzugehen. Und selbst wenn die Menge der Informationen, die man dafür brauchte, gewaltig war, selbst wenn das Auflösen eines einzigen Tonfilmbildes in seine digitalen Atome die Festplatte eines konventionellen PCs viele Male füllen würde, spielte das plötzlich keine Rolle mehr. Jeder, der 5000 Dollar übrig hatte, konnte sich die entsprechende Hardware und Software kaufen, sie an einen hochauflösenden Videorecorder anschließen, die Bilder auf den Schirm bringen und sie verändern, die Realität verbessern. Keine asynchronen Stimmen mehr, keine Fussel mehr im Filmfenster. Jetzt konnte man bis zum Photon hinter dem Pixel vordringen, mit ihm reden, es bei manchen Dingen richten, es *korrigieren*.

Spielberg war begeistert. George Lucas war begeistert. Vor allem aber war Wall Street begeistert. Im Spätherbst 1994 ging Jamieson auf Einkaufstour, kaufte die vielversprechenderen kleinen Fische der Grafikwelt auf, die in den Krokodilfängen fallender Verkaufspreise und den Nachwirkungen der Rezession gestrandet waren. Damit hatte er den professionellen Teil des Grafikmarktes so ziemlich in der Hand – mit Adobe als einzigem Konkurrenten –, und er kaufte, mit dem Blick auf die Zukunft, auch noch gleich ein paar Internet-Verlagspakete und Netzwerklösungen dazu. Er kaufte zu Billigpreisen, umging ein paar Untersuchungen des Justizministeriums und entzog den gekauften Firmen entweder jeden Cent überflüssiger Gemeinkosten oder verkaufte die Reste mit Profit. Im Mai 1995 verzeichnete SCC einen Nettogewinn von 124 Millionen aus Einnahmen von 837 Millionen. Innerhalb des nächsten Jahres, auch ohne weitere Firmenkäufe, schien SCC auf dem Weg, bei den Einkünften die Milliardendollargrenze zu überschreiten. Für Jamieson spielte das keine große Rolle – was war ein Dollar mehr oder weniger? –, doch für den Markt, für die Presse, für seine Konkurrenten hatte die Vorstellung etwas Magisches an sich. Eine »Milliardendollarfirma« zu werden war einer der großen amerikanischen Meilensteine, die man nicht so sang- und klanglos an sich vorübergehen lassen konnte. Jamieson dachte eine Weile darüber nach, gab dann seine alte Cessna 340 für einen brandneuen Citation Jet in Zahlung, schluckte und ließ sich dazu überreden, sie auf dem allgemeinen Flugfeld von Sea-Tac unterzubringen. Sie kostete SCC etwa 350 000 Dollar im Jahr allein an Treibstoff, Unterbringung und Wartung. Das alles für nicht mehr als zweihundert Flugstunden, aber es gehörte irgendwie zum Image. Und Jamieson flog gerne von dort, mochte das Selbstvertrauen, das einem die Fluglotsen vermittelten, wenn das Wetter schlecht wurde, die Art, wie sie einen mit dem ILS sicher nach unten brachten.

Es war ein grauer Dezembertag. Der Nebel hatte sich verzogen, und an seine Stelle war eine trübe Wolkenschicht getreten, die sich bis in die Unendlichkeit zu erstrecken schien. Es herrschte dichter Verkehr, wie inzwischen fast immer, als er aus den reichen, grünen, belaubten Vororten von Mercer

Island auf den am See entlangführenden Highway bog, dann südlich zum Sea-Tac, vorbei an Wald und Wasser, an flachen, niedrigen Industrieanlagen und heruntergekommenen Einkaufszentren, wie sie sich in der Nähe aller ihm bekannten Flughäfen befanden. Er startete am liebsten, wenn der Wind aus Norden kam, an einem schönen, klaren Tag. Dann rollte man über die Startbahn, hob ab, zog eine Schleife über der Stadt, bewunderte ihre perfekte Lage am blauen Wasser des Sunds, umgeben von Wäldern und Bergen, die zum Teil schneebedeckt waren. Aber heute war keiner dieser Tage. Er würde nur Regen sehen, der gegen das Cockpitfenster prasselte und die Stadt ein paar tausend Fuß unter seinen Rädern wie eine stumpfe, bleigraue Masse aussehen ließ. So war es, wenn man in diesem Teil des Landes flog. Acht von zehn Mal konnte man nur nach Instrumenten starten und landen, weil ein Blick aus dem Fenster einen nicht weiterbrachte. Und dann überraschte Seattle einen wieder, nahm einem den Atem, ließ den Gedanken aufkommen, daß es vielleicht doch einen Gott gab. Aber wenn es ihn gab, warum behielt er das alles so oft für sich?

Jamieson parkte den Lexus beim Flugfeld, nahm seinen Flugkoffer vom Rücksitz und schaute in den Spiegel. Er war nicht groß, ein Meter achtundsechzig, und bekam allmählich einen ansehnlichen Bauch. Er trug einen Kaschmirpullover von Liz Clairborne, Jeans von Calvin Klein und blankpolierte schwarze Cowboystiefel. Sein Kopf schien ein bißchen zu groß für seinen Körper und war ständig in Bewegung, drehte sich, zuckte nach rechts und links, als ob er dauernd nach etwas Ausschau hielte.

Jamieson öffnete die Autotür. Kalte, feuchte Luft schlug ihm entgegen. Die Wolkendecke hatte sich inzwischen ein wenig gehoben. Vielleicht auf sechshundert Fuß oder so, genug für einen Instrumentenstart. Fünf Minuten kontrollierte Panik beim Start, die Flughöhe erreichen, auf Autopilot schalten, die neue Dylan-CD in den tragbaren CD-Spieler schieben, den er im Flugkoffer hatte, und dann zwei Stunden entspannen. Fliegen machte ihm nichts aus. Es war genau wie alles andere, einfacher gemacht durch die Technologie. Als er vor zehn Jahren seinen Pilotenschein erworben hatte, wurde noch alles per Hand gemacht, benutzte man Rechenschieber und navigierte nach Sicht. Heutzutage, seitdem er seine Instrumentenzulassung hatte und anderen die Anspannung überlassen konnte, programmierte man einfach den gesamten Flugplan ein, schaltete auf Autopilot und achtete nur noch auf die gelegentlichen Funkfeuer.

Leicht, leicht, leicht.

Jamieson stellte seinen Koffer auf den Tresen des Flugdienstleiters und sagte: »Hallo, Bob.«

Der Flugdienstleiter lächelte zurück. Er hatte dreizehn Software-Millionäre unter seinen Kunden, und jeder war anders. Manche sahen wie Volltrottel aus, andere wie FBI-Agenten. Hal Jamieson glich keinem davon. Er hätte der Leadsänger einer Rockband aus den Siebzigern sein können, die sich angepaßt hatte und jetzt in Vegas auftrat. Das große, runde Gesicht sah immer noch jung aus, wenn man nicht zu genau hinguckte, gebräunt und immer lächelnd, mit strahlend weißen Zähnen. Sein langes schwarzes Haar hing bis auf die Schultern herunter, immer sauber und glänzend, immer perfekt gelockt, ein richtiger Rockstar bis hin zu dem einzelnen Goldohrring, der im hellen Licht des Flugaufsichtsbüro glitzerte. Jamiesons Haaransatz tat das, was der Haaransatz mancher Männer ab vierzig tut: Er zog sich weiter und weiter von der Stirn zurück. Aber wenn man das Haar auf die richtige Art fönte, sah man es nicht so sehr, und manche bemerkten es gar nicht. Waren zufällig Frauen da, wenn Hal Jamieson in seiner schimmernden neuen Citation hinausrollte, fielen sie prompt über ihn her und wollten mitfliegen, und im Flugaufsichtsbüro kursierten mehr als ein paar obszöne Witze darüber, was wohl in dreißigtausend Fuß Höhe passiert war, nachdem er die Maschine auf Autopilot geschaltet und den leeren Luftraum hoch über Spokane erreicht hatte.

Manchmal sah man Jamieson in der Zeitung, mit seiner dunkelhaarigen, gutaussehenden Frau, allerdings keine Kinder. Er spendete Geld für Wohlfahrtseinrichtungen und Sportmannschaften, unterstützte Gemeindevorhaben, wirkte wie ein richtig nettes Mitglied der Gesellschaft, fürsorglich, nicht überheblich oder gönnerhaft. SCC war die erste Softwarefirma im Staat Washington, die eine positive Einstellungspolitik gegenüber Schwulen und ethnischen Minderheiten verfolgte, lange bevor das gesetzlich vorgeschrieben wurde.

Der Mann ist einfach ein alter Hippie, sagte sich der Flugdienstleiter. Ein reicher, alter Hippie, und wenn er da oben in seiner Citation rumbumsen will, dann soll er doch.

Hal Jamieson füllte den Flugplan aus, schob ihn über den Tresen und bemühte sich, sein Lächeln beizubehalten. Es fiel ihm nicht leicht.

Der Flugdienstleiter schaute sich den Flugplan an, überprüfte die Details – einige dieser Millionärspiloten gingen ein wenig schlampig mit dem Verwaltungskram um –, nickte und faxte den Plan zum Kontrollraum durch.

Dann ging Jamieson nach draußen, zurück in die kalte, feuchte Luft, trat zur Citation, schloß die Tür auf, spürte die Kälte, die ihm aus dem Inneren entgegenschlug, und begann die äußeren, vor dem Flug durchzuführenden Checks vorzunehmen, in Gedanken nur halb dabei, nur am Rande mit dem Flugwetter unterwegs beschäftigt. Er hatte sich vorhin die Vorhersage angesehen, in San Jose war es klar und sonnig und sollte auch so bleiben.

7

Der Eukalyptuswald

> Wir reden ständig vom Zusammensein, und doch zerstören all unsere Erfindungen die Familie und machen uns zu wilden, abgestumpften Tieren, die auf technicolorfarbenen Weiden grasen.
>
> EDWARD DAHLBERG

Rosamund Seymour trat auf die University Avenue und begann sofort, sich innerlich zu beschimpfen. Die Sonne stach ihr nach dem Dämmerlicht des Ladens in die Augen. Sie war zu lange drinnen geblieben, hatte sich von den vielen, vielen Ständern mit Platten fesseln lassen, alle so billig, so umfassend, den Regalen voller Noten, dem geschäftigen Treiben, der Energie, die der Laden ausströmte und die sie überwältigte, auf eine Art, die sie ärgerlich fand, weil sie so vorhersehbar war, etwas, das sie an sich selbst haßte, weil sie tief im Inneren wußte, daß Daniel das Hassen bereits für sie übernommen hatte.

Selbst zu Weihnachten blieben die Leute in England gelassen, benahmen sich mit dem gebührenden Anstand, und in Cambridge ging es einfach nur lebhafter zu, nicht so hektisch und übertrieben. Hier ließen die Leute sich gehen, und für einen kurzen Zeitraum – wie lange, fragte sie sich, wie lange hatte sie die Kinder draußen stehen lassen, hatte ihnen gesagt, sie würde in einer Minute wieder dasein, einer Mami-Minute, hatte Flora leise gemurmelt, während sie ins Schaufenster starrte – hatte auch sie sich gehen und von dem Laden verschlucken lassen. Daniels langweilige Sitzung an der Universität sollte um fünf zu Ende sein, der Weihnachtsgottesdienst mit den zwei Engeln von der anderen Seite des Atlantiks eine Stunde später in der Kapelle beginnen. Sie schaute auf die kleine, goldene Cartieruhr an ihrem Handgelenk, spürte das Gewicht der Platten, der Geschenke, der Kamera in ihrer Schultertasche und seufzte ... so wenig Zeit.

Und hinter ihr, im hinteren Teil des Ladens, sah Paul Dunsany, langes Haar bis zu den Schultern, ein schwaches Lächeln im Gesicht, so jung, so großäugig und arglos, auf seine billige Armbanduhr, fing den Blick von Mr. Moore, dem Ladenbesitzer, auf, wartete auf sein Nicken, wobei der kleine Schnurrbart und die Fliege im Gleichklang hüpften, ging hinter den Ladentisch und griff nach seiner Schultertasche, trat aus der Hintertür, überlegte, ob er nach Hause, direkt nach Hause fahren oder einen Umweg machen sollte, ging zu seinem alten Motorrad, ließ es an, entschied sich für einen Hamburger und ein Bier im Oasis und dann einen Abstecher in die Scheune.

Flora Seymour blickte zu ihrer Mutter hoch, so groß, so groß. Das Licht war jetzt komisch, sie hatte geweint, und es ließ die dünnen, bleichen Sonnenstrahlen brechen, vor ihr zersplittern, verlieh den Bruchstücken seltsame Teilfarben

drei Quarks für Muster Mark

als die Photonen durch die schmerzhafte, salzige Feuchtigkeit ihrer Tränen schwirrten und sangen.

»Florrie?«

Die Straße war so flach und lang, die Gebäude so niedrig und harmlos. Es war eine große Stadt, die sich als kleine maskierte, das große smarte Amerika, das so tat, als sei dies ein kleines Städtchen, und Rosamund Seymour fühlte sich fehl am Platze, verloren, wünschte, sie wäre in einer Großstadtstraße, wo der Wind den Abfall durch den Rinnstein trieb und wo es Menschenmengen gab, richtige Menschenmengen, keine versprengten Passanten, die ziellos herumzuwandern schienen.

Sie spürte das plötzliche, unmißverständliche Zupacken der Furcht – sah Daniels rotes Haar, sein rotes, wütendes Gesicht vor sich – und ein seltsames Gefühl in der Magengegend, ein Schmerz, als sei sie innen hohl. Sie war eine große, gutaussehende Frau, breithüftig, matriarchal. Hoch aufragend stand sie über dem Kind, und ihr leuchtender Laura-Ashley-Rock blähte sich, blähte sich in einem vielfarbigen Wirbel, unterstützt von der eben aufgekommenen leichten Brise, um das Gesicht des Mädchens. Flora betrachtete die Farben, Rot und Blau und Lila und Grün und einige, die sie nicht kannte, nie zuvor in ihrem kurzen Leben gesehen hatte, und wünschte sich, sie würden sie verschlucken, sie in einem Stück, lebend, ganz verschlingen, wünschte sich, es gäbe eine Welt in diesen Farben, in die sie verschwinden könnte.

Und dann wurde die Brise wieder stärker, trieb den leuchtendbunten Stoff aus den Weg, und sie starrte erneut nach oben, starrte in das Gesicht ihrer Mutter. Sie sah Furcht, etwas, das sie nicht hätte erkennen sollen, etwas, das durch den unausgesprochenen (*ungedachten?*) Austausch zwischen ihnen verstärkt wurde, die wortlose, gegenseitige Übertragung einer vagen, formlosen Angst.

»Wo ist Miles, Florrie?«

Was sie überraschte, was Rosamund Seymour noch ängstlicher machte, war das vollkommene Fehlen von Verärgerung in ihrer Stimme. Normalerweise wäre sie kurz angebunden, streng mit ihnen gewesen, hätte automatisch zu der kleinen Lektion über Vertrauen und Älterwerden angesetzt (und den Teil über Erwachsene ausgelassen, die für eine Minute in einem Musikladen verschwinden und erst eine Viertelstunde später wieder auftauchen).

Statt dessen sprach sie beinahe flehend.

Das kleine Mädchen stand stocksteif, schweigend da, und

die Tränen rannen ihr jetzt in zwei dicken Strömen über die Wangen. Rosamund Seymour blinzelte. Das Licht wirkte zu hell, schien das Weiß des Engelkostüms in der Sonne lodern zu lassen, schien die goldenen Flügel, die im Wind raschelten wie etwas Lebendiges, vom Feuer seiner eigenen, inneren Energie Gespeistes, glühen zu lassen.

Sie beugte sich vor, schaute Flora ins Gesicht, drängte die eigenen Tränen zurück, spürte sie in den Augenwinkeln brennen, beugte sich hinab, wischte die Feuchtigkeit von den Wangen des Mädchens mit den Rändern ihrer Daumen nach außen weg (wie oft, dachte Rosamund Seymour, wie oft habe ich genau diese Bewegung, diesen kleinen Akt durchgeführt, der die Köstlichkeit des Mutterseins einzuschließen scheint?).

»Flora«, sagte sie. »Du brauchst keine Angst zu haben. Ich bin nicht böse. Es ist alles in Ordnung. Wir müssen nur Miles finden. Du mußt mir sagen, wohin er gelaufen ist.«

Und wieder beobachtete Rosamund Seymour, fast ein wenig ehrfürchtig, wie das Kind reagierte. Es war, als befänden sich zwei Kinder im selben Körper, das eine, das danach drängte, sich schreiend abmühte, älter zu sein, so viel älter, das andere, das verzweifelt versuchte, wieder zwei oder drei Jahre alt zu sein, als noch nichts eine Rolle spielte, als das gefürchtete Wort Verantwortung noch nicht ausgesprochen worden war. Das Eigentümliche war, daß man es in ihrem Gesicht sehen konnte, in ihren Gesichtszügen, so bemerkenswert, so offen, gezeichnet, sogar schön, man konnte sehen, wie sie verschwanden, sich der formlosen, amorphen Rundlichkeit des Kleinkindes unterordneten.

Das Kleinkind Flora sah zu ihr hoch, schaute nach links und deutete auf die Straßenecke. Rosamund Seymour richtete sich auf, befahl sich, ruhig zu bleiben, nicht so dumm zu sein, sich von der namenlosen, grundlosen Furcht des Mädchens anstecken zu lassen, griff nach der Hand des Kindes und ging die University Avenue hinauf. Das Laura-Ashley-Kleid bauschte sich im Wind um den Engel, konnte aber nie ganz das schmerzliche Weiß des Kostüms oder das prismatische Glühen der Goldflügel auf seinem Rücken ersticken.

Rosamund hatte scharfe Augen. Die Straße war lang und gerade und, für eine amerikanische Durchgangsstraße, verhältnismäßig schmal. Miles war auffallend gekleidet. Es hätte leicht sein sollen. Es hätte ganz einfach sein sollen. Aber es war nichts zu sehen. Rosamund Seymour schaute mit ihren scharfen Augen die lange, flache Straße hinauf und hinunter, doch alles, was sie sah, waren die Leute, die am Weihnachtsnachmittag noch letzte Einkäufe machten, beladen mit Geschenkpaketen, eingewickelt in buntes Papier mit perfekt gebundenen Satinschleifen.

Sie wandte sich wieder Flora zu.

»Wohin ist er *gegangen*, Flora?«

Das Mädchen zog einen Flunsch, und die Mundwinkel zitterten auf eine Weise, die sie so gut kannte, daß es ihr schon fast auf die Nerven ging.

»Nein. Nicht weinen. Du hast nichts angestellt. Ich will es nur wissen. Wohin ist er *gegangen*?«

Flora deutete auf eine Seitenstraße, die erste, die hinter dem Musikladen nach rechts abbog. Sie hieß Petersen Street, hatte die Breite einer englischen Dorfstraße, ein Jahrhundert, ein Jahrtausend entfernt, und es war nichts zu sehen außer einer Reihe niedriger, einstöckiger Büros und Wohnhäuser, eins davon ein kleines Chinarestaurant mit roten, auf das Fenster aufgemalten Schriftzeichen. Ein süßlicher, beißender Geruch drang aus der Eingangstür. Sie konnte sich vorstellen, wie Miles hier entlanglief, wie sich die goldenen Flügel im Wind bauschten, die Tränen auf seinem Gesicht trockneten, sich so etwas wie Entschlossenheit in seinem verängstigten, wirren Geist formte.

Sie schaute die Petersen Street hinab, bis zum Ende der

langen, geraden, schmalen Straße. Die Wohnhäuser und Büros hörten nach einem Block auf, gefolgt von Ödland; dann wurde alles vom Wald verschluckt, einem dunklen, graugrünen Wald, in dem es nichts gab, keine Häuser, keine Menschen.

Rosamund Seymour blickte zum Wald und ging los. Sie nahm keine Notiz von der kleinen Hand in der ihren, bemerkte nicht, daß sie jetzt die ihre umklammerte und nicht umgekehrt.

Es hätte jemand da sein sollen, den sie fragen konnte. Ein altes Ehepaar, direkt einem der volkstümlichen amerikanischen Gemälde entstiegen – die gibt es nicht wirklich, Rosamund, verhöhnte sie eine kleine innere Stimme, das hier ist wirklich, die nicht –, ein freundliches altes Ehepaar, das lächelnd die Straße entlangkam, an Weihnachten dachte, an die Familie dachte, die sich um den großen Eichentisch versammelte, lächelte und lachte, und sie würden sie ansehen, sie würde die Wärme, die Menschlichkeit ihrer Seelen spüren, und sie würden sagen, ja, wir haben ihn gesehen, wir haben den kleinen Jungen mit dem weißen Hemd und den Flügeln gesehen, den Jungen mit dem komischen Akzent, und wir haben ihn mit hineingenommen, haben ihm Milch und Kekse gegeben, und er ist noch im Haus, ist dort im Haus, sitzt vor der *Sesamstraße*, fragt uns, ob Bibo ein Junge oder ein Mädchen ist und ob Maria, die so hübsch, so sehr hübsch ist, einen Freund hat oder nicht.

Sie sah sie fast vor sich, hätte sich fast einbilden können, daß sie, wenn sie lange und fest genug daran dachte, sich mit allem, was in ihr war, darum bemühte, die beiden erschaffen, sie auf dem Bürgersteig auftauchen lassen konnte, ein Lächeln im Gesicht, das ihre alten, perlweißen Zähne aufblitzen ließ und alles richtig und gut und wieder normal machte.

Aber es gab dieses ältere Ehepaar nicht. Sie gingen die

ganze Länge der Petersen Street hinunter, auf dem breiten, sauber gepflasterten Gehweg, vorbei an den kleinen Büros, an dem Ödland mit den Schildern der Maklerbüros und den städtischen Bauankündigungen bis an den Rand des Waldes. Hier roch es seltsam, und irgendwo im Hinterkopf registrierte sie, wonach – Fäkalien und Hustenbonbons –, aber es war niemand da, den man fragen konnte. Niemand außer einem verdreckten, schwarzen Penner, der an der abblätternden Rinde eines hohen, dünnen Baumes lehnte, neben sich einen Einkaufswagen, umgeben von leeren Dosen, Flaschen und Stapeln alten Papiers. Sie wollte ihn fragen, sie hätte ihn gefragt, aber sobald sie näher kam, hörte sie etwas von ihm ausgehen, ein leises, tiefes Grummeln, so irr, so voll animalischen Wahnsinns

rassenfrassenrassenfrassenrassenfrassenrassenfrassen

,daß sie ihm nicht näher zu kommen wagte.

Der Wald war düster und schien kein Ende zu nehmen. Die Blätter der hohen Bäume weit über ihnen verdeckten die Spätnachmittagssonne völlig, verwandelten den Waldboden in einen schwarzen und abweisenden Schattenteppich. Als sie in die Schwärze trat, ohne die kleine, verschwitzte Hand in der ihren recht wahrzunehmen, war da nichts mehr als die Dunkelheit, die Stille, der Gestank und die gesprenkelten Lichtstrahlen, die in den seltenen Momenten, wo sie das Blätterdach über ihnen durchbrachen, vor ihr her tanzten.

Auch zu Hause gab es Wälder, in denen sie mit den Kindern spazierenging, weg von der angespannten, schweigsamen Atmosphäre des Hauses, Wälder, durch die sie meilenweit wanderten, dem Gesang der Vögel lauschten, nach Pilzen Ausschau hielten, jeden Herbst durch die raschelnde Decke goldener Blätter rannten und nach Eßkastanien zum Rösten für den großen, warmen Küchenherd suchten, deren himmlischer Duft das ganze Haus erfüllte. Aber das hier war ein beängstigender Wald. Ein Wald ohne Vogelgezwitscher. Ein Wald, dessen starker, übler Geruch in der stillen Nachmittagsluft nichts Gutes verhieß.

Es war, als würde sie magisch angezogen, würde von einer unsichtbaren, unbekannten Macht geführt. Innerhalb von Sekunden war sie im Wald, war von ihm eingeschlossen, wußte kaum, wie sie hierhergekommen war, wußte kaum, ob sie einen sichtbaren Pfad durch die bleichen, dünnen, hohen Baumstämme eingeschlagen hatte oder einfach losgelaufen war über die ausgelaugte Erde, die mit abgestorbenen Zweigen, trockenen, raschelnden Blättern und dunklen, schmuddeligen Abfallhaufen übersät war, alten Kleidungsstücken und Schlimmerem, Dinge, denen ihre Blicke auswichen, die sie zu übersehen versuchte.

In dem gesprenkelten Licht vor ihnen blitzte etwas auf, etwas Goldenes, und sie wußte, bevor sie die Formen in ihrem Kopf benannt hatte, bevor sie überhaupt darüber nachdenken konnte, was es war. Flora sah es auch und begann zu wimmern, ein leises, langsames, stetiges Geräusch, metronomisch und pulsierend, die Art von Geräusch, die Rosamund Seymour mit Irrenanstalten und Verrückten und der Welt der Sprachlosen assoziierte, wo der Wahnsinn lebte, an die Wände hämmerte und zu fliehen versuchte.

Was von den Flügeln übrig war, lag zerbrochen am Boden, zerstört von einer namenlosen Macht, das perfekte Gold der Federn jetzt ein matt glänzendes, wirres Durcheinander im dämmrigen Licht das Waldes. Ihre Form – wie eine Träne, dachte sie, warum war ihr vorher noch nicht aufgefallen, wie sehr sie einer Träne ähnelten? – war in den Waldboden eingedrückt wie mit einer Schablone, über den Blättern, dem Abfall und Müll, der sie umgab; Unschuld, die den Verfall überdeckte.

Sie wollte sich nicht weiter umsehen, aber manche Dinge

geschehen automatisch, manche Handlungen folgen einer verborgenen, ungeschriebenen Regel, der man nicht ausweichen kann, wie sehr man sich auch bemüht, wie sehr etwas in einem brüllt und schreit, nicht hinzusehen, sich umzudrehen, die Polizei anzurufen, egal was, aber nicht dort hinzugehen, die Augen zu öffnen und zu *sehen*.

Nein, sagte sich Flora (denn sie hatte es bereits gesehen), nein, das war ich nicht, das habe ich nicht getan, ich bin nicht verantwortlich.

Rosamund Seymour hob die Augen und sah sich um, sah auf den Waldboden, über das direkt vor ihr Liegende hinaus, auf die Bäume, die schimmernde, abblätternde Rinde, sah zwischen ihnen hindurch, aber da war nichts, kein Anzeichen eines fünfjährigen Jungen in einem weißen Engelskostüm, jetzt ohne Flügel, flügellos, durch die Erdanziehung an den Boden gebunden, mit dem Gesicht, dem Strahlen, der Heiligkeit eines Engels.

Kein Anzeichen, und einen Moment lang war das eine Erleichterung. Doch dann fiel ihr Blick darauf, fiel auf das kleine, bleiche Etwas, das an der abblätternden Rinde des Baumes befestigt war, fast unsichtbar im Dämmerlicht, durch die Farbe des Baumstammes beinahe perfekt getarnt.

Sie zog Flora dorthin, sich ihrer Anwesenheit, der Hand, die die kleine Faust umklammerte, nicht bewußt, bis das Mädchen aufschrie, die Bestrafung, das Gewicht, den Zorn der Welt auf sich herabfallen spürte.

Die Hand, die kleine, bleiche Hand, schmutzbedeckt, schwarz unter den Fingernägeln, Schlammhalbmonde auf den Fingerspitzen, war bewegungslos und wächsern. Sie war am Handgelenk abgetrennt, man konnte die Sehnen sehen, perlweiß und gelb im verkrusteten roten Blut des Fleisches, das lose und in Fasern herunterhing, kein sauberer Schnitt, kein Abtrennen mit einem Schlachtermesser, sondern etwas viel Grausameres, viel Brutaleres.

Die Handfläche war an die Rinde genagelt. Durch den Handrücken mit einem rostigen Nagel (den Lieutenant Tom Cordobes von der örtlichen Polizei später als von der Cal-Train-Bahnstrecke stammend identifizierte) in das weiche duftende Holz genagelt. Kaum Blut um die Wunde herum. Es sah aus, dachte sie, wie die saubere, klinische Wunde, die man in Kirchen sah, in friedlichen, schöngefärbten Kreuzigungsszenen, wenig Blut, wenig Schmerz, wenig Qualen.

Rosamund Seymour starrte die fünf kleinen Finger an, ausgestreckt auf der Rinde, etwas gebogen, etwas gekrümmt, wie vor Überraschung, drehte dem Baum, dem Wald den Rücken zu, ging hinaus, hinaus ins Sonnenlicht, hielt die Hand ihrer Tochter umklammert, wußte nicht, daß sie da war, wußte nichts, spürte nur die Schwärze, die ihren Kopf erfüllte, ließ ihre Gedanken davon überlagern, bis nichts mehr da war, überhaupt nichts mehr.

Außer dem Geräusch, dem seltsamen Geräusch, das von irgendwo anders zu kommen schien, diesem anhaltenden, ohrenbetäubenden Wehklagen in ihrem Kopf.

Der Polizeiwagen war innerhalb von drei Minuten nach dem ersten Anruf da, aber es dauerte eine Stunde, bis jemand verstehen konnte, was sie zu sagen hatte, und eine weitere Stunde, bis sie das fanden, was da im Wald zu finden war.

Gegen 20 Uhr am Heiligabend 1975 trafen die Fernsehcrews allmählich in Palo Alto ein, und sämtlicher Feiertagsurlaub für die Polizei war gestrichen worden. Die Suche nach Miles Seymour hatte begonnen.

8

Geläute im Nebel

> Der Unterschied zwischen falschen und echten Erinnerungen ist der gleiche wie bei Edelsteinen: Es sind immer die falschen, die am echtesten, am strahlendsten aussehen.
>
> SALVADOR DALI

Tom Cordobes saß in seinem alten Buick bei einer Ansammlung niedriger, rauchgeschwärzter Lagerhäuser in der Nähe des Endes der Landebahn 17 vom Internationalen Flughafen Seattle-Tacoma, sah in die graue Dämmerung, die allmählich den Himmel erfüllte und den feuchten, nebligen Nachmittag beendete, dachte über die vergangenen zwei Jahrzehnte nach, fragte sich, wo sie geblieben waren.

Aus dem billigen japanischen Sprechfunkempfänger, den er aus dem Kofferraum genommen und auf den Beifahrersitz gelegt hatte, erklang Stimmengewirr und Geknatter, hauptsächlich von Linienflügen – New York, Anchorage, San Francisco, L. A., sogar ein Flug aus London –, die von Funkfeuer zu Funkfeuer entlang des unsichtbaren Netzwerks von Luftwegen zu einer Instrumentenlandung auf dem Sea-Tac geleitet wurden.

Zwanzig Jahre sind eine lange Zeit, und Tom Cordobes behielt Ereignisse aufgrund ihrer Eigenarten – ihrer Farbe, ihres Klangs, ihres Geruchs – im Gedächtnis, nicht aufgrund exakter Kalenderdaten. Und es waren gewichtige zwanzig Jahre, zwanzig Jahre, die zwei Scheidungen enthielten, die Entlassung aus dem Polizeidienst, den Versuch, selbständig zu arbeiten, was eine Gratwanderung entlang der schmalen

Linie bedeutete, die man »die richtige Seite des Gesetzes« nannte, ohne dabei so vorsichtig vorzugehen, daß es kein Geld einbrachte. Vor zwanzig Jahren machte Tom Cordobes gerade seine erste Scheidung durch. Ihm war es zuwider, Weihnachten *nicht* zu arbeiten. Er wollte da draußen sein, durch die Straßen schlurfen, an alles mögliche denken, nur nicht an die gähnende Leere zu Hause, auf der anderen Seite des Bettes. Und so waren die Tage still und heimlich, ohne daß er es recht bemerkte, zu ganz gewöhnlichen geworden, und wenn sie sich für den Rest der Welt irgendwie von den anderen unterschieden – Chöre und Weihnachtslieder singende Kinder und Leute, die um fünf Uhr nachmittags sturzbetrunken aus dem Büro taumelten, überzeugt davon, immer noch fahren zu können, kein Problem –, dann war das nur ein Teil des Musters auf dem bunten Gewebe, das das Gesicht der Welt ausmachte. Nichts, was ihn betraf, ihn kontrollierte.

Die Erinnerung war ungebeten zurückgekommen und ließ ihn frösteln, ließ ihn in dem alten Auto, in der aufkommenden Dunkelheit vor Kälte erschaudern. Eine kleine weiße Hand, bleich, mit Schmutz bedeckt, in dem einsamen, stinkenden Wald an die abblätternde Rinde eines Baumes genagelt. Das Bild, das sich irgendwo tief in seinem Kopf festgesetzt hatte, war strahlend. Beinahe schön. Und dann kam von irgendwo anders, einem Ort, den Tom Cordobes nicht benennen konnte, ein weiterer Erinnerungsblitz: Während er diesen erschütternden kleinen Teil eines menschlichen Kindes betrachtete, ertönte in mittlerer Entfernung zu seiner Rechten (und da war er sich ganz sicher, es *war* zu seiner Rechten) ein gewaltiges, mechanisches Rumpeln und Kreischen von Metall auf Metall, das Aufheulen einer tiefen, kraftvollen Pfeife, Bewegung, langsam, aber gewiß, rhythmisch, nicht enden wollend. Dann, von woanders, einem Ort voller Schmerz und Erniedrigung, der unendlich fern zu sein schien, der Klang einer Glocke, der lang und laut durch den Nebel hallte.

Auslöser. Cordobes hatte über die Jahre von Zeit zu Zeit an den Fall gedacht. Hatte noch mehr daran gedacht, als die Engländerin ihm den Job anbot und der Name Michael Quinn wieder in sein Leben trat. Aber es gab einen Unterschied zwischen *denken* und *erinnern*. Es gab einen Unterschied zwischen den Fakten, die er im Kopf angesammelt hatte, wie Papiere in einem Aktenschrank, die man rausnehmen, durchlesen und wieder zurücklegen konnte, und der tatsächlichen Sache. Die Bilder, die Klänge, die Gerüche jener Zeit, die so kurz vor den letzten Tagen des Jahres 1975 begann und ein abruptes, öffentliches Ende nahm, als 1976 kaum begonnen hatte.

Der Auslöser kam, und die Erinnerung, die ihn durchschoß, ließ Tom Cordobes das zerkratzte Lenkrad des zehn Jahre alten Buick so fest umklammern, daß das Blut aus seinen Händen wich. Es hatte nicht an irgendeinem Tag begonnen, sondern genau jetzt, am Heiligabend, vor zwanzig Jahren, fast auf die Minute. Und für einen Augenblick schien die Entfernung zwischen jetzt und damals, zwischen sein und nicht sein, zu verschwinden, sich in nichts als ein formloses Chaos, ein wirres Durcheinander von Leben und Zufällen und Ereignissen, die keinen Sinn ergaben, aufzulösen.

Cordobes bewahrte sich den Instinkt eines Polizisten. Seine Gedanken bewegten sich nur ungern außerhalb bestimmter Grenzen, eines bestimmten, festgesteckten Rahmens. Man erreichte etwas bei einer Ermittlung, im *Leben*, weil man wußte, wer man war, was man konnte, und daran hielt man sich. Es hatte keinen Sinn, von Dingen zu träumen, die nie geschehen würden, besonders wenn man solche Träume in einem Wohnwagen im Milpitas träumte. Man lebte in dem Raum, der Umgebung, die man kannte, und ließ den Rest einfach über sich hinwegrollen.

Meistens funktionierte das. Meistens.

Cordobes schüttelte den Kopf, als wolle er die Gedanken vertreiben, fluchte leise, griff nach dem Sprechfunkempfänger und drehte ihn lauter. Dreh ihn laut genug, dachte er, und all der Mist, die ganze wirbelnde Wolke wird sich einfach verziehen wie Nebel, wenn der Wind auffrischt.

Der Rest einer Meldung kam knatternd aus dem Empfänger. »... im Anflug von San Jose kommend, erreichen Sierra One vermutlich in fünf und erbitten Einweisung über ILS, wenn ihr Jungs dazu Zeit habt, Sir.«

Mit knallrotem Gesicht hieb Tom Cordobes so hart auf das Lenkrad ein, daß es wackelte, und schrie: »Scheiße!«

Er saß seit drei Stunden am Rande des Flugfeldes, lauschte auf den Funkverkehr, und in dem Moment, wo der Bastard reinkam, mußte er mit seinen Gedanken woanders sein.

Im Funk war es still. Cordobes preßte die Lippen zusammen, hielt die Luft an, damit ihm nur ja kein Wort entging. Endlich meldete sich der Fluglotse mit gelangweilter und mehr als ein bißchen müder Stimme wieder: »Nennen Sie Ihr Kennzeichen noch mal, einfliegendes Flugzeug aus San Jose. Da haben sich zwei Rufe überschnitten.«

Cordobes schnappte sich sofort Stift und Block vom Beifahrersitz und lauschte angestrengt auf die Geräusche aus dem Empfänger.

»Citation November Neun Neun Zwei Fünf Sierra Whisky, momentan auf Flughöhe ...«

Er kritzelte die Registrierungsnummer auf den Block, schloß die Augen und war plötzlich von Erleichterung erfüllt. Es war ein Schuß ins Blaue gewesen; der plötzliche Erinnerungsausbruch hätte beinahe alles verpatzt, aber zumindest kam er jetzt endlich etwas voran. Vielleicht ...

Fünf Stunden zuvor, als die Medienleute der halben Nation sich vor den Toren der Obispo-Strafanstalt aufgebaut hatten, war ein gepanzertes Fahrzeug herausgefahren, direkt auf den Freeway eingebogen und in Richtung des Internationalen Flughafens von San Francisco verschwunden. Hinter den dunklen, getönten Scheiben saßen zwei Gefängnisaufseher und ein arbeitsloser Schauspieler, der sein Gehalt als Barkeeper im Occidental Grill ein wenig aufbessern wollte. Es war eine simple Irreführung. Cordobes konnte es im Kopf abrollen sehen, sah die vertraute Landschaft, die, wie die Tapete im Zimmer eines Kranken, den Hintergrund für die Täuschung lieferte. Von Obispo fuhr der Wagen durch das flache, unfruchtbare Land des Tales zum Flugplatz von San Francisco, wo der Schauspieler, der eine vage Ähnlichkeit mit dem letzten bekannten, vor zehn Jahren von Michael Quinn im Gefängnis aufgenommenen Foto aufwies, an Bord eines wartenden Learjets geschmuggelt wurde. Die Medienleute bekamen genug für ein paar geheimnisvolle Schlagzeilen in den Abendnachrichten aufs Band und gingen nach Hause, wenn auch nicht total glücklich, so doch wenigstens einigermaßen zufrieden. Und an einem anderen Ort begann das wirkliche Spiel.

Als der Medientroß hinter dem Lockvogel auf dem Freeway verschwunden war, landete ein Bell-Jet-Ranger-Helikopter auf dem Hubschrauberlandeplatz hinter dem Gefängnis, und zwei Privatdetektive mit dunklen, glänzenden Sonnenbrillen und dunklen, glänzenden Anzügen, die fast die gesamten drei Rücksitze des Hubschraubers eingenommen hatten, stiegen aus. Der Gefängnisdirektor, der gemischte Gefühle bei der ganzen Sache hatte (er hatte Quinn sobald wie möglich aus Obispo loswerden wollen, aber vorzugsweise in einem Sarg), sah widerstrebend zu, wie die Entlassungspapiere unterschrieben wurden. Quinn hatte sich lächelnd die Beglaubigungsschreiben der beiden Muskelmänner, die ihn abholen sollten, angesehen, der Jet-Ranger hatte eine bleiche braune Staubwolke aufgewirbelt und unter Schwaden stinkender Turbinengase abgehoben.

Es hatte zehn Minuten gedauert, Quinn aus seiner Zelle und in den Hubschrauber zu befördern. All die üblichen Entlassungsprozeduren – Beratungsangebote, Einzelheiten über die Nachsendeadresse, Überprüfung des Finanzstatus' – waren auf Befehl der Gefängnisbehörde in Sacramento weggelassen worden. Einige von der Gefängnisverwaltung meinten, die Arschlöcher vom Justizministerium machten sich wahrscheinlich ins Hemd vor Furcht, Quinn könne sie auf Schadenersatz in Millionenhöhe verklagen, und versuchten daher, ihm die Sache zu erleichtern. Andere sagten, da sei noch mehr dran als das, es gebe politischen Druck, und wenn das Wort *politisch* hinter den Mauern von Obispo gebraucht wurde, erhielt man zwei Reaktionen: intensiven Haß und intensive Furcht.

Wie dem auch sei, Quinn war weg. In den zehn Minuten, die Quinns Entlassung gedauert hatte, war einer der Aufseher zu dem Hubschrauberpiloten geschlendert, hatte ihm eine Zigarette angeboten, nichts Besonderes gesagt, nur über das Wetter geredet und wie nett es wäre, wenn er es sich eines Tages leisten könnte, seine Frau auf einen Hubschrauberflug mitzunehmen, vielleicht über die Stadt mit Blick auf die Golden Gate Bridge aus tausend Fuß Höhe, um sie damit sprachlos zu machen.

»Machen Sie so was auch?« hatte er den Piloten gefragt, der nur langsam den Kopf hinter den Ray-Bans verneinend geschüttelt hatte.

»Nein«, hatte er gesagt. »Wir machen nur kommerzielle Flüge von San Jose aus. Fliegen diese Blödmänner von den Computerfirmen, die sich nicht mehr in ihre Großraumlimousinen setzen wollen, weil sie befürchten, im Stau steckenzubleiben.«

»Ja«, meinte der Gefängnisbeamte. »Dahin fliegen Sie jetzt wohl auch zurück.«

Ohne nachzudenken hatte der große Kopf hinter den Ray-

Bans genickt. Dem Piloten fiel ein, was der Flugleiter gesagt hatte, als er ihn losschickte, verfluchte sich im stillen, dachte dann, was soll's, wenn sie einen Geheimagenten für diesen Scheiß wollen, dann sollen sie gefälligst auch einen Geheimagenten schicken.

Er starrte den Gefängnisbeamten an und sagte: »Die Rotoren werden sich gleich wieder drehen, Sir. Ich rate Ihnen, besser auf Abstand zu gehen.«

Der Gefängnisbeamte lächelte, ging zurück ins Gebäude, holte sein Handy aus seinem Spind, verzog sich in die hinterste Kabine der Angestelltentoilette und rief Tom Cordobes auf dessen Handy in Seattle an.

»Er fliegt von San Jose ab, Tom. Kümmere dich nicht um das, was du im Fernsehen siehst. Er wird nach San Jose gebracht.«

Cordobes versuchte, noch mehr aus ihm herauszuholen, aber der Gefängnisbeamte war der Sache allmählich überdrüssig. Je mehr er darüber hörte, was in Sacramento passieren könnte und was nicht, desto mehr wünschte er sich, dem alten Polizisten überhaupt keinen Gefallen getan zu haben.

»Hör doch auf, Tom. Ich hab' dir gesagt, daß es irgendwo im Staat Washington sein wird. Ich hab dir gesagt, daß er von San Jose aus fliegt. Mehr *kann* ich dir nicht sagen, weil ich nicht mehr weiß.«

Und damit hatte er sein Handy ausgeschaltet.

Cordobes hatte eine Weile darüber nachgedacht, war dann nach Sea-Tac rausgefahren, hatte das Empfangsgerät aus dem Kofferraum genommen und auf den Funkverkehr der von Süden kommenden Privatmaschinen gelauscht. Es mußte eine Privatmaschine sein. Keiner würde sich solche Mühe machen und dann den von den Medien meistgesuchten Mann in einen Linienflug setzen. Selbst wenn es von San Jose aus überhaupt einen Linienflug gab. Und es mußte Sea-Tac sein. Das riesige pazifische Tief lag jetzt über dem ganzen Staat Washington, und ein kurzer Anruf beim Tower von Sea-Tac hatte bestätigt, daß es der einzige noch offene Flugplatz nördlich von Portland war, nachdem das Boeing-Feld seine Tore für die Feiertage geschlossen hatte.

Er lauschte auf den Austausch zwischen dem Tower und dem einkommenden Flugverkehr. Für ihn hätten sie ebensogut chinesisch sprechen können, aber er verstand genug, um mitzubekommen, daß eine Citation zum Privatterminal am hinteren Ende des Flugplatzes unterwegs war. Tom Cordobes drehte den Zündschlüssel des alten Buick, hörte das zögernde Husten des Motors, merkte, wie er darum betete, daß Kälte, Feuchtigkeit und Nebel sich nicht zu den Kontakten und Zündkerzen und dem Verteiler vorgearbeitet hatten, so sehr an die trockene Luft vom Milpitas gewöhnt, und sie außer Gefecht setzten, wenn er sie am meisten brauchte. Der Motor kam stotternd in Gang, und er fuhr langsam die Umgehungsstraße entlang, durch den dicker werdenden Nebel, auf das niedrige Terminalgebäude zu, das ein wenig wie ein mit fluoreszierenden Lichtstreifen dekorierter Armeebunker aussah. Während er sich seinen Weg durch den Nebel suchte, wurde Tom Cordobes klar, daß dieser Ort, diese Zeit etwas an sich hatten, was ihm ganz einfach zuwider war, vielleicht das Nördliche, die kalte, feuchte Atmosphäre. Vielleicht auch etwas vollkommen anderes, das er momentan nicht benennen konnte.

Cordobes stellte den Motor ab, wartete auf dem Parkplatz, lauschte wieder auf das, was aus dem Empfänger kam, entdeckte das landende Flugzeug und hörte, nachdem es gelandet war, wie ihm die Anweisungen für die richtige Rollbahn erteilt wurden. Es erstaunte ihn, daß bei diesen Wetterbedingungen überhaupt irgendwas vom Himmel herunterkommen konnte. Nach zehn Minuten Rollen parkte die Citation nahe des Terminals. Cordobes blieb im Wagen. Er wollte nicht auffallen. Er konnte die Lichter des Flugzeuges hinter dem Metallzaun sehen, konnte hören, wie die Motoren mit einem Jaulen abstarben.

Fünfzehn Minuten später tauchte in dem durchdringenden weißen Licht der Kabinentür die hochgewachsene, schlanke Figur von Michael Quinn auf – es *war* Quinn, das wußte Cordobes sofort, und es überraschte ihn, daß ihm beim Anblick des Mannes ein kalter Schauder über den Rücken rann –, blieb einen Moment stehen und ging dann in die Nacht hinaus. Drei Gestalten folgten ihm – zwei große, stämmige Kerle, Kerle mit einer Figur, einer Ausstrahlung, die Cordobes sogar im Dunklen erkannte. Dann ein kleinerer, schlankerer Mann, dessen lange Haare vom Wind zurückgeweht wurden; das Gesicht zu weit entfernt, um es erkennen zu können.

Die beiden Muskelmänner gingen voraus, und Quinn folgte ihnen auf den Parkplatz zu einem großen Shogun mit Allradantrieb. Der kleinere Mann sagte etwas zu ihnen und stieg in einen nahebei geparkten Wagen, wahrscheinlich einen Lexus. Es passierte alles sehr schnell. Cordobes sah ein paar Auspuffwolken, rote und weiße Lichter am Heck. Und dann entfernten sie sich schnell, sehr schnell, vom Parkplatz.

Cordobes drehte den Zündschlüssel des Buick. Der Motor hustete und versuchte zu zünden. Er probierte es weitere fünf Sekunden – nichts passierte.

»Ich glaub's nicht, ich glaub's einfach nicht«, stieß Tom Cordobes hervor. Wieder drehte er den Schlüssel, hörte, wie die Batterie sich zu beschweren begann, etwas schwächer wurde, hörte das Würgen der Zündung in der feuchten Nachtluft. Die roten Lichter entfernten sich jetzt von der Ausfahrt, verschwanden rasch im Nebel.

Cordobes sprang aus dem Wagen, öffnete den Kofferraum, fand eine alte Dose Kontaktspray, riß die Motorhaube auf und sprühte es einfach überall hin. Dann knallte er die Motorhaube zu, kletterte zurück ins Auto, warf die Dose auf den Boden vor dem Beifahrersitz und drehte wieder den Zündschlüssel, hörte die Batterie nachlassen, hörte sie schwächer und schwächer werden.

Beim vierten Versuch sprang der Motor endlich an. Als Tom Cordobes auf die Ausfallstraße bog, war nichts mehr zu sehen außer dem grauen, wirbelnden Nebel, der die Welt einzuschließen begann, das wogende, undurchdringliche Nichts, das unbarmherzig vom Meer hereinrollte.

9

Im Rosengarten

Was machen Mädchen nur, wenn sie keine Mutter haben, die ihnen mit Rat und Tat zur Seite steht?

LOUISA MAY ALCOTT
Betty und ihre Schwestern

Bringen Sie den Blitz in der Flasche, einen sauberen Becher und einen Korkenzieher her.

CHARLES DICKENS
Nicholas Nickleby

Als das Telefon klingelte, war es sechs Uhr abends in Seattle, und sie schlief, träumte immer wieder den gleichen Traum von der Beerdigung ihrer Mutter; der kalte Novembertag in Nord-London, keine Worte, keine Gedanken, nur die Gewißheit in ihrem Kopf, daß dieses Begräbnis, diese Beerdigung für sie eine Verbindung mit der Zukunft schuf und irgendwie ihr Leben formte. Etwas, das ihrem einsamen Leben eine Art Form, eine Richtung, vielleicht sogar Hoffnung gab.

Ihre Mutter war in dem Sanatorium gestorben, das ihr während des größten Teils von Joni Lascelles Leben als Zuhause gedient hatte, ein Ort unbehaglicher, immer selten werdender Besuche, bei denen es unmöglich war, mehr zu tun, als zu reden, zu lächeln, ein wenig menschliche Wärme über den tiefen, schmerzlichen Abgrund zu breiten, der sie beide voneinander trennte. Über die Jahre hatte sich ihr Zustand etwas gebessert. Als ihr Haar grau wurde, als Falten auf dem Gesicht auftauchten, das noch immer jung schien, unverdorben, war sie ruhiger geworden, neigte nicht mehr so sehr zu gewalttätigen Ausbrüchen, zu plötzlichem, unvorhersehbarem Schweigen. Kurz vor dem Ende hatten sie sogar ein wenig miteinander reden können. Nicht über sich selbst, nicht über die Familie. Diese Dinge waren zu nahe, berührten zu viele bloßliegende Nerven. Also hatten sie statt dessen über das Wetter gesprochen, die Blumen im Garten, die kleinen Freundlichkeiten der Schwestern. Und wie Joni sich anzog, wie es mit ihrem Beruf, der ihrer Mutter so wichtig schien – das Gesetz schien immer so wichtig –, weiter und weiter aufwärts ging.

Joni kam es eher banal, fast wie Zeitverschwendung vor, den ganzen Tag Papiere auf dem Schreibtisch herumzuschieben, aber ihre Mutter fand die Vorstellung einer Tochter als Rechtsanwältin, einer Tochter, die mit Besitzrecht zu tun hatte, einfach faszinierend. Aus dem, was die Krankenschwestern sagten, erfuhr Joni, daß sie gegen Ende das Hauptgesprächsthema war. Daß ihre Mutter, wenn sie sich schon mal ausführlicher äußerte, das ganze Sanatorium mit Jonis Leistungen, ihrer Karriere, ihren Aussichten zu Tode langweilte.

Nur einmal fiel die Maske ein wenig; das war sechs Monate vor ihrem Tod, als die Düsterkeit sie einzuschließen begann, sie sichtbar verblassen ließ, bis nur noch die vertrocknete Hülle eines menschlichen Wesens übrigblieb, die darauf wartete, aus dieser Welt zu verschwinden. Sie waren im Garten, dem großen, gepflegten Garten; es war Mai, ein warmer Tag, der einen ungewöhnlich heißen Sommer ankündigte. Die Rosen waren in diesem Jahr früh erblüht. Sie standen auf runden, sorgfältig in Ordnung gehaltenen Beeten, ein sich wiegender Schleier aus Gelb und Rosa und Rot, erfüllten die Luft mit einem starken Duft, der überwältigend war. Joni hatte neben ihrer Mutter gesessen, auf einer schlichten Holzbank mit einer Plakette »In Dankbarkeit gespendet von …« an der Lehne, und sie hatten sich stockend unterhalten, ein unausgesprochenes Unbehagen zwischen sich. Es war kein guter Tag. Die Müdigkeit, der eigensinnige Blick befand sich wieder in ihren Augen, und es gab nichts, keine Medikamente, keine Worte, die etwas dagegen ausrichten konnten. Es war die Art von Tag, an denen Joni nicht wagte, auf die Uhr zu schauen, aus Angst, einen Ausbruch zu provozieren, eine Flut von Selbstmitleid. Es war die Art von Tag, an denen sie mehr als alles andere auf die Uhr schauen wollte.

Also hatte sie über die Blumen geredet, über den Tag, den strahlenden sonnigen Tag, über alles, was ihr einfiel, außer über sich selbst. Und ihre Mutter hatte zugehört, sie betrachtet, nichts gesagt, sie mit diesem kalten, argwöhnischen Blick angesehen, einem Blick, den Joni kannte und fürchtete, weil sie wußte, was er nach sich ziehen konnte. Es war eine einseitige Unterhaltung. Sie führte zu nichts und versickerte, verstummte schließlich. Also hatte sie dagesessen, auf eine Antwort ihrer Mutter gewartet, nichts gesagt, gelächelt, ein dünnes, geduldiges Lächeln, das sie sich nur mit Mühe abringen konnte.

»Du erwähnst ...«, sagte ihre Mutter schließlich, den Blick auf das wogende Rosenmeer gerichtet, »du erwähnst *nie* einen Mann.«

Joni Lascelles schloß die Augen und wünschte sich, irgendwo anders zu sein, egal wo. Der leise Wind trug ihr das Geräusch der großen roten Londoner Doppeldeckerbusse zu, die sich ächzend durch den Verkehr auf der High Road schoben. Irgendwo in der Ferne war ein Zug zu hören. Eine Amsel schimpfte, und aus dem Sanatoriumsgebäude hinter ihnen war das leise Gemurmel von Stimmen zu hören, die leisen, gebrochenen Stimmen, die Joni gelernt hatte, mit den traurigen, zerstörten Menschen, die hier lebten, zu assoziieren.

»Warum fragst du?« sagte sie. »Spielt es eine Rolle?«

Sie öffnete die Augen und sah ihrer Mutter ins Gesicht. Da

war dieser Blick, ein Blick, der nur selten auftauchte, aber das genügte. Er war so kalt, so eisig. So *verrückt*. Was sie am meisten beängstigte, war der Gedanke, in einen Spiegel zu sehen. Daß sie ihr eigenes Selbst vor sich sah, in nicht allzu vielen Jahren, gefangen in der vertrockneten Hülle eines Lebens, das damit hingegangen war, mit einem namenlosen, sich windenden Dämon tief in ihrem Kopf zu ringen.

»Es wird von uns *erwartet*. Das weißt du. Man *erwartet* von uns, daß wir einen Mann haben. In deinem Alter war ich bereits verheiratet. Und du erwähnst nie jemanden. *Nie.*«

Was soll man dazu sagen, dachte Joni. Manchmal fiel es ihr schwer, sich an die Namen zu erinnern, weil sie in so rascher Folge kamen und gingen. Eine Woche, zwei. Eine kurze, heftige Leidenschaft, die genauso schnell verpuffte, wie sie aufgeflammt war. Was wäre ihrer Mutter lieber? Die Männer, die durch ihr Leben flogen, flüchtige, oberflächliche Liebhaber, die nichts erwarteten und wenig zurückgaben? Oder die andere Sorte – und es *gab* nur zwei Sorten, dachte sie oft. Die einen, die durch ihr Leben, ihr Schlafzimmer flatterten wie Eintagsfliegen, und die anderen, die auf diese seltsame Sache aus waren, die sie »Bindung« nannten und dann wieder verschwanden, wenn sie merkten, daß sie dieses dringende, verzehrende Bedürfnis nicht erwidern konnte, unfähig war, mehr darin zu sehen als das Gewirr der Leiber, die Haut an Haut in einem schwach erleuchteten Bett lagen.

»Ich weiß, wonach du suchst«, sagte ihre Mutter, und es lag etwas Hartes, Grausames, etwas wie Triumph in ihrer Stimme, auf ihrem Gesicht. »Du suchst nach *Güte*. Du willst dich in jemandem vergraben und vergessen, daß du lebst.«

Für einen kurzen Augenblick hätte Joni sie hassen können. Für einen kurzen Augenblick hätte sie die Maske des Mitgefühls fallen lassen und sagen wollen, was sie empfand: der Groll auf diese sonderbare Kindheit, diese sonderbare, einsame Welt, die sie umgab, solange sie denken konnte. Aber es war ihre Mutter, und sie würde bald sterben, Joni brauchte keinen Arzt, der ihr das sagte. Es stand ihr in das alte, junge Gesicht geschrieben, war an den Falten, der vertrockneten Haut, dem Grau abzulesen. Das war ihre Mutter, und sie wurde vom Tod verzehrt. Sie durfte ihre Wutausbrüche, ihre Grausamkeiten haben, selbst wenn sie so genau ins Ziel trafen, und Joni wußte, hatte es immer gewußt, daß sie den Schmerz, den sie damit verursachte, genoß.

»Irgendwann«, sagte sie, stand auf, blickte auf das Meer der Blumen, ließ ihre Augen feucht und den Blick unscharf werden, bis sie nichts mehr sah als die Farben, nichts mehr hörte als das Summen der Bienen und das stetige Brummen des Verkehrs hinter den Gartenmauern.

Sechs Monate später war ihre Mutter tot, ein Sarg, der hinter einer Mauer verschwand, ein winziges Monument im städtischen Aufbewahrungsort für Staub. Aber nicht tot in ihrer Erinnerung. Als das Telefon klingelte, lebte sie, sah Joni aus den rosenfarbigen, duftenden Tiefen eines wiederkehrenden Traumes an, in dem das Wort Güte ironisch widerhallte, wie ein verrücktes Lachen, eingeschlossen in eine Blechbüchse.

Das Telefon klingelte, und Joni wußte nicht, wo sie war. Kannte dieses schäbige Schlafzimmer nicht, erkannte weder das matte, tote Licht, das durch das Fenster fiel, noch die Verkehrsgeräusche oder das Tuten der Nebelhörner in der Ferne.

Sie setzte sich auf, griff nach dem Telefon und wurde sich erst in diesem Moment bewußt, wo sie war, was sie tat.

»Hallo«, sagte sie und versuchte sich an die Uhrzeit zu erinnern, wußte, daß ihr Körper ihr keinen Hinweis geben konnte.

»Liebe Joni«, sagte eine körperlose Stimme am anderen Ende, eine rissige, alte, walnußfarbene Stimme.

»Onkel Simon.«

Sie fühlte sich nach wie vor wie ein kleines Mädchen, wenn sie mit ihm sprach. Sie fühlte sich immer wie ein kleines Mädchen.

»Der Nachlaß ist geregelt, meine Liebe. Ich dachte, ich sollte dich besser anrufen. Dein Büro hat mir die Nummer gegeben. Transatlantische Geschäfte. Respekt, Respekt.«

Genau wie immer wußte sie nicht, wie sie damit umgehen sollte, ob da tatsächlich Anerkennung, vielleicht sogar Stolz in der Stimme war, oder etwas viel Düstereres, viel Zynischeres.

»Es ist Arbeit. Ich mußte herkommen. Das habe ich dir schon erklärt, als du angerufen hast.«

»Ja, ja, es spielt keine Rolle.«

Ihr Kopf wurde klarer. Sie konnte auf die Uhr schauen, die Zeit erkennen und mit ein bißchen Mühe ihren Körper zu überzeugen beginnen, daß es die richtige war.

»Du hättest nicht anzurufen brauchen. Wirklich.«

»Wie recht du hast. Aber ich hielt es für das beste. Wir sind schließlich Verwandte.«

Sie wartete darauf, daß er fortfuhr. Es war ein kleines Spiel. Es gefiel ihm. Sie spürte, wie er es genoß.

»Aber warum dich auf die Folter spannen? Sie hat natürlich kein Testament hinterlassen. Leute in Nervenkliniken können keine Testamente aufsetzen, zumindest keine, die rechtlich Bestand haben. Ich habe mich manchmal gefragt, ob sie wirklich so verrückt war, wie sie tat, weißt du. Oder ob sie einfach nicht wegwollte, sich nicht mit unserer Welt auseinandersetzen wollte.Vielleicht ist es dir genauso gegangen.«

»Ich will das nicht hören«, sagte sie. »Du solltest so was nicht sagen.«

»Nein. Vielleicht nicht. Nichts Schlechtes über die Toten und all dieser Kram. Wie auch immer, sie hat also kein Testament hinterlassen, und wenn alle Pflegekosten bezahlt sind, wirst du vermutlich ein paar tausend Pfund erben. Fünf. Vielleicht sieben. Der Anwalt muß es erst noch ausrechnen. Und auch ein paar Besitztümer, aber wenn du meinen Rat hören willst, gibst du sie weg, an Wohlfahrtseinrichtungen. Nichts, was des Aufhebens wert wäre.«

»Sie können sie einlagern«, sagte sie. »Sie können sie für mich aufbewahren, bis ich zurückkomme. Dann werde ich mich entscheiden.«

Sie konnte seine verdrießliche Miene am anderen Ende der Leitung sehen, achttausend Kilometer entfernt, in einem Reihenhaus aus den dreißiger Jahren in dem trüben Süd-Londoner Vorort, wo er sein einsames Leben verbrachte. Dort war es jetzt zwei Uhr morgens, sie hörte das leicht Verwaschene des Brandys in seiner Stimme und überlegte, was ihn wirklich zu diesem Anruf veranlaßt hatte – Schadenfreude, Einsamkeit, Langeweile oder eine Mischung aus allen dreien.

»Na gut. Und wann *wirst* du zurückkommen?«

Wann ich will, sagte sie zu sich. Wenn mir, verdammt noch mal, danach ist.

»Irgendwann nach Weihnachten. Wenn die Arbeit hier erledigt ist.«

»Gut«, sagte er. Sie konnte die Frage kommen hören, wartete darauf, spürte, wie er seine Worte abwog.

»*Amüsierst* du dich gut?«

»Ich arbeite«, erwiderte sie sofort. »Der Zeitpunkt ist vielleicht ein bißchen unpassend, aber so ist es nun mal. Mir fällt nicht allzuviel ein, was mich zu Hause halten würde. Ich kann mich an keine Einladung erinnern. Du etwa?«

»Was für eine Familie«, sagte er, und es mochte ein bißchen Bedauern in seiner Stimme mitschwingen, das war schwer zu sagen. »Was haben wir nur falsch gemacht?«

»Ich muß los«, log sie. »Hier kommen die Dinge nicht so zum Stillstand wie um diese Jahreszeit in England.«

»Oh, die amerikanische Arbeitsmoral. Bitte verschone mich. Davon habe ich schon mehr als genug gehört. Es reicht mir. Gut, dann also fröhliche Weihnachten, Joni.«

Er tat sein Bestes. Er bemühte sich.

»Fröhliche Weihnachten, Onkel Simon.«

»Und ein glückliches neues Jahr.«

Sic zögerte und sagte: »Ja.« Dann hörte Joni, wie am anderen Ende aufgelegt wurde, schaute sich im Zimmer um, dem kleinen, vollgestopften Raum, der in ein anderes Zeitalter zu gehören schien, zwanzig, dreißig, vierzig Jahre zurück. Mit einer Plötzlichkeit, die sie wiedererkannte, die ihr jetzt so vertraut war, sehnte sie sich danach, hier wegzukommen, sehnte sich danach, zu laufen, sich zu bewegen, egal wohin, den Kopf in der feuchten Luft gesenkt, die Arme und Beine in rhythmischer Bewegung, ohne stehenzubleiben.

Sie ging ins Badezimmer, duschte rasch, zog sich an, schaute in den Spiegel, das wirre blonde Haar, das Gesicht, das sie nur ungern von nahem betrachtete. Dann verließ sie das Hotel, trat auf die Straße und verschwand in der langsam über den Bürgersteig schlendernden Menge.

10

Louise Gostelow

> Es kann Liebe mit Sex geben, und es kann Sex ohne Liebe geben und auch Liebe ohne Sex. Aber was den einzelnen betrifft, ist Liebe und Sex schlecht.
>
> ANDY WARHOL

Louise Gostelow schaute sich mit unbewegtem Gesicht im Wohnzimmer der Scheune um, zündete sich eine Camel an, atmete den dunklen, starken Rauch tief ein und meinte, an ihrer eigenen Langeweile zu ersticken. Es war niemand da außer dem dämlichen Hippiemädchen, das vollgedröhnt auf dem Sofa saß, völlig hinüber. Nichts verband Maus und Louise Gostelow. Es war, als wären sie auf zwei verschiedenen Planeten geboren.

Seit Mitte des neunzehnten Jahrhunderts hatte es Gostelows in San Francisco gegeben. Sie kauften und verkauften – Land, Getreide, Vieh, Schiffsladungen, Hypotheken, Versicherungen, alles, was sie in die Hände bekamen. Und sie verkauften es gut. Zur Jahrhundertwende waren sie von einer wichtigen kalifornischen Familie zu einer Dynastie aufgestiegen. Sie besaßen Anteile an Eisenbahnen und Schiffahrtslinien, Zeitungen und, als das Jahrhundert fortschritt, Filmstudios, Radiosender, dann Fernsehstationen. Und wie alle Dynastien wußten sie, wie man sich zu benehmen hatte, waren sich ihres Status' in den rasch fließenden Wassern der kalifornischen Gesellschaft bewußt. Sie heirateten nur Leute aus besten Kreisen, gewöhnlich in St. Peter und St. Paul am Fuße des Hügels, unterhalb des Familiensitzes in der Filbert Street, gebaren die besten Kinder, die die besten Schulen und Colleges besuchten, bevor sie den endlosen Kreislauf von neuem begannen. Und auch starben, nicht zu vergessen. Schon deshalb nicht, weil Louise manchmal, wenn sie in St. Peter und St. Paul auf die Blumenmenge und die traurigen, resignierten Gesichter schaute, scharf überlegen mußte, ob sie sich auf einer Beerdigung oder einer Hochzeit befand. Bestand da überhaupt ein Unterschied, wenn man es recht bedachte? Louise Gostelow wußte es nicht, und die Vorstellung, daß sie es eines Tages herausfinden würde, war ihr absolut zuwider.

Manchmal kamen die Reihen ins Schwanken, manchmal hatte einer von ihnen Mühe, die Familienfahne hochzuhalten. Aber wenn das geschah, schloß man die Reihen einfach um so fester. Kein Gostelow ging jemals bankrott (aber mehr als ein paar mußten vor dem Ruin gerettet werden und bekamen dann woanders einen ruhigen netten Vorstandsposten). Kein Gostelow schlug je über die Stränge und ließ sich in der Öffentlichkeit gehen (doch die medizinischen Unterlagen von privaten Nervenheilanstalten an der Westküste erzählten eine andere Geschichte). Kein Gostelow hatte sich je scheiden lassen, da sie eine gut katholische Familie waren. Die männlichen Vertreter, und auch ein paar der Frauen, konnten die Kennedys weit in den Schatten stellen, was ihre Affären betraf. Aber sie gingen besser damit um als diese Bande irischer Aufsteiger von der Ostküste (die Gostelows kamen aus England, aus der flachen, grünen Landschaft von East Anglia, und auch wenn sie sich bewußt waren, daß ihr Name nur die anglisierte Version des irischen Zigeunernachnamens Costello war, ließen sie sich das nicht anmerken). Diese Dinge landeten nie vor dem Scheidungsrichter. Sie wurden nur in aller Stille, diskret und gewöhnlich ohne Folgen bereinigt, da der Gostelowsche Katholizismus eine aufgeklärte, wenn auch etwas unorthodoxe Haltung gegenüber der Geburtenkontrolle einnahm.

Louise war eine echte Gostelow. Wenn man sich die Porträts einiger Gostelow-Frauen aus dem späten neunzehnten Jahrhundert ansah, die jetzt in der Villa ihrer Eltern auf dem Telegraph Hill hingen, entdeckte man die gleichen Züge in den jungen, vor fast einem Jahrhundert porträtierten Gesichtern. Ihr Haar war pechschwarz und glatt, geschnitten in einer modernen, eckigen, enganliegenden Quant-Frisur mit ausrasiertem Nacken (sie verabscheute diese Wallehaare der Hippies). Ihre Hautfarbe war helloliv, beinahe mediterran. Die Gostelows hatten nie eine englische Rose zustande gebracht, nicht mal, als sie blondhaariges Blut in ihre Linie eingebracht hatten. Louise war klein, nicht größer als eins zweiundsechzig, und von den Hüften abwärts war ihrer Figur bereits eine gewisse Schwere anzumerken, etwas, das sie geerbt hatte, etwas, das sie verfluchte, da sie schon die endlosen Diäten und Gesundheitsfarmen vor sich sehen konnte, wie die Ehe, wie Kinder, wie die Routine, die ihre Eltern aufgefressen hatte, und wußte, daß es vermutlich trotzdem nicht funktionieren würde. Aber in gewisser Weise spielte es keine Rolle. Das Erstaunlichste an Louise Gostelow, das, was die Köpfe im Zimmer herumfahren ließ, wie es in Romanen hieß, war ihr Gesicht. Sie war eine klassische Schönheit, schön auf eine altmodische Weise, wie man sie 1975 kaum mehr sah, eine dunkle Schönheit, mit vollen, gebogenen Lippen (selten ohne Lippenstift, und auch das war gegen den Trend) und Augen, die fast ständig amüsiert, herausfordernd blitzten. Sie hatte kaum Freundinnen. Frauen mißtrauten Louise Gostelow, empfanden so etwas wie Furcht vor ihrer schamlosen Sexualität, dem nackten Interesse, mit dem sie sich Männern nähern konnte, mit ihnen sprach, sie verzauberte, erregte, sie dann stehen und sich fragen ließ, ob es wirklich nur ein Spiel war. Ob sie wirklich nur die spielerisch Keusche aus besseren Kreisen war, die sie zu sein vorgab, oder etwas Dunkleres, etwas Aufregenderes.

Mehr als nur ein paar wußten die Antwort. In den vergangenen sechs Monaten, seit ihr Vater ihr gesagt hatte, wen sie heiraten würde – einen der ruhigen, langweiligen Söhne der Callaghans, dem eine lebenslange Karriere als Börsenmakler bevorstand –, hatte Louise Gostelow versucht, die verbleibende Zeit ihres Singledaseins mit jeder Art von Erfahrung auszufüllen, derer sie habhaft werden konnte. Es war einer der Gründe, warum sie sich an der Miete für die Scheune beteiligt hatte. Das Dope langweilte sie bald. Auch die Gesellschaft langweilte sie (nachdem sie sie ausprobiert hatte). Aber hier konnte sie mit den Männern schlafen, mit denen sie schlafen wollte, ohne neugierige Augen (sie achtete sehr genau darauf, wann sie hierherkam) und ohne gegenseitige Beschuldigungen danach. Manchmal (meistens, wenn sie ehrlich war) machte es ihr keinen großen Spaß. Aber das spielte keine Rolle. Über ihrem Kopf hing ein riesiger Wecker, und sie konnte ihn Tag und Nacht ticken hören.

An jenem Heiligabend rollte Paul Dunsany mit seiner alten Triumph 350 über die Einfahrt, stellte den Motor ab, kickte den Ständer in den trockenen Schlamm und betrat die Scheune. Von hier aus war die Weihnachtsbeleuchtung in der University Avenue gerade noch zu sehen, rot, gelb und grün gegen das bleiche Grau des Abendhimmels. Auf dem El Camino dröhnte der Verkehr stetig vor sich hin, eine Reihe von Autos, die sich riesige Lichtkegel zuwarfen. Man konnte spüren, daß etwas passierte. Die Welt wurde weniger hektisch, nur ein bißchen, nur für einen Tag oder so. Und sie wartete, wußte, daß nichts wirklich geschehen würde hier in dieser flachen, geordneten Stadt akademischer Vorortbewohner, mit ihren Reihen um Reihen einstöckiger Holzhäuser, die Türen mit Weihnachtskränzen geschmückt und den bunten Weihnachtsbaumlichtern, die durch die Wohnzimmerfenster blinkten. Man erwartete nicht, daß etwas passierte, man wartete nur voller Hoffnung darauf und seufzte dann, wenn die Feiertage vorbei waren und die wirkliche Welt wieder von einem Besitz ergriff.

Im Wohnzimmer saßen Louise und Maus in entgegengesetzten Ecken, Maus auf dem Sofa zusammengekrümmt, völlig weggetreten, Louise entspannt auf einem alten Holzstuhl, als säße sie eine Unterhaltung auf einer Cocktailparty aus. Sie trug Jeans – die ihrer Figur nicht sonderlich gut bekamen – und einen hellen Pullover. Ihr Haar glänzte im Dämmerlicht des Raumes, und Dunsany spürte, wie ihre Augen ihm folgten, als er den Raum durchquerte, sich neben sie setzte, nach der abgenutzten Hausgitarre griff – eine Harmony Sovereign, die bessere Tage gesehen hatte – und automatisch ein altes Instrumental von James Taylor zu spielen begann, eine verjazzte Version von »Greensleeves«.

»Hi«, sagte er, und die olivfarbenen Augen glitzerten ihn an. Sie hatte getrunken, er konnte den Whisky im Glas von seinem Platz aus riechen. Doch das war ihm ziemlich egal. Wenn er darüber nachdachte, was er nach Möglichkeit vermied, da es zu nichts führte, wußte er, daß Louise Gostelow der einzige Grund war, warum er immer noch in die Scheune kam. Das Dope war okay, aber meistens langweilte es ihn; außerdem konnte er es sich mit seinem Verdienst aus dem Teilzeitjob im Musikladen selten leisten. Dunsany mochte es zwar geschafft haben, auf Grund seiner guten Noten ein Stipendium für Stanford zu kriegen, aber das Geld reichte hinten und vorne nicht. Seine alleinerziehende Mutter in Santa Monica konnte es sich nicht leisten, ihren Sohn mit Afghan Gold zu versorgen. Also kam er nur, wenn er meinte, Louise könnte hiersein, fuhr manchmal vorbei, um zu sehen, ob ihr kleiner roter MG-Sportwagen draußen stand, und fuhr weiter, wenn er nicht da war. Paul Dunsany gehörte zur naiven Kategorie ihrer Bewunderer; soweit er wußte, war sie nur ein schönes Mädchen aus der besseren Gesellschaft mit einem entsprechenden Freund in der Stadt, das auf das Aufgebot wartete, und er bemühte sich nach Kräften, nicht davon zu träumen, daß es anders sein könnte.

Sie stellte das Glas ab und lauschte den Gitarrenklängen, die durch den Raum schwebten. Louise Gostelow fand es schwierig, Dunsany einzuschätzen. Er paßte nicht in die Scheune. Er besaß keine Laster, nichts Dunkles, Verderbtes, das man hin und wieder gewähren lassen mußte, wenn Platz, wenn Raum da war, es freizulassen. Sie spürte, wie seine Augen sie verfolgten, wenn sie ging, wenn sie atmete. Sie wußte genug, um die unausgesprochenen Worte zu verstehen, die die Lücken in seiner Unterhaltung ausfüllten. Außerdem sah er gut aus, das Haar ein bißchen zu lang, aber mit einem offenen, runden, ehrlichen Gesicht, die Art von Gesicht, die mit zu großem Vertrauen durchs Leben ging und dafür Schläge würde hinnehmen müssen.

»Du spielst wirklich gut Gitarre, Paul«, sagte sie schließlich.

Er hielt den Kopf über das Instrument gebeugt und bedankte sich.

»Wirst du das später mal machen? Wenn du das College verläßt? Die Elektronik vergessen, den ganzen Mist, der uns täglich an den Kopf geworfen wird, und Gitarre spielen?«

Er zupfte einen sauberen, abschließenden Dominantakkord (Paul Dunsany konnte keine Noten lesen, fühlte sich nur in die Klänge ein) und dachte darüber nach.

»Ich weiß nicht.«

»Du *weißt es nicht*?«

Ihm war nicht klar, ob er sich durch ihre Fragen geschmeichelt fühlte oder ob sie ihn ängstigten.

»Vielleicht.«

»Es gibt zwei Arten von Leuten im Leben, Paul. Passagiere und Fahrer. Du mußt dich entscheiden.«

»Vielleicht haben manche von uns keine Wahl«, sagte er und bedauerte es sofort.

»Nein«, erwiderte sie. »Vielleicht haben manche von uns mehr Wahlmöglichkeiten als andere. Aber wir haben alle eine *gewisse* Entscheidungsfreiheit.«

»In allem? *Allem?*«

Er sah die Traurigkeit in ihrem Gesicht und wünschte sich, sie nicht ausgelöst zu haben. Sie lachte, ein trockenes Geräusch ohne viel Humor.

»Da ist was dran.«

Das Glas war leer. Sie überlegte, wieviel Whisky sie wohl in der letzten Stunde getrunken hatte, und merkte, daß ihr jegliche Einschätzung abhanden gekommen war. Er hinterließ einen kalten und metallischen Geschmack an ihrem Gaumen.

»Hast du immer noch das alte Motorrad?« fragte sie.

»Ja.«

»Weißt du was? Ich kann mich nicht erinnern, wie oft ich in einem Rolls-Royce oder Mercedes gefahren bin, aber ich habe noch nie, noch kein einziges Mal auf einem Motorrad gesessen.«

Er war echt erstaunt. »Ist das wahr?«

Sie wartete und wartete.

Er zupfte wieder an der Gitarre herum und sah dann zu ihr auf. Sie konnte eine jungenhafte Röte auf seinen Wangen erkennen.

»Wenn eine Frau eine Bemerkung wie diese macht, hast du zu sagen: ›Wirklich? Tja, warum machen wir dann jetzt nicht eine kleine Spritztour?‹« Paul Dunsany wurde noch roter, lächelte und sagte: »Wirklich? Tja, warum machen wir dann jetzt nicht eine kleine Spritztour?«

Ein Strahlen erschien auf ihrem Gesicht, und er war sich nicht sicher, ob diese plötzliche, hinreißende Verwandlung echt war oder etwas, das einem beigebracht wurde, wenn man in reichen Kreisen aufwuchs. Dann merkte er, daß ihn das nicht kümmerte. Etwas rührte sich in ihm, etwas

Erregendes, und er wagte nicht daran zu denken, was es war.

»Ich habe einen Hintergedanken dabei«, sagte sie.

Er grinste nur.

»Versteh mich nicht falsch, Paul. Ich habe mindestens eine halbe Flasche Jack Daniels getrunken. Meine Eltern sind über die Feiertage nach Catalina gefahren, können also nicht herkommen und mich abholen. Wärst du so lieb und würdest mich auf deiner kleinen Maschine zurück nach Telegraph Hill bringen?«

»Kein Problem«, sagte er nach kurzem Zögern und fragte sich bereits, wohin das führen würde, spürte bereits, wie ein kleiner Hoffnungsgenerator in ihm das Feuer unter seinen Erwartungen schürte, mehr als körperlichen Erwartungen, das war klar, das schwang in all seinen Gedanken mit.

»So schnell, wie sie überhaupt nur fährt?«

Er zuckte die Schultern. »So schnell, wie es mir sinnvoll erscheint. Ich hänge am Leben.«

Sie griff nach ihrer kleinen Lederhandtasche, zog ein Päckchen Camel heraus und zündete sich eine an.

»Großer Gott, Paul. Du bist so *vorsichtig*. Wie wirst du denn erst sein, wenn du *alt* bist?«

Darauf fiel ihm keine Antwort ein.

Sie warf sich eine rote Wolljacke über, und sie verließen die Scheune. Inzwischen war es dunkel und merklich abgekühlt. Das alte Motorrad stand im Licht einer einzelnen Glühbirne, die jemand im Badezimmer hatte brennen lassen. Dunsany klappte den Ständer hoch, stieg auf, ließ die Maschine mit dem Kickstarter an, entlockte ihr ein tiefes, sattes Dröhnen und wartete darauf, daß sie auf den kleinen Soziussitz hinter ihm stieg.

»Im Abendkleid ginge das nicht«, kicherte Louise Gostelow, dann wippte das Motorrad unter ihrem Gewicht, und er spürte, wie sie sanft die Hände um seine Taille legte.

Er gab Gas, und die Kraft der beiden großen Zylinder ließ den primitiven Metallrahmen der Maschine erzittern.

»Das ist toll, das ist toll«, sagte sie, beugte sich vor, legte ihren Kopf auf seine Schulter, wartete, preßte sich fester an ihn, so eng, daß er den Whisky in ihrem Atem riechen konnte.

Dunsany gab etwas mehr Gas und ließ die Maschine sanft über die harte, festgepreßte Erde des Hofes rollen, fand im schwachen Mondlicht den Pfad zwischen den Eukalyptusbäumen und fuhr langsam, die ganze Zeit im Ersten, durch den Wald.

Als er an den niedrigen Außengebäuden der Scheune vorbeikam, fiel ihm etwas ins Auge; etwas Goldenes und Gefranstes, wie über den Boden verstreute metallische Funken, schimmerte kurz im Strahle des Scheinwerfers auf.

Dann war es weg, und sie fuhren in die Nacht hinaus, auf den El Camino, dann auf den Highway, der in die Stadt führte, vorbei an der Bucht mit ihrem im Mondlicht silbern glitzernden Wellengekräusel, vorbei an den sich ständig ausdehnenden Bürokomplexen in den Vororten des Tals, vorbei am Flugplatz und den letzten, hoch oben kreisenden Feiertagsjets, deren Turbinen über dem stetigen, zuverlässigen Brummen des Motorrades gerade noch auszumachen waren.

Paul Dunsany kam nur selten in die Stadt. Er fühlte sich hier nicht wohl. Die Stadt hatte etwas Fremdes, etwas Einschüchterndes an sich, das ihn fernhielt, das ihm das Gefühl gab, hier nicht willkommen zu sein. Aber an diesem Abend strahlte sie etwas Magisches aus, vom ersten Augenblick an, nachdem sie den Flugplatz hinter sich gelassen hatten und er die Lichter und die Hügel vor sich sehen konnte. Die Stadt sah aus wie ein Ort der Wunder, ein Ort, der sich auf einer anderen, höheren Ebene befand als die Welt, in der er normalerweise lebte. Als er vom Highway kam, die Richtung nach ihren über seine Schulter gebrüllten Anweisungen mehr oder weniger erratend, bog er in die Market Street, wich den Cablecars aus, die ratternd und bimmelnd die Straße hinab fuhren, und bog dann rechts in die Kearny Street ab. Die Straßenlaternen erleuchteten die lange, gerade Straße wie Weihnachtsdekorationen. Dann ging es nach links in die Columbus, an dem großen, bleichen Klotz von St. Peter und St. Paul vorbei, rechts in die Filbert, einen Hügel hinauf, der steiler und steiler zu werden schien, bis sie oben anlangten und vor ihnen die grüne, subtropische Vegetation von Telegraph Hill lag und, schwach erleuchtet, eine Anzahl von Stufen, die zu einem weißen Gebäude hinaufführten, geformt wie das Ende eines riesigen Feuerwehrschlauchs, das er von einem seltenen, den Sehenswürdigkeiten der Stadt geltenden Besuch als den Coit Tower erkannte.

Paul folgte ihren Anweisungen und ließ das Motorrad in die Auffahrt eines großen Fachwerkhauses rollen, das auf der linken Seite des Hügels lag, in einem verrückten Winkel gebaut, riesig, alt, hoch aufragend, wie aus einem Cartoon der Addams Family. Die Straße war so steil, daß er, nachdem sie abgestiegen war, Mühe hatte, das Motorrad aufrecht zu halten, als er es auf den Ständer stellte. Sie lachte.

»Was für ein Transportmittel ist das, Paul?« fragte sie. »Was für Leute benutzen es?«

»Arme Leute«, sagte er. »Und Leute, die gern den Wind in ihren Haaren spüren.«

Sie schien so lebendig im Licht der Straßenlaternen und dem des dicken, fetten Mondes, der über dem Coit Tower hing und leicht amüsiert durch die fedrigen Palmen vor dem Haus auf sie herabschaute.

»Ich mag das Gefühl«, sagte sie und war jetzt nicht mehr so betrunken, das wußte er.

»Es gefällt mir.«

Louise Gostelow trat zu ihm, legte ihm die Arme um den Hals, küßte ihn auf den Mund, und ihr Atem roch nur noch schwach nach Alkohol. Der Rest war von einer Süße, die ihm alle Zweifel, alle Vorahnungen, die er bei diesem seltsamen Wandel der Ereignisse gehabt haben mochte, vergessen ließ.

»Ich bin hungrig. Ich muß mich umziehen. Komm mit rein. Warte auf mich. Es ist niemand da.«

Er folgte ihr wie selbstverständlich. In die große weiße Fachwerkvilla, in den riesigen Salon mit seinen roten, samtbezogenen Möbeln und den Bildern an den Wänden, die so alt aussahen, Familienporträts, die bis ins letzte Jahrhundert zurückreichten. Dort wartete er, versuchte nicht nachzudenken, nicht zu hoffen.

Als sie zurückkam, war sie verändert. Sie trug ein langes, fließendes indisches Baumwollkleid mit einem schwach erkennbaren Muster und eine helle Angorajacke. Sie war elegant, und er kam sich klein und unzulänglich vor, bis er in ihre Augen sah, und sie glänzten, glänzten so sehr, daß er an nichts anderes mehr zu denken brauchte, ihr nur folgte, den Hügel hinunterstolperte, zurück nach North Beach, durch Straßen und an Gebäuden vorbei, die er nicht erkannte.

Weiter und weiter, bis sie schließlich im Vesuvio landeten, wo Louise ihm von Kerouac erzählte, was er trank und wieviel. Ihm die Bilder an den schmuddligen Wänden zeigte, die Gedichte, das Graffitti, die Beat-Geschichte, die aus jeder Pore der kleinen Bar zu dringen schien, die in Wahrheit nicht mehr zu bieten hatte als ihre Vergangenheit. Sie tranken Jack Daniels on the rocks, der süß und himmlisch schmeckte, dann taumelten sie weiter, hinaus auf die Straße, Arm in Arm, schauten durch Restaurantfenster, während sie laut überlegte, wo sie ihre American-Express-Karte einsetzen sollte – chinesisch, italienisch, kalifornisch –, bevor sie in einer mexikanischen Cantina einkehrten, wo sie Margaritas tranken, so sauer, so salzig, und scharfe, gewürzte Tamales und Fajitas aßen, sich während des Essens Hände und Gesicht beschmierten.

Als sie die Cantina verließen, war sie wieder betrunken. Er konnte es nicht leugnen. Er konnte auch nicht leugnen, daß es ihm nicht anders ging. Sie schwankten die Straße entlang, und er hatte keine Ahnung, wo er war, keine Ahnung, wie sie gehen mußten. Es war spät, und niemand war auf der Straße, nichts außer einem einsamen Cablecar, das rasselnd nach Hause fuhr, langsam wie ein alter Mann, der den Weg in sein Bett suchte.

Sie blieb stehen, sah dem Cablecar nach, wie es den steilen Hügel hinauf verschwand, und sagte: »Paul …«

Dann lief sie auf die Straße, kniete sich hin, legte ihr Ohr an den Boden und winkte ihn zu sich.

Er sah nach rechts und links, vergewisserte sich, daß keine Autos kamen.

»Du hältst immer nach Gefahr Ausschau, Paul«, sagte sie.

»Das muß man doch.«

»Nicht dauernd. Wenn du ständig danach schaust, entgeht dir soviel. Hör mal.«

Er kniete sich neben sie, konnte seine Augen nicht von ihrem Gesicht, ihrer Schönheit abwenden.

»*Hör zu!*«

Von tief unter der Straße drang ein Summen, ein Singen, ein langes, fortgesetztes, metallisches Zischen herauf, das ein schwaches Pulsieren durch den Boden schickte.

»Weißt du, was das ist?«

Ihre Augen waren so riesig, so offen. Er schüttelte den Kopf.

»Unter der Straße ist ein Kabel, das quer durch die ganze Stadt läuft. Es zieht sie voran. Tag und Nacht. Egal, wie schwer sie sind. Die Hügel hinauf und hinunter. Den ganzen Weg. Kannst du dir das vorstellen? Kannst du dir vorstellen, wie es sein würde, sich ein Kabel wie dieses zu schnappen, das durch die ganze Welt führt? Dich von ihm einfach dorthin ziehen zu lassen, wohin es will? Ohne Fragen zu stellen. Sich einfach mitziehen lassen? Kannst du dir das vorstellen, Paul?«

Er wollte ihr jetzt nicht mehr ins Gesicht schauen. Es war ihm zu eindringlich. Zu nahe an etwas, das ihm nicht gefiel.

»Nein«, sagte er. »Da kommen Autos, Louise. Wir müssen von der Straße runter.«

Sie stand auf, ein wenig unsicher, sah die fernen Scheinwerferlichter den Hügel herunterkommen, hakte sich bei ihm ein, führte ihn zum Bürgersteig. Er sah sie nicht an. Er wollte sie nicht ansehen.

»Armer Paul«, sagte sie. »Soviel Angst vor Gefahr. Glaubst du, es gibt irgend etwas Lohnendes in diesem Leben, das nicht mit Gefahr verbunden ist? Glaubst du das wirklich, Paul?«

Sein Kopf schmerzte jetzt von all dem Alkohol, und irgendwo in seinem Inneren konnte er eine kleine Alarmglocke läuten hören. Es war ein so ferner, so dünner, so pathetischer Klang, daß man ihn leicht mißachten konnte.

»Ich weiß nicht.«

Sie ließ ihre Hand unter seine Jacke gleiten, unter sein Hemd, auf die warme weiche Haut seines Bauches. Aber er wollte sie immer noch nicht anschauen. Fürchtete sich immer noch vor dem Magnetischen, dem Unwiderstehlichen in ihren Augen.

»Laß uns nach Hause gehen, Paul. Laß uns heimgehen, ins Bett, miteinander schlafen. Oder ist das auch zu gefährlich für dich?«

Paul Dunsany sah die lange Straße des nächtlichen San Francisco hinunter, sah das Cablecar über die Hügelkuppe verschwinden und sie beide unter dem silbrigen Nachthimmel allein lassen. Er wußte die Antwort.

11

Eine Lektion vom Gourmet

> Ein beträchtlicher Prozentsatz der Menschen, die wir auf den Straßen einer großen Stadt treffen, sind Menschen, die innerlich leer sind, das heißt, sie sind eigentlich bereits tot. Es ist gut für uns, daß wir dies nicht sehen und wissen. Wenn wir wüßten, wie viele Menschen tatsächlich tot sind und wie viele von diesen toten Menschen unser Leben lenken, würden wir vor Entsetzen verrückt werden.
>
> George Gurdjief

»Schon mal ein Huhn entbeint?«

Tom Cordobes schaute von der kleinen Hand auf dem Labortisch zu dem darüber gebeugten Pathologen, dessen große braune Augen hinter dicken Brillengläsern funkelten, und dachte, daß das letzte, was er jetzt brauchen könne, eine Gastvorlesung vom Grausigen Gourmet sei.

Gordon Broadhead – hauseigener Leichenschänder des Palo Alto Police Department – trat neben seiner Arbeit als Pathologe des Countys noch als Mr. Menü in einem der lokalen Radiosender auf, der für die einkaufswütigen Hausfrauen des Valleys ununterbrochen Barry Manilow spielte. Manchmal schien er zu vergessen, bei welchem Job er gerade war, daher der Spitzname, den sich ein bedrückter Detective eines Abends ausgedacht hatte, als Broadhead eine gründliche und ausführliche Autopsie eines jungen Mädchens, das bei einem Unfall mit Fahrerflucht gestorben war, mit einer genauen Beschreibung der Herstellung eines perfekten Käsesoufflés garnierte. Am Ende des Vortrags, als der Magen des Detectives irgendwo zwischen seiner Kehle und seinem Schließmuskel zitterte, hatte Broadhead auf das Durcheinander von Fleisch und Knochen auf seinem Tisch geschaut und gesagt: »Es kommt auf den richtigen Umgang mit dem Herd an, John, wie ich den Leuten immer wieder sage, aber meinst du, sie hören zu?«

Der Polizist grunzte, spürte ein gefährliches Rumpeln in seinen Innereien und fragte: »Also, was denkst du?«

»Denken?« Broadheads braune Augen blinzelten hinter den dicken Gläsern. »*Denken?* Das Mädchen wurde von einem Pick-up-Truck erwischt, der mit über neunzig über den El Camino bretterte, und du fragst mich, was ich *denke?*«

Von diesem Moment an hieß Gordon Broadhead der Grausige Gourmet.

Tom Cordobes war wirklich nicht in der Stimmung dafür. Er mochte Broadhead nicht. Es gefiel ihm nicht, wie der Kerl in seinem glänzenden Polyesteranzug und den polierten Schuhen wie ein auf die sechzig zugehender Fünfunddreißigjähriger aussah. Es gefiel ihm nicht, wie er das bißchen, was von seinem Haar übriggeblieben war, über seine Platte kämmte, als würde man es nicht merken. Und es gefiel ihm nicht, daß Broadhead ein professioneller Junggeselle zu sein schien, der dauernd zu diesen Partys in Stanford ging, dort all die richtigen Leute traf und nie, auch nicht ein einziges Mal, eine Frau erwähnte. Cordobes hielt den Gourmet entweder für schwul oder für desinteressiert, und er konnte sich nicht entscheiden, was er schlimmer fand.

»Erspar mir die Menüvorschläge, Gordon. Wir haben eine Mordermittlung durchzuführen, und ich glaube nicht, daß ich Zeit habe, noch rasch bei Safeway vorbeizugehen und einzukaufen.«

Broadhead warf ihm einen eisigen Blick zu und legte das Skalpell neben die kleine Hand auf dem Labortisch. Cordobes fand, sie sah irgendwie unwirklich aus. Wie etwas aus einem Spielzeugladen, ein Teil einer Lieblingspuppe, die jemand zum Reparieren gebracht hatte. Abgesehen von dem Blut und dem zerfetzten Fleisch an der Stelle, wo einst das Handgelenk gewesen war. Ein Blick darauf sagte einem, daß das nicht *Made in Taiwan* war.

»Hier geht's um Anatomisches, Tom. Nicht ums Essen.«

Cordobes konnte es nicht ausstehen, daß Broadhead nicht nur auf dem Du bestand, sondern einen auch ständig mit dem Vornamen anredete. Es war zu vertraulich. Es paßte nicht zu einer Polizeistation.

»Tja, da bin ich aber froh«, sagte er und lächelte kalt. Broadhead schaute ihn an, betrachtete den großen, muskulösen Körper, dachte, wieviel aufgestaute Aggression doch in Cordobes engsitzendem Anzug steckte und hätte es lieber gesehen, wenn jemand mit etwas mehr Stil für den Fall eingeteilt worden wäre.

»Wenn man zum ersten Mal ein Huhn entbeint, passiert etwas Komisches, Tom. Wer immer das hier getan hat, ist auch dahintergekommen, als er versuchte, die Hand abzuschneiden. Verstehst du, bei einem Huhn scheint das alles ganz leicht zu gehen. Du drehst das Ding auf den Rücken, schneidest am Brustbein entlang, dann fängst du an, das Fleisch von den Knochen loszumachen. Ich benutze dazu ein Austernmesser. Man braucht etwas Kleines.«

»Wirklich guter Tip, Gordon«, knurrte Cordobes. »Das muß ich mir merken.«

»Gut«, sagte Broadhead, und Cordobes überlegte kurz, ob er das wirklich so meinte oder ob ihm die Ironie in Broadheads Stimme entgangen war. »Das Problem beginnt an den Beinen. An den Kniegelenken, um genau zu sein.«

»Das Problem?«

»Man kann sie nicht durchschneiden. Zumindest nicht ohne eine gewisse Übung. Die Leute denken, diese Gelenke sind nur zwei Knochen, die aneinanderstoßen, und wenn man die Nahtstelle findet, setzt man das Messer an und schneidet durch.«

»Aber das funktioniert nicht, was?«

»Absolut nicht, Tom. Es ist ein sehr komplexer Teil der Skelettstruktur. Eine Kombination aus Blut, Sehnen, Muskeln, alles eng miteinander verbunden. Dazu gedacht, ein Leben lang zu halten und all die Arbeit zu übernehmen, all das Beugen und so.«

»Gordon«, sagte Cordobes und war überzeugt, daß es mit seiner Geduld gleich vorbei sein würde. »Ich untersuche hier nicht den Tod eines Huhns. Es handelt sich um ein Kind. Fünf Jahre alt. Es würde mir also wirklich weiterhelfen, wenn du mir etwas Erhellendes sagen könntest. *Jetzt.*«

Broadhead schniefte. »Der Punkt, wenn du mir freundlicherweise Gelegenheit geben würdest, ihn auszuführen, ist, daß derjenige, der das mit dieser Hand gemacht hat, zu der gleichen Erkenntnis kam. Er – sie, wer weiß? – besitzt mit Sicherheit keine anatomischen Kenntnisse. Das kannst du an dieser Hackerei erkennen. Er dachte sich, daß man das Handgelenk schnell mit ein paar Schnitten abtrennen kann, und merkte, daß das nicht geht.«

Cordobes überlegte kurz.

»Du meinst, er merkte, daß es schwierig ist.«

»Schwierig?« Die großen braunen Augen sahen ihn erstaunt an. Broadhead trat zu ihm und griff sanft nach Cordobes Handgelenk. Das Gefühl der kalten, unbehaarten Hand war dem Polizisten äußerst zuwider.

Broadhead schaute ihm ins Gesicht und sagte: »Keine Bange, Tom. Ich beiße nicht.«

»Ich halte normalerweise nicht gleich beim ersten Rendezvous Händchen, Gordon.«

Broadhead errötete ein wenig. »Ich will darauf hinaus, Tom, daß das Handgelenk ein extrem komplexer, extrem zäher Teil deines Körpers ist.«

Er ließ seinen Finger einmal rund um Cordobes Handgelenk gleiten, über die dort liegenden Muskeln und Sehnen.

»Du mußt es als ein Armband aus Knochen und Muskeln betrachten, die alle zusammenarbeiten, um die komplexen Dinge zu bewirken, die eine Hand ausführen kann. Man kann es nicht einfach mit einem Messer durchschneiden wie das Geschenkband um eine Pralinenschachtel.«

Der Pathologe ließ Cordobes Hand los.

»Du willst also damit sagen«, meinte Cordobes, »daß er lange dazu gebraucht hat.«

»Da kannst du drauf wetten. Wenn man im Krankenhaus eine Amputation durchführt, verwendet man beim Knochen im allgemeinen eine Säge. Ich habe schon verschiedene Amputationen bei Mordfällen gesehen. Normalerweise wird dazu eine Axt genommen. Es ist einfacher, es geht schneller, aber selbst dann wärst du erstaunt, wie viele Leute es nicht gleich mit dem ersten Schlag hinbekommen.«

»Und dieser Kerl?«

Broadhead trat wieder an den Labortisch und schob ein großes, an einem Ständer befestigtes Vergrößerungsglas über die in einer Probenschale liegende Hand.

»Schau's dir selber an. Die wurde *abgehackt*. Mit irgendwas Gezacktem, vielleicht einem Küchenmesser. Der Täter hatte keine Ahnung, auf was er sich da einließ. Das siehst du an der Anordnung der Haut am Ansatz des Handgelenks. Er mußte mit dem Messer rumprobieren, um einen Weg in den Karpaltunnel zu finden, damit er um den Knochen herumschneiden konnte.«

»Wie lange? Wie lange hat er dazu gebraucht?«

Broadhead zuckte die Schultern. »Schwer zu sagen, um ehrlich zu sein. Hängt davon ab, wie stark er ist, wie schnell er gearbeitet hat. Schwer vorzustellen, daß er weniger als fünfzehn Minuten gebraucht hat. Vielleicht mehr als eine halbe Stunde.«

Cordobes mochte die Frage nicht stellen, wollte nicht darüber nachdenken.

»Und das Kind? Was hat das Kind währenddessen getan?«

»Was meinst du wohl, Tom? Geschrien.«

»Vielleicht ist der Junge ohnmächtig geworden oder so was? Gib mir irgendwas, Gordon. Ich habe eine Mutter da draußen, die danach fragen wird.«

»Ich bin Pathologe, kein Hellseher, Tom. Wenn er Glück hatte, ist er ohnmächtig geworden, klar. Aber es existieren genügend Berichte in Geschichtsbüchern, und vieles deutet darauf hin, daß Menschen, die auf Schlachtfeldern amputiert wurden, bevor es Anästhesie gab, die ganze Zeit bei Bewußtsein blieben. Ich kann's dir nicht sagen.«

Cordobes schaute noch mal durch das Vergrößerungsglas. Die Hand sah so unwirklich aus, so *still.*

»Was ist mit Blut?«

»Jede Menge. Massenweise. Man kann eine Verletzung dieser Art überleben, wußtest du das?«

»Ich hab's mir gedacht. Wir haben alle Krankenhäuser in der Umgebung überprüft, um zu sehen, ob irgendwo ein Kind mit einer fehlenden Hand eingeliefert wurde. Nichts.«

Broadhead dachte kurz nach. »In dem Fall *muß* er tot sein. Man braucht eine Transfusion, um so was zu überleben, soviel ist sicher. Wurden keine anderen Körperteile gefunden?«

»Nichts. Zumindest bis jetzt nicht. Wir haben ein volles Team da draußen, das jeden Zentimeter des Waldes absucht, aber es ist nicht leicht in der Dunkelheit. Vielleicht morgen.«

»Ziemlich traurige Weihnachten für die Mutter«, bemerkte Broadhead, und Cordobes war überrascht. Es war das erste Mal, seit er das Labor betreten hatte, daß der Kerl auf die menschliche Seite der Sache einging.

»Warum ist kein Blut an der Hand? So gut wie nichts zu sehen.«

»Er hat sie abgewaschen«, sagte Broadhead. »Das nehme ich wenigstens an. Wir führen noch einen vollständigen Test durch, schauen, auf welche Spuren wir dabei stoßen. Wenn es welche gibt, werden wir sie finden. Aber er hat sie bestimmt abgewaschen.«

Cordobes verzog das Gesicht. Er kannte die Statistiken. Die Erfolgskurve bei der Aufklärung von Mordfällen begann in den ersten Stunden nach Auffinden der Leiche ganz weit oben und fiel dann stetig immer weiter ab. Nach seiner Erfahrung blieben einem etwa zwei Tage, um den Kerl dingfest zu machen, den man für den wahrscheinlichsten hielt, und dann eine Woche, um den Fall abzuschließen. Wenn man sehr viel länger im dunkeln tappte, mußte man sich einfach auf sein Glück verlassen. Und Glück war etwas, auf das Tom Cordobes sich lieber nicht verließ.

»Das sagt uns nicht viel«, meinte er.

»Bisher nicht. Vielleicht morgen früh, Tom. Gib die Hoffnung nicht auf.«

»Ja.« Cordobes entschied, nicht darauf warten zu können, sich erst draußen eine Zigarette anzuzünden, nicht darauf warten zu können, den Geruch von Chemikalien und Antiseptika aus seiner Lunge zu bekommen.

»Da ist allerdings noch eine Sache.«

Cordobes steckte die Marlboropackung wieder in die Jackentasche.

»Hast du die Mutter schon gesehen?«

»Ja. Nette Dame. Wenn sie aufhört zu schreien.«

»Ist sie *sauber*?«

Cordobes war verwirrt. »Sauber? Meinst du Drogen?«

»Nein. Sauber wie ›wäscht sie sich‹?«

»Gordon. Die Frau ist mit einem piekfeinen englischen Akademiker verheiratet, der irgendwelche Gastvorlesungen in Stanford hält. Sie hat einen Akzent, der so klingt, als würde die Königin von England bei ihr Sprechunterricht nehmen.

Wir haben es hier mit absoluten Topleuten zu tun, was der Grund ist, warum der Captain mir bereits im Nacken sitzt. Klar wäscht sie sich.«

»Und die Kinder auch? Du sagtest, es gäbe eine Schwester.«

»Ein sehr ruhiges kleines Ding. Was erwartest du? Sieht aus, als würde sie auf eine Weihnachtskarte gehören. Worauf willst du hinaus?«

Broadhead zupfte nachdenklich an seiner Lippe.

»Morgen früh weiß ich mehr, aber wenn das der Fall ist, dann stimmt hier etwas nicht. Schau dir die Hand an. Du kannst es selber sehen.«

Cordobes blickte durch das Vergrößerungsglas. Der Anblick sagte ihm nichts.

»Sie ist dreckig«, meinte Broadhead. »Sieh genau hin. Sie ist zwar abgewaschen, aber es ist immer noch zu erkennen. Dreck. Auf der Haut. Unter den Fingernägeln. Und noch was. Eine Art Mal. Wie eine Verbrennung. Ich muß da noch ein paar Tests durchführen, aber wenn du mich fragst, ist das eine durch Strom ausgelöste Verbrennung.«

»Durch Strom? Du meinst, er hat einen Stromschlag gekriegt?«

»So was in der Art. Als hätte er ein stromführendes Kabel angefaßt oder so.«

»Ist das tödlich?«

»Ich bin für Autopsien zuständig, nicht für Wunder.«

Cordobes sagte: »Der Junge ist im Grashamwald ermordet worden, Himmel noch mal. Gott weiß, was mit ihm passiert ist, bevor irgend so ein Schweinehund das hier an den Baum genagelt hat.«

»Ja klar«, erwiderte Broadhead. »Aber ich sag' dir eines, das ist kein zufälliger Dreck. Der war da, *bevor* die Hand abgehackt wurde. Meiner Einschätzung nach handelt es sich um die Hand eines Kindes, das sich nicht allzuoft gewaschen hat. Oder es ist was passiert, bevor die Hand abgesäbelt wurde, um sie richtig dreckig zu machen. Und er hat ein Stromkabel angefaßt, sich eine Verbrennung geholt. Nicht schlimm. Zumindest nicht an der Hand.«

»Meinst du, es gelingt dir, noch mehr rauszufinden?«

»Da kannst du sicher sein«, entgegnete Broadhead, und Cordobes mußte den Enthusiasmus des Mannes einfach herzerwärmend finden. »Die Verbrennung wird uns nicht viel mehr sagen, als was wir bereits wissen, aber der ganze Dreck unter den Fingernägeln kann uns eine Menge erzählen.«

»Morgen? Nicht jetzt?«

Broadhead dachte einen Moment nach. »Eine Sache. Ich habe mir den Dreck unter den Fingernägeln schon mal angeschaut. Hab ein bißchen davon in eine Lösung getan. Die Ergebnisse bekommen wir morgen früh, aber eines kann ich dir bereits sagen.«

Cordobes wartete. Broadhead ließ die Leute gern ein bißchen zappeln.

»Holzrauch. Es riecht nach Holzrauch.«

»Nach was?«

»Gehst du je durch den Wald da oben?«

»Nicht, wenn ich es vermeiden kann.«

»Wir haben Winter. Im Winter ist es kalt. Wenn man da oben rumläuft, kriegt man ziemlich viel von diesem Geruch mit. Es ist der Geruch der Penner. Penner, die um kleine Feuer sitzen und sich warm zu halten versuchen, die alles mögliche verbrennen. Keine Ahnung, warum die Behörden ihnen das durchgehen lassen. Also, kann ich jetzt wieder an meine Arbeit?«

Cordobes nickte schweigend, trat aus dem Labor, blieb stehen und zündete sich eine Zigarette an. Jemand kam eilig durch den Flur. Cordobes blickte auf und sah die lange, schlaksige Figur von Mike Labatt, einem der auf den Fall angesetzten Detectives, auf sich zukommen.

»Wir haben ihn«, rief Labatt. »Verdammt, wir haben ihn, Lieutenant. Direkt da im Wald, auf frischer Tat ertappt.«

Cordobes schaute Labatt an. Er war erst siebenundzwanzig, und dies war sein erster Mordfall. Der Junge kniete sich zu sehr rein, war viel zu aufgeregt.

»Beruhigen Sie sich, Mike. Haben Sie die Leiche gefunden?«

Labatt zögerte, versuchte sich zusammenzunehmen.

»Nein, Sir, keine Leiche.«

»Eine Leiche würde uns weiterbringen, Mike. Eine Leiche wäre etwas, das die Aufregung wert ist.«

»Ja, Sir«, erwiderte Labatt, und Cordobes hörte den Unmut in seiner Stimme. Diese Kinder, dachte er. Eines Tages würden sie hier das Sagen haben. Vielleicht war es nicht sonderlich gescheit, sie jetzt zu verärgern. Diejenigen, die man auf seine Seite ziehen konnte, während man sich im Aufwärtstrend befand, könnten sich später, wenn es wieder abwärts ging, als äußerst nützlich erweisen.

»Wir haben einen Verdächtigen gefunden, Sir. Er hatte etwas von der Kleidung des Jungen bei sich, einen Teil des Kostüms.«

Cordobes blickte Labatt unverwandt an und wartete einen Moment, wollte das Tempo drosseln, wollte alles so haben, wie es sich gehörte, damit man den Beweis erbringen konnte, daß man nicht unbedacht handelte. »Welches Teil?«

Labatt grinste, als wäre es wirklich bedeutsam. »Einen Teil des Flügels, Sir. Goldbesprüht.«

»Was noch?«

»Wir suchen noch, Sir.«

»Sonst also nichts, was?«

Labatt sah nicht so aus, als würde er die Frage als Kritik auffassen. Dicke Haut, dachte Cordobes. Nützlich bei einem Polizisten.

»Noch nicht. Aber der Mann war in der Nähe. Die Mutter erinnert sich, ihn gesehen zu haben.«

»Tatsächlich?«

»Ja, Sir.«

Cordobes dachte darüber nach, zog an seiner Zigarette, sah die Glut bis zum Filter herabbrennen, warf die Kippe auf den Boden und trat sie aus.

»Es ist der Penner. Der Penner, den die Mutter sah, als sie den Wald betrat.«

Es war eine Feststellung, keine Frage, und Cordobes genoß es im stillen, wie Labatt reagierte, diesen plötzlichen Ausdruck von Erstaunen in seinen Augen.

»Ja, Sir! Und er will nicht sagen, woher er das Zeug von dem Jungen hat.«

Cordobes schüttelte eine weitere Zigarette aus der Packung und zündete sie an. Er wollte die Zigarette nicht. Die Geste schien einfach richtig. Schien passend. Dann lächelte er, dieses wissende Lächeln, das er gerne bei Untergebenen einsetzte.

»Gehen Sie voraus, Detective«, sagte er.

Sie gingen die drei Treppen zum Hauptbüro hinauf – jetzt voll fröhlich aussehender Cops, die rauchten, Witze rissen und heimlich ihre Frauen anriefen, um ihnen zu sagen, ja, vielleicht, Schätzchen, bin ich doch zum Weihnachtsessen zu Hause.

Cordobes betrat das Verhörzimmer und befahl dem wachhabenden Polizisten, den Raum zu verlassen.

»Sir?« sagte Labatt hinter ihm.

»Sie auch, Mike. Ich möchte mich mit dem Gentleman gern ein bißchen allein unterhalten.«

Cordobes trat ans Fenster. Er schaute auf den zwei Stockwerke unter ihm liegenden Parkplatz des Reviers und dann hinüber zur University Avenue. Der Himmel war dunkel und voller Sterne. Er konnte sogar die Weihnachtsdekorationen auf der Avenue sehen, grüne, weiße und rote Lichter in der Ferne.

Tom Cordobes öffnete das Fenster, um ein wenig frische Luft hereinzulassen. Er schnupperte: Holzrauch. Dann drehte er sich um und setzte sich an den Tisch. Der alte schwarze Landstreicher saß ihm gegenüber. Er trug eine rotgrüne Wollmütze und einen alten Tweedmantel, den er mit einem Strick um den Bauch zugebunden hatte. Cordobes war außerstande, das Alter des Mannes zu schätzen. Sein Gesicht war voller Falten und mit grauen Bartstoppeln bedeckt. Die Augen des Penners – leuchtende, weiße, verängstigte Augen – starrten ihn über den Tisch hinweg an. Irre Augen, dachte Cordobes. Völlig irre Augen.

Cordobes zündete sich eine Zigarette an und blies den Rauch quer über den Tisch.

»Name«, sagte er ausdruckslos.

Der alte Landstreicher schlug die Arme um sich, drückte sich, drückte fest und wiegte sich leise vor und zurück.

»Name«, wiederholte Cordobes und spürte in sich bereits den kleinen roten Funken der Wut.

Der Penner versuchte zu sprechen, versuchte die Worte auszuspucken.

»Roscoe Suh… Suh… Suh…«

Cordobes hob die Arme hoch in die Luft, ballte die fleischigen, muskulösen Hände zu Fäusten und ließ sie mit aller Kraft auf den Tisch niederdonnern. Das krachende Geräusch war wie eine Explosion in dem kleinen Verhörraum.

»Roscoe Suh… Suh… Suh…«

Cordobes ließ seine Fäuste erneut niederkrachen und das Geräusch, das wortlose Donnern, hallte in dem Raum wider, erfüllte Roscoe Sutters Kopf mit einer Furcht und Vorahnung, die beängstigender, erschreckender war als alles, was er in seinem wenig bedeutsamen Leben bisher erlebt hatte.

»Tja«, sagte Tom Cordobes, nachdem der Donner verhallt war, »tja, 'Roscoe Suh … Suh … Suh …', wir möchten, daß du mit uns sprichst, wir möchten, daß du uns erzählst, wo der Junge ist, wir möchten, daß du …«

Aber Roscoe Sutter war nicht mehr erreichbar, war in den Wald zurückgekehrt, wo die Kids ihn verspotteten und Dinge taten, die er nicht verstand, wo er sich in sich selbst zurückzog, bis nur noch der Wald und das Halbdunkel da waren und das Geräusch, das ungebeten, ohne Sinn zu ergeben, aus seiner Kehle drang

rassenfrassenrassenfrassenrassenfrassenrassenfrassen

aus ihm heraus drang, auch wenn er es gar nicht wußte.

Tom Cordobes betrachtete den alten schwarzen Penner, sah, daß sein Geist sich auf eine andere Ebene zurückgezogen hatte, lauschte auf das unverständliche Gemurmel, das aus seinem Mund kam, stand auf, trat hinter ihn, atmete tief ein – schließlich wollte man nicht, wollte niemand den Geruch von Holzrauch in der Lunge haben –, packte ihn am Kragen des alten Mantels, zog fest, so fest er konnte, und zerrte ihn hinüber zum Fenster.

Tom Cordobes hielt Roscoe Sutter mit einer Hand fest und öffnete mit der anderen den Riegel, schob das Fenster ganz nach oben. Frische, kühle Luft drang in den Raum und vertrieb den unangenehmen Geruch, den Geruch nach Angst und den Geruch des Penners, nach Holzrauch, nach Fäkalien und Urin.

Er schaute hinunter auf den Parkplatz. Niemand war zu sehen. Die Männer saßen immer noch im Büro, blickten auf die Uhr und warteten darauf, nach Hause gehen zu dürfen. Cordobes packte Roscoe Sutters Kragen mit beiden Händen, griff tief in den verschlissenen Tweedmantel und schob den Mann durch das Fenster. Der alte Landstreicher gab ein

Geräusch von sich, ein Zischen, als würde Luft aus einem Ballon entweichen, dann beugte Cordobes sich vor, packte ihn hinten am Mantel und ließ ihn zwanzig Meter über der Erde aus dem Fenster baumeln, auch wenn das Fensterbrett schmerzhaft gegen seine Hüften drückte, ließ ihn dort baumeln, ihn sanft zwischen Leben und Tod hin und her pendeln, die haltende Hand gerade fest genug, daß der Mann wußte, sie würde nicht für ewig da sein.

Es gab eine Zeit, als Cordobes in Vietnam stationiert war, wo man so etwas tun und auch zu Ende führen konnte. Wo man den Kerl – einen Drogendealer, einen Zuhälter, was auch immer – aus dem Fenster fallen, unten in einem zusammengekrümmten Haufen landen lassen und dann einem von den Jungs befehlen konnte, da unten sauberzumachen. Als das Blut aus seinen Augen wich, erkannte Tom Cordobes, daß diese Zeiten vorbei waren.

Er hievte Roscoe Sutter zurück in den Raum, versetzte ihm einen einzigen, festen Hieb in die Weichteile, merkte, wie sich seine Nase automatisch bei dem aus den dreckigen Jeans des Penners aufsteigenden frischen Uringeruch verzog, und schleuderte ihn auf einen Stuhl.

Cordobes griff nach dem durchsichtigen Beweisstückbeutel, schaute auf die kleinen, goldenen Flitterstücke, sah sie unter dem bleichen Neonlicht des Raumes glitzern und schob den Beutel vor das Gesicht des alten Landstreichers.

»Wo?« fragte Cordobes. »Wo, Roscoe Suh... Suh... Suh...?«

Rotz hing aus der Nase des alten Mannes, tropfte langsam in den Ausschnitt seines Jacketts, während sich seine Augen mit glasigen Tränen füllten.

Langsam, rhythmisch, die ganze Zeit vor und zurück schaukelnd, begann Roscoe Sutter zu schluchzen und stieß ein tiefes, wehklagendes Geräusch aus, wie ein primitives Tier, das gerade das Weinen gelernt hatte.

12

Das Zanzibar

Aber damals tanzten sie über die Straßen wie Waldgeister, und ich schlurfte hinter ihnen her, wie ich mein ganzes Leben lang hinter Leuten hergeschlurft bin, die mich interessieren. Denn die einzig wirklichen Menschen sind für mich die Verrückten, die verrückt danach sind zu leben, verrückt danach zu sprechen, verrückt danach, erlöst zu werden, und nach allem gleichzeitig gieren – jene, die niemals gähnen oder etwas Alltägliches sagen, sondern brennen, brennen, brennen wie phantastische gelbe Wunderkerzen, die gegen den Sternenhimmel explodieren wie Feuerräder, in deren Mitte man einen blauen Lichtkern zerspringen sieht, so daß jeder »Aahh!« ruft.

JACK KEROUAC
Unterwegs

Es ist nicht meine Schuld, daß sogenannte bohemienhafte Elemente in meiner Schreibe etwas gefunden haben, an dem sie ihre abstrusen Beatniktheorien aufhängen können.

JACK KEROUAC
zitiert im *New York Journal-American*
(8. Dezember 1960)

An diesem Abend waren eine Menge Waldgeister im Zanzibar, und ein paar davon riefen sogar: »Aahh …«

Schließlich war es Heiligabend.

Roseanne Fitzgerald setzte sich an den für die Band reservierten Tisch neben dem Männerklo (wo sonst?) und ließ das Lächeln rasch aus ihrem Gesicht verschwinden. Es war schon schwer genug, das Lächeln beizubehalten, wenn man durch einen Nebel von Zigarettenqualm für dreihundert angetrunkene menschliche Wesen (und das war eine großzügige Bezeichnung) im vollgestopften Zanzibar singen mußte. Sie dachte nicht daran, auch außerhalb des Rampenlichts auf Debbie Reynolds zu machen, wenn kaum einen Meter entfernt die Kerle Bier aus Dosen schlürften, ihre tropfenden Pimmel hinter dem Hosenschlitz befummelten, ihr dann trunken zuwinkten und »Hi« sagten.

Frank Grayson folgte ihr als erster, immer noch ein leichtes Kribbeln in der Hand von den dicken, fetten Metallsaiten des Fender-Basses. Dann Paul Dunsany, das Haar zu kurz für diese Umgebung; er sah eher wie ein Lehrer oder jemand aus einer Werbeagentur aus, nicht wie ein Gitarrist, nein, ganz und gar nicht wie ein Gitarrist. Und schließlich eine große, ungeschlachte Gestalt, ein Scheunentor von einem Mann, mit einem gewaltigen Kopf und einem langen roten Bart. Er ließ sich schwer auf einen Stuhl plumpsen, und Joni Lascelles fragte sich, wie es ihm gelang, seine Fülle hinter einem so kleinen Schlagzeug zu verbergen.

»Stutenalarm«, grummelte Genius leise, und Joni sah ihn an, überlegte, warum er ihr wohl so ablehnend gegenüberstand.

Nach dem Gespräch mit Cordobes, nach dem Anruf aus England war nicht mehr viel geschehen. Sie hatte nur wenig unternommen, nachdem sie sich den Markt angeschaut hatte und dann zufällig in das Studio geraten war. Ihr fehlte die Energie dazu, also hatte sie ein wenig geschlafen. Sie wachte auf und wußte nicht, in welcher Zeitzone sie sich befand oder befinden sollte. Die Welt war zu einem Mischmasch aus Empfindungen zusammengeschrumpft – Müdigkeit, kurze Energieausbrüche, Abgespanntheit, flüchtige, intensive Perioden der Konzentration. Das konnte nicht mehr lange so weitergehen. Dem nachzugeben, war undenkbar; sie würde nie ihre Arbeit schaffen, die Arbeit, derentwegen sie hierhergekommen war.

Dann fiel ihr etwas ein, was in dem Studio passiert war: das Aufflackern einer Möglichkeit, die sie nicht anfachen wollte. Es gab etwas Verschlossenes, Verborgenes in ihren Männerbeziehungen, etwas, das tief in ihrer Vergangenheit verwurzelt war, in einem Teil von ihr, den sie nicht verstand. Und das war das Fließende, der Vorgang der Entscheidung, die Art, in der sie sich ohne nachzudenken einließ, sich auf den Kontakt, auf Sex einließ, ohne zu wissen, was auf der anderen Seite des Aktes lag, manchmal sogar ohne zu überlegen, ob sie sich angezogen fühlte oder ob es Langeweile oder bloße Neugier war. Der Augenblick der Entdeckung schien immer nach dem Punkt des Einlassens zu kommen, und die Entdeckung erwies sich zwangsläufig als Enttäuschung. Daß sich irgendwo auf dieser Suche, diesem Streben nach etwas – *Güte? fragte eine kleine Stimme in ihr* –, alles auflöste, in heiße, wütende Beschuldigungen zerfiel. Aus denen sie nichts lernte. Nur, daß es beim nächsten Mal kein weniger schmerzhafter Schnitt, keine weniger schmerzhafte Wunde sein würde.

Der Nebel hatte sich ein wenig gelichtet, und man konnte das Meer riechen. Sie ging die First Street hinunter, vorbei am Pike-Place-Market, den Girlie-Bars, den schicken, renovierten Hotels bis zu der Gegend, über die sie geredet hatten, über die alle redeten, dem Pioneer Square. Es war weniger ein Square, ein Platz, mehr ein Gewirr schmutziger Straßen voller Bars mit Leuchtreklamen über der Tür, Menschen, die aus Taxis stiegen, und überall Musik: Rock und Blues, Jazz und Punk, Grunge und Techno und anderes mehr, von dem sie noch nicht mal den Namen kannte. Hier war das Zentrum, das Herz des Nachtlebens von Seattle, und es sah so billig, so heruntergekommen aus, daß es fast gewollt wirkte – hier wird *nicht* renoviert, die ausgebrannten Glühbirnen *nicht* ersetzt, auch wenn sie auf den Reklametafeln wie schwarze, verrottete Zähne hervorstehen. Das hier ist nicht L. A., das hier ist nicht New York. Wer's glitzernd, wer's perfekt haben will, soll dort hingehen und sich zum Narren halten lassen. Das hier ist Pioneer, und wenn es hier dreckig und industriell aussieht und die Penner so verzweifelt sind, daß sie sich an einem flauen Abend gegenseitig um Kleingeld anbetteln, was soll's?

Das Zanzibar wurde durch ein rotes Neonschild angekündigt. Es reichte bis zum ersten Stock eines Backsteinhauses hinauf, das sich als viktorianisch erweisen mochte, wenn man die Leuchtreklamen und Bierschilder abmontierte. Beim Eintreten war ihr eine Wolke aus Bierdunst und Zigarettenqualm entgegengeschlagen. Es dauerte gut eine Minute, bis sich ihre Augen an das dämmrige Innere gewöhnt hatten.

Sie hatte sich wortlos neben Genius gesetzt, sich von der Bedienung ein Bier bringen lassen (und ein großes, goldfarbenes Glas Redhook tauchte fast augenblicklich aus dem Nichts vor ihr auf), hatte die Klänge über sich hinwegrauschen lassen, versucht, die Namen aufzuschnappen, einige wiedererkannt – da war Cooder, da war ein Stephen-Stills-Song, etwas von Tim Buckley, sogar eine erstaunlich sinnliche Version von »Dock of the Bay« mit der Sängerin, das lange rote Haar schimmernd unter den billigen Scheinwerfern der kleinen Bühne, die Stimme perfekt im Ton, erfüllt von einem tiefen, namenlosen Gefühl, das die Worte, die Töne überlagerte und hart, greifbar, direkt im Raum stand.

Das Mädchen (nein, korrigierte sich Joni nach kurzer Zeit, das war eine Illusion, sie war älter, als sie aussah, mußte es sein, um so zu singen), die *Frau* übernahm die Melodiestimme bei den meisten Songs. Sie konnte anscheinend singen, wie sie wollte: Sie konnte Janis Joplin sein oder Linda Ronstadt, Melanie oder Diana Ross. Egal welcher Song, sie sang ihn. Und auch ihr Ausdruck veränderte sich. Sie trug etwas Hippiehaftes, ein flatterndes, gelbes Indienhemd, eine lange Kette aus Glasperlen, dazu Jeans. Aber man konnte die Augen schließen, ihrer Stimme lauschen, und sie war jemand anderes, vielleicht schwarz, vielleicht weiß, vielleicht in einem Abendkleid oder einem abgedrehten Woodstock-Outfit, wie ihn die Joplin trug, als sie 1969 auf die Bühne gestolpert war.

Dann, nur dieses eine Mal, übernahm Paul Dunsany die Führung, sang »Mexican Divorce«, so wie Cooder es aufgenommen hatte, aber mit ein paar Extranoten und sehr viel mehr Gefühl. Dunsanys Stimme verfügte über keinen großen Umfang, doch das spielte keine Rolle. In ihr war etwas Elektrisierendes, eine tiefe, elementare Kraft, die an Traurigkeit, vielleicht sogar Qual grenzte und dann ein wenig ehrfürchtig vor dem zurücktrat, was sie gesehen hatte.

Joni erinnerte sich an den Abend, als sie in der Albert Hall in London Clapton gehört hatte, nicht lange nach dem Tod seines Sohnes, nicht lange nach dem Erscheinen dieses qualvollen Ergusses, den er *Tears in Heaven* genannt hatte, und als er es an jenem Abend in dem großen, nüchternen Saal spielte, hatte niemand zu atmen gewagt; man hatte nur gespürt, wie man an die Grenzen, die Wände seiner eigenen Existenz stieß, und sich gefragt, was passieren würde, was von der anderen Seite durchbrechen könnte, wenn man zu fest gegen diese Wände drückte.

Genau so war es, als Dunsany sang. Joni Lascelles wußte in diesem Moment, daß etwas geschehen würde.

»Stutenalarm«, wiederholte Genius leise.

Der große Mann beugte sich über den Tisch, schaute ihr direkt ins Gesicht und sagte: »Genius. Du erstaunst mich. Deine Beobachtungsgabe wird täglich größer. Hast du auch schon rausbekommen, ob diese Stute einen Namen hat?«

Sie lächelte dem großen Mann zu, streckte ihre bleiche Hand aus und sagte: »Ich bin Joni.«

Er ergriff ihre Hand. Es war ein Gefühl, als würde sie von einer Bärentatze verschluckt, aber da war auch etwas Sanftes, und die Stimme paßte nicht zu der Figur, paßte nicht zu dem Spruch auf seinem Sweatshirt; da stand »F: Was ist der

Unterschied zwischen einem Gockel und einem Anwalt? A: Der Gockel leistet Widerstand.« Die Stimme war zu sicher, zu gebildet, zu kultiviert.

»Keine Verwandte, nehme ich an? Wie schade. Ich spiele die alte Platte mindestens vier bis fünf Mal pro Woche und muß sagen, sie erstaunt mich immer noch. Die Musik und die Worte. Die meisten von uns kriegen das eine oder das andere hin. Aber beides zusammen? Für einen bloßen Musiker ist das wirklich schwer.«

Sie lächelte und sagte: »Wie bitte?«

Der große Mann legte den Kopf zurück und zitierte: »All the guilty people. They've all seen the stain. On their daily bread. On their Christian names. I cleared myself. I sacrificed my blues. And you could complete me. I'd complete you.«

Joni dachte darüber nach und sagte: »›Court and Spark‹. 1975.«

»Gut, sehr gut. Ich glaube, das war schon '73, aber was soll's. Es ist wunderschön. Und Joni, das ist auch wunderschön.«

»Ich habe ihn mir selbst ausgesucht«, sagte sie und ließ die Worte in der Luft hängen.

»Was Sie nicht sagen. Ich bin Ben Rawlins. Tagsüber versuche ich der Jugend von Seattle am hiesigen College Soziologie beizubringen. Abends bemühe ich mich, ihre Seelen mit dieser gemeinen Teufelsmusik zu korrumpieren. Aber natürlich mit Hilfe meiner Freunde. Sie kennen meine Freunde, oder muß ich davon ausgehen, daß die Gen-Manipulation tatsächlich schon so weit fortgeschritten ist und Sie in Wirklichkeit die hinreißende Schwester von Genius sind?«

Sie lachte auf, konnte nicht anders, obwohl sie spürte, daß Genius neben ihr zusammenzuckte.

Dunsany beugte sich vor, nahm einen Schluck von seinem Bier, schaute sie an, verspürte eine Art schwache Wärme, eine Art Wiedererkennen und sagte: »Wir lassen Ben

Schlagzeug spielen, weil es das einzige uns bekannte Instrument ist, das sein Gerede übertönt. Ich bin Paul. Genius kennen Sie schon. Das hier ist Frank, der aus Gründen, die ich lieber nicht wissen will, heute morgen nicht zu Genius' Rettung kam. Und das ist Roseanne. Sie hätte ich als erste vorstellen sollen, aber Musiker sind nicht gerade für ihre guten Umgangsformen bekannt.«

Der schlanke, schwarze Baßspieler schien nicht im geringsten interessiert. Er zündete sich eine Zigarette an und hielt sich dann wieder an seinem Bierglas fest. Aber Joni war sich bewußt, daß sie von der Sängerin, die auf eine schon fast besitzergreifende Weise neben Dunsany saß, taxiert wurde. Als sie von der Bühne kam, hatte sie dort eine Art Präsenz, eine Art öffentliche Persönlichkeit zurückgelassen und war die geworden, die sie wirklich war. Joni lächelte sie an, sah sie etwas kühl, spürbar fragend zurücklächeln und sagte: »Es kommt Ihnen sicher schon aus den Ohren raus, aber ich fand, Sie haben wunderbar gesungen.«

»Zu den Ohren raus?« Der Schlagzeuger wedelte theatralisch mit den Händen. »Zu den Ohren raus? ›Ich werde jeden Mann preisen, der mich preist.‹ Enobarbus, in *Antonius und Cleopatra*. Der vernünftigste Kerl in dem ganzen Stück.«

»Ich werde jeden Mann preisen, der mir noch ein Bier bringt«, sagte Roseanne und schob ihr leeres Glas über den Tisch.

Joni schaute in ihre Handtasche, überschlug die Summe kurz in ihrem Kopf und meinte: »Laßt mich. Es ist mir ein Vergnügen.«

»Trinken ist ein Vergnügen«, erwiderte Ben Rawlins. »Bezahlen ist etwas Unangenehmes.«

Dann rief er die Bedienung, wedelte mit ein paar Dollarscheinen und bestellte eine neue Runde.

»Joni ist an Hippies interessiert«, sagte Dunsany, und sie fragte sich, warum er das getan hatte, fragte sich, ob er wußte, daß sie es sowieso in die Unterhaltung einflechten würde.

»Hippies.« Ben Rawlins wiederholte das Wort, als sei es etwas aus einem zoologischen Lehrbuch. »*Hippies.* Ich war letzte Woche in San Francisco und bin zu Macy's reingegangen. Sie haben da diese Vitrinen mit Krawatten. Entschuldigen Sie, Joni, Sie verstehen schon, was ich meine, aber lassen Sie es mich diesen einfachen Leuten hier erklären. Eine Krawatte ist ein schmückendes Kleidungsstück, das von Männern bevorzugt wird, die Anzüge tragen.«

»Was ist ein Anzug, Onkel Ben?« fragte Genius in einer Kleinjungenstimme. »Und was ist ein Hippie?«

»Das Leben ist zu kurz, um dich in alle Wunder der Welt einzuführen, Genius. Nimm einfach mein Wort dafür, daß Anzüge existieren und Krawatten regelmäßig von Leuten gekauft werden, die sie tragen. Auf jeden Fall ...«

»Kennst du auch irgendwelche kurzen Geschichten, Ben?« warf Roseanne Fitzgerald ein. »Wäre nett, wenn du die dann ab und zu mal zum besten geben könntest.«

»Es gibt keine kurzen Geschichten, um die Existenz von Anzügen oder Krawatten zu erklären. Oder Hippies, was das betrifft.«

Die Sängerin schaute auf das große Glas Bier, das gerade vor ihr aufgetaucht war, hob es hoch, lächelte kühl und nahm einen Schluck.

»Der Kern dieser Geschichte ist, ich ging zu Macy's rein, ich trat an die Vitrine mit den Krawatten, und da war es. Eine Auswahl, nein, Entschuldigung, eine *Kollektion* von Krawatten, entworfen von dem verstorbenen Jerry Garcia.«

Frank Grayson verschluckte sich an seinem Bier, hustete und fragte, nachdem er sich wieder erholt hatte: »Du meinst *den* Jerry Garcia? Ehrlich?«

»Ebenjener. Es ist schockierend, davon zu berichten, aber manchmal gibt es Scheußlichkeiten auf dieser Welt, die einfach darum flehen, enthüllt zu werden. Der verehrungswürdige Jerry hat einen unbestimmten Teil seiner letzten Jahre damit verbracht, *Krawatten zu entwerfen*.«

»Wer ist Jerry Garcia, Onkel Ben?« fragte Genius.

»Himmel, halt die Klappe, Genius, ja?« sagte Frank. »Das ist eine schreckliche Enthüllung für uns Erwachsene. Wie, zum Teufel, sahen sie aus, diese Krawatten?«

Ben zuckte die Schultern. »Wie Krawatten eben aussehen, die von jemandem entworfen wurden, dessen Hirn an die dreißig Jahre nebenbei als Chemielabor gedient hat. Einige sahen wie die Teppichpizza aus, die unser junger Genius vor zwei Jahren auf meinem besten Läufer abgestellt hatte.«

»War ich nicht«, protestierte Genius. »Immer krieg' ich die Schuld.«

»Dafür, mein lieber Junge, ist die Jugend da. Manche sahen aus wie das Zeug, das man am Pike Place kaufen kann, bei den Kerlen mit den Koffern, die einem nie richtig ins Gesicht sehen, wenn sie das Geld entgegennehmen. Ich persönlich hab's nicht mit Krawatten, aber wenn dem so wäre, würde ich sie bei näherer Überlegung lieber am Pike Place kaufen als bei Macy's. Wenigstens kann man da sicher sein, daß nicht irgendein niedlicher kleiner Knabe mit Nylonhaar angehüpft kommt und einem die innere Beinlänge abmessen will, während man sie anprobiert.«

»Das passiert also mit Hippies«, sagte Roseanne. »Sie werden alt und entwerfen Krawatten. Erstaunlich, was Drogen den Menschen antun können.«

»Darin steckt eine These«, sagte Ben. »Ich spüre sie kommen. Was ist tatsächlich mit dem großen amerikanischen Hippie passiert? Mit denen, die nicht dabeiblieben, nicht in ihrem eigenen Patschuliöl ertranken? Wo sind sie hin? Auf den Mars?«

»Keine Ahnung«, sagte Roseanne. »Für die Hippies war ich zu jung, für die Punks bin ich zu alt. Paßt mir gut.«

»Mich kannst du auch vergessen«, sagte Ben. »Ich kann

die Hand aufs Herz legen, Mister McCarthy, und in aller Aufrichtigkeit sagen: ›Ich bin kein Hippie, noch bin ich je einer gewesen.‹ Es ist vor allem eine Zeitfrage. Wo hatten die Kerle die Zeit her, tagelang rumzuhängen und sich vollzudröhnen? Frank?«

»Spinnst du?«

»Es mag zwar etwas weit hergeholt sein, aber was ist mit dir, Genius?«

»Wie ich schon sagte. Was ist ein Hippie, Onkel Ben?«

»Ich werde in meinem Terminkalender nachschauen und sehen, ob ich Zeit für Nachhilfeunterricht habe.«

Ben Rawlins grinste, ein verschlagenes kleines Grinsen, beugte sich über den Tisch und schaute Paul Dunsany an.

»Und nun wenden wir uns dem ältesten, geschätztesten Mitglied des Ensembles zu. Paul?«

Dunsany dachte einen Moment lang nach, wünschte sich, die Unterhaltung würde eine andere Richtung nehmen, kannte dafür aber Ben Rawlins zu gut und sagte schließlich: »›Ich bin kein, noch war ich jemals …‹ Ach, verdammt. Ich bin alt, Ben. Meinst du, daß ich mich nach all dem Bier und mit beginnender Alzheimer noch an alles erinnern kann, was ich vor so vielen Jahren gemacht habe?«

»Erinnerungen werden nie gelöscht. Sie schlafen nur, warten auf das Signal, das sie aufweckt. Mein Urteilsspruch in dieser Angelegenheit lautet, junge Dame, daß der geschätzte Dunsany dieses Thema mit Ihnen weiterverfolgen sollte. Führ sie zum Lunch aus, Paul. In das kleine chinesische Lokal bei dir an der Ecke oder so. Du hast ja sonst sowieso über die Feiertage nichts zu tun.«

»Lunch wäre nett«, sagte sie lächelnd, und er war froh, daß sie es gesagt hatte, wußte, daß es von ihr ausgehen mußte.

»Ja«, bekräftigte Dunsany. »Sehen Sie, ich bin so alt, daß sie jetzt schon Verabredungen für mich treffen.«

»Jemand muß es ja tun«, sagte Ben. »Wozu hat man

Freunde? Das ist also geregelt. Gehen Sie und besuchen Sie ihn morgen. Er lebt sowieso praktisch in seinem Studio. Was mich betrifft, ich geh' pinkeln und setz' mich dann wieder hinter die Hardware. Ihr mögt es ja vielleicht nicht bemerkt haben, aber wir sind in vier Minuten wieder dran.«

Dunsany stand auf und sah ihr ins Gesicht. Es ließ sich unmöglich sagen, was dort vorging. Vielleicht wußte sie es selbst nicht.

»Das war nur ein Witz«, sagte er. »Wir Musiker führen kein normales Leben ... Wir vergackeiern uns ständig. Es bedeutet nichts.«

»Heißt das, ich bin nicht eingeladen?« fragte sie.

»Doch«, sagte er. »Sie sind eingeladen. Wenn Sie wollen.«

»Ich will«, sagte sie.

»Ich mach' das nicht sonderlich gut, was? Bin außer Übung.« Er sah so verlegen aus. Fast wie ein Kind, das nach den richtigen Worten suchte. »Zwölf Uhr oder so wäre ... *nett*. Wirklich. Würde mich freuen. Sie müssen mich jetzt entschuldigen. Muß arbeiten, wenn man das so nennen kann. Bleiben Sie noch?«

Sie schüttelte den Kopf.

»Ich schätze, Genius ist keine so tolle Gesellschaft. Auf diese Weise verliere ich mehr Freundinnen, als ...«

»Ach ja?«

»Nicht wirklich. Bis morgen.«

Sie beobachtete, wie er zur Bühne ging, nach der blauen Gitarre griff, sie stimmte, während die anderen ihre Plätze einnahmen und auf Roseanne warteten, die noch am Tisch saß.

Die Sängerin stand auf, strich ihr Hemd glatt, wandte sich Joni zu und sagte: »Paul Dunsany ist ein richtig netter Kerl. Nutzen Sie ihn nicht aus, ja? Davon hat er schon genug gehabt.«

Sie sah ein wenig traurig und mehr als ein bißchen alt aus, als sie das sagte, und Joni konnte nicht anders, als sich zu fragen, was zwischen ihnen über die Jahre geschehen oder nicht geschehen war. Dann betrat Roseanne das niedrige, hölzerne Podium, und ihre Bühnenpräsenz war wieder da, ihr Gesicht erstrahlte in einem breiten, ungeheuchelten Lächeln, ihre roten Locken hüpften bei ihren Bewegungen, die Töne formten sich zu etwas, das hinauswollte, das die rauchige, verbrauchte Luft des Clubs zum Schwingen bringen wollte.

Joni Lascelles war froh, nichts gesagt zu haben. Sie flüsterte Genius, der sie ein bißchen seltsam anschaute, ein leises Lebwohl zu.

»Ich hab' nur Spaß gemacht«, sagte er mit flacher Stimme, in der etwas Unfreundliches mitschwang. »Ich weiß, wer Jerry Garcia ist. Und ich weiß auch, was ein Hippie ist.«

Sie versuchte zu lächeln, griff dann nach ihrer Handtasche, verließ den Club, trat in den kalten, nächtlichen Nebel hinaus, ging langsam hinüber zur First Street, winkte ein vorbeifahrendes Taxi heran und ließ sich zum Pequod bringen. Sie fuhren durch leere Straßen, leer bis auf ein paar Betrunkene, vorbei an hohen Gebäuden, die im Licht der Straßenlaternen alt und anonym wirkten.

Zurück in ihrem Zimmer, duschte sie erneut, um den Geruch des Rauchs loszuwerden, wusch ihr Haar, ließ das schmutzige Wasser an den gesprungenen Kacheln des Badezimmers abfließen, betupfte sich mit Talkumpuder, betupfte sich mit allem nur Denkbaren, um den Geruch des Clubs, des Rauchs, des Alkohols, den Mief des Ganzen aus ihrem Haar zu bekommen.

Als sie fertig war, setzte sie sich auf das alte, quietschende Bett, griff darunter und zog den Koffer heraus. Sie öffnete ihn, suchte nach drei bestimmten Dingen und legte sie auf die Bettdecke. Das eine war eine Neunmillimeterhandfeuerwaffe, die sie am selben Tag im verrufensten Teil der Stadt gekauft hatte. Der Händler hatte ihr erklärt, wie sie damit umgehen mußte. Sie überlegte, ob er ihr wohl die Wahrheit gesagt hatte, ob es überhaupt eine Möglichkeit gab, das zu erfahren, und schob den Gedanken erst mal beiseite. Dann schaute sie sich das Foto an. Es war alt, an den Ecken ein wenig geknickt, die Farben nach zwanzig Jahren verblaßt. Zwei Kinder in weißen, langen Hemden, goldene Flügel auf den Rücken, die vor einem Musikladen in Kalifornien standen, der Junge lächelnd, entzückt von sich, hingerissen von der Welt, das gleichaltrige Mädchen, das direkt ins Objektiv starrte, mit einer Verachtung, die weit über sein Alter hinausging. Ohne zu lächeln, die Augen schwer von einer unausgesprochenen, formlosen Wut.

Joni Lascelles hielt das Foto in der Hand, starrte darauf, bis es vor ihren Augen verschwamm, bis die Umrisse auf dem glänzenden Papier des Abzug ihre Form verloren, in Tränen schwammen, die ihre Augen füllten und in einem stetigen, dünnen Strom über ihre Wangen liefen.

Sie wischte sie mit dem Arm weg, griff nach dem Paß, betrachtete ihr Foto darin und den darunter stehenden Namen. Das war es, was sie ängstigte. Das war etwas, das an sie gekettet war, sich nicht abweisen, sich nicht auswechseln ließ. Heutzutage konnte man fast alles ändern, das Gesicht, die Kleidung, sogar den Namen. Aber wenn man einen Paß beantragte, mußte man seine Geburtsurkunde vorlegen, und ihr war keine Zeit für eine amtliche Namensänderung geblieben in der Hektik, die sie überkommen hatte, nachdem sie zum ersten Mal in der Zeitung davon las, als sie beschlossen hatte, nach Amerika zu fliegen. Als sie beschlossen hatte, die Arbeit aufzunehmen.

Der Paß log nicht. Unter dem drei Jahre alten, aber noch deutlich mit ihrem Aussehen übereinstimmenden Foto war ihr Name mit Joanne Flora Seymour angegeben.

Im Wald

1

Freiheit

Gewalt fällt in Wahrheit auf den Gewalttäter zurück, und der Intrigant fällt in die Grube, die er anderen gräbt.

Sir Arthur Conan Doyle
Das gefleckte Band

Die Natur besitzt nicht zwei Stimmen, weißt Du, von denen eine den ganzen Tag verdammt, was die andere befiehlt.

Marquis de Sade
Die Philosophie im Boudoir

Michael Quinn wachte mit Kopfschmerzen und einem dumpfen Druck hinter den Augen auf. Er wußte nicht genau, wo er war. Hal Jamieson hatte es nicht für nötig befunden, es ihm zu sagen, bevor er in die dunkle Nacht Richtung Seattle verschwand, und auch die zwei Muskelmänner, die den Wagen fuhren, hatten sich ausgeschwiegen. Sie brachten ihn nur an einen Ort weit außerhalb der Stadt, weit von jeder Straßenbeleuchtung, jedem Highway entfernt, rumpelten über einen unbefestigten Feldweg, schlossen die Hütte auf und führten ihn hinein.

Er mochte die Luft nicht. Es roch nach Tannen und Frische, war eine Million Lichtjahre von dem feuchten, menschlichen Mief in Obispo entfernt, der Wolke aus Schweiß, Urin und Schlimmerem, die ihn in den letzten zwanzig Jahren umgeben hatte. Wenn er aus dem Fenster schaute, sah er nur Bäume, ein wogendes grünes Meer, das im Nichts endete, weil die dahinter liegenden Berge in niedrig hängenden, grauen Wolken verborgen waren. Die Hütte lag ziemlich hoch. Das spürte er beim Atmen, spürte, wie dünn die Luft war, wie sauber und leblos. Er schaute aus allen Fenstern, in alle Richtungen und sah nichts als Grün, nichts als rauchfarbene Wolken, die in der Ferne um die Berge wallten. Keine anderen Häuser. Keine Straßen. Kein Anzeichen dafür, daß es hier Menschen gab. Nach dem Knast war das ein seltsames Gefühl. Beinahe beängstigend.

Quinn schloß die Augen wieder, versuchte sich zu erinnern, wie es angefangen hatte, schweifte ab, entspannte sich, ließ seine Gedanken wandern, die Struktur des ihn umgebenden Geruches erforschen, die Harzmoleküle darin betasten, in sie eindringen, sie durchdringen. Er versuchte sich zu erinnern, wie lange es her war, seit er die Veränderung in sich gespürt hatte, die langsame, schleichende Metamorphose tief im Inneren der Zellen, aber er konnte es nicht, und es spielte auch keine Rolle. Die Transformation begann ein Jahr, bevor die Ärzte es überhaupt bemerkten, ein Jahr, bevor der Test Teil der Knastroutine wurde. Und er hatte es die ganze Zeit gewußt. Er spürte es in seinem Blut, eine eigenartige, merkwürdige Veränderung der Zusammensetzung, der Fluidität. Er spürte es an dem Verlust der Spannkraft, spürte, wie sich das Blut nur noch träge, geduckt durch seine Adern und Venen bewegte, jederzeit darauf gefaßt, von etwas überwältigt zu werden, das in einer dunklen, verborgenen, unsichtbaren Ecke seines Körpers lauerte.

Als die Resultate der Gefängnistests zurückkamen, hatte man ihn auf die Krankenstation gebracht und in einen kleinen, weißgekachelten Raum gesetzt, dazu eine zierliche Ärztin mit langem braunem Haar, Nickelbrille und einem Gesicht, das vor Besorgnis und Aufrichtigkeit überfloß. Es hatte sie fünf Minuten weitschweifigen Gelabers gekostet, bis sie zur Sache kam und ihm sagte, er sei HIV-positiv.

Quinn hatte sie mit einem Ausdruck angegrinst, der ihr

kalte Angstschauer über den Rücken jagte, und gesagt: »Als wenn ich das, verdammt noch mal, nicht wüßte, du blöde Kuh.«

Das war es, was ihn wirklich umbrachte. Sie sperrten einen mit tausend anderen Männern in den Knast, ließen einen gerade lange genug allein, daß die großen Kerle, denen man sich nicht zu verweigern wagte, mit einem machen konnten, was immer sie wollten, und dann schickten sie Jahre später irgendeine sanftäugige Kuh rein, die einem sagte, daß man an Aids sterben würde. Und einen anschaute, als wolle sie sagen, *es tut mir leid*.

Es lauerte irgendwo in seinem Blut, neben den Blutkörperchen, verhielt sich ruhig, wartete darauf, zuzuschlagen. Wenn er sich sehr bemühte, konnte er es sogar vor sich sehen: ein zentraler, leuchtender Proteinmantel mit zwei herumwirbelnden Molekülen und einer glänzenden, kugelförmigen Hülle. Wenn er die Augen schloß, konnte er sehen, wie dieses Ding – das für ihn jetzt ein Eigenleben hatte – sich seine Opfer unter den vorbeikommenden Zellen aussuchte, nach T4-Lymphozyten Ausschau hielt, die ihm die liebsten waren, sich aber auch an Monozyten und Makrophagen hängte, wenn nichts Besseres da war. Mit dem Virus selbst hatte er kein Problem. Er konnte ihm fast eine Identität zuschreiben und in seiner Zielstrebigkeit, der rücksichtslosen Suche zur Rechtfertigung seiner eigenen Existenz etwas Bewundernswertes finden. Als man ihm AZT verabreichte, konnte er regelrecht spüren, wie das Virus lachte, wie es sich vor Lachen fast bepißte bei dem Gedanken, dieses Zeug könne ihm schaden, könne den Tag hinausschieben, an dem es in ihm zu explodieren beschloß. Und er konnte nicht aufhören, mit ihm zu lachen.

Quinn zog erneut die Nase hoch, spürte den Schleim hinter seinen Augen, fühlte sich beruhigt. Es war nicht das Virus, das aufwachte, seine Muskeln spielen ließ. Es war die verdammte Luft, diese saubere, reingewaschene Bergluft, die ihn mit ihrer Frische, ihrem Geruch zum Ersticken brachte.

Er fluchte, ging ins Badezimmer, hustete und spuckte ins Klobecken, zog Jeans und Sweatshirt an und machte sich auf Entdeckungstour.

Im Wohnzimmer saß einer der Muskelmänner. Er trug einen glänzenden grauen Anzug, sah kräftig genug aus, sich mit einem der Brutalos aus Obispo anzulegen, und betrachtete Quinn mit einer Feindseligkeit, die er nicht zu verbergen suchte.

»Guten Morgen, Sir«, sagte der Muskelprotz. »Mein Name ist Steve. Mr. Jamieson hat mich eingestellt, damit ich mich um Sie kümmere. Ich hoffe, wir können zu einer Verständigung kommen, Sir.«

Quinn grinste. Seine Zähne wirkten inzwischen zu groß für seinen Mund und hatten eine häßliche gelbe Färbung angenommen.

»Klar, Steve. Klar können wir zu einer Verständigung kommen. Wozu sind Freunde denn da?«

»Es freut mich, das zu hören, Sir«, sagte Steve.

Quinn schaute in das breite Leibwächtergesicht, betrachtete den sauber rasierten, kräftigen Schnurrbart, das zu kurze, an den Kopf geklatschte Haar und fragte sich, wo Hal den wohl aufgegabelt hatte. Er sah wie ein billiger, angeheuerter Schläger aus, ein Kleindarsteller aus einem drittklassigen Mafiafilm, gutaussehend auf eine Weise, die einem Nebenrollen in Hollywood einbrachte, um das Gehalt als Wachmann aufzubessern.

»Mr. Jamieson hat mich gebeten, ihn anzurufen, wenn Sie aufwachen, Sir. Er würde Sie gern sehen.«

»Eine Weihnachtsparty, Steve?«

»Ich weiß es nicht, Sir.«

Quinn verspürte einen plötzlichen, stechenden Schmerz in der Stirn und ließ seine Wut hochkochen. Sie kochte dieser Tage oft hoch. Es war schwer, sie wieder zu vertreiben.

»Hör auf mit dem dämlichen ›Sir‹-Gehabe, ja? Davon krieg' ich Kopfschmerzen.«

Steve erhob sich, und Quinn wurde klar, wie groß er war, ihm wurde klar, daß dies vermutlich Steves beste Ausdrucksmöglichkeit war und er es ihm zu verstehen gab.

»Wie Sie wollen, Mr. Quinn. Mir soll es recht sein.«

Dann ging er zu dem großen Holztisch nahe dem zur Rückseite der Hütte gelegenen hohen Fenster, griff nach dem dort liegenden Handy und tippte eine Telefonnummer ein.

Quinn schlenderte zur Vorderseite der Hütte und schaute aus dem Fenster. Kilometerweit nichts als dieses Meer aus Grün und Grau. Wenn Hal etwas Isoliertes, Abgelegenes wollte, dann wußte er offenbar, wie man es bekam. Und außerdem besaß er inzwischen ja auch das Geld dazu.

Er trat zur Eingangstür, betrachtete sie. Groß und massiv, aus abgelagertem Kiefernholz gezimmert, gut verarbeitet, mit kräftigen Verstrebungen, offenbar erst vor kurzem angebracht, keine Tür, die man leicht eintreten oder irgendwie umgehen konnte. Er schaute über die Schulter, wollte sehen, was Steve machte, sah, daß der stämmige Mann ihn keinen Moment aus den Augen gelassen hatte, drehte am Türknauf, war nicht überrascht, ihn verschlossen zu finden, und lächelte Steve über den Raum hinweg an. Steve redete nur mit leiser Stimme weiter, beobachtete ihn ausdruckslos.

Michael Quinn flüsterte ein einzelnes Wort aus einem alten Soul-Titel vor sich hin: »Freiheit ...«

Und überlegte, warum, zum Teufel, er nicht darauf kam, wer den Song gesungen hatte und wann. Dann beendete Steve das Telefongespräch und steckte das Handy in die Tasche seiner hellgrauen Jacke.

»Mr. Jamieson würde Sie gern sehen. Er ist in fünfundvierzig Minuten hier.«

»Ach, wirklich? Also sind wir hier irgendwo am Arsch der Welt, Steve, alter Freund. Irgendwo mitten im Wald, wo sich meilenweit nur Braunbären und Waschbären rumtreiben.«

Steve sah ihn weiterhin ausdruckslos an und sagte: »Ich bin nicht ermächtigt, Ihnen diese Auskunft zu geben, Mr. Quinn. Sie können Mr. Jamieson fragen, wenn Sie wollen.«

»Ja.«

»Würden Sie bitte von der Tür wegkommen und sich setzen, Sir? Ich möchte etwas mit Ihnen besprechen.«

Quinn fand den Kerl unglaublich. Konnte sich nicht vorstellen, wo Hal ihn aufgetrieben hatte. Er tat, wie ihm befohlen. Als er saß, nahm Baxter auf dem ihm gegenüberstehenden Stuhl Platz, nicht ohne vorher sorgfältig die Hosenbeine über den Knien hochgezogen zu haben.

»Wie es aussieht, Mr. Quinn, werden wir in den nächsten zwei Wochen viel miteinander zu tun haben.«

»Du hast den kurzen Strohhalm erwischt, Steve. Hatte Hal nicht ein paar Mordaufträge, die er dir statt dessen hätte geben können?«

Der Muskelmann ging nicht darauf ein, redete einfach weiter.

»Ich glaube, es wäre für uns beide besser, zu wissen, wo wir in dieser Sache stehen. Zu wissen, wie die Regeln lauten.«

Wieder sang Quinn das eine Wort, Freiheit, immer noch damit beschäftigt, woher es stammte.

»Regeln«, sagte er. »Ich glaubte, das Gefängnis gerade *verlassen* zu haben.«

»Regeln«, sagte Steve. »Nur damit wir einander verstehen, solange das hier währt. Wird nicht für ewig sein, nicht nach dem, was Mr. Jamieson sagt. Aber solange es dauert, brauchen wir Regeln, nach denen wir beide uns verhalten können.«

»Regeln«, wiederholte Quinn.

»Sie gehen nicht ohne mich aus der Tür dort raus. Wenn

wir rausgehen, versuchen Sie nicht wegzulaufen oder so was. Das sollte doch ganz einfach sein. Die Tür bleibt verschlossen, und ich bin der einzige, der den Schlüssel hat. Die Fenster sind alle abgesichert. Es gibt keinen anderen Weg nach draußen als die Tür. Mr. Jamieson hat in den letzten Tagen eine Menge Geld ausgegeben, um dafür zu sorgen, und Sie können sich darauf verlassen, Sir, daß genau das geschehen ist.«

Quinn hielt die Hand hoch und sagte: »Ich verspreche, keinen Fluchtversuch zu unternehmen. Aber sag mal, Steve, wohin sollte ich denn überhaupt fliehen?«

»Nirgends hin, nach dem, was ich höre. Wenn Sie da draußen rumlaufen und irgend jemand Sie erkennt, schätze ich, daß Sie spätestens in einer Stunde tot sind. Es gibt momentan ein ganzes Nest von Leuten, die Sie am liebsten vom Angesicht der Erde tilgen würden und höchstwahrscheinlich bereit wären, sich für die Chance dazu gegenseitig umzubringen. Die ganzen Verrückten, die Medien, alle möglichen Leute. Ich kann Ihnen die Zeitungen mitbringen, wenn Sie wollen. Sie können es auch im Fernsehen sehen. Im Augenblick sind Sie eine Art Berühmtheit, obwohl ich denke, daß Mr. Jamieson hofft, es wird nicht anhalten. Doch solange es anhält, ist es das Beste für Sie, das Beste für uns beide, wenn Sie hierbleiben, nicht ans Fenster gehen und die Welt die Sache vergessen lassen. Sie können mich als Ihren Gefängniswärter betrachten oder als Ihren Beschützer. Um ehrlich zu sein, es ist mir scheißegal. Ich erledige nur meinen Job, und ich sage Ihnen, wie ich dabei vorgehe, damit wir mit einem Minimum an Reibereien, einem Minimum an Mißverständnissen auskommen. Mißverständnisse sind es, durch die Menschen verletzt werden. Können Sie mir folgen?«

»Ich kann dir folgen, Steve.«

»Wenn Sie irgendwelche Wünsche haben, werde ich sehen, was sich tun läßt.«

»Welche Art von Wünschen?«

»Was immer Sie wollen. Das sind Mr. Jamiesons Befehle.«

Quinns Augen leuchteten auf. »Was meinst du wohl, was sich ein Mann nach zwanzig Jahren Obispo wünscht, Steve?«

»Ich war nie im Gefängnis und habe es auch nicht vor. Also kann ich es nicht genau sagen. Könnte mir vorstellen, daß Sie vielleicht an einer Frau interessiert wären. An gutem Essen, Whisky. Vielleicht ein bißchen Dope. Das läßt sich alles problemlos beschaffen. Wenn Sie mir eine Liste geben, werde ich versuchen, Sie zufriedenzustellen, solange Sie mich zufriedenstellen. Sind wir uns einig?«

Quinn schaute in das knorrige, braune Gesicht des Muskelmannes. Es sah aus wie aus Holz geschnitzt, genau wie die Hütte. Der Kerl war höchstens fünfundzwanzig, achtundzwanzig Jahre alt und hatte nichts, aber auch gar nichts für diesen Job übrig.

»Klar sind wir uns einig«, sagte Quinn. »Und heute *ist* Weihnachten, Steve. Wann fängt die Party an?«

Steve verzog noch nicht mal ansatzweise die Mundwinkel zu einem Lächeln. »Zuerst werden Sie mit Mr. Jamieson reden. Dann rede ich mit ihm. Inzwischen sollten Sie besser schon mal mit Ihrer Liste anfangen.«

Quinn grinste, und seine großen, gelblichen Zähne schimmerten im Licht der nackten Glühbirnen. Baxter schaute ihn an und merkte, wie sehr er den Anblick, das absurde, nur halbwegs menschliche Aussehen von Quinns Kopf verabscheute. Er hatte beinahe etwas Reptilienhaftes.

»Das tue ich bereits, Steve«, sagte Michael Quinn. »Glaub mir. Das tue ich bereits.«

2

Telegraph Hill

San Francisco ist eine verrückte Stadt, die größtenteils von absolut verrückten Leuten bewohnt wird, deren Frauen von bemerkenswerter Schönheit sind.

Rudyard Kipling, *American Notes*

Hey kids, rock and roll
Nobody tells you where to go

REM, »Drive«

Louise Gostelow stand am Schlafzimmerfenster des großen Fachwerkhauses auf dem Telegraph Hill und schaute hinaus aufs Meer. Es war ein klarer Tag. Kein Nebel, nur ein wenig Dunst. Die Sonne hatte diese strahlende Helligkeit, die auf ein gewisses Beißen der Luft, eine Frische hindeutete, die alles im durchsichtigen, gelben Tageslicht besonders scharf umrissen scheinen ließ. Aus dem Fenster konnte sie die gesamte Küste überblicken, von Fishermen's Wharf an der Marina vorbei zu der langen, roten Form der Golden Gate Bridge, die sich über das blaue Wasser erstreckte, bis hinüber nach Sausalito, wo die Jachten jetzt die Segel setzten, wie Taschentücher über die Bucht verstreut. Es war die Art von Ausblick, die jedem, der ihn noch nicht gesehen hatte, den Atem nahm. Aber Louise Gostelow war tagtäglich damit aufgewacht, und wenn vor dem Fenster nur eine graue Wand und ein kleiner Hof gewesen wären, hätte sie den Unterschied kaum bemerkt.

Durch das zweite Fenster sah man ein Stück weiter die gewundene Straße hinauf die weiße, stumpfe Form des Coit Tower. Sie konnte die Autos vorbeifahren hören, auf der

Suche nach Parkplätzen, um die Aussicht zu genießen, und es kam ihr wie immer merkwürdig vor. Das waren keine Touristen. Es waren Leute, die das alles schon oft gesehen hatten. Und trotzdem kamen sie immer wieder hierher, vollzogen, ohne nachzudenken, ihr kleines Ritual. Es war halb zehn am Weihnachtsmorgen, und sie rauchte ihre dritte Camel seit dem Aufstehen.

Sie dachte an die Familienfeier in Catalina, all diese weihnachtlichen Rituale, die sich immer und immer wiederholten, jahrein, jahraus, sich nie änderten, nie ändern wollten. Man machte einfach immer dasselbe, und dann wurde man älter. Ende der Geschichte. Und wenn es für sie losging, wenn ihre kurze Zeit des Haftaufschubs, der Freiheit endete und sie den Mittelgang von St. Peter und St. Paul hinaufschritt, dann würde das gleiche mit ihr passieren, das gleiche langsame Zugleiten auf die Entropie – spulen sich die Elektronen ab wie kleine Aufziehspielzeuge? Hört die Erde auf, sich um ihre Achse zu drehen? –, in die Nichtexistenz, mit all den kleinen, unterwegs stattfindenden Ritualen. In fünf, höchstens zehn Jahren würde auch sie in Catalina sein, zuviel Gin trinken, die Kinder, *ihre* Kinder beim Öffnen der Geschenke beobachten, wie sie das leuchtendbunte Papier abrissen, schrien, schrien, schrien, ihren Teil zu der Zeremonie beitrugen, die sich endlos zu drehen schien, durch die Jahre miteinander verbunden, nahtlos, als würde man einen Bleistift um ein Möbiussches Band führen, bis die Spitze zu hart aufdrückte und das Papier zerriß.

Je mehr sich die Zukunft vor ihr ausdehnte, eine immer schmaler werdende Straße, die nirgendwohin führte, desto mehr dachte Louise Gostelow an die Gegenwart, ihre Möglichkeiten, ihr Potential, den Umfang, die Intensität der Erfahrungen, die sie in ihr wirkliches Leben stopfen konnte, bevor sie eines Tages aufwachte und feststellte, daß das Unwirkliche mit den Ketten und der Zweckmäßigkeit und der Verantwortung neben ihrem Bett auf sie wartete, die Fesseln in der Hand.

Das Telefon klingelte. Paul Dunsany, der noch immer schlief, nackt unter der seidenbezogenen Daunendecke, regte sich. Louise drückte die Zigarette aus und ging mit raschen Schritten hinunter in die große, gewölbte Halle. Sie trug einen Kaschmirpullover, eine einfache Goldkette und dunkle Samthosen. Gleich nach dem Aufstehen hatte sie gebadet, hatte den Geruch nach Sex von sich abgewaschen, hatte alles von sich abgewaschen. Eine weitere Erfahrung auf ihrem Weg.

Louise Gostelow nahm den Hörer ab und wußte, noch bevor sie die Stimme hörte, die tiefe, rauchige weibliche Stimme, daß es ihre Mutter sein würde, daß es niemand sonst sein konnte.

»Du könntest immer noch nach Catalina kommen, Schatz«, sagte die Stimme, halb flehend, halb befehlend. »Jim könnte dir ein Flugzeug besorgen oder so was. Du brauchst nicht allein zu sein.«

Sie seufzte, und das Geräusch ging Louise auf die Nerven, war etwas, womit sie groß geworden war und das sie wie ein alter Schmerz durchfuhr.

»Nur dieses eine Mal. Ein Weihnachten für mich allein. Das ist alles, worum ich bitte.«

»Verstehe«, sagte die Stimme am anderen Ende. »Für dich allein. Das würde ich gern glauben, Louise, wirklich.«

»Ich bin einundzwanzig, Mutter. Ich gehöre dir nicht.«

»Sicher. Du gehörst mir nicht. Aber alles hat seinen Preis, Schatz. Das mußt du lernen.«

Louise schloß die Augen. Auf der Treppe waren Schritte zu hören, und diesen Teil konnte sie am wenigsten ertragen, nicht die Worte, nicht den Akt selbst, sondern wie manche von ihnen aussahen, wenn sie endlich kapierten.

»Wie könnte ich das je vergessen, so oft, wie du es mir schon gesagt hast?«

Am anderen Ende der Leitung ertönte ein unwirsches, wortloses Geräusch. Es fehlte nicht viel, und sie würde ihre Mutter hassen, dessen war sich Louise Gostelow sicher.

»Wenn wir zurückkommen, möchte ich keine häßlichen Überraschungen vorfinden, Liebes, hast du gehört?«

»Ja«, sagte sie und legte einfach auf, schnitt das Gespräch ab, wußte genau, was am anderen Ende der Leitung geschah, der verkniffene Mund, die Falten um die Lippen, der harte, seelenlose Gesichtsausdruck, das geräuschlose »sie wird es schon lernen, sie wird gehorchen, sie wird sich fügen«.

Louise zündete sich eine weitere Zigarette an, drehte sich um und sah ihn dort stehen, ein bißchen scheu, ein bißchen dämlich aussehend.

»Hi«, sagte er. Er war jetzt angezogen; billige Jeans, ein billiges Karohemd. Paul Dunsany brauchte nur noch einen Button mit der Aufschrift »kein Geld«, um das Bild zu vervollständigen.

»Hi«, erwiderte sie und ging in die Küche. Er folgte ihr und sah, daß die Küche riesig war, erstaunlich ausladend, weiß und mit großen, sauberen Fenstern. Die Sonne schien so hell herein, daß sie ihm in die Augen stach.

»Da drüben steht Kaffee«, sagte sie. »Bedien dich. Frühstück gibt es nicht.«

Dunsany goß sich eine Tasse voll ein, setzte sich an den langen, polierten Kiefernholztisch und schaute sie an, mit einem Blick, den sie kannte, einem Blick, den sie verabscheute.

Er suchte nach Worten, nach dem Mut, sie auszusprechen, suchte aber auch danach, für sich selbst zu definieren, was sie wirklich bedeuteten, was seine Gefühle wirklich bedeuteten.

»Ich möchte, daß dies etwas Besonderes ist, Louise. Ich möchte, daß es anhält.«

Sie stand an dem großen Fenster über der Bucht, steif und hoch aufgerichtet, die Zigarette an ihren Lippen. Sie blickte hinaus zum Himmel und dem großen, weißen Stumpf des Coit Tower auf dem Hügel. Sie sah ihn nicht an, sah noch nicht mal in seine Richtung.

»Sag nichts, Paul.«

Und er war so jung, so jung, daß er nichts bemerkte, die Veränderung der Atmosphäre nicht wahrnahm.

»Ich hätte mir nie träumen lassen …«

Und da fing sie an zu lachen, leise, kalt.

»*Träumen?*«

Seltsamerweise fiel es ihm noch immer schwer, es auszusprechen. Nach den Intimitäten der Nacht, der Nähe, der großen Nähe. »Du und ich, wir beide zusammen.«

»Aha.«

Vor seinem inneren Auge konnte er sie nackt auf dem großen, weichen Doppelbett sehen, der glatte olivfarbene Körper, die Brustwarzen aufgerichtet, dunkle, straffe, faszinierende Formen im Mondlicht, konnte sich an die Berührung ihrer Haut erinnern, ihre langsamen, fast qualvollen Bewegungen, ineinander verschlungen, tastend, fühlend, liebend. So war es für ihn noch nie gewesen. Es war wie das Öffnen einer Tür zu einer anderen Seinsebene, eine, die mehr als Sex war, eine, die aus einer tieferen, fundamentaleren Verbindung stammte, etwas Riesiges, das von ihnen beiden ausging und entzückt im Dämmerlicht des Raumes tanzte.

»Es war okay«, sagte sie und schaute ihn offen an. Da ging etwas vor, das er nicht kapierte, etwas, das er nicht verstand. »Ich beschwere mich nicht, Paul. Es war nett.«

Er trank seinen Kaffee in großen, schlürfenden Schlucken, und sie zuckte darüber zusammen, konnte nicht anders. Plötzlich war Louise Gostelow von dem Drang erfüllt, ihn aus dem Haus zu scheuchen, irgendwo anders hin, wo sie ihn nicht mehr sehen mußte. Dann fiel ihr das Auto ein, fiel ihr ein, wieviel sie gestern abend getrunken hatte, und sie verfluchte sich innerlich.

»Paul?«

Er sah sie mit einer Mischung aus Bewunderung und Verwirrung an. Der Junge wußte wirklich nicht, was hier vorging.

»Du mußt mich zurück zur Scheune fahren, Paul. Ich muß mein Auto holen, wieder herfahren, Sachen erledigen.«

»Klar«, sagte er und lächelte wieder, war wieder glücklich. »Und dann?«

»Wie bitte?«

»Was machen wir dann?«

Sie seufzte. Das es immer so enden mußte! Es gab Zeiten, in denen sie sich wünschte, ihr gutes Benehmen endgültig abschütteln zu können.

»*Wir* machen gar nichts. Überhaupt nichts.«

»Okay«, sagte er. »Du brauchst Zeit für dich.«

Das brachte sie zum Lachen. »Zeit? *Zeit?* Wovon, zum Teufel, redest du eigentlich, Paul? Wir sind zusammen ins Bett gegangen, haben gevögelt, das ist alles. Betrachte es als etwas für dein Erinnerungsbuch. Eines Tages wirst du mich im weißen Brautkleid auf der Gesellschaftsseite des *Examiner* sehen, und dann kannst du das Foto ansehen und sagen: ›He! Ich hab' sie gevögelt, wirklich, das hab' ich. Einmal. Zweimal.‹ Wie oft war es? Ich kann mich nicht erinnern. Ich war gestern abend sturzbetrunken, falls du das nicht gemerkt haben solltest. Aber den Jungs wird es gefallen, glaub mir.«

Sie war verblüfft darüber, wie schockiert er schien, daß sie ihm so etwas überhaupt zutrauen könnte.

»Du glaubst, ich würde so was sagen?«

»Alle Männer tun das, Paul. Versteh mich nicht falsch. Es ist mir *völlig egal*. Es macht mir nichts aus. Es ist in etwa das, was ich erwarte. Diese Dinge passieren. Das ist okay. Dann sind sie *vorbei*.«

Er hatte etwas Mitleiderregendes an sich, das ihr an die Nieren ging, sie wünschen ließ, ihn hassen zu können.

»Du kapierst es nicht, was? Du hoffst, ich sei eine schöne reiche Jungfrau, die dir plötzlich über den Weg gelaufen ist, und wums, das ist es, Liebe und Rosen und ewiges Glück? Du glaubst das wirklich, nicht? In was für einer Welt lebst du, Paul?«

Er nahm einen Schluck Kaffee, der bitter und kalt schmeckte. Der Raum, so weiß, so groß, so unpersönlich, wirkte jetzt erdrückend. Das Haus war abweisend, fremd, ein Ort, an den er nicht gehörte, nie gehören konnte.

Paul Dunsany schob die Tasse weg, wünschte, er könnte so etwas wie Wut empfinden, wußte aber, daß es nur Bedauern war, ein aufbrechendes Bedauern tief in seinem Inneren, das immer stärker werden würde.

»Aber ich verstehe nicht ... Warum?«

Und in diesem Moment fiel eine Art Maske von Louise Gostelows Gesicht. Sie schaute ihn mit einer grimmigen, lächelnden Härte an, die er nie zuvor an ihr gesehen hatte, ein so häßlicher Ausdruck – und er würde nur eine Sekunde anhalten, das wußte er sofort, sie würde sich augenblicklich in ihr altes Selbst zurückverwandeln, die Person, von der er die Augen nicht abwenden konnte, an die er ständig denken mußte, jetzt mehr denn je –, daß, hätte er ihn jemals zuvor gesehen, nichts von alledem passiert wäre, weder die Motorradfahrt noch die gemeinsame Nacht, die Chance der Berührung ihrer Haut.

»Himmel, Paul. Du kannst wirklich dämlich sein. Der Grund ist, daß ich alle anderen in der Scheune schon durchhatte. Gestern abend warst du der einzige, der noch übrig war. Hast du das denn nicht wenigstens *geahnt*?«

Es war, als würden Fensterläden krachend zuschlagen, den Horizont einengen, das eigene Selbst einengen, ihm befehlen, diesen Weg einzuschlagen, nicht jenen, nach unten, nicht nach oben, das Leben zu beschneiden, um es den Dingen anzupassen, wie sie waren, und nicht, wie man sie sich wünschte. Es war, als würde das Farbspektrum, das man sah, um die Hälfte reduziert und in die dunklen Tiefen des Weltraums geschleudert werden, ohne daß etwas seinen Platz einnahm, und als würde das, was man sah, was man empfand, stumpfer werden, gedämpfter, weniger greifbar.

»Ich muß zurück zur Scheune«, sagte sie. »Ich brauche mein Auto.«

Paul Dunsany nickte ausdruckslos, stand auf, ging durch die große holzgerahmte Eingangstür, die hölzernen Stufen hinunter und wartete, daß sie ihm folgte. Als sie bei ihm war, trat er fest, so fest er konnte, auf den Anlasser des alten Motorrades, gab Gas und ließ das Dröhnen der Maschine alles andere in seinem Kopf auslöschen.

3

Roscoe gesteht

Das Gewissen ist die innere Stimme, die uns warnend darauf hinweist, daß jemand zuschauen könnte.

H. L. Mencken
Sentinae: The Mind of Men

»Sind Sie sich sicher, Tom? Ich meine, *wirklich* sicher?«

Captain Cy Langton stand ein Jahr vor der Pensionierung, hatte dreizehn Kilo Übergewicht und keuchte beim Gehen. Er war ein großer, grauhaariger Mann, der in seiner Jugend mit dem Gedanken gespielt hatte, Profiboxer zu werden, sich dann aber für eine Polizeikarriere entschieden hatte, weil sie bessere Aussichten, bessere Pensionsmöglichkeiten bot. Es gefiel ihm gar nicht, am Weihnachtstag aufs Revier kommen zu müssen. Ebensowenig gefiel ihm der Anblick von Tom Cordobes, der sehr an einen Mann erinnerte, der gerade nach einer langen Sitzung mit der Whiskyflasche aufgewacht war und es kaum erwarten konnte, die nächste zu beginnen.

»Was meinen Sie damit, ob ich sicher bin? Sir.«

Fängst du schon wieder damit an, sagte Cordobes zu sich. Läßt deine Abneigung einfach raushängen, so deutlich, daß du den Captain, der lieber Golf spielen oder die kleine Sekretärin bumsen würde, mit der er seit sechs Monaten hinter dem Rücken seiner Frau rummacht, der im Moment lieber alles andere als Polizeiarbeit machen würde, daß du dem Captain die Karten in die Hand spielst. Cordobes betrachtete die gerahmten Fotos an der Wand, Langton beim Golfspielen in Maui, beim Golfspielen in St. Andrews, beim Golfspielen – *Golf!* – überall auf der Welt. Ein wie ein Golfsack geformter Stiftehalter, ein Souvenir von einem Turnier in Florida, aus dem drei Kugelschreiber und ein Bleistift herausragten, stand auf dem Schreibtisch des Captains. Für Cordobes spielten echte Polizisten nicht Golf, spielten gar nichts. Das war kein Job für Spieler.

Langton seufzte und schaute wieder auf den Bericht.

»Dieser Penner kann weder lesen noch schreiben. Richtig?«

»Er hat's mir diktiert. Sir. Wort für Wort.«

»Klar doch, Tom. Wissen Sie, ich habe in den letzten zehn Jahren so viele dieser von Ihnen aufgenommenen Geständnisse gesehen, daß ich Ihren Stil inzwischen gut kenne.«

Cordobes spürte ein dumpfes Pochen in seinem Kopf, hätte gern eine Tablette genommen, lieber noch einen Drink gehabt. Es war ihm unverständlich, warum der Alte es nicht einfach hinnehmen, den Bericht abzeichnen, nach Hause gehen und sich vor den Fernseher setzen konnte.

»Wie schon gesagt, das sind seine genauen Worte, und ich bin bereit, es vor Gericht zu beschwören.«

»Tja, das ist ja schön, Tom. Was gedenken Sie denn sonst noch zu beschwören? Kommt mir so vor, als würden Sie dringend noch mehr brauchen. Bisher haben Sie nur das Geständnis eines Mannes, der weder lesen noch schreiben kann, ein Geständnis, das wie ein Auszug aus einem Polizeihandbuch klingt. Und sonst nichts, außer der Hand eines Kindes. Nichts. Sie haben keine Leiche. Sie haben keine Verbindung zwischen diesem Sutter und dem Kind.«

»Wir haben Reste des Kostüms bei Sutters Sachen gefunden.«

»Himmel, Tom. Haben Sie sich diese Kerle mal angesehen? Gesehen, wie sie leben? Die heben doch alles auf, was sie auf der Straße finden, weil sie es vielleicht später mal brauchen könnten. Die haben da draußen eine regelrechte private Mülldeponie. Das macht sie nicht zu Mördern. Aus welchem Grund sollte er es getan haben? Wo steht das in Ihrem Bericht?«

»Er sagt, der Gedanke sei ihm gekommen, als er den Jungen sah.«

»Aber warum? Ich habe mir den Alten mal angesehen. Der springt ja glatt zwei Meter in die Luft, wenn man ihn nur anblinzelt. Bei allem, was ich von Ihrer Verhörtechnik weiß, scheint das kein Wunder, aber er wirkt nicht gewalttätig, nicht im geringsten. Sie sind Polizist genug, um das zu wissen.«

»Das hat man oft bei Verbrechen an Kindern, Captain. Leute, die Kindern so was antun, würden sich nie an Erwachsene wagen, weil sie zu feige sind.«

»Das ist völliger Blödsinn.«

»Es ist ein Geständnis, Captain. Das können Sie nicht ignorieren.«

»Meinen Sie?«

Langton griff nach dem Bericht, hielt ihn hoch, riß ihn durch und warf die zwei Hälften in den Papierkorb. Dann sah er Cordobes durchdringend an.

»Ich habe eben Ihren Job gerettet, Tom. Nehme nicht an, daß Ihnen das klar ist, daß Sie mir dafür danken werden, aber es ist eine Tatsache. Wenn Sie Ihren Namen daruntersetzen, werden Sie aus der Truppe gejagt, und das vermutlich zu Recht. Was ist mit Ihrer Urteilsfähigkeit passiert, Mann? Dieser Kerl kann noch nicht mal eine überzeugende Erklärung dafür abgeben, wie er das Kind getötet haben soll.«

Cordobes konnte seinen Blick einen Moment lang nicht vom Papierkorb wenden. Er konnte nicht glauben, was er da gesehen hatte. Konnte nicht glauben, daß der Captain die Möglichkeit eines so einfachen Auswegs ausschlagen würde.

»Sir«, und jetzt gab er sich keine Mühe mehr, nicht die geringste, seine Aggression zu verbergen, »Sutter sagt, er habe die Waffe weggeschmissen, er wisse nicht, wohin. Das ist eine typische Behauptung bei Mordfällen, eine sehr überzeugende Behauptung.«

»Überzeugend, daß ich nicht lache!«

Langtons Stimme dröhnte so laut, daß sie von der Milchglasscheibe der Bürotür zurückzuprallen schien.

»Dieser Kerl ist ein Penner, Herrgott noch mal. Wo soll er sie denn hingeworfen haben? Diese Kerle leben in einem Umkreis von einem knappen Kilometer um den Greshamwald. Unsere Männer haben unter jedem Blatt und jedem Scheißhaufen nachgesehen und nichts gefunden, kein Messer, keinen Fetzen Stoff, nicht mal einen Tropfen Blut. Was soll er denn hier gemacht haben, Tom? Sich eine Suite im Holiday Inn gemietet haben, um den Job zu erledigen?«

»Ich weiß es nicht«, sagte Cordobes langsam, »aber ich weiß, daß ich ein Geständnis habe.«

Langton schlug mit der Faust auf den Tisch. Der kleine Golfsack mit den Kugelschreibern und den Bleistiften hüpfte zwei Zentimeter in die Luft.

»Verdammt noch mal, Tom. Meinen Sie, ich sei dämlich? Sie könnten ein Geständnis aus dem Papst herausprügeln, wenn ich Sie drei Minuten mit ihm allein ließe. Die Wahrheit ist, es bedeutet nichts, außer daß Sie viel zu schnell mit Ihren Fäusten bei der Hand sind. Und ich sage Ihnen noch etwas, Tom. Ich habe heute morgen mit dem Gourmet gesprochen, und er sagte mir, daß er sich keinesfalls sicher sei, ob die Hand, die Sie gefunden haben, überhaupt von dem vermißten Kind *stammt*. Was ihn betrifft, könnten Sie diesen Sutter des Mordes an jemandem bezichtigen, von dem wir bisher nicht mal beweisen können, daß er überhaupt tot ist. Was haben Sie dazu zu sagen?«

»Broadhead ist ein Schwuler und ein Arschloch.«

Cy Langton verdrehte die Augen.

»Großer Gott, Sie bringen mich um, ehrlich«, sagte Langton schließlich. »Was, zum Teufel, hat das damit zu tun? Haben Sie denn kein Gewissen, Tom? Kommt überhaupt irgendwas jemals an Sie heran? Könnte gut sein, daß der Kerl, der es getan hat, draußen frei herumläuft und es wieder tun wird, und Ihnen fällt nichts anderes dazu ein, als daß Broadhead ein Schwuler ist.«

»Sutter *könnte* es getan haben. Das sage ich Ihnen, Sir.«

»Tja, vielleicht sollten Sie dann besser versuchen, diesem *könnte* ein wenig mehr Fleisch zu geben, Tom, und hoffen, daß kein weiteres totes Kind auftaucht, während Ihr Hauptverdächtiger in Untersuchungshaft sitzt. Behalten Sie den Penner hier, suchen Sie nach einer Leiche. Berichten Sie mir regelmäßig, und führen Sie *keine* Verhöre mit Zeugen durch, ohne jemanden dabeizuhaben. Ich habe, verdammt noch mal, keine Lust, meinen Kopf dafür hinzuhalten, daß Sie jedesmal zuschlagen müssen, wenn Sie es mit einem Schwarzen, einem Schwulen oder sonst jemandem zu tun haben, der nicht in die Kategorie der von Ihnen bevorzugten Personen paßt.«

Tom Cordobes spürte das Blut in seinen Schläfen pochen und hoffte, hoffte wirklich, bald hier rauszukommen. Es gab Grenzen, jeder hatte Grenzen, und er war den seinen sehr nahe.

»Sir«, sagte er, die Lippen zu einer so graden Linie verzogen, als hätte er Schmerzen. »Und die Presse?«

»Die Presse überlassen Sie mir. Die können von mir aus so lange rumrennen und nach Blut schreien, wie sie wollen, aber wenn wir jemanden vor Gericht stellen, will ich verdammt sicher sein, daß der Staatsanwalt ihn auch hinter Gitter bringen kann.«

»Selbst wenn es Sutter ist.«

»Selbst wenn es der Weihnachtsmann höchstpersönlich ist. So lautet das Gesetz. Wir hüten es, wir machen es nicht. Vergessen Sie das nicht.«

»Sir.«

Das Gesicht des Alten war jetzt hochrot. Er hätte sich

einen roten Mantel und einen falschen Bart anziehen und als Weihnachtsmann auftreten können, wenn es ihm gelungen wäre, den finsteren Blick abzulegen.

»Gehen Sie jetzt, Tom. Reißen Sie sich zusammen. Das hier ist kein verdammter persönlicher Kreuzzug. Sorgen Sie dafür, daß die Jungs da draußen sich ihr Überstundengeld verdienen. Die Sache wird das Department eine Menge Geld kosten. Dafür wollen die da oben auch Ergebnisse sehen, und die sind bisher ja wohl eher schwach. Finden Sie eine Leiche für mich, Tom. Das würde mich *wirklich* glücklich machen.«

»Wie lange kann ich Sutter hierbehalten?«

»Wie lange wollen Sie ihn? Der Kerl hat zum ersten Mal seit seinem letzten Gefängnisaufenthalt ein Dach über dem Kopf und was Warmes zu essen. Ich glaube nicht, daß der darauf drängen wird, so schnell wie möglich rauszukommen. Falls er mit einem Anwalt redet und anfängt, große Töne zu spucken, erklären Sie ihm, daß die Gefühle draußen hohe Wellen schlagen und er vielleicht Schutzhaft braucht. Flechten Sie das Wort ›lynchen‹ mit ein. So was können Sie sehr gut, wenn Sie mich fragen. Erklären Sie ihm, daß wir keine Verdächtigen entlassen können, wenn sie keine Adresse mit Postleitzahl haben. Denken Sie sich was aus, reden Sie mit ihm, Tom. Anscheinend brauchen Sie ja nur mit ihm zu reden, und der Kerl stimmt allem zu, was Sie wollen.«

Cordobes nickte. Der Captain beugte sich vor und funkelte ihn an.

»Und machen Sie es gefälligst richtig, Tom. Von jetzt an denke ich nicht mehr daran, Ihren Arsch zu retten. Es laufen genügend junge Kerle rum, die gerne Ihren Job übernehmen würden, wenn Sie über diese Sache stolpern, und so, wie es jetzt läuft, *werden* Sie stolpern. Sie verstehen, was ich damit sagen will.«

»Sir«, zischte Cordobes.

»Guter Gott. Ich versuche Ihnen zu helfen, Mann. Wenn

Sie in Ihrem Alter rausfliegen, finden Sie nichts anderes mehr, und die Pension reicht auch nicht eben weit. Ich weiß, daß Sie private Probleme hatten. Wir haben alle private Probleme. Das liegt am Job. Aber am Ende fällt es auf Sie zurück. Ich will damit nur sagen, welchen Weg Sie auch immer wählen, Sie müssen mit den Konsequenzen leben. Merken Sie sich das, merken Sie sich das gut, denn ich gedenke nicht, diese kleine Aufmunterungsrede zu wiederholen.«

»Verstehe«, erwiderte Cordobes, und auf eine gewisse Weise tat er das auch, wußte, daß er an einem Scheideweg stand, daß es nur eine Richtung gab, die er einschlagen konnte. Für etwa zehn Sekunden herrschte Schweigen im Raum, dann klingelte das Telefon so laut, daß Cy Langton zusammenzuckte.

»Diese verdammte neue Telefonanlage«, sagte er und griff nach dem Hörer. »Mehr Geklingel und Gepfeife als in einem Raumschiff, und wie ich eine Amtsleitung kriegen soll, ist mir meist ein Rätsel.«

Er hielt den Hörer ans Ohr und bellte: »Langton.«

Tom Cordobes war froh, geblieben zu sein und zu sehen, was als nächstes passierte. Das Blut wich aus Langtons Gesicht, als hätte jemand einen Stöpsel aus seiner Kehle gezogen. All die Wut, all das Feuer verrauchte, bis der Captain so bleich aussah, als würde er sich gleich übergeben. Das Gespräch dauerte nur eine Minute, und Langton sagte kaum ein Wort. Als es zu Ende war, legte er langsam den Hörer auf. Er sah alt und müde aus.

»Fahren Sie rüber zum Haus der Seymours, Tom«, sagte er schließlich. »Nehmen Sie das gesamte Team mit, Spurensicherung, Polizeiarzt, alle. Dieser Schlamassel scheint von Minute zu Minute schlimmer zu werden.« Dann starrte Langton auf den kleinen Golfsack, stieß einen leisen, säuerlich riechenden Rülpser aus und ließ das Gesicht in die Hände sinken.

4

Strahlend glückliche Menschen

Von dieser Stund' an erklär ich mich aller Schranken und gedachter Grenzen frei,
Gehe, wohin es mich gelüstet, mein eig'ner Herr, total und absolut

WALT WHITMAN
»Song of the Open Road«

Lonnie swept the table and he swallowed up all he found
It was forty-eight hours till Lonnie came around.

STEELY DAN
»The Boston Rag«

Der Dopegeruch hing wie ein betäubender Vorhang in der muffigen Luft der Scheune. Paul Dunsany wurde fast ein bißchen schlecht davon. Ihm war schwindelig. Sie hatten etwas gegessen, eine Art Bohneneintopf, den Maus gekocht, in Schüsseln gefüllt und schweigend auf den Tisch gestellt hatte. Sie hatten geraucht. Und dann hatten sie den alten Fernseher angestellt, hatten gewartet, während Quinn geduldig an den Knöpfen auf der Rückseite herumfummelte, bis die Farben eine vage Ähnlichkeit mit der Realität annahmen, hatten sich zurückgelehnt, die Bilder über sich hinwegrollen lassen, die Cartoons, die Nachrichten (auf die sie nicht achteten, denen sie noch nicht mal zuhörten), hatten auf den Film gewartet, *Singing in the Rain*, sich dem Nichtstun, Nichtsdenken, Nichtsein hingegeben.

Dunsany fragte sich, warum er noch immer hier war. Louise tat so, als sei nichts geschehen. Sie lächelte über Hal

Jamiesons Witze, behielt den Joint zu lange (sie behielt den Joint *immer* zu lange, sagte Hal) und sagte nichts, vermied seinen Blick, ohne es absichtlich erscheinen zu lassen. Es war etwas so Selbstsicheres, so Selbstgewisses an der Art, wie sie es tat, daß er sich klein, benutzt, dumm vorkam. Etwas, das ihm noch ein bißchen mehr Schmerz verursachte, bis er es ausblendete, bis er sich in die Dumpfheit, in den von Mauern umschlossenen Ort zurückzog, an dem nichts passierte, keine Gedanken, kein Bedauern aus den Wänden kroch.

Er sah Gene Kelly durch die wasserüberfluteten Straßen auf einem Set in Burbank tanzen, überlegte, warum er sich diesen Scheiß überhaupt ansah, stand auf und ging ohne ein Wort hinaus. Die Luft war kühl und roch anders. Nicht besser, nur anders. Er atmete zweimal tief durch, spürte, wie der Dopekopfschmerz sich zurückzog, eine Pause vor dem nächsten Angriff machte, stieg auf sein Motorrad, trat auf den Anlasser und fuhr aus der Einfahrt.

Sie schienen nicht mal zu bemerken, daß er ging, aber trotzdem nagte etwas an ihnen, etwas, das in der Atmosphäre gelegen hatte, etwas, das merkwürdig, falsch war.

Als er aus dem Feldweg auf die Seitenstraße bog, die zum El Camino führte, beobachteten zwei Polizisten, die an ihrem weißen Streifenwagen lehnten, ihn durch die undurchsichtigen, schwarzen Gläser ihrer Ray-Bans, überlegten kurz, ob sie neben dem Eukalyptusgestank, der aus dem Greshamwald drang, tatsächlich einen schwachen Dopegeruch wahrnahmen, verwarfen den Gedanken und ließen ihn fahren. Es war ein ruhiger Tag in der kleinen Universitätstadt. Die Studenten waren zum größten Teil weggefahren. Wer noch hier war, blieb im Haus, saß vor dem Fernseher, aß zuviel, trank zuviel Wein, wartete darauf, daß der Tag zu Ende ging. Wenn man es recht überlegte, dachten die Polizisten, hatte Tom Cordobes den Täter gefunden, und es ging jetzt nur noch darum, die einzelnen Puzzlestücke zusammenzusetzen. Man brauchte keinen angetörnten Jungen auf einem alten Motorrad zu verfolgen, das so aussah, als würde es jeden Moment auseinanderfallen. Schließlich war heute Weihnachten.

Paul Dunsany hörte es nicht, aber sie hatten gelacht, als er ging. Nachdem er draußen war, den Starter seines Motorrades bearbeitete, fing Hal Jamieson auf diese bekiffte Art an zu kichern, und das Kichern war ansteckend, selbst für Louise Gostelow, selbst für Michael Quinn, selbst, auf eine halbherzige Weise, für Maus, die weiter hinten im Zimmer saß, allein, auf einem verblichenen Sessel, dessen Polsterung halb heraushing, sich den Film ansah und ihn wunderbar fand, glaubte, vor Freude weinen zu müssen (und das war nicht nur das Dope, das war auch etwas anderes).

»Er ist so verdammt gradlinig«, sagte Quinn schließlich. »So ›anständig‹. Himmel, was für eine Pfeife.«

»Warum kommt er überhaupt her?« fragte Hal. »Was bringt ihm das?«

Er schaute zu Louise, blickte in ihr durch die Rauchwolken schimmerndes Gesicht, sah, wie sie ihn anlächelte.

»Keine Ahnung, Hal«, sagte sie.

Hal Jamieson beugte sich auf dem Sofa vor und nahm die Arme in einer Art höfischen Verbeugung zurück.

»Der Junge«, er ließ die Worte in das Halbdunkel des Raumes fallen, »der Junge ist *verliebt*. Und zwar in unsere liebliche Louise. Hach, da wäre deine Mama sicher begeistert, wenn du mit *ihm* nach Hause kämst, mein Mädchen.«

»Vielleicht war ich mit ihm bereits zu Hause«, erwiderte sie, und da war ein Ausdruck in ihrem Gesicht, der ihm nicht gefiel, ein Ausdruck, der etwas in ihm auslöste, das er nicht empfinden sollte, von dem er nichts wissen sollte, etwas, das sich Eifersucht nannte und keinen Platz in diesem neuen, strahlenden Universum hatte, weil sein Ursprung, sein Herkommen ausgelöscht und durch etwas Anspruchsvolleres, Cooleres, Offeneres ersetzt worden war.

»Vielleicht«, sagte Hal und merkte, wie sich seine Luftröhre unter dem Einfluß des Dope verkrampfte.

»Er spielt gut Gitarre«, sagte Maus mit leiser, träumerischer, nur halbwacher Stimme. »Er ist ein netter Kerl. Er will die Leute nicht herumschubsen, wie ihr das wollt.«

»Klar doch«, sagte Hal. »Ein *netter* Kerl.«

»Die Welt braucht nette Kerle«, sagte Maus. »*Du* könntest eines Tages einen netten Kerl brauchen.«

Sie sahen sie an, als wäre sie zu weit gegangen, hätte, ohne es zu bemerken, einen Teil des Raumes betreten, in den sie nicht gehörte. Maus strich sich das lange, schmierige Haar mit der Hand zurück, mehr aus Gewohnheit als daß es ihr ins Gesicht gefallen wäre, und tat das, was man von ihr zu verlangen schien – sie hielt den Mund.

»Hast du noch mehr von dem Acid?« Quinn saß in der dunkelsten Ecke des Raumes. Sie konnten sein Gesicht nicht sehen.

»Hat dich dein Onkel Hal schon je enttäuscht, lieber Junge?« Der Bostoner Akzent in Hals Stimme schien deutlicher denn je. »Welche Geschmacksrichtung darf's denn sein? Erdbeer, Zitrone, Vanille? Vielleicht möchtest du was Neues ausprobieren? Einen kleinen Key-West-Cocktail?«

»Ich will dasselbe, was ich gestern hatte. Du kennst den Namen.«

»Ah ja«, sagte Hal und versuchte, vor sich selbst die Tatsache zu verbergen, daß er sich hinterher Sorgen gemacht hatte, Sorgen darüber, ob die Droge schlecht oder nur einfach enttäuschend gewesen war. Sorgen darüber, daß sie etwas auslöste, was er nicht verstand, was nicht zu der Liste der Drogen paßte, die er stets im Kopf mit sich herumtrug.

»Sag ihn.«

»Den Namen?«

»Sag ihn.«

Hal Jamieson beugte sich weiter vor, um Quinn besser sehen zu können. Der Junge war zu dünn, viel zu dünn. Seine lange, dürre Gestalt wirkte eckig, unnatürlich.

»Der Name ist Desert Rose, lieber Michael. Und es tut mir leid, dir mitteilen zu müssen, daß die Jamieson-Apotheke momentan nichts davon vorrätig hat. Wenn du jedoch …«

Was als nächstes kam, traf sie alle völlig unerwartet, sogar Quinn selbst. Die dürre Gestalt krümmte sich zu einer dunklen, formlosen Silhouette zusammen, und die Stimme, die aus ihr hervordrang, war unglaublich laut, gewalttätig, gebieterisch.

»Lüg mich gefälligst nicht an!«

Hal saß bewegungslos da, völlig verblüfft. Quinn erhob sich, kam quer durch den Raum auf ihn zu. Er schien größer als gewöhnlich. Oder vielleicht kam ihm der Raum auch nur kleiner vor. Was auch immer. Es lag etwas in der Luft, das ihm fremd war, etwas, das ihm nicht gefiel.

Quinn schien mit zwei Schritten bei ihm zu sein, das Gesicht jetzt im Sonnenlicht, das in einem einzigen breiten Strahl durch das Fenster hereinfiel. Hinter dem Licht, halb im Schatten, konnte Hal Louises Gesicht sehen. Zu seiner Überraschung wirkte sie wie hypnotisiert, gebannt von dieser plötzlichen Heftigkeit, so unerwartet, so ungezähmt.

»Lüg mich gefälligst nicht an, Hal«, wiederholte Quinn leiser, und wenn er nur die Stimme gehört hätte, mit geschlossenen Augen, wäre Hal Jamieson überzeugt gewesen, daß alles vorbei war, daß es nur ein momentaner Ausbruch gewesen war, ausgelöst durch nichts, ausgelöst durch eine kurze Niedergeschlagenheit, die vergehen, in Vergessenheit geraten, sich leise auflösen und durch die Ritzen der alten Dielenbretter unter ihren Füßen versickern würde. Aber seine Augen waren offen und blickten in das Gesicht über ihm, in diese seltsame Mischung aus Unschuld und Irrsinn, die um eine neue Facette erweitert zu sein schien, eine Facette, die er bis auf ihre Wildheit, ihre grausame, gewalterfüllte Getriebenheit nur erahnen konnte.

Hal Jamieson schaute weg, versuchte nachzudenken und hatte für einen Augenblick den Eindruck – nein, es stimmte, er wußte, daß es stimmte, weigerte sich aber, es zu glauben –, daß die Wände des Raumes pulsierten, als wären sie lebendig, als würde etwas oder jemand ihre innere Struktur verzerren, sie ausdehnen, bis man spürte, wie sie zerriß.

»Du hast noch mehr davon, Hal. Ich *weiß* es.«

Er nickte, obwohl es ihm rätselhaft war, wie Quinn das wissen konnte. Die Drogen überließen sie ihm. Sie stellten keine Fragen, außer danach, was er hatte und wieviel es kostete. Für sie hätte es genausogut vom Himmel fallen oder aus dem Supermarkt am El Camino kommen können. Die Quelle war irrelevant, nur daß es da war, verfügbar war, zählte, nicht, wo er es unterbrachte, damit niemand, nicht mal die Polizei mit ihren Hunden, es je finden konnte.

»Ja«, sagte Hal. »Ich hab' noch was. Ich hab' nur versucht, dich zu schützen, Michael. Das Zeug ist neu. Man sollte nicht gleich zuviel davon nehmen. Sollte sich erst daran gewöhnen, es kennenlernen, herausfinden, was es mit einem macht. Probier doch was anderes, ja? Ich habe jede Menge Auswahl.«

»Hol es, Hal, und hör auf mit dem Geschleime.«

So, wie er das sagte, wie er schaute, als Hal Jamieson mit dem hinter dem Badezimmerschränkchen versteckten Vorrat zurückkam, gab es keine Möglichkeit, abzulehnen. Nicht mal, als er es herumreichte, es zuerst Louise gab, dann Maus, dann Hal selbst, zusah, wie sie es schluckten, darauf achtete, *daß* sie es taten – und das war etwas, was Hal Jamieson wirklich nicht verstand –, sie die ganze Zeit beobachtete, bis sie das Alkaloid geschluckt hatten und es seine Arbeit begann.

Sie saßen herum, spürten, wie ihnen die Kehle trocken

wurde, spürten, wie das Blut in ihren Ohren zu hämmern begann, sahen, wie allmählich die Muster über die Wände und den Boden krochen, alle Farben des Regenbogens und noch einige darüber hinaus annahmen.

Als sie alle angekommen waren – und er konnte den Zeitpunkt spüren, brauchte nicht zu fragen, sie nicht mal anzuschauen –, fuhr Michael Quinn mit der Hand durch die Luft, betrachtete den farbigen Partikelstrom, der ihr folgte und erzählte ihnen, was er sie hören lassen wollte, was er sie verstehen lassen wollte, so gut sie konnten.

Erzählte ihnen von Schrödingers Katze.

5

Stimmen

»Siebeneinhalb Jahre!« wiederholte Goggelmoggel nachdenklich. »Ein ungeschicktes Alter. Also wenn du *mich* gefragt hättest, so hätte ich dir geraten: ›Hör auf mit sieben.‹ Jetzt ist es natürlich zu spät.«

Lewis Carroll
Alice hinter den Spiegeln

Was auch immer unsicher ist auf diesem stinkigen Misthaufen von einer Welt, die Mutterliebe ist es nicht.

James Joyce
Ein Porträt des Künstlers als junger Mann

An diesem Weihnachtstag schienen sogar die Penner die Stadt verlassen zu haben. Die Straßen waren fast menschenleer, obwohl sich der Nebel gelichtet hatte und von einer dünnen, feuchten Wolke abgelöst worden war, die in einem feinen, sanften Film langsam vom Himmel herabzuschweben schien. Joni konnte das Salz in der Luft schmecken, das feuchte, klebrige Salz, das vom Pazifik über den Puget-Sund hereingeschwemmt wurde und wie etwas Festes in der Atmosphäre hing, alles durchtränkte. Nur zwei Tage, und die Stadt war ihr schon seltsam vertraut. Die Straßen um das Pequod waren schmutzig, halb industriell, ohne jede Eleganz. Selbst das moderne Einkaufszentrum, das sie auf einem ihrer Spaziergänge entdeckt hatte, trug wenig dazu bei, das Gefühl zu vermindern, sich in einer Stadt, einer Kommune zu befinden, der ihr äußeres Aussehen egal war. Aber gleichzeitig vermittelte all das ein Gefühl der Akzeptanz, auf die sich ein Teil von ihr bereits einzulassen begann. Die Stadt sagte: So ist es. Ob es euch gefällt oder nicht. Während sie über das holprige Gehsteigpflaster an den rußgeschwärzten Backsteingebäuden vorbeiging und einsah, daß es keinen Zweck hatte, es sich anders zu wünschen, begriff Joni Lascelles vage, daß dieser rauhe, alles andere als perfekte Ort leichter zu einem Zuhause werden konnte, als einer, der in seiner glitzernden, künstlichen Perfektion ertrank.

In der Stadt war es nur natürlich, sich treiben zu lassen. In der Stadt war es ganz natürlich, von einer Sache – einem Ereignis, einer Person – zur nächsten zu taumeln, ohne sich groß Gedanken um die Konsequenzen zu machen. In der Stadt bestand das Leben, ganz selbstverständlich, aus einer Serie kurzer, oft sinnloser Sequenzen, verbunden durch ihr Vorhandensein, nicht durch eine logische Abfolge. In diesem Chaos gab es ein tiefes, unterirdisches Ordnungsgefühl, und das sprach sie an, sie konnte sein Surren unter der Straße spüren, und ein Teil von ihr konnte es kaum erwarten, das Kabel zu ergreifen, sich von ihm packen, forttragen, irgendwo anders absetzen und sie mit den Konsequenzen fertig werden zu lassen.

In einer Nebenstraße der First Street, in der Nähe des Pike Place, begegnete sie einem Mann. Er war in Lumpen gehüllt, zerfetzte Lumpen, wie ein Mensch, der in eine Maschine geraten ist, hockte zusammengeduckt an der rußigen Mauer eines aufgegebenen Lagerhauses, das darauf wartete, in ein Café verwandelt zu werden, durch dessen Türen neue junge Leute strömten, lächelnd, gespannt, strahlend und glücklich, ohne die Lumpen auf der Straße zu sehen, ohne zu wissen, was hinter dem schimmernden Portal ihres eigenen, sorgfältig gepflegten Innenlebens vorging.

In den Lumpen bewegte sich etwas, Arme schienen nach ihrem Platz zu suchen, Knie wurden eng an den Körper gezogen, um die feuchte, kalte Luft abzuwehren, die vom

Sund hereinwehte, man konnte beinahe spüren, wie die Läuse in dem kratzigen Lumpengewebe herumrannten, rasch und hektisch, erregt von der Vorstellung, daß jemand da war, jemand vorbeiging.

Es war immer dasselbe. Man wollte vorbeigehen, wollte auf das Straßenpflaster starren, wollte rasch weitergehen, die Augen blicklos auf den Horizont gerichtet. Aber man konnte es nicht. Etwas, eine verborgene Kraft – *du selbst, Idiotin*, sagte die Stimme, und sie erkannte die Wahrheit darin – ließ einen nicht, zwang einen hinzusehen, auch wenn man wußte, daß es einen zerstören konnte.

Als sie den Penner ansah, ihm in die Augen blickte, wußte sie, warum sie sich so lange dagegen gewehrt hatte. Denn das hier waren nicht die Augen eines Penners, der 1995 im Abfall und Dreck und Müll der Straßen von Seattle lebte, sich abends am Pioneer Square einfand und in stummer Verzweiflung, überlagert von Wut, die jungen Leute anbettelte, die ins Golden Gate, den Pioneer Club, das Velvet Glove und das Zanzibar strömten.

Du weißt, wer das ist, sagte die Stimme. Und Joni merkte, daß, nachdem sie einmal nachgegeben, sich einmal zu einem Blick durchgerungen hatte, ein innerer, sensorischer Rädermechanismus in Gang gesetzt wurde und sich rücksichtslos drehte, sagte sich dann, was soll's, wenn du schon hinschaust, dann guck richtig hin und nimm es alles in dich auf, bevor sich die Erde in Stein verwandelt und du mit ihr.

Joni Lascelles starrte in die Augen des Penners. Das Gesicht sah anders aus, dicker, faltiger, irgendwie schwärzer, die Haut hatte eine andere, dunklere Farbe, und sie war in der Lage, sich zu sagen, das ist nicht, das kann nicht Roscoe Sutter sein, an den ich mich nur vage erinnere, den ich kaum kenne, ein Gesicht, ein Geräusch, ein Geruch von vor zwanzig Jahren, nur halb gesehen, nie vergessen, eine Gestalt, die verschwand und dabei Sinnloses vor sich hin murmelte wie ein krankes Tier, in einem engen, weißen, antiseptischen Korridor verschwand, einem Korridor in einem riesigen hallenden Gebäude, das seitdem über ihrem Leben zu hängen schien.

Sie sah, wie das Gesicht seine Form veränderte, sah die Wangen faltiger werden, erkannte das verängstigte, starre Grinsen, sah die schwarzen und gelben Zahnstümpfe in dem aufgesperrten Mund, sah wieder in die Augen, erkannte diese Augen, hörte dann

rassenfrassenrassenfrassenrassenfrassenrassenfrassen

tonlos, unwirklich. Sie schloß ihre Augen, wartete auf die Stimmen. Und die plötzliche Veränderung in der Zeit, während die Vergangenheit deutlicher wurde und die Gegenwart zurücktrat, ein Moment des Loslassens, der nicht mehr als ein paar Sekunden dauerte, aber in sich ganze erlebte Episoden enthalten konnte.

Joni Lascelles schloß die Augen gerade genug, um das graue, feuchte Licht der Stadt auszuschließen, lauschte und beobachtete mit ihrem inneren Auge.

»Flora«, sagte Daniel Seymour. »Geh in dein Zimmer. Geh spielen. Mami und ich müssen miteinander reden.«

Das kleine Mädchen griff nach dem Huckleberry-Hound-Buch und ging an dem Weihnachtsbaum mit seinen weiß, blau und rosa blinkenden Lichtern, mit dem großen weißen Engel an der Spitze vorbei aus dem Wohnzimmer. Selbst mit den eilig angebrachten Dekorationen wirkte das Haus zu weiß, wirkte, als sei es aus gebleichter Haut gemacht. Es war ein Haus, das Gastprofessoren und -dozenten zur Verfügung gestellt wurde, und es strömte das charakterlose, kalte Gefühl solcher vorübergehenden Unterkünfte aus, egal, wie gut es möbliert war, wieviel Geld man für seine Inneneinrichtung ausgegeben hatte. Man konnte am Tag, bevor die neuen Insassen kamen, die Heizung anstellen, konnte die Betten lüften, konnte die Fenster öffnen und frische Luft hereinwehen lassen. Aber es änderte nichts. Dadurch wurde es nicht wohnlicher, belebter, wurde nicht zu einem Zuhause. Es waren nur Steine und Mörtel, ein künstliches Gebilde, vorübergehend bewohnt, dann wieder leer.

Rosamund Seymour sah zu ihrem Mann auf und spürte den Haß, die Ablehnung, vor allem aber den *Tadel* auf sich zu schwappen. Empfand Erleichterung, daß das Kind zumindest nicht hören konnte – *du vergißt die Wände, diese dünnen amerikanischen Wände, so dünn, daß man alles hören und auch sehen kann, daß die Geräusche Bilder in deinem Kopf formen* –, was geschah.

Floras Vater war ein großer, kräftiger Mann. Im Winter, wenn der Wind direkt aus der russischen Steppe über die Nordsee in das tiefliegende, flache Land von East Anglia blies, spielte er Rugby und zwang sie alle zum Zusehen, zwang sie dazu, in der alles durchdringenden Kälte zu stehen, auf dem flachen, gefrorenen Boden, während diese Männer auf dem Spielfeld mit einer Gewalttätigkeit aufeinander losgingen, die in ihr den Wunsch weckte, sich abzuwenden, ihr Gesicht in der warmen, weichen Wolle des Mantels ihrer Mutter zu verbergen (doch ohne daß Miles es sah, ohne daß Miles es jemals sah). Und im Sommer, der immer heiß und warm und sonnig schien, wenn alles so strahlend grün wurde, daß es in den Augen weh tat, spielte er stundenlang Cricket, zwang sie auch hier zum Zusehen, zwang sie, sich den langsamen Tanz von weißgekleideten Männern auf einer perfekten, grasbedeckten Bühne anzusehen, einen Tanz, den sie nicht verstand, außer daß sie warme Limonade trinken und selbstgemachte Scones essen mußte, bis ihr übel war (und ohne daß Miles es sah, ohne daß Miles es jemals sah).

Er war ein großer Mann und hatte eine laute Stimme, die

sie ständig hörte, sogar noch lange nach seinem Tod. Die Stimme ertönte in den seltsamsten Momenten, aus dem Nichts, und machte sie sprachlos, halb aus Angst, halb aus Erregung.

»*Wie konntest du?*« brüllte Daniel Seymour seine Frau an. »*Wie konntest du?*«

Sie saß auf dem Sofa, das mit einem hellen, zartgeblümten Stoff bezogen war, einem Stoff, der englisch wirken sollte. Vielleicht dachte das College, es würde ihnen gefallen, sie würden sich dadurch mehr zu Hause fühlen (sie fühlte sich nie zu Hause, nicht in diesem Haus, nicht auf den kleinen Cocktailpartys, wo die Gesprächsthemen von Quantenphysik über das Helsinki-Abkommen bis hin zu der Frage reichten, ob ein wenig bekannter Politiker aus Georgia namens Jimmy Carter wirklich ernsthaft der Meinung sein konnte, der nächste Präsident werden zu können). Sie spürte seine Wut über sie hereinbrechen wie eine Springflut, unbarmherzig, unnachgiebig.

Er durchquerte den Raum und stand hoch aufgerichtet über ihr, beugte sich vor, packte ihre Schultern mit seinen großen, starken Händen.

»Ich sorge für dich, Rosamund, jahrein, jahraus sorge ich für dich. Und dafür will ich nur, daß du dich um sie kümmerst, sie versorgst. Auf sie acht gibst.«

Ihre Tränen, ihre Angst verschafften ihm eine gewisse Befriedigung.

»Das habe ich, Daniel. Das habe ich, das habe ich, das …«

»Und warum ist Miles dann tot, Rosamund?«

Das Wort selbst schien aus Stein gemacht, schien eine nackte, unabänderliche Endgültigkeit zu besitzen. Es brachte sie beide zum Schweigen, ein düsteres, beängstigendes, getrenntes Schweigen. Als der Klang des Wortes verhallt, hat sich Rosamund Seymour verändert, wartet ergeben auf das, was passieren wird, was immer passiert.

»Daniel. Du mußt das nicht tun. Du mußt nicht ständig nach Möglichkeiten suchen, mich zu hassen. Mich zu bestrafen. Wenn wir zusammenhalten, können wir überleben. Aber es liegt an dir, das möglich zu machen. Ich kann nicht ...«

Die Luft wird durch das Herabsausen seines Armes, die angespannten Muskeln, die Gewalt des Schlages zerrissen, und oben, in ihrem stillen Zimmer, wo sie schon vor langem aufgehört hat, die Figuren des Huckleberry Hounds auf der Tapete zu zählen, beginnt das kleine Mädchen zu weinen, leise, weil es weiß, was als nächstes passiert, weil es weiß, wie es sich anfühlt, die Berührung seiner Hand, im Zorn, und welchen Schmerz sie auch sonst noch zufügen kann.

Ihre Mutter schreit, und der Schrei ist so laut, daß er ihr in beiden Zeiten in den Ohren hallt, 1975 und jetzt, genauso wirklich, genauso schmerzhaft durchdringt er das Gewebe der Zeit.

Vor ihrem inneren Auge, dem jungen und dem alten, hat sie alles mit angesehen. Hat den Schlag von weit oben herabkommen sehen, den brutalen Hieb in den Bauch – *dort ist es nicht zu sehen, sagt er; er sagt immer, er sei gut in Dingen, die nicht zu sehen sind, die keine Bemerkungen bei Cocktailpartys herausfordern* –, hat gesehen, wie sich ihre Mutter vor Schmerzen zusammengekrümmt hat, den Mund weit offen vor Entsetzen, Erstaunen darüber, daß die Welt an einem einzigen Tag so viel Trauer, so viel Schmerz bereithalten kann.

Sieht auch den Ausdruck auf dem Gesicht ihres Vaters. Das hat nichts mit Miles zu tun. Das hat ausschließlich mit Daniel Seymour zu tun und dem tödlichen Griff, in dem er seine kleine, engbegrenzte Welt und ihre Einwohner hält.

»Du hörst nicht zu, Rosamund. Nie. Nie. Nie.«

Er packt sie am Pullover, zerrt sie halb hoch, versetzt ihr mit der anderen Hand einen weiteren Schlag in den Magen, spürt, wie er steif wird, immer steifer, je mehr sie gegen ihn ankämpft, je mehr sie schreit.

»Du hörst mir, verdammt noch mal, nicht zu. Miles hört nicht zu, Flora hört nicht zu. Je mehr ich es dir sage, desto weniger hörst du zu.«

Er ist ein großer Mann, und als er ihren Pullover fester packt – sie riecht den Gin, stark, wie Blumen, wie Parfum in seinem Atem –, geben die Säume nach, und er reißt ihn ihr mit einer einzigen, groben Bewegung vom Rücken. Darunter trägt sie einen weißen Büstenhalter. Ihr Körper ist von den Schlägen gerötet. Er greift nach unten, tastet nach dem Bund ihrer Hose, zieht fest, zieht sie zu sich heran.

Die Welt dreht sich vor ihr. Rosamund winkelt das Knie an, will ihm einen Hieb versetzen, er weicht aus, schlägt sie ins Gesicht. In seinen Augen ist ein Ausdruck, eine Wildheit, die sie kennt und sich wünscht, sie nicht erkannt zu haben.

»Daniel?«

Der Klang ihrer eigenen Stimme bestürzt sie. Sie scheint jemand anderem zu gehören, so laut, so verzweifelt.

»Daniel. Nicht jetzt. Nicht jetzt.« Und dann spricht sie die Worte langsam aus. »Wir. Brauchen. Dich. Ich brauche dich. Flora braucht dich.«

Er schubst sie zurück aufs Sofa, packt das Vorderteil ihres Büstenhalters, reißt ihn schmerzhaft von ihren Schultern und greift erneut nach dem Bund ihrer Hose.

Wie im Traum zieht sie langsam die Beine an, mit einer Zielstrebigkeit, einer Entschlossenheit, die ihn erstaunt; normalerweise gibt sie nach. Dann zieht sie die Knie bis zum Kinn hoch, über ihre nackte Brust, die roten Striemen auf ihrer Haut und legt die Arme um die Beine.

Sie weint jetzt nicht mehr. Da ist eine Stille, eine Ruhe in ihrem Kopf, als sei irgendwo ein Hebel umgelegt worden, ein Hebel, der »Nein!« sagt, der es so laut sagt, daß selbst er, selbst Daniel es hören kann, dieser fremde, bedrohliche Mann, den sie nicht mehr erkennt – und das schon seit Jahren, die Erkenntnis steigt wie eine Luftblase zur Oberfläche auf –, der sie anstarrt, voller Zorn und Wut und Schock und Gewalttätigkeit.

»Es reicht, Daniel«, sagt sie. »Ich werde mich nicht mehr so behandeln lassen. Ich habe es nicht *verdient*, so behandelt zu werden.«

Er ist ein großer Mann, und sie kann die Erektion durch seine Hose sehen, finster, bedrohlich. Er nimmt ihren Blick wahr, lächelt, und Rosamund Seymour überläuft es kalt. Die Gedanken rasen durch ihren Kopf, die Gedanken, die Zweifel, die Ahnungen und die Erinnerungen an kleine, rätselhafte Ereignisse, Wutausbrüche, bei denen nur wenige Worte gesprochen wurden, ein Mosaik von Geschehnissen, die zusammenkommen und innerhalb weniger Sekunden ein Bild, ein Begreifen, ein Verstehen bilden.

Daniel Seymour erhebt sich von den Knien und lächelt, ein kaltes, hartes Lächeln, das sie nicht wiedererkennt. Er wirft ihr noch einen Blick zu, wendet sich dann ab, geht auf den hell erleuchteten Weihnachtsbaum zu, der gerade, hoch aufgerichtet in der Ecke des Raumes steht, geht auf die Treppe zu und ruft mit einer Stimme, die weder freundlich noch grausam ist, laut: »Flora.«

Rosamund merkt, wie sich ihr Blickfeld zu einem winzigen, blutroten Schlot verengt, als würde sich die Blende einer Kamera schließen.

Ruhig erhebt sie sich vom Sofa, spürt, wie der Schmerz ihren Leib durchzuckt und sich dann zurückzieht, als würde er merken, daß er irrelevant geworden ist. Daniel hat die Treppe, den Weihnachtsbaum jetzt fast erreicht.

»Nein«, sagt sie, ohne viel Gewicht in das Wort zu legen, ohne ihm eine bestimmte Richtung zu geben, ohne zu erwarten, daß es etwas bewirkt oder er es überhaupt hört. Dann nimmt sie, ohne nachzudenken, den schweren Glasaschenbecher vom Couchtisch, macht einen Schritt in seine Richtung, sieht, als er sich zu ihr umdreht, den Ausdruck des

Erstaunens – nein, der *Belustigung* – in seinem Gesicht, spürt, wie sich ihre Finger fester um das Glas schließen, wie ihr Arm ausholt und dann, der Schwerkraft des Glaskörpers folgend, niedersaust.

Daniel Seymour lächelte, als das Glas ihn an der rechten Schläfe traf, und das Lächeln blieb auf seinen Lippen, als sei es dort festgefroren, bis die rote Wolke seinen Blick verschwimmen ließ und eine gewaltige, dunkle Explosion den linearen Verlauf seiner Gedanken auslöschte. Er stolperte zurück, fiel gegen die Wand, rutschte zu Boden, und sie schlug wieder zu und wieder, der Aschenbecher, nun blutverschmiert, hob sich in ständiger Wiederholung vor den blinkenden Weihnachtsbaumlichtern. Er versuchte zu sprechen, aber sein Mund war mit einem Geschmack von Blut und Salz und Galle erfüllt, und jetzt rollte er sich weg, wollte ihr ausweichen, wollte zurückschlagen – denn zurückschlagen war das, was ein Mann tat –, trat nach ihren Beinen, in ihren Unterleib, wollte ihr nur Schmerz zufügen, obwohl es nichts zu bewirken schien.

Er rollte sich unter den Baum und schaute hoch. Die Zweige breiteten sich über ihn, die grünen Nadeln glitzerten im seltsam veränderten, blutroten Weihnachtsbaumlicht, einem Licht, das schwächer zu werden schien, während ihm das Atmen schwerfiel.

Sie war nun über ihm, hatte sich rittlings auf ihn gesetzt und das Seltsamste, was Daniel Seymour in diesen letzten Sekunden seines Lebens durch den Kopf schoß, war der Gedanke, wie angenehm das war, wie sehr es einem Liebesakt glich, genauso wirklich und elementar wie in jenen längst vergangenen Tagen, wenn sie sich im Bett auf ihn rollte und sich sanft in der Nacht wiegte, ihre Brüste dunklen Kreisen gleich, die sich weich und warm unter seinen Händen anfühlten, sich sanft wiegte, sanft, bis die Welt in einer fiebernden, pulsierenden, erschauernden Zuckung zerbarst.

Rosamund betrachtete seinen weit offenen Mund, lauschte auf seinen keuchenden Atem, griff hoch, bekam eine scharlachrote Weihnachtsbaumkugel zu fassen, zerrte daran, bis der Faden riß und stopfte sie ihm in den Mund. Sie spürte den Abdruck des aufgeprägten Musters an ihren Fingern: Stechpalmenzweige, Stechpalmenzweige. Dann legte sie die eine Hand auf die zerschmetterte Stirn, die andere unter sein Kinn und drückte seinen Mund zu. Es gab ein splitterndes Geräusch, und Daniel Seymours Augen wurden groß, so groß und weiß, als wollten sie über das Ende der Welt hinausblicken. Blut sickerte durch seine Lippen, die sie fest zusammengepreßt hielt, erst ein Rinnsal, dann ein Strom, und sie schaute unbewegt zu, wie er schluckte, an den Glassplittern würgte, wie ihn ein Zucken und Beben durchlief. Sie hatte keine Ahnung, wie lange es dauerte. Als er schließlich still war, ließ sie sich von der Leiche heruntergleiten, lag auf dem Boden, spürte die schmerzhafte Verkrampfung ihrer Muskeln, stand dann auf, ging hinüber zum Kamin, betrachtete sich in dem breiten, chromgerahmten Spiegel und fragte sich, was für eine Art Wesen ihr da aus dem Spiegelglas entgegenstarrte.

Oben, in dem kleinen Zimmer mit den unzähligen Huckleberry Hounds auf der Tapete, saß Flora auf dem Bett, das Gesicht in den Händen, keine Tränen, kein Geräusch, wartete, wartete, wartete.

Als sie endlich den Mut fand, nach unten zu gehen, hockte ihre Mutter zusammengekrümmt in der Mitte des Raumes, die Knie angezogen, den Kopf zwischen den Beinen, wiegte sich sanft vor und zurück, gab kein Geräusch von sich und weigerte sich, aufzuschauen, weigerte sich, hinzusehen, zu akzeptieren, was sich im Raum befand.

Das Mädchen setzte sich neben sie und wartete, aber für Rosamund Seymour war sie unsichtbar, es gab nichts auf der Welt als die rote Dunkelheit hinter ihren Augen, ein so leerer, so öder, so anonymer Ort, daß sie sich endlich sicher fühlen konnte.

Joni Lascelles sagte: »Mami.« Betrachtete dann die formlose Gestalt vor sich. Das war nicht Roscoe Sutter. Nicht der schlurfende alte Mann, den sie vor so langer Zeit auf dem Polizeirevier gesehen hatte. Sein Gesicht war anders. Er glich nicht im mindesten dem alten Penner auf dem Flur. Manchmal konnte alles der Auslöser sein, dachte sie. Aber sie hatte auch entdeckt, nein, sie wußte bereits, daß sie sich davon distanzieren konnte. Sie konnte sich von hier nach dort begeben und alles hinter sich lassen. Für den Moment.

Der Penner guckte sie an, etwas wie Besorgnis in seinem Gesicht.

»Alles in Ordnung, Mädchen?« fragte er schließlich. »Sie schauen aus, als hätten Sie einen Geist gesehen.«

Sie fuhr sich mit dem Handrücken über die Augen. Diesmal keine Tränen. Keine Tränen. Sie griff in ihre Handtasche, zog einen Fünfdollarschein heraus, steckte ihn dem Penner in die Hand. Er lächelte überrascht, tippte sich mit dem Finger an die Mütze.

»Fröhliche Weihnachten, Miss«, sagte er. »Feiern Sie schön.«

»Fröhliche Weihnachten«, erwiderte sie und ging weiter, auf den Pike Place zu, ließ die Vergangenheit zurückfluten, ohne zu wissen, woher sie kam, sortierte sie, legte sie ab, tief in sich, wo niemand sie sah, wo sie erst wieder auftauchen würde, wenn sie nach ihr pfiff.

6

Der König von Mercer Island

And you may find yourself living in a shotgun shack
And you may find yourself in another part of the world
And you may find yourself behind the wheel of a large automobile
And you may find yourself in a beautiful house, with a beautiful wife
And you may ask yourself. Well ... How did I get here?
Talking Heads, »Once in a Lifetime«

Die *Seattle Times* hatte ihm den Namen verliehen, in einem Porträt kurz nach Fertigstellung des neuen Hauses, und er war an ihm hängengeblieben: der König, der König von Mercer Island. Vor ihm hatten sich schon andere Software-Milliardäre für Mercer Island entschieden, hatten riesige, weiträumige Villen gebaut, Bootsanlegeplätze, sogar eine Anlegestelle für Wasserflugzeuge. Nicht mit dem vergleichbar, was sich Gates hatte hinstellen lassen, aber Gates hatte beschlossen, sich mit den Millionen, die seine jugendlichen Superstreber draußen in dem nerzgefütterten Microsoft-Sarg in Redmond erarbeiteten, woanders sein persönliches Xanadu zu bauen, am Ufer des Sees, weiter nördlich, wo die Ausflugsboote mit den neugierig über die Reling glotzenden Touristen nicht mehr hinkamen. Und so war Mercer Island zum idealen Baugrund für jemanden mit einem Hang zum Showbusineß, mit einem Auge für das Bizarre geworden.

Die Insel war dem sich in die Vororte ausdehnenden Bauboom der Stadt durch eine Kombination aus Glück und Kapitalkraft entgangen. Sie lag genau zwischen der Innenstadt von Seattle und den rasch wachsenden Technovororten

Bellevue und Redmond, ein Paradies für Grundstücksmakler, Architekten und Bauunternehmer, mit dem alten und dem neuen Geld durch zwei Brücken, die sich über das saubere, glitzernde Wasser des Lake Washington spannten, verbunden. Es war eine große, aber auch eine wertvolle Insel. Und als das Geld zu fließen begann, in der Innenstadt und draußen in den Vororten, wurde Mercer Island, ohne daß man sich viele Gedanken darüber gemacht hätte, zum natürlichen, bevorzugten Wohnort der Reichen: isoliert, ohne zu weit entfernt zu sein, nahe am Wasser und so stark bewaldet, daß man meinte, in einem grünen Paradies zu leben, und Nordstrom lag nur eine Viertelstunde mit dem Auto entfernt, egal in welche Richtung man fuhr.

Die Idee zu dem Haus war Hal Jamieson 1987 gekommen, als der Nasdaq-Eintrag zur Gewißheit wurde und er zum ersten Mal mit Sicherheit wußte, daß er dank Gott, harter Arbeit und einem Markt, dem bei dem unmittelbar bevorstehenden Beginn der Junk-Bond-Ära bereits das Wasser im Mund zusammenlief, sein Leben lang mehr Geld haben würde, als er jemals ausgeben konnte. Wie sich herausstellte, erwies sich SCC als eine der stabilsten Anlagen, die in jenem Jahr aufgelegt wurden.

Zu der Zeit war in der Ehe mit Louise noch alles glattgegangen. Sie stritten sich nicht allzuviel. Manchmal war sogar die Rede von Kindern. Es hatte zu nichts geführt, obwohl sie viel Spaß dabei gehabt hatten, es zu probieren, und eine Zeitlang hatte sie davon gesprochen, einen dieser teuren Spezialärzte mit Praxis in der Nähe der Universität aufzusuchen, zu sehen, ob es nicht doch eine Möglichkeit gab – In-Vitro-Fertilisation, Insemination –, sie schwanger werden zu lassen. Dann wurden die Aktien aufgelegt, und Jamiesons Arbeitsbelastung wuchs ins unendliche. All diese Leute, die gerade einen Teil der Firma gekauft hatten, meinten, auch einen Teil von ihm gekauft zu haben, verlangten Präsentationen, Erklärungen, Berichte, Analysen. Die Ironie an der Sache bestand darin, daß er sich, während sich SCC immer mehr seiner absoluten Kontrolle entzog – sie hatten das mittlere Management völlig erneuert, und die Idee dahinter war, das wußte er, daß diese Leute eines Tages die Leitung übernehmen, sie komplett übernehmen würden –, immer stärker um oberflächliche, substanzlose Dinge kümmern mußte, Dinge, auf die es nicht wirklich ankam – wie Sitzungen und Händeschütteln mit den Leuten von Nasdaq. Und all der andere Schwachsinn, der offenbar mit der Leitung einer neu eingetragenen Aktiengesellschaft zusammenhängt.

Irgendwann entglitt ihm Louise, und wenn er Zeit gehabt hätte, zurückzuschauen – Zeit, wer, zum Teufel, hat schon Zeit? –, hätte er trotzdem nicht den genauen Moment bestimmen können, und es gab diesen Moment, dessen war er sich sicher, an dem es passierte. Es war, als hätte man eine Brücke überschritten, sich umgedreht und sie hinter sich zusammenbrechen sehen, ohne erkennbare Möglichkeit, das wieder aufzubauen, was gerade vor den eigenen Augen zerstört worden war. Eines Tages war sie nicht da, als er meinte, sie wäre es. Eines Tages kam er nicht nach Hause, ohne ihr Bescheid zu sagen. Es begann einfach ganz sanft auseinanderzudriften, in Hotelzimmern außerhalb der Stadt, in den Betten befreundeter Ehefrauen, die zu wenig zu tun und zu viel Zeit zum Trinken hatten, überall, wo es gerade paßte, wo es angebracht schien.

Gegen Ende '87 fiel ihm auf, daß sie seit Monaten nichts mehr von Schwangerschaft erwähnt hatte, und er merkte, daß er froh darüber war, daß es das letzte Thema war, über das er sich unterhalten wollte. So kam er auf die Idee mit dem Haus – nein, mehr als ein Haus, eine *Erklärung* – als eine Art Trostpreis für sie, eine Art Dreißig-Millionen-Dollar-Blumenstrauß. Er kaufte das Grundstück, bot für die ans Wasser grenzenden Nachbargrundstücke einiger dort seit langem lebender Einwohner einen Preis, der den Marktwert bei weitem überstieg und den sie schließlich nicht ablehnen konnten, und übergab Louise die ganze Sache. Inzwischen hatte es Schlagzeilen in den Zeitungen gemacht. Es war eine Zeit, in der Unmäßigkeit nicht als unmäßig galt. Außerdem paßte Hal Jamieson nicht in das Bild eines exzentrischen Multimillionärs. Sein Haar war zu lang, er trug nur ungern Anzüge, und in den Bars konnten Männer seinen Namen erwähnen und wissende Blicke tauschen: Im Gegensatz zu anderen Computer-Milliardären, die sie hätten nennen können, wußte Hal Jamieson, wie er sein Geld ausgeben konnte. Er feierte gern. Er trank gern. Vor allem, hieß es, mochte er Frauen.

Der Bau des Hauses dauerte vier Jahre, und Louise überwachte ihn von Anfang bis Ende. Zu seiner Überraschung wurde das Budget nicht um einen Dollar überschritten. Vielleicht hatte sie mit dem Bauunternehmer geschlafen.

Die Villa sah nicht nach dreißig Millionen Dollar aus. Sie war anders als alles, was man je im Staate Washington gesehen hatte. Louise war für drei Monate nach Europa geflogen, um darüber nachzudenken, was sie bauen wollte. Als sie zurückkam, sagte sie ihm, sie hätte genau das gekauft, was sie haben wollte und ließe es Stein für Stein von Palma de Mallorca aus herübertransportieren. Es war eine alte Finca, die einst einem Vetter des Königs von Spanien gehört hatte, so robust und solide, daß man auf den ersten Blick meinen konnte, eine Trutzburg vor sich zu haben. Erst auf den zweiten Blick fielen einem die Feinheiten auf. Die zarten Rosettenfenster der einstigen Privatkapelle. Die überkuppelten Türme an beiden Enden des Hauptflügels. Und die Dachziegel, ein verwittertes, mediterranes Rot, das unter der Washingtoner Sonne wunderbar aussah, aber stumpf, beinahe abweisend, wenn es regnete und die Nebel aufzogen. Das war das Problem mit der Villa. Hal Jamieson spürte es instinktiv sofort, und das Seltsame war, daß Louise es genau zu wissen schien, ihr von Anfang an klar war, daß das Haus während des grauen feuchten Wetters, das wochenlang über der Stadt hängen konnte, immer deplaziert wirken würde, wie eine tropische Blume, die man unter Zwang in der Arktis zum Blühen brachte.

Es blieb ihm vollkommen unverständlich, bis zu dem Tag, als der letzte Bauarbeiter das Grundstück verließ und sie auf dem perfekten, frisch angelegten Rasen standen, unter der warmen Aprilsonne, das Wasser des Sees hinter sich, das an den neugebauten Bootssteg des neugebauten Bootshauses schwappte.

Er nickte, lächelte ihr zu, fragte sich, wo sie sich befand, was ihre Zeit, ihre Gedanken ausfüllte, und sagte: »Es ist unglaublich.«

Sie sah ihn an, versuchte abzuschätzen, wieviel er verstand.

»Es ist Geld, Hal. Mit Geld kann man alles machen. Das solltest du wissen.«

»Ja.«

Er betrachtete das Haus, das rote Dach, das sich bis in die Unendlichkeit zu erstrecken schien, überlegte, was ihn hierhergebracht hatte, welche Wendung in seinem, ihrem Dasein.

»Du brauchst eine Party, Louise. *Wir* brauchen eine Party.«

»Ich habe gestern die Cateringfirma angerufen.«

»Ich wußte doch, daß man sich auf dich verlassen kann.«

»Sagst du mir, wann es dir am besten paßt? Wann du frei bist? Wen du von deiner Seite einladen möchtest?«

»Klar. Ich lass' es dir von Deborah zufaxen.«

Sie erwiderte nichts, sah ihn an, nicht das Haus.

Hal Jamieson lächelte, spürte, wie seine Schultern unwillkürlich zuckten, erinnerte sich daran, wie es war, sich als Trottel zu fühlen.

»Das klang wirklich furchtbar, nicht wahr? Als würde ich mit irgendwelchen Geschäftsleuten oder so reden?«

»Oder so.«

»Louise?«

Es wäre leichter gewesen, wenn er nichts mehr für sie empfunden hätte, wenn er sich bei ihrem Anblick nicht an die Tage und Nächte erinnert hätte, als es nichts als sie beide auf der Welt gab, ihre Körper, bleich und heiß unter der gemeinsamen Decke. Als sie genauso aussah wie jetzt, keinen Tag älter, nicht im mindestens weniger schön.

»Es ist alles so verrückt geworden, das ist der Preis dafür. Keine Verrücktheit, keine Villen. Scheint die goldene Lebensregel zu sein. Wenn du möchtest ...«

Sie sah ihn mit einem Blick aus diesen Augen an, denen er bereits in Kalifornien verfallen war, die schuld waren, daß er sie damals so sehr begehrt hatte.

»Wenn du willst, kannst du das Haus haben. Ich kann mir etwas anderes suchen. Das macht mir nichts aus. Was immer du willst, du kannst es haben.«

»Was willst du damit sagen, Hal?«

»Wenn du möchtest, daß ich gehe, dann gehe ich. Wenn du möchtest, daß ich bleibe, dann bleibe ich.«

»Und was möchtest du?«

Er dachte darüber nach, dachte über die Art ihres Lächelns nach, als sie die Frage gestellt hatte.

»Spielt es eine Rolle?«

»Für dich schon.«

So rundheraus, ohne Umschweife.

»Ich würde gern bleiben. Wer weiß? Neues Haus, neues Leben.«

Wieder dieses Lächeln, und dann sagte sie: »Wer weiß?«

»Ja.«

Er fuhr mit der Schuhsohle über das Gras. Es war so perfekt, daß es beinahe künstlich wirkte.

»Du brauchst einen Namen für das Haus. Solche Häuser haben doch alle Namen. Casa Mia. Irgend so was. Nein. Ich weiß. Irgendwas Indianisches. Wir haben's jetzt doch so mit den Indianern. Schließlich haben sie mal hier gelebt. Nimm irgendeinen indianischen Scheiß, irgendwas vom Duwamish-Zentrum, die können dir sicher weiterhelfen.«

»Daran hatte ich auch schon gedacht«, sagte sie.

»Ehrlich?«

»Ja. In Renton gab es eine Wasserstelle namens Ska-te'lbsh. Sie glaubten, dort würde ein Zwerg mit übernatürlichen Kräften leben, der alle reich machte, die in seine Nähe kamen.«

»Was du nicht sagst.«

Er grinste.

»Ich bin reich genug, Louise. Ich *brauche* keinen verdammten übernatürlichen Zwerg zur Verwaltung meines Portefeuilles.«

»Ich weiß«, sagte sie. »Ich werde es Desert Rose nennen.«

Eine Handvoll kleiner Kumuluswolken schob sich vor die Sonne, und das bedeutete, daß er ihren Gesichtsausdruck nicht deuten, ihn nicht einmal erkennen konnte, als sie es sagte.

»Du bist schon ein verdammtes Weibsbild, Louise«, sagte er leise. »Das muß man dir lassen.«

Damit machte Hal Jamieson kehrt, ging über den perfekten Rasen, vorbei an der perfekten Villa, bestieg sein Auto und fuhr in die Nacht davon.

7

Michael glänzt

> Fängt das Gedächtnis einmal an zu schmerzen wie eine aufgebrochene Wunde, dann ist die Vergangenheit eines Menschen nicht nur tote Historie, eine aufgebrauchte Vorbereitung für das Jetzt: Sie ist nicht ein abgebüßter Irrtum, den man vom Leben abgeschüttelt hat: Sie ist selbst ein noch bebender Teil des Menschen, der einen erschauern läßt, einen bitteren Nachgeschmack erzeugt und einen das Kribbeln verdienter Schande spüren läßt.
>
> George Eliot
> *Middlemarch*

Hal Jamieson fuhr den Lexus an der schmalen, halb verborgenen Einfahrt der Hütte vorbei, fuhr noch eine weitere halbe Meile auf dem sich windenden, von Bäumen gesäumten Pfad den Hügel hinauf und hielt dann auf einem schmalen Grasstreifen nahe der Hügelkuppe. Von hier aus konnte man an klaren Tagen die Randbezirke der Stadt sehen, weit hinter den sich meilenweit erstreckenden Tannen- und Fichtenwäldern, die wie ein breites grünes Band bis zur Küste hinabreichten. Heute war die Sicht auf kaum mehr als eine halbe Meile beschränkt und wurde immer wieder durch die Schwaden grauer Wolken behindert, die über die niedrigen Vorberge der Cascades zogen.

Es war kaum jemand unterwegs gewesen, als Jamieson von Mercer Island heraufgefahren war, von Meeresspiegelhöhe hinauf in die Berge, die wie ein Theaterprospekt hinter der Stadt aufragten, und das war ihm nur recht so. Hal Jamieson hatte dafür gesorgt, daß er nirgends als Besitzer der Hütte und der umliegenden dreihundertsiebzig Hektar Waldland auftauchte. Es gab eine Reihe von Scheinfirmen, die zwischen ihn und die eigentliche Besitzurkunde geschaltet waren, Firmen, die sich über mehrere Bundesstaaten erstreckten bis hin zu den Bermudas und weiter nach Grand Cayman, ein so langer und mühseliger Weg, daß es Jahre dauern würde, ihn mit dem Besitz in Verbindung zu bringen. Das war der erste Offshore-Deal, auf den er sich eingelassen hatte, sowohl wegen der günstigen Bedingungen als auch aus steuerlicher Notwendigkeit, und der sich, wie sich nun herausstellte, als kluger Schachzug erwies. Als er erfuhr, daß Quinn entlassen werden würde, hatte er sofort an die Hütte gedacht. Sie war genau der richtige Ort, Quinn zu verstecken, bis der Sturm sich gelegt hatte, bis Hal herausgefunden hatte, was zum Teufel er als nächstes tun sollte, ein Ort, der ein wenig Ruhe vor dem Publicitywirbel bot, der unweigerlich folgen würde, und von dem keine Spur zu ihm führte, falls irgend etwas schiefgehen sollte. Außer, daß nichts schiefgehen durfte. Er konnte nicht zulassen, daß das passierte.

Hal Jamieson griff zu dem Pentax-Fernglas und richtete es auf die zum Berg führende Straße. Weit und breit nichts zu sehen. Keine Autos – sie hätten bei diesem diesigen Wetter die Scheinwerfer einschalten müssen –, keine Menschen. Er hatte einen guten Ort für die Hütte gewählt, einerseits mit dem Gedanken, daß Louise an der einsamen Lage interessiert sein könnte, falls sie beschloß, in sein Leben zurückzukehren, andererseits war er sich durchaus im klaren, daß die Hütte auch ohne sie ihre Verwendung finden würde. Wie es sich ergab, hatte bisher nur eine einzige Frau die Schwelle übertreten, eine Journalistin, die von New York herübergeflogen war, um einen Artikel über ihn zu schreiben, drei Tage in seinem Kielwasser verbracht hatte, in Begeisterungsrufe ausgebrochen war, als er sie zu einem Flug in der Citation mitgenommen hatte und dann willig mit ihm zu einem ganzen langen Tag und einer Nacht geistloser, gedankenloser Vögelei in das große Doppelbett in der Hütte gefallen war. Am nächsten Tag hatte er sie für ihren Rückflug zur Ostküste zum Flugplatz gebracht und sie prompt vergessen. Als sie ihn in der folgenden Woche anrief und eine Nachricht in seiner Mailbox hinterließ, hatte er zunächst noch nicht einmal ihren Namen erkannt, und als er ihm wieder einfiel, keinen einzigen Grund gefunden, sie zurückzurufen.

Dann hatte er die Nachricht über Quinn gehört, und Hal Jamiesons Leben, so geborgen, so abgesichert, so isoliert von der Welt, schwankte plötzlich am Rande der Irrealität. Es war, als würde man an der San-Andreas-Spalte leben: Man wußte nie, ob ein Erdbeben kam oder nicht. Es war ihm zuwider, so zuwider, daß das ständige Lächeln bei dem Gedanken daran aus seinem Gesicht verschwand und er sich plötzlich alt, verbraucht und nervös fühlte.

Hal suchte die Straße erneut ab und richtete dann das Fernglas auf die kleine Lichtung um die Hütte. Auch dort war nichts zu sehen, nichts außer Steve Baxters Shogun (bar bezahlt, keine Verbindung, dafür hatte Jamieson gesorgt), ein Stapel Holz für den Kamin und ein kleines Gelände für einen Steingarten, den er nie angelegt hatte und vermutlich auch nie anlegen würde.

Hal Jamieson atmete tief durch, stieg in den Wagen, ließ ihn an und starrte dann aus dem Fenster. Er haßte das Gefühl sinnlos verstreichender Zeit, aber manchmal blieb einem keine andere Wahl. Schließlich setzte er auf dem schmalen Pfad zurück, fuhr hinunter zur Hütte und parkte neben dem großen Shogun. Dann atmete er nochmals tief durch, stieg aus, ging zu der massiven Holztür, suchte die zwei Sicherheitsschlüssel heraus, schloß auf und trat ein.

Michael Quinn saß vornübergebeugt auf dem Sofa, ein Paar teure Kopfhörer übergestülpt, aus denen Rockmusik drang. Baxter stand vor ihm, wärmte sich den Rücken an dem Feuer in dem großen, steinernen Kamin, die Augen auf Quinn gerichtet. Die Musik war so laut, daß Jamieson sie schon von der Tür her erkannte: Iron Butterfly, irgendwas aus *In-A-Gadda-Da-Vida*. In seinem Kopf verwandelten sich die blechernen, quer durch den Raum zu ihm dringenden Klänge in das Original, gespielt auf der alten Stereoanlage der Scheune. Er war erstaunt, daß er sich solchen Mist jemals angehört hatte – das war ja schon alt, als er jung war –, erstaunt, einen so unausgegorenen Geschmack gehabt zu haben, und vor allem darüber, daß sein Kopf die Erinnerung an das Original gespeichert hatte, so genau, so perfekt, nach all den Jahren immer noch völlig intakt, nur auf einen winzigen Auslöser wartend, um es vollständig, mit allen Klängen wieder hervorzubringen.

Wenn Quinn das dämliche Ding abgestellt hätte, wäre Hal Jamieson in der Lage gewesen, das Ganze bis zum Ende in seinem Kopf abzuspielen. Der Gedanke erschreckte ihn, ließ ihn sich fragen, was sonst noch da war, in seinem Kopf, nur darauf wartend, ungebeten, unerwünscht hervorzutreten.

Hal Jamieson merkte, daß Baxter ihn mit dem leicht verwunderten, leicht dämlichen Gesichtsausdruck anguckte, der das Markenzeichen aller in Anzug und Krawatte auftretenden Muskelmänner zu sein schien. Quinn hatte sich in seine eigene Welt zurückgezogen, die Augen geschlossen. Jamieson gab Baxter einen Wink, und der Muskelmann kam zu ihm herüber.

»Lassen Sie uns in die Küche gehen, Steve«, sagte Jamieson leise. »Wir müssen ein paar Dinge besprechen, bevor ich mich mit dem Burschen da befasse.«

Es war ein großer, heller Raum, ganz aus poliertem Fichtenholz. Die Wände waren aus Fichte, der Boden und die Decke waren aus Fichte, selbst der große Tisch, an dem zwölf Personen Platz hatten, war ein gewaltiges, schimmerndes Holzmonument. Herd, Spüle und Arbeitsplatte nahmen eine Seite des Raumes ein. Ein Weinregal mit einigen der besten Weine Washingtons und Sonomas war an der anderen Wand angebracht. An der Schmalseite befand sich eine Tür, die zu dem kleinen Küchengarten führte. Sie war unten und oben fest verriegelt, und der Schlüssel, der normalerweise im Schloß steckte, fehlte. Baxter wußte, was er zu tun hatte.

Hal Jamieson schenkte dem Leibwächter ein schwaches Lächeln und versuchte sich gar nicht erst vorzustellen, was hinter der flachen, eckigen Stirn des Mannes vorging. »Und, wie läuft's? Wie macht er sich?«

Der Muskelmann zuckte die Schultern. Er überragte Jamieson, war fast dreißig Zentimeter größer als er.

»Bin mir nicht sicher.«

»Könnten Sie das ein bißchen näher ausführen, Steve?«

Baxter dachte darüber nach. Er drückte sich nur widerwillig ungenau aus. Konnte Undurchsichtiges nicht leiden. Das war eine Angewohnheit aus der Armee. Etwas, das sich nicht so leicht ablegen ließ.

»Er ist ruhig. Er begreift die Situation. Ich glaube nicht, daß er irgendeine Dummheit machen wird.«

»Wie zu versuchen, von hier abzuhauen?«

»Ich glaube nicht.«

Jamieson ließ sich das Gesagte durch den Kopf gehen. »Das ist zumindest ein Anfang. Um was hat er Sie gebeten?«

»Nur um das Übliche. Ob er eine Frau haben kann. Ob er Dope haben kann. Sonst nicht viel. Ich hab' gesagt, das dürfte kein Problem sein, aber ich wollte nichts unternehmen, bevor Sie Ihr Okay dazu gegeben haben. Heute morgen, nachdem wir miteinander geredet hatten, wollte er Wein, also sagte ich, er solle sich welchen aus dem Regal holen. Der Kerl kennt sich aus. Greift sofort zu einem Quilceda Creek, trinkt die ganze verdammte Flasche in weniger als einer

Stunde leer. Immerhin ein Wein für achtzig Dollar. Erstaunlich, was man sich so im Knast angewöhnt. War das in Ordnung? Daß ich ihn den Wein hab' trinken lassen?«

»Das war in Ordnung. Michael hat sich, schon solange ich ihn kenne, erstaunliche Sachen angewöhnt.«

»Und das andere? Er wird bestimmt wieder fragen.«

»Können Sie das besorgen?«

Baxter antwortete nicht sofort.

»Wollen Sie eine ehrliche Antwort von mir?«

»Klar«, sagte Hal Jamieson und spürte, wie der Geldbeutel in seiner Jackentasche leise zu stöhnen begann.

»Sie haben mich für einen Bewachungsauftrag engagiert, Mr. Jamieson. Alles bestens. Kein Problem. Aber dem Kerl hier Dope besorgen, den Zuhälter für ihn spielen, das ist was anderes. Das gehört nicht zum Vertrag.«

»Wollen Sie mehr Geld, Steve? Würde es damit zum Teil des Vertrages werden?«

»Mehr Geld würde sicherlich helfen, Mr. Jamieson.«

»Ich habe nicht ›helfen‹ gesagt, Steve. Sie sind doch sonst so genau. Das schätze ich an Ihnen. Ich sagte, wäre damit alles abgedeckt?«

»Ich glaube schon.«

»Ich gebe Ihnen mehr Geld, und Sie deichseln hier alles. *Alles?*«

Baxter nickte. »Sie geben mir mehr Geld, Mr. Jamieson, und ich kann fast alles deichseln, was Sie wollen. Es ist nur eine Frage der Bezahlung.«

»Wie überall auf der Welt, Steve. Erstaunlich, was sich mit Geld alles erreichen läßt.«

»Ja«, grunzte der Muskelmann fröhlich. Wenn er das machte, klang er fast wie ein Schwein, dachte Hal Jamieson bei sich. »Wirklich erstaunlich.«

»Okay. Wir regeln das schon. Ist Ihnen mein Wort genug? Oder wollen Sie auf der Stelle darüber verhandeln?«

»Sicher doch, Mr. Jamieson. Ihr Wort reicht mir völlig.«

»Gut. Also besorgen Sie ihm eine Frau. Besorgen Sie ihm auch das Dope. Das ist mir völlig egal. Aber eines brauche ich Ihnen ja nicht zu sagen, Steve, machen Sie keine Dummheiten. Womit ich meine, bringen Sie keine anderen Leute her als solche, die Sie kennen. Und lassen Sie *ihn* auch keine Dummheiten machen. Ach ja. Und noch etwas.«

Baxter gefiel es, wie Jamieson ihn jetzt ansah. All das fröhliche Hippiegetue war aus seinem Gesicht verschwunden. Jetzt sah der Mann wirklich aus, als ob er es ernst meinte. Jetzt konnte man erkennen, wieso er es zu soviel Kohle gebracht hatte.

»Ja?«

»Kein verdammtes Acid. Verstehen Sie mich? Egal, was er sagt, egal, was er Ihnen verspricht. Kein. Verdammtes. Acid.«

Baxter nickte. »Ich habe verstanden.«

»Ich auch, Hal.«

Beim Klang der Stimme überlief es Hal Jamieson kalt, selbst nach all den Jahren. Vielleicht wegen all der Jahre. Michael Quinn stand hinter ihnen im Türrahmen, an den Pfosten gelehnt, hager, fast skelettartig. Er lächelte mit geschlossenen, eingefallenen Lippen wie ein alter Mann, der sein Leben lang ein Gebiß getragen hatte. Seine Haut war glatt, makellos wie immer, hatte aber das flache, stumpfe Aussehen alten Papiers. Seine Augen – Gott, diese Augen, die hatte Hal Jamieson ganz vergessen – schienen wie durch eine Membran, ein durchsichtiges Häutchen zu funkeln, das zwar unsichtbar, aber trotzdem vorhanden war. Er sah auf eine Weise älter aus, die nicht richtig echt wirkte. Nicht wie ein Vierzigjähriger, mehr wie ein Achtzehnjähriger, der plötzlich über Nacht vierzig geworden war. Ja. Und da gab es noch etwas. Etwas, das Hal Jamieson kaum glauben konnte, weil es so seltsam anmutete. Michael Quinns Haar, die blonden

Chorknabenlocken, waren verschwunden. Sein Schädel glänzte so stark, als sei er eingeölt, und Hal Jamieson erinnerte sich an das Gesicht eines Rocksängers, den er mal in einem Hotelzimmer in Tokio auf MTV gesehen hatte, der davon sang, seinen Glauben zu verlieren und wie der Engel des Todes auszusehen. Michael Quinns Schädel glänzte und ließ ihn wie etwas aussehen, das man verborgen hält, etwas, das man besser nicht auf die Straße läßt.

Jamieson machte sein freundlichstes Gesicht, eines, das er sich für Treffen mit seinen Finanzleuten aufsparte, grinste über beide Backen, ging hinüber, schüttelte Quinns Hand, packte ihn vorsichtig, behutsam an der Schulter. Quinn zeigte nicht die geringste Reaktion.

»Jetzt lassen Sie uns besser allein, Steve«, sagte Jamieson, immer noch grinsend. »Der Bursche hier ist ein alter Freund von mir, und wir haben uns viel zu erzählen. Reichen Sie uns noch eine Flasche von dem Quilceda Creek, und dann verziehen Sie sich. Später lassen Sie jemanden herkommen, dem Sie vertrauen, um Sie abzulösen, und dann besorgen Sie Michael die Dinge, um die er gebeten hat. Er hat eine Menge nachzuholen.«

Baxter suchte im Weinregal, bis er die richtige Flasche gefunden hatte, stellte sie auf den großen Küchentisch und verließ den Raum. Jamieson wühlte in der Küchenschublade, fand den Korkenzieher und entkorkte die Flasche. Quinn nahm zwei Gläser aus dem großen Küchenschrank, stellte sie auf den Tisch, setzte sich und sagte: »Laß den verdammten Quatsch, Hal. Du willst mich hier genauso gerne haben wie ein Loch in deinem blöden Schädel.«

Hal Jamieson setzte sich ebenfalls und goß den Wein ein. Er floß in die Gläser, schwer, rot und duftend. Quinn konnte das Aroma in dem Moment sehen, als der Korken aus der Flasche kam. Es perlte aus dem Flaschenhals, farbig wie ein Regenbogen.

»Na, so was, Michael. Das ist ja ganz was Neues. Realismus. Man lernt offenbar eine Menge im Knast.«

»Zwanzig verdammte Jahre. Man lernt allerdings eine Menge da, Hal. Dinge, von denen du noch nicht mal träumen würdest.«

»Das kann ich mir denken, Michael. Wirklich, glaub mir.«

»Oh, ich glaube dir, Hal. Ehrlich.«

Quinn nahm einen großen Schluck Wein. Es war eine häßliche, animalische Geste. Jamieson versuchte sich zu erinnern, ob er es immer so gemacht hatte. Es schien unmöglich. Das hätte er nicht vergessen.

»Und, wo sind sie? Die Musketiere? Vielleicht ist das nicht der richtige Ausdruck. Die Musketiere suchten den Kampf, rannten nicht davor weg.«

Jamieson war sich nicht sicher, ob Quinn das wirklich so meinte.

»Bist du immer noch verbittert?«

Quinn zögerte einen Moment, meinte dann: »Nicht mehr als sonst. Nicht mehr, als ich es vorher war.«

»Gut, Michael. Denn was passiert ist, ist passiert. Keiner von uns hatte eine Wahl. Das weißt du genauso gut wie ich. Die einzige Wahl, die wir hatten, war, daß es dich erwischt oder uns alle. Eine beschissene Wahl. Und die Tatsache, daß du jetzt hier bist, die Tatsache, daß du nicht allein dort draußen bist und versuchen mußt, all den Leuten aus dem Weg zu gehen, die dich ans Kreuz genagelt sehen wollen, zeigt doch schon was, nicht wahr?«

»Klar«, sagte Quinn grinsend. »Das zeigt, daß du dir vor Angst, sie könnten an mich rankommen, in die Hose machst.«

Jamieson probierte den Wein, nur einen kleinen Schluck. Er wollte nicht viel trinken. Er wollte in Michaels Gegenwart nicht das kleinste bißchen an Kontrolle verlieren.

»Das ist in unser aller Interesse, Michael. Unser aller.«

Quinn nickte und sah aus, als ob er es zumindest halbwegs

akzeptierte. »Und wer genau ist ›alle‹ dieser Tage? Ich habe in Obispo nicht allzuviel Post bekommen, um mich auf dem laufenden zu halten.«

»Du hast gekriegt, was wir zu dir durchbringen konnten. Du hast deine Aktien. Die sind inzwischen eine ganze Menge wert.«

»Und die Musketiere?«

»Du, ich. Was mit Louise ist, weißt du. Paul ist mehr oder weniger eine Randfigur geblieben. Er ist immer noch in der Stadt. Hat irgend so ein heruntergekommenes Tonstudio. Ziemlich kümmerlich. Frag mich nicht, an was er sich erinnert, weil ich's nicht weiß und er vermutlich auch nicht. Er hat auch was abgekriegt. Erinnerst du dich? Wir haben soviel wie möglich an dich nach Obispo durchgeschleust. Das mußt du doch wissen. Gegen Ende wurde alles ein bißchen hektisch.«

Quinns Gesicht verzog sich zu einer wütenden Grimasse, und Wein lief ihm beim Sprechen aus dem Mundwinkel. »Paul. Der Kerl war so *spießig*. Warum zum Teufel war er überhaupt *da*?«

»Wie schon gesagt, Michael. Was passiert ist, ist passiert. Daran läßt sich nichts mehr ändern.«

»Maus?«

»Verschwunden, Mann. Längst verschwunden. Und frag mich nicht, was aus ihr geworden ist, weil ich keine Ahnung habe.«

»Also geht's nur noch darum, die Ärsche von drei Leuten zu retten: deinen, den deines kleinen Frauchens und den vom Gitarrenspieler. Das ist alles.«

»Ich glaube, du hast da jemanden vergessen, Michael. Dich. Deinen auch.«

Quinn starrte ihn mit einem so durchdringenden, finsteren Blick an, daß es fast weh tat. »Für mich war schon vor langer Zeit jede Rettung zu spät, Hal.«

»Vielleicht.«

»Nein. Kein vielleicht.«

Die Weinflasche war mehr als halbleer, und Jamieson merkte, daß er kaum einen Tropfen getrunken hatte.

»Du solltest dich ein bißchen zurückhalten mit dem Zeug, Michael. Wär doch reine Verschwendung, zwanzig Jahre im Knast zu verbringen und sich im Moment der Entlassung zu Tode zu saufen.«

»Ich versuche mich nur zu entspannen, Hal. Ab morgen sieht das alles ganz anders aus. Schick deinen Bimbo los, daß er mir etwas Dope besorgt – und nein, ich will kein Acid. Ich *brauche* kein Acid. Aber eine Frau. Das wäre nicht schlecht. Keine Sorge, ich komm schon in Ordnung. Ich muß. Du brauchst mich.«

»Ich brauche nur eins: daß du dich raushältst. Total raushältst.«

»Und dann?«

»Du weißt, wie dieser Medienzirkus läuft. Zwei Wochen lang sind sie völlig heiß auf eine Story, und wenn dann nichts passiert, fangen sie sich an zu langweilen und schießen sich auf was anderes ein. Sie sind wie Fliegen auf der Suche nach Pferdeäpfeln – wenn der Haufen nicht da auftaucht, wo sie ihn erwarten, schwirren sie weiter zum nächsten, und es entfällt ihnen total, wo sie in der vergangenen Woche waren. Ein Monat. Vielleicht zwei Monate. Dann wird hier alles ruhig sein. Wir können dich rausbringen, dir eine neue Identität verschaffen, ein hübsches Haus irgendwo. Du brauchst es nur zu sagen. Was immer du willst. Du hast genug Geld durch deine Aktien. Es hat sich einiges angesammelt. Du kannst sie verkaufen, wenn du willst, obwohl ich es vorziehen würde, wenn wir das erst mal intern innerhalb der Firma regeln könnten. Falls das nicht genug ist, sag's mir, ich kann mehr besorgen. Vielleicht würdest du gern nach Europa gehen. Du solltest darüber nachdenken, und das möglichst bald. Wenn du Immobilienbroschüren willst, können wir sie dir besorgen. Es wird ein ganz neues Leben sein, Michael. Gott weiß, daß du es verdient hast. Fang an, dir Gedanken darüber zu machen. Es sieht wirklich alles sehr positiv aus.«

Quinn goß sich den Rest aus der Flasche ein. Er wirkte mehr als ein bißchen betrunken, sogar ein bißchen gefährlich.

»Ja, ja«, sagte er und hatte offensichtlich Probleme, klar zu artikulieren. »Weißt du was, Hal?«

»Was?«

»Ich konnt's ums Verrecken nicht glauben, als ich es hörte.«

»Was hörte?«

»Über dich und Louise. Ich konnt's ums Verrecken nicht glauben. Ich meine, so ein irischstämmiger Bostoner Abschaum wie du ehelicht diese hochnäsige Gesellschaftstussi. Besonders, nachdem wir sie alle schon gebumst hatten. Das hat mich fast umgebracht. Ehrlich.«

Jamieson stellte sein Weinglas auf den Tisch und bemühte sich, nicht zuzuhören, bemühte sich mit aller Kraft, obwohl er wußte, daß es so aussichtslos war wie die Flut mit einem Besen zurückdrängen zu wollen.

»Weißt du, was ich glaube? Ich glaube, wenn ich so zurückschaue, wenn ich mich erinnere – und ich erinnere mich an alles, Hal, *alles*, selbst an Dinge, von denen du meinst, ich hätte sie damals nicht gewußt –, ich *erinnere* mich daran, wie ich sie gevögelt habe, und es ist alles noch da, alles, die ganze Sache, von Anfang bis Ende, wo ich ihn hingesteckt habe, was sie getan hat, die ganze verdammte Sache. Ich glaube, das war der Grund, warum du sie geheiratet hast, weil, verstehst du, ich weiß, daß ich Maus viel mehr gevögelt habe als Louise, und ich kann mich an kein einziges Mal erinnern, nicht ein einziges. Also hast du sie wahrscheinlich geheiratet,weil sie einfach super im Bett ist. Nicht wegen des

Geldes. Nicht wegen des Namens. Nicht wegen der Scheune oder sonst was. Du hast sie geheiratet, weil dein Schwanz dir's befohlen hat. Und ich muß dir sagen, ich *bewundere* das, Hal. Ich *bewundere* einen Mann, der sich von einem Teil seines Körpers beschwatzen läßt, es nicht seinem Hirn überläßt, und dein Hirn muß ziemlich gut funktionieren, so wie du dein Geschäft, *unser* Geschäft aufgebaut hast. Doch wenn's ums Heiraten geht, schickst du dein Hirn auf Urlaub und überläßt deinem Schwanz das Denken. So wie ich mich an Louise erinnere, scheint das eine vernünftige Entscheidung. Schätze, du bist froh, daß es sich so ergeben hat. Oder findest du allmählich raus, daß andere Männer den gleichen Eindruck bekommen?«

Hal Jamieson war ein Mann, der nie die Nerven verlor, dem das nicht lag, aber einen Augenblick lang hätte alles in ihm Quinn auf der Stelle umbringen mögen. Hätte es einen Schalter am Tisch gegeben, einen Knopf zum Drücken, einen Griff zum Ziehen, hätte er es tun können. Nur einen Moment lang.

»Ich nehme an, ich war es dir schuldig, mir das anhören zu müssen, Michael. Ich nehme an, du hast ein Recht darauf, das rauszulassen.«

»O nein«, sagte Quinn, und jetzt funkelten seine Augen, keine Membran, die sie überdeckte, sie waren genauso wie damals, in jenen Tagen, in denen Hal Jamieson ihn mit Dope fütterte, als wären es Bonbons. Sie funkelten, glänzten, genau wie sein Schädel, der jetzt regelrecht schillerte, schweißbedeckt, die Male auf seiner Kopfhaut, die Flecken, so lebendig, so strahlend im luftigen Inneren der Hütte.

»Nein. Du schuldest mir mehr als das, Hal. Sehr viel mehr.«

8

Vier Viertel, dreizehn Achtel

> Für den Stammesmenschen ist der Raum ein unkontrollierbares Geheimnis. Für den technischen Menschen ist es die Zeit.
>
> Marshall MacLuhan
> *Die mechanische Braut*

> Ein Komponist ist ein Typ, der arglosen Luftmolekülen seinen Willen aufzwingt, oft mit Hilfe argloser Musiker.
>
> Frank Zappa

»Genius.«

Frank Graysons tiefe, dunkle Stimme schien aus dem Nichts zu kommen und klang verärgert.

»Hä?«

Auf dem Bildschirm des Mac, über die komplexe Partitur eines Jazzquintetts geschoben, befand sich ein Standbild aus einem Pornofilm, reinste Pornographie, so rot und lebendig, daß Grayson beim Anschauen fast ein wenig schlecht wurde.

»Großer Gott, Genius. Willst du für den Rest deines Lebens hier sitzen und Mister Kleenex so reich machen, daß er seine Kinder auf Eliteschulen schicken kann? Wir haben eine Menge zu tun, Mann.«

Frank hielt seinen roten Fender-Baß im Arm und starrte den fetten Jungen an, als hätte er ihn am liebsten geschlagen.

Genius schaltete sofort auf Klein Bubi um. »Warum schimpfst du, Onkel Frankie? Ich hab' meine Arbeit gemacht. Ich hab' dir die Noten gegeben.«

»Du bringst mich noch um, Junge, ehrlich. Bis ich dich

kennenlernte, dachte ich immer, diese Sache mit Sex und Computern sei nur ein Schwindel, daß würde *nie* funktionieren, bevor sie nicht einen verdammten Apple Mac erfinden, den man mit einer Hand bedienen kann. Mann, und letzte Woche bin ich in eins dieser Internet-Cafés gegangen, um zu kapieren, was mit dir ist, und das hat mir endgültig den Rest gegeben. All diese Kids sehen genau aus wie du und kleben mit der Nase an einem Bildschirm voller Muschis und obszönem Gequatsche, und *es sieht aus, als ob sie sich dabei wirklich einen runterholen*. Wenn du in dem Café aufs Klo gehst, hängt da kein Kondomautomat, sondern einer für Bildschirmreiniger. Ich dachte immer, das ganze Gerede, daß man vom Starren auf den Computerbildschirm blind werden könnte, hätte etwas mit Strahlung zu tun, Genius. Mir war nicht klar, daß es daran liegt, daß ihr Kerle Tag und Nacht am Wichsen seid.«

»Kriegst kein Aids im Cyberspace, Onkel Frankie«, sagte Genius und sah ein bißchen verletzt aus. »Cybersex ist Safer Sex.«

»Das, Genius, liegt daran, daß es in Wirklichkeit überhaupt kein Sex ist«, schnappte Frank Grayson zurück, nun wirklich verärgert. »Können wir jetzt vielleicht das Thema deiner Liebesaffäre mit deinen Fingern lassen und bitte über die Arbeit reden? Hier handelt es sich um eine Werbung für frische Milch direkt vom Bauernhof. Eine Werbung für etwas, das Frauen täglich, ohne nachzudenken, im Supermarkt kaufen sollen. Wenn ich der Agentur einen Jingle schicke, der im Dreizehnachteltakt geschrieben ist, tauchen die auf der Stelle hier auf und treten mir so sehr in den Hintern, daß ich mir wünschen werde, Weihnachten mit Saufen verbracht zu haben, statt mit einem so bescheuerten Holzkopf wie dir zu arbeiten. Wie oft muß ich dir das noch sagen? Das sind *Jingles*. Man schreibt Jingles im Viervierteltakt. Die Menschen *hören* Jingles im Viervierteltakt. Wenn du was

Ausgefallenes möchtest, mußt du warten, bis das Kunstmuseum kommt und was Kostenloses will. Wenn die Leute bezahlen, dann kriegen sie von uns genau das, wofür sie bezahlen.«

»Gewöhnlicher Rhythmus für gewöhnliche Leute, wenn du meine Meinung hören willst«, grummelte Genius und griff nach seiner Tastatur.

»Meinungen sind wie Informationen, Genius. Die Welt ist voll davon, und jeder meint, die ganze Bandbreite zu spüren und sagt: ›Mann, schau bloß, wieviel Meinung, wieviel Information wir hier kriegen.‹ Und sie fragen nie nach der Qualität dessen, was ihnen durch die Finger rinnt.«

»Ich versuch's mir zu merken, Onkel Frankie.«

»Tu das, mein Junge«, sagte Frank und schaute durch die Studiotür nach draußen, erkannte einen dunklen Schatten vor der geriffelten Scheibe. »Und wenn du schon dabei bist, sieh doch freundlicherweise zu, daß du das Bild der intimeren Teile dieser nackten Dame von deinem Bildschirm kriegst. Man kann nie wissen, wer als nächstes hier reinmarschiert kommt. Könnte am Ende Mutter Theresa persönlich sein.«

In diesem Moment trat Joni Lascelles ein, lächelte sie an und sagte, bevor einer von ihnen den Mund aufkriegen konnte: »Stutenalarm.«

Heute sah sie richtig dünn aus. Ihre Jeans waren eng, schmal geschnitten bis zu den Knöcheln. Dazu trug sie ein marineblaues Jackett. Die blonden Locken wippten um ihren Kopf, wild und unkontrolliert. Und die Sonnenbrille war verschwunden. Ihre Augen, so strahlend, so blau, wirkten nach außen ruhig, wirkten, als sei sie zu allem bereit. Aber als Frank Grayson ein wenig genauer hinsah (Genius machte nicht einmal den Versuch), dachte er, daß sich da etwas unter der Oberfläche befand, etwas, das in ihr arbeitete, etwas, das einen älteren, erfahreneren Mann nachdenklich gemacht hätte.

»Diesmal vielleicht nicht«, murmelte Genius vor sich hin und ließ das Bild lange genug auf dem Bildschirm, daß sie einen Blick darauf erhaschen konnte, bevor er das Fenster schloß.

»Er ist im Studio«, sagte Frank und deutete auf die Tür. »Sie können ruhig reingehen. Sehen Sie. Kein rotes Licht über der Tür. Keine Gefahr. Hier herrscht nirgends Gefahr.«

»Völlig gefahrlos«, sagte sie und betrat den kleinen Raum.

Paul Dunsany saß am Mischpult und widmete sich etwas, das aus seinen großen Studiokopfhörern drang. Er schien völlig in die Musik versunken zu sein. Dank der dicken Schallisolierung um seine Ohren war von außen nichts zu hören. Joni Lascelles betrachtete die Drehknöpfe und Regler auf dem Mischpult. Sie wirkten alt und abgenutzt wie die Requisiten einer Sciencefiction-Serie aus den siebziger Jahren, Dinge, die man durch eine ungewisse Menge an Druck, Schub und Zug nie ganz richtig hinbekam, nie auf den Punkt, voller Ungenauigkeit, keine Knöpfe, die man drückte, und keine Lichter, die an und aus gingen.

Nach einer Minute oder so nahm er die Kopfhörer ab, legte sie auf das Mischpult, drehte sich zu ihr um und sagte: »Hi.«

»Sie wußten die ganze Zeit, daß ich da war? Ich dachte, Sie wären ganz woanders.«

»Wenn man so lange in einem Studio arbeitet, ist das so. Man kann sich auf etwas konzentrieren und trotzdem mitbekommen, was woanders vorgeht. Genau wie bei allem anderen. Je mehr man es macht, desto besser wird man.«

Er trug ein helles Hemd unter einem blauen Seemannspullover aus Baumwolle, dazu ausgewaschene Jeans. Sie konnte sich noch immer nicht von dem Eindruck befreien, daß er ganz und gar nicht wie ein Musiker wirkte. Eher wie jemand, der für eine dieser schicken Werbeagenturen arbeitete, jemand, der mit einem schweren Aktenkoffer von Besprechung zu Besprechung eilte, etwas gehetzt, ein Handy in der Tasche seines Armani-Jacketts. Er sah deplaziert in diesem schäbigen kleinen Studio aus, beim Spielen mit den uralten Reglern und Knöpfen. Zumindest bis man den Grad der Versunkenheit in seinem Gesicht erblickte, wenn er sich auf die Musik konzentrierte, die strikte, verschlungene Unterteilung und Aufgliederung von Takt, Stimme und Timbre, die durch seine Kopfhörer drang. Als sie darüber nachdachte, wurde ihr klar, daß es für ihn nicht darauf ankam, welche Art von Musik es war, ob es sich um ein Erstlingsdemo für irgendwelche Kids oder um eine Werbung für das Lokalradio handelte. Es kam auf die Noten an, und er wollte, daß sie alle in Reih und Glied durch die Musik marschierten, alle zusammen, alle im Takt; er war wie ein Schülerlotse, der die Kinder sicher über die Straße zur Schule geleitet.

»Wo gehen wir hin?«

»Raus«, sagte er und griff hinter sich nach seiner roten Windjacke.

»Sie meinen das Zanzibar?«

»Es gibt mehr Variationen für ›raus‹ als das Zanzibar. Sehe ich so aus, als würde ich meine gesamte Zeit entweder im Pike Place Studio oder im Zanzibar verbringen?«

Sie sagte nichts.

»Okay. Sparen Sie sich die Antwort.«

Sie gingen zurück ins Büro, er sprach kurz mit Frank und Genius, der über den Mac gebeugt saß, Viertel- und Achtelnoten über den Bildschirm schob, dann waren sie zur Tür hinaus, stiegen Treppe um Treppe empor, vorbei an den Geschäften von Pike Place, vorbei an den Zauberläden und Feministischen Buchhandlungen, Läden für Flugdrachen, Kräuterverkäufern, Teeverkäufern, Kaffeegeschäften und einem italienischen Deli, dessen Schaufenster mit einer Auswahl vielfarbiger Pasta in Geschmacksrichtungen (Curry? Boysenbeeren?) dekoriert war, die in Mailand zu Aufständen geführt hätten. Vorbei an einer ganzen Reihe von Restaurants, die alles von einem Dim-Sum-Lunch bis zum »Besten Chili der Welt« anboten, eine schräge Rampe hinauf, noch immer unter einem Dach, noch immer ausschließlich beleuchtet von dem kalten, stahlgrauen Licht der Deckenlampen und einem gelegentlichem uraltem Fenster. Dann wurde es heller. Sie konnte den seit Jahren in das Gemäuer eingedrungenen Geruch von Fisch wahrnehmen. Sie kamen an den hölzernen, grün, weiß und blau gestrichenen Ständen vorbei, an denen heute nur ein paar Leute waren, aufräumten, reparierten, und dann waren sie im Freien, auf dem langen Gehweg mit den Metallsäulen vor dem Markt, unter dem erleuchteten Schild, das man auf den Postkarten sah. Waren es drei Stockwerke oder vier? Sie war sich nicht sicher. Auf dem Hinweg hatte sie den Seiteneingang benutzt, direkt den Hügel hinunter, durch die schmale Gasse, die zur Post Avenue führte, und hatte die Studiotür gefunden, die sie anzustarren, aufzufordern schien einzutreten. Aber Dunsany hatte sie über den malerischeren Weg hinausgeführt, auch wenn alle Läden des Marktes geschlossen waren, und es schien, als würde man durch ein dreidimensionales Labyrinth wandern, hinauf, hinunter, rundherum und wieder im Kreis.

Sie standen auf dem Kopfsteinpflaster vor dem Markteingang, und sie sagte: »Da braucht man aber einen sehr langen Faden.«

Er blickte sie verwirrt an. Hier draußen im Freien wirkte er bleicher, irgendwie jünger.

»Wie bitte?«

»Um den Weg hinaus zu finden. Wie im Labyrinth des Minotaurus.«

»Oh.«

Er schaute aus, als bekäme er nicht allzuviel Tageslicht zu

sehen, nicht einmal das Tageslicht Seattles. Und er schien nicht ganz zu verstehen, was sie gesagt hatte. Paul Dunsany hatte etwas Naives, etwas Unfertiges an sich, als sei sein Älterwerden irgendwann unterbrochen worden und hätte ihn im Teenagerstadium zurückgelassen. Es faszinierte sie, zog sie sogar halbwegs an.

»Wie schon gesagt, wenn man etwas lange genug tut, macht man es einfach automatisch.«

Er setzte sich in Bewegung, den Hügel hinauf, in Richtung First Avenue, beobachtete den spärlichen Verkehr, nickte, sagte »Hi« zu Leuten, die an ihm vorbeikamen, Leute, die Joni vom Pike Place zu erkennen meinte und die wohl auf dem Weg zu einer Stunde ruhiger Arbeit hinter geschlossenen Türen waren: der große Mann mit dem Bart vom Fischstand, der so geschickt mit den Pazifik-Lachsen umging, der kleine Italiener aus dem Deli, die Bäuerin, die so still, so schweigsam hinter dem mit Trockenobst bedeckten Holztisch stand. Sie bildeten eine Gemeinschaft, und Paul Dunsany war so sehr Teil davon, daß schon das bloße Zusammensein mit ihm einen fast zu einem Mitglied machte. Wie ließ sich sonst die Neugier erklären, so offen, so unverhüllt, die sie ihr gegenüber zeigten, die Art, wie sie sie anstarrten und mit fragendem Blick beobachteten.

»Machen Sie alles automatisch?«

Paul Dunsany dachte einen Moment nach und versuchte, seine Stimmung zu erforschen, versuchte herauszufinden, welcher Teil von ihm nervös, welcher Teil neugierig, welcher Teil hoffnungsvoll war.

»Tun wir das nach einer Weile nicht alle?«

»Ich glaube nicht.«

Sie kamen auf der Hügelkuppe an und schauten nach rechts und links. Die breite Avenue lag verlassen da. Er überquerte die Straße, ging auf das ein paar hundert Meter entfernte moderne Einkaufszentrum zu.

»Komisch, Sie sind schon die zweite innerhalb von zwei Tagen, die mir diese Fragen stellt. Mir *gefällt* das, was ich tue. Es ist nichts Aufregendes. Und Gott weiß, gut bezahlt wird es auch nicht. Aber es gefällt mir. Sehr viel besser, als irgendwo in einem Büro zu arbeiten.«

Sie überlegte, wohin sie wohl gingen. Und ob er es wußte.

»Ich glaube nicht, daß Sie je in einem Büro arbeiten müßten, Paul. Dazu sind Sie viel zu gut. Sie könnten etwas daraus machen.«

Er sah sie an, und sie wunderte sich, daß er nicht wütend wurde. Oder war das ein Gefühl, das Paul Dunsany nicht kannte?

»Ich *mache* etwas daraus. Ich helfe Leuten, Platten aufzunehmen. Haben Sie sich mal Little Feat angehört? Die frühen Hornsby-Sachen? Lesen Sie sich den Covertext durch. Ich war dabei. Ich habe gespielt, ich wurde bezahlt, ich ging. Was kann ein Mann mehr verlangen? Ich bin ein Musiker. Kein Komponist. Man muß wissen, worin man gut ist. Das steht in all den klugen Büchern. Das ist genau das, was ich *tue*.«

»Aber …«

In dem Moment blitzte tatsächlich so etwas wie Ärger in seinen Augen auf, als er sie unterbrach, obwohl es irgendwie nicht echt wirkte. »Nichts aber. Wissen Sie, vor sechs, vielleicht vor sieben Jahren kamen die Jungs ins Studio, nahmen ein Demo auf, waren glücklich damit. Sie spielten in Clubs. Spielten manchmal sogar im Zanzibar. Verdienten ein bißchen Geld. Waren große Stars in einer kleinen Welt. Alle waren begeistert, fanden sie toll. Dann wurde alles größer und größer, bis einer von ihnen sich eine Kugel ins Hirn jagte. Sie wissen, wen ich meine? Gut. Fragen Sie die Leute, die ihn wirklich kannten, was es bedeutet, *groß rauszukommen*. Sie könnten feststellen, daß sie eine andere Ansicht über die Dinge haben.«

Er war bei einem Fahrstuhl stehengeblieben, der in die Wand des Einkaufszentrums eingebaut war, mit einem Schild an der Seite, auf dem »Monorail« stand.

»Oje. Unsere erste Verabredung, und schon streiten wir.«

Er betrat den Aufzug, sie folgte ihm, und er drehte sich grinsend zu ihr um. Wieder das Grinsen eines Teenagers.

»Tut mir leid. Sie haben mich an einer empfindlichen Stelle getroffen.«

Sie fragte sich, was diese Empfindsamkeit auslöste, welche komplexe Mischung aus Emotionen sich in seinem Inneren verbarg.

»Man muß empfindsam sein, wenn man im Zanzibar spielt«, sagte er und schenkte ihr ein »Sein-Sie-mir-nicht-böse«-Grinsen. »Das verlangen die Regeln.«

»Gegen die Regeln habe ich nichts«, erwiderte Joni Lascelles und lächelte zurück. Als er sie anschaute, hier draußen in dem dünnen, grauen Tageslicht, wirkte sie nicht mehr so jung. Und auf eine gewisse Weise ließ es sie hübscher aussehen. Paul Dunsany glaubte nicht an Perfektion, wollte keine perfekten Dinge um sich herum. Er hatte immer Angst, daß etwas zerbrechen könnte: er oder sie.

»Das hier ist eine Touristenattraktion. Sie müssen es sich ansehen. Auch das gehört zu den Regeln.«

»In Ordnung.«

Sie fuhren zu einer zugigen, leeren Plattform hinauf, und er kaufte zwei Fahrkarten bei dem mißmutig schauenden Jungen am Schalter.

»Ist das Ding denn in Betrieb?« fragte sie. »Heute ist Weihnachten, Paul.«

Er lehnte sich über den Rand der Plattform und neigte seinen Kopf zu der großen Stahlschiene, die abgenutzt war und glänzte.

»Hören Sie«, sagte er. »Mehr brauchen Sie nicht zu tun.«

Also machte sie es ihm nach und konnte es ebenfalls hören,

das tiefe Brummen von etwas Großem und Mechanischen, das schnell auf sie zukam.

»Das ist die dämlichste Form des Transports, die Menschen bekannt ist«, sagte er. »Ich finde es hinreißend.«

Die Bahn fuhr lärmend in die Station ein, und Joni hätte beinahe gelacht. Das Ding sah so albern aus. Wie die Illustration eines Kinderbuches aus den fünfziger Jahren: »So wird unsere Zukunft aussehen.« Alles mit abgerundeten Ecken und stromlinienförmig; es mußte schon fast in dem Moment, wo es gebaut worden war, überholt ausgesehen haben. Sie stiegen ein und setzten sich hinter den Fahrer, der an Kontrollknöpfen herumfingerte, die wie aus einem Disney-Film wirkten. Paul Dunsany sah ihren amüsierten Blick.

»Verstehen Sie jetzt, was ich meine? Überall anders hätten sie dieses Ding schon vor Jahren aus dem Verkehr gezogen. Aber hier nicht. In dieser Stadt sind alle verrückt. Der Regen scheint durch ihre Schädel zu dringen oder so was.«

Dann, mit einem Tempo, das sie erstaunte, fuhr die Einschienenbahn aus der Station, und sie glitten über die Stadt, glitten über die summende, stahlgraue Schiene auf die Umrisse der Space Needle zu, die wie ein Betonraumschiff aus *Dan Dare* himmelwärts deutete, befestigt an dem grauen Horizont vor ihnen.

»Was gibt es da zu sehen?«

Er zuckte die Schultern, eine kleine, liebenswerte Geste.

»Nicht viel. Was erwarten Sie? Das Ding wurde 1962 für die Weltausstellung gebaut. Jemand hat irgendwo ein Bild von einem Sputnik oder so was gefunden und sich vorzustellen versucht, wie die zukünftige Welt aussehen würde. Vielleicht wollten sie eine Art Schablone errichten. Vielleicht dachten sie, daß sich alles so entwickeln und der Rest der Stadt über die Jahre das gleiche Aussehen annehmen würde. Ich weiß es nicht. Was wir hier haben, ist ... ich weiß es nicht. Wie würden *Sie* es bezeichnen?«

Sie sah zu der über ihnen aufragenden Space Needle hoch, zu dem Haufen häßlicher Gebäude, denen man ihr Alter ansah, mit abblätternder Farbe, unschönem Äußeren.

»Eine Fixierung auf eine Vergangenheit, die es nie gegeben hat«, sagte sie, ohne ihn anzuschauen.

Der Tag wurde freundlicher. Als sie aus der Station in den Schatten der Space Needle traten, war die Sicht unter der lichten, grauen Wolkendecke gut.

»Wollen Sie rauffahren? Oder haben Sie Höhenangst?«

»Ich habe keine Höhenangst«, sagte sie.

»Völlig furchtlos?«

»Das habe ich nicht gesagt.«

Die Fahrstuhlkabine war klein und schoß schnell nach oben. Sie entließ sie in den kreisförmigen Aussichtsraum des Gebäudes, und sie schlossen sich der Handvoll von Besuchern an, die an den Fenstern entlangschlenderten, die Berge betrachteten, das Meer, die gewaltige, einsame, unberührte Landschaft rundherum. An einem sonnigen Tag mußte die Aussicht atemberaubend sein. Selbst in dem grauen Licht, das alles abflachte und farblos machte, war es beeindruckend, gab Joni das Gefühl, daß diese Stadt mehr zu bieten hatte, mehr, als sie nach ihren Spaziergängen rund um das Pequod, ihrem Besuch des Pioneer Square je erwartet hätte.

»Und was stört Sie an einer Fixierung auf die Vergangenheit?« fragte er. »Die Leute, die das hier gebaut haben, hätten meine Eltern sein können. Das hier ist nichts Historisches. Es ist ein Teil von uns. Und sie lagen mit ihren Ideen so weit vom Schuß. Sie träumten von einer strahlenden, freundlichen Zukunft, in der das Leben besser wird, die Welt besser wird, in der wir Maschinen bauen, die uns befreien, statt uns in Käfige zu sperren und arbeitslos zu machen. Sie bauten dieses Ding voller Hoffnung, und vielleicht wirkt es deswegen jetzt so bescheuert. Vielleicht ist das der Grund, warum ich es so mag.«

Er starrte auf ein inlands gelegenes graues Gewässer hinaus, ohne den Blick auf etwas Bestimmtes zu richten.

»Sehen Sie das da?« fragte er und deutete auf das Gewässer. »Lake Union. Da wohne ich.«

Sie folgte mit dem Blick seinem ausgestreckten Arm, hin zu dem öligen Gewässer. Der Lake Union wirkte wie ein nachträglicher Einfall, eine plötzliche Flut, die das Zentrum einer schmutzigen, dichtbebauten Stadt überspült hatte, als sei die Stadt zuerst dagewesen und der See erst später hinzugekommen. Am Ufer standen alte Lagerhäuser, es gab Bootsstege, einen Anlegeplatz für Wasserflugzeuge, sogar einen Park, der vollgestopft mit alten Maschinen zu sein schien, absichtlich verrostet, wie eine Art Aussage: So bin ich, ob es euch gefällt oder nicht, aber mehr könnt ihr nicht erwarten. Man hätte es zum Motto der Stadt machen können.

»Sie *wohnen* da?«

»Auf einem Hausboot. Klingt *schrecklich* unkonventionell, was? Und sehen Sie das da?«

Er deutete auf eine große, graugrüne Hütte auf dem Wasser.

»Das ist Louie's. Das beste Fischrestaurant hier in der Gegend. Sind Sie hungrig?«

»Ich sterbe vor Hunger. Sind wir jetzt fertig mit der Besichtigungstour?«

Er lächelte und sagte: »Ich denke schon. Wir sind wegen der Atmosphäre hierhergekommen, nicht wegen der Sehenswürdigkeiten. Ich schätze, die haben Sie bereits genossen.«

Dann fuhren sie mit dem Fahrstuhl wieder hinunter und fanden ein einsames Taxi am Halteplatz stehen. Es fuhr sie zur Westseite des Sees zum Parkplatz des Restaurants. »Louie's auf dem See« stand in leuchtender, neongrüner Kursivschrift auf dem Dach des Holzhauses.

Als sie ausstiegen, war die Luft anders. Eine Windböe

blies ihnen vom Wasser her ins Gesicht, eine seltsame Mischung aus Salz, Gischt und Treibstoff. Möwen und ein paar Enten schwammen trübsinnig herum. Alles wirkte verlassen, tot. Als sie das Restaurant betraten, schien auch das verlassen und tot.

»Fröhliche Weihnachten«, sagte die gelangweilt gähnende Kellnerin, die sie zu einem Tisch am Fenster führte. »Kann ich Ihnen etwas zu trinken bringen? Möchten Sie hören, was wir heute an Spezialitäten anzubieten haben?«

Typisch Amerika, dachte Joni Lascelles. Alles ging immer weiter und weiter, ständige Fragen, ständiges Konsumieren, kein Nachlassen der täglichen Routine. Niemals.

Sie bestellte etwas Leichtes – ein bißchen Lachs, ein bißchen Spargel, ein Glas Mineralwasser, eben das, was man am Weihnachtstag ißt. Sehr zu ihrem Erstaunen tat er das gleiche. Keine Vorspeise. Kein Stück Fleisch. Paul Dunsany entsprach absolut nicht ihrer Vorstellung des typischen Amerikaners, was sie auf eine Weise, die sie immer noch nicht ganz begriff, beunruhigend fand.

»Man hat Sie also sitzenlassen«, sagte er, und in seinen Augen blitzte ein plötzliches Verstehen auf, das sie völlig unerwartet traf.

»Wie bitte?«

»Sie kommen hier rüber, aus einer plötzlichen Laune heraus. Sie kennen niemanden. Sie scheinen noch nicht mal zu wissen, warum Sie es getan haben. Man hat Sie verlassen. Das ist es. Ich weiß. Männer wissen so etwas. Vor allem sensible Männer.«

Sie drückte ihre Serviette an die Lippen, als könne sie damit das Lachen zurückhalten.

»Entschuldigen Sie, Paul. Aber *Männer* wissen sehr wenig. Sehr, sehr wenig.«

Er schaute aus dem Fenster auf die flache, graue Wasseroberfläche.

»Sie wollen nicht darüber reden. Das ist in Ordnung, glauben Sie mir. Ich dränge Sie nicht, ehrlich.«

»Es gibt nichts zu drängen, Paul. Wie kommen Sie nur darauf, daß eine Frau, die allein ist, verlassen worden sein muß oder so was? Weil dies einfach nicht unser natürlicher Zustand ist? Was sollen wir denn tun? Ein Baby auf dem Arm halten und einen Besen in der Hand? In welchem Jahrhundert leben Sie?«

Er winkte der Kellnerin zu und sagte: »Sollen wir vielleicht ein Bier trinken? Schließlich ist Weihnachten.«

»Ein Bier«, stimmte sie zu und verschränkte die Arme vor der Brust, genoß es, genoß, wie es sie von ihr fortführte, die kleine, kreischende Stimme in ihr zum Schweigen brachte. Die Gesichter auslöschte.

»Zwei Redhooks«, rief er der Kellnerin über den leeren Raum hinweg zu, und sofort erschienen zwei große, kalte, bernsteinfarbene Gläser.

»Sehen Sie«, sagte er, »Sie haben recht. Es ist nicht ihr natürlicher Zustand. Frauen sind von Natur aus nicht so allein, wie Männer es sind. Frauen sind zu ... gesprächig. Das soll keine Kritik sein. Das ist nur eine Beobachtung. Ein Mann kann eine bestimmte Art der Stille in sich haben, von der Frauen einfach nichts wissen. Ich will mich damit nicht brüsten. Es ist unser Fluch. Frauen sind zu sensibel, um allein sein zu wollen. Sie sind einfach so verdammt clever.«

»Das ist wirklich der größte Quatsch, den ich gehört habe, seit ...«

»Seit der Kerl Sie verlassen hat«, sagte er, und dabei lächelte er auf eine Weise, die sie einfach gern haben mußte. Eine Weise, die nichts mit einem Sieg, sondern mit Freundschaft zu tun hatte. Und mit Erkennen. Da war etwas, in diesem Moment, das sie aneinander erkannten, etwas, das hallo sagte, etwas, das sich hinter den Kulissen die Hand schüttelte, die Ähnlichkeiten miteinander verglich und ja zu diesem und ja zu jenem sagte, ernsthaft mit dem Kopf nickte, sich in den Kulissen niederließ und wartete, was passieren würde, damit die Show weiterging. In dem Moment wußte Joni Lascelles, daß sie Roscoe Sutter persönlich auf der Straße begegnen könnte und es kein Alptraum sein würde. Wußte, daß sich all diese Dinge außerhalb ihres Kopfes abspielten, irgendwo anders, dem Entsetzen einer anderen Person Form verliehen, nicht ihrem. Denn da war etwas in Paul Dunsany, das diese Kräfte nicht kontrollieren, nicht beeinflussen konnten. Etwas Einfaches, Reines und Aufrichtiges, etwas, und sie haßte den Gedanken, das Anständigkeit, ja Güte sehr nahe kam.

Sie nahm einen großen Schluck von ihrem Bier, und es schmeckte köstlich. Ihre Wangen waren jetzt leicht gerötet. Es machte ihm etwas bewußt, das zuvor unter der Oberfläche gelegen hatte, ein Gedanke, den er unbewußt zu verdrängen versucht hatte: Wie bleich sie war, wie durchsichtig ihre Haut wirkte, so daß man die Adern, das Blut darunter sehen konnte.

»Wissen Sie«, sagte sie, »Ihre Freunde haben mir eine Menge über Sie verraten, das meiste davon nicht unbedingt direkt. Sie haben mir verraten, daß Sie aus Kalifornien hierhergekommen sind.«

»Ich war Student«, sagte er. »Hab' mein Studium in Stanford geschmissen, also haben Sie jemanden vor sich, der genau weiß, wie man die besten Dinge vermasselt.«

»Sie haben mir auch noch eine Menge anderer Sachen verraten.«

»Glauben Sie nur das Gute. Der Rest sind bösartige Verleumdungen.«

»Aber sie haben mir nicht verraten, daß Sie so clever sind. Sind Sie wirklich so clever, Paul?«

Er starrte auf das goldfarbene Innere des Glases. Es sah so vertraut aus. Wie ein Freund.

»Wenn ich so clever wäre, würde ich dann ein Studio am

Pike Place betreiben, das monatlich dreißigtausend Dollar an Einnahmen bringt, bei Ausgaben von achtundzwanzigtausend?«

»Das habe ich nicht gemeint.«

»Nein, ich weiß.«

Wieder schaute er ins Glas. Es wurde allmählich leer. Genau wie ihres.

»Wissen Sie was«, sagte er, »ich muß heute abend nicht spielen. Ich muß heute abend *überhaupt nichts* tun. Wir könnten einfach hier sitzen, Bier trinken und uns vollaufen lassen. Was halten Sie davon?«

»Sie trinken«, antwortete sie. »Ich höre zu.«

Aber auch ihr Glas war leer, als die Kellnerin an den Tisch kam.

»Er hat Sie also verlassen«, sagte er. »Er muß wirklich sehr, sehr dumm gewesen sein.«

Joni Lascelles schaute aus dem Fenster auf das trübe graue Sonnenlicht, auf die Boote, die auf dem öligen Wasser dümpelten.

»Das können Sie gar nicht wissen, Paul. Sie kennen mich nicht. Sie können mich nicht beurteilen. Ich bin verlassen worden, und ich habe verlassen. Beides. Ziemlich oft. Aber das ist lange her. Es ist nicht der Grund, warum ich hier bin. Glauben Sie mir.«

»Ja«, sagte er.

Er deutete über das Wasser auf eine niedrige Reihe hölzerner Hausboote. Sie sahen mehr wie Häuser als Boote aus, hatten Vorderveranden, Mülleimer an der Seite stehen, hier und da sogar einen kleinen Garten.

»Schauen Sie, dort drüben. Das fünfte von rechts. Das mit der dunkelroten Tür, die einen Anstrich braucht. Das ist meins.«

Sie starrte über das Wasser, kniff die Augen ein wenig zusammen, als sei sie kurzsichtig.

»Ich kann immer noch nicht glauben, daß Sie auf einem *Boot* wohnen.«

»Schon die ganze Zeit, seit ich vor zwanzig Jahren herkam. Als ich hier auftauchte, konnte man eins von den Dingern für zehntausend Dollar kaufen, vielleicht sogar weniger, wenn man zum Feilschen bereit war. Heute sagen mir die Immobilienfritzen, die ständig bei mir anklopfen, allein der Standort sei zweihunderttausend Dollar wert. Offenbar hat Tom Hanks hier um die Ecke einen Film gedreht, und seitdem steigen die Preise ins unendliche. Jeder, der bereit ist, soviel Geld für meinen Schrottkasten zu bezahlen, muß völlig verblödet sein, wenn Sie mich fragen, aber die Kerle behaupten das.«

»Aber Sie denken nicht daran, jetzt zu verkaufen, oder?«

»Himmel, meinen Sie das ernst? Zwanzig Jahre. Zwanzig Jahre. Wissen Sie denn nicht, was das Wort ›Zuhause‹ bedeutet?«

Sie lachte freundlich, und zum ersten Mal, seit er sich näher mit ihr befaßte, fühlte er sich unwohl, erkannte, und hätte sich dafür treten können, es nicht früher bemerkt zu haben, daß dies eine Sache war, von der Joni Lascelles wirklich kaum eine Ahnung hatte.

»Ein Zuhause, ein Heim ist dort, wo man seine alten Gitarren aufhebt. Seine alten Platten – und ich rede von *Platten*, Mädchen, keine kleinen Plastikscheiben, die aussehen, als gehörten sie zu einem Kindervideospiel. Gute alte Nadeln auf schwarzen Vinylscheiben. Zuhause ist, wo man seine Augen schließt und vergißt, daß es je eine Welt dort draußen gegeben hat.«

»Zuhause ist, wo man allein ist.«

»Manchmal«, sagte er. »Nicht immer. Ich habe auf dem guten alten Boot anderthalb Ehen durchgemacht.«

Sie musterte ihn, musterte die Art, in der seine Augen sie anblitzten. Er lächelte, aber er war auch ernst.

»Es gibt Halbehen in Amerika? Wie kann man eine Halbehe führen?«

Paul Dunsany nahm noch einen Schluck von seinem Redhook, wobei er sich fragte, warum es stets leichter war, zu reden, zu denken, auch zu spielen, wenn man ein Bier vor sich hatte.

»Das ist ganz einfach. Die meisten Ehen fangen damit an, daß sich beide Partner lieben, bevor die Sache auseinanderfällt. Bei einer Halbehe kommt die Liebe von Anfang an nur von einer Seite. Es gibt eine Menge Halbehen in Amerika. Ich bin zwar nie dort gewesen, aber ich wäre willens, eine beträchtliche Geldsumme darauf zu wetten, daß es auch eine Menge Halbehen in England gibt, wenn Sie genauer hinschauen.«

»Ach so.«

Sie konnten beide spüren, wie sich der Augenblick dehnte, konnten die Spannung spüren, die wie ein unsichtbarer, sirrender Draht zwischen ihnen vibrierte.

»Wenn ich Sie einlade, mit auf mein Boot zu kommen«, sagte er, »würden Sie das als eine Art Annäherungsversuch betrachten?«

Sie guckte ihn an, wollte den Blick nicht abwenden, wollte sehen, was in seinem Gesicht vorging. »Sollte ich das?«

»Nein«, sagte er und sah aus, als würde er das auch so meinen. »Sie kennen mich nicht gut genug. Und ich Sie auch nicht.«

Die Kellnerin brachte zwei Teller, auf jedem ein hellrosa Lachssteak und etwas Gemüse. Er sah zu, wie sie sich darüber hermachte, rasch und voller Appetit.

»Ich habe nicht gefrühstückt«, sagte sie.

»Man sollte immer frühstücken. Frühstück ist wichtig.«

»Nicht, wenn der Lunch so ausgiebig ist«, sagte sie und nahm den letzten Bissen, während er in seinem Fisch und dem Gemüse herumstocherte.

»Es ist also kein Annäherungsversuch?«

»Nein. Wirklich nicht. Sehe ich aus wie die Art von Kerl ...«

Das Lachen, das in ihren Augen auftauchte, gefiel ihm.

»Nein«, sagte sie. »Tun Sie nicht.«

»Vielen Dank. Ich fasse das als Kompliment auf.«

Als das dritte Glas Redhook kam, wartete sie, bis er die Hälfte getrunken hatte, und legte dann die Hand über das Glas.

»Ich glaube, wir sollten jetzt gehen. Sollten uns Ihr Boot anschauen.«

Sie gingen hinüber, direkt am trüben Wasser des Sees entlang, solange es einen Pfad gab, und, wo er nicht vorhanden war, auf der um den See herumführenden Straße, wobei sie vorsichtig dem Verkehr auswichen. Die ganze Zeit spürten sie, wie sie auf etwas zutrieben, so leicht, so langsam, so unvermeidlich.

Das Boot war klein, viel kleiner, als es von außen wirkte. Das Innere war ordentlich, aufgeräumt, hatte aber die Patina der Vernachlässigung, die Männer nie zu bemerken scheinen. Als sie sich setzte, mit einem großen Becher Kaffee in der Hand, spürte sie die Bewegung des Wassers, spürte sie das leise Schwappen gegen die Außenwand. Er legte Musik auf, und es war tatsächlich eine Platte, Gitarrenmusik, die sie noch nie gehört hatte, auf einer Akustikgitarre mit leicht mexikanischem Einschlag, meist instrumental, größtenteils superb.

Sie betrachtete ihn, wie er schweigend den Klängen lauschte, überlegte, wie stark diese schwimmende Hütte wohl isoliert war, weil sie die Welt und alles in ihr auszuschließen schien. Man konnte in diesem hölzernen Kokon sitzen und alles Schlimme da draußen vergessen, die Stille, die Wärme spüren. Ihr ging auf, daß Paul Dunsany keine Annäherung versuchen würde, es nicht konnte. Etwas in ihm war im Laufe der Jahre erstarrt, und es war nichts von dem, was sie kannte, was ihr schon begegnet war, nicht die Angst vor Ablehnung, keine Vorsicht oder die Furcht vor Intimität. Es gab einen Grund, ein spezifisches, verborgenes Ereignis, genauso wie bei ihr. Dieser hölzerne Kokon bot eine Form von Frieden, eine Form von Aussetzung dieser Erinnerung.

Er würde nichts unternehmen. Würde nur dasitzen und stundenlang der Musik lauschen, wie sehr er sich auch zu ihr hingezogen fühlte. Joni Lascelles dachte darüber nach und sagte schließlich: »Paul?«

Er tauchte aus der Musik auf, betrachtete sie über den schmalen Raum hinweg.

»Ja?«

»Ich würde gern bleiben. Nur für diese Nacht. Nennen Sie es Gesellschaft. Nennen Sie es, wie Sie wollen. Aber ich möchte nicht allein sein. Ich dachte, ich würde genau das wollen. Jetzt weiß ich es besser. Ich möchte heute nicht allein sein.«

»Ich auch nicht«, sagte er und lächelte, ohne sich zu rühren, so still, so kindlich, daß sie es kaum glauben konnte.

Als sie schließlich zusammen im Bett lagen, nachdem sie ins Schlafzimmer gegangen war, sich ausgezogen und auf ihn gewartet hatte unter der großen, gesteppten Daunendecke in einer kleinen Hütte mit hölzernen Wänden und Bullaugen, durch die das graue Licht hereinsickerte, zusammen mit dem Klang der Möwenschreie und dem Schwappen des Wassers, wirkte es so natürlich wie Regen, der vom Himmel fällt.

Es war später Nachmittag, das Licht schon schwach, als sie daran dachte, sich entschloß, es zu wagen.

Sie befreite sich aus seinen Armen, stützte sich mit dem Ellbogen auf ein Kissen und betrachtete ihn schweigend. Er war von diesem schläfrigen Gefühl nach dem Liebesspiel erfüllt, das einen davon abhält, klar zu denken, voll mitzubekommen, was um einen vorgeht.

»Paul?«

»Aha, Zeit zum Reden. Ich hör' die Signale.«

»Nicht unbedingt.«

Plötzlich fürchtete sich Joni Lascelles. Nicht vor dem, was passieren könnte, wenn sie jemanden traute, dem man nicht trauen konnte. Nicht vor etwas, das ihr bedrohlich werden könnte. Sie fürchtete sich vor dem Wissen und davor, sich damit auseinandersetzen zu müssen.

»Fährst du jemals noch dahin? Nach Palo Alto? Kennst du immer noch Leute da?«

Er starrte an die hölzerne Zimmerdecke, mochte den Klang dieser Worte nicht, die Art, wie sie in dem kleinen Schlafzimmer widerhallten.

»Nein. Das hier ist jetzt mein Leben. Das ist mein Zuhause.«

Sie lauschte auf die Bewegung des Wassers, das Schwappen an die hölzernen Wände des Bootes, das ständige Geschrei der Möwen, spürte seinen Atem, den Schlag seines Herzens gegen ihre Haut.

»Erinnerst du dich an etwas, das damals in den Zeitungen stand?« fragte sie und sah, wie sich seine Augen verengten, sein Blick ins Nichts glitt. »1975? Eine Entführung, ein Kind, das getötet wurde?«

Paul Dunsany fröstelte plötzlich in dem großen, weichen Bett, fühlte graues Licht den Raum erfüllen, das seinem Körper die Wärme entzog.

»Klar erinnere ich mich daran. Es kam im Fernsehen, kam überall.«

»Tut es immer noch. Liest du keine Zeitung?«

»Ich lese Noten auf Notenpapier. Du wirst auf diesem Boot keinen Fernseher finden. Was soll das alles, Joni?«

Sie wollten beide nicht darüber sprechen. Wollten es nicht wissen, nicht sagen.

»Es geht um das, was damals passiert ist«, sagte sie

schließlich. »Es geht darum, daß ich jemanden finden muß, herausfinden muß, was damals passiert ist. Und daß du mir dabei hilfst.«

Er schüttelte langsam den Kopf, und sie sah, wie sein hellbraunes Haar bei der Bewegung über sein Gesicht fiel.

»Ich bin Musiker, Joni. Ich kann dir nicht bei etwas helfen, das, wie lange, fünfundzwanzig Jahre zurückliegt.«

»Zwanzig«, sagte sie. »Zwanzig auf den Tag. Auf die Stunde.«

»Oh, oh«, sagte er und haßte sich für diese Irreführung, für die Vortäuschung, daß es sich um eine ganz gewöhnliche Sache handelte, eine Sache, die man kontrollieren und formen und wegwischen konnte. »Das sieht ernst aus.«

Sie beugte sich hinüber, berührte sein Haar, strich es sanft von seiner Wange, betrachtete die Narbe, die lange, glatte Linie, die allmählich in sein Gesicht hineinzusinken schien, berührte sie und spürte die Wärme, wie eine leichte Elektrizität unter der Haut.

»Es *ist* ernst«, sagte sie. »So ernst, wie es nur sein kann.«

9

Entdeckungen

If you believed they put a man on the moon, man on the moon.
If you believe there's nothing up my sleeve, then nothing is cool.

REM, »Man on the Moon«

Das sind kleinmütige Entdecker, die meinen, es gäbe kein Land, wenn sie nur Meer um sich sehen.

Francis Bacon
The Advancement of Learning

»*Was* hast du getan?«

Louise Gostelow – ein Name, der Jahrhunderte überdauert hatte, den man nicht einfach aus einer Laune oder aufgrund eines simplen, erzwungenen Moments der Notwendigkeit wegwirft – starrte quer durch das Wohnzimmer auf Hal Jamieson, der sich tief in den von einer Mahagonischale umgebenen Ledersessel drückte, ein Sessel, der viel zu groß für ihn wirkte, so als würde er sich gleich um ihn zusammenfalten und ihn erdrücken.

Es war vier Uhr am Weihnachtsnachmittag. Das Licht verschwand allmählich von Mercer Island, die Nacht kam wie ein diesiger Vorhang über die gezackte Linie der Fichten herunter, herunter bis zum Ufer des Sees, auf dem ein paar Enten träge quakten und einsame Kormorane die im Mondlicht glitzernden Wellen nach letzter Nahrung absuchten, bevor das Wasser eine undurchsichtige Schwärze annahm. Die Welt war ruhig, selbst wenn die Menschen, die sie bewohnten, es nicht waren. Hal Jamieson lauschte dem

Schrei einer Eule, der im Fichtenwald widerhallte, hörte, wie er das Quaken vom Ufer zu erwidern schien, und überlegte, ob es wohl eine Möglichkeit gäbe, den Wert seiner Welt zu messen: in Stein, in Marmor, in Dollar? Und wenn ja, ob man diesen Wert mit einem festen, unveränderbaren Maßstab messen konnte. Dann erkannte er, daß er träumte. Freude wurde einem nicht per Minute zuteil, Liebe – oder deren Fehlen – ließ sich nicht in Pfunden wiegen.

In einem anderen Teil der Stadt schliefen Paul Dunsany und Joni Lascelles zum zweiten Mal an diesem Tag miteinander, langsam, gemächlich, ihr Atem zu einem stetigen Rhythmus synkopiert, ihre Körper zu einem langsamen, physischen Genuß vereint, ohne an einen Höhepunkt, einen Orgasmus zu denken, zufrieden damit, gemeinsame Wonnen zu teilen, zu nehmen und zu geben, ohne Gedanken zu formulieren, nur schwache, tanzende Farben und Formen, die durch die sinnliche Landschaft vor einem inneren, geheimen Auge wirbelten. Und in seinem billigen Motel am Rande der Stadt hockte Tom Cordobes über ein altes Compaq-LTE-Elite-Notebook mit Monochrombildschirm gebeugt, hörte das in die Telefonbuchse des Hotelzimmers gestöpselte Modem klicken, zischen und sirren, beobachtete auf dem Bildschirm das Surfen durch die Dienste im Net, das Suchen, Suchen, Suchen nach etwas, irgend etwas, das mit Fliegen zu tun hatte, und irgendeinem Computerfreak, der den Weihnachtstag online verbrachte.

»Ich dachte, es sei vorbei, Hal. Ich dachte, wir könnten die Sache vergessen. Jetzt ist es wieder da. Hier auf unserer eigenen Türschwelle. Und du hast es hierhergebracht.«

Sie trank Single Malt Whisky aus einem großen Glas, ein wenig Eis, kein Wasser. Er sah sie nicht gern trinken, mochte es nicht, wie ihr Mund herabsackte, wenn sie zuviel hatte.

»Ich habe Quinn nicht rausgelassen, Louise. Das war nicht meine Entscheidung.«

»Aber du hast ihn hergebracht.«

»Und was hätte ich sonst tun sollen? Ihn da draußen lassen und mit den Zeitungen reden, wieder mit dem FBI reden, sobald er nichts Besseres zu tun hatte? Verstehst du denn nicht? Er könnte uns alle um Kopf und Kragen bringen. Um alles. Dunsany erinnert sich vielleicht nicht, was zum Teufel damals passiert ist – *vielleicht* –, aber ich erinnere mich, du erinnerst dich und genauso Quinn. Willst du, daß das in die Zeitungen kommt? Willst du in den Rainier Club gehen und sehen, wie bei deinem Eintreten all die Köpfe der netten, vornehmen Gesellschaftsdamen herumrucken, dich anstarren und sagen: ›Tja, ich wußte schon die ganze Zeit, daß da etwas ...‹? Ich glaube nicht.«

Louise trank ihren Scotch zu schnell. Selbst sie merkte das. Sie stellte ihr Glas auf den Kaminsims – Eisen, eine Adam-Reproduktion, die vermutlich mehr gekostet hatte als das Original – und versuchte, sich darüber klarzuwerden, was eigentlich vorging. Er beobachtete sie, wartete ab. Es geschah selten, daß Louise die Worte fehlten. Selten, daß sie so aussah wie jetzt: unsicher, verwirrt, vielleicht sogar ein wenig verängstigt.

In seinem Motelzimmer begann Tom Cordobes zu tippen, hatte einen Chatroom gefunden, sah die Worte auf dem Bildschirm erscheinen, wartete darauf, daß ihm jemand über den großen, summenden Abgrund da draußen antwortete.

> *Hi, AvNet, hier ist Barney Flyboy in Seattle, wo die Wolkendecke so niedrig hängt, daß niemand einen Flug wagen würde, außer er fliegt eins von Mister Boeings Wunderdingern, und ich bin einfach neugierig, ob jemand sich an diesem festlichen Tag lange genug vom Tafeln losreißen konnte, um über das grenzenlose blaue Himmelszelt zu plaudern. Genug vom Gebimmel, rauf in den Himmel!*

»Und was wirst du machen, Hal?« fragte sie schließlich und spürte, wie Kälte in ihr hochstieg, als sie ihm ins Gesicht sah und die Antwort dort geschrieben fand, hinter dem künstlichen Selbstvertrauen und dem bulligen Äußeren: keine Ahnung.

Er stieß ein kaltes Lachen aus, und der große Ledersessel wackelte vor und zurück auf seinem hölzernen Drehfuß.

»Er will dich sehen. Ist das zu fassen? Und Paul auch. Himmel, ich glaube, er würde sogar Maus sehen wollen, wenn wir wüßten, wo sie ist.«

»Halt ihn hin. Das bringe ich im Moment einfach nicht fertig.«

»Keine Bange. Ich habe es ihm bereits gesagt. Es gibt so viele Chinesische Mauern zwischen ihm und uns, daß niemand eine Verbindung herstellen könnte, und ich gedenke nicht, das aufs Spiel zu setzen, nur weil er ein paar alte Bekanntschaften erneuern will. Ich fahre da rauf, wenn ich muß. Sonst kommt niemand auch nur in seine Nähe.«

Hallo, Barney Flyboy, hier ist Jim R. aus Fort Lauderdale im sonnigen Florida. Tut mir leid, vom Wetter da bei euch zu hören, mein Freund, und ich hoffe, es macht dir nichts aus, wenn ich dir erzähle, daß wir diesen hinreißenden Feiertag damit verbracht haben, mit unserer vierzig Jahre alten Cub runter nach Key West zu fliegen, zum Lunch auf Mallory, Junge, von diesem Key-Limepie kann ich überhaupt nicht genug kriegen, dann nach hier zurück, so schnell unser alter Vogel es schaffen kann (was nicht allzu schnell ist, aber ich schätze, das weißt du bereits). Wie geht's dir da oben? Worüber sollen wir an diesem herrlichen Tag plaudern?

Louise versuchte sich zu erinnern, wie Michael Quinn aussah. Sie hatte eine gewisse Vorstellung, aber die war statisch, wie ein altes Foto. Nichts bewegte sich. Völlig fleischlos und blutleer. Vielleicht war es immer so gewesen.

»Wie ist er denn so?«

Hal Jamieson schüttelte den Kopf. Wie sollte man das beantworten?

»Er ist, wie er immer war, vielleicht nur noch ein bißchen irrer. Absolut, total, durch und durch irre. Und gleichzeitig völlig da und normal. Und klug. Michael war schon immer ein kluges Köpfchen, vielleicht ist es das, was jetzt an ihm nagt. Zu wissen, daß er derjenige von uns war, den sie geschnappt haben. Du weißt, wie er war. Du *erinnerst* dich daran, wie er war.«

Als sie darüber nachdachte, konnte sie sich erinnern. Da war etwas in ihr, das sie davon abhalten wollte, daran zu denken. Ein vernünftiger, rationaler Schalter in ihrem Kopf, der sagte, nein, du willst das nicht tun. Aber man konnte den Schalter sehr leicht umlegen, wenn man es versuchte, und in dem Moment, wo man es tat, kam alles zurück. Sie war nicht wie Paul Dunsany, sie hatte keine Entschuldigungen, keine Narben an ihrem Kopf, die den Schalter an seinem Platz hielten. Sie erinnerte sich.

»Er macht mir angst«, sagte sie, und einen Moment lang war sie eine andere Frau als die, die er kannte. Einen Moment lang.

*Jim, ich bin hier nur rumgesurft, um irgendwas zu tun zu haben – mein Ehegespons ist in der Küche, um uns was richtig Leckeres zum Abendessen zu brutzeln –, aber ich hatte auch die Hoffnung, daß einer von euch echten PC-Jungs mir bei etwas helfen könnte. (Ich sitze hier mit einem uralten Teil, kein Sound, keine CD-Rom, kein *nichts*). Hast du all das Zeug?*

Hast du die neue FAA-Registrierungs-Database auf CD-Rom, von der ich dauernd höre?

»Was sollen wir jetzt *machen?*« fragte sie, und das war wieder die alte Louise, die Louise, die immer, jederzeit alles unter Kontrolle hatte. »Du kannst ihn nicht ewig da oben im Wald einsperren.«

»Das weiß ich. Er weiß es auch. Wie schon gesagt, er ist nicht dumm.«

»Also?«

»Eins nach dem anderen. Wir sorgen dafür, daß er weitab vom Schuß bleibt. Wir sorgen dafür, daß er sich wohl fühlt. Wir sind Michael eine Menge schuldig. Vergiß das nicht. Darüber hinaus gehört ihm ein erheblicher Anteil an SCC-Aktien. Wenn er es darauf anlegt, könnte er uns eine Menge Ärger machen. Und damit meine ich nicht nur, daß er uns an die Bullen verrät. Er könnte die ganze Firma zum Wanken bringen. Wir müssen ihn bei Laune halten. Was anderes bleibt uns gar nicht übrig.«

Da kannst du drauf wetten, Barney, ich hab' hier ein echtes kleines Schmuckstück, einen Performa 5300 mit Graphikkarte, CD-Rom, was das Herz begehrt, alles in einem hübschen kleinen Kasten, der locker auf den Vordersitz der Cub paßt und den man mit den 12 Volt betreiben könnte, wenn man wollte, schätze ich. Wenn du nur nach einem neuen PC suchst, kann ich ihn dir wärmstens empfehlen, gibt's auch schon im Sonderangebot, mußt dich mal umhören, und da es ein Mac ist, wirfst du diesem Scheißer Gates nicht auch noch Geld in den Rachen. Auweia, Seattle. Hoffentlich kein Freund von dir, oder?

»Und dann?«

Nicht die Bohne. Klingt echt gut, aber woran ich wirklich interessiert bin, ist diese FAA-Database auf CD-Rom. Wie gut ist die? Findest du sie zuverlässig?

»Was dann ist, liegt an ihm. Das habe ich ihm heute gesagt. Es hat sich eine Menge Geld für ihn angesammelt. Falls er mehr braucht, werde ich dafür sorgen, daß er es kriegt. Selbst wenn es uns weh tut. Wir haben keine andere Wahl, Louise. Wir müssen die Sache durchziehen.«

Hab sie noch nicht oft benutzt, aber für fünfzig Mäuse kann man nicht viel falsch machen, oder?

Sie griff wieder nach ihrem Drink, nahm einen Schluck, rümpfte die Nase. Das Eis war geschmolzen. Zu wässrig für ihren Geschmack.

»Wahrscheinlich hast du recht. Ich hatte nur nicht damit gerechnet, daß er in so unmittelbarer Nähe wäre. Das gibt mir ein ungutes Gefühl.«

Meinst du, wir könnten sie mal ausprobieren? Nachschauen, ob die Maschine von einem Freund von mir drin ist? Toller Typ. Fliegt eine Citation. N9925SW. Glaubst du, daß er drin ist?

»Das geht uns allen so. Sogar Paul, wenn du es wissen willst.«

»Du hast mit ihm gesprochen? Wie geht es ihm?«

Er konnte den Ausdruck in ihrem Gesicht nicht deuten.

»Manche Leute kommen eben nie voran. Bleiben irgendwann in ihrem Leben stecken, drehen sich nur noch im Kreis.«

*Warte mal kurz, Barney. Ich muß das Ding erst laden. Ein Freund mit einer Citation? Mann, das ist *Klassen* über mir …*

»Und das bedeutet?«

»Daß er nicht einmal die Zeitung gelesen hatte. Kannst du dir das vorstellen? Er hatte keine Ahnung, daß Quinn draußen ist.«

»Und was macht er so?«

Sie wußte es nicht, sagte sich Hal Jamieson. Sie wußte es tatsächlich nicht.

»Dasselbe wie immer. Hat sein kleines Tonstudio. Spielt irgendwo in einer Band.«

Okay, Barney. Schätze, das hätte man sich denken können, aber es sieht so aus, als ob dein Kumpel seinen Vogel über eine Firma laufen läßt. Würde ich wahrscheinlich auch machen, bei all der Kohle, die durch diesen Haufen fliegendes Metall gebunden ist. Hier steht, der registrierte Besitzer der Citation N9925SW ist eine Firma namens SCC, 3214 Bellevue Avenue, Bellevue, WA. Haben die nicht irgendwas mit Software zu tun? Bin mir ziemlich sicher, daß mein Junge was von denen auf dem Mac laufen hat. Kommt das hin? Ist natürlich kein Pilotenname angegeben. Aber wenn deinem Kumpel die Firma gehört, könntest du das rauskriegen, indem du die Firmenangaben mit der Lizenz-Database der FAA vergleichst.

»Wir sollten Paul irgendwann besuchen.«

Hal Jamieson beobachtete sie, suchte in ihrem Gesicht nach irgendeiner Reaktion.

»Vielleicht. Vielleicht solltest du das. Wenn wir wollen,

daß er sich ruhig verhält, kriegst du das vielleicht leichter hin als ich.«

Louise lächelte ihn an, mit diesem warmen, vollen, hinreißenden Lächeln, das ihn immer noch dankbar machte und ihn sich fragen ließ: warum ich? Auch wenn es nur für einen Moment war.

Das scheint er zu sein. Läßt sich 'ne Menge Geld machen mit diesen PCs, Jim. Hör mal, ich glaube, meine Frau hat das Essen fertig. Ich mach' wohl besser Schluß. Paß gut auf dich und die Cub auf.

»Wenn es das ist, was du willst, Hal. Wenn es das ist, was du willst.«

Klar doch, Kumpel.

»Ja«, sagte Hal Jamieson. »Weißt du was, ich glaube, ich genehmige mir auch einen Drink. Soll ich dir einen neuen einschenken?«

Sie nickte. »Mit viel Eis.«

»Ja, sicher«, sagte er und dachte bei sich, viel Eis für Louise, immer viel Eis.

In einem anderen Teil der Stadt, in einem Hausboot, das sich in dem langsamen Rhythmus des grauen, verschmutzten Wassers von Lake Union bewegte, fiel Joni Lascelles, den Kopf auf Paul Dunsanys Brust, in einen tiefen, dunklen, traumlosen Schlaf. Aber damit war sie allein. Paul Dunsany lag wach, starrte mit weit offenen Augen an die Decke. Fragte sich, warum Hal Jamieson nicht angerufen hatte. Ob er ihn wirklich – *wirklich?* – anrufen sollte.

Nachdem die Sonne über dem Pazifik untergegangen war und Mercer Island dem Klang der Cocktailparties, den Waschbären und Nachtvögeln überlassen hatte, tauchte ein alter Buick vor den Toren von Desert Rose auf. Tom Cordobes überprüfte, ob der Lexus immer noch in der Einfahrt stand, und überlegte, was er als nächstes tun sollte.

10

Tom ändert die Richtung

In allem Chaos ist Kosmos und in aller Unordnung geheime Ordnung.

C. G. JUNG
Archetyp und Unbewußtes

»Was Sie als nächstes tun«, sagte Cy Langton, hochrot im Gesicht, als sei er krank, »als nächstes finden Sie den verdammten Jungen.«

»Er ist nicht tot, Tom«, sagte der Gourmet leise, wollte nicht damit angeben, wollte nicht darauf hinweisen – und das machte Cordobes nur noch wütender –, daß sie diesen Punkt schon einmal behandelt hatten.

»Wie willst du das wissen?« knurrte Cordobes.

Der Gourmet lächelte, und Cy Langton sagte: »Himmel, können wir jetzt mit diesen Gehässigkeiten aufhören? Bitte?«

»Die Hand, die du mir gebracht hast, stammt definitiv von einem dunkelhäutigeren Kind. Vielleicht sogar von einem Latino. Und der Seymour-Junge ist weiß, hellhäutig, nach den Fotos, den Beschreibungen zu schließen. Wir wissen das. *Du* weißt das.«

»Bringen Sie Sutter von hier weg, Tom. Ich will nicht, daß er mit irgendwelchen Anwälten spricht, die ihn auf seine Rechte wegen unrechtmäßiger Verhaftung und so was hinweisen. Veranlassen Sie, daß er irgendwo hingebracht wird, wo er zu essen und zu trinken bekommt und es warm genug hat, damit er seinen Mund hält, bis wir die Sache hier aufgeklärt haben. Das letzte, was wir jetzt brauchen, ist das

Geständnis eines Penners, jemanden umgebracht zu haben, von dem wir noch nicht mal wissen, ob er überhaupt tot ist.«

»Sir.« Cordobes nickte, und so sehr sich Cy Langton auch bemühte, er konnte keinen Unterton heraushören.

»Die Sache mit der Mutter und dem Vater ist eindeutig? Keine Zweifel daran, was dort passiert ist?«

Cordobes war sich nicht sicher, fragte sich, ob wirklich alles so eindeutig war. Das alles ausgerechnet zu Weihnachten. Ein vermißtes Kind war eine Sache. Ein zu Besuch weilender VIP aus England, der von seiner Frau erschlagen wird, die daraufhin vollkommen durchdreht, war etwas anderes. Etwas schwer zu Verstehendes.

»Es ist also eindeutig, daß die Seymour ihren Mann angegriffen hat und er an diesen Verletzungen starb?« fragte Langton. »Ja?«

Broadhead nickte mehrmals. »Sie muß allerdings furchtbar wütend auf ihn gewesen sein. Er war ziemlich groß. Schwerer Trinker, nach dem, was ich bei der Autopsie festgestellt habe. Hatte auch zur Todeszeit eine Menge Alkohol im Blut. Es muß zu einem Kampf zwischen ihnen gekommen sein. Die Frau hat Verletzungen, die sich anders nicht erklären lassen.«

»Aber sie redet nicht«, sagte Cordobes. »Das müssen Sie in Betracht ziehen. Nach dem, was die Ärzte sagen, wird das auch noch eine Weile so bleiben. Katalepsie. Oder irgend so was. Also müssen wir die Sache rekonstruieren, so gut es geht. Es hat im Wohnzimmer angefangen. Nach dem Blut zu urteilen, war er nahe bei der Treppe, neben dem Baum, als sie ihn angriff. Großer Glasaschenbecher. Sehr geschickt, so was in einem Haus für Leute rumstehen zu lassen, die sich gern streiten.«

»Haben sie sich viel gestritten?« fragte Langton.

»Die Nachbarn sagen, sie haben sie schon vorher streiten hören. Heftige Streits mit viel Krach. Manchmal wohl auch mit Gewalttätigkeiten, wie es sich anhörte. Einige sagen, sie hätten an der Frau auch Blutergüsse und so was gesehen. Als hätte er sie schwer verprügelt.«

»Guter Gott«, sagte Langton. »Und dieser Kerl war ein richtig großes Tier. Berühmter Professor drüben in England. Wer zum Teufel hätte gedacht ...? Sie haben sie gesehen, Tom. Ist sie eine attraktive Frau?«

»Sir?«

»Sie haben mich schon verstanden.«

»Hab' ich. Ich begreife nur nicht, welche Relevanz das haben soll.«

»Vielleicht gab es da noch jemand anderen. Wenn sie gut aussieht, auf ihrer Seite, wenn nicht, auf seiner.«

Cordobes schloß für einen Moment die Augen und versuchte sich zu sagen, daß er das alles nicht gehört hatte.

»Diese häuslichen Auseinandersetzungen lassen sich selten so einfach erklären, Sir.«

»Dann befriedigen Sie eben nur meine Neugier.«

Es war eine Frage, die ihm nie in den Sinn gekommen wäre.

»Ja, ich glaube schon, daß sie attraktiv ist. Keine Schönheit, nur im landläufigen Sinne. Zumindest nach dem, was ich sehen konnte. Nachdem der Junge vermißt worden war, hatte sie sich schon zwei Stunden lang die Augen ausgeweint, bevor ich sie zum ersten Mal traf. Ihr Gesicht war völlig verquollen, also war es schwer zu sagen. Jetzt schaut sie einfach total verrückt aus, wenn man ihr Gesicht überhaupt zu sehen bekommt, wenn sie es nicht in den Händen verbirgt. Aber ja, ich schätze, man könnte sagen, sie ist eine attraktive Frau.«

»Und was denken Sie?«

Cordobes wußte nicht, was er dachte.

»Ich habe den Mann nie lebend gesehen. Hatte jemand anderen zu ihm geschickt. Nach dem Bericht zu urteilen, war er ein ziemlich übellauniger Bursche. Ein großer Mann. Rotgesichtig. Deckt sich mit dem, was Broadhead sagt, daß er trank. Den Eindruck hatten wir auch. Vielleicht ... ich weiß nicht.«

»Vielleicht was?«

Konnte es tatsächlich so einfach sein?

»Wenn Kinder verschwinden, verletzt werden, was auch immer, reagieren ihre Eltern gewöhnlich mit gegenseitiger Unterstützung darauf. Das ist zumindest meine Erfahrung. Ich habe allerdings mit einer der Polizistinnen darüber gesprochen, und sie sagte, manchmal sei das nicht so eindeutig. Manchmal wirft es die eine Seite der anderen vor. Als sei es sein Fehler oder ihr Fehler, daß das Kind verschwunden ist.«

»Das leuchtet mir ein«, sagte Broadhead. »Manchmal *brauchen* Menschen in solchen Situationen jemanden, dem sie die Schuld geben können.«

»Ja schon«, sagte Cordobes. »Aber jemandem die Schuld zu geben, muß noch nicht gleich heißen, ihn zu ermorden. Das sind zwei ganz verschiedene Ebenen.«

»Sind Sie sicher, daß es sich so abgespielt hat?« fragte Langton.

»So sicher, wie man sich sein kann, ohne von ihr eine Aussage über den Tathergang zu haben, und die Möglichkeit sehe ich noch für eine ganze Weile nicht. Im Haus herrschte ein furchtbares Durcheinander. Wenn es ein lokaler Fall wäre, würden wir vermutlich darauf drängen, sie einliefern zu lassen. Es ist völlig unmöglich, daß wir es schaffen, die Frau in diesem Zustand vor Gericht zu bringen. Gott weiß, was wir mit ihr machen sollen, wo sie doch auch noch britische Staatsangehörige ist.«

»Und es gab keine vorherige Warnung?« fragte Langton.

»Himmel. Woher hätten wir das denn wissen sollen? Die Sache scheint plötzlich eskaliert zu sein. In einem Moment sind sie lebendig, reden miteinander, streiten vielleicht, aber reden jedenfalls. Und im nächsten ist er tot und sie völlig durchgedreht.«

»Und die Kleine? Was sagt sie?«

Cordobes dachte an das bleiche kleine Mädchen, das aussah, als sei auch in ihr etwas gestorben, so still, so leer innerlich. »Nichts. Sie sagt, ihr Dad hat sie nach oben geschickt, weil er mit ihrer Mom reden wollte. Sie hat nicht gelauscht. Sie hat nichts gehört.«

»Aber sie muß doch was gehört haben?«

»Ja. Natürlich hat sie das. Aber die Kleine ist fünf Jahre alt. Erwarten Sie, daß sie uns einen vernünftigen und überzeugenden Bericht der Abläufe dort gibt? Zwei Dinge scheinen wir allerdings von ihr zu wissen. Das erste ist, daß offenbar kein anderer beteiligt war. Keine Anzeichen dafür im Haus. Und sie sagt, es wäre niemand sonst dort gewesen, bis wir kamen, nachdem die Nachbarn uns angerufen hatten. Scheint sich da sehr sicher zu sein.«

»Und das zweite?« fragte Langton.

Cordobes sah Broadhead an. Das war sein Gebiet. Es mochte dem Grausigen Gourmet zwar nicht gefallen, aber es war sein Job.

»Die Ärzte haben sie sich angesehen«, sagte Broadhead und verzog das Gesicht. »Es ist kein endgültiges Urteil. Offenbar ist es sehr schwierig, sich so genau festzulegen, wie wir es bräuchten, falls die Sache vor Gericht kommt. Aber es sieht so aus, als hätte sich jemand an ihr vergriffen.«

»*Was?*« Voll ungläubigen Entsetzens verzog Langton das Gesicht.

Cordobes redete nicht lange herum. »Es sieht so aus, als hätte ihr Dad an ihr rumgefummelt. Sie hat einige Schwellungen und Verfärbungen, und als sie mit ihr geredet haben, erzählte sie von den Spielen, die er mit ihr gespielt hat. Das ist nicht mein Gebiet, wie Sie wissen. Die Ärzte haben Schwierigkeiten, sich genau festzulegen, aber es sieht so aus, als ob der Kerl kurz vorm Penetrieren aufgehört hat, wenn auch nur sehr kurz davor.«

»Fünf Jahre alt«, schäumte Langton. »Ich könnte das Schwein persönlich umbringen.«

»Tja, so ist es. Vielleicht war es das. Sie stritten sich darüber. Eins führte zum anderen.«

»Glauben Sie, er hat auch mit dem Jungen rumgemacht? Haben Sie sie danach gefragt?«

»Ja. Dazu hat sie sich nur vage geäußert. Das arme Kind hat einen schweren Schock erlitten. Sie können nicht zuviel von ihr erwarten, und wenn wir hier keinen Fehler machen wollen, müssen wir sie mit Samthandschuhen anfassen. Wir können nicht ein Wort von dem, was sie sagt, als Beweis verwenden.«

»Beweis?« fragte Langton ungläubig. »Wer zum Teufel braucht denn noch Beweise, Tom? Die Frau ist zu verrückt, um vor Gericht auszusagen. Scheint mir ganz eindeutig, was mit dem Jungen passiert ist. Dieses englische Schwein versucht seine fünfjährige Tochter zu vögeln, fummelt an dem Jungen rum, der Junge rennt weg – das ist die einzige *Tatsache*, die wir haben. Hier handelt es sich nicht um eine Entführung, sondern um ein vermißtes Kind, wenn Sie mich fragen.«

»Wirklich, Sir?«

»Ja.«

»Und wie erklären wir dann die an den Baum genagelte Kinderhand? Wem auch immer sie gehören mag, da Mr. Broadhead behauptet, es wäre mit Sicherheit nicht die von Miles Seymour.«

Langton starrte ihn böse über den Schreibtisch hinweg an, und Tom Cordobes wartete darauf, den Miniaturgolfsack wieder hochhüpfen zu sehen.

»War ein langer Tag, Tom«, murmelte Langton mißmutig. »Schätze, mir entfallen manchmal Sachen.«

»Passiert uns allen«, sagte Cordobes und fügte in Gedanken hinzu, *aber im allgemeinen nicht, wenn wir's auf die eine oder andere Art zum Captain gebracht haben.*

Broadhead wußte, wann er sich einmischen mußte. Wußte, wann der Captain Hilfe brauchte.

»Also, was meinst du, Tom? Wie sollen wir jetzt weitermachen?«

Cordobes zuckte die Schultern. »Wir nehmen an, daß Mrs. Seymour ihren Mann umgebracht hat, vielleicht, weil sie dachte, damit das Mädchen schützen zu können. Wir *müssen* annehmen, daß jemand da draußen das Kind umgebracht hat, dessen Hand wir im Wald gefunden haben. Und wir *müssen* annehmen, daß Miles Seymour entweder weggelaufen ist – und es gibt genügend Möglichkeiten, sich hier in der Gegend zu verstecken, obwohl ich schätze, daß er inzwischen ganz schön hungrig sein dürfte – oder irgendwie entführt wurde, vielleicht von der für das andere Verbrechen verantwortlichen Person.«

»Und wie wollen Sie vorgehen?« knurrte Langton. »Wir haben keinerlei Beweise dafür, daß diese beiden Dinge in Zusammenhang stehen, Tom. Nicht die geringsten. Genausogut kann es sein, daß sich der Seymour-Junge irgendwo im Gebüsch an der Eisenbahn oder sonstwo versteckt. Darauf wartet, daß wir ihn finden.«

»In diesem Fall hätten Mr. und Mrs. Seymour ihren kleinen Streit völlig umsonst geführt.«

»Ja. Was wollen Sie also unternehmen?«

»Wir durchsuchen den Wald noch mal. Wir finden heraus, ob eines der Kinder der Wanderarbeiter vermißt wird. Und vor allen Dingen machen wir eine Haus-zu-Haus-Befragung, um Miles Seymour zu finden.«

»Haus-zu-Haus? Wir haben Weihnachten, Tom. Meinen Sie wirklich, wir sollten bei den Leuten an die Türen hämmern und ihnen die Feiertage verderben?«

»Wenn wir dadurch das Kind finden, ist mir das, ehrlich gesagt, scheißegal, Sir.«

»Na gut. Aber Haus-zu-Haus-Befragungen nehmen Zeit in Anspruch, Tom. Man braucht dafür eine Menge Leute. Jeder Mann, den Sie in Palo Alto und Menlo Park rumschicken, um an die Haustüren zu klopfen, sollte besser da draußen sein und das Ödland durchkämmen, an den tatsächlichen Orten, den abgelegenen Plätzen nachschauen, wo dieses Kind sein könnte. Der Junge hockt nicht versteckt in irgendeinem der schmucken Holzhäuschen an der University Avenue. Sie wissen, wie die Leute da sind. Die haben Augen im Hintern. Wenn irgend jemand ein fremdes Kind bei sich hätte, wüßten wir das bereits, weil ein neugieriger Nachbar das Kind beim Hineinbringen gesehen hätte.«

»Vielleicht, Sir. Aber wenn es sich tatsächlich um eine Entführung handelt, wurde sie entweder geplant, oder der Entführer hat eine Menge Glück gehabt. Wieso haben wir sonst nicht den geringsten Hinweis erhalten? Warum hat niemand gemeldet, das Kind gesehen zu haben? Schließlich trug der Junge ein Engelskostüm. Jemand muß irgendwas gesehen haben, und wenn wir von Haus zu Haus gehen, kriegen wir das raus. Es gibt Hunderte von Hektar Ödland da draußen, die wir durchkämmen können, wo wir tagelang den Staub aufwühlen können. Staub redet nicht. Leute schon.«

»Nein.«

»Sir ...«

»Ich sagte *nein*!«

Diesmal hüpfte der kleine Golfsack auf dem Schreibtisch tatsächlich hoch. Tom Cordobes seufzte ungläubig. Er mochte zwar kein guter Mensch sein, aber er war ein guter Polizist. Das wußte er, und er *spürte*, daß er recht hatte. Spürte, daß eine Haus-zu-Haus-Befragung das einzig richtige war, daß man nicht lockerlassen durfte, bis jemand lange genug in seinem Gedächtnis gekramt hatte, um sich an etwas zu erinnern, das sie auf die Spur dieser kleinen Goldflügel brachte, auf die Spur des kleinen englischen Jungen, der *nicht* nur einfach weggelaufen war, wie schlimm es bei ihm zu Hause auch zugehen mochte.

»Sie setzen alles, was Sie haben, für diese Suchaktion ein. Finden heraus, wohin das Kind verschwunden ist. Reden mit diesem Abschaum und bringen in Erfahrung, was bei denen eigentlich los ist, wieso man die Hand eines ihrer Kinder an einen Baum genagelt hat. Vielleicht besteht ein Zusammenhang. Vielleicht auch nicht. Aber ich denke nicht daran, mich am Telefon mit den Beschwerden von halb Palo Alto rumzuschlagen, daß uniformierte Cops ihre Feiertagsruhe stören, und das alles aus keinem ersichtlichen Grund, weil es nämlich *nichts* ergeben wird.«

Cordobes schaute aus dem Fenster. Das Wetter änderte sich. Aufgetürmte graue Wolken mit dunkler Unterseite zogen vom Meer herein. Sah aus, als würden sie Regen kriegen. Eine Suche im Ödland bei Regen und Matsch. Klang absolut beglückend.

»Sir«, sagte er und schloß den braunen Aktendeckel auf seinem Schoß.

»Was ist mit dem Mädchen?« fragte Langton. »Die Mutter werden sie für längere Zeit nicht aus Trenton entlassen, bei dem, was die Ärzte sagen. Wer kümmert sich um das Mädchen?«

Es handelte sich um eine wichtige Familie. Er wollte nicht, daß dieses neu aufgetauchte Problem ins County-Waisenhaus kam, zusammen mit all den verwahrlosten und herumstreunenden Kindern, die man auf den Straßen Nordkaliforniens aufgegriffen hatte. Das könnte ihm später übel angekreidet werden.

»Für heute haben wir sie bei einem der Psychologen untergebracht. Er wird sie über Nacht mit nach Hause zu seiner Familie nehmen. Ein Verwandter aus England, der

Bruder der Mutter, ist benachrichtigt worden und auf dem Weg hierher. Muß sich um solche Dinge wie die Überführung der Leiche kümmern, wenn wir mit ihr durch sind. Und darum, was mit der Frau geschehen soll. Wird erst in zwei Tagen hiersein. Scheußliche Weihnachten für das arme Kind.«

»Scheußliche Weihnachten für uns alle«, sagte Cy Langton und starrte mißmutig auf die Golfbilder, die die Wände seines Büros schmückten.

11

Schrödingers Katze (2)

Kind mit der klaren Stimme, du
Dem Aug, wo Träume weben!
Die Zeit enteilt uns ohne Ruh,
Uns trennt ein halbes Leben –
Gleichviel! Solang es dir gefällt,
Was ich mit Lieb' dir hier erzählt.

LEWIS CARROLL
Alice hinter den Spiegeln

Keine gewaltige Erschütterung, keine Halluzinationen von einem Schlangenuniversum. Viele winzige, glitzernde, violette Blumen entlang eines munter plätschernden Baches, der wie die Blake'sche Illustration eines Kanals im grasbewachsenen Garten Eden aussah: die unendliche Pazifikküste, Orlovsky, der nackt wie Shiva langhaarig vor riesigen grünen Wellen tanzt, gigantische Klippen, die Wordsworth in seinem Sublime erwähnt, die große gelbe Sonne, die dunstverschleiert über dem ozeanischen Horizont des Planeten hängt.

ALLEN GINSBERG
in einem Brief, der einen LSD-Trip in Big Sur,
Kalifornien, beschreibt, an die *Paris Review*,
Sommer 1966

Michael Quinn stellte den Fernseher ab, fünf Minuten vor den Abendnachrichten, und drehte sich zu ihnen herum. Heute abend war Desert Rose hier. In der Scheune. In diesem Raum. In ihren Köpfen. Er konnte es ihnen ansehen. Sie waren anders, befanden sich auf einer anderen Ebene. Nicht auf der gleichen, die er gefunden hatte, das war einfach nicht möglich, aber auf einer, die weit genug von der »Realität«

entfernt war, daß sie es bemerkten. Es war genauso, wie es der große, massige Engländer in der Vorlesung gesagt hatte. Es gab tatsächlich ein Multiversum, und in diesem Moment – dank Desert Rose, aber nicht ausschließlich, das wußte er irgendwo tief in seinem Inneren – nahmen Hal und Louise und sogar Maus, in einem gewissen Grade, alle einen kleinen Teil davon wahr. Maus würde nicht viel davon begreifen, aber das spielte keine Rolle. Maus spielte keine Rolle. Nicht im geringsten. Doch sowohl Hal als auch Louise – bis zu einem Grad, dessen er sich nicht sicher war – konnten einen Teil begreifen. Sie mußten. Das ging über reines Anturnen hinaus. Das hier war Castaneda mit einem zusätzlich Kick, und er würde ihnen nicht die Wahl lassen, von der Tür zurückzutreten, die zu seiner eigenen spezifischen Version der Wahrnehmung führte.

Und so begann Michael Quinn, den ersten und letzten Vortrag seines Lebens zu halten, tat das recht gut, sprach artikuliert und mit Gefühl, brachte ihnen komplexe Ideen auf einfache, deutliche Weise nahe, erklärte ihnen das Schlitzexperiment und was es bedeutete, zwei Partikel zur gleichen Zeit an unterschiedlichen Orten, und wie man von dort zu anderen Dingen kam, Dingen mit verwirrenden Namen wie Wellenpartikeldualität und das Ungewißheitsprinzip und diese beiden großen Säulen der Physik des zwanzigsten Jahrhunderts, Relativität und Quantentheorie, aber daß, wenn man es genau betrachtete, alles auf dasselbe hinauslief. Daß wir in einer Parallele von uns leben, einer Parallele von Millionen unserer selbst, gleichzeitig die linke Hand in einem Multiversum heben, die rechte Hand in einem anderen, durch all die möglichen Mehrfachheiten, Zufälligkeiten, Unabwägbarkeiten, immer und immer wieder, im Wachen, im Schlafen, lebendig, tot und all der Verknüpfungspunkte davon.

In Michael Quinns Welt, seiner derzeitigen Welt, bewirkte Desert Rose, daß die Knochen ein wenig durcheinandergeschüttelt wurden. Von einem Teil des Multiversums in einen anderen, nur jeweils für ein paar Stunden, gerade genug, um einen das Licht auf der anderen Seite sehen und hoffen zu lassen, daß man sich daran erinnert, wie es aussieht, wenn man zu Hause wieder sicher gelandet ist. Gerade genug, um einen erkennen zu lassen, daß es im großen Pendeln aller Dinge keine Rolle spielte. Nichts davon. Was sie taten, was immer sie taten. Daß es so etwas wie Wahrheit nicht gab, da eine Wahrheit in einem Teil des Multiversums im nächsten eine Lüge war. Daß es so etwas wie Moral nicht gab: Wie kann ein Partikel – und wir bestehen alle aus Partikeln, sind nichts als Partikel – etwas besitzen, eine Charakteristik, die nur von der Ansammlung von Partikeln, die wir Mensch nennen, wahrnehmbar ist? Warum nicht die Moral der Ameisen annehmen? Oder die einer Grapefruit? Das wäre genauso angemessen. In der einen Welt ist Charles Manson ein Held, in der nächsten ist er ein Außenseiter, der Abschaum vom Abschaum. Alles, was den Dingen ihren Moralstatus gab, war die Illusion der Wahrnehmung, und auch das mußte eine Illusion sein, das Schlitzexperiment bewies, daß es eine Illusion war, weil Wahrnehmung darauf beruhte, nur Sinn ergab in einem einzigen, endlichen, abstrakten Universum mit fixierten Punkten: oben, unten, rundherum. Und was das Schlitzexperiment, was alles, angefangen von Einstein über eine Flut neuer Arbeiten, einschließlich der dieses neu aufgetauchten Kerls aus England namens Hawking, was all das ihnen sagte, ihnen zubrüllte – *alles* –, war, daß es keine Fixpunkte *gab*, daß es keine geben konnte. Nur herumwirbelnde Partikel, und wenn man sich daran begibt, es mit

drei Quarks für Muster Mark

zu benennen, dann kommt man so weit vom Weg ab, daß man auf einen verrückten irischen Poeten zurückgreifen muß, um überhaupt eine Bezeichnung zu finden, die vielleicht Bestand hat.

Hal Jamieson hörte zu, sah, wie sich die Welt vielfarbig vor seinen Augen drehte und sagte: »Rock and Roll, Michael. Rock and Roll sagt das schon seit Jahren, mein Freund.«

Dann fing er an zu kichern, hilflos, sah die Welt in scharfe Splitter aller Regenbogenfarben zerspringen, sah, ohne den Blick darauf konzentrieren zu können, Louise im Sessel neben sich sitzen, mit beinahe grimmigem Gesichtsausdruck, schweigend, ihre Aufmerksamkeit von etwas in Anspruch genommen, das nur sie sehen konnte.

»Schrödingers Katze«, sagte Quinn.

»Nette Mieze«, meinte Hal Jamieson kichernd. »Wovon redest du überhaupt, Mann?«

Also legte Michael Quinn erneut los, erzählte ihnen von Erwin Schrödinger, der sowohl Gläubiger als auch Häretiker war, der 1926 ein Wellenmodell des Atoms entwickelt hatte und dadurch der Quantentheorie endlich Sinn gab, weil damit erklärt wurde, warum die duale Natur der Materie – als Partikel und Welle – möglich ist.

Und da lag das Problem, in diesem Beweis. Der *Beweis*, daß etwas passieren konnte, ließ sich schriftlich auf Papier festhalten. Daran zu *glauben*, war etwas ganz anderes, etwas, das im Kopf passierte, und genau das war Schrödingers Problem, genau das konnte er nicht akzeptieren – anders als den Nobelpreis, dachte Quinn, den können diese Kerle immer akzeptieren –, und es war nicht die Theorie, es war die *Idee*. Ihm gefiel die *Idee* nicht, daß man an zwei Orten – *zwei Millionen, zwei Milliarden, zwei Trillionen Orten* – zur gleichen Zeit sein konnte.

»Scheint ein vernünftiger Mann gewesen zu sein«, sagte Hal Jamieson und grinste so breit, daß sich sein Gesicht fast in zwei Hälften zu spalten schien, und betrachtete dann wieder Louise, fragte sich, wo zum Teufel sie war – kein Lächeln, keine Bewegung, aber in ihren Augen etwas Dunkles, Intensives, Intelligentes. Schaute zu Maus und sah nur ein halb verängstigtes Gör mit langem, schmierigem Haar, das sich wünschte, es würde aufhören, sich wünschte, zu ihren Joints und ihren Neil-Young-Platten zurückkehren zu können.

»Schwachsinn«, sagte Quinn und das mit einer solchen Vehemenz, daß Hal Jamieson spürte, wie aller Humor ihn verließ, sah, wie seine Aura in einem rosafarbenen kleinen Wirbel wie ein winziger Hurrikan aus dem Raum verschwand.

Und dann nahm Quinn seinen Vortrag wieder auf, erzählte ihnen, wie Schrödinger seine Einwände in ein Experiment umwandelte, keines, das irgend jemand durchführen sollte, nur ein Enigma, eine Illustration, um das Problem zusammenzufassen. Schrödingers Katze.

»Arme Mieze«, wiederholte Jamieson, diesmal leise, ohne zu lachen. »Und was zum Teufel hat das mit uns zu tun, Michael?«

Quinn sah ihn an und überlegte, ob er bereit sei, überlegte, ob er es nicht einfach lassen sollte. Aber wenn es jetzt nicht geschah, würde es nie passieren, nicht in diesem Universum.

»Hast du schon mal von Halbwertzeit gehört?« fragte Quinn, und Hal Jamieson sah ihn an und spürte, wie ihm der Humor im Halse steckenblieb.

»Wir wissen, was Halbwertzeit ist«, sagte Louise, und es klang, als hätte sie Schwierigkeiten, ihre Stimme unter Kontrolle zu halten.

»In Schrödingers Experiment setzt man eine Katze in einen Kasten, der ein radioaktives Atom, einen Strahlendetektor und eine Phiole mit Gift enthält. Man verkabelt den Detektor so, daß er, wenn das Atom zerfällt, einen Hammer auf die Phiole mit Gift niedersausen läßt.«

»Arme Mieze«, sagte Jamieson erneut, noch leiser, noch weniger selbstbewußt.

»Das radioaktive Atom hat eine Halbwertzeit von einer Minute, also gibt es nach einer Minute eine fünfzigprozentige Chance, daß es zerfallen wird. Eine fünfzigprozentige Chance, daß die Katze sterben wird.«

»Das kann man auch in Vegas machen, Michael«, sagte Jamieson. »Dazu brauchst du keine Katze und keine Quantenmechanik.«

»Du denkst nicht mit, Hal. Hier handelt es sich um einen Quantenprozeß. Nach einer Minute ist das Atom sowohl zerfallen *als auch* unzerfallen. Es muß. Es hat keine *Wahl.* Und daher ...«

»Daher ist die Katze sowohl tot *als auch* am Leben«, sagte Louise, und ihre Augen leuchteten.

»Genau.«

Hal Jamieson schüttelte den Kopf, um etwas von dem Acid loszuwerden. Das war genau die Art von tiefschürfender Unterhaltung, die er nicht ausstehen konnte, wenn er auf einem Trip war. Wenn man nicht aufpaßte, konnte man darüber stolpern und an einen Ort abdriften, an den man nicht wollte. Entweder das, oder völlig von dem Trip runterkommen, was eine dusselige Verschwendung von Geld und gutem Stoff war.

»Du willst also damit sagen«, fragte er, »daß es davon abhängt, wann man den Kasten öffnet? Du öffnest ihn jetzt, und die Katze lebt, du öffnest ihn eine Sekunde später, und die Katze ist tot?«

Quinn sagte nichts, lächelte nur im Dämmerlicht des Raumes.

»Es ist doch ganz einfach zu kapieren, warum dieser Schrödinger ein Problem damit hatte, Michael. Also ehrlich. Dieses Acid ist zwar super, aber für mich hört sich das alles wie ein großer Haufen Scheiße an. Ein Lebewesen kann in der einen Sekunde lebendig und in der nächsten tot sein, aber soviel ich weiß, ist es ziemlich schwierig, die Sache andersrum funktionieren zu lassen.«

»Tut sie auch nicht. Es ist *entweder* lebendig oder tot«, sagte Quinn. »Begreifst du das nicht? Wenn es mehr als ein Universum gibt, dann würden wir in einem die Katze lebendig sehen, und in einem anderen wäre die Katze tot. Es gibt *keine* andere mögliche Erklärung.«

»Und das bedeutet«, sagte Louise, »daß in dem Moment, in dem sich das Atom spaltet, es ein zweites Universum *erschafft*.«

Quinns Gesicht war von einer Art kaltem Triumph erfüllt. Er hatte gedacht, es würde Jamieson sein, der es begriff. Vielleicht würde er das in einem anderen Universum auch, aber Quinn hatte sich geirrt, aber es spielte keine Rolle.

»Das ist wirklich gutes Acid«, meinte Jamieson grinsend. »Bewirkt, daß ich hier am Weihnachtstag sitzen kann, mir dieses verrückte Zeug anhöre und es mir auch noch gefällt. *Wirklich* gutes Acid.«

»Das Acid ist es, was dich dort hinbringt, Hal«, sagte Quinn, und dieses Mal war er in der Tat ein bißchen enttäuscht. »Es geht nicht darum, was da ist. Kannst du das nicht *spüren*?«

Wieder kicherte Jamieson und sagte: »Ja, klar. Haben wir noch Bier? Hoffentlich ja, weil es nicht die geringste Chance gibt, irgendwo da draußen welches zu kriegen. Palo Alto am Weihnachtsabend ist der reinste Friedhof, liebe Leute.«

»Das Bier kann warten«, sagte Quinn. »Erst muß ich euch etwas zeigen.«

Er stand auf, bedeutete ihnen, ihm zu folgen, und sie traten aus der Hintertür, Maus als letzte, auf den Hof mit der Ansammlung halbzerfallener Schuppen hinter der Scheune, wo einst Saatgut, Dünger und anderer Landwirtschaftsbedarf sicher hinter Schloß und Riegel gelagert worden waren.

»Überraschungen«, sagte Hal Jamieson in die Dunkelheit hinein, aber irgendwie hatte ihn seine Selbstsicherheit, sein übersteigertes Selbstwertgefühl verlassen. Es war merkwürdig gewesen, als er aufstand. Es schien, als sei das Acid, das sich irgendwo in ihm verkrümelt hatte, wieder zum Leben erwacht, wieder in seinen Kopf geschossen und hatte erneut seine pyrotechnischen Spielchen begonnen. Die Dunkelheit war von etwas Lebendigem erfüllt, etwas wie psychedelische Glühwürmchen, die im schwarzen, samtigen Inneren tanzten, zu klein, um wirklich zu sein, und doch so leuchtend, so intensiv, so lebendig. Er fing Louises Blick auf: Aus dem, was er dort sah, schloß er, daß sie das gleiche empfand, irgend etwas zwischen Furcht und Erregung, ohne recht zu wissen, was es eigentlich war.

Quinn zog einen Schlüssel heraus, tastete nach dem großen Vorhängeschloß an der Tür des alten hölzernen Getreideschuppens, fand es, man hörte Metall auf Metall klicken, die Tür öffnete sich, und sie traten ein. An der Wand befand sich ein Lichtschalter, auf den Quinn drückte. Eine kleine, schwache Glühbirne ging an. Über den Boden verlief ein dickes, schwarzes Stromkabel, das an einem im Staub nur undeutlich sichtbarem Rechteck endete. Quinn ging darauf zu, bückte sich, zog an einem Eisenring und hob eine Falltür zu einem tiefer gelegenen Raum, einem in die Erde eingelassenen Keller, an. Dann kletterte er eine wacklige Holzleiter hinunter, und sie folgten ihm, ohne zu fragen.

Es war pechschwarz, so dunkel, daß ihnen selbst die Glühwürmchen nicht folgten. Hal Jamieson dachte, daß ihnen nichts nach dort unten folgen würde, weil von dem Raum ein Geruch, ein Gefühl ausging, das sagte, *verschwinde, geh weg, komm nicht zurück*. Das lag nur am Acid, wie er genau wußte, aber es war dadurch nicht weniger real – war es das, was Michael zu sagen versuchte? – und nicht weniger bedrückend.

Er spürte, wie ihn etwas berührte, sah hinunter, konnte in der Dunkelheit nichts erkennen, wußte aber, was es war. Louise hatte sich sanft bei ihm eingehakt – *sie versucht nur, ihren Weg im Dunkeln zu finden, Idiot* –, und er spürte die Nähe ihres Körpers, nahm, neben dem Gestank, den Geruch eines warmen, teuren Parfüms wahr. Hal Jamieson schloß die Augen und ließ in seinem Kopf einen kleinen Traum – *von Haut, von Bewegung, von Sie-liebt-mich-sie-liebt-mich-nicht* – ablaufen.

Dann knipste Michael ein Licht an, ein Arbeitslicht, wie es Automechaniker verwenden, mit genügend Watt, um das Lincoln Memorial zu erleuchten, und der Raum erfüllte sich mit goldener Helligkeit, gegen die ihre Augen einen Moment lang schmerzhaft anblinzelten, sich dann anpaßten, sahen, wie die Schatten Formen annahmen – etwas bewegte sich, etwas machte ein Geräusch –, und es fiel ihnen im ersten Augenblick schwer, ihren Blick von Michael Quinns so hagerem, so erregten, so angespannten Gesicht abzuwenden.

»Was zum Teufel sollen wir hier, Michael?« fragte Jamieson. »Laß uns zurück in die ...«

Die Worte blieben ihm in der Kehle stecken.

Auf der anderen Seite des Raumes hockte Miles Seymour auf dem strohbedeckten Boden. Eine Kette war um seinen Hals geschlungen, eine weitere um seine Fußknöchel. Der Junge sah aus, als hätte er jede Furcht hinter sich gelassen. Er schien ihre Anwesenheit kaum wahrzunehmen. Jamieson überlegte kurz, wagte sich ein paar Schritte näher, schaute in die Augen des Kindes. Die Pupillen waren riesig, dunkel und wie Teiche, füllten fast das ganze Auge aus, und Hal fragte sich, wie lange Quinn den Jungen schon mit Desert Rose gefüttert hatte, wie lange ein kleines Kind wie dieses wohl mit einer einzigen Tablette auf einem Trip bleiben konnte.

»*Michael?*« Maus' dünner Entsetzensschrei durchschnitt das goldene Lampenlicht.

»Halt die Klappe!« fuhr er sie an. *»Das hier geht dich nichts an. Du verstehst es nicht. Halt dein verdammtes Maul und tu, was ich dir sage.«*

Jamieson sah, wie das arme, dumme Mädchen sich auf den Boden hockte, den Kopf zwischen den Knien, die Arme über den Augen, und schwieg. Vielleicht weinte. Was auch immer, es schien keine Rolle zu spielen.

Der Junge war mit etwas bekleidet, das wie ein Getreidesack aussah, mit Löchern an den Seiten für die Arme, das untere Ende aufgerissen für die Beine. Hinter ihm lag etwas Glitzerndes: die Reste von Flügeln, goldbesprühten Pappflügeln. Von dort kam auch der Gestank. Er hatte dort hinten in die Ecke gepißt und geschissen. Zu Jamiesons wachsendem Entsetzen entdeckte er neben dem Kind einen hölzernen Hackklotz, wie man ihn zum Holzhacken benutzt, und er war mit etwas beschmiert, das dunkel und frisch aussah. Wie Blut aussah.

»Michael«, sagte Jamieson. »Das ist nun nicht mehr komisch.«

Aber dann passierte etwas völlig Unerwartetes. Quinn fing an zu kichern. Wie ein Kind. Auf eine Art, wie er es nie zuvor getan hatte. Seine Schultern hüpften auf und ab; aus seinem Mund kam dieses dünne, mädchenhafte Geräusch. Jamieson spürte, wie Louise ihm ihren Arm entzog, wie ihre Aufmerksamkeit von ihm auf Quinn überging, und hörte, wie auch sie zu lachen begann, nicht laut, nicht übertrieben, aber genug, um bemerkt zu werden. Genug, um eine Grenze zwischen ihnen zu ziehen.

»Schrödingers Katze«, sagte Quinn und ging auf den Jungen zu, an ihm vorbei in eine Ecke des Raumes, wo er nach etwas Langem, Schwarzem, Gewundenem griff. Ein Elektrokabel. Das eine Ende reichte er Louise und befahl ihr, es in die Verlängerungsschnur zu stecken, die von der Falltür herunterhing. Sie ging darauf zu, immer noch lachend, vorbei an Maus, die immer noch den Kopf in den Händen verborgen hielt, vorbei an Jamieson, der nach Worten suchte und überlegte, was er tun könnte – *in diesem Universum* –, das die Dinge verändern, sie aufhalten würde.

Quinn streifte ein Paar Handschuhe über, schwere Arbeitshandschuhe aus Gummi, griff nach dem anderen Ende des Kabels – *das jetzt Strom führte, etwas, vielleicht ihre Sinne, ihre neuen Sinne, vielleicht Desert Rose, ließ sie die Elektronen erkennen, die durch das Kabel zischten* – und steckte es in einen amateurhaft wirkenden Metallapparat, der keinen Sinn ergab, bis er ihn hochhielt und sie sehen konnten, was es war: ein Helm. Ein dünnes Metallband um den Kopf, zwei Metallstreifen, einer von hinten über den Schädel bis zur Mitte der Stirn, einer von Ohr zu Ohr. Ein summendes Geräusch war zu hören. Es ging von einem Kasten aus, einer Art Transformator, schätzte Hal Jamieson, der die Stromstärke erhöhte – *wofür?* –, um sie tödlich zu machen, natürlich, um dafür zu sorgen, daß die kleinen, hüpfenden Elektronen ihre Arbeit verrichteten, angefeuert durch ihr eigenes, privates Desert Rose.

Der Junge war völlig high. Nicht verängstigt. Das nicht. Einfach zu weit weg, zu distanziert, um sich zu bewegen, um ihre Anwesenheit richtig wahrzunehmen, selbst als Quinn sich über ihn beugte, die Kontakte einfettete, um ihre Leitfähigkeit zu garantieren, dann den Helm sorgfältig auf den kleinen Kopf setzte, sich versicherte, daß er gut saß, fest saß, damit kein Fehler passieren, nichts die Gültigkeit des Experiments in Frage stellen konnte.

Eine runde Scheibe verband den Transformator mit dem Helm, überall schlängelten sich Kabel über den Boden, so viele, so viele, und Quinn kannte sie alle, hatte sie angebracht, hatte sie ausgelegt, sortierte sie, während sie zusahen, redete dabei die ganze Zeit, und Jamieson wußte nicht, konnte nicht rauskriegen, ob Quinn – *der verrückt war, es war nicht nur das Dope, er war eindeutig verrückt* – mit ihnen redete oder mit den Kabeln, den Elektronen selbst.

Schließlich war Quinn fertig, sah befriedigt aus und sagte: »Begreifst du jetzt, Hal?«

Jamieson schüttelte den Kopf. »Das ist doch verrückt, Michael. Hör auf damit.«

»Ha!« Quinns Augen schillerten jetzt vom Dope. »Verrückt? Ich *habe* kein radioaktives Atom, ich *habe* keinen Strahlendetektor oder Gift. Aber wenn du denkst, daß man die braucht, dann ist dir das Wesentliche entgangen. Dann ist dir *alles* entgangen.«

»Vielleicht will ich es mir auch lieber entgehen lassen, Michael.«

»Nein. Das ist nicht dein Ernst. Ich *beweise* es dir, daß es nicht dein Ernst ist. Hier.«

Quinn griff nach dem runden Ding. Es war eine industrielle Schaltvorrichtung mit dem CalTrain-Logo auf der Seite, etwas, das Quinn aus einem der Bahnwärterhäuser an der Strecke geklaut hatte, und es sah aus wie eine Sonnenuhr mit einem einzigen Zeiger im Zentrum, dazu Knöpfe an den Rändern, die wie Kontakte aussahen. Ein weiteres Kabel führte davon weg zu einem Handschalter, wie man sie für Diktiergeräte in Büros verwendete: an, aus, an, aus. Quinn legte die runde Scheibe auf ein eingebautes Regal und reichte Jamieson den Handschalter. Dann trat er wieder an den Transformator, drehte an einem der Regler, und sie hörten, wie das summende Geräusch lauter, höher, knisternd und zischend wie eine roboterartige wütende Schlange wurde.

Der Zeiger auf der Sonnenuhr begann sich zu drehen, zuerst langsam, dann schneller und schneller, bis er eine stetige, festgesetzte Umdrehung erreichte, gleichbleibend, konstant, wie eine Uhr im Zeitraffer.

»Zwei Sekunden für eine Umdrehung. Exakt«, sagte Quinn. »Ich habe die Zeit gestoppt. Nicht, daß es darauf ankommt. Die Kontaktstifte sind in gleichmäßigem Abstand angebracht. Das bedeutet eine Chance von fünfzig zu fünfzig. Du drückst auf den Schalter, der Elektromagnet im Zeiger zieht ihn runter auf die Scheibe. Er berührt den Kontakt. Er berührt ihn nicht. Fünfzig-fünfzig.«

Jamieson ließ beinahe den Schalter fallen, überlegte es sich dann, hielt ihn vorsichtig zwischen den Fingern, als sei er eine Bombe.

»Was beweist das, Michael? Das ist doch auch nichts anderes, als wenn du in Vegas eins von den Glücksrädern drehst.«

»Meinst du? Paß auf.«

Er zog Louise zu sich, und Jamieson fand es widerlich, wie sie willig zu ihm ging, widerlich, wie sie von all dem amüsiert zu sein schien. Dann spürte er Quinns Hand auf seinem Rücken, die ihn näher zog, alle drei eng zusammen, drei als einer.

Quinn nahm den Schalter und hielt ihn mit der linken Hand in den freien Raum vor ihnen. Dann streckte er die rechte aus, griff zuerst nach Louises Fingern, dann nach Jamiesons, so daß sie ein warmes, menschliches Gewirr von Händen bildeten, die immer noch über dem Schalter schwebten.

»Nein«, sagte Jamieson, aber alles geschah so schnell, und es trieb Desert Rose aus den Tiefen hinauf in seinen Kopf und erfüllte seine Sinne mit einem rauschenden Irrsinn, so daß er nicht mehr wußte, was überhaupt vorging, sich nicht mehr darum kümmerte, weil es tatsächlich so war, wie Michael gesagt hatte, nur Partikel, die durch den Staub und den Regen des Universums trieben – *demjenigen, in dem man sich zu diesem Zeitpunkt befand* –, und wenn man es genau betrachtete, spielte es vielleicht wirklich keine Rolle, nicht, wenn man die Acid-Glühwürmchen betrachtete, die dort vor einem im Raum tanzten.

»Zwei Universen aus einem«, sagte Quinn. »Schließt eure Augen. Und schaut.«

Genau das tat Hal Jamieson. Als er die Augen schloß, wurde die Welt schwarz, so schwarz, daß er wußte, dies war das absolute Nichts, keine Glühwürmchen, keine elektronischen Funken in der Schwärze, dies war wirklich die Leere im Mittelpunkt von allem, die geherrscht hatte, bevor das Universum – *dieses spezielle Universum* – entstanden war. Und er wußte auch, daß es dasselbe war, was *sie* sahen, daß die Alkaloide eine gigantische Nervenverbindung zwischen ihnen herstellten wie Kabelfernsehen durch den Kosmos, damit sie es alle sahen. Damit sie sahen, was man nicht sehen durfte, niemals, niemals, niemals – *erinnert ihr euch an Frankenstein?* –, und das Gesehene weitertrugen: Erschaffung, Substanz aus dem Nichts, die Art von Dingen, die die klugen Jungs den bebrillten Schlappschwänzen von der Philosophischen Fakultät, die aussahen, als würden sie nie bei Mädchen landen, überließen, aus Angst, ihre kostbaren Körpersubstanzen zu verlieren.

Quinns Stimme kam wie der Schrei einer verlorenen Seele durchs Dunkel: »JETZT ...«

Ihre Hände senkten sich, keiner drängte, keiner erzwang irgendwas: ein langsamer, bewußter Akt der Komplizität, der ihnen, auf die eine oder andere Art, ihr ganzes Leben lang anhängen würde.

Hal Jamieson fragte Quinn, fragte Louise nie, was sie gesehen hatten, er wollte es nicht wissen, *fürchtete* sich auf gewisse Weise davor, es zu erfahren. Doch vor allem fragte er nicht, weil man es nicht wirklich erklären konnte, weil man über nichts Greifbares, nichts Faßbares reden und erwarten konnte, daß die Leute einen für normal hielten, selbst Leute, die mit einem auf dem gleichen Trip gewesen waren. Jamieson sah, was er sah in jenen paar Sekunden – *Minuten? Stunden?* –, die dem gemeinsamen Drücken des

Schalters folgten, aber es erinnerte zu sehr an etwas aus einem Traum, aus einem Trip. Unentwirrbar, nur halb erinnert. Real, aber verborgen hinter einem Verschleierungstrick des Gehirns, so daß man die Einzelheiten nicht behielt.

Was Hal Jamieson sah, während ihm der Schweiß über die Stirn lief, während sich seine Hände mit Schweiß bedeckten, war das Gesicht des Kindes in der Dunkelheit. Der Junge war ganz ruhig, furchtlos. Diesmal waren seine Pupillen nicht so groß. Vielleicht war er nicht mehr auf dem Trip – *war nicht die ganze Welt auf dem Trip?* –, es war schwer zu sagen.

Der Junge saß immer noch auf dem Boden, aber er war nicht mehr angekettet. Er trug ein sauberes, weißes Hemd. An seinem Rücken waren Flügel befestigt, gold- und silberfarben, aber es waren *echte* Flügel. Sie bewegten sich mit seinem Körper, waren von Adern durchzogen, man konnte das Blut sehen, das sie durchpulste. Der Junge lächelte ihn an. Kein Helm diesmal. Nichts Verängstigtes. Das war das – *KindnichtKind* –, dieselbe Person und nicht dieselbe Person, derselbe Ort und nicht derselbe Ort. Das Licht war anders, blauer, als würde Sonnenlicht von einem Himmel herunterströmen, der nicht existieren konnte.

Es überströmte ihn und den Jungen, der ihn nur ansah und lächelte, friedvoll, unbesorgt – niemand sonst war da, kein Quinn, keine Louise, um ihn zu retten. Über seinem Kopf kreiste langsam und zischend, nur Zentimeter von der Haut entfernt, ein Heiligenschein in strahlendem, elektrischem Blau, führte eine Art Teufelstanz auf, bewegte sich, veränderte die Form, hing an dem Kind wie ein geisterhafter Parasit.

Eiskalt vor Entsetzen sah Jamieson ihn an, streckte seine Hand nach dem Gesicht aus. Der blaue Heiligenschein kreiste und sprühte, etwas schoß auf ihn zu, verwundete ihn mit einem scharfen, schmerzhaften Schock, der sich seinen Arm hinauf bis zur Schulter erstreckte. Jamieson betrachtete seine

Hand. An drei Fingern entlang bewegte sich eine Reihe blauer Flammen wie von einem Gasfeuer. Sie fühlten sich gleichzeitig eiskalt und brennend heiß an. Dann sah er, wie sie sich vereinten, zu einer eisigen, feurigen blauen Linie wurden, durch die Luft hüpften, absichtlich, zielgerichtet, um sich dem zischenden, knisternden Kreis um den Kopf des Kindes anzuschließen. Zurück nach Hause.

Eine glatte, unmenschliche Schwärze erfüllte jetzt das Zentrum seiner Augen, die Pupillen sahen wie tiefe, ölige Tümpel aus, die bis ins Unendliche reichten. Dann begannen sie sich auszudehnen, bis nichts mehr da war als die Schwärze, ein Abgrund, der ihn von innen verschlang.

Der Junge war jetzt blind, versuchte aber noch immer, ihn anzuschauen, tat es nach wie vor, den Kopf hoch erhoben und steif, versuchte mit diesen unmenschlichen Augen zu sehen, wartete auf das Ende. Sein Mund war zu einem starren, fixierten Lächeln verzogen, die Lippen nur ein wenig über dem weißen Schimmern kleiner Zähne geöffnet. Eine dunkelgelbe Flamme erschien in seinem Mundwinkel, verwandelte sich aus etwas, das nicht größer als ein angezündeter Streichholzkopf war, in ein Feuer, ein wirkliches Feuer, das wuchs, sich verstärkte, aus dem Inneren genährt wurde.

Und dann, endlich, begann das Kind zu schreien, ein leises, verzweifeltes, unwirkliches Geräusch, das im Raum widerhallte, in Jamiesons Kopf eindrang, ihn erfüllte, ihn näher zu der Szene, zu dem kleinen Schauspiel zog, ihn noch aufmerksamer hinsehen ließ, die Welt in nichts als dieses sterbende, brennende Kind verwandelte, in eine Welt, die ausschließlich aus Flammen bestand.

Er spürte die Hitze, tief und beharrlich, das Feuer neben sich. Ein entsetzlicher Geruch nach Fett, nach Rauch und verbranntem Fleisch erfüllte die Luft. Während er zusah, wurden die Knochen am Kinn des Jungen freigelegt, formte sich der offene Mund über den geschwärzten Zähnen zu einem starren Lächeln. Große, ölige Rußflocken hingen jetzt in der Luft, und als Miles Seymour schrie – *sie alle* schrien –, verbreiteten sich die gelben Zungen von seinem Mund nach unten, schnell und herzlos, verbrannten die Haut seines Halses zu schwarzem Ruß, entblößten die Sehnen, verbrannten sie, ließen sie zerreißen. Jetzt war kein Schreien mehr zu hören, nur noch ein Todesrasseln, tief und entsetzlich.

Eine blaugelbe Flamme kroch vom Zentrum seines Zwerchfells hinunter und wand sich um seinen Bauch wie eine Schlange. Jamieson wollte sich übergeben, aber etwas in ihm war weit über jegliche Übelkeit hinaus, etwas, das ihm sagte, daß das hier real, aber nicht physisch war.

Die Flammen vereinten sich um den Torso des Kindes, schienen dort ruhiger zu werden, pulsierten, *atmeten* und explodierten dann. Eine riesige Feuersäule umschloß den gesamten Körper.

Jamieson sah zu und lauschte, unfähig, sich zu bewegen, lauschte dem Klang brechender Knochen, sah, wie der Körper hüpfte und tanzte, während die Flammen das Fleisch verschlangen, Gelenke ausrenkten, Venen und Muskeln in neue extravagante Formen zogen und zerrten, Miles Seymour in eine verdrehte, gepeinigte Kohlenstoffsäule verwandelten. Fest wurden, stillstanden und dann, in völliger Stille, implodierten. Schwärze, die auf sich selbst zurückfiel, verschwand, verschwand, verschwand und an seiner Stelle, wie winzige Sterne, ein gesprenkeltes Lichtband erschien.

Hal Jamieson öffnete die Augen.

Der Raum wirkte dunkler. Die Schatten waren gewachsen. In einer Ecke hatte Maus schluchzend die Arme um das Kind geschlungen, tröstend, herausfordernd, falls sie es wagen sollten, näher zu kommen. Der Helm war vom Kopf des Kindes verschwunden, der Junge sah ganz in Ordnung aus. Überhaupt nicht verändert. Nur benebelt, schläfrig, bereit zum Träumen. Quinn ließ zu, daß sie den Jungen in ihren

Armen wiegte, als würde es Maus mehr bedeuten, als es ihm jemals bedeuten könnte.

»Zwei Universen«, sagte Michael Quinn aus dem Nichts. »Mehr. So viele ihr wollt. So viele ihr braucht.«

Hal Jamieson fühlte, wie Louise seine Hand ergriff, schaute ihr ins Gesicht und sah das Strahlen, das Glück, die Begeisterung dort, sah sie und merkte, daß ihm zum Weinen zumute war.

Etwas in dem Lagerschuppen, etwas in der Luft verriet ihm die Wahrheit, etwas, das nicht lügen konnte, wie sehr er es auch hoffte und darum betete. Hal Jamieson wußte, daß Quinn nicht zum ersten Mal Schrödingers Katze gespielt hatte. Der Geruch des Todes haftete diesem Ort wie ein stinkender Nebel an. Blut war auf dem Hackklotz, auf dem Boden. Es war nicht das erste Mal. Es war nur das erste Mal, daß es einen Überlebenden gegeben hatte.

REGENZEIT

1

Hal wird verfolgt

> Es nützt nichts, wenn man sagt, der Mensch soll sich bescheiden, wenn er Ruhe und Frieden hat. Er muß sich auch betätigen, und er wird sich die Tätigkeit, die er zum Leben braucht, schaffen, wenn er sie nicht vorfindet.
>
> CHARLOTTE BRONTË
> *Jane Eyre*

Tom Cordobes sah den großen grauen Lexus über die Brücke, die Mercer Island mit dem östlichen Ufer verband, fahren und sich in den dichten Verkehr einfädeln, der über den Highway, durch den Wald, nach Norden in Richtung Bellevue rollte. Der Wintertag war warm und feucht. Die Feuchtigkeit lag auf allem, den Bäumen, dem Boden, der Windschutzscheibe des Autos, etwas, das wie Regen aussah, sich aber nicht bewegte, nicht herunterfiel. Die Feuchtigkeit hing in der Luft, war einfach *da*.

Er drehte den Zündschlüssel des Buick. Der Wagen sprang beim ersten Mal an. Cordobes wollte kein Risiko mehr eingehen. Vor zwei Tagen, als er beschlossen hatte, daß es Zeit zum Handeln war, als ihn das Gefühl überkommen hatte, daß er das Geld der kleinen Engländerin nicht mehr einsacken konnte, ohne ihr mehr als vage Versprechungen zu machen, war er mit dem alten Wagen zu einer billigen Reparaturwerkstatt in der Stadt gefahren, hatte ihn durchchecken und neue Zündkerzen, einen neuen Verteiler, alles an neuem Zeug einbauen lassen, was der glubschäugige schwarze Mechaniker unter die Haube packen wollte. Es hatte ihn 230 Dollar gekostet, und Cordobes konnte sich ausrechnen, daß damit wahrscheinlich der Verdienst aus diesem Job futsch war. Aber es machte ihm nicht sonderlich viel aus. Etwas an dieser ganzen Sache begann an ihm zu nagen, und es hatte nichts damit zu tun, daß er bisher keinen Gegenwert für das erhaltene Geld liefern konnte. Etwas an diesem Job rief zu viele Erinnerungen, die er lieber vergessen und begraben gewußt hätte, wach. Die Dinge auf einen Abschluß zuzutreiben war seine Art, sich zu rächen.

Tom Cordobes wußte inzwischen viel, sehr viel über Hal Jamieson, aber so sehr er sich auch bemühte, es war ihm unmöglich, zu erkennen, wohin alles führen sollte. Der Mann hatte sein Studium in Stanford abgebrochen (womit er nicht gerade allein auf dieser Welt war). Er war Mitte der siebziger Jahre da unten gewesen, aber das waren Tausende andere auch. Und er war reich geworden. Schwerreich. Cordobes hatte in der Stock Motor Lodge am Bildschirm seines Compaq geklebt, hatte jede Menge elektronisch gespeicherte Zeitungsartikel durchgeschaut und fast alles gelesen, was es online über Jamieson und SCC gab – allerdings ohne Bilder, nur Worte und Worte und Worte –, und es war ihm unerklärlich, was dieser Mann mit einem Abschaum wie Quinn zu tun haben konnte. Es gab keine Verbindung außer Stanford, und falls sie damals irgendwas zusammengebracht haben sollte, selbst der Seymour-Fall, kam es ihm unwahrscheinlich vor, daß das zwanzig Jahre lang anhalten sollte. Selbst ein Gefühl von Komplizität konnte sich nicht so lange halten, nicht nach Tom Cordobes' Erfahrungen. Normalerweise reichten sechs Monate in Obispo, dann hatte derjenige, der einsaß, so die Schnauze voll, daß er regelrecht danach bettelte, alles über seine Kumpane draußen auszupacken, um wenigstens ein bißchen Erleichterung vom allnächtlichen Faustficken in der Dusche zu kriegen. Um wenigstens ein paar Privilegien zu bekommen.

Hal Jamieson besaß ein gutgehendes Unternehmen, ein

wunderbares Haus und eine schöne, sehr schöne Frau. Tom Cordobes hatte gestern morgen versteckt in den Bäumen außerhalb von Desert Rose gesessen und beobachtet, wie Louise Gostelow in ihrem Mercedes-Cabriolet aus dem Tor gefahren war, das Verdeck offen, obwohl es nach Regen ausgesehen hatte. Cordobes verschwendete dieser Tage nicht mehr viele Gedanken an Frauen, nahm sie nur im Vorbeigehen wahr, wie zum Beispiel die kleine Engländerin, aber Louise Gostelow war etwas anderes. Eine Frau, nach der sich die Menschen umdrehten. Eine Frau, wie man sie auf den Gesellschaftsseiten der Zeitungen sah, schlank, dunkel, schön und ungeheuer selbstbewußt. Ein wenig wie Liz Taylor in jüngeren Jahren vielleicht, mit einer ähnlichen Figur. Jedenfalls nach dem zu urteilen, was er oberhalb der Tür des Mercedes wahrnehmen konnte. Cordobes schüttelte den Kopf und begriff es einfach nicht: Dieser Jamieson schien im Paradies zu leben, warum gab er sich also mit Quinn ab?

Zwei Tage lang beschattete er den Mann, obwohl er schon nach den ersten paar Stunden wußte, daß es nichts bringen würde. Jamieson fuhr nur im Kreis, wie ein Rennwagen auf vorgegebener Rennstrecke. Er fuhr ins Büro. Er ging in den Rainier Club in der Innenstadt und speiste mit all den anderen reichen lokalen Größen. Cordobes war ihm einmal hineingefolgt, hatte leise mit der höflichen Chinesin am Empfang geredet und über das auf Hochglanz polierte Holz, die tiefen Ledersessel, den Geruch nach Wohlstand und Macht gestaunt, die in so starkem Kontrast zu den Straßen vor dem Club standen. Der Rainier Club paßte irgendwie nicht zu Jamieson, dachte Cordobes. Er kam hierher, weil es von ihm erwartet wurde.

Am nächsten Tag war er Jamieson zu einem Haus in Tacoma gefolgt. Einem kleinen, frei stehenden Haus, wo eine blonde Frau ihm die Tür öffnete und die Vorhänge im ersten Stock bald darauf zugezogen wurden, woraus Tom Cordobes schloß, daß es vielleicht doch nicht so ganz das Paradies auf Erden war, mit der jungen Liz Taylor verheiratet zu sein, vor allem, nachdem er sah, wie ausdruckslos, wie mürrisch Jamieson wirkte, als er anderthalb Stunden später das Haus verließ. Einmal fuhr Jamieson hinaus zum Flugplatz, rollte mit der großen Citation hinaus auf die Startbahn, stieg mit ihr hoch auf dreißigtausend Fuß, landete eine Stunde und fünfzehn Minuten später wieder, ohne einen bestimmten Ort angeflogen zu haben, ohne Begleitung (Cordobes hatte ihn vom Zaun aus mit einem alten Armeefeldstecher beobachtet), setzte sich in seinen Lexus und fuhr direkt nach Hause. Netter Zeitvertreib, wenn man sich langweilt, dachte Cordobes, aber bei zehntausend Dollar die Stunde nicht gerade etwas für Otto Normalverbraucher.

Und ansonsten nichts. Es war nicht so, daß Jamieson sich beschattet fühlte. Daran schien er überhaupt nicht zu denken. Er vergewisserte sich noch nicht mal. Es war nur so, daß er immer das gleiche tat, und nichts davon führte auch nur in die Nähe von Michael Quinn oder sah danach aus. Cordobes, der das Gefühl hatte, den größten Teil der letzten vierzig Jahre damit verbracht zu haben, Leute zu beschatten, hatte einen Instinkt für diese Dinge entwickelt und wußte, wann die Leute nur ihrer täglichen Routine folgten. Man erkannte es an der Art, wie sie fuhren, halb automatisch, ohne darüber nachzudenken, ob sie rechts oder links abbiegen sollten, ohne sich zu fragen, ob sie die Tür verriegelt hatten. Wenn sich Jamieson in die Nähe von Quinn begeben hätte, würde Cordobes es an seiner Körpersprache erkannt haben, an der Art des Fahrens. Dieser Mann würde nicht zu ihm kommen, sagte sich Tom Cordobes. Er ahnte nichts, befand sich außerhalb von allem. Die einzige Möglichkeit, herauszufinden, was er wußte, bestand in etwas, wovor man Cordobes ein Leben lang gewarnt hatte, womit er sein Leben lang in Schwierigkeiten geraten war. Etwas, das er tun mußte. Also beschloß Tom Cordobes zu handeln.

Bellevue war geradezu dafür gemacht, Leute zu beschatten, sich ihnen in den Weg zu stellen, wenn man wollte. Der vierspurige Highway war nur für den Durchgangsverkehr bestimmt. Der Rest bestand aus ganz normalen Straßen, außer dem Gewirr um das Einkaufszentrum, und die Büros von SCC lagen eine ganze Strecke davon entfernt, am nordöstlichen Ende des Stadtteils, wo die Straßen vergleichsweise gerade, schmal und altmodisch waren, mit vielen Ampeln, und es außerdem viel Platz gab. Hier konnte man meilenweit sehen.

Es war halb elf Uhr morgens, der Stoßzeitverkehr war zu einem ständigen Strom von Kombiwagen abgeebbt, die vom Supermarkt zurückkamen, ein paar Taxis auf dem Weg zu den abgelegeneren Hotels und Kleinbusse von Serviceunternehmen für alle Arten von Reparaturen, die in diesem gepflegten, sauberen, wohlhabenden Außenposten Washingtoner Vororte anfielen. Cordobes arbeitete sich bis direkt hinter den Lexus vor, behielt die Ampelphasen im Auge, überholte Jamieson, so schnell er konnte, und wartete dann auf die nächste rote Ampel. Es war zufällig die letzte vor den Büros von SCC, und er hatte Glück. Als er näher kam, sprang die Ampel um. Cordobes hielt an und sah, daß der Lexus hinter ihm dasselbe tat. Außer ihnen waren keine weiteren Autos da. Sie würden ein, zwei Momente für sich haben, und Cordobes wollte soviel wie möglich dabei herausholen. Er stellte den Motor des Buicks ab, stieg aus und ging zu dem glänzenden japanischen Wagen hinter seinem.

Dies hier war Bellevue. Eine nette, ruhige, ordentliche Gegend, die man Vorort nannte, wo die Straßen gerade und sauber in jede Richtung verliefen, jede Kreuzung in einem exakten Winkel von neunzig Grad, jeder Bürgersteig rein und makellos. Hier geriet man nicht in Panik, nicht, wenn man nichts zu verbergen hatte. Wenn Cordobes diesen Trick in Teilen von San Jose, selbst Teilen von Palo Alto versucht hätte, wäre der Fahrer im Wagen hinter ihm im gleichen Moment, wo er jemand auf sich zukommen sah, ausgeschert und mit hohem Tempo davongebraust. Hal Jamieson ließ nur das Fenster herunter – Cordobes konnte das Surren des kleinen Elektromotors hören –, steckte seinen Kopf heraus und schaute verwirrt. Es war das erste Mal, daß Cordobes ihn von so nahem sah. Am Flugplatz hatte er nur einen kurzen Blick aus der Entfernung auf ihn werfen können. Und vom Computer hatte er nur Worte erhalten, keine Bilder. Cordobes betrachtete Hal Jamieson, lächelte und fragte sich, ob es ein gegenseitiges Erkennen war, fragte sich, ob zwanzig Jahre einfach zu lange waren, außer man war ein Ex-Cop, der sich leicht Gesichter merkte, sie gerne in Erinnerung behielt.

»Hi«, sagte Tom Cordobes. »Können Sie mir vielleicht helfen? Ich bin auf der Suche nach einem alten Freund. Einem Bekannten von Ihnen. Michael Quinn. Ich dachte, Sie könnten mir da vielleicht helfen.«

Er beobachtete, wie Jamieson bleich wurde, ganz bleich, und aussah, als würde er gleich sterben. So was hatte dem König von Mercer Island nicht zu passieren, wenn er in seinem glänzenden neuen japanischen Auto zur Arbeit fuhr, und das gab Cordobes ein gutes Gefühl. Ein sehr gutes Gefühl.

»Was?« stammelte Jamieson.

»Sie haben mich schon verstanden, Mr. Jamieson. Nur keine Aufregung. Ich habe eine Klientin, die gern mit Mr. Quinn reden würde. Das ist alles. Keine Medien. Keine Polizei. Nichts, worüber Sie sich Sorgen machen müßten.«

Hinter ihnen hielt jetzt ein großer Kombi, und Hal Jamieson merkte, daß der Fahrer sie anstarrte und sich fragte, was zum Teufel hier eigentlich los war.

»Wenn Sie wollen, Sir, können wir diese Unterhaltung auch in Ihrem Büro fortsetzen«, sagte Cordobes. »Kein Problem für mich.«

Jamieson winkte den Kombi ungeduldig weiter. Er scherte aus, fuhr in einer Wolke von Dieselabgasen an ihnen vorbei, und sie sahen, daß ihnen ein Halbwüchsiger mit schulterlangen Haaren vom Beifahrersitz aus den Finger zeigte.

»Wer sind Sie, verdammt noch mal?« schnappte Jamieson. »Mich einfach so anzuhalten.«

»Ich dachte, es wäre Ihnen lieber, als wenn ich zu Ihnen nach Hause komme oder in Ihre Firma. Liegt ganz an Ihnen. Mir ist das egal. Wie schon gesagt, es ist eine ganz einfache Sache. Ich habe da eine nette Anwältin, die extra aus England gekommen ist, um mit diesem Quinn zu reden. Nichts Kriminelles. Nur eine Testamentsangelegenheit. Wenn er mit ihr reden will, gut. Wenn nicht, ist das seine Entscheidung. *Seine* Entscheidung, Mr. Jamieson. Wir wollen ihm nur die Chance geben. Denken Sie darüber nach. Hier ist meine Karte, die Nummer des Motels steht auf der Rückseite. Rufen Sie mich einfach an, wenn Sie Gelegenheit hatten, mit Mr. Quinn darüber zu sprechen. Wir sind bereit, wann immer, wo immer er es wünscht mit ihm zu reden. Die Dame hat mir versichert, daß es nicht lange dauern und auch nicht weh tun würde.«

Jamieson betrachtete die Karte, die Cordobes ihm durch das offene Wagenfenster aufgezwungen hatte, die Telefonnummer von der Stock Motor Lodge, Zimmer 334, mit blauem Kugelschreiber auf die Rückseite geschrieben, merkte sie sich und warf dann die Karte auf die Straße.

»Sie wenden sich an den Falschen, Mr. Cordobes«, sagte Jamieson und setzte den Lexus zurück, um ihn manövrieren zu können, wobei Cordobes nicht von seiner Seite wich. »Wir sind hier nicht in Kalifornien. Das hier ist eine nette Stadt, eine Stadt, in der ich gut bekannt bin. Ich rate Ihnen, damit aufzuhören, Leute auf der Straße zu belästigen. Sie sollten aufhören, Ihre Zeit zu verschwenden.«

Das Fenster surrte nach oben, Hal Jamieson drehte das Lenkrad und fuhr langsam auf Cordobes zu, drängte ihn aus dem Weg. Cordobes fühlte sich gut nach diesem kleinen Schlagabtausch, so gut, daß er sich nicht beherrschen konnte. Nicht widerstehen konnte, etwas zu tun. Er ballte seine große Faust, grinste Jamieson durch die Windschutzscheibe an und schlug mit aller Kraft auf das Dach des Wagens. Eine hübsche Beule entstand, und Cordobes fühlte sich noch besser, wußte, daß sein Vetter Danny in Detroit sehr stolz auf ihn gewesen wäre.

Mit einem plötzlichen Quietschen der Reifen schoß Jamieson an dem alten Buick vorbei, durchfuhr das rote Licht und war auf dem Parkplatz von SCC, noch bevor Cordobes wieder hinter dem Steuer saß. Der alte Polizist sah Jamieson aus dem Auto steigen – man konnte die Beule im Dach sogar von hier aus wahrnehmen – und auf den ausladenden Atriumseingang aus Chrom und Spiegelglas zugehen. Er ging wie ein Mann, der schwer erschüttert worden ist und es noch nicht geschafft hat, die einzelnen Stücke wieder zu richten und sich den Anschein der Stabilität zu geben.

»Das war gut«, sagte Cordobes. »Das war sehr gut.«

Sein Lächeln wurde sogar noch breiter, als er den nächsten Wagen aus dem SCC-Parkplatz biegen sah. Es war ein großer, silberner Shogun, und hinter dem Steuer saß jemand anderer, jemand Großes und Muskulöses, eine Gestalt, die Tom Cordobes kannte. Er drehte den Zündschlüssel des Buick, und wieder sprang der Motor sofort an. Dann fuhr er durch die grüne Landschaft – Reihen um Reihen von Fichten und Tannen, die sich ausdehnten, so weit man blicken konnte –, in sicherem Abstand von dem Shogun. Der Muskelmann war nicht wie Jamieson. Er sah mehr aus wie jemand, der vielleicht wissen würde, daß man ihm folgte.

Tom Cordobes wollte kein Risiko eingehen. Jamieson zu erschüttern hatte seiner Seele gutgetan, hatte den Staub von einer Verbindung geschüttelt, die bis zum Seymour-Fall zurückreichte und die er nicht ganz verstand. Aber letztlich hatte es ihn nicht weitergebracht. Jamieson würde nichts zwischen ihm oder jemand anderem und Quinn regeln, Jamieson war so verängstigt, daß er vielleicht sogar in diesem Moment seine Unterhose in dem schicken Vorstandsklo oben im SCC-Gebäude wechselte. Jamieson war eine Sackgasse, außer man nahm ihn richtig in die Mangel, und das war etwas, das Cordobes lieber nicht tun wollte, da er sich jetzt nicht mehr hinter einer Polizeimarke verstecken konnte.

Was er wirklich brauchte, war etwas Direkteres. Etwas, das ihn direkt zu Quinn führte, damit sie die Sache von Mann zu Mann besprechen konnten. Von Angesicht zu Angesicht. Und wer wußte schon, was danach passieren mochte?

Tom Cordobes folgte dem großen, silbrig blitzenden Shogun durch Bellevue auf die Bundesstraße 90 in Richtung Snoqualmie und dachte, er könnte genau das gefunden haben, dachte bei sich, wie nett es wäre, wenn all die Leute, die ihm jahrelang eingetrichtert hatten, es sei einfach dämlich, die Sachen selbst in die Hand zu nehmen, wenn sie sich alle recht bald zu einem Wiedersehen vereinen könnten. Man handelt, und es geschieht etwas, sagte sich Tom Cordobes. So war das, schlicht und ergreifend.

2

Miles und Flora

> Da ist Tag und Nacht, beide köstlich; Sonne, Mond und Sterne, alles köstliche Dinge, ebenso der Wind auf der Heide. Das Leben ist etwas Köstliches, Bruder; wer begehrte je zu sterben?
>
> George Borrow
> *Lavengro*

Miles Seymour trat aus der unterirdischen Transitbahn im Sea-Tac-Flughafen, nachdem er mit United Airlines von JFK hergeflogen war, und versuchte, sich im Hauptterminal zurechtzufinden. Er war zum ersten Mal in Seattle. Als Devisenhändler an der Wall Street kam man nicht so oft an Orte wie diesen. Dazu bedurfte es schon einer Aufforderung, und Joni Lascelles, die diese Aufforderung geschickt hatte, stand jetzt gute dreihundert Meter entfernt, am falschen Gepäckband, verwirrt durch die Flughafenschilder, ihre Fremdartigkeit, durch den Trubel und die Menschenmenge.

Zwanzig Jahre hatten sie sich nicht gesehen, und doch erkannte sie ihn sofort. Er trug einen grauen Anzug, gut gebügelt trotz des Fluges. Weißes Hemd, rote Krawatte, zweifellos Seide. Er war groß, nicht vierschrötig wie sein Vater, hatte überhaupt wenig von seinem Vater, wie sie sich mit fester Stimme sagte, und er sah gut aus. Und er wirkte genauso verloren wie sie. Wartete auf sein Gepäck. Wußte nicht, wo er hinschauen sollte. Wußte nicht, wie er diesen zwanzigjährigen Zwischenraum zwischen ihnen überbrücken sollte: Wer sie war, wie sie aussah, wie sie jetzt weitermachen würden.

Sie kämpfte sich ihren Weg durch die Menge auf ihn zu,

sah seine Gestalt, seine Persönlichkeit beim Näherkommen sicherer werden, erkennbarer. Er wirkte älter, reifer, als sie erwartet hatte. Mehr wie dreißig als wie fünfundzwanzig. Und die sowieso schon geringe Ähnlichkeit, die sie als Kinder hatten, war vollkommen verschwunden. Miles Seymour hatte dunkle, kurzgeschnittene, glatt zurückgebürstete Haare, so daß seine Stirn unter dem grellen Neonlicht des Flughafens glänzte, als würde er schwitzen, vor Anstrengung, vielleicht vor Nervosität. Sein Gesicht war offen, ehrlich, von einer Eckigkeit, die man als anziehend bezeichnen konnte. Er trug eine Goldrandbrille, durch die Augen voller Intelligenz guckten, ständig in Bewegung. Er war groß, aber nicht massig. Kein Rugbyspieler, eher ein Marathonläufer. Er sah sehr fit aus. Fit. Selbstbewußt. Fähig.

Das also war aus ihrem Bruder in den vergangenen Jahren geworden. Welcher Weg, welche Abenteuer ihn dorthin geführt hatten, konnte sie nicht ahnen, konnte sich nur die alte Litanei vorbeten, die allem auf dieser Seite des Atlantiks zugrunde zu liegen schien, den immer wiederkehrenden Refrain: »In Amerika beginnen alle mit den gleichen Voraussetzungen, hat jeder eine Chance, die er ergreifen kann oder nicht, ganz wie es ihm gefällt.«

Bis zu diesem Augenblick hatte sie nie daran geglaubt.

Dann verschwand sein Kopf in der Menge, die ihn umgab, verschwand vollkommen, und ein Gefühl der Furcht erfüllte Joni, ließ die Jahre von ihr abfallen, erfüllte sie mit Angst, Schuldgefühl und Sehnsucht. Von irgendwo über sich meinte sie das Rauschen von Flügeln zu hören – *Gold und Silber* –, starrte hinauf, sah nichts als die Deckenlichter, die verschwommen zu ihr herabstrahlten.

Sie schaute zum Gepäckband zurück, und da war er wieder, hatte einen beigen Lederkoffer in der Hand. Diesmal lächelte er sie direkt an, *erkannte* sie, durch die Gesichter, durch die Menge hinweg. Unwillkürlich traten ihr Tränen in die Augen, sie wischte sie mit der Hand weg, blinzelte, blinzelte wieder, sah die Welt deutlich werden, sah Miles Seymour auf sie zukommen, spürte seine Hände, die ihre Schultern ergriffen.

Sie blickt in sein Gesicht, ein freundliches Gesicht, ein Gesicht, das sich nicht an allzuviel erinnert, und hört zum ersten Mal die erwachsene Stimme ihres Bruders. Es ist eine gleichmäßige, rationale Stimme, eine Stimme, die all ihre Furcht verschwinden läßt, die sie mit Verwunderung und Dankbarkeit erfüllt. Dankbarkeit dafür, daß all die Arbeit, all die Plackerei und der Kummer endlich belohnt werden, und dann sagt die Stimme: »Flora.«

Sie ist fast so groß wie er, braucht sich kaum zu strecken, als sie auf ihn zutritt, ihr Gesicht an seinen Hals sinken läßt, die Weichheit seiner Haut spürt, den grauen, seidigen Stoff seines Anzugs, ihn umarmt und ihre Tränen warm und salzig auf ihn fließen läßt, ihre Nässe spürt, als Joni Lascelles – *oder Flora Seymour, sie weiß nicht genau, welche von beiden* – an diesem öffentlichen Ort geheilt, zu einem Ganzen wird auf eine mysteriöse, holistische Weise, die sie nie zuvor gekannt hat, so voll, so überfließend vor Wohlwollen.

Er sagt ihren Namen, und sie lauscht wieder auf die Stimme, eine ernste, beinahe flache Stimme mit einem deutlichen Ostküstenakzent, Mittelschicht, geistig gesund, höflich und voller Vergebung, und die Stimme sagt nur ein einziges Wort, immer und immer wieder: *»Flora, Flora, Flora, Flora, Flora, Flora, Flora, Flora …«*

Bis sie das Gefühl hat, die Welt wird durch diese beiden mit so viel Liebe, so viel Glück über ihre Wiedervereinigung ausgesprochenen Silben platzen.

»Flora, Flora, Flora, Flora, Flora, Flora, Flora, Flora …« Sie öffnet die Augen, beugt den Kopf zurück, um ihn ansehen zu können, hebt die Hand zu seinem Gesicht und legt sie sanft auf seine Lippen.

Die Menge hat sich aufgelöst. Sie scheinen beinahe allein zu sein und sind, ohne es zu merken, zu dem kleinen Kaffeestand in der Nähe des Gates hinübergegangen. Ein junger Mann in einer weißen Nylonjacke steht hinter dem Tresen und lächelt sie mit freundlicher Anonymität an.

»Was soll ich sagen?«

Er hat ein breites, warmes Lächeln, gesunde, ebenmäßige, weiße Zähne, er ist ein gutaussehender Mann, der sagt: »Sag meinen Namen, Flora. Sag meinen Namen.«

»*Miles, Miles, Miles, Miles, Miles* ...«

Ihre Stimme klingt losgelöst, unwirklich.

Er wendet sich dem Mann hinter dem Tresen zu und bestellt Kaffee – *zwei kleine Milchkaffee mit doppeltem Schuß, zwei kleine Milchkaffee mit doppeltem Schuß* –, und die Worte kommen so schnell heraus, fließen ineinander wie von einem zu schnell laufendem Tonband, daß sie es einen Moment lang unmöglich findet, sie zu verstehen, zu übersetzen, sich zu wundern, warum er sie nicht gefragt hat, einfach bestellt hat und dann wartet, bis die Pappbecher fast augenblicklich auf dem Metalltresen erscheinen, der jetzt unter dem grellen Licht des Flughafens beinahe blendend hell strahlt.

Sein Lächeln ist so breit. Er ist so glücklich. Nichts in der Welt kann ihr mehr geben als dies: Miles glücklich zu sehen, Miles glücklich zu *sehen*.

»Miles«, sagt sie, und ihre Stimme hat immer noch diese seltsame, fremdartige Distanz in sich. »Schau mich an, Miles, sag mir, was siehst du?«

Miles Seymour schaut seine Schwester an, voller Liebe, Staunen und Aufregung, und in dem Moment glaubt sie, daß es nichts Besseres in ihrem Leben geben kann als dies, daß keine einzige Erfahrung der Zukunft, weder die Geburt von Kindern, die Entdeckung von Liebe oder der Tod selbst, sich mit diesem Augenblick mystischen Wunders messen kann, da der Kreis, der so lange unterbrochen war, wieder geschlossen wird.

Miles Seymour schaut sie an, lächelt, lacht beinahe und sagt mit der perfekten, völlig natürlichen Stimme eines fünfjährigen Kindes: »Wie das glitzert, Florrie. Ich sehe Glitzerzeug.«

Auf dem Kragen seines grauen Anzugs tanzt jetzt eine flackernde blaue Flamme. Sie ist Teil von ihm. Teil dieses Miles-Seymour-Wesens. Als sie die Flamme sieht, spürt, daß sie sie erkennt, weiß Joni Lascelles – *nicht Flora, nicht Florrie* –, daß dies nicht sein kann, möchte die Fäuste auf die Ohren pressen, um den Klang seiner Stimme auszuschließen, aber ihre Arme sind um ihn geschlungen, um den glatten, kalten Stoff und das Fleisch, das ebenfalls kalt ist.

Sie kann nichts anderes tun, als ihm zuzuhören, während Miles' Gesicht dem ihren immer näher kommt und er ihr mit jetzt stinkendem Atem in die zarte rosa Ohrmuschel flüstert: »Wirst du mich verpetzen, Florrie? Wirst du mich verpetzen? Wirst du den kleinen Engel Gabriel verpetzen und ihn für immer zurückschicken?«

Grob stößt er sie von sich, ihre Arme fallen wie gelähmt herunter. Sie hat das Gefühl, keine Kontrolle über ihren Körper zu haben, befürchtet, gleich in die Hose zu machen. Der Mann am Kaffeestand lacht sie jetzt aus, halb verborgen hinter dem Dampf der Maschine.

»Wirst du mich verpetzen? Wirst du mich verpetzen, du elendes Miststück?«

Miles Seymours Stimme ist nun die eines Erwachsenen und brüllend laut. Das Brüllen übertönt alles andere im Universum. Sie kann nur zuhören und darauf warten, daß der Urin feucht, klebrig und brennend an ihrer Haut wird.

»Nein«, sagt sie schwach. »Ich werde dich nicht verpetzen, Miles. Ich verspreche es dir.«

Endlich spürt sie, daß ihr Arm ihr gehorcht. Sie streckt ihn nach ihm aus. Sein Gesicht ist so riesig, fast so groß wie seine Brust, verzerrt und grinsend.

»Nein, du wirst mich, verdammt noch mal, nicht verpetzen«, brüllt die Stimme, und sie sieht, wie sich seine Hand erhebt, auf ihr Handgelenk niederfährt und beginnt, ihr die Haut zu verdrehen, so fest, so schnell, bis sie das Gefühl hat, in Flammen zu stehen – *eine blaue Flamme flackert über ihr Handgelenk, sie kann sie sehen* –, ihre Haut kurz davor, an dieser Stelle zu platzen.

Es gibt einen Moment, in dem sie all dies als Traum erkennt, unwirklich, etwas, von dem sie hoffen kann, es aus sicherer, geschützter Distanz zu beobachten. Aber der Augenblick verfliegt, als der Schmerz zuschlägt, sich wie eine glühende Eisenspitze in ihr Kleinhirn bohrt, und sie schreit so laut, daß diese Welt vor ihr in Millionen Teile zerspringt, Miles Seymour in einer Wolke von Farben verschwindet und nichts mehr übrigbleibt als dieses plötzliche, den Atem nehmende Universum des Schmerzes.

Joni Lascelles schießt hoch und starrt – *in der wirklichen Welt* – auf ihren Arm. Sie ist nackt, und ihre Haut ist schweißbedeckt. Eine Wespe, die größte, die sie je gesehen hat, krabbelt über ihr nacktes Handgelenk. Joni sieht, wie sich der Körper des Insekts, schwarz und gelb gestreift, die Farben der Gefahr, die Farben des Todes, zusammenkrümmt, während es Gift in sie hineinpumpt, während sich rote Flecken bilden, und ihr fällt ein, ohne daß sie sich erinnern kann, woher dieses Wissen stammt: *Nur die weiblichen Tiere haben Stachel, und sie können sie immer wieder benutzen.*

Ohne nachzudenken, greift sie hin, zerdrückt den Kopf des Tieres zwischen Daumen und Zeigefinger, spürt, wie der Chitinpanzer nachgibt, und schnippt das Tier von ihrem Arm.

Das Schlafzimmer liegt im Dämmerlicht, sie sucht nach dem Bullaugenfenster, sucht nach Paul Dunsany, versteht diese Leere nicht, bis sie die Wände genauer erkennen kann, bis sie merkt, daß es kein sanftes Schaukeln gibt, keine fernen Klänge von Musik. Niemand hier außer ihr. Sie ist wieder in ihrem kleinen Zimmer im Pequod Hotel, und sie wünscht sich, sie könnte das Schwappen des grauen, öligen Wassers an die dünne hölzerne Wand des Hausbootes hören.

Joni Lascelles zieht ihren fast unerträglich schmerzenden Arm an sich heran, schließt die Augen und beginnt leise zu weinen, um sich selbst, ihren verlorenen Bruder und vielleicht auch, auf eine Weise, die sie nicht versteht, um Paul Dunsany.

Zwischen ihren Beinen ist ein feuchtes Gefühl. Sie spürt den Beginn ihrer Periode. Blut, das gleiche Blut, und das schwache, ferne Ziehen der einsetzenden Krämpfe unter dem alles überdeckenden, brüllenden Schmerz des Wespenstichs.

Schließlich verflucht sie die Stimmen für ihre Rückkehr, für die Art, sich in ihren Kopf zu schrauben – *aber du wußtest, daß sie kommen würden, Florrie, du hast sie gerufen* – und schleppt sich, schweißbedeckt und blutend, aus dem Bett.

3

Kalifornischer Regen

Er läßt seine Sonne aufgehen über die Bösen und über die Guten und läßt es regnen über Gerechte und Ungerechte.

Matthäus 5,45

When rain comes, we run and hide our heads.

LENNON UND MCCARTNEY, »Rain«

Regenfälle wie diese gab es sonst in Nordkalifornien nicht. Es hatte sie nicht zu geben. Nach dem ersten Guß am Weihnachtsfeiertag schien ein seltsamer, unvorhergesehener Wetterwechsel eingetreten zu sein. Eine große, schwarze Wolkenbank nach der anderen trieb von der Stadt herüber und ergoß sich über den kleinen Ort. Die Straßen waren überflutet. Das Wasser lief die University Avenue hinunter, blockierte die Gullys, ließ Dreck und Abfall auf die Bürgersteige schwappen. Jeden Morgen fegten die Ladenbesitzer den Dreck wieder in den Rinnstein. Jeden Nachmittag kam der Regen zurück und spülte ihn wieder vor ihre Türen. Die Weihnachtsdekorationen, an Drähten über die Straßen gespannt und an Laternen und Bäumen festgemacht, sahen traurig und durchnäßt aus. Festliches Grün hatte sich in schlaffes, regendurchweichtes Grau verwandelt. Das rote Gewand des Weihnachtsmannes auf seinem Rentier war jetzt fast schwarz, und die Pappe kräuselte sich. Das Rentier hatte sein Geweih und einige Gliedmaßen verloren. Die Feiertage versanken in so schweren, so beständigen Regengüssen, daß sie sich einem aufs Gemüt legten, den dringenden Wunsch wach werden ließen, der Regen möge endlich aufhören, damit man wieder zu seinem Auto kam, ohne das Gefühl zu haben, in einen Sumpf gestolpert zu sein. Hinter der Avenue, in Richtung des Greshamwaldes, hatte sich das mit niedrigem Gebüsch bestandene Gelände in einen Morast aus Schlamm und Schlimmerem verwandelt, was Tom Cordobes' Männer jedesmal mit Wut erfüllte, wenn Cy Langton sie erneut losschickte, um nach Beweisen zu suchen, nur noch das eine Mal, nur noch das eine Mal.

Cy Langton wurde durch die Ankunft von Rosamund Seymours Bruder aus England kurz aus dem Konzept gebracht. Selbst unter den gegebenen Umständen fand Langton es schwer, auch nur einen Funken Sympathie für den Mann aufzubringen. Er war irgend so ein hochgestochener Doktor aus der Harley Street, der nach Geld stank, aber kaum Anzeichen menschlicher Regungen zeigte. Einer dieser Doktoren, die man mit »Mister« anzureden hatte, was Cy Langton nie begreifen würde. *Mister* Lascelles nahm das Mädchen unter seine Fittiche, bezog die beste Suite im Stanford Park Hotel, verkündete, er könne höchstens zwei Tage bleiben, um die »nötigen Vorkehrungen« zu treffen, und ging dann prompt an die Decke, als Langton ihm mitteilte, die Leiche könne keinesfalls vor Ende Januar freigegeben werden und Rosamund Seymour das Sanatorium nicht verlassen, bevor nicht sämtlicher Papierkram erledigt sei.

Vorschriften sind Vorschriften, sagte Langton immer wieder, aber es war, als würde man gegen die Wand reden. Eine englische Wand, die einen Stahlstab anstelle eines Rückgrats zu haben schien, die mit unangenehmer Stimme Widerworte gab und sich nach Kräften bemühte, einem auf den Wecker zu gehen. Cy Langton hatte sich so an den Regen, an die Festgefahrenheit dieses Falles gewöhnt und wie es die Leute vom Fernsehen veranlaßte, zu überlegen, worüber sie sich als nächstes aufregen sollten, daß er am Ende sogar seine

Golfschläger vergaß oder wie es sich anfühlte, über den weichen grünen Rasen zu gehen, den Caddy hinter sich und meilenweit nicht ein verdammtes Telefon. Er dachte nur daran, welche Scheiße ihm als nächstes in den Schoß plumpsen würde.

Dann fing es wirklich an zu gießen, und diesmal förderten die Fluten etwas zutage, das alles änderte, vollkommen änderte.

Später gab Cordobes vor, er hätte schon die ganze Zeit daran gedacht, hätte überlegt, ob sie nicht das Abwassersystem durchsuchen sollten. Daß er es vielleicht sogar erwähnt hatte, wenn jemand ihm zugehört hätte. Langton hörte dem großen, walnußhäutigen Mann mit dem Zapata-Schnurrbart geduldig zu, verkniff es sich, ihn Arschloch zu nennen, hielt seine Zweifel zurück, nickte und sagte, ja, Tom, nein, Tom, vielleicht sollten wir uns die Vorgehensweise später anschauen und überlegen, wie wir sie verbessern können, später, *nachdem* wir irgendwelche Resultate in diesem Fall erzielt haben, nachdem ich diesen verdammten englischen Snob losgeworden bin, er seine kleine fünfjährige Halbwaise wieder mit zurück nach England nimmt, zusammen mit den zwei Leichen, eine im Frachtraum, eine auf einen Sitz geschnallt, nur halb lebendig, wenn das doch nur möglich wäre. Aber damit wahrte er nur den äußeren Schein. Nach dem, was später passierte, hätte sich Tom Cordobes glücklich schätzen können, seinen Job zu behalten. Es spielte keine Rolle. Als Cordobes den Aufstand wegen der Überprüfung des Abwassersystems machte, schaltete ein kleines Meßinstrument in Cy Langtons Kopf auf Überladung, und er machte sich in Gedanken eine Notiz (er war ein Mann, der sich nur gedankliche Notizen zu machen brauchte, auf dem Golfplatz keine Zählkarte benötigte, höchstens, um seinem Gegner etwas zu beweisen), daß Cordobes erledigt war. Wenn alles sich beruhigt hatte und niemand mehr mit dem

Finger deuten und das verhaßte Wort sagen konnte, das einen Captain in den Augen seiner Männer disqualifizierte, das Wort »Sündenbock«. Und in Wahrheit, sagte sich Langton, würde Cordobes auch kein Sündenbock sein. Er würde entlassen werden, weil er es verdiente, und das war keine Beurteilung, zu der Cy Langton allein gekommen war.

Cordobes' Ausbruch, der ihn auf jeden Fall den Job gekostet hätte, jedoch erst später, wenn der Seymour-Fall allmählich in Vergessenheit geraten wäre, hatte sich einen Tag früher ereignet, am Nachmittag des 26. Dezembers, nachdem die Taucher, die normalerweise im Meer eingesetzt wurden, ihre Sauerstoffflaschen umschnallten und im Hauptabwasserkanal verschwanden, der vom San-Jacinto-Creek direkt unter der University Avenue in einen Abzugskanal bei der CalTrain-Station führte. Am Morgen war die Polizei von einem Bahnangestellten angerufen worden, der etwas gerochen, etwas gesehen hatte, was er nicht gern in der Nähe eines Sielgitters haben wollte. Vielleicht ein totes Tier oder Schlimmeres. Die Telefonzentrale hatte den Anrufer wütend gefragt, ob er dächte, sie hätten vielleicht aufgehört, Mordfälle zu untersuchen, wie die Fernsehreporter behaupteten, und würden jedes Mal mit Blaulicht zum Gullysäubern ausrücken, wenn sich ein toter Hund darin verfangen hätte. Worauf der Bahnangestellte sagte, nein, das dächte er nicht, und dies sei definitiv der erste Hund, genauer gesagt, Teil eines Hundes, den er seines Wissens mit einem Kinder-T-Shirt bekleidet gesehen hätte und der Finger besäße. Fünfzehn Minuten später spannten sich blauweiße Plastikbänder um den Hauptauslaß des Abwassersystems, das unter den Schienen am Bahnhof von Palo Alto verlief, und Tom Cordobes, der jetzt erkennen konnte, wovon der Bahnangestellte sprach, was sich da knapp anderthalb Meter unter dem Gitter befand und aussah, als könne es jederzeit von dem grauen, wirbelnden Wasser weggeschwemmt werden, stand im strömenden Regen und fragte sich, was zum Teufel sie jetzt unternehmen sollten.

Regenfälle wie diese gab es in Nordkalifornien nicht. Es hatte sie einfach nicht zu geben.

Drei Stunden später trafen die Taucher aus San Francisco ein, betrachteten die Jungs aus Palo Alto geringschätzig, als sein sie Dorftrottel, schlüpften in ihre Taucheranzüge und verschwanden im Schacht. Cordobes hatte unter seinen Männern welche, die gut schwimmen konnten, auch tauchen bis zu einem gewissen Grad. Aber irgendwas an der Kraft des strömenden Wassers dort unten sagte ihm, daß er die Frauen seiner Männer nicht zu Witwen machen wollte, und außerdem gaben diese Jungs aus der Stadt sowieso damit an, daß sie ständig trainierten, also warum ihnen nicht die Chance geben, ihr Können zu beweisen?

Sie waren den ganzen Nachmittag da unten, bis das graue Regenlicht zu schwinden begann. Am Ende waren sie zweimal mit etwas, das sie entdeckt hatten, wieder aufgetaucht, jedesmal in einem dunkelgrünen Unterwassersack verstaut: ein ganzer Arm, an der Schulter abgetrennt; der obere Teil eines Torsos, immer noch mit einem schwarzen T-Shirt bekleidet. Was sonst noch da unten gewesen sein mochte, war verschwunden, schwamm durch das Untergrundsystem der Abwasserkanäle, das schließlich irgendwann im kalten, grauen Ozean mündete.

Auf dem hellgrauen Zementboden vor dem Bahnhof hatte der Anführer der Taucher vorsichtig die Säcke geöffnet und ihnen die beiden Fundstücke gezeigt, nach ein paar Sekunden leise lachend, als er aus den Augenwinkeln mitbekam, wie zwei von Cordobes' Männern zu der durchweichten Grasumrandung hinüberrannten und sich die Seele aus dem Leibe kotzten.

»Die hätten letzte Woche dabeisein sollen«, sagte der Mann leise zu Cordobes. »Da haben wir eine ganze Wagenladung von Teenagern rausgeholt, vier insgesamt, in der Nähe der Half Moon Bay, schon seit einer Woche tot im Wasser, immer noch in ihrem Ford, mit Bierbüchsen, die drinnen rumschwammen. Mann, das war 'ne Sache. Schlägt das Aquarium in Monteray bei weitem. Schätze, Ihre Jungs führen hier draußen ein ziemlich ruhiges Leben.«

»Ja«, knurrte Cordobes. »Meistens haben wir es mit alten Damen zu tun, die die Parkzeit überschreiten, abgesehen von dem gelegentlichen Irren, der Kinder zerhackt, und dazu einen Captain, der nur Scheiße im Kopf hat.«

Der Mann aus der Stadt starrte ihn an. So redete man einfach nicht. Nicht, wenn man seinen Job behalten wollte. Die Bemerkung wurde Cy Langton natürlich zugetragen und besiegelte Tom Cordobes' Polizeikarriere endgültig.

Der Grausige Gourmet hatte, nach Langtons Worten, eine ganze Mahlzeit aus den Resten zubereitet. Bis Mitternacht des gleichen Tages hatte er mit ziemlicher Sicherheit festgestellt, daß die Körperteile mit der im Greshamwald gefundenen Hand übereinstimmten. Und daß sie nicht zu dem vermißten Miles Seymour gehörten. Die Pigmentierung der Haut, von der jetzt genügend für eine Untersuchung zur Verfügung stand, war eindeutig zu dunkel. Wahrscheinlich hispanisch. Außerdem befand sich am Oberarm des Kindes eine kleine Tätowierung, eine Rose in Rot und Blau, eindeutig nicht das, was vornehme englische Familien auf ihrer Nachkommenschaft anbrachten.

Langton blinzelte mehrmals, als er das hörte. Was konnten das nur für Leute sein, die ihre Kinder tätowieren ließen?

Hippies, kam sofort die Antwort, von fast jedem im Raum. Wußte denn Cy Langton überhaupt nichts über Hippies? Die Wahrheit war, daß er nur ihre Rauschgiftgewohnheiten kannte. Alles andere war ein großes Mysterium für ihn.

Am folgenden Morgen hielten sie eine Pressekonferenz ab und baten die Bevölkerung um Mithilfe: Sie suchten nach jemandem, der ein hispanisches Kind, etwa fünf bis sechs Jahre alt, gekannt hatte, mit einer an der linken Schulter eintätowierten Rose, zuletzt mit einem schwarzen Mickymaus-T-Shirt bekleidet. Zwei Stunden später war eine völlig bedröhnte Frau, die sich Sunflower Harris nannte, auf dem Revier erschienen, Augen groß wie Eßteller, und hatte nach ihrem Sohn gefragt. Sie war so bekifft, daß es eine Stunde dauerte, bis irgend jemand ihr glaubte. Selbst dann ergab sich nur ein verschwommenes Bild. Sunflower lebte ohne festen Wohnsitz mit jedem, der gerade zur Hand war, der etwas Stoff hatte, meistens in Menlo Park, hatte das Kind, Zak, irgendwann im Laufe des Heiligabends verloren und gemeint, der Junge würde schon wieder auftauchen. Das hatte er vorher immer getan. Sie hatte in der Obdachlosenunterkunft in Palo Alto, wo sie sich seit Beginn des Regens aufhielt, die Nachrichten gesehen, hatte, wie Tom Cordobes dachte, den Jungen einfach *vergessen*, bis sie die Sache im Fernsehen hörte. Dann kam sie angerannt und schrie, schrie die ganze Zeit, bis man sie ins Leichenschauhaus führte und ihr, so rücksichtsvoll wie möglich, die Tätowierung auf dem Arm zeigte. Sunflower Harris war anschließend einfach durchgedreht, war auf einen Planeten entschwunden, auf dem man sie lange, lange nicht würde erreichen können. Tom Cordobes schickte sie zu einer der Entzugseinrichtungen, begleitet von der mitfühlendsten Polizistin, die ihm einfiel. Aber etwas in ihm sagte ihm, daß diese Frau wirklich weggetreten war. Sie wußte nicht mehr als das, was sie ihnen bisher erzählt hatte. Der Junge war herumgestromert und in etwas hineingestolpert, was viel schlimmer war als der schlimmste Trip, den seine Mutter je eingeworfen hatte, und falls er irgendwann »Mami« geschrien hatte, als jemand ihn mit einem Messer zerhackte – und auch einer Axt, sagte der Gourmet, nachdem er sich die neuen Teile angesehen hatte, es wurde definitiv eine Axt benutzt –, dann hätte sie ihn nicht gehört, selbst wenn sie im angrenzenden Zimmer gewesen wäre.

Tom Cordobes hatte natürlich recht, das erkannte Cy Langton auch an. Er hatte ebenfalls recht, als er darauf hinwies, wie die Leiche des Jungen dorthin gekommen war. Daß das Rinnsal des San-Jacinto-Creeks am Rande des Greshamwaldes in das Abwassersystem mündete und man sich nicht sonderlich anstrengen mußte, um von da zu der Erkenntnis zu gelangen, daß die Hand als eine Art Witz an den Baum genagelt worden war, vielleicht, um sie in die Irre zu führen, in den Wald, wo man damit rechnete, alle möglichen Unsäglichkeiten zu finden, wo man erwartete, daß das Böse dort lauerte, obwohl es die ganze Zeit hinter einem war. All die Teile ordentlich in den großen, offenen Einlaß des Abzugskanals gestopft, eine halbe Meile von der University Avenue entfernt, um dort zu verrotten.

Die Ironie an dem Ganzen war, sagte Cordobes, daß sie ohne den Regen wahrscheinlich viel länger gebraucht hätten, um die Überreste des Harris-Jungen zu finden. Man konnte sie in den Tunnel stopfen, der die ersten zweihundert Meter fast anderthalb Meter hoch war, und sie da einfach verwesen lassen, sie von streunenden Hunden – oder was sonst noch durch das Abwassersystem kroch – fressen lassen und durchaus die Chance haben, daß niemand etwas bemerkte, vorausgesetzt, man stopfte das Zeug tief genug in das Rohr, um den Gestank von den Joggern fernzuhalten, die japsend und schnaufend am Waldrand entlangtrabten. Ohne die Überflutung wären sie vielleicht nie ans Tageslicht gekommen, sagte Cordobes, sagte das auf diese klugscheißerische Weise, die Cy Langton immer mehr auf den Geist ging.

»Und wie machen wir jetzt weiter, Tom?« hatte Langton gefragt, unfähig, den schneidenden Ton in seiner Stimme zu unterdrücken. »Irgendwelche Ideen?«

»Haus-zu-Haus-Befragung«, erwiderte Tom Cordobes. »Wie wir es längst ...«

»Halten Sie die Klappe, Tom, Himmel noch mal«, kläffte Langton. »Ich habe die Schnauze voll davon. Ich habe die Schnauze voll von Ihnen.«

Cordobes saß nur da und sagte nichts. Es fiel ihm schwer. Sehr schwer, wenn man wußte, daß man recht hatte, wenn man alle Anzeichen, alle Beweise, alle Leichen der Welt hatte, die einem das bestätigten.

Langton plusterte sich auf, nieste und sagte: »Dann legen Sie eben los, und sehen Sie ja zu, daß Sie mit etwas Greifbarem zurückkommen, haben Sie verstanden? Wenn Sie schon den häuslichen Frieden dieser Stadt zerstören, machen Sie es ordentlich und wie es sich gehört. Die Leute werden mich sowieso mit Beschwerden überhäufen, also unternehmen Sie alles, was nötig ist.«

»Sir«, sagte Cordobes und lächelte dann, nicht zu breit, nicht zu auffällig, nur genug, damit Langton es sehen konnte. Danach schaute er einen Moment in den immer noch strömenden Regen, ging dann und berief eine Besprechung mit seinen Männern für drei Uhr nachmittags ein.

Zehn Minuten nachdem Cordobes gegangen war, erschien Rosamund Seymours Bruder wieder in Langtons Büro, und der Captain merkte, wie ihm allmählich die Geduld ausging.

»Ich will meine Schwester und meinen Schwager mit heimnehmen, Captain«, sagte der Engländer mit näselnder Stimme. Er hatte ein langes, bleiches Gesicht, das aussah, als sei es gestreckt worden, und schien, so kam es Langton vor, den gleichen schimmernden, schwarzen Bürstenhaarschnitt zu bevorzugen wie Gene Pitney, bis jemand den Mut aufgebracht hatte, Pitney zu sagen, er sehe wie ein Blödmann aus. »Ich will sie zu Hause haben und damit basta.«

Langton breitete die Arme aus und versuchte – wenn auch nicht allzu sehr –, beschwichtigend zu schauen.

»Wie schon gesagt, Mister, äh …«

»Lascelles.«

»Ach ja. Ist das französisch?«

»Normannisch.«

»Was Sie nicht sagen. Nun ja, wie schon gesagt, Sir, Sie können das kleine Mädchen jederzeit mit nach Hause nehmen, aber bis wir diesen Fall abschließen, müssen die Leiche und ihre Schwester hierbleiben. Wir halten natürlich Verbindung mit Ihnen, um Sie über eventuelle Fortschritte bei der Suche nach dem Jungen zu informieren, wenn ich Ihnen auch momentan nichts Neues dazu sagen kann.«

»Guter Gott, Mann«, schnauzte Lascelles mit lauter Stimme. »Flora ist nicht das Problem. Das Mädchen kann sofort mit der Vorschule beginnen. Hätte sie wahrscheinlich sowieso getan, wenn diese verdammte Sache nicht passiert wäre. Das ist das Einfachste von der Welt. Es geht mir um Rosamund und Daniel. Ich will sie zu Hause haben. Ich will, daß er unter die Erde kommt.«

»Alles zu seiner Zeit, Sir. Alles zu seiner Zeit. Verstehen Sie, wir glauben zu wissen, wie er gestorben ist …«

»Lächerliche Idee. Sie haben einander *angebetet*.«

»Ich glaube nicht, Sir. Es ist ganz eindeutig, daß Ihre Schwester Mr. Seymour umgebracht hat. Eine andere Erklärung gibt es nicht. Und genauso eindeutig wird sie uns den Hergang nicht erklären. Nicht nach dem, was die Ärzte sagen. Das bedeutet, wir müssen auf den Coroner warten. Sobald der Coroner zu dem gleichen Ergebnis über die Geschehnisse gekommen ist, sobald alles ordentlich und vorschriftsgemäß abgewickelt worden ist, können Sie die Leiche haben. Aller Wahrscheinlichkeit nach auch Ihre Schwester, da wir sie vermutlich als geistesgestört einstufen werden. Ich bin bereit, hier flexibel zu sein. Kein Anlaß, sie hier auf

Kosten der Steuerzahler im Gefängnis oder einer Irrenanstalt zu behalten. Aber dabei sind bestimmte Vorgehensweisen zu beachten. Wenn das erledigt ist, können Sie sie haben. Vorher nicht.«

»Und wann wird das voraussichtlich sein?«

»In fünf, vielleicht sechs Wochen. Sie sollten nach England zurückkehren. Das kleine Mädchen mitnehmen. Es gibt nichts, was Sie hier tun können. Wir bleiben in Verbindung. Lassen Sie wissen, wann die Leiche freigegeben wird.«

»Und wann Sie unseren Ruf ruiniert haben werden. Mit diesem Schwachsinn über einen Mord. Diesem totalen Unsinn über Daniel und ...«

Er beendete den Satz nicht. Langton sah, wie sich der Engländer wand, und versuchte, mit wenig Erfolg, Mitleid mit ihm zu haben.

»Und was?«

»Sie wissen genau, was ich meine.«

Cy Langton hatte es allmählich satt, immer den gleichen Pfad entlangzutrotten und sich an das Schild mit der Aufschrift »Treten Sie nicht auf den Rasen« zu halten, während alle anderen auf dem Gras herumtrampelten.

»Sie meinen den Mißbrauch, Sir. Den Beweis des Mißbrauchs.«

Lascelles beugte sich zu ihm, beugte sich vor und stützte sich mit der Hand auf den Schreibtisch. Es war eine zarte, bleiche Hand. Nicht die Art Hand, wie Polizisten sie haben. Nicht die Art, die an harte, dreckige Arbeit gewöhnt war.

»Ich *kenne* meinen Schwager. Ich *kenne* meine Schwester. Ich *weiß*, daß das nicht passiert sein kann.«

»Ach ja?« sagte Cy Langton. »Wissen Sie, Sir, jemand hat mir mal gesagt, das Wichtigste, was man bei der Polizeiarbeit lernt, sei die Erkenntnis, daß niemand andere wirklich kennt. Ehefrauen und Ehemänner. Väter und Töchter. Ich bin davon überzeugt, daß das stimmt. Ich bin kein übermäßig kluger Mann, aber ich habe zu oft erlebt, daß man, wenn man hinter die Fassaden eines gemütlichen kleinen Heims schaut, Blut auf dem Boden findet, Blut, das fast immer durch jemanden vergossen worden ist, der sagt, er kann es nicht gewesen sein, weil er die andere Person liebt, sie mehr als alles auf der Welt liebt. In diesem Fall liegt mir ein langer und detaillierter ärztlicher Bericht von jemandem vor, der ein äußerst angesehener Experte auf diesem Gebiet ist. Und er hat keine Zweifel. Das kleine Mädchen ist von jemandem mißbraucht worden, und ich will verdammt sein, wenn wir jemanden finden, der als Täter eher in Frage kommt als der Vater. Die Frau, Ihre Schwester, ist auch geschlagen worden, und das *kann* ich beweisen. Ich habe Zeugen aus dem Nachbarhaus, die es gehört haben, es bei einer Gelegenheit sogar gesehen haben. Also lassen Sie uns hier nicht um den heißen Brei herumreden, Sir. Sie wissen etwas, ich weiß etwas. Aber ich kann das, was ich habe, dem Coroner als Beweis vorlegen, während alles, was Sie haben, nur heißer Wind, Gerede und Familienloyalität ist. Familienloyalität ist zwar eine gute Sache, aber wie ich Ihnen schon die ganze Zeit zu erklären versuche, sind Vorschriften Vorschriften, und das Gesetz ist das Gesetz.«

Lascelles atmete tief durch, und zum ersten Mal, seit der Mann aufgetaucht war, hatte Cy Langton das Gefühl, die Oberhand zu besitzen.

»Haben Sie eine Ahnung, was uns das antun wird, Captain? Können Sie das überhaupt ermessen?«

»Sir, Ihre Schwester ist verrückt, Ihr kleiner Neffe wird vermißt, und nach allem, was ich weiß, liegt der einzige, der uns sagen könnte, was passiert ist, mit eingeschlagenem Schädel tot im Leichenschauhaus. Das ist passiert. Sie können die Augen nicht davor verschließen.«

»Sie glauben doch nicht wirklich, daß Daniel etwas mit dem Verschwinden des Jungen zu tun hatte, oder? Da ist dieser andere Fall, von dem ich im Fernsehen gehört habe. Entsetzlich.«

»Es gibt nichts, was die beiden Fälle verbindet, Sir, absolut nichts. Wir *wissen*, daß Ihre Schwester ihren Mann umgebracht hat. Und daß er zumindest das kleine Mädchen mißbraucht hat, und, wie wir annehmen, wohl auch den Jungen. Ich *weiß* es nicht. Ehrlich gesagt, ich weiß nicht, ob wir es jemals wissen werden.«

Lascelles starrte auf den Schreibtisch. Einen Moment lang – nur einen Moment – tat er Cy Langton leid. Es wäre für jeden schwierig gewesen, mit diesem Schlamassel fertig zu werden.

»Captain, eben weil diese ganze Sache eine Tragödie *ist*, kann ich den Gedanken nicht ertragen, daß diese Mißbrauchsangelegenheit auch noch auf den Tisch kommen soll. Selbst wenn es wahr wäre, was ich nicht glaube, können Sie denn nicht sehen, daß es alles nur noch verschlimmern würde?«

»Ah«, sagte Cy Langton nach kurzem Nachdenken. »Kennen Sie das Wort ›schachern‹? Ich denke, das ist genau das, was Sie mit mir zu tun versuchen, Sir.«

»Ich denke an die Familie. Ich meine, daß sie genug gelitten hat.«

Langton fragte sich, wieviel Druck er ausüben konnte. Eine ganze Menge, so wie es aussah.

»Na gut. Sie schachern nicht übel, für einen Engländer. Ich werde Ihnen was sagen. Sie machen, daß Sie hier wegkommen, setzen sich ins nächste Flugzeug. Nehmen das arme kleine Mädchen mit, lassen mich endlich in Ruhe und warten, bis wir die Leiche freigeben, Sie tun all das, und ich sehe, was sich machen läßt. Ich werde den Coroner fragen, ob wir diese Mißbrauchssache bei der öffentlichen Anhörung weglassen und Ihre Schwester so schnell wie möglich nach Hause schicken können, sobald wir eine schriftliche Zusage von Ihnen haben, daß sie nicht auf die Menschheit losgelassen wird, solange sie sich in diesem Zustand befindet. Reicht Ihnen das?«

»Sie garantieren dafür?«

»Ich bin Polizist. Ich habe alle Hände voll zu tun mit dem, was sich da draußen abspielt. Ich kann Ihnen nicht mal garantieren, daß ich morgen noch meinen Job habe. Es ist das beste Angebot, das Sie kriegen können, Mister, äh ...«

»Lascelles.«

»Ja. Das beste Angebot, das Sie je kriegen können.«

Der Engländer nahm eine Du-Maurier-Zigarette aus einem silbernen Etui, zündete sie an, schaute in den grauen Himmel vor dem Bürofenster, überlegte, wie schnell er hier wegkommen könnte, zurück zu einem Ort, an dem er sich, wenn schon nicht glücklich, zumindest zu Hause fühlte.

Vier Stunden später saß Simon Lascelles in der vorderen Reihe der ersten Klasse eines British-Airways-Nachtfluges nach London. Auf dem Sitz neben ihm kauerte schweigend Flora Seymour und wartete darauf, aus diesem langen, langen Traum aufzuwachen, der nicht enden wollte.

4

Synkopierung

Life is what happens while you are making other plans.
JOHN LENNON, »Beautiful Boy«

Ben Rawlins schaute durch die Glasscheibe und betrachtete die zwei Gestalten, die am Mischpult saßen. Die Art, wie Paul Dunsany und Joni Lascelles miteinander redeten, leise, eindringlich, angeregt, beunruhigte ihn mehr, als er zugeben mochte.

»Ist die nette englische Dame was Permanentes? Was meinst du, Frank?«

Grayson blickte vom Notenblatt auf seinem Schreibtisch hoch und zuckte die Schultern.

»Du weißt, wie es Frauen mit Musikern geht. Ein paar Wochen sieht es toll aus, richtig toll. Dann kennen sie die Routine. Sie gewöhnen sich an die langen Nächte und das späte Aufstehen, und plötzlich langweilt es sie, dabeizusitzen und sich ständig dasselbe anzuhören. Himmel, es langweilt ja sogar mich. Also kommen sie nicht mehr so oft, und was passiert? Plötzlich sitzt da unten ein anderes nettes Mädel und lächelt zu dir herauf. Das haben wir doch schon alle erlebt, Ben. Man wäre blöd, wenn man etwas anderes erwarten würde.«

»Paul nicht«, sagte Ben Rawlins. »Er hat das schon lange nicht mehr erlebt.«

Genius sah von seinem Mac auf. »Wenn ihr mich fragt, das beste wäre, wenn die Frau auf der Stelle wieder nach England verschwindet. Uns in Ruhe läßt. Hier nicht dauernd reinschneit und den Arbeitsfluß unterbricht.«

Grayson und Ben Rawlins sahen einander verblüfft an.

»Welchen Arbeitsfluß meinst du, Genius?« fragte Grayson schließlich. »Die meiste Zeit tun wir doch überhaupt nichts. Ist dir das noch nicht aufgefallen, wenn's um das Bezahlen der Rechnungen geht? Wenn wir diese Auftritte im Zanzibar nicht hätten, müßten wir da draußen mit all den anderen Pennern am Pioneer Square betteln gehen.«

»Ja«, brummelte der Junge. »Trotzdem wünschte ich, sie würde verschwinden. Bringt hier nur alles durcheinander.«

»Armer Junge«, sagte Ben Rawlins. »Armer kleiner Junge.«

Wieder schaute er durch die Scheibe zu den beiden, griff dann nach ein paar Notenblättern und setzte sich damit in eine Ecke.

Joni trug einen cremefarbenen Pullover mit Polohemdkragen zu dunklen Hosen. Heute ging etwas von ihr aus, etwas Erregtes, Zittriges, bei dem Paul Dunsany innerlich ganz kalt wurde. Seit drei Tagen waren sie jetzt zusammen, aber es kam beiden viel länger vor. Sie ließ ihm immer noch seine Ruhe, hatte ihr Zimmer im Pequod behalten, das er nie gesehen hatte, und kehrte dorthin zurück, hatte sogar die letzte Nacht dort verbracht, nachdem sie sich auf dem Fußboden seines Bootes geliebt hatten, langsam, phantasievoll, und dann zugesehen hatten, wie das Licht vom Himmel verschwand, das graue, ölige Wasser vom Lake Union in eine schimmernde schwarze Fläche verwandelt wurde, erleuchtet von der Spiegelung der Straßenlaternen. Aber es war schon eine Verbindung zwischen ihnen entstanden, unausgesprochen, eine, die aus unterschiedlichen Richtungen, unterschiedlichen Bedürfnissen herrührte, und beide waren sich dieser Tatsache bewußt.

Sie war vor einer Viertelstunde im Studio erschienen und direkt zu ihm gekommen, um mit ihm zu reden. Er wehrte sich nicht dagegen. Es gab nichts Dringendes zu tun, gab es dieser Tage selten, wie eine wachsende Anzahl von Telefonanrufen ihrer Bank bewies. Aber es gab Zeiten, in denen er wünschte, seine Gedanken von ihr abwenden zu können, Zeiten, in denen er wünschte, durch irgend etwas abgelenkt zu werden.

»Hast du von ihm gehört?« fragte er. »Von dem Detektiv?«

»Ja.« Sie wirkte zerbrechlich. Trotz all ihrer nach außen gezeigten Härte spürte er, daß etwas in ihr war, das Schutz brauchte, vielleicht ebensosehr vor sich selbst wie vor anderen, denn hinter der Zerbrechlichkeit befand sich eine Art von Verzweiflung, eine Art von Bedürfnis, das sie manchmal zu weit trieb. Vielleicht Dinge tun ließ, die sie gar nicht tun wollte.

»Und?«

Sie zögerte, wog ihre Worte ab, bemühte sich, nicht zu schnell zu denken, die Worte einfach aus ihr herauskommen zu lassen.

»Du warst dort, Paul.«

Er meinte, an dem plötzlichen Stocken seines Atems ersticken zu müssen.

»Wie bitte?«

Ihr Gesicht war so bleich, so angespannt.

»Du hast dort gelebt. Du mußt dich doch erinnern. Mußt wissen, warum ich so empfinde.«

Es gab ein paar Dinge, an die er sich erinnerte – zwei kleine Gestalten mit Flügeln, gesehen durch das Fenster von Moores Musikgeschäft, der alte Moore, der ihn früher gehen ließ, zur Scheune, zu Louise –, und andere, bei denen es ihm nicht gelang, nicht in wirklichen, greifbaren Einzelheiten, wie sehr er auch an der bleichen, glatten Narbe in seinem Gesicht herumfingerte, an das alte Motorrad, Louise und die dunkle, verschwommene Zeit, die sein Leben für immer verändert hatte, dachte.

»Paul?«

Da war etwas an ihrer Verzweiflung, an ihrem Bedürfnis, das ihn erschreckte, das sie beide in einen erstickenden, den Atem nehmenden Wirbel des Irrsinns hineinreißen konnte, falls es ihm nicht gelang, sie da herauszuholen, zurück ins Licht.

»Wir sind hier in Amerika. Hier gibt es so was wie den Mord der Woche. Hast du das noch nicht bemerkt? Klar erinnere ich mich an die Geschichte. Ich erinnere mich auch an O. J. Simpson. Was bringt dir das? Warum kannst du nicht loslassen?«

»Das kann man nicht«, sagte sie fest, mit einer solchen Gewißheit, daß ihm klar war, es kam aus ihrem eigentlichen Selbst, nicht aus der Bedürftigkeit, nicht aus der Verzweiflung. »*Es* läßt dich los. Wenn es sich dazu entscheidet. Wenn ihm danach ist. Ich habe dabei nicht das geringste Mitspracherecht.«

»Das ist Schwachsinn, Joni. Du hast jedes Mitspracherecht der Welt. In unser aller Leben gibt es Dinge, die wir nicht ausstehen können, Dinge, die wir getan haben, Dinge, die wir bedauern. Du darfst einfach nicht zulassen, daß die Vergangenheit dich so auffrißt.«

Sie starrte auf das Mischpult, wünschte sich, diese Knöpfe, diese Regler berühren und auf sich selbst anwenden zu können, den Emotionsknopf ein wenig zurückzudrehen, die Schuldgefühle, die Erinnerungen etwas abzuschwächen.

»Du glaubst, man hat eine Wahl? Es gibt eine Möglichkeit, das zu beenden?«

»Selbstverständlich«, sagte er und glaubte es beinahe selbst. »Du brauchst nur zu sagen, es ist vorbei, es liegt hinter mir. Du entläßt den Detektiv. Du hörst mit der Suche auf. Du akzeptierst, daß das Geschehene geschehen ist, und lebst dein Leben weiter. Du mußt das tun, Joni. Es steht zwischen uns. Es steht zwischen dir und allem, was du mit deinem Leben anfangen willst.«

Sie lächelte und sagte: »Das weiß ich, Paul. Das ist genau der Punkt, warum ich mich damit auseinandersetzen muß, *weil* es zwischen mir und dem steht, was ich wirklich bin.«

»Dann durchtrenne die Verbindung. Laß los.«

»Glaubst du auch nur für einen Augenblick, ich würde es nicht tun, wenn ich könnte?«

Ihrem Blick, mit dem sie ihn beinahe flehend anschaute, entnahm er, daß es die Wahrheit war. Falls es eine Möglichkeit gäbe, die Verbindung zu durchtrennen, würde sie es tun. Er konnte nicht anders, als sich zu fragen, was dann von ihr übrigbleiben würde. Ob sie noch dieselbe wäre. Ob sie noch dieselben Gefühle, dieselbe Triebkraft hätte.

»Der Grund, warum ich das tue, hat nichts mit Rache zu tun. Nichts mit Neugier, mit Wissenwollen, sondern mit Schuldgefühlen. Kannst du das verstehen?«

»Nein«, antwortete er, und die Heftigkeit in seiner Stimme ließ sie zurückzucken. »Es gibt *nichts*, wofür du dich schuldig fühlen mußt. Du hast nichts davon *getan*, Joni.«

»Ich habe es nicht getan, Paul. Aber ich habe es ausgelöst. Das kannst du nicht wissen, weil ich es dir nie erzählen werde. Du mußt es mir einfach glauben. Alles. Ich habe es ausgelöst. Und ich erinnere mich wie. Ganz genau.«

Er fummelte zerstreut an den alten abgenutzten Reglern auf dem Pult und fragte sich, ob es auf diese Weise passierte, ob so die eigene Welt auseinanderfiel, Stück um Stück, Tag für Tag.

»Was willst du also tun, wenn du diesen Mann findest?«

»Ich weiß es nicht«, sagte sie. »Das ist die Wahrheit. Ich weiß es ehrlich nicht.«

»Solltest du nicht lieber darüber nachdenken?«

»Nein. Ich brauche nicht darüber nachzudenken. Was geschehen wird, *wird* geschehen. Vielleicht geschieht nichts.

Vielleicht werden die Dinge klarer. Es spielt keine Rolle. Ich will ihn einfach sehen. Ich will es einfach *hören*. Wenn das vorbei ist, ist es vorbei. Es ist, als würde man an Zauberei glauben. Ich muß nicht verstehen, wie sie zustande kommt. Ich muß nicht verstehen, wie die Tricks funktionieren. Man braucht nur zu wissen, daß es Zauberei ist und daß sie funktionieren kann, manchmal funktionieren kann. Verstehst du, was ich meine? Oder bin ich verrückt?«

»Ich weiß nicht«, sagte er. »Mir gefällt die Idee mit der Zauberei. Ich *weiß*, daß du verrückt bist, sonst wärst du nicht hier. Und danach?«

»Danach«, sagte sie, beugte sich vor, küßte ihn auf die Wange, ihre Haut so weich und duftend, »überlegen wir, was als nächstes kommt.«

»Ja«, antwortete er. Sie griff nach ihrer Tasche, öffnete die Glastür, lächelte ihn an, verabschiedete sich von den anderen im Büro und ging. Hoffnung wallte in ihm auf. Vielleicht hatte sich die Verzweiflung ein wenig abgekühlt. Vielleicht war die Bedürftigkeit, der Hunger nicht mehr so stark. Sie sah etwas weniger verrückt aus, etwas weniger besessen als beim Hereinkommen, und er wußte, daß er der Grund dafür war, obwohl ihm dieses Wissen keine Freude bereitete.

Paul Dunsany wünschte sich, man könne die Toten für immer begraben, wünschte sich, sie würden dort unten bleiben, unter der Erde, wohin sie gehörten. Er haßte diese verweste Leiche, die aus dem Grab und in sein Leben zurückgekehrt zu sein schien. Nicht weil es eine Bedrohung für ihn war, sondern dafür, was es für sie bedeutete. Er konnte sich nicht an alles erinnern, aber er erinnerte sich daran, wie das Gift in jenen Weihnachtstagen in sein – *ihrer aller* – Leben eingedrungen war, und, wie es jetzt schien, sie nie verlassen würde.

Dunsany ging ins Büro zurück, und Genius sagte mit resignierter Stimme: »Stutenalarm. *Schon wieder*.«

In einer Ecke, als sei sie schon längere Zeit da, und mit einem Aussehen wie vor zwanzig Jahren, vielleicht noch schöner, saß Louise Gostelow und lächelte, lächelte, lächelte.

»Sie ist sehr hübsch, Paul«, sagte Louise. »Klingt wie eine Engländerin. Glücklicher Mann.«

»Sucht nach Hippies«, grummelte Genius. »Kommt den ganzen Weg hierher, nur um nach Hippies zu suchen.«

Paul Dunsany fühlte sich in dem Strahlen von Louise Gostelows Augen gefangen wie ein zappelnder Fisch, sprachlos, nach Luft schnappend, während der Regen draußen herunterrauschte, ein stetiger, grauer Strom, sichtbar durch die Glastür.

5

Komplizenschaft

Schuld sucht stets eilends nach ihrer Ergänzung, der Strafe; nur so findet sie ihre Befriedigung.

LAWRENCE DURRELL
Justine

Nachdem Hal Jamieson in den frühen Morgenstunden des 26. Dezembers von seinem Trip heruntergekommen war, saß er in der Dunkelheit des Wohnraums der Scheune und versuchte, auf klare Gedanken zu kommen. Hal würde nie wieder Acid nehmen, auch wenn er gelegentlich Flashbacks hatte. Etwas an diesem Wissen, dieser Entscheidung gab ihm ein wenig Kraft, darüber nachzudenken, was zu tun war, welchen Weg sie einschlagen sollten.

Als sie schließlich aus dem Lagerschuppen gekommen waren, hatten Quinn, Louise und Maus noch ein bißchen Gras geraucht. Maus war schweigsam wie immer, aber etwas an ihr, etwas an der Art, wie sie ihren Blicken auswich, machte Jamieson nachdenklich. Dann waren Quinn und Louise zusammen ins Bett gegangen, und Hal Jamieson hatte zugehört, ohne es zu wollen, ohne es verhindern zu können. Hatte das Quietschen der Bettfedern gehört, Louises Schreie, als sie kam, dieses schrille Keuchen, so laut, daß es all seine Gedanken auslöschte, bis es zu schwachen Japsern verklang, dann Stille, und ihm an diesem kalten, dunklen, unwirtlichen Ort nichts mehr blieb, als nachzudenken. Über sich. Über sie alle. Über sie beide.

Und wie sehr er sich auch den Kopf zerbrach in jener

Nacht, am nächsten Tag und der darauffolgenden Nacht, in der Hal Jamieson kaum schlief, es gab keinen Weg daran vorbei. Keine Möglichkeit, zu einem anderen Schluß zu kommen.

Quinn fütterte den Jungen mit Drogen. Manchmal tat er es selbst. Manchmal schickte er Maus, für die es mehr und mehr zu einer neuen Aufgabe wurde; neuer Dreck, den sie vom Boden wischen konnte. Der Junge schien sich in einer anderen Welt zu befinden und ihre Anwesenheit kaum zu bemerken, doch wenn es etwas zu essen gab – Schinken, Würstchen, Bohnen, Brot –, schlang er es schnell hinunter. Die wenigen Male, die Hal den Jungen sah, nachdem Quinn bei ihm gewesen war, fiel ihm eine radikale Veränderung auf. Der Junge schien auf einem Trip oder so was zu sein. Seine Augen waren zwei schwarze Teiche wie in jener ersten schrecklichen Nacht, und dieser Zustand hielt stundenlang an.

»In seinem Alter hätten wir alle so abheben können«, hatte Quinn voller Bewunderung gesagt. Hal Jamieson hatte erkannt, daß das der Wahrheit entsprach, und die Vorstellung hatte ihn so beängstigt, daß er froh war, Desert Rose und all ihren Kumpanen abgeschworen zu haben und in den Armen freundlicherer Narkotika wie Bud, Sierra Nevada und dem guten alten Jim Beam gelandet zu sein.

Was ihm die größten Sorgen machte, was ihn vor Besorgnis fast *umbrachte*, war ihre Komplizenschaft. Wie er es auch drehte und wendete, Hal Jamieson konnte sich der Tatsache nicht entziehen, daß sie alle im gleichen Boot saßen: Er, Louise und Maus waren durch die Geschehnisse an Quinn gekettet, auch wenn sie nicht das geringste getan hatten, nicht das geringste – *und er konnte den amüsierten, belustigten Blick dieser Schweine direkt vor sich sehen, wenn er ihnen damit kam* –, außer zuzulassen, daß dieser verdammte Irre die Tür geöffnet, ihnen etwas von Desert Roses dunkler Seite gezeigt und sie hineingewinkt hatte.

Im Leben lief es nun mal nicht so. Man konnte nicht zu den Cops laufen, sagen: »Schauen Sie, was mein Freund hier getan hat, während ich völlig bedröhnt war«, und sich dann unbeschadet aus dem Staub machen. Welchen Ausweg es auch geben mochte, es mußte einer sein, der sie alle reinwusch. Wenn ihnen das nicht gelang, würden sie gemeinsam in den Knast gehen. Und Hal Jamieson wollte keinesfalls in den Knast. Hals Vater war Anwalt in Boston und hatte sich den Arsch abgearbeitet, um seinen Sohn nach Stanford schicken zu können. Hal wagte noch nicht mal daran zu denken, wie der alte Knabe reagieren würde, falls sich jemand zu ihm umdrehte und sagte: »Nein, tut mir leid, Hal hat's vermasselt, James. Scheint da in einen Mord und eine Entführung verwickelt zu sein, und das ist einfach nicht vereinbar mit unserem Ehrenkodex in Stanford, absolut nicht vereinbar.«

Es paßte auch nicht zu Jamiesons eigenen Plänen. Denn trotz seines Aussehens, des Ohrrings, der bis auf die Schultern reichenden Lockenpracht, des Che-Guevara-T-Shirts, hatte Hal Jamieson Pläne. Hatte den Plan, reich zu werden (und das Handeln mit Dope war nur eine Möglichkeit, Angebot und Nachfrage kennenzulernen, die Märkte zu beurteilen, ein wenig Kapital aufzubauen, sonst nichts, mehr nicht), und auch dies war nicht vereinbar mit einer Verbindung zu Entführern und Mördern.

Es sei denn …

Am Samstag nachmittag, zwei Tage, nachdem Michael sie zum ersten Mal in den Lagerschuppen mitgenommen hatte, während Louise Gott weiß wo war und Maus arbeitete, setzte sich Hal Jamieson im Wohnraum auf das alte, verschlissene Sofa neben Quinn, der einigermaßen nüchtern und geistig anwesend wirkte. Setzte sich, versuchte in diese großen klaren blauen Augen zu schauen und etwas wie Vernunft darin zu finden. Es war nicht einfach.

»Michael«, sagte Jamieson, »wir müssen miteinander reden. Ich muß es wissen. Was wir mit dem Jungen tun sollen. Willst du ihn töten? Oder was?«

Quinn starrte ihn mit seinen eisblauen Augen an, und Jamieson wußte, daß er innerlich lachte.

»Spinnst du, Hal? Ihn *töten*?«

»Ja.«

Hal Jamieson hatte das Gefühl, dieser Spielchen rasch müde zu werden. Allerdings konnte der Punkt kommen, an dem Michael Quinn ihn so sehr nervte, daß es der Mühe wert sein könnte, zu den Cops zu gehen und ihrer Vorstellungskraft ein wenig nachzuhelfen.

»Michael, du siehst nicht genug Fernsehen, heute morgen haben sie angefangen, Teile von irgendeinem Latino-Kid aus einem Gully nahe der University zu ziehen. Abgetrennte Teile. Paßten zu der Hand, die sie im Wald gefunden haben. Mir ist schleierhaft, warum sie noch nicht an unserer Haustür erschienen sind. Schleierhaft, warum du die verdammte Hand überhaupt dort angenagelt hast.«

»Wenn dieser blöde Regen nicht gekommen wäre, hätten sie *nie* etwas gefunden.«

»Bis auf die Hand. Warum hast du die dämliche Hand eigentlich dort angenagelt?«

»Du kapierst es nicht. Du wirst es *nie* kapieren. Man muß es sichtbar machen. Manchmal werden die Dinge nicht wirklich, bevor man sie nicht *sieht*. Das war ich dem Jungen schuldig. Es hat ihn erwischt, als ich den Hebel umlegte, böse erwischt. Ich war es ihm schuldig.«

Hal nickte und fragte sich, ob in Michael Quinns Hirn je wieder Vernunft einkehren würde.

»Aber dieser Junge lebt, Michael. Er könnte uns alle ins Gefängnis bringen.«

»Ja.«

»Also, was hast du vor? Gedenkst du, ihn irgendwie loszuwerden oder was? Wie sehen deine Pläne aus? Wir haben ein Recht, das zu erfahren.«

Quinn sah ihn an, als hätte er die Frage nicht verstanden.

»Du machst mich völlig fertig, Hal. Du warst doch *dabei*. Wir haben die Würfel geworfen, und der Junge hat *gewonnen*, als sie fielen. Kannst du das nicht in deinen verdammten Dickschädel reinkriegen? Er hat *gewonnen*.«

»Du willst also damit sagen, daß ihn das rettet. Der andere kleine Kerl geht durch einen Elektroschock drauf, und du machst dich daran, ihn mit einem Küchenmesser zu zerhacken. Bei diesem Jungen drehen wir das Glücksrad, und er überlebt. Also zerhackst du ihn nicht.«

Michael Quinn lächelte, ein völlig irres Lächeln. »Das wäre Mord, Hal. Kapierst du das nicht?«

Jamieson war nicht daran gewöhnt, vor Wut auszurasten, aber in diesem Moment hatte er das Gefühl rotzusehen, in ein Universum aus Haß und Blut abzudriften – was Michael Quinn genau wußte –, falls er sich nicht an Konkretes klammerte.

»Michael, Cops denken nicht in Dimensionen wie Schrödingers Katze. Sie denken nur in Dimensionen von Schuld. Und in ihren Augen sind wir alle schuldig. *Alle*. Verstehst du mich? Nach ihren Regeln könnte der Junge uns *alle* ins Gefängnis bringen. Ich will nicht, daß er stirbt. Aber ich will auch nicht ins Gefängnis.«

Quinn griff nach einem Päckchen Zigarettenpapier und einer Tabakdose mit Dope. Schaute dann erstaunt auf, als Jamieson ihm beides abnahm und wieder auf den verschmierten Couchtisch vor ihnen legte.

»Jetzt nicht, Michael. Wenn wir alles durchgesprochen haben, kannst du rauchen. Vorher nicht. Du hast uns in diese Situation gebracht. Ich will wissen, wie du planst, uns da wieder rauszuholen.«

Quinn starrte ihn an, und irgend etwas, irgendein verborgenes Fünkchen von Verstand riet ihm, sich zusammenzunehmen. Dieses Mal. Dieses eine Mal.

»Okay«, sagte er. »Wir bringen ihn einfach irgendwo hin. Lassen ihn laufen. Setzen ihn ins Auto und bringen ihn hier weg. Kein Problem.«

Jamieson schüttelte den Kopf. Er hatte das Ganze immer und immer wieder durchdacht und war zu keinem Ergebnis gekommen.

»So läuft das nicht, Michael. Wo sollen wir ihn hinbringen? In die Wüste? Dann können wir ihn auch gleich umbringen, da draußen überlebt er keine fünf Stunden. Auf die Türschwelle irgendeines Waisenhauses? Prima. Der Junge fängt an zu reden, und sie sagen: ›He, du bist ja ein Engländer. Wie heißt du, bist du nicht das Kind aus Palo Alto?‹ Und zack ist er wieder hier, führt sie durch den Wald direkt zur Scheune. Uns stecken sie in die Zwangsjacke, schneller als du Richard Nixon sagen kannst. Das will ich nicht, Michael. Ich *will* nicht ins Gefängnis.«

Quinn dachte nach.

»Okay, dann töten wir ihn. Uns bleibt keine andere Wahl.«

»Junge, das hat aber gedauert, Michael. Wie gut, daß du es nie mit Philosophie versucht hast. Hätte der kürzeste Kurs in der Geschichte sein können.«

»Dir kann man es heute aber auch nicht recht machen. Wann?«

Er hätte es sofort und auf der Stelle getan, sagte sich Jamieson. Als würde er eine Küchenschabe zertreten.

»Du kennst diesen Vorratskeller besser als ich, Michael. Glaubst du, er ist sicher? Besteht die Möglichkeit, daß der Junge da rauskommt oder jemand ihn hören kann?«

»Die Fesseln sind absolut solide. Der Junge kann nirgends hin, und die Wände sind dickste Erde. Außerdem ist er fast die ganze Zeit auf Acid. Wie sollte er in dem Zustand abhauen?«

Jamieson nickte. Er spürte, wie die Räder anliefen, sich der Schatten eines Planes in seinem Hinterkopf zu formen begannen.

»Hast du Geld, Michael? Ich meine, echte Kohle?«

»Nicht viel. Die Alten pflegen das Zeug festzulegen, bis man älter ist. Deine nicht? Falls du daran denkst, dich aus dem Staub zu machen, ich werde nicht dafür zahlen, wenn du das meinst.«

»Nein«, sagte Jamieson. »Das meine ich nicht, nicht so ganz. Die Eltern dieses Kindes stammen aus einer der großen Familien in England. Altes Geld. Nichts ist vergleichbar mit altem Geld. Kommt mir so vor, als könnten wir ihnen helfen, ein bißchen was davon unter die Leute zu bringen *und* gleichzeitig unser Problem loszuwerden.«

»Nicht übel«, Quinn grinste. »Manchmal überraschst du mich wirklich, Hal. Da dachte ich, du wärst nicht mehr als ein zweitklassiger kleiner Dealer, wo in deinem Innersten ein echter Krimineller sitzt, der nur auf sein Stichwort wartet.«

»Ja«, sagte Jamieson, und seine Stimme war eisig. »Glaubst du? Tja, dann merk dir eines, Michael. Wenn uns hier jemand rausbringt, dann bin *ich* es. Du nicht. Du *kannst* das nicht. Und auch sonst niemand.«

Dann wartete Hal Jamieson, wartete auf den Widerspruch, der nicht kam. Quinn schaute ihn nur grinsend an, und Hal spürte, wie ein Gewicht auf seine Schultern fiel, fragte sich, ob es sich je wieder heben würde.

»Das bedeutet, daß du von jetzt an tust, was *ich* sage, Michael. Das bedeutet, wenn ich sage los, dann geht es los. Keine Fragen. Keine Argumente. Das hier ist keine Demokratie. Das ist Überleben. Verstanden?«

Quinn erhob die Hand zu einem kleinen Salut und lächelte, lächelte so breit, daß seine großen gelben Zähne im dämmrigen Inneren des Raumes schimmerten. Griff dann nach der Dose mit dem Dope. Jamieson kam ihm zuvor, schnappte sich die Tabakdose und hielt sie fest.

»Was ich von dir will, Michael, ist, daß du das ganze Haus absuchst und jeden Krümel Dope und Acid, den du finden kannst, in einen großen Sack packst und ihn da unten in dem Loch bei dem Jungen verstaust. Und ich will, daß du es jetzt tust. Auf der Stelle. Wenn du mehr fernsehen würdest, wüßtest du, was da draußen in der Welt vorgeht. Ich weiß genau, daß die Polizei jetzt garantiert mit Haus-zu-Haus-Befragungen anfangen wird, und kann mir denken, daß alle, die in der Nähe des Waldes wohnen, ganz oben auf ihrer Liste stehen.«

Im Haus befand sich so viel Dope, daß sie eine Stunde brauchten, alles zu finden. Selbst dann waren sie sich nicht sicher, ob es tatsächlich alles war. Als das letzte bißchen, das sie finden konnten, sicher im unterirdischen Vorratskeller verstaut war, gingen sie zurück ins Haus, machten sich jeder ein Bier auf und setzten sich vor den Fernseher. Quinn langweilte sich bereits nach einer Viertelstunde, fragte sich, wie lange es noch dauern mochte, bis die Frauen zurückkamen, ging in sein Zimmer und begann zu lesen.

Um sechs Uhr abends wurde an die Tür geklopft. Hal Jamieson öffnete und schaute in das steinerne, walnußbraune Gesicht von Tom Cordobes, lächelte und sagte, so freundlich er konnte: »Womit kann ich Ihnen helfen, Officer?«

Ihre Aufräumaktion erwies sich als Erfolg. Zehn Minuten später lehnten Cordobes und sein Begleiter das angebotene Bier ab und gingen. Nur eine Sache an dieser Begegnung blieb in Cordobes' Gedächtnis als ungewöhnlich haften. Es war die Verwunderung, die er empfand, und zwanzig Jahre später wieder entdeckte, daß ein Junge, der derart wie ein ausgeflippter Hippie wirkte, so höflich, so normal und so hilfsbereit sein konnte.

6

Louise im Studio

Unsere Vergangenheit zeigt, was wir sind. Nur daran erkennt man den Wert eines Menschen.

Oscar Wilde
Ein idealer Gatte

Sie saß im Kontrollraum, spielte mit den Reglern wie ein kleines Kind, das ein neues Spielzeug gefunden hat, lächelte, lächelte, und Paul Dunsany konnte den Blick nicht von ihr wenden. Nach zwanzig Jahren sah sie immer noch genauso aus, sogar noch besser, und die Schatten der Erinnerung, die er gerne aus seinem Kopf verbannt hätte, machten ihn fast krank vor Angst.

»Du siehst gut aus, Paul«, sagte sie. Nur ihre Stimme hatte sich verändert, war tiefer, kehliger geworden. Sie streckte ihre Hand aus, berührte seine Wange, die glatte Linie der Narbe.

»Tote Haut«, sagte er flach und ließ die Wärme ihrer Hand in sich hineinströmen, einen kleinen Sturm der Verrücktheit tief in seinem Kopf entfachen. Dann griff er hoch und schob ihre Finger von seinem Gesicht weg. Dinge wirbelten in seinem Kopf herum, große dunkle Formen, die keinen Sinn ergaben.

»Nur tote Haut.«

»Wirklich?« fragte sie, nahm ein langes, silbernes Etui aus der Handtasche und zündete sich eine Zigarette an, ohne ihn aus den Augen zu lassen. »Für mich fühlte es sich warm an, Paul. Älter. Alles wird älter. Du, ich, die Welt. Man darf sich da nichts vormachen. Michael ist zurück. Das weißt du, oder?

Du weißt, was das für uns bedeuten könnte?«

Dunsany fragte sich, nicht zum ersten Mal, was es denn nun wirklich bedeuten könnte. Sie beobachtete ihn, während er nachdachte.

»Du kannst dich *tatsächlich* nicht an viel erinnern, nicht wahr? Hal dachte, du würdest nur so tun. Hat das immer gedacht. Aber er hat sich geirrt, nicht wahr? Da ist wirklich nichts, oder?«

Besorgnis schwang in ihrer Stimme mit. Aber um was? Und um wen?

»Nur wenig. Es ist lange her. Manches kommt zurück.«

»Es gab auch ein paar gute Dinge. Erinnerst du dich?«

Weiche Formen in einem weißen Schlafzimmer, die Wärme ihrer Haut, die Hitze ihres Atems an seinem Hals. Es gab Dinge, an die er sich erinnern konnte, seltsame Splitter im dichten, undurchdringlichen Nebel der Vergangenheit.

»Es scheint alles miteinander vermischt zu sein, Gutes und Schlechtes. Verstehst du?«

Louise Gostelow nahm einen tiefen Zug aus ihrer Zigarette und schüttelte den Kopf.

»Die Leute gehen dauernd miteinander ins Bett, Paul. Du machst dir was vor, wenn du denkst, daß es irgendwas bedeutet. Es bedeutet nur ein paar Minuten, in denen sich Haut an Haut reibt. Das ist alles. Du machst dir was vor, wenn du meinst, daß es mehr bedeutet.«

»Ich erinnere mich«, sagte er und überlegte kurz, ob er es aussprechen sollte, erkannte, daß ihm die Konsequenzen inzwischen egal waren. »Ich erinnere mich, daß ich etwas für dich getan habe, etwas, das ich nicht verstand. Ich erinnere mich an die Nacht, an die Verletzung. An mehr nicht.«

Sie lächelte auf eine Art, die er nicht interpretieren konnte, und ihm ging auf, daß er Louise nie wirklich gekannt hatte, auch nicht, als da noch mehr, viel mehr zwischen ihnen gewesen war. Sie lächelte ihn an, mit etwas, das wie echte

Wärme wirkte, und sagte: »Vielleicht kannst du dich nicht erinnern, aber wir können es. *Ich* kann es.«

»Und Quinn?« Paul Dunsany versuchte, eine Vorstellung von ihm hervorzurufen, eine Erinnerung an Michael Quinn. Er hatte das Bild eines dünnen, hageren, grinsenden Gesichtes vor sich, einen blonden Haarschopf, das Gesicht eines Engels. Auch das wühlte etwas in ihm auf, etwas, bei dem es um mehr ging als um Michael Quinn, als um Louise.

»Michael könnte unser aller Tod sein, Paul. Er bräuchte nur ein Wort zu sagen, und das ganze Zeug von vor zwanzig Jahren fliegt uns um die Ohren. Du, ich, Hal, wir alle würden ins Gefängnis wandern. Oder Schlimmeres. In Kalifornien haben sie jetzt die Todesstrafe. Ich bin keine Anwältin, aber ich würde darauf wetten, daß sie auch rückwirkend gilt. Du weißt, was das bedeutet? Es bedeutet, wenn wir damals geschnappt worden wären, hätten wir lebenslänglich bekommen. Wenn sie uns jetzt schnappen, werden wir hingerichtet.«

Sie lächelte immer noch, als sie das sagte, aber in ihrem Gesicht war etwas so Hartes, so Resolutes, daß es ihm unangenehm war, ihr so nahe zu sein, unangenehm, sich mit ihr die gleiche Luft in dem vollgestopften, alten Studio teilen zu müssen.

»Das scheint dich aber nicht sonderlich zu ängstigen, Louise«, sagte er, und etwas stieg an die Oberfläche seiner Erinnerung wie der weiße Bauch eines Fisches, um dann wieder zurück in die Tiefe zu fallen. Die Erinnerung daran, auf seiner alten Triumph durch die Dunkelheit zu fliegen, während sie ihm vom Rücksitz zuschrie, schneller, schneller, schneller zu fahren: Louise hatte *niemals* Angst.

»Keine Zeit dafür, verängstigt zu sein. Wir müssen die Sache durchdenken und dafür sorgen, daß *nichts* passiert. Hal ist gut in solchen Dingen. War er schon immer, obwohl auch das deiner Erinnerung entfallen sein mag. Hal kann dafür sorgen, daß Michael außer Sichtweite bleibt, bis sich alles beruhigt hat, bis wir einen Ort für ihn finden, wo er leben kann, ohne uns Schaden zuzufügen. Er *muß*. Es gibt keine andere Wahl.«

»Gut«, sagte Paul. »Ich habe hier nur dieses heruntergekommene Studio und spiele abends in einer Band. Das ist *alles*, was ich tue. Sonst nichts. *Bittet* mich nicht darum, mehr zu tun.«

Sie schien jedes seiner Worte abzuwägen.

»Hast du Angst, Paul?«

Er dachte nach und schüttelte den Kopf. »Nein. Ich habe keine Angst. Ich bin nicht *involviert*. Wenn du sagst, Quinn kann mir dies antun, kann uns dies antun, gut, dann glaube ich dir. Du sagst, halt dich raus, rede mit niemandem. Das ist in Ordnung. Kein Problem. Aber was Quinn tut oder nicht, liegt außerhalb meiner Kontrolle, Louise. Leute wie Quinn gehören mir nicht. Niemand *gehört* mir. Das überlasse ich dir und Hal. Macht nur, tut, was ihr großen Leute zu tun pflegt, um die Sachen in Ordnung zu bringen, und laßt mich mein Leben weiterführen. Ich will es nicht wissen, ich will es nicht hören. Ich gehöre nicht zu euch. Weder vor zwanzig Jahren noch heute. Ist das klar?«

Es war, als würde sie ihn auslachen, und zum ersten Mal empfand Paul Dunsany so etwas wie Haß für sie und schämte sich dafür. Menschen zu hassen lag nicht in seiner Natur. Menschen zu hassen erschien ihm als eine Verschwendung kostbarer Zeit.

»Du hast zu uns gehört. Du magst zwar *sagen*, daß du dich nicht erinnerst, Paul. Aber ich erinnere mich. Ich erinnere mich an Telegraph Hill. Ich erinnere mich an unsere Fahrt auf dem alten Motorrad, schneller, als du es je wolltest, den ganzen Weg von der Scheune bis zu mir nach Hause. Ich erinnere mich. Was mit uns geschah. Das verblaßt nicht.«

»Das reicht«, sagte er. »Das ist alles Vergangenheit. Tot. Begraben. Ich erinnere mich an genug, um zu wissen, daß es bereits damals so war. Mir fehlt zwar etwas von meinem Hirn, Louise, aber das bedeutet nicht, daß ich blöd bin.«

Sie paßte nicht hierher. Sie kam aus einer anderen Welt. Sie war fremd, und ihre Anwesenheit war ihm zuwider, die Art, wie sie dasaß, ihn anlächelte, die Gewißheit, daß nichts, was er tat oder sagte, sie zum Gehen veranlassen würde.

»Nein. Dumm warst du nie. Gut. Ehrlich. Aber vielleicht ist das dasselbe.«

»Bist du fertig?« sagte er. »Es ist zwar nicht viel, aber ich muß trotzdem mein Geld verdienen.«

Sie drückte ihre Zigarette aus, schnippte ein wenig Asche vom Ärmel ihrer Seidenbluse, sah ihn an, sah in ihn hinein, und es war, als würde sie den gleichen Menschen sehen, vor zwanzig Jahren, in einer dunklen Nacht in San Francisco, während vom Meer her die Nebelhörner dröhnten.

»Ich habe viel Zeit, Paul. Hal läßt mich dieser Tage viel allein.«

»Und?«

Er wollte es nicht hören, wollte es wirklich nicht hören.

»Wir könnten uns treffen. Könnten wieder was anfangen. Keine Verbindlichkeiten. Keine Versprechungen. Eine reine Bettgeschichte. Du erinnerst dich, wie es war? Ich mag zwar in vielem nicht gut sein, Paul. Aber darin bin ich gut. Du erinnerst dich.«

Das tat er, sah ihre olivfarbene Haut im Mondlicht vor sich, sah das Dunkel ihrer Schenkel und hörte sie stöhnen, als wäre es letzte Nacht gewesen – *aber letzte Nacht war es Joni, und sie ist anders, sie ist anders* –, und konnte ihr Salz, ihre Säfte schmecken.

»Ich bin älter geworden«, sagte er. »Ich habe inzwischen begriffen, daß es ohne diese Verbindlichkeiten, ohne die Versprechungen nichts bedeutet, Louise. Ich mag zwar miserabel darin sein, sie einzuhalten, aber ich weiß, daß sie wichtig sind. Das ist der Unterschied zwischen uns.«

»Ich könnte dich das alles vergessen lassen«, sagte sie, und er glaubte ihr, glaubte, daß sie es konnte. Für eine Weile.

Er wollte es nicht sagen, aber manchmal kommen die Worte ungebeten heraus, manchmal passiert es einfach, und man spürt erst hinterher ihre Auswirkung, ihre Gewichtigkeit.

»Die Vorstellung ... der Gedanke, dich zu berühren, Louise. Weißt du, ich glaube, das läßt mich schaudern.«

Ganz kurz, nur für eine Sekunde, ließ sie ihre Maske fallen, kam etwas Häßliches zum Vorschein, etwas Dunkles, Wildes und Primitives, das unter dem schönen, strahlenden Äußeren, das Louise Gostelow der Welt präsentierte, lauerte.

»Du weißt, was du für uns getan hast, Paul?«

Beinahe hätte er die Hände auf die Ohren gepreßt.

»Ich weiß es nicht. Ich *will* es nicht wissen.«

»Du hast uns gerettet. Uns alle. Die Tatsache, daß wir jetzt hier sind, die Tatsache, daß wir das tun, was wir tun, verdanken wir dir, ohne dich wären wir nie so weit gekommen, ohne dich hätte das nicht passieren können. Du bist *verantwortlich*.«

Sie hatte ihren Pfeil klug verschossen. Er fühlte sich auf eine innerliche, mysteriöse Weise verletzt. Er fühlte sich beschämt. Dieses Wissen würde in ihm bleiben, sich verhärten, mehr und mehr wachsen.

Louise Gostelow erhob sich mit der Pose, dem Dekorum, der Haltung eines Mannequins, katzenhaft, gelassen, und verließ den Raum. Was ihn am meisten erstaunte, war die Verwandlung. Innerhalb von zwanzig Jahren war sie von einer kurzfristigen Geliebten zu einer fernen, angenehmen Erinnerung geworden, verborgen im Dunkel seiner Vergangenheit. Innerhalb weniger Minuten hatte sie sich erneut verwandelt, in etwas, das er kaum erkannte, etwas, dem er in seinem Leben kaum begegnet war. Louise Gostelow war jetzt eine Feindin.

7

Eine Bekanntschaft wird erneuert

> Niemand hörte auf, an diese psychedelischen Erfahrungen zu denken. Wenn man einmal dort gewesen ist, denkt man: »Wie kann ich wieder hinkommen, ohne daß mir dabei hundeelend wird?«
>
> JERRY GARCIA
> Interview in *Rolling Stone*, 30. November 1989

Das Verrückte an der »Freiheit« war, wie begrenzt, wie restriktiv sie schien. In Obispo stand man morgens auf und wußte nicht, was der Tag bringen würde. Vielleicht ein bißchen Dope. Vielleicht etwas Interessantes in der Bibliothek. Vielleicht einen Faustfick von einem der Schlägertypen, die die Bedeutung des Wortes »nein« nicht kannten. Nichts davon paßte zu der normalen Definition des Wortes »erfreulich«, aber für Michael Quinn spielte das keine Rolle. Es paßte alles zu der Art, wie er die Welt sah: die miteinander verschwimmenden, herumfliegenden Elektronen, die ihn umgaben, ihn zu einem Teil von allem machten, auf diese Weise funktionierten. Schnell, zufällig, ohne »Bedeutung«. Was immer das war.

In der Hütte fühlte sich Quinn in eine Zwangsjacke der Normalität gesperrt, die seinen Maßstäben einfach nicht entsprach. Es war erdrückend. Es war restriktiv. Es war erstickend. Und das blieb so, egal, was Baxter aus der Außenwelt anschleppte und wenn es noch so exotisch gewesen wäre. Dies war ein richtiges Gefängnis. Die Gitter ließen sich nicht hinter Blumen verstecken. Absolut nicht.

Quinn nahm an, daß Baxter von Jamieson so ziemlich freie Hand bekommen hatte. Wenn Quinn um etwas bat, bekam er es. Am ersten Tag hatte Baxter für ein paar Stunden einen Klon von sich herbeordert und war dann mit einer recht annehmbaren, mexikanisch aussehenden Nutte in einem engen roten Satinkleid, einem Korb voll Dope – kein Acid – und ein paar Flaschen Schnaps zurückgekommen. Hatte alles im Wohnzimmer wie ein Weihnachtsmann aus der Unterwelt aufgebaut, halbherzig gegrinst und gesagt: »Suchen Sie sich was aus.«

Es funktionierte einfach nicht.

Quinn hatte die Nutte mit ins Schlafzimmer genommen, sie ausgezogen, sich überlegt, was er mit ihr machen würde, aber es funktionierte nicht. Sie war nicht dumm, hatte nicht umsonst drei Jahre Tag und Nacht auf der rauheren Seite vom Pioneer Square gearbeitet, seit sie aus Guadalajara nach Norden gekommen war, und sie wußte, wenn jemand krank aussah. Wußte, wie man diesen abgezehrten, gehetzten Blick erkannte und die Regeln festlegte. Ohne Kondom lief nichts. Kein Lutschen, kein Austauschen von Körperflüssigkeiten, der Hintern war tabu. Es war, als würde man eine Krankenschwester durch ihre Uniform hindurch ficken, und die ganze Zeit merkte er, wie ihre Augen ihn beobachteten, darauf achteten, daß nichts zu nahe kam, daß kein Partikel seines lebendigen, infizierten Körpers auf sie überspringen und sie vergiften könnte. Es funktionierte einfach nicht. Er schaffte es nicht. Er wurde nicht hart und, schlimmer noch, kam von dem Gedanken nicht los, es mit einer Frau zu tun. Die Formen schienen falsch nach all diesen Jahren, und er konnte diese Vorstellung von ihr nicht loswerden, dieses Bild von ihr in einer weißen Uniform, ein rotes Kreuz auf ihrem Häubchen, kurz davor, ihm einen Einlauf zu geben.

Schließlich befriedigte sie ihn mit der Hand und lief dann sofort zum Waschbecken, um jede Spur seines Spermas abzuwaschen, wusch ihre Hände mit einem Antiseptikum, ging, ohne ein Wort zu sagen, aus dem Zimmer, ließ sich ihr Geld geben und war verschwunden. Baxter sagte ihm nicht, daß sie keinesfalls wiederkommen würde, wie sie ihm beim Bezahlen klargemacht hatte, egal, was passierte, egal, wieviel Geld man ihr bot. Das war auch nicht nötig. Es hatte ihr deutlich im Gesicht gestanden. Selbst Nutten wurden dieser Tage vorsichtig. Das war etwas Neues für Michael Quinn, etwas, das er nicht ganz verstand, aber als er darüber nachdachte, konnte er sich nicht wirklich darüber aufregen. Die Wahrheit war, wie er bald erkannte und auch akzeptierte, daß Ficken ihm nichts mehr bedeutete. Es war nur eine körperliche Funktion wie Pissen und Scheißen, außer daß man es freiwillig tat. Man hatte die Wahl, so oder so, und je mehr Michael Quinn darüber nachdachte, desto mehr wurde ihm klar, daß es wichtigere Dinge gab, seine Zeit auszufüllen, als das plötzliche Aufeinanderprallen erregten Fleisches, den Ausstoß von Samenflüssigkeit.

Schon einen Tag später verlangte er nach Acid. In Obispo bekam man kein Acid. Man konnte fast alles bekommen – von Hasch über Heroin bis zu Kokain –, und man bekam soviel davon, wie man bezahlen konnte, auf welche Art auch immer. Aber Acid war irgendwie out. Vielleicht wollten sie nicht riskieren, daß jemand da drinnen auf diese Art von Trip ging. Alles andere mußten sie hinnehmen. Bei allem anderen blieb ihnen keine andere Wahl. Aber Acid war etwas, das sie ängstigte. Quinn wußte nicht, warum. Er bemühte sich auch nicht, es herauszufinden. Das Gefängnis war wie ein Mikrokosmos einer primitiven, stark reglementierten Gesellschaft. Wie Nazi-Deutschland. Man kannte die Regeln. Man wußte, daß man als Jude verdammt beschissen dran war. Man wußte, was möglich war und was nicht. Aber man ließ sich einfach darauf ein. Zu versuchen, die Regeln zu ändern, war genauso, als hätte man versucht, der Sonne zu befehlen, täglich von Westen nach Osten zu wandern: zwecklos.

Aber nach der Sache mit der Nutte gab Michael Quinn nach und sagte Steve Baxter, er wolle Acid. Und das auf der Stelle. Und zwar Desert Rose. Worauf Baxter Hal Jamieson anrief, der zustimmte, nachdem er sich versichert hatte, daß der muskulöse Leibwächter die Sache im Griff hatte. Zwei Stunden später war jemand mit einer kleinen Schachtel an der Tür erschienen. Quinn ging fast an die Decke, als er die kleinen Stückchen Löschpapier mit den blauen Drachensymbolen sah, wie Tätowierungen, hübsch auf die Oberfläche aufgedruckt. Das sah nicht wie Desert Rose aus. Acid *sah* nicht so aus. Worauf Baxter den Jungen mit der Schachtel hereinbat und er und Quinn gute dreißig Minuten über Pharmakologie diskutierten, der Junge Quinn darüber aufklärte, was man dieser Tage bekommen konnte und was nicht, was gut für langsame, flache Trips war, was gut war für Farben, was man nur nahm, wenn man wirklich vom Rand des Abgrunds in das graue schleimige Zeug sehen wollte, das man am Boden der Welt findet.

Blue Dragon, das Zeug, das er mitgebracht hatte, war eine Art Stadtrundfahrtbus durch die Acid-Welt der neunziger Jahre: Es brachte einen an all die Orte, zu denen die meisten Leute wollten, und ließ normalerweise die häßlicheren Plätze der Stadt aus. Quinn sagte dem Jungen, er solle verschwinden und ihm etwas Härteres bringen. Es dauerte weitere zwei Stunden und kostete noch einmal einhundertfünfzig Dollar von Baxters Geldbündel, aber schließlich war er wieder da, beschwerte sich über die lange Fahrt in die Stadt, was sich Michael Quinn merkte, und wie schwierig es sei, das Zeug zu bekommen. Wieder Löschpapier, diesmal mit dem Bild eines grünen, mystischen Auges, wie man es auf Dollarscheinen über der Pyramide findet.

Als Quinn erneut fragte, ohne viel Hoffnung, sah ihn der Junge nur verständnislos an. Was an Dope dieser Tage zu haben war, lief nicht unter dem Namen Desert Rose oder etwas Ähnlichem. Selbst als Quinn die Rezeptur erklärte, soweit er sie verstand – daß man synthetisches LSD mit natürlichen Alkaloiden mischte –, war es, als würde er eine unbekannte Fremdsprache sprechen. Heutzutage bekam man gutes Acid und schlechtes Acid. Man bekam kein Designer-Acid, noch schien irgend jemand zu wissen, was das war.

Also nahm Michael Quinn das Acid, das sie ihm gaben, und fragte nicht nach dem Namen, weil es keine Rolle mehr spielte. Dinge bewegten sich in ihm, Dinge, die offenbar durch die Luft hier oben, durch die Fichtenpartikel, den Ozon, die eisige Schärfe aufgewühlt worden waren. In der trägen, schweißgetränkten Atmosphäre des Knastes waren sie ruhig geblieben, still geblieben, und er hatte gewußt, wo sie waren. Aber all das war dabei, sich zu verändern. Er spürte, wie das Virus unruhig wurde, daran dachte *zu wachsen*. Während das einerseits erregend war, alarmierte es ihn andererseits. Er wußte auch, daß er aus dieser Hütte rausmußte, fliehen mußte, zurück zu dem Schweiß und dem Mief, wo er das Virus unter Kontrolle hatte, denn wenn er es nicht tat, würde es sich zu weit entwickeln, gäbe es kein Zurück mehr, und es wäre diese »Freiheit«, die den Dämon in seinem Blut loslassen und sein Leben zerreißen würde.

Der Ort, an den ihn dieses Acid brachte, war völlig anders als alles, was er je mit Desert Rose erlebt hatte. Er war wie die Zeit: kalt, dunkel und ernst. Man sah keine Farben mehr, sah keine Wellenpartikel tanzen. Saß nur in einer lebendigen Dunkelheit, lauschte dem Atmen der Welt und fragte sich, fragte sich, fragte sich. Vielleicht war es das Alter. Vielleicht war es die chemische Zusammensetzung der Droge. Vielleicht lag es nur daran, daß man 1995 schrieb und nicht 1975 und daß es etwas in der Zusammensetzung der Zeit, des Universums, in dem er lebte, gab, das sich mit den Jahren veränderte und einem sagte, wie dieser hypnotisierende Don-Henley-Song, den er sich stundenlang in Obispo angehört hatte, daß man nicht zurückschauen sollte, einfach nicht zurückschauen sollte.

Und man fing an zu denken. Dieses Acid ließ einen denken, keine großen, wortlosen Gedanken wie das alte Quantum-Zeug, sondern logische Dinge, Dinge, die Namen hatten, die man aussprechen und in der Luft tanzen hören konnte. Dinge über das Überleben. Dinge über Flucht.

Die Hütte war groß: ein geräumiges Wohnzimmer, von dem drei Schlafzimmer abgingen, die große, holzgetäfelte Küche, ein Gästebad und dann das riesige Hauptbad mit einem Jacuzzi in der Ecke. Die Außenwand über der Badewanne, dem WC und dem Bidet – Bidets im Staate Washington, Gott hilf uns, dachte Michael Quinn – bestand aus Milchglas, aber über dem Jacuzzi hatte Jamieson deckenhohes, durchsichtiges Thermopaneglas einbauen lassen. Das bedeutete, daß man scheißen konnte, ohne von den Murmeltieren und Waschbären beobachtet zu werden, aber wenn man sich im Jacuzzi entspannte, konnte man tun, was man wollte und direkt aus dem Fenster in den grünen, grünen Wald schauen

die Ferngläser blitzen eine halbe Meile weit durch das Unterholz

und tun, was immer man in einem Jacuzzi tat. Vermutlich, in Jamiesons Fall, eine Sekretärin aus der Marketing-Abteilung vögeln, bis sie schrie. Quinn konnte es lebhaft vor sich sehen. Es paßte zu ihm, paßte zu seiner Persönlichkeit.

Das Thermopaneglas war so dick, daß es nach Quinns Meinung wahrscheinlich einen Atomschlag überstehen würde. Die Fenster waren Schiebefenster mit teuer aussehenden Metallschienen, und sie waren mit dem schwersten Fensterschloß ausgestattet, das er je gesehen hatte. Passend für Obispo, wenn denen jemand gesagt hätte, Gitter wären out.

Er war sich nicht sicher, ob Baxter den Schlüssel dazu hatte. Michael Quinn hatte keine Ahnung von Schlössern. Obispo war so abgesichert, so hermetisch, daß man gar nicht auf den Gedanken kam, auszubrechen. Er sah sich das dicke, silbrige Metallschloß in der gläsernen Schiebetür an und verschwendete keinen Gedanken daran, sie öffnen zu wollen, wußte, daß er genausogut hätte versuchen können, ein Raumschiff zu fliegen. Wußte, daß er ohne Schlüssel nichts ausrichten konnte.

Aber zumindest folgte ihm Baxter nicht hierher. Es war, als hätte der Leibwächter eine gewisse Scheu, mit jemand anderem im Klo zu sein. Der kann nur hoffen, daß er nie in den Knast muß, dachte Quinn mit einem leisen Lachen. Er wollte nichts forcieren. Wollte Baxter nicht auf den Gedanken bringen, daß hier drinnen etwas vorging, dem er seine Aufmerksamkeit widmen sollte. Also verbrachte Quinn, wenn er nicht im Bett lag, die meiste Zeit im Wohnzimmer und in der Küche (wo er jede Minute mit Argusaugen bewacht wurde). Aber allmählich, wenn er etwas genommen hatte, wenn Baxter diesen träumerischen Ausdruck in seinen Augen wahrnahm und dachte, er würde jetzt bestimmt nichts mehr anstellen, gewöhnte er sich an, sich in dem großen Badezimmer einzuschließen, Baxter vor der Tür zu lassen, den Jacuzzi anzustellen, jedes verdammte Ding anzustellen. Das Wasser laufen zu lassen, während er sich voll angezogen auf die Liege neben der Wanne legte und auf einen Trip ging. Zu jenem großen, dunklen Ort, wo er denken konnte. Sogar aus dem Fenster in den Wald schauen konnte, wenn er wollte, die in dem deckenhohen Holzschrank auf der einen Seite des Bades eingebaute Stereoanlage aufgedreht, und denken konnte, ohne daß der Muskelmann ihn jede Sekunde mißtrauisch beobachtete. Das war wichtig. Weil Michael Quinn denken mußte, herausbekommen mußte, wie er von hier fliehen, wie er überleben konnte.

Es war inzwischen später Nachmittag, und das Acid wirkte langsam. Er hörte das Blut in seinem Kopf rauschen. Er spürte, wie die Welt zu einem einzigen, begrenzten Farbspektrum zusammenschrumpfte, das alles definierte, *alles*, was sie enthielt. Das war interessant. Wie gutes Fernsehen. Aber es war nichts Erregendes, und es gab ihm nicht den geringsten Hinweis darauf, wie zum Teufel er hier herauskommen sollte.

Dann ließ etwas Michael Quinn von dem wirbelnden, sprudelnden Wasser des Jacuzzi aufschauen, zu dem Thermopaneglasfenster, dem bleiernen Himmel und dem mattgrünen Wald draußen.

Er kniff die Augen zusammen, blinzelte zweimal, weil so etwas, diese *Halluzination* – denn es gab keine andere Erklärung dafür – ihm normalerweise nicht passierte, egal, welche Art Dope auch durch seine Blutbahnen schoß.

Vor dem Fenster, deutlich sichtbar, genauso groß, aber irgendwie gealtert, stand der Polizist von vor zwanzig Jahren. Der mit der walnußfarbenen Haut und dem Zapata-Schnurrbart. Derjenige, der lächelte, wenn er nicht fröhlich war, allzu schnell von seinen Fäusten Gebrauch machte und sich einen Dreck darum scherte, was danach passierte. Derjenige, der Michael Quinn lebenslang hinter Gitter gebracht und im Gericht gelacht hatte, als sie ihn wegführten, viel lachte, aber immer weitersuchte, weil er wußte, daß er nur die halbe Antwort bekommen, nur das halbe Problem eingelocht hatte.

Der alte Polizist klopfte leise ans Fenster. Nein, es war etwas anderes. Er klopfte leise gegen das Schloß in der Tür, das große, in das Glas eingelassene Schloß, das so unmöglich zu öffnen aussah – aber du bist nur ein Sträfling, kein Cop, sagte sich Michael und begann zu lachen – und das nun klickte und klackte wie ein fröhliches Kinderspielzeug.

Im Radio spielten sie jetzt Blue Oyster Cult: *Don't fear the reaper*. Hier oben in den Cascades war der Empfang manchmal schlecht, wurde stärker, wurde schwächer, so daß Quinn die Worte nicht verstehen konnte, als würde der Sänger sie nur murmeln.

Das Kinderspielzeug am Fenster klickte und klackte erneut, es klang, als würde etwas einrasten. Der große alte Polizist schaute ihn an, grinste breit, schob irgend etwas an der Tür, griff um das Glas herum und zog sie auf. Luft strömte von draußen herein, kalt und feucht und nach Fichtennadeln riechend – Michael spürte, wie das Ding in seinem Blut danach schnüffelte, aufgeregt wurde, zu jagen begann –, und er versuchte, die Luft nicht einzuatmen, aber ihm blieb keine andere Wahl. Sie kam auf ihn zu, genau wie der alte Polizist, und man spürte, wie beide von Triumph erfüllt waren,

> *das ist schlechtes Acid, Michael, das ist schlechtes Acid, und du solltest auf der Stelle anfangen, diese Schokoriegel zu essen, einen nach dem anderen, bis du voll mit Zucker gepumpt bist und von diesem Trip runterkommst, ein bißchen Wein trinkst, ein bißchen fernsiehst und vor dem nächsten Trip vielleicht was Richtiges ißt,*

als sie in den Raum rauschten.

Der alte Polizist beugte sich über die Liege, schaute in die großen, irisierenden Augenteiche und lächelte.

»Du bist nicht wirklich da, Mann«, sagte Michael Quinn und glaubte es beinahe selbst.

Der alte Polizist, sein Avatara, was zum Teufel das auch immer sein mochte, richtete sich über ihm auf, immer noch grinsend, und sagte: »Nein?«

Dann trat er – war er fröhlich, war er nur verrückt? – an die Stereoanlage und drehte die Lautstärke auf. Blue Oyster Cult spielte immer noch. Michael Quinn schüttelte den

Kopf. Es konnte nicht sein, daß der Song so lang war. Er meinte, jede verdammte Sekunde davon zu kennen, und er war sich *sicher*, daß der Song nicht so lang war.

Der alte Polizist kam zurück, zog ihn am Kragen seines Jeanshemdes hoch, direkt bis vor sein Gesicht – man konnte seine falschen Zähne riechen, all die Chemie und das Alter, und wenn so was passierte, fragte man sich: ist das wirklich oder nur schlechtes Acid? – und flüsterte über das Gedröhne der Musik laut in sein Ohr.

»Ich hab' da Leute, die mit dir reden wollen, Michael. Leute, die Sachen wissen wollen, die du uns schon vor langer Zeit hättest erzählen sollen. Sachen, die du uns erzählt hättest, wenn man mir die Chance gegeben hätte, damals ein wenig allein mit dir zu reden. Wie wir es jetzt tun. Verstehst du?«

Quinn kniff ein Auge zu und versuchte, den alten Mann anzugrinsen, fragte sich aber dann, was es bringen sollte, einen Geist anzugrinsen.

»Verschwinde aus meinem Trip, alter Mann«, sagte Quinn, und merkte beim Sprechen, wie verschwommen die Worte waren, wie wenig Kontrolle er über sie hatte. »Ich muß nur ein paar Snickers essen, und du löst dich in Luft auf. *Puff!*«

Er wollte mit den Fingern schnippen, aber es funktionierte nicht, die Haut kam nicht an der richtigen Stelle zusammen, kein Geräusch entstand.

»Entzugszeit«, sagte der Geist, nahm Michael Quinn in eine Art Würgegriff – *dieser Geist tat ihm weh!* – und zerrte ihn hinüber zu dem sprudelnden Jacuzzi. Quinn starrte in das wirbelnde, milchigblaue Wasser und spürte die von dort aufsteigende Hitze. Es sah wie ein Laborexperiment aus, das ihm ins Gesicht spritzte.

»Entzugszeit«, wiederholte der Geist und drückte Quinns Kopf brutal unter Wasser, worauf Michael – als hätte jemand einen Hebel umgelegt, als hätte eine automatische Stimme ihm gesagt, dies passiere wirklich, tu was – zu schreien begann und das Wasser in seinen Mund, seine Ohren, seine Kehle, seine Augen drang, die Welt zu brennen begann und ihn gleichzeitig erstickte. Es gab keine Luft, nur diese milchige, ozondurchtränkte Bläue, die in seinen Ohren blubberte, schäumte und dröhnte, sowie das Licht, das grellblaue Licht, das diese Aquariumswelt erfüllte, das heller wurde, greller wurde, während sich der Schmerz verstärkte, härter wurde, irgendwie schwächer wurde, von Sekunde zu Sekunde, während das Wasser seine Lunge füllte, seinen Kopf. Irgendwo in ihm lachte das Acid, stichelte – *kann man in zwei Universen zur gleichen Zeit sterben?* –, bis ihm schlecht wurde, bis sein Mageninhalt hochkam, sich in die milchige Bläue ergoß und alles Licht zu verschwinden schien.

Tom Cordobes wählte genau diesen Augenblick, hatte vor langer Zeit in einem Folterkeller in Saigon gelernt, diesen Augenblick zu wählen, und richtete Quinn mit einem Ruck auf, als dieser zu kotzen begann. Er hielt ihn am Kragen, sah das gelbe Zeug über sein Kinn laufen, schüttelte ihn einoder zweimal und sagte: »Wieder da, Michael?«

Das war der Moment, als Michael Quinn Acid für immer aufgab. Es tief in sich zurückdrängte und erkannte, daß man nicht durch Alkaloide überlebte, sondern daß es aus einem selbst kommen mußte.

Er bewegte sich nicht, hielt den Kopf ganz still, beobachtete nur den alten Mann und wartete. Man wartet, dachte er. Bis man im Vorteil ist. Denn nach all den Jahren mit diesen Tieren im Knast konnte er eines erkennen, konnte es genau abschätzen: den Moment, in dem jemand die Kontrolle verlor.

»Scheißbulle«, sagte Michael Quinn und wurde durch die Luft gewirbelt, quer durch den Raum, auf die Wanne, die Badezimmerschränke mit ihren Spiegeltüren zu. Alles, was er sah, war ein Labyrinth aus Spiegeln, das reihenweise Flaschen, Deodorants und anderen Mist, der in Badezimmern herumsteht, reflektierte. Die ganze Zeit füllte er seine Lunge mit Luft und wartete, wartete, wartete.

Als die Luft ausreichte, kurz bevor er in das große, schimmernde Ding vor ihm krachte, brüllte er so laut, daß er meinte, seine Lunge würde platzen, so laut, daß er meinte, die Wände würden einkrachen.

»*BAXTER!!!*«

Michael Quinn flog mit dem Kopf voran in die Spiegeltüren, sein Schädel ließ das Glas zersplittern, Blut floß in seine Augen, Schleim und Galle stiegen in seine Kehle, und die Welt zerbarst in eine Million scharfer und tödlicher Scherben.

Tom Cordobes sah ihn in einem Regen zerbrochenen Glases zu Boden sinken, schaute zur Tür, hörte das Hämmern, sah den großen Eisenschlüssel, fast so lang wie seine Faust, fest dort stecken, sah, daß sich das Schloß unter dem Bombardement der Schläge von der anderen Seite der soliden Holztür kaum bewegte.

»Du hast schon wieder gehandelt, Tom«, sagte er trocken zu sich. »Du kannst es doch nicht lassen.«

Er ging zu Quinns zusammengekrümmter Gestalt hinüber, hörte, wie sich das Hämmern gegen die Tür verstärkte. Quinn bewegte sich nicht. Sein goldblondes Haar war blutdurchtränkt. Blut lief in einem dicken, schmierigen Rinnsal an seinem Gesicht hinunter und sammelte sich am Hals. Seine Augen waren offen und sahen immer noch lebendig aus. Strahlten immer noch diese stahlblaue Intelligenz aus, die ihn vor zwanzig Jahren so wütend gemacht hatte, als Michael Quinn ihm alles hätte erzählen, ihm alle Türen hätte öffnen können und ihn statt dessen nur auslachte, sich bis nach Obispo hineinlachte, als wäre es ihm völlig egal.

Tom Cordobes hockte sich nieder, betrachtete den bewegungslosen, blutigen Kopf und sagte mit echter Zerknirschung, über sich selbst, nicht über Quinn: »Scheiße.«

Sah dann erstaunt, wie ihm eines der Augen zuzwinkerte.

In diesem Sekundenbruchteil erkannte Cordobes plötzlich, daß man Dinge vergißt, wenn man alt wird, wichtige Dinge aus dem jahrelangen Training in Vietnam. Man wird unvorsichtig und bezahlt dafür. Man vergißt, seinen Augen nicht zu trauen, bis man verdammt sicher ist, ihnen trauen zu *können*.

Mit einem müden, fast resignierten Gefühl in seinem Inneren drehte er seinen Kopf langsam zum Ursprung des Geräusches, des Geräusches durch die Luft zischender Atome, schneller, als man es sich je vorstellen konnte, schneller als das Licht, schneller als der Tod.

Michael Quinns rechte Hand war in ein blutiges Handtuch gewickelt. Darin befand sich, die schimmernde Spitze nach oben gerichtet, ein Glassplitter von der Größe eines Bratenmessers: lang, scharf und glänzend. Es erhob sich wie eine glitzernde Mondsichel, und das letzte, was Tom Cordobes hörte, war der Schrei, Quinns Triumphschrei, als die Spitze in den Hals des alten Polizisten drang, so weit hinein, wie er sie stoßen, sie drehen und wenden konnte, hierhin und dorthin, während er auf das Geräusch des plötzlich hervorschießenden Blutes lauschte, fühlte, wie die Sehnen und Muskeln zerschnitten wurden.

Tom Cordobes sah aus, als hätte er gerade ein neues, blutrotes Halstuch angelegt, eines, das sich fast von Ohr zu Ohr erstreckte, eines, das sich bewegte, wuchs und auslief. Er stolperte zurück, preßte beide Hände an den Hals, versuchte sich vorzumachen, daß er das Leben in sich behalten könnte, wenn er nur lange genug gegen die Wunde drücken würde. Aber es lief ihm durch die Finger, lief und ergoß sich dann in einem breiten, dunkelroten, blutigen Strom durch seine Hände, pumpte Tom Cordobes' Leben in großen, warmen Stößen über die Fliesen des Badezimmers.

Der alte Polizist sank auf die Knie, sein Kopf sackte nach vorn, bis er sanft die Fliesen berührte, seine Hände ließen los, er krümmte sich zusammen, die Schläfe auf den kalten Steinfliesen, und eine rote Blutlache breitete sich vor ihm aus.

Michael Quinn stand auf, den blutigen Glasdolch immer noch in der Hand, und ging zu Cordobes hinüber. Das Hämmern an der Tür hatte aufgehört. Baxter hatte kapiert, rannte draußen um die Hütte und würde gleich durch die offene Glastür hereinkommen.

Kein Entkommen, dachte Michael Quinn. Diesmal nicht. Baxter war kein fetter, dämlicher alter Cop. Baxter konnte ihn mit einem Fingerschnippen umhauen.

Aber wie jemand – *etwas* – schon vor langer Zeit zu ihm gesagt hatte: *Was soll's?*

Michael Quinn wischte das Blut ab, das von seinem Kopf herunterlief, beugte sich über Tom Cordobes und machte sich an die Arbeit. Als Baxter durch die Glastür kam, hatte Quinn mit der Glasscherbe bereits Haut- und Fettgewebe der rechten Hand des Toten durchtrennt und säbelte keuchend, laut keuchend, an den Sehnen herum.

8

Lösegeld

When Black Friday comes I'll stand down by the door
And catch all the grey men as they dive from the four-
teenth floor.
When Black Friday comes I'll collect everything I'm
owed,
And before my friends find out I'll be on the road.

STEELY DAN, »Black Friday«

»Großer Gott«, stöhnte Hal Jamieson und betrachtete die Schweinerei auf dem Fußboden. Tom Cordobes lag immer noch vornübergebeugt, die Stirn auf den Fliesen. Das Blut bildete jetzt eine dunkle, klebrige Pfütze um den Körper. Quinn war es gelungen, die rechte Hand abzutrennen. Er hielt sie Jamieson hin und sagte: »Wie ich dir schon vor langer Zeit gesagt habe, Hal, es ist wirklich wichtig, man muß etwas zum *Vorzeigen* haben.«

Baxter war nicht eingeschritten. Er dachte, es würde Quinn beschäftigen, während Jamieson den langen Weg von Mercer Island herauffuhr. Er dachte, es würde diesen Verrückten beschäftigen, während er die Glastür richtete, im Bad aufräumte, so gut es ging, überlegte, wieviel er für die Beseitigung dieses ganzen Schlamassels verlangen würde, vorausgesetzt, Jamieson feuerte ihn nicht auf der Stelle, weil er versagt hatte. Was allerdings nicht wahrscheinlich war. Jamieson war nicht dumm. Man heuerte keine Putzkolonne an, um so was aufzuräumen. Es war keine nächtliche Koks-Party auf Mercer Island, die aus dem Ruder gelaufen und bei der ein paar Möbel zu Bruch gegangen waren. Hal Jamieson sah sich plötzlich mit einer *echten* Scheußlichkeit konfrontiert, und es gab nicht viele, an die er sich wenden konnte, wenn er diesen Scheiß hinter sich lassen und frische Luft schnappen wollte. Baxter war nicht davon begeistert, den ganzen Dreck aufzuräumen, aber es ist erstaunlich, wie Geld einen dazu veranlaßt, etwas zu tun, was man normalerweise verabscheut.

»Kennen Sie den Mann?« fragte Baxter.

Jamieson betrachtete Tom Cordobes. Die Walnußfarbe seiner Haut war verschwunden. Sie sah jetzt wie altes Pergament aus: Der Glanz fehlte, sie war matt und leblos. Der große Zapata-Schnurrbart, von Grau durchsetzt, obwohl ihm das nicht aufgefallen war, als Cordobes ihn auf der Straße angehalten hatte, war mit Blut und Rotz durchtränkt, die ihm aus der Nase gelaufen waren und sich in den Barthaaren festgesetzt hatten. Er trug dasselbe verblichene alte Baumwollhemd wie an dem Tag, als er sich mit seinem Wagen vor dem SCC-Gebäude vor ihn gesetzt hatte. Hal Jamieson stellte sich die Frage, ob Cordobes es in seinen letzten Minuten wohl ihm angelastet hatte, gedacht hatte, dies sei alles eine Falle gewesen, um ihn aus dem Weg zu räumen. Aber Tom Cordobes kannte Michael Quinn, der in einer Ecke des Badezimmers jetzt sanft das Fleisch von den Handknochen schabte. Er wußte, was ihn erwartete. Er mußte beschlossen haben, das Risiko einzugehen.

Und Hal Jamiesons Augen sind hell, strahlend und nüchtern, als er Michael Quinn im Dämmerlicht der Scheune anschaut und ein einziges Wort sagt: »Lösegeld.« Die stahlblauen Augen starren erstaunt, amüsiert zurück, und Quinn beginnt zu lachen, ein bißchen hoch, ein bißchen von Dope durchtränkt, hört dann auf zu lachen und fragt mit aufgesetzter Ernsthaftigkeit: »Wieviel?«

»Ja«, knurrte Jamieson. »Ich kannte den Mann.«

»Schlimm für Sie.« Baxter formulierte es nicht als Frage. »Das könnte es wirklich schlimm für Sie machen, Sir.«

Er beugte sich vor, drehte Cordobes um. Die Leiche wurde bereits steif. Baxter konnte ihren Widerstand spüren, konnte spüren, wie sich die Muskeln verhärteten, als ob etwas noch immer Lebendiges den Befehl gäbe: anspannen, anspannen, anspannen.

»Sollten schon zweihunderttausend sein, Michael. Das sind keine kleinen Leute. Wenn du die Zeitung gelesen hättest, wüßtest du das. Sie haben ihre Finger in all den großen Sachen: Zucker und Bankgeschäfte und Transportunternehmen. Und sie mischen auch in der Politik mit. Das sind mächtige Leute, und sie können das Geld aufbringen. Sie müssen es aufbringen, denn wenn sie es nicht tun, was wird dann der Rest der Welt denken? Daß sie es nicht haben oder so?«

Baxter durchsuchte Cordobes' Taschen, langsam, methodisch, drehte jede einzeln um, stapelte den Inhalt auf eine Stelle des Fußbodens, die nicht mit dem Blut des toten Mannes bespritzt war, machte kleine Häufchen: Geldscheine, Münzen, Schlüssel, ein Päckchen Pfefferminzbonbons, ein paar Parkquittungen.

»Haben Sie Erfahrung mit so was?« fragte Hal Jamieson.

»Du klingst, als hättest du mit so was Erfahrung, Hal.« Quinn grinste ihn wie ein großer, verrückter Totenschädel an.

Hal Jamieson spürte, wie ihm kalt wurde. »Nein, Michael. Ich verticke Dope. Ich gehe aufs College. Ich habe nicht die geringste Erfahrung mit so was. Aber du läßt mir ja kaum eine andere Wahl.« Das war der

Augenblick, in dem Hal Jamieson zum ersten Mal das Gefühl, die Vorstellung überkam, sein ganzes Leben lang hinter anderen aufräumen zu müssen, zu sortieren, zu organisieren und Leute aus Schwierigkeiten herausholen zu müssen, die er nicht verursacht hatte. »Du läßt mir ja kaum eine andere Wahl.«

»Wollen Sie das wirklich wissen?« fragte Baxter, und Jamieson spürte die Aggression dahinter, den Widerwillen des Mannes, danach gefragt worden zu sein. »Wissen Sie, wie das hier ablaufen könnte? *Sir?* Wissen Sie, was passieren würde, wenn die Bullen jetzt hier reinmarschierten? Je weniger Sie über mich wissen, je weniger ich über Sie weiß, desto besser. Hätte Sie noch nicht mal fragen sollen, ob Sie diesen Mann kennen. Ist mir sowieso egal. Die ganze Sache hätte *mich* nichts angehen sollen, aber ich schätze, es hat sich einfach nicht so entwickelt.«

Jamieson sah, daß sich der kleine Haufen von Gegenständen vergrößert hatte. Ein Geldbeutel war dazugekommen, eine kleine Brieftasche für Kreditkarten, ein dünnes Notizbuch, ein Adreßbuch.

»Ich stelle Ihnen sofort einen Scheck über fünfundzwanzigtausend aus, Steve. Sie haben es verdient.«

Der Muskelmann hielt mit seiner Tätigkeit inne und sah auf.

»Fünfundzwanzig? Mann, ich könnte für diese Sache ins Gefängnis kommen. Vielleicht lebenslänglich. Und Sie wollen mich mit einer Summe abspeisen, die Ihre Frau für das Verschönern des Parkplatzes ausgeben würde?«

»Lösegeld ist eine schmutzige Angelegenheit, Michael. Wenn ich die Forderung abschicke, sitzen wir tief drin.«

»Mach eine Million draus«, sagte der Totenschädel.

»Zwei Millionen.« Jamieson hatte das bereits durchdacht. Diese Leute hatten zwar das Geld, aber nicht die Möglichkeit. Und er hatte keine Zeit. »Nein.«

»Warum zum Teufel nicht, Mann? Warum nicht?«

»Weil ich will, daß sie bezahlen. Hier geht's nicht um irgendein Spiel, Michael. Wir brauchen das Geld, und diese Leute sitzen nicht hier, sie sind in England, es wird seine Zeit dauern, sie müssen das Geld telegraphisch anweisen, müssen all diese praktischen Dinge erledigen. Außerdem brauchen wir Kohle, die wir tragen können. Wenn sie mit einer Wagenladung ankommen, was zum Teufel sollen wir dann damit machen? Das Ganze ist wie ein Deal« (und Hal Jamieson führte seinen ersten Deal mit der gleichen Leichtigkeit und dem gleichen Geschick durch, das ihm später, in der wirklichen Welt, so gut zustatten kommen würde) »und das wichtigste an einem Deal ist, wie man überall nachlesen kann, daß er praktikabel zu sein hat. Man muß einen Preis verlangen, den der andere bezahlen kann. Da wir hier möglichst schnell verschwinden sollten, muß es ein Preis sein, den sie möglichst schnell bezahlen können. Kapiert?«

Hal Jamieson erfuhr zum ersten Mal, was es hieß, bei einem Deal wie diesem auf der falschen Seite zu sein, konnte sich der Frage nicht erwehren, wo der Muskelmann aufhören würde (bei diesem Scheck, beim nächsten?), konnte sich der Frage nicht erwehren, ob ihm das große Jamieson-Talent für Improvisation diesmal wirklich aus der Patsche helfen würde.

»Ich schreibe Ihnen einen Scheck über hunderttausend aus, Steve. Der umfaßt *alles*. Haben Sie verstanden? Wenn dann alles vorbei ist, alles ordentlich geregelt und erledigt ist, stelle ich Ihnen einen weiteren aus, gebe Ihnen ein Flugticket für die Ostküste. Wir haben dort drüben Büros. Wir haben Arbeit. Falls Sie das wollen. Falls Sie es brauchen.«

Baxter nickte, drehte die letzte Tasche von Cordobes' Jackett um und sagte: »Ja, schreiben Sie diese Schecks, Mr. Jamieson. Sie *werden* sie schreiben, aber zwei Dinge müssen Sie sich merken.«

Jamieson wartete.

»Wenn ich das Geld habe, *Sir*, brauche ich Ihre dreckige Arbeit nicht mehr.«

Quinn dachte nach und schüttelte den Kopf. »Was meinst du damit?« Hal machte sich wirklich Sorgen; er fragte sich, wie er das Ganze im Gleichgewicht halten sollte. »Ich meine damit, Michael, daß, egal was auch immer passieren mag, unser Leben hier vorbei ist. Wenn wir Glück haben, wandern wir nicht in den Bau. Wenn wir Glück haben, kriegen wir das Geld und verschwinden, genau wie all die anderen Kids, die Stanford geschmissen haben, die ganze Sache mit den Eltern geschmissen haben, die abgehauen sind, ausgestiegen, wie auch immer du es nennen willst. Lassen uns für ein paar Jahre durch die Löcher im Boden dieser großen Nation fallen, einfach fallen, und tauchen irgendwo anders wieder auf, ein paar Jahre später, mit einem neuen Leben, als neue Menschen. Kapierst du?«

Hal Jamieson nickte und sagte: »Und das zweite?«

»Verstehst du jetzt, warum das Geld so wichtig ist? Kein Geld, kein Leben. So einfach ist das, Michael.«

Quinn dachte nach und grinste. »Der geborene Organisator, Hal. Der geborene Organisator«, sagte er. »Dann solltest du mal lieber die Lösegeldforderung abschicken.«

Steve Baxter griff nach dem Adreßbuch und warf es ihm zu. Jamieson fing es mit einer einzigen, raschen Bewegung auf und spürte das Blut, das an dem billigen Plastikumschlag klebte. Dann tat Baxter mit dem Notizbuch das gleiche. Er schaute in keines hinein.

»Die sind für Sie«, sagte der Muskelmann. »Was auch immer da drinsteht, geht mich *nichts* an.«

Er sah aus dem Fenster. Der Tag schwand allmählich, das Grau verwandelte sich in tiefes, grenzenloses Schwarz.

»Das zweite, *Sir*? Das zweite ist, daß ich das Grab dieses Mistkerls keinesfalls alleine ausschaufeln werde.«

Verschwinden

1

1996

Ich glaube, daß jeder Mensch mit seinem Quantum geboren wird und nicht davon abgeben kann, ohne einen anderen zu berauben. Ich weiß sehr gut, wem ich die erste Stelle in meiner Freundschaft einräumen würde, aber diese Personen sind nicht hier, ich bin an einen anderen Ort verbannt und verteile Freundschaft daher in kleinen Mengen an diejenigen, die mich umgeben und mir am wenigsten mißfallen, und sollte das in gleichem Maße mit meinen Mitgefangenen tun, wäre ich eingekerkert.

JONATHAN SWIFT

Ich möchte nicht, daß man mir einen Titel oder eine gehobene Position verleiht. Ich kann und werde mehr Gutes tun, wenn man mich zu einem freien Bundesagenten ernennt, und ich kann am besten helfen, wenn ich es auf meine Weise durch Kommunikation mit Menschen aller Altersstufen mache. Ich bin und bleibe in erster Linie Entertainer, doch alles, was ich brauche, ist die staatliche Zulassung.

ELVIS PRESLEY

(Brief vom 19. Dezember 1970 an Richard Nixon, in dem Presley seine Dienste als Bundesagent anbot, um bei der Eindämmung des Drogenmißbrauchs junger Menschen mitzuhelfen)

Nichts verändert sich. Sie hatte es immer gewußt, hatte es jedes Jahr wieder erlebt, angefangen von jenen frühen, nur vage erinnerten Tagen, als es noch eine »Familie« gab, bevor sich alles veränderte, und auch später wieder, in den düsteren toten Fluren der Schulen, der Internate, in England, in Frankreich, in der Schweiz, in jenen seltsamen Zeitperioden, wenn diejenigen, die ein Zuhause besaßen, dorthin fuhren und die ohne ein Zuhause in der Schule blieben, beobachteten, wie das mißmutige Restpersonal sich unwillig abmühte, die Zurückgebliebenen zu unterhalten, wobei sich beide Seiten fragten, warum sie überhaupt hier waren.

Nichts verändert sich. Um Mitternacht, wenn der Zeiger auf Zwölf steht, wenn das Umarmen, Rufen und Singen beginnt, gibt es keine molekulare Veränderung der Luft, durchdringt kein von Gott gesandter Blitzstrahl den Himmel, taucht keine Schrift am Himmel auf, die besagt: »Von jetzt an ... keine Schmerzen, keine Schuld, keine Armut, keine Grausamkeit mehr, es wird keinen Krebs, kein Aids, kein Alzheimer mehr geben, Verrückte werden keine Flugzeuge und keine kleinen Kinder entführen, Busse werden nicht in die Luft fliegen, Juden werden Araber lieben, eine Veränderung in den Naturgesetzen wird bewirken, daß alle atomaren Einrichtungen so harmlos wie Hausmüllkippen sind, indem die Gesetze von Spaltung und Verschmelzung außer Kraft gesetzt werden, all diese Dinge *werden* geschehen ...«

Und Miles Seymour, Gabriel, wird auf goldenen Schwingen vom Himmel herunterkommen.

In den ersten Minuten des neuen Jahres wird sich eine neue Welt erheben.

Sie saß allein an dem mit leeren Biergläsern vollgestellten Tisch, hörte die Gäste im Zanzibar die gleiche alte Hymne singen, die bei dieser Gelegenheit kurz nach Mitternacht immer gern erklingt, sah sie einander umarmen, manche in Tränen aufgelöst, manche lachend, manche mit dem Gedanken, daß dies vielleicht ihre Glücksnacht war. Und sie begann sich bereits wie eine Musiker-»Witwe« zu fühlen, begann zu verstehen, wie solch ein Leben einen aufreiben konnte, wenn man es zuließ. *Wenn man es zuließ.*

Paul Dunsany stand auf der Bühne, wie er in gewisser Weise immer auf der Bühne stand, versuchte, die trunkene

Menge durch die ein wenig wie ein mexikanisches Tanzlied intonierte Melodie zu führen. Sie spürte, daß der Glanz der Show verblaßte. Erkannte bereits die einzelnen Songs der Band wieder, die Art der Interpretation, den Überdruß, der unter der Oberfläche lauert und der sich letztlich durch keinerlei Kunstfertigkeit, noch soviel Hingabe (an der sie nicht zweifelte) vor jemandem verbergen ließ, der, ohne teilzunehmen, nur Abend für Abend dasaß und zuhörte. Das Leben eines Musikers bestand im Grunde aus Unzufriedenheit und Langeweile, dachte sie. Die Herausforderungen verschwanden, man wurde zu seiner eigenen Vergangenheit, jemand, der das spielte, was das Publikum hören wollte: die alten Songs. Es war diese vertraute Langeweile, die einen zum Wahnsinn treiben konnte, die einen ein begnadetes Stück schreiben und sich im nächsten Moment die Kugel geben ließ, nachdem man es eine Million Mal zu oft oder Schlimmeres, viel Schlimmeres, wie dieses hier, gespielt hatte.

Sie erinnerte sich an ein Silvester im Internat, einem Chateau in der Nähe von Genf – 1985? 1987? so weit weg, so kurz her? –, als die Langeweile so schlimm wurde, daß sie die ersten Stunden nach Mitternacht damit verbrachte, jedes einzelne Wort dieses dämlichen Liedes in einer zerfledderten Ausgabe des Oxford English Dictionary nachzuschlagen und sich über die Banalität des Ganzen wunderte, sich wunderte, daß ein solches kodiertes Geschwafel die ganze Welt – aber nicht die Moslems, nicht die Hindus, nicht die Taoisten und Konfuzianer und Buddhisten – wie ein globaler Leim zusammenhalten konnte. Sie erinnerte sich, das Wort »syne« nachgeschlagen und drei Bedeutungen gefunden zu haben, die nicht nur unterschiedlich, sondern teilweise sogar widersprüchlich waren: Das dämliche kleine Wort konnte sowohl vorher und nachher als auch nächstens bedeuten, und das alles gleichzeitig. Irgend etwas in ihr versuchte ihr zu sagen, daß es richtig war, daß man sich in dieser sich aneinanderklammernden Mitternachtsmenge zusammenfand und sich von solchen Trivialitäten einlullen ließ. Es war richtig, weil es eine Art Verteidigung gegen die Welt war, eine, die keinen Sinn ergab, aber trotzdem funktionierte, etwas Magisches; und wie bei allem Magischen brauchte man nicht zu wissen, wieso, man brauchte nur zu wissen, daß es geschah.

In diesem Moment, als sie an ihr vorheriges Selbst dachte, wurde Joni Lascelles klar, daß sie ihre Suche aufgeben und nach Hause zurückkehren konnte, zu den grauen, schäbigen Straßen von Hackney, dem wirklichen London, trübe, neurotisch, wachsame Blicke an jeder Straßenecke bei Nacht, zurück zu dem Leben der Übertragung überteuerter, zerfallender Häuser von einem schuldenbeladenen Besitzer auf den nächsten, dem Überprüfen der Planungsvorschriften und Absicherungen, um zu sehen, ob sie nicht durch Pfandklauseln, Deliktshaftungen oder Wechsel belastet waren, zurück zu elektronischen Geldübertragungen von einem Konto aufs andere und dem Einstreichen magerer Gewinne, gerade genug, um ihre kleine Einzimmerwohnung zu bezahlen, deren Wände so dünn waren, daß man die Rap-Musik und das Vögeln des Paares nebenan hören konnte, das Quietschen ihres Bettes, ihr Keuchen bis spät in die Nacht. Sie konnte nach Hause zurückkehren, jedes Wochenende mit der U-Bahn nach Finchley fahren und Blumen auf das Grab ihrer Mutter legen. Sie konnte nach Hause zurückkehren und die grellroten Lichter der Angst, Schuld und Wut unter dem Grau und dem täglichen Druck des »normalen« Lebens verschwinden lassen. Sie konnte wie alle anderen werden, den Schmerz vergessen, das Bedürfnis, die Verzweiflung. Was beim Tod ihrer Mutter geschah, war ein Aufflackern schlimmster Verzweiflung, die sie am meisten bedrohte. Aber es war auch der allerletzte Spielzug. Es war der Dämon, der sich noch einmal aufbäumte, bevor er den Geist aufgab. Es war seine letzte Chance, zu gewinnen, denn von diesem Punkt an konnte er nichts anderes mehr tun, als sich in die Katakomben ihrer Erinnerung zurückzuziehen, ein ferner Schmerz, eine Narbe, die nicht mehr brannte. Der Grund dafür lag nicht in Paul, nicht in Seattle, auch nicht in Michael Quinn, falls sie ihn fand. Der Grund dafür lag in ihr selbst. In ihr fand ein Kampf statt, und das, was sie für den langweiligen, normalen, eher gewöhnlichen Teil ihrer selbst hielt, stand kurz vor dem Sieg.

Die Band hörte zu spielen auf, und der Lärm der Menge, der vielen Menschen, die heute abend im Club waren, so viele, daß man meinte, keine Luft zu bekommen, übertönte alles. Dann setzte wieder Musik ein, diesmal aus der Konserve, etwas, das sie erkannte, aber nicht benennen konnte. Die Menge machte Platz, und da waren sie wieder bei ihr am Tisch: Ben Rawlins, schweißbedeckt, aber hochbefriedigt, Roseanne Fitzgerald, müde, sehr müde, Grayson, der große, schlaksige Schwarze, so reserviert und distanziert wie immer, und Paul, als letzter wie gewöhnlich, ausgepowert und erschöpft. Ihr ging auf, daß nur Ben von den Mitgliedern der Band nicht vom Verdienst im Club abhängig war; und nur Ben schien weiterhin Inspiration aus dem öffentlichen Auftreten zu ziehen, betrachtete es nicht als einen weiteren Tag, sondern als einen weiteren Gig.

Der schwergewichtige Schlagzeuger kam auf sie zu, umarmte sie, küßte sie auf die Wange, alles so sanft, mit so fein abgestimmten Gesten, daß es nicht zu seiner ausladenden Figur zu passen schien, und flüsterte ihr ins Ohr: »Ein glückliches neues Jahr.«

Dann strahlte er sie an. Dieser innere, nicht nachlassende Drang, von jedem, der hier hereinkam, zu erwarten, sich zu Hause zu fühlen, war so gewaltig, so *übertrieben*, daß es schon erstaunlich war. Es war, als würde man von einer warmen, lachenden Woge überflutet, die keine Rücksicht darauf nahm, wen sie mitriß, wohin sie rollte.

Selbst Roseanne wirkte heute nacht verändert. Selbst sie schien Jonis Anwesenheit zu akzeptieren, vermittelte ihr eine Art komplizenhafter Aufnahme in den Club – *wollte sie das?* – mit einem Schulterzucken, einem Lächeln und einem weiteren Kuß, was bedeutete: *Wir wissen, wir wissen, aber so ist es nun mal, also warum sich dagegen wehren?*

Roseanne blickte in das steinerne, verschwitzte Gesicht von Frank Grayson und fragte: »Lächelst du eigentlich nie, Frank? Noch nicht mal zu Silvester?«

Grayson schüttelte den Kopf. »Du solltest das doch wissen, Roseanne. Ich bin Moslem. Wir haben unseren eigenen Kalender. Euer Silvester gibt es für uns nicht.«

Roseanne sah auf die zwei randvollen Gläser von Redhook vor ihm, aufgereiht wie zwei kleine, braununiformierte Soldaten, und sagte: »Frank, Moslems trinken nicht. Wußtest du das nicht?«

Grayson blinzelte ihr zu, grinste, entblößte große, weiße Zähne, die, wie Joni Lascelles dachte, wohl nur selten zum Vorschein kamen und sagte: »Das sind die *orthodoxen* Moslems, Herzchen. Die gewöhnlichen.«

So ging es weiter. Das war die Art, wie sie lebten, dieses gemächliche gegenseitige Aufziehen, dieses lässige, endlose Frotzeln. Nichts verändert sich, sagte sich Joni Lascelles. Nichts verändert sich. Das war Teil ihres Geheimnisses, Teil ihrer Stille. Die Welt hatte sich von ihnen zurückgezogen, war zu diesem genau definierten, vertrauten Paket zusammengeschrumpft, das sie erkennen konnten, ohne sich darüber Sorgen machen zu müssen, wohin der Weg vor ihnen führte oder wie weit er sich in die Ferne erstreckte. Sie sah, wie sich Paul Dunsany endlich ihrem Tisch näherte, nachdem er fast jedem die Hand geschüttelt hatte, sich von den Mädels große, verschwitzte Küsse hatte aufdrücken lassen und dabei mit ihnen auf diese ruhige, zurückhaltende Art flirtete, beobachtete, wie er sich setzte, das große Glas Bier vor ihm halb über den Tisch schob, mit den Armen wedelte und sagte: »Wir sind fertig.«

Rawlins buschige Augenbrauen zogen sich fragend zusammen.

»Was meinst du damit, wir sind fertig? Nach meiner Uhr haben wir noch zwei, drei Stunden zu spielen.«

»Wir sind fertig.«

»Darf ich das so verstehen«, fragte Ben Rawlins, »daß mein Arrangement dieser fürchterlichen ›Auld-Lang-Syne‹-Schnulze in der Art eines mexikanischen Mariachi, gespielt von dem ehrwürdigen Monsignor Cooder, nicht deine Zustimmung gefunden hat?«

»Ganz und gar nicht«, sagte Dunsany. »Ich bezweifle, daß irgend jemand es hätte besser machen können, Ben. Ehrlich.«

»Ist das als ein zweifelhaftes Kompliment gemeint, oder was?« fragte Rawlins, und einen Moment lang huschte etwas wie Wut über sein Gesicht.

»Es ist ein echtes Kompliment. Ein *echtes*. Aber wir sind fertig. Himmel, glaubt ihr denn, daß hier irgend jemand den Unterschied zwischen uns und dem DJ wahrnehmen würde?«

Die Band blickte zur Tanzfläche und verfiel in Schweigen.

Schließlich sagte Ben Rawlins: »Glaubst du nicht, daß wir sie damit irgendwie betrügen?«

»*Betrügen?*«

Paul Dunsany sah aus, als könne er nicht glauben, was er da hörte. »Ben, die meisten dieser Leute hören uns fünf Abende in der Woche spielen. Wir *betrügen* sie?«

Frank Grayson fragte: »Bist du sicher, daß wir bezahlt werden, wenn wir jetzt nicht mehr spielen?«

»Das habe ich geklärt. Keine Bange. Wir schreiben 1996.

Für ein paar kurze Stunden, Männer, sind wir frei. Du auch, Roseanne. Wenn dir danach ist.«

»Ich denke, ich bleibe wahrscheinlich noch hier«, sagte sie und hob ihr Glas. »Was soll man denn sonst machen?«

»Ich auch«, sagte Rawlins, und alle nickten wie Verschwörer.

»Tja, dann«, sagte Dunsany und schaute zu Joni, die so still war wie immer, ihn beobachtete, sich ihre Gedanken machte. Er wunderte sich über diesen Abstand zwischen ihm und der Band, fragte sich, ob er größer wurde, so groß, daß er sich Gedanken darüber machen müßte. »Mir kommt der Qualm und der Biergestank zu den Ohren raus. Sollen wir?«

Joni stand auf, lächelte sie an und sagte: »Ein glückliches neues Jahr.«

Spürte dann, als sie sich ihren Weg durch die Menge bahnten, die Verwunderung der anderen hinter sich, keine Ablehnung, nur etwas, das seine Handlungsweise in Frage stellte, die Veränderung, das Neue in seiner Routine.

Draußen war die Luft kalt und feucht, man konnte die dicken, grauen Schleier sehen, die um die Straßenlaternen hingen, nachdem sie vom Puget-Sund hereingeweht waren. Musik schien aus jeder Pore des Pioneer Square zu dringen, aus den Ritzen im Mauerwerk zu kommen, ein bißchen blechern, aber ständig da, etwas Lebendiges hinter den Steinen, ein Geräusch wie das Summen der Bienen in ihrem Korb. Es war, als seien alle dort drinnen, inmitten des Lärms, feierten so wild, als sei es ein Rennen, als würde die Musik, wenn man nur lange genug, wild genug feierte, nie aufhören und das Summen für ewig weitergehen.

Sie schlüpfte in ihre Jacke, lief ihm nach, hängte sich bei ihm ein, dachte an die Veränderungen, die in ihr vorgingen, und was sie bedeuten mochten.

»Sie glauben, ich stehle dich ihnen.«

»Ehrlich?«

Die Vorstellung schien ihm vollkommen fremd.

»Ja.«

»Sie irren sich. Ich lasse mich nicht mehr stehlen. Verkaufe mich nur noch ganz billig.«

Sie gingen eine schmale Straße hinunter, schwach erleuchtet durch alte Eisenlampen, hohe Backsteingebäude zu beiden Seiten, so hoch, daß sie in den Himmel zu ragen schienen.

Er blieb stehen, lehnte sich gegen eine Wand, griff nach ihr, spürte ihre Wärme und sagte: »Tut mir leid. Ich klinge richtig deprimiert. Als wenn alles nur noch schlimm wäre.«

Er nahm sich dann sofort zusammen und sah sie an, so bleich, so schön. Louise Gostelows Schönheit war eine Zeitschriftenschönheit, eine, die man Punkt für Punkt abhaken konnte. Aber Joni *leuchtete*, leuchtete von innen heraus, und er konnte sich in ihr verlieren, in ihrer Person, ihrem Sein, jederzeit, und er konnte stundenlang herumwandern, ohne sagen zu können, was ihn dort hielt, was ihn so faszinierte.

»Es stimmt nicht, daß alles schlecht ist«, sagte er, immer noch erstaunt über diese Gefühle, die aus dem Nichts kamen und ihn überwältigten, ihn *regierten.* Fragte dann, um rasch das Thema zu wechseln: »Hast du schon von ihm gehört? Dem Detektiv?«

Joni dachte an Tom Cordobes, ihr Treffen im Pequod, wie mißtrauisch, wie angespannt der alte Mann gewesen war. Sie fragte sich, was mit ihm geschehen war. Fragte sich, ob es wirklich so einfach war, wie sie dachte: daß er einfach ihr Geld genommen und sich nach Hause verdrückt hatte. Vielleicht über Tahoe. Was auch immer. Unter seiner Telefonnummer im Milpitas war nur der Anrufbeantworter zu erreichen. Es gab nichts vorzuweisen für das Geld, das sie ihm gegeben hatte, Geld, das sie sich kaum leisten konnte. Vor allem wunderte sie sich, daß ihr das alles nichts ausmachte.

Warum sie sich in den Tagen, seit Paul und sie sich gefunden hatten, bei dem Gedanken an Cordobes davor *gefürchtet* hatte, daß er anrufen könnte.

»Nichts, seit er mir die Nachricht im Hotel hinterlassen hat, es würde alles ganz gut laufen.«

»Wann war das?«

Sie dachte nach. Heute war Montag. Sie hatte seit dem vergangenen Mittwoch nichts mehr von ihm gehört.

»Vor einer Weile«, sagte sie und konnte den Mißmut in ihrer Stimme hören.

Er ging hinüber zu einer gußeisernen Bank. Sie folgte ihm. Unter dem bogenförmigen Eingang eines Bürogebäudes sah sie, wie die Penner sich bewegten, sie aus der Dunkelheit beobachteten

rassenfrassenrassenfrassenrassenfrassenrassenfrassen

überlegten, ob sie sie um Geld anbetteln sollten. Etwas hielt sie davon ab.

»Weißt du, was das Schlimmste ist?« fragte er. Da war etwas in seiner Stimme, das sie zuvor nie gehört hatte, etwas Seltsames und Fremdes. »Das Schlimmste daran, alt zu werden? Du fängst an, dir Sorgen zu machen. Als ich jung war, habe ich mir nie Sorgen gemacht. Egal, was passierte, egal, wie schlimm es wurde, ich habe mir keine Sorgen gemacht. Ich habe mich nur bemüht, daß es besser lief. Du glaubst, das würde für den Rest deines Lebens so bleiben. Du würdest gleichbleiben. Immer gleichbleiben. Dann wachst du eines Tages auf, und der häßliche kleine Brief von der Bank sieht plötzlich *wirklich* aus. Du faßt ihn an, und es ist *echtes* Papier. Eines Tages fängst du an, über Passivrauchen und durch Alkohol verursachte Krankheiten nachzudenken. Zuviel Salz in deinem Essen. Zuviel Cholesterin in den Frühstückseiern. Eines Tages fängst du an, dir Gedanken darüber zu machen, was passiert, wenn du alt wirst, wenn du langsam wirst, wenn du nicht mehr arbeiten kannst und es niemanden gibt, der dich rumschiebt. Eines Tages siehst du Kinder mit einem Drachen im Park spielen und fragst dich, warum *du* nie mit Kindern spielst. Du machst dir Sorgen über die Dinge. Du machst dir Sorgen über dich selbst. Und wo zum Teufel das alles hinführen wird.«

»Ich weiß nicht, wohin es führt, Paul«, sagte sie sofort. »Ich weiß es nicht. Das ist eine ehrliche Antwort.«

»Eine Antwort, die völlig in Ordnung ist. Die Art von Antwort, die ich gegeben habe, als ich fünfundzwanzig, dreißig oder so war. Aber wenn man über vierzig ist, klingt das alles plötzlich ziemlich hohl. Das hat nichts damit zu tun, daß du deine innere Uhr ticken hörst. Es liegt daran, daß man sich *verändert*. Es liegt daran, daß etwas *geschieht*.«

Sie beobachteten eine kleine Gruppe von Betrunkenen, vier Männer, vier Frauen, nicht älter als zwanzig, zweiundzwanzig, die die Straße entlangschwankten, Arm in Arm, ohne etwas von der Welt um sich herum wahrzunehmen, so endlos glücklich.

»Ich verliere mich in dir, Paul«, sagte sie. »Ich vergesse, warum ich gekommen bin. Ich *weiß*, daß ich mich nicht daran erinnern will. Ich *weiß*, daß ich alles loswerden will. Aber es ist noch nicht weg. Noch nicht ganz.«

Paul Dunsany atmete die Nachtluft ein. Sie war sauberer als alles, was man im Zanzibar bekam, und auch nicht schlecht: ein bißchen Diesel, ein bißchen Salz. Es hätte schlimmer sein können.

»Ich weiß«, sagte er und erkannte, daß er an einem Punkt war, wo sein Leben die eine oder andere Richtung einschlagen konnte, gut oder schlecht, hinauf oder hinunter, Himmel oder Hölle.

»Und wenn nun das, was du herausfindest, dich zerreißt, Joni? Wenn es etwas ist, das du nicht erwartest? Etwas so

Furchtbares, das es die Dinge *schlimmer* macht? Schlimmer, als es nicht zu wissen?«

Sie reagierte, ohne nachzudenken, und das, mehr als alles andere, ließ ihn eine Entscheidung treffen.

»Ich soll mich entscheiden? Es gibt nichts Schlimmeres als Unwissen, Paul«, sagte sie und fragte sich, ob sie das wirklich meinte. »*Nichts.*«

»Verstehe«, sagte er und tat es wirklich.

Paul Dunsany stand auf und hatte, erst zum zweiten Mal in seinem Leben, wirklich Angst.

Er streckte den Arm aus, berührte ihre Wange, spürte ihr weiches Haar, goldfarben und lockig, in der feuchten Nacht. Irgendwo tief in seinem Inneren konnte er John Lee Hookers Stimme hören, eine gewaltige, dunkle Stimme von der Größe des Himmels, ein tiefes Knurren ... *Veränderung, Veränderung, Veränderung.*

»Sag mir, Joni«, forderte er, »ist es groß genug? Dieses große, schwarze Ding, das sich da zwischen uns schiebt, ist es groß genug, uns zu trennen? Oder ist das, was uns verbindet, größer? Glaubst du, das wäre möglich? Glaubst du, *wir* können es abwehren, ohne uns ihm stellen zu müssen? Glaubst du, das könnte geschehen, wenn wir es wollen?«

Seine Augen funkelten sie im Mondlicht an, da war etwas in Paul Dunsany, das sie nie zuvor gesehen hatte, Feuer, Hitze. Er sah so nüchtern, so ernst, so *erwachsen* aus, daß sie beinahe meinte, er könnte jemand anderer sein.

»Ich weiß es nicht«, sagte sie, ohne nachzudenken, ohne sich der Frage stellen zu müssen.

»Joni«, sagte er und nahm ihre Hand, spürte die Haut, warm und wirklich in der Nacht, führte sie aus dem Schein der Straßenlaternen in den dunklen Schatten eines Gebäudes, führte sie zu einer anderen Eisenbank, die in der Schwärze kaum sichtbar war.

»Wir könnten dies alles ungeschehen machen, wenn wir

wollen«, sagte er. »*Wir* können das. Das weißt du. Du *mußt* es wissen.«

»Ja«, sagte sie und spürte, wie seine Hände langsam unter ihre Jacke wanderten, unter ihre Bluse, ihre Haut berührten, ihren Nabel, und dann so sanft, so wissend nach unten glitten, zum Bund ihres Rockes.

Sie erreichten eine Straßenlaterne, und er küßte sie, ließ ihren Körper sanft gegen den Laternenpfahl zurücksinken, griff nach unten, zwischen ihre Beine. Alles passierte so schnell, daß sie nicht denken konnte, daß es kein Aufhalten zu geben schien.

Er war stark. Auch das war ihr neu. Es gab so vieles an ihm, das sie nicht verstand, so vieles, das verborgen blieb, bis es an die Oberfläche kam, sich zu erkennen gab und sie nicht mehr wußte, wo sie war. Er war stark, und als er soweit war, hob er sie mit beiden Armen hoch, spürte, wie sie ihre Beine um ihn schlang, nahm die Hauptlast auf sich, so daß sie den Laternenpfahl in ihrem Rücken kaum fühlte. Er hielt sie dort, wartete den richtigen Moment ab, ließ sie sanft herunter, ließ sie auf sich gleiten, und ihre Beine schlangen sich fest um seinen Rücken, eine so sichere, glatte und fließende Bewegung, als hätte man zwei Puzzlestücke so genau zusammengefügt, daß kein Licht mehr durch die Verbindungsnaht drang. Sie bewegten sich kaum. Was sie zitternd, ohne klare Gedanken zum Höhepunkt brachte, und sie hätten beide nicht sagen können, wie lange es dauerte, war etwas, das in ihren Köpfen geschah. Etwas, das sich von einem auf den anderen übertrug, einen großen, inneren Schalter umlegte und die Welt explodieren ließ, so warm und fließend zwischen ihnen.

»Wir können es selbst tun«, sagte er, als er wieder bei Atem war. Sie sah ihm ins Gesicht. Es mochten Tränen sein. Es mochte Schweiß sein.

»Ich weiß«, sagte sie und begann zu weinen. Sie konnte das Brennen in den Augen spüren, aber es war ihr egal.

Drei Stunden später brach das Tageslicht zum ersten Mal im Jahre 1996 durch die bleigrauen, über Seattle ziehenden Wolken. Sie schlief neben ihm, ihr Haar auf dem Kissen ein goldenes Lockenfeld, ihr Gesicht so bleich, so ruhig, so friedlich. Etwas Neues, sagte er sich. Es *war* etwas Neues. Es konnte geschehen. Wenn alles andere in Ordnung kam, konnte man vielleicht tatsächlich jemanden aus diesem Alptraum lieben. *Wenn* …

Paul Dunsany betrachtete die schlafende Joni Lascelles und dachte, wie es wohl wäre, sie nie wiederzusehen. Wie weit man auf dieser Welt wohl rennen müßte, um ihr Bild zu vergessen, so strahlend, so wirklich in seinem Kopf, um hoffen zu können, daß es endlich eines Tages verblassen würde.

2

Toms Deal

Die letzte Lockung ist der Hochverrat:
Aus falschem Trieb tun rechte Tat.

T. S. Eliot
Mord im Dom

I'm reading last year's papers, although I don't know why
Assassins, cons and rapers might as well die.

Steely Dan, »King of the World«

Fälle wie dieser waren in Palo Alto einfach nicht üblich. Am meisten beunruhigte Cy Langton, daß man ihnen diesen Fall, der da in ihren Schoß geplumpst war, genauso schnell wieder abnehmen könnte. Daß er sich im Handumdrehen von einem lokalen zu einem Fall für das FBI verwandeln würde. Dann würden diese Kerle mit ihren Sonnenbrillen und dunklen Anzügen, Leute von der Art, die Cy Langton nicht ausstehen konnte und die hier überall herumwieselten, verächtlich durch ihre Ray-Bans blicken, sich mit Erfolgen brüsten, die nicht auf ihrem Mist gewachsen waren.

Das durfte nicht passieren, nicht, wenn er es verhindern konnte. Diese heikle Linie zwischen lokaler und bundesstaatlicher Verantwortlichkeit war bisher noch nicht überschritten worden. Wenn er Glück hatte, würde sie *nie* überschritten werden. Sie würden den Fall lösen, eine Pressekonferenz geben, ein paar Leichen vorführen und die strahlenden Sieger sein.

Langton betrachtete Tom Cordobes über seinen Schreibtisch, über den kleinen Golfsack hinweg und grinste ihn an.

Endlich war Bewegung in die Sache gekommen, hatten sich die Dinge auf eine Ebene verschoben, auf der Tom keine Belastung mehr war, sondern vielleicht der beste Mann, über den er verfügte. Die heiklen Tage, die Tage, in denen man sich so vorsichtig bewegte, daß die Leute nicht mal merkten, wenn man ihnen auf die Zehen trat, waren vorüber. Jetzt war die ganze Sache nett und eindeutig. Hier handelte es sich um eine Entführung und einen Mord. Die Lösegeldforderung lag ihnen vor. Alle Hebel waren in Bewegung gesetzt. Das war eine Sache, die Tom Cordobes mit geschlossenen Augen handhaben konnte.

»Hat die Spurensicherung dem Brief irgendwelche Hinweise entnehmen können?« fragte Cordobes halbherzig, als würde er die Antwort bereits kennen.

Langton schob ihm eine Plastikmappe zu, und Cordobes warf einen Blick auf das darin befindliche Stück Papier.

»Gestern nachmittag an der University Avenue eingeworfen. Viel können sie uns bisher nicht sagen. Außer dem Offensichtlichen. Diese Kerle sind vernarrt in das Offensichtliche.«

Cordobes betrachtete den getippten Text und das kleine Polaroidfoto von Miles Seymour, der ausdruckslos in die Kamera starrte. Das Foto war mit Blitzlicht aufgenommen. Der Hintergrund war ein nichtssagendes Braun. Vielleicht alte Tapete. Vielleicht Holz. Vielleicht sogar Erde. Es war schwer zu sagen. Cordobes sah sich das Kind genauer an, versuchte festzustellen, was da vorging. Herauszubekommen, ob sich von diesem Gesicht etwas ablesen ließ. Aber es gelang ihm nicht. Der Junge sah weder verängstigt noch fröhlich aus. Er sah nach gar nichts aus. Sie hatten ein anderes Foto von ihm, das ihnen die Eltern gegeben hatten. Er schien sich kaum verändert zu haben. Dreckiger. Erschöpfter. Aber das war ja zu erwarten.

»Was halten Sie davon?« fragte Langton.

Cordobes zuckte die Schultern. »Wenn der Junge älter wäre, bei dröhnender Rockmusik mit einem Pick-up rumfahren würde, hätte ich nach einem Blick auf diese Augen gesagt, er stünde unter Drogen.«

»Ja, ich auch«, log Langton. Eine sehr durchsichtige Lüge.

»Fünf Jahre alt. Vielleicht füttern sie ihn mit dem Zeug, um ihn ruhigzuhalten.«

»Können Sie sich das vorstellen?«

»Ein Kind haben die schon umgebracht. Die scheinen zu allem fähig.«

»Vielleicht sollten wir uns in der Drogenszene umhören. Wenn sie dem Kind so was antun, gehören sie vielleicht dazu. Haben Sie Ihre Spitzel schon darauf angesetzt, Tom?«

»Ja«, sagte Cordobes und enthielt sich jeder weiteren Bemerkung. So, wie die Dinge in der Welt liefen, war die Behauptung, ein Fall stünde »mit Drogen in Verbindung«, nicht viel mehr als ein Hinweis darauf, daß das Verbrechen von einem menschlichen Wesen begangen worden war. Wenn man genauer hinsah, hatten die meisten Verbrechen in irgendeiner Weise mit Drogen zu tun. Es war so üblich, so verbreitet, daß es einem kaum weiterhalf, diesen Zusammenhang zu kennen.

Tom Cordobes las den Text durch.

> *Teilen Sie diesen Leuten mit, daß wir zweihunderttausend Dollar in bar wollen, gemischte Scheine, keine neuen, alles in Fünfzigern und Zwanzigern. Wir wollen das Geld am Dienstag. Wir wissen, daß sie zahlen können, also sagen Sie ihnen, daß sie uns nicht übers Ohr hauen sollen, sonst finden sie das Kind in Einzelteilen über die ganze Stadt verteilt wieder. Setzen Sie sich nicht mit uns in Verbindung. Sie bekommen nur diese eine Chance. Wir teilen Ihnen Ort und Zeitpunkt später mit. Wenn das Geld da*

ist, lassen wir den Jungen frei. Ganz einfach. Keine Verhandlungen. Keine Telefonate. Entweder sie zahlen, oder sie lassen es. Das ist ihre Entscheidung.

»Also, so was«, sagte Cordobes.

»Häh?«

»Eine Lösegeldforderung ohne Schreibfehler und mit richtiger Kommasetzung. Und da wird behauptet, das Schulsystem sei heutzutage nur noch Müll.«

Langton wartete ab, während Cordobes überlegte. Der Mann hatte was auf dem Kasten. War vielleicht der Klügste und Gerissenste im ganzen Revier, außer wenn es um einfache Dinge ging wie das Reden mit Leuten, als hätten sie nicht das Recht, die gleiche Luft wie er zu atmen. Hätte er diese Gabe auch noch besessen, würde er vermutlich auf Cy Langtons Stuhl sitzen (allerdings ohne einen kleinen Golfsack als Stiftehalter), aber das würde nicht geschehen, konnte nicht geschehen, weil Tom Cordobes nie in der Lage sein würde, sich zurückzuhalten. Egal, wie klug und gerissen er auch sein mochte, diese Tatsache würde ihn früher oder später zu Fall bringen.

»Also?«

»Steht schon fest, was für eine Schreibmaschine es war?«

»Eine Olympia. Wahrscheinlich eine tragbare.«

»Billig?«

»Ja.«

»Aha«, sagte Cordobes, kratzte sich am Kinn und rieb sich den schmerzenden Nacken. Cy Langton sah, wie sich die walnußfarbene Haut unter der großen Faust des Mannes verzog, und schaute dann auf den Kalender.

»Der sechste Januar. Dienstag ist der sechste Januar. Wenn Sie ein gläubiger Mensch wären, Tom, dann wüßten Sie das. Epiphanias, das Fest der ›Erscheinung des Herrn‹, das Dreikönigsfest. Der Tag, an dem der kleine Jesus den drei

Weisen gezeigt wurde. Wenn Sie wie ich mit all diesem Kirchenkram belastet wären, dann würden Sie sich daran erinnern. Die Farben der Gewänder und all der anderen Sachen werden geändert. Markiert das Ende der Weihnachtszeit.«

»Ziemlich scheußliche Weihnachten«, murmelte Cordobes.

»Allerdings«, sagte Langton. »Und es ist noch nicht vorbei, Tom. Also, was meinen Sie?«

Cordobes gab sich unverbindlich. »Olympia-Reiseschreibmaschinen sind was für Amateure. So was findet man nicht in Büros. Reporter, Schriftsteller, Studenten, diese Art von Leuten.«

»Leute, die was von Rechtschreibung und Kommasetzung verstehen.«

»Genau«, sagte Cordobes. »Wissen Sie, das ist so offensichtlich, daß man sich fragt, ob es Absicht ist. Könnte gut sein.«

»Ich hab's nicht mit diesen überspitzten Ideen, Tom. Selbst clevere Leute machen so was nicht. Sie stolpern genauso herum und machen nur ein paar Fehler weniger als wir anderen. Machen aber trotzdem Fehler, und das ist der Augenblick, in dem wir sie uns schnappen.«

Cordobes nickte. Was Langton sagte, stimmte.

»Meinen Sie, dieser Onkel wird bezahlen? Es stimmt also, was die in dem Brief behaupten, daß die Familie Geld hat?«

»Das Verrückte ist, als ich mit dem Kerl sprach, hatte ich das Gefühl, daß es ihn nicht sonderlich kümmert, was mit dem Jungen geschieht. Schien nur besorgt darüber, was die Leute denken könnten, wenn er nicht mit der Kohle rüberkäme. Wie sie ihn in seinem Club behandeln würden, nehme ich mal an. Von der Seite gibt es kein Problem.«

»Weiß er, daß der Junge diese Sache wahrscheinlich trotzdem nicht überleben wird, falls er nicht bereits tot ist?«

»Wie gesagt, das schien nicht seine Hauptsorge zu sein.«

»Wollen Sie ihn dazu bewegen, die Sache hinauszuzögern, um zu sehen, ob wir verhandeln können?«

»Würden Sie das in diesem Fall tun?«

»Eher nicht.«

Langton gefiel es nicht, wie Cordobes das sagte.

»Sie denken, es sieht schlecht aus?«

Cordobes betrachtete Langton und fragte sich, wieviel der Mann wirklich hören wollte.

»Vielleicht sollten Sie in Erwägung ziehen, das FBI einzuschalten, Sir.«

Blut schoß Langton in die Wangen, und wieder donnerte seine Faust auf den Schreibtisch herunter.

»Das kommt überhaupt nicht in Frage, Tom. Nicht, bevor ich dazu gezwungen werde.«

»Sehen Sie, wenn wir bei der Sache gewinnen und alle als Helden dastehen, dann ist das prima. Aber Sie müssen das Risiko abwägen. Diese Leute sind wirklich verdammt gerissen, gerissener als der durchschnittliche Verbrecherabschaum. Sie sagen, sie werden nicht anrufen. Sie sagen, sie werden uns keinen *weiteren* Beweis dafür geben, daß das Kind noch lebt. Alles, was wir kriegen werden, sind Anweisungen, wo wir das Geld deponieren sollen, und ansonsten müssen wir ihnen *vertrauen*.«

»Also haben wir nur die eine Chance. Außer, Ihre Leute finden noch irgendwas heraus.«

»So ist es. Daher stehen wir wirklich mit dem Rücken zur Wand. Verstehen Sie, normalerweise kriegt man sie in diesen Fällen über die Kontaktaufnahme. Sie reden mit uns, wir reden mit ihnen, wir erfahren dabei irgendwas. Ohne Kontaktaufnahme bleibt uns das alles verschlossen. Das Kind könnte inzwischen längst tot sein. Ist es wahrscheinlich auch, wenn Sie meine Meinung wissen wollen.«

»Wir könnten über das Fernsehen verbreiten, daß nichts läuft, falls sie uns keine weiteren Beweise liefern.«

»Könnten wir. Aber nach dem, was sie hier schreiben, spielt das keine Rolle. Wenn sie kein Geld kriegen, bringen sie den Jungen um. Ganz einfach.«

»Glauben Sie, das tun die wirklich? Vielleicht sollten wir einfach nicht bezahlen und abwarten, ob sie dann mit uns reden.«

»Wollen Sie das Risiko auf sich nehmen? Die haben bereits ein Kind umgebracht. Auch wenn wir das nicht beweisen können. Da ist noch etwas, das mich wundert. Sie sind wirklich clever in dem Brief. Sie hätten das andere Kind erwähnen können, um der Sache mehr Gewicht zu verleihen. Aber das haben sie nicht getan. Sie halten sich Möglichkeiten offen. Wie es sich anhört, scheint das Geld nur ein *Teil* davon zu sein. Als hätten sie beschlossen, wenn sie dabei Geld rausschlagen können, prima, das wär' ihnen recht, aber wenn nicht, was soll's, sie hätten trotzdem ihren Spaß dabei, den Jungen umzubringen. Ein ziemlich mieser Ausgangspunkt für uns. Damit will ich sagen, so wie es aussieht, besteht jedenfalls nur eine minimale Chance, das Kind lebend rauszuholen. Jemand wird also für den Tod des Kindes etwas auf die Mütze kriegen, und vielleicht sollten das besser die Leute vom FBI sein.«

»Nein«, sagte Langton. »Diese Mistkerle kommen mir nicht ins Haus.«

»Dann werden Sie nächsten Dienstag einen breiten Rücken brauchen, Sir.«

Langton starrte aus dem Fenster. Der Regen hatte endlich aufgehört. Es war ein freundlicher Wintertag. Kühl, mit fahlem Sonnenlicht, das durch die dünne Wolkendecke drang.

»Ich bin nicht so klug wie Sie, Tom. Das wissen Sie. Nein. Sagen Sie nichts. Ich *weiß*, daß Sie es wissen. Aber auch ich kann denken, wissen Sie. Ich habe das alles schon heute morgen durchdacht, noch vor unserem Gespräch. Der Punkt ist,

Sie haben recht, wir können uns verdammt glücklich schätzen, wenn wir das Kind lebend wiedersehen. Dieser Lascelles wird auf jeden Fall zahlen, also spielt es in gewissem Sinne überhaupt keine Rolle. Es klappt, oder es klappt nicht. Aber sie wären blöd, wenn sie dächten, wir würden nach ihren Regeln spielen. Sie wären blöd, wenn sie dächten, wir würden nach irgendwelchen Regeln spielen.«

Cy Langtons Gesicht hatte einen verschlagenen, beinahe bösartigen Ausdruck angenommen.

»Sie vergessen, Tom, daß ich Ihre Unterlagen hier habe. Ich *weiß*, was Sie getan haben, bevor Sie zur Polizei gegangen sind. Ich *weiß*, wenn ich zu Ihnen sagen würde, ich verlasse dieses Zimmer, Sie können tun, was Sie wollen, ich frage Sie hinterher nicht, wie Sie es getan haben, was Sie getan haben, dann *weiß* ich, daß Sie am Ende dieser ganzen Angelegenheit mehr Leichen vorzuweisen haben werden als nur dieses arme Kind auf dem Foto. Habe ich recht?«

Tom Cordobes blinzelte nicht und sagte kein Wort.

»Verstehen Sie, Tom, nur darauf kommt es an. Diese Dinge, ob Sie ein Held sind oder ein Versager, das wird alles in den sechzig Sekunden entschieden, in denen die Leute in irgendeiner Kneipe auf den Fernseher schauen. Sie sehen das tote Kind, sehen keinen, der dafür im Gefängnis landet, und wir sind der letzte Dreck. Sie sehen das tote Kind, sehen die Leichen der Leute, die nach unserer Aussage dafür verantwortlich sind, und wir haben die Meisterschaft gewonnen. Sie werden T-Shirts von uns drucken.«

»Sie wollen damit sagen ... »

Langton brachte ihn mit einer Handbewegung zum Schweigen.

»Ich will *gar nichts* damit sagen. Will nichts hören, werde keine Fragen stellen. Sie sind ein cleverer Kerl, Tom. Sie wissen, was hier abläuft und daß es für Sie nicht rosig aussieht. Wenn Sie losgehen und tun, was getan werden muß, könnten sich die Dinge schnellstens ändern. Für Sie. Auch für mich. Warum nicht?«

Cy Langton schloß die Aktenmappe auf seinem Schreibtisch und beendete damit das Gespräch.

»Schätze, Sie haben eine Menge zu tun, Tom. Ich will Sie nicht noch länger aufhalten, als ich es bereits getan habe.«

»Sir.«

Tom Cordobes stand auf, trat aus der Tür, dachte nach, nicht tiefgehend, nicht lange. Überlegte nur, und je mehr er es tat, desto mehr sagte er sich: *Was soll's?*

3

Louise telefoniert

When I hold you in my arms
And I feel my finger on your trigger
I know no one can do me no harm
Because happiness is a warm gun

LENNON UND McCARTNEY
»Happiness Is a Warm Gun«

So ist der Mensch nun mal: er schimpft auf seinen Schuh, und dabei hat sein Fuß schuld.

SAMUEL BECKETT
Warten auf Godot

»Glaubst du, wir sind in Sicherheit?«

Sie stand an dem großen Marmorkamin, ein Glas Whisky in der Hand, eine dünne lange Marlboro in der anderen. Es war ein sonniger, etwas diesiger Tag. Das Licht, das durch das Fenster kam, hatte die Farbe alten Strohs. Die Scheibe war von außen beschlagen und ließ den See und den Wald zu einer graugrünen, formlosen Masse verschwimmen. Es fiel ihm schwer, zu erkennen, ob Louise wütend oder eher verängstigt war. Beide Gefühle ließen ihr Gesicht gleich aussehen: ein bißchen hart, ein bißchen häßlich.

»Es ist vier Tage her. Niemand hat angerufen. Nichts rührt sich. Nach den Zeitungen zu urteilen, ist offenbar niemand an dem Mann interessiert. Nicht eine Zeile über ihn.«

Sie nahm einen tiefen Schluck, während sie ihn ansah.

»Und?«

»Daraus schließe ich, daß er nichts von dem, was er wußte, an seinen Auftraggeber weitergegeben hat. Wer immer das sein mag. Warum würden wir sonst hier sitzen? Jemand hätte angerufen. Die Polizei. Die Zeitungen. Die Fernsehleute. Wer auch immer ihn auf Quinn angesetzt hat.«

Louise Gostelow trat vom Kamin weg und setzte sich ihm gegenüber auf das helle Ledersofa.

»Das muß nichts bedeuten. Oder? Wir wissen es einfach nicht. Zeit genug hatte er, nachdem er dich vor dem SCC-Gebäude angehalten hat. Von da bis zu dem Moment, wo er Michael gefunden hat, hatte er Zeit, alles mögliche zu tun.«

»Ja«, sagte Jamieson und spürte, daß auch er jetzt ein wenig wütend wurde. »Er hatte Zeit, zum Mond und zurück zu fliegen, wenn er das richtige Transportmittel gefunden hätte, Louise, aber was zum Teufel sagt uns das? Wir *wissen* nicht, für wen er gearbeitet hat. Wir wissen nur, daß wir, seit Quinn den Mann zerstückelt hat, *nichts* gehört haben, von niemanden. Und damit hat es sich.«

»Wirklich prima, Hal. Wirklich prima, wenn dir das ein Gefühl der Sicherheit gibt.«

»Himmel, Louise. Ich führe ein Unternehmen. Ich verkaufe Software. Ich bin kein Krimineller. Ich bin kein *Experte* auf diesem Gebiet. Ich will nur, daß mit dem ganzen Kram Schluß ist. Das ist alles. Erwarte nicht von mir, daß ich rumlaufe und mich wie ein verdammter Don Corleone aufführe, weil ich das nicht tun werde. Das habe ich damals nicht getan, und das werde ich auch jetzt nicht tun.«

Und das ist die Wahrheit, sagte sich Hal Jamieson. Seine Stärke war es, Herr der Lage zu bleiben. Während alle anderen damit beschäftigt waren, ein heilloses Durcheinander zu veranstalten, dann zu ihm gerannt kamen, darauf deuteten und sagten: »Schau!«, war er damit beschäftigt, sich Gedanken zu machen, wie er alles auffegen und vielleicht noch ein bißchen Profit damit machen konnte.

»Du willst also damit sagen, daß wir einfach abwarten sollen. Warten sollen, bis jemand an die Tür klopft und sagt:

›Hallo, wir dachten, wir würden gern mal mit Ihnen über einen Mord und eine Entführung von vor zwanzig Jahren reden, Mr. und Mrs. Jamieson, aber vielleicht könnten wir noch einen alten Cop mit einflechten, dem letzte Woche die Kehle aufgeschlitzt wurde‹? Wir warten einfach, bis jemand durch die Tür kommt und sagt: ›Hallo, gehen Sie nicht über Los, ziehen Sie keine zweihundert Dollar ein, gehen Sie direkt ins Gefängnis, vielen Dank.‹«

»Wenn du willst. Wenn du es so ausdrücken willst. Wir sorgen selbst dafür, daß die Dinge unter Verschluß bleiben. Du sorgst dafür, daß Dunsany nicht unruhig wird. Wir warten.«

Sie antwortete nicht.

»Du hast Bedenken wegen Paul«, fuhr er fort. »Du glaubst, da gibt es etwas, worüber wir uns Sorgen machen sollten.«

Sie wußte nicht genau, wie sie es ausdrücken sollte. Nicht, um Hals Gefühle zu schonen, eher im Interesse der Korrektheit. »Ich kriege das mit ihm nicht mehr hin. Er frißt mir nicht mehr aus der Hand. Darüber ist er hinaus. Kann man ihm wahrscheinlich nicht vorwerfen.«

Obwohl sie es tat.

»Das ist schade«, sagte Jamieson, ohne zu heucheln. Er verlor nicht gern die Kontrolle über etwas, das er einst im Griff gehabt hatte. »Meinst du, daß wir uns darüber Sorgen machen sollten?«

Sie schüttelte den Kopf, zögerte aber dann. »Ich weiß nicht. Ich *kenne* Paul nicht mehr. Er hatte da so ein Hippiemädchen im Schlepptau, hübsches kleines Ding. Und jung.«

Louise Gostelow bedauerte es, nicht mehr jung zu sein. Wünschte sich, es gäbe etwas, das man kaufen könnte, um einem all die Jahre zurückzugeben, die wie der Wind verflogen waren und niemals so kostbar zu sein schienen wie in dem Moment, wo sie sich außer Reichweite befanden.

»Sollten wir Probleme mit Paul bekommen, sage ich dir jetzt schon, Hal, daß ich keine Wirkung mehr auf ihn habe.«

»Schade«, wiederholte er und dachte an die Leiche des alten Polizisten auf dem Boden des Badezimmers, zusammengekrümmt, den Kopf auf den Fliesen, das Blut schwarz und klebrig um ihn herum. Je älter man wurde, desto einfacher, desto brutaler schienen die Lösungen zu werden. Wenn man die Leute nicht mehr durch Liebe um den Finger wickeln konnte, blieb nur noch Haß übrig. Etwas in Hal Jamieson lehnte sich noch immer gegen diese Vorstellung auf, selbst nach all diesen Jahren. Fand sie noch immer absolut und vollkommen *falsch*.

Sie beobachtete ihn, fragte sich, warum er so bedrückt schien. Hal Jamieson war ein Mann, der fast jede Situation mit seinem Grinsen, seinen Witzen, seinem Lachen beleben konnte. Er war ein Mann, der stets eine vollendete Vorstellung gab, wie schlimm die Wirklichkeit auch sein mochte. Es war eines der Dinge, eines der wenigen Dinge, die sie noch an ihm schätzte. Aber auch das verschwand allmählich. Hal begann, alt auszusehen. Da war diese Härte, diese Resignation in seinem Gesicht, die den Übergang von der Zeit markierte, in der die Zukunft noch alle Möglichkeiten offenhielt, zu einer, in der es nur noch Niedergang und Verfall gab. Unausgesprochen, kaum wahrnehmbar herrrschte zwischen ihnen das Gefühl, daß sich die Dinge tatsächlich verändern würden, tatsächlich neue Lösungen erforderten. Lösungen für die neunziger Jahre. Nicht diese halbgaren Ideen, die man vor zwanzig Jahren zusammengestoppelt hatte.

»Du weißt, falls es dazu kommt, Hal, daß du wegen dieses alten Polizisten vor Gericht gestellt werden könntest?«

Das war nicht die Unterhaltung, die er sich wünschte, war nicht das, was er hören wollte.

»Falls es dazu kommt, Louise, kann ich wegen allem, von Aktienschwindel über Steuerhinterziehung bis zu Mißachtung von Bauvorschriften, vor Gericht gestellt werden. Warum kommst du mir damit?«

Das war der Moment, in dem sie wußte, daß sie gewonnen hatte. Wußte, daß er vor genau demselben Scheideweg gestanden und darauf gewartet hatte, in die einzige Richtung geschubst zu werden, die sie retten konnte.

»Aus folgendem Grund, Hal. Vor zwanzig Jahren, als Michael uns in diese ganze Sache reingezogen hat, kannte ich dich. Ich wußte, daß du versuchtest, uns da rauszuholen, uns irgendwo hinzubringen, wo wir ein neues Leben beginnen konnten. Und das auf saubere Art.«

Hal Jamieson überlegte kurz und erkannte, daß sie recht hatte. Doch das war damals, und heute war heute.

»Der Unterschied«, sagte sie, und er wollte sich die Ohren zuhalten und dennoch jedes Wort hören, wollte beides zugleich, »der Unterschied bist du. Du *weißt*, Hal, daß wir aus dieser Sache nicht herauskommen, ohne jemanden umzubringen. Du weißt, daß wir es tun müssen. Ich glaube, was dich zurückhält, was dich davon abhält, Steve Baxter zu bitten, Michael auf der Stelle zu erledigen, ist die Hoffnung, daß es nicht nötig sein wird. Die Hoffnung, daß eine gute Fee durch die Tür hereinspaziert, ihren Zauberstab schwingt und alles wieder in Ordnung bringt. Aber das wird nicht geschehen, Hal. Auf keinen Fall.«

»Nein«, sagte er und überlegte, ob es sich nicht wiederholen ließe, ob man nicht das Geld nehmen – und diesmal war es viel Geld – und verschwinden könnte, irgendwohin, wo sie nicht an einen rankamen, wo man die Uhr zurückdrehen und ein neues Leben beginnen könnte. Die Absurdität des Gedankens ließ ihn beinahe laut auflachen. Wenn man zwanzig war, konnte man so was machen. Wenn man vierzig war, gab es kaum noch Möglichkeiten, sich zu verstecken. Man war kein Unbekannter mehr. Da galt es, Aktien, Bezugsrechte und Rentenverträge zu bedenken. Da gab es

Auslieferungsabkommen mit Ländern. Dinge, die man früher nicht für möglich gehalten hätte. Die Welt war sowohl älter als auch kleiner geworden, und es mangelte ihr ungemein an dunklen, sicheren, bequemen kleinen Ecken, wo man sich für Geld seinen Frieden, sein Glück und alles mögliche andere kaufen konnte. Hal Jamieson spürte, wie ihn sein altes Selbst – der zwanzigjährige Junge mit den Wuschellocken ohne jede Spur von Grau, die Taschen voller Dope, gekauft mit ein wenig Gefahr, verkauft für einen hohen Profit – ihn über die Jahre hinweg ansah, den Kopf schüttelte und fragte: »Warum ich? Hal, warum ich?«

Er fühlte, wie ihn eine innere Kälte ergriff, wie er hart und bitter wurde.

»Ja«, sagte er.

»Ich stehe zu dir. Das weißt du, nicht wahr?«

Darüber hätte er weinen mögen. Weil er sich bei so einer Sache, *nur* bei so einer Sache felsenfest auf Louise verlassen konnte.

Er nickte. »Ich weiß.«

Sie griff nach dem kleinen Adreßbuch auf dem Couchtisch, das Baxter in der Tasche des toten Polizisten gefunden hatte.

»Ich kann einfach nicht glauben, daß Baxter oder seine Leute *nichts* über diesen Cordobes herausgekriegt haben. So beschränkt kam er mir eigentlich nicht vor.«

»Baxter ist im Grunde nur ein Leibwächter. Und dieser Cordobes muß ein ziemlicher Einzelgänger gewesen sein. Wir wissen, daß er früher Polizist war. Das hätte ich ihnen selbst sagen können. Sein Gesicht war eines, das man nicht so leicht vergißt. Dann ist er bei der Polizei rausgeflogen. Hat danach als Privatdetektiv gearbeitet. Von Milpitas aus. Offenbar keine lebenden Verwandten. Und kein Geld, so wie es aussieht. Ich habe sie dorthin geschickt, um seine Wohnung zu durchsuchen. Nachdem sie sicher waren, nicht beobachtet zu werden. Keine Unterlagen darüber, woran er gearbeitet hat. Mit wem er in letzter Zeit gesprochen hat.«

Louise blätterte das Adreßbuch durch. Alles Telefonnummern aus Kalifornien. Nichts Ungewöhnliches dabei. Polizeireviere. Staatliche Einrichtungen. Ein paar Bars. Ein Restaurant.

Hal Jamieson griff hinüber und nahm ihr das Adreßbuch aus der Hand.

»Wie ich das sehe, hat er in letzter Zeit nur eine neue Eintragung vorgenommen. Die Kugelschreiberfarbe ist anders. Hier.«

Sie sah sich an, was da stand.

Joni L, Pequod

Irgendwo in ihrem Hinterkopf flackerte ein Bild auf: ein großes, dünnes Mädchen in Schwarz, ein englischer Akzent, der wie eine Brise durch das Pike Place Studio schwebte. *Joni?* Hatte sie das wirklich gehört?

»Baxter hat versucht, darüber was herauszubekommen, aber ohne Erfolg. In Seattle gibt es niemanden mit dem Namen Joni L. Pequod. Auch in den nationalen Telefonbüchern nicht. Könnte alles mögliche sein. Vielleicht sogar eine Nutte.«

Louise sah sich das Geschriebene noch einmal an. Die Handschrift des alten Cops war schlecht, aber nicht zu schlecht.

»Das ist kein Punkt«, sagte sie. »Es ist ein Komma. Schau her.«

Hal Jamieson kam der Aufforderung nach und zuckte die Schultern. Vielleicht hatte sie recht.

»Und?«

Louise Gostelow überlegte einen Moment, überlegte, welche Art Eintrag sie unter »Joni L, Pequod« machen würde, und griff dann zum örtlichen Telefonbuch. Das Pequod Hotel hatte nur einen einfachen Eintrag. Nicht hervorgehoben. Die Schrift in der gleichen Größe wie das Perpetual Pumpkin Restaurant drüben in Denny Regrade, das direkt darunter aufgeführt war.

Sie wählte die Nummer, wartete, bis sich eine gelangweilte Stimme am Empfang meldete, und sagte: »Hi, ist Joni da? Ich habe hier ein R-Gespräch von einem Paul Dunsany für sie.«

Die Frau an der Rezeption ließ sie so lange warten, daß Louise schon meinte, die Verbindung sei unterbrochen, schaltete sich dann aber wieder ein und fragte: »Handelt es sich dabei um Miss Lascelles, Ma'am?«

»Genau«, erwiderte Louise, und allein der Name, nur das Hören des Namens ließ die Welt um sie erstarren, ließ das Licht für einen kurzen Augenblick schwinden.

»Ich stelle Sie durch.«

Das Telefon läutete fünf oder sechs Mal, dann meldete sich eine sehr englisch klingende Stimme. »Hallo?«

»Miss Lascelles, ich habe ein R-Gespräch für Sie von einem Mr. Paul Dunsany, der sagt, daß er dringend mit Ihnen sprechen muß. Übernehmen Sie die Kosten?«

»Ja«, antwortete sie, und der Klang der Stimme war alles, was nötig war, um sie zu verdammen, um sie alle zu verdammen. »Natürlich.«

Louise Gostelow sagte nichts, drückte einmal kurz auf die Gabel, blieb am Apparat.

»Paul? Paul? Bist du da?«

Dann hängte Louise ein und sah hinüber zu Hal Jamieson, der sich unruhig, schwitzend auf dem Sofa bewegte.

»Zeit, erwachsen zu werden, Liebster«, sagte sie. »Das Leben ist kurz davor, häßlich zu werden. Ich rufe Steve Baxter an. Ihm kann ich vertrauen. Ich melde mich hinterher bei dir.«

Hal Jamieson sah sie an und fragte sich, inwieweit es ihm gelungen war, ihren Willen über die Jahre zu beugen, dachte, wieviel einfacher es mit Quinn im Vergleich zu ihr war. »Das ist meine Angelegenheit, Louise. Etwas, wofür ich die Lösung finden muß. Wo gehst du hin?«

Eigentlich wollte er die Antwort nicht wirklich wissen.

»Jagen«, sagte Louise, kippte den Rest ihres Drinks hinunter, stand auf und ging, ohne ihn anzuschauen. Hal Jamieson spürte, wie ihm die Dinge entglitten, auf eine neue Art, die er nicht verstand. Er goß sich einen Whisky ein, setzte sich neben das große Panoramafenster und starrte hinaus über den weichen, grünen Rasen, hinüber zum See, starrte auf diese perfekte Aussicht, diesen perfekten Ort und dachte an den Preis, den er dafür gezahlt hatte, eine kleine, ferne Figur in dieser makellosen, smaragdgrünen Landschaft zu sein.

4

*M*iles, *M*aus und *M*ichael

> Der Himmel umgibt uns in der Kinderzeit!
> Schatten des Gefängnisses schließen den
> heranwachsenden Knaben ein.
>
> William Wordsworth
> »Intimations of Immorality«

> Kindheit ist das Königreich, in dem niemand stirbt.
> Wenigstens niemand, auf den es ankommt.
>
> Edna St Vincent Millay
> »Childhood Is The Kingdom Where
> Nobody Dies«

Margaret Zalinski, die nur noch ein paar Tage länger auf den Namen Maus hören würde, saß im Keller des Lagerschuppens, unter dem schwachen, gelblichen Licht der einzelnen Glühbirne, und wusch Miles Seymours Gesicht sanft ab, wusch den Schmutz weg, sah seine Haut, so weiß und glatt, unter dem Dreck zum Vorschein kommen. Er hatte ihr erzählt, er sei fünf Jahre alt, doch etwas an seiner Art vermittelte den Eindruck, daß er viel jünger war. In der Wohnwagensiedlung bei L. A., wo Margaret Zalinski aufgewachsen war, hatte es außer ihr keine anderen Kinder gegeben. Nur ihre Mutter und den jeweiligen Mann, mit dem sie sich gerade das rostige alte Ding von einem Wohnwagen teilten. So etwas wie eine Kindheit hatte es auch nicht gegeben. Für Margaret Zalinski hatte Kindheit bedeutet, die Kunst des Überlebens zu lernen. Wie man Erwachsene besänftigte, die einen für Dinge verprügeln wollten, die man nicht getan hatte. Wie man aus dem Kühlschrank etwas zu essen bekam.

Woran man den Geruch billigen Whiskys erkannte und sich dann besser unsichtbar machte. Wann man lieber ja sagte (oder, genauer, nicht nein sagte) und dann den Mund hielt, egal, wie sehr es hinterher auch weh tat.

Seit ihrem dreizehnten Lebensjahr war sie unterwegs, hatte in Imbißbuden gearbeitet, in Bars, überall, wo man ihr ein Gehalt gab. Aber nicht auf dem Strich. Nicht ein einziges Mal. Und darauf war Margaret Zalinski stolz. Etwas in ihr, ein hartes, simples Moralgefühl sagte ihr, daß es okay war, Dope zu rauchen, zu vögeln, oder besser gesagt, sich von Männern vögeln zu lassen, von denen man sich in einer idealen Welt lieber fernhielt, das alles war okay, wenn auch nur gerade noch. Aber auf den Strich zu gehen war eindeutig falsch. All diese Drogen, die mehr mit einem machten, als sich nur warm, schläfrig und gut zu fühlen, waren ebenfalls eindeutig falsch. Und in was sie sich da hatte reinziehen lassen von Quinn, Jamieson und dem Mädchen aus der Stadt, dem reichen Mädchen, das wie ein Model aussah, nicht wie jemand, der sich in einer schäbigen Bude in Menlo Park herumtrieb, auch das war falsch. Sogar noch bevor sie mit Miles zu reden begann, hatte sie das gewußt. Und als sie mit ihm zu reden anfing, Verantwortung dafür übernahm, ihn durch den Tag zu bringen, ihn am Leben zu halten, ging ihr auf, daß es etwas war, was sie einfach tun mußte, weil sie davon angezogen wurde wie eine Nadel von einem Magneten. Es war etwas, bei dem sie keine Wahl hatte. Sie mußte warten, mußte den Moment abpassen. Und sie mußte ihn retten. Es war wie eine kurze Endlosschleife in ihrem Kopf: eine dreiteilige Schlußfolgerung, die unbarmherzig von einem Punkt zum nächsten überging, bis sich der Kreis schloß. Margaret Zalinski hatte Ängste, starke Ängste, vor allem wegen Quinn und Louise Gostelow. Aber sie hatte keine Zweifel. Sie war eine praktische Person. Hatte es werden müssen. In ihr gab es keinen Platz für Gedanken,

Gefühle, die Raum einnahmen, ohne machbare Resultate zu erzielen.

Was sie überraschte, sogar ein wenig enttäuschte, war die Tatsache, daß es den anderen egal zu sein schien. Sowohl Hal als auch Quinn und Louise. Sie hatten ihr klargemacht, wo ihr Platz war, sie dann sich selbst überlassen. Da sie wußten, welche Ketten sie ihr mit ein paar Worten angelegt hatten, ließen sie zu, daß sie stundenlang unten bei Miles blieb, mit ihm über England redete, über seine Familie, über Weihnachten. Es war ihnen egal. Sie nahmen es noch nicht mal wahr. Und das ärgerte sie. Margaret Zalinski wußte, daß es ihr Schicksal zu sein schien, als selbstverständlich hingenommen zu werden, aber sie fand es unhöflich, das so sehr raushängen zu lassen. Sie hielten sie nicht nur für dumm, sondern auch für zahm. Wie eine Sklavin oder ein Tier. Etwas, das weniger wert war als ein Mensch. Eine innere Stimme sagte ihr, daß auch das falsch war. Und daß sie das vielleicht eines nicht allzu fernen Tages zu spüren bekämen.

Sie wischte das Gesicht des Kindes ab, spürte, wie sich etwas Wildes in ihr aufbäumte, als er so lieb, so vertrauensvoll zurücklächelte, gab ihm dann etwas zu essen: ein bißchen Pizza, ein paar Fritten. Das Dope, das Quinn ihr gegeben hatte, behielt sie in ihrer Tasche. Die kleinen Tabletten waren inzwischen zu einem ansehnlichen Stapel angewachsen, und sie mußte sich bald überlegen, wie sie es loswerden konnte. Aber das war nicht einfach. Man konnte das Zeug nicht ins Klo werfen, weil es vielleicht wieder hochkommen und in der Schüssel schwimmen würde. Man konnte es nicht in den Müll werfen, weil sie es da finden könnten. Und dann würde sich jemand anderer um Miles kümmern. Jemand, der andere Vorstellungen hatte.

Seine Augen hatten den weit aufgerissenen, glasigen Ausdruck verloren. Er war runter vom Trip. Er war normal, und er fürchtete sich auch nicht, was an ihr lag, weil er sie an seiner Seite wußte und ihr vertraute.

»Erzähl mir von England, Miles«, sagte Margaret Zalinski und lehnte sich zum Zuhören mit dem Rücken an die kalte, feuchte Erdwand. Es war ihr Lieblingsgespräch, und sie kannte bereits fast alle der möglichen Variationen. Sie hatte das Gefühl, Miles stundenlang zuhören zu können, seiner hohen, kindlichen Stimme, ein geborener Redner, nie um Worte, nie um Übergänge von einer Geschichte zur nächsten verlegen. Auch wenn die Geschichten manchmal durcheinandergerieten, wenn sie sich manchmal in dem wirbelnden Netz der Schilderungen in seinem Kopf, in ihrem Kopf wiederholten, spielte das keine Rolle. Das Kind hatte etwas an sich, von dem ihr Leben über die Jahre nur selten berührt worden war, eine simple, naive, unbefleckte Aufrichtigkeit, und ihr war, als könnte sie für immer hier sitzen, sich in deren Licht sonnen und ihrer nie überdrüssig werden.

»England«, sagte Miles Seymour ganz ernst, »ist ein grünes und angenehmes Land. Das hat Daddy mir erzählt.«

Sie dachte an seine Eltern, die Nachrichten über sie, die sie im Fernsehen gesehen hatte, wenn sie nach oben ging, um etwas zu essen zu holen. Fragte sich, wie der Junge wohl reagieren würde, wenn – *falls?* – er es herausfinden sollte.

»Erzähl mir von deinem Daddy, Miles. Wie ist er? Ich habe meinen Daddy nicht gekannt.«

»Ehrlich nicht?«

»Er ist verschwunden, als ich noch klein war.«

»Oh. Mein Daddy ist *groß*, und er spielt Kricket. Er schreibt Bücher, auf denen draußen sein Name in großen Buchstaben steht.«

»Hast du welche von seinen Büchern gelesen?«

»Zu schwierig. Er sagt, ›wenn ich älter bin‹.«

»Ist er ein netter Daddy?«

»*Ja!*« sagte Miles Seymour, ein bißchen zu laut. Margaret

sah hinauf zur Falltür, vergewisserte sich, daß kein Licht durch die Ritzen drang, sah, daß sie fest geschlossen war, und legte ihm den Finger an die Lippen.

»Nicht so laut, Miles. Du willst doch nicht, daß sie böse auf dich werden, oder?«

Er sah sie besorgt und verängstigt an.

»Ist schon gut. Nur leiser. Das ist alles.«

Miles Seymour schluckte, man konnte den kleinen Adamsapfel in der Kehle auf und ab hüpfen sehen.

»Mein Daddy wird böse«, antwortete er. »Manchmal.«

»Manchmal werden alle Daddys böse«, sagte sie und versuchte es zu glauben.

»Und meine Schwester auch. Sie kann es nicht leiden, wenn ich sie Florrie nenne«, und dabei grinste er, als er ihr Bild vor sich sah.

»Du wirst sie alle bald wiedersehen«, sagte sie und versuchte, auch das zu glauben.

Er schaute sie mit einem wissenden Blick an.

»Ich habe nicht geweint, oder? Wenigstens nicht sehr viel. Du erzählst Florrie doch nicht, daß ich geweint habe? Sie *ärgert* mich.«

»Ich kann mich nicht erinnern, daß du *je* geweint hast.«

»Doch. Hab' ich. Ein bißchen. Bevor du kamst. Glaube ich.«

Miles Seymour blickte mit zusammengekniffenen Augen ins Nichts, versuchte sich zu erinnern.

»Manchmal geben sie mir Sachen, Margie. Davon wird mir schlecht. Und dann weiß ich's nicht mehr. Wirklich nicht.«

»Sie geben dir keine Sachen mehr, Miles. Mach dir da mal keine Sorgen. Bald, *sehr* bald kommen wir hier raus. Du und ich. Wir beide.«

»Kommst du mit uns nach England?«

»Ja«, sagte sie und wünschte sich, es könnte wahr werden:

grün, grün, grün. Sich eine Welt vorzustellen, die nur aus Grün bestand, war wie die Vorstellung des Himmels für Margaret Zalinski, eines reinen, grünen Himmels. Es gab eine Zeile aus diesem Woodstock-Song, die ihr manchmal nicht aus dem Sinn gehen wollte, in der es immer wieder hieß, daß wir alle zurück in den Garten gehen müßten. Margaret Zalinski wußte genau, was dieser Garten war. Wußte, was er enthielt, was er versprach. Und wie er aussah. Grün, grün, grün.

»Das wäre *wirklich* nett«, sagte Miles. »Aber ich glaube nicht, daß dir Kricket gefallen wird. Mädchen mögen kein Kricket.«

Sie streichelte sein Haar. Es war so dreckig, so verklebt. Sie wünschte, sie könnte es waschen, aber es gab keine Möglichkeit dafür. Doch sie konnte sich vorstellen, wie es sein würde, eine Schüssel mit warmem Wasser zu holen, sich um ihn zu kümmern. Ihm alles zu geben, was sie zu geben hatte, ohne etwas dafür zu erwarten. Margaret Zalinski schloß die Augen und betete, nicht zu einem Gott, nicht zu etwas Bestimmtem, ließ ihre Gebete nur durch die Erde hinaufsteigen, durch die Luft, hoffte, ihn hier herausholen zu können, eine Gelegenheit zur Flucht zu finden. Aber es fiel ihr nichts ein. Nichts, außer aus dem Haus und direkt zur Polizei zu laufen, sie hierherzuführen, ihnen den Lagerschuppen zu zeigen und zu sagen *da, da, da*. Und zu hoffen, daß sie es rechtzeitig schaffte, daß die tödlichen Sekunden ihnen nicht davonliefen. Zu hoffen, daß die anderen ihre Abwesenheit nicht bemerkten und Quinn grinsend, die ganze Zeit grinsend genau das tat, was er ihr angedroht hatte, falls sie auch nur einen Schritt aus dem Haus machen würde. In den Keller stieg und mit Miles dasselbe anstellte wie mit dem anderen Jungen, dämliches Experiment hin oder her. Und so war sie mit unsichtbaren Ketten an ihn gefesselt, was ihr in Wahrheit nichts ausmachte, aber es nagte an ihr, daß ihr kein Ausweg einfiel, keine Möglichkeit, sich durch die feste, braune Erde zu wühlen, die sie umschloß, bis sie die Wärme des Sonnenlichts spürte, dort draußen, in der *wirklichen* Welt.

»Ich könnte lernen, Kricket zu mögen, Miles«, sagte sie. »Ich könnte lernen, alles zu mögen.«

Sie nahm ihn in die Arme, das kleine, warme, menschliche Bündel, und achtete darauf, daß er sie nicht weinen sah, achtete darauf, daß er es nicht sah, obwohl sie beide wußten, was geschah, und sich beide wortlos darauf einigten, es zu ignorieren. Margaret Zalinski hielt Miles so fest an sich gepreßt, daß sie seinen Atem spüren konnte, diese kleinen, mühsamen Atemstöße, mit denen sich die Tränen ankündigten. Sie küßte sein schmutziges, verfilztes Haar und verfluchte sich dafür, so dämlich zu sein, so verdammt dämlich, daß ihr nichts einfallen wollte, wie sie sich aus diesem Loch hier befreien konnten.

Dann war ein Geräusch über ihnen zu hören; Licht fiel durch die Ritzen der Falltür. Sie reagierten wie elektrisiert. Ihre Körper schossen auseinander. Margaret wischte sich die Tränen mit dem Ärmel ihres Baumwollhängers ab, und dann warteten sie schweigend, ausdruckslos, warteten auf die Schritte auf der Trittleiter.

Langsam, mit einem Schwanken, das auf Betrunkenheit oder Schlimmeres deutete, kletterte Michael Quinn in den Keller hinunter. Es war schwer, seinen Gesichtsausdruck im Licht der einzelnen Glühbirne auszumachen, die von einem an den Rahmen der Falltür genagelten Kabel herunterhing. Margaret wollte nicht zu auffällig hinschauen. Sie wollte es nicht wissen. Dann schlurfte er ins Licht, sein Gesicht erschien über ihnen wie eine grinsende, gelbe Maske, und sie roch seinen Atem: billiger Whisky, dessen Geruch von ihm ausströmte, als sei er Teil seines Körpers, eine große, erstickende Wolke chemischen Miefs.

Er schlenkerte eine Halbliterflasche in ihre Richtung, und von dem Geruch wurde ihr fast schlecht.

»Ich hab' dir was mitgebracht. Ich dachte, du langweilst dich vielleicht. Himmel, wer würde sich nicht langweilen, wenn er hier mit *so was* festsäße?«

Er wirkte betrunkener, als sie ihn je gesehen hatte. Seine Worte waren verwaschen, sein Blick richtungslos.

Sie schüttelte den Kopf und wunderte sich über die Veränderung, die mit ihr vorgegangen war. Vor einer Woche hätte sie das nicht getan, hätte ihn nicht abgewiesen.

»Du mußt dich doch zu Tode langweilen hier unten, Maus. Absolut zu Tode langweilen, wenn du die ganze Zeit nur auf das verdammte Kind starrst. Warum kommst du nicht mit nach oben, und wir machen einen drauf?«

»Jemand muß sich um das Kind kümmern, Michael. Er war krank. Jemand muß das machen.«

Er packte sie am Arm.

»Ich hab' davon geredet, einen draufzumachen«, sagte er kalt.

Sie betrachtete ihn mit stechendem Blick. Sah ihm in die Augen, schob seine Hand weg und sagte: »Du tust mir weh. Verstehst du, Michael, diese Zeiten sind vorbei.«

Damit hätte es genug sein können. Sie hatte um etwas gebetet, und vielleicht war es dies. Daß er sie in Ruhe ließ. Daß ihm der Aufwand für das, was dabei herauskam, zu groß war. Doch dann konnte Miles – *der sanfte Miles, der Brutalität auf den ersten Blick erkannte* – sich nicht helfen, konnte sich nicht zurückhalten, konnte sein kleines Gesicht nicht daran hindern, sich zu verzerren, bis es ganz häßlich wurde, und zu schreien: *»Hör auf damit! Du tust ihr nicht weh, du ...«*

Michael Quinn schlenderte zu dem Jungen hinüber, ballte die Faust und schlug sie ihm hart ins Gesicht. Sein Kopf flog nach hinten, das sanfte Gesicht verzog sich vor Schreck, Wut und Schmerz. Man konnte sehen, wie es rot wurde, selbst in dem bleichen, gelben Licht, sehen, wie die Wange sich sofort verfärbte. Er weinte nicht. Er schnappte nach

Luft. Er weinte nicht, obwohl ihm anzusehen war, wie schwer es ihm fiel, die Tränen zurückzuhalten.

Quinn holte zum zweiten Mal aus, und sie fiel über ihn her, trat, kratzte, schrie, jeder Gedanke aus ihrem Kopf verschwunden, kein Versuch, zu überlegen, wohin das führte, nur die Wut, die ungezügelt aus ihr herausbrach. Wenn sie darüber hätte nachdenken können, wenn es Worte gegeben hätte für das, was in ihrem Kopf ablief, wären es einfache Worte gewesen, Worte wie töten und zerreißen und verstümmeln und verwunden. Worte, die nicht in den Kopf von Margaret Zalinski gehörten und ihr nie wieder in den Sinn kommen würden.

Aber sie war klein, und sie war schwach, und Michael Quinn hatte keine Schwierigkeiten, sie von sich wegzuschieben, keine Schwierigkeiten, sie von sich fernzuhalten wie eine kratzende, beißende Katze, auszuholen und ihr einen einzigen Hieb, so fest er konnte, auf den Mund zu verpassen, zuzusehen, wie ihr Mund sich kräuselte, zuzusehen, wie ihr Kopf zurückflog, als der Hieb sie traf, sie von sich zu schleudern gegen die kalte Erdwand, an der sie zu Boden rutschte.

Sie weinte, wurde so vom Schluchzen geschüttelt, daß sie zunächst gar nicht mitbekam, was geschah. Nichts mitbekam, bis sie ihn pfeifen hörte, dieses seltsame, leise, monotone Geräusch.

Quinn betrachtete den Jungen in der Ecke, betrachtete den Jungen, dessen Augen im Dämmerlicht jetzt wach und lebendig glitzerten, während er schweigend, voll banger Erwartung dahockte.

»Schau dir die Frau an, Miles«, sagte Quinn, und das Lallen war vollständig aus seiner Stimme verschwunden, das Adrenalin in seinem Blut hatte den Alkohol und alles andere, jeden fremden Partikel, zurück in die düsteren, verborgenen Winkel seines Seins gejagt.

»Das ist eine *schlechte* Frau, Miles. Eine *schlechte* Frau.«

Er griff nach unten, und einen Moment lang dachte sie, er würde nach ihrem Kittel greifen, würde sie hier, vor den Augen des Jungen, nehmen, und sie war bereit, ihn dafür umzubringen, ihm die Augen auszukratzen.

Statt dessen griff er nach unten, neben ihren Rock, neben die Tasche, deren Inhalt jetzt über dem Boden verstreut war, rot, weiß und blau, Tabletten und Kapseln, ein kleiner pharmakologischer Regenbogen, der sich über die Tage zwischen den Baumwollfusseln angesammelt hatte, eine kleine Armee schlechter Träume, die im Dunkeln sauer geworden waren.

»Weißt du, Miles«, sagte Quinn, und seine großen Zähne schimmerten im gelben Licht, »eine *gute* Mami gibt ihrem kleinen Jungen immer seine Medizin. Ein guter Junge nimmt sie auch *immer* ein. Also, was meinst du?«

Er hatte jetzt die ganze Hand voll mit dem Zeug. Nicht alles, nicht den ganzen Regenbogen, nur die Hälfte oder ein wenig mehr, und es schimmerte, es glitzerte in seiner Hand, ein kleiner Berg von Alkaloiden auf der Suche nach einem Blutstrom.

Quinn lächelte auf den Jungen hinunter, gab sich das Aussehen eines freundlichen Onkel Doktors.

»Also, was meinst du, Miles? Sollen wir deiner bösen Mami aus der Patsche helfen? Wenn du deine Medizin wie ein braver Junge nimmst, können wir vielleicht dieses *ungezogene* Verhalten vergessen. Vielleicht kommen dann auch nicht die Leute vom Sozialamt und wedeln mit Papieren herum, bringen dich in irgendein Heim, wo es keine Mamis und Papis gibt, nur böse Kinder und böse Menschen, die nachts kommen und dich an Stellen piksen, wo du nicht gepikst werden willst, die dir Sachen in deinen kleinen Po schieben und so lange an deinem Schwänzchen ziehen, bis es weint. Willst du das? Ja? Willst du das?«

»Nein, Michael«, sagte sie und war erstaunt, wie ruhig, wie rational ihre Stimme klang. Daß sie sich nicht schreiend an ihn krallte, um ihn aufzuhalten. »Du wirst ihn umbringen. Bring ihn nicht um. *Bitte* bring ihn nicht um.«

Michael Quinn drehte sich mit einem theatralischem Ausdruck der Verwunderung im Gesicht zu ihr um.

»Ich fürchte, da kann ich dir nicht ganz folgen, Mausi. Wir müssen *alle* sterben. Ist nur die Frage, wo und wann. Ist es nicht so, Miles?«

Der Junge schwieg. Irgendwo in sich konnte er eine Uhr ticken hören und hoffte, daß es nicht seine Lebensuhr war, hoffte, daß es etwas anderes sein mochte, das da im Dunkeln langsam vertickte.

»Nimm deine Medizin, Junge«, knurrte Quinn, trat zu ihm, schob die ganze Hand voll roten, blauen, weißen und gelben Gifts in Miles Seymours offenen Mund, lachte einmal kurz auf, ein abruptes, humorloses kleines Geräusch und drehte sich dann zu Margaret Zalinski um, die jetzt, Mordgedanken hegend, vom Boden aufstand.

Michael Quinn holte mit dem Fuß aus und trat zu, trat ihr voll ins Gesicht, als sie sich aufrichtete. Erwischte sie mit der Sohle und Hacke seines Lederstiefels mitten im Gesicht und für Margaret Zalinski wurde die Welt rot und schwarz und häßlich.

»Margie!« schrie Miles Seymour, und das letzte, an das sie sich erinnerte, war so lebhaft, so deutlich: Es war Miles, sein Mund so verzerrt, als sei er auf einen Rahmen gespannt, so breit, so offen, so rot und darin der kleine Regenbogen der Pillen, die in der Spucke auf und ab hüpften, während er versuchte, sie auszuhusten, sie auszuwürgen, wobei manche im Speichel hängenblieben, andere über sein Kinn rannen.

Sie fiel und fiel und konnte trotzdem noch sehen, was geschah, konnte trotzdem noch sehen, wie Quinn nach unten griff, Miles Mund mit einem einzigen, brutalen Schlag seiner Hand schloß, mit der anderen die Nasenlöcher des Jungen zusammendrückte, mit Daumen und Zeigefinger so fest zusammenkniff, so fest, daß ein dünner Blutfaden aus der Nase zwischen Quinns Knöcheln hervorsickerte. Sie sah, wie Miles roter und roter wurde, bis er kurz vor dem Explodieren zu sein schien.

Dann, schließlich, schluckte Miles Seymour. Und Margaret Zalinski fiel in eine Welt der Dunkelheit, die sie umschloß, die ihr ganzes bisheriges Leben auslöschte, fiel so schnell, daß ihre Gedanken, ihre Ängste, ihre Schreie im Nichts verhallten.

5

Wieder am Pike Place

Alle glücklichen Familien ähneln einander; jede unglückliche aber ist auf ihre eigene Art unglücklich.

Leo N. Tolstoi
Anna Karenina

Joni Lascelles beobachtete den kräftigen, weit über einsachtzig großen Mann am Fischstand, bekleidet mit Gummistiefeln, Jeans und einer weißen, mit Wasser und Lachsinnereien beschmutzten Schürze, sah ihn einen weiteren silbrigen Fischleib vom Tresen nehmen und in die Luft werfen. Das gehörte zur Show. Die Show schien immer weiter und weiter zu gehen. Wenn man jemanden fragte, wie Joni es am Anfang getan hatte, warum sie das machten, zuckte der Befragte nur mit den Schultern und sagte: Warum nicht? Das hier ist Pike Place. Das ist Handel und Kommerz, Essen und Trinken, alle möglichen Formen, Größen und Arten von Leuten, ein bunt zusammengewürfelter Haufen in einem Gewirr von Gängen und Stockwerken, die nach altem Lachs und Lavendel riechen, dem erdigen Geruch frisch ausgegrabener Kartoffeln, der frischen, fremdländischen Schärfe von Patschuli. Und nach verstopften Abflüssen, nicht zu vergessen. Das hier ist Pike Place, und die Frage nach dem Warum ist, genau besehen, einfach dämlich.

Plötzlich ging ihr auf, daß das hier ebenfalls Paul Dunsany war. Sie ergänzten einander, und Joni konnte verstehen, warum er nicht ging, warum er nicht gehen *konnte*. Das wäre, als würde man seinen Lieblingsmantel wegwerfen und nackt, zitternd im Wind stehen. Dieser Wirrwarr aus Menschen,

Dingen und Stimmen, dieser große Schmelztiegel von Individuen, die ziellos durcheinanderdrängten, dann über die bloße *Vorstellung* des Ganzen lachten, summierten sich zu etwas, das ihm vertraut war, das er vielleicht auf eine unausgesprochene Weise sogar liebte. Es war ein wüstes, manchmal sogar gefährliches Durcheinander. Aber so war das Leben auch, und auf diese Weise hatte man zumindest die Möglichkeit, an allem teilzunehmen.

Der Fischverkäufer war ein aufmerksamer Beobachter. Wie alle anderen auf dem Markt wußte er, was vorging, wußte, wer mit wem etwas hatte oder gerne haben würde. Er grinste sie an, und sie lächelte zurück. Es war lächerlich, aber Pike Place *war* lächerlich, und es blieb einem nichts anderes übrig, als den Kopf über die ganze Verrücktheit zu schütteln, zu lachen und weiterzugehen.

Sie betrat die lange, abwärts führende Rampe des ersten Stockes, ging am Zauberladen vorbei, an dem Mann, der Pasta machte, dem Geschenkeladen. Kam dann an den Stand mit dem getrockneten Obst, Blaubeeren, Preiselbeeren, Dingen, die sie nicht kannte, blieb stehen, um einen genaueren Blick darauf zu werfen.

»Sie dürfen gerne mal probieren«, sagte die Frau hinter dem hölzernen Verkaufstisch, eine schlanke, blonde Frau mittleren Alters mit dieser kurzen, unvorteilhaften Stoppelhaarfrisur, die in Seattle so beliebt zu sein schien. Joni trat näher, nahm ein paar Blaubeeren, probierte sie, so süß und doch sauer, und kaufte ein Päckchen, ohne darüber nachzudenken, was man damit machte, wofür sie waren.

»Sie sind Pauls Freundin«, sagte die Frau leise, als ob sie nicht wollte, daß Joni es hörte, während sie ihr das Wechselgeld gab.

Joni Lascelles nickte.

»Das ist schön. Wirklich schön.«

»Danke«, sagte Joni, und es verlief alles so leise, so

unaufdringlich, daß man sich nicht beleidigt fühlen konnte. Falls sie es wußten, falls sie es *alle* wußten (nein, sagte die kleine Stimme in ihrem Kopf, sie *wissen* es alle), dann war es ihr egal. Sie waren eine Familie, und in jeder Familie ist es üblich, in ruhigeren Zeiten des Lebens übereinander zu reden.

Dann ging sie weiter zur nächsten Etage, bog zweimal nach links und einmal nach rechts ab (allmählich kannte sie sich recht gut aus), fand die Milchglastür, trat ein, blinzelte ein bißchen in der Helligkeit, sah Genius tief über den Mac gebeugt, nicht gewillt, auch nur hochzusehen, so versunken, so voller Konzentration, daß eine Bombe neben ihm hätte explodieren können, ohne daß er es merkte. Irgendwo weiter hinten im Studio war vom Band der Klang eines Mariachi zu hören. Im Radio auf dem Empfangstresen sang Tom Petty irgendwas über Verlierer und wie sie manchmal doch noch Glück haben können.

»Er ist nicht da«, grunzte Genius, ohne den Blick vom Bildschirm zu wenden.

»Wo …?«

»Keine Ahnung.«

Es kommt der Zeitpunkt, sagte sich Joni Lascelles, wo man sich den Dingen stellen muß. Sie ging um den Tresen herum, hinüber zu dem Jungen, legte ihm die Hand auf die Schulter, sah ihm wütend ins Gesicht und sagte: »Genius, habe ich dich in irgendeiner Weise beleidigt?«

Der Junge zuckte zusammen, als hätte ihn ein elektrischer Schlag getroffen, und starrte auf die vier schlanken Finger, die da auf seinem schmierigen Pearl-Jam-T-Shirt lagen. Die Mariachi-Musik verklang, und die Stille wurde nur noch durch das dünne, schrille Jammern von Pettys Stimme unterbrochen.

»Keinen Kampf bitte«, erscholl Ben Rawlins' tiefe Stimme von der Tür. »Das Studio steht voll mit empfindlichen elektronischen Geräten, die bedauerlicherweise nicht versichert sind.«

Betrachtete sie dann so fragend, daß sie es quer durch den Raum spüren konnte.

Sie nahm ihre Hand von Genius' Schulter und sah ihm in die Augen. Augen, in denen eine traurige kleine Verrücktheit aufflackerte, fast so etwas wie Angst, und sie mußte sich zusammennehmen, mußte sich mit allen Kräften gegen die dumme, lächerliche Analogie wehren, die sich irgendwo in ihrem Kopf festgesetzt hatte. Warum quälst du ihn, Joni? fragte die kleine Stimme in ihr. Er ist doch nur ein Kind ...

»Er ist nur ein Kind«, sagte Ben, und seine Stimme hallte durch den Raum außerhalb ihres Kopfes. »Er meint es nicht so.«

Sie lächelte, so aufrichtig sie konnte, und streckte die Hand aus. Genius ergriff sie mit einem besorgten Ausdruck im Gesicht. Seine Haut fühlte sich warm, feucht und pummelig an, so jung, so unberührt von der Welt.

»Entschuldige«, sagte sie. »Können wir Freunde sein?«

Der Junge wurde rot, knallrot, von Ohr zu Ohr.

»Ja«, erwiderte er mit etwas, das als ein Lächeln durchgehen konnte, vielleicht das Beste, was sie erwarten durfte. »Ich weiß, daß ich manchmal unausstehlich bin.«

»Ist das wahr?«

»Klar bin ich das. Fragen Sie die anderen.«

»Du bist nur ein bißchen ... unfertig, Genius. Ich denke, ich muß lernen, das zu bedenken.«

Seine Augen verengten sich.

»Unfertig?«

»Noch nicht ganz ausgereift. Wenn du die Wahrheit wissen willst, wir sind es alle. Wir sind alle ...«

»Unausstehlich.«

»Was sonst?« fragte Ben Rawlins von der anderen Seite des Raumes, und sie sah die Faszination in seinen Augen. Der

Mann hatte etwas so Scharfsichtiges, so Durchdringendes an sich, daß sie sich beinahe vor ihm ängstigte, befürchtete, er könne in ihr Inneres sehen.

Sie betrachtete die kreuz und quer verlaufenden Notenmuster auf dem Bildschirm.

»Woran arbeitest du denn gerade?«

Genius zuckte die breiten, fleischigen Schultern und sagte, als sei es nichts Besonderes: »Ein Streichquartett. Sie wollten was Klassisches für ein Demo-Video für irgendwelchen Softwarekram. Wollen Sie es hören?«

Rawlins, der immer noch im Türrahmen stand, verdrehte die Augen und sagte: »Klar, Genius, wir wollen es unbedingt hören. *Unbedingt.*«

»Na gut«, sagte der Junge, schaltete das Radio ab, bewegte die Maus und klickte eine Schaltfläche auf dem Bildschirm an. Die Musik strömte aus den Stereolautsprechern zu beiden Seiten des Mac, aber es war nicht das, was sie erwartet hatte, da war nichts von dem dünnen, blechernen Klang computerisierter Musik. Sie hatten etwas damit gemacht. Was da geschah, war zu wirklich, benutzte echte Klänge, echte Töne, echte Instrumente, nahm sie von woanders her und ließ sie so authentisch klingen, daß es beängstigend war. Wenn die Noten nicht so präzise gewesen wären, so vorhersehbar, hätte man sich einbilden können, daß irgendwo tief drinnen in dem Computer des Jungen ein Miniaturstreichquartett am Werk war – was waren es, zwei Violinen, eine Bratsche und ein Cello? –, das unter seinen Bögen ein komplexes Geflecht an Melodien zum Leben erweckte, die sich mit einer solchen Leichtigkeit hinauf- und hinabschwangen, so fließend, daß Joni erst gar nicht versuchte, ihnen zu folgen.

»Das ist erstaunlich«, sagte sie. »Du hast *das* geschrieben?«

Genius lächelte. Diesmal war es ein richtiges Lächeln, und

sie fand es so erfreulich, daß er *sie* anlächelte, nicht die Tapete, nicht den Computer, sondern *sie*.

»Joni«, sagte er und benutzte damit zum ersten Mal ihren Namen. »Das war *Haydn*.«

»Oops«, meinte sie lachend. Es klang so englisch, so fremd für die beiden Männer. Der Kopf des Jungen war so vollgestopft, daß vielleicht kein Platz mehr da war für all die Dinge, die andere Leute für wichtig hielten, für die essentiellen, aber sinnlos abgerundeten Teile des Lebens hielten: Worte, Gesten, die im Laufe der Jahre den Zusammenprall mit anderen Menschen abfederten, die den Zusammenprall weniger schmerzhaft, weniger strapaziös machten.

»Es klingt jedenfalls wunderschön.«

»Wunderschön«, wiederholte er, auch ein Wort, das ihm fast fremdländisch vorkam. »Das Arrangement ist von mir. Also vielen Dank.«

Ben Rawlins trat näher und schaute sich das Notengewirr auf dem Bildschirm an.

»Wie du das alles im Kopf zusammenfügen kannst, ist mir ein Rätsel«, sagte er, und in seiner Stimme schwang aufrichtige Bewunderung mit und vielleicht auch so etwas wie Mitleid. Unfertig hatte sie gesagt, und er dachte, wie recht sie damit hatte. Genius *war* unfertig, und es gab nur wenig, was man dagegen tun konnte, bis der Junge das selbst erkannte.

»Zeit für die Mittagspause«, sagte Ben Rawlins in einem Ton, der keinen Widerspruch duldete. Es war gerade erst halb zwölf. »Kann ich davon ausgehen, daß ich zwei Interessenten für den besten Chinesen diesseits von Hongkong habe?«

»Hab' noch zu arbeiten, Onkel Ben«, sagte Genius und hatte sich schon wieder seinem Bildschirm zugewandt, schob Achtelnoten, Viertelnoten, Pausen und Taktstriche herum und summte vor sich hin, lauschte dem neuen Klang aus den

Lautsprechern, der so entstand, ohne dabei die Tasten berühren zu müssen.

»Paul ist nicht da?« Sie wollte sich nicht ablenken lassen, mußte dringend mit ihm sprechen.

»Schon den ganzen Morgen nicht«, sagte Ben. Da war ein Klang in seiner Stimme, der ihr nicht gefiel. »Wenn er auftaucht, weiß Genius, wohin er ihn schicken muß.«

»Ja«, sagte der Junge. »Geht ihr nur essen.«

Sie erkannte, daß ihr nichts übrigblieb, als zu warten.

»Das wäre nett.«

»Nett«, wiederholte Genius, mit einem so freundlichen Ton in der Stimme, daß sie ihn noch immer im Kopf hatte, als sie aus der Tür trat.

Sie gingen eine Treppe hoch, hinaus auf die Straße, dann durch einen Seiteneingang zurück in den Markt, in ein Restaurant, das seitlich am Hügel klebte, mit großen Panoramafenstern, die hinaus zum Sund führten. Die Chinesin hinter dem Tresen strahlte, als sie eintraten, schaute Rawlins an und sagte: »Ben, du bist ja seit *Jahren* nicht hier gewesen.«

»Höchstens Wochen, Annie, übertreib nicht so. Wir setzen uns heute drüben ans Fenster. Mein Gast ist den ganzen weiten Weg von England hergekommen, und ich denke, ihr wird die Aussicht gefallen.«

»England?« Sie ließ es so klingen, als läge das am anderen Ende der Welt. »Klar, bitte hier durch.«

Sie gingen durch den ersten Gastraum in einen zweiten, von dem man einen weiten Blick hinaus aufs Wasser hatte. Es war ein sonniger, klarer Tag. Man konnte über den Sund hinweg bis zu den Olympic Mountains sehen, schneebedeckt und riesig in der Ferne. Annie räumte den für sechs Personen gedeckten Tisch bis auf zwei Gedecke ab.

»Willst du selbst auswählen, Ben? Oder überläßt du es mir?«

»Gibt es irgendwas, das Sie nicht mögen?« fragte er.

»Nein, nichts.«

»Gut, dann beugen wir uns deiner Entscheidung, Annie. Aber du könntest uns zwei Redhooks bringen.«

Sie verschwand eilends und war im Nu mit zwei großen, braunen, außen beschlagenen Gläsern zurück.

»Salut«, sagte Ben und nahm einen tiefen Schluck. »Ich glaube, wir haben unserem Jungen einen gehörigen Schreck eingejagt. Kam mir jedenfalls so vor. Manchmal glaube ich, Sie jagen uns allen einen Schreck ein. Haben Sie auch das Gefühl?«

Zwei Schalen mit Sauer-Scharf-Suppe wurden vor sie hingestellt. Der Dampf stieg zu ihren Gesichtern auf.

Joni sah aus dem Fenster, beobachtete den Verkehr auf dem Sund, die Boote, die sich langsam bewegten und eine weiße Schaumspur hinter sich ließen. Ich gehöre nicht hierher, schrie alles in ihr. Ich gehöre nicht hierher, und es war falsch, zu denken, auch nur im mindesten anzunehmen, daß es so sein könnte, daß es einen Zauberstab gab, den man nur schwenken mußte, um es zu seinem Zuhause zu machen.

»Ich werde bald wieder abreisen, Ben«, sagte sie. »Ich habe einen Job. Ich habe ein Zuhause in London.«

»Weiß Paul das?« fragte er und schaute sie so auffordernd, so zwingend an, daß sie ihren Blick nicht abwenden konnte.

»Das ist unsere Sache«, erwiderte sie und schaute zu, wie die verschiedenen Gerichte aufgetragen wurden. Alles sah so gut aus: Huhn, Schweinefleisch, Fisch, Reis, Nudeln, so starke Farben, so starke Aromen. Hier gibt es nichts Blasses, dachte sie. Nichts Verborgenes. Alles kam an die Oberfläche.

Ben Rawlins schaufelte sich einen ganzen Löffel voll Huhn in roter Sauce in den Mund, dachte eine gute Minute lang nach und sagte dann: »Sie haben recht. Es tut mir leid. Ich hätte mich nicht einmischen sollen.«

Der Mann strahlte eine grundlegende, integrale Solidität aus, für die man sich einfach begeistern mußte. Ben Rawlins war ein Fels. Sie richteten ihr Leben nach ihm aus. Er war eine Konstante. Er war immer da. Vielleicht war Ben sogar ein bißchen eifersüchtig auf sie, auf die Art und Weise, wie Paul sich von ihm gelöst hatte und dafür jetzt in ihrem Orbit kreiste.

»Es liegen Veränderungen in der Luft, Joni«, sagte er, sein Gesicht jetzt warm, freundlich, aber auch ernst. »Und wir sind Menschen, die allmählich alt werden, Menschen, die nicht an Veränderungen gewöhnt sind. Es geht hier etwas vor, etwas mit Paul, mit Ihnen, vielleicht Dinge, die keiner von uns verstehen kann. Das ruft in mir nur den Beschützerinstinkt wach, mehr nicht. Paul ist jemand, der in seinem Leben schon viele Verletzungen hat hinnehmen müssen. Und zwar solange ich ihn kenne. Es scheint etwas zu sein, das in ihm ist. Wenn ich grausam wäre, würde ich sagen, er löst es selbst aus. Wir anderen sind mit der Zeit irgendwann erwachsen geworden, aber – und fragen Sie mich nicht, wie – mit Paul ist etwas passiert, das ihn innerlich erstarren ließ, ihn in eine Art kindliche Weltsicht eingesperrt hat, und das schon vor Jahren, lange bevor ich ihm begegnet bin. Es ist eines der Dinge, die wir alle an ihm mögen, gekoppelt damit, daß er einer der anständigsten Menschen ist, denen man im Leben je begegnet. Aber es ist etwas, das ihm auch Schaden zufügt. Vielleicht auch den Menschen seiner Umgebung Schaden zufügt. Wissen Sie, wovon ich rede?«

Sie hörte plötzlich die Stimme ihrer Mutter, die ihr über die Jahre hinweg zurief: »Du suchst immer nur nach Güte und Rechtschaffenheit, denkst, daß sie dich heilen können. Aber so ist es nicht. Die Grenze zwischen Güte und Schwäche ist so schmal, so dünn, so grau, daß du den Unterschied vielleicht gar nicht feststellst, bis es zu spät ist.«

Joni schob den Teller beiseite. Es schmeckte köstlich, aber sie hatte keinen Appetit mehr, wollte auch nicht mehr die

Aussicht genießen, wollte sich nicht von diesem Ort vereinnahmen lassen.

»Ben, er kann sich glücklich schätzen, Sie zum Freund zu haben«, sagte sie. »Jeder würde sich glücklich schätzen, Sie zum Freund zu haben. Aber was zwischen uns ist, geht nur *uns* etwas an.«

»Ich will nicht, daß er verletzt wird.«

Was hatte Paul nur an sich, fragte sie sich, daß sie ihn alle beschützen wollten?

»Ich werde ihn nicht verletzen. Glauben Sie mir das nicht?«

»Natürlich glaube ich Ihnen, Joni. Aber da sind Dinge ... Himmel.«

Ihm fehlten offenbar die Worte, etwas, das ihm gar nicht zu passen schien.

»Ich weiß nicht, was hier vorgeht«, sagte er dann. »Ich verstehe diese Veränderungen nicht. Verdammt, ich weiß nicht einmal, wo er ist. Das sieht Paul nicht ähnlich. Sieht ihm überhaupt nicht ähnlich.«

»Er war heute noch nicht im Studio?«

»Hat sich nicht blicken lassen. Haben Sie ihn gesehen?«

»Nicht seit gestern abend. Ich bin im Hotel geblieben. Wir sind nicht verheiratet, Ben. Ich bin nicht für ihn *verantwortlich*.«

»Wer denn sonst, zum Teufel?« fragte Ben Rawlins. Seine Augen waren von einem harten, roten, zornigen Glitzern erfüllt, das ihn genauso überraschte wie sie.

6

Miles in der Dunkelheit

Dies ist 'ne verwirrende Welt, und der alte Hal hat seine Hand drin.

GEORGE ELIOT
Die Mühle am Fluß

To live outside the law, you must be honest.
BOB DYLAN, »Absolutely Sweet Marie«

»Er könnte sterben«, sagte Hal Jamieson. »Das hast du ja gut hingekriegt, Michael. Kann sein, daß du ihn umgebracht hast.«

Miles Seymour lag zusammengekrümmt auf dem Boden, schwer atmend, bewußtlos. Erbrochenes rann an ihm herunter, war bereits getrocknet. Es lief aus seinem Mundwinkel auf den Sack, mit dem er bekleidet war, seit Michael ihn vor mehr als einer Woche in den Keller gebracht hatte. Unter dem Dreck, unter dem verklebten gelben Erbrochenen war sein Gesicht bleich wie Mondlicht.

»Maus.« Hal Jamieson blickte zu dem in der Ecke kauernden Mädchen hinüber. Zwei Augen, wache Augen, starrten zurück, und er fragte sich, welche Veränderung hier vorgingen, fragte sich, ob diese Veränderung mit ihnen allen geschah.

Sie betrachtete Hal in ihrer Nähe, Louise und Quinn weiter hinten, bei der Leiter, und rutschte dann auf den Knien zu Hal. Die ganze rechte Seite ihres Gesichtes war ein einziger Bluterguß, rot, lila und geschwollen. Es sah aus, als könnte etwas gebrochen sein. Er sträubte sich gegen den Gedanken, was sie durchmachte. Welche Schmerzen – Schmerz ängstigte Jamieson, Schmerz war das Schlimmste auf der Welt – sie litt.

Ganz langsam, vorsichtig, legte er ihr die Hand auf die Schulter, und sie wehrte sich nicht. Hal war immer der Netteste von ihnen gewesen, abgesehen von dem Gitarrenspieler, aber der kam nicht mehr, nicht seit sie das Kind entführt hatten. Vielleicht war das sein Glück, weil sie wußte, *wußte*, daß Paul nichts damit zu tun haben wollte, der Sache von Anfang an einen Riegel vorgeschoben hätte, zu welchem Preis auch immer.

»Sag mir, was du brauchst, Maus. Für ihn und für dich. Ich gehe runter zum Drugstore und hole es. Was auch immer du brauchst.«

»Himmel.« Quinn spuckte auf den Kellerboden. »Der Junge ist sowieso tot. Es *spielt keine Rolle*.«

Louise trat zu ihm, griff nach Hal Jamiesons Hand, so warm, so real, und sagte: »Er hat recht, Hal. Vielleicht spielt es wirklich keine Rolle.«

Maus starrte ihn so durchdringend an, auf eine Weise, die die anderen nicht sehen konnten, und es war ihm ein Rätsel, wie sie, sie allein, es wußte, es erkennen konnte – *ich will den Tod dieses Kindes nicht auf dem Gewissen haben, ich bin nicht zum Töten hergekommen* –, dann sagte er: »Wir haben uns darauf geeinigt, daß ich die Führung übernehme. Du weißt, daß es so am besten ist, Michael. Das bedeutet, daß *getan* wird, was ich sage. Wir wissen nicht, was von jetzt an passiert. Wir wissen nicht, welche Karten wir in der Hand haben, wenn die Sache losgeht. Das Kind sterben zu lassen wäre, als würden wir zu einem Pokerspiel gehen und noch vor Beginn die besten Karten unter den Tisch werfen.«

»Aber wir haben der Polizei gesagt …«, sagte Quinn, und Hal Jamieson hörte zum ersten Mal dieses Quengeln, dieses teenagerhafte Quengeln in seiner Stimme. Er begriff, daß es schon immer dagewesen war; der Unterschied war nur, daß er es jetzt *wahrnahm*. Und er begriff, daß es sie voneinander abhob, ihn noch verantwortlicher machte als zuvor.

»Ich weiß, was wir der Polizei gesagt haben, Michael«, unterbrach er. »Und ich weiß, was wir zu tun haben. Ende der Durchsage.«

»Er braucht einen Arzt«, sagte Maus, und er wünschte sich, sie würde ihn nicht so anschauen, auf diese neue Art, so direkt, ohne seinen Blick loszulassen. »Hal, *er braucht einen Arzt.*«

Hal Jamieson schüttelte den Kopf. »Das geht nicht, Maus. Du mußt einsehen, daß das nicht geht.«

»Großer Gott«, knurrte Quinn verächtlich und begann die Leiter hochzuklettern. Louise folgte ihm, hielt aber zwischendrin inne und warf Hal Jamieson einen Blick zu, der ihm Hoffnung gab, Hoffnung darauf, daß sie allmählich aufwachte, in die wirkliche Welt zurückkehrte und erkannte, daß er bereits dort war.

»Bring mir Wasser. Viel Wasser«, sagte Maus. »Der Junge hat so viel gekotzt, daß er eine Menge Flüssigkeit verloren haben muß. Ich muß ihn dazu bringen, etwas zu trinken, muß ihn dazu bringen, es bei sich zu behalten.«

»Ja.«

Jamieson schaute zu dem Jungen. Er wirkte, als ob er schlief, in einen langen, tiefen Schlaf gefallen war.

»Was sonst noch?«

»Um Himmels willen, Hal, ich weiß es nicht«, sagte sie, und einen Moment lang dachte er, sie würde gleich losheulen. Dann geschah etwas in ihr, eine Tür öffnete sich, Stärke schien sie aus dem Nichts zu durchströmen, und Hal Jamieson überlegte erneut, wie gut er Menschen eigentlich einschätzen konnte, wie er dazu gekommen war, Maus, die stille, unauffällige kleine Maus, die aus purer Langeweile mit jedem ins Bett ging, wie er dazu gekommen war, sie als Subspezies einzuordnen, die in der Ecke saß und darauf wartete, beschriftet, klassifiziert und herumgeschubst zu werden.

»Und für dich?« Er betrachtete den Bluterguß in ihrem Gesicht, breite lilafarbenen Striemen, die so schmerzhaft, so groß aussahen, daß er nicht darüber nachdenken wollte, was mit den Knochen und Sehnen darunter passiert war.

»Nur ein paar Aspirin. Mehr brauche ich nicht«, sagte sie. »Und viel Wasser. Eine Schüssel.«

Margaret Zalinski hatte das Gefühl, sie könnte sich waschen, waschen und waschen, könnte vorsichtig den leblosen Körper des Jungen abwaschen, immer und immer wieder, und sie wären immer noch schmutzig, wären immer noch beschmutzt.

»Klar, mach' ich«, sagte er. »Kinder sind stark, weißt du. Ich schätze, er wird aufwachen. Vielleicht noch ein bißchen auf dem Trip sein oder so, und morgen früh ist alles gut. Du wirst schon sehen.«

Er wünschte sofort, er hätte es nicht gesagt, wünschte, er wäre nicht ihrem anklagenden Blick ausgesetzt.

»Du glaubst, ich bin dumm, Hal«, sagte sie. »Und du hast recht. Ich bin nicht klug. Nicht so wie du, Michael oder dieses Mädchen. Aber das macht dich mir nicht *überlegen*, nicht wahr? Das macht dich nicht zu Gott. Über mich. Über ihn. Unser Leben gehört dir nicht. Keinem von euch. Ihr habt nicht das Recht, es uns zu nehmen.«

Bei ihren Worten wurde Hal Jamieson ganz übel. »Ich versuche nur, die Situation im Griff zu behalten, Maus. Mehr nicht. Ich tue mein Bestes, uns hier *alle* lebend rauszubringen. Uns *alle*. Aber laß das Michael nicht wissen, nicht für einen Moment. Louise ist in Ordnung. Da kannst du mir vertrauen. Aber wenn Michael das rausfindet, kommt eine ganze neue Welt von Scheußlichkeiten auf dich zu, und du weißt, wie diese Welt bereits jetzt aussieht. Michaels Welt. Und das willst du nicht, das willst du ganz bestimmt nicht.«

»Sorg nur dafür, daß wir am Leben bleiben, Hal«, sagte sie grimmig. »Wir haben um das hier nicht gebeten.«

Denkst du, ich habe das getan? dachte Hal Jamieson. Denkst du, ich habe um diesen ganzen Schlamassel gebeten?

»Ich bring' dir Wasser. Aspirin habe ich oben in der Scheune. Ich bring dir auch ein paar Handtücher. Alles, was du willst. Aber von jetzt an redest du nur mit mir. Ansonsten verhältst du dich am besten still und gehst Michael aus dem Weg. Du bleibst hier unten, rührst dich nicht vom Fleck, hast du mich verstanden? Wenn Michael merkt, daß er dich nicht finden kann, weißt du genau, was er dem Jungen antun wird. Ich kann ihn nicht davon abhalten. Ich kann nicht mehr versuchen, als uns alle hier rauszubringen. Sobald Michael das Gefühl hat, ich hätte es vermasselt – und wenn du von hier verschwindest, wird er genau das denken –, bin ich nicht mehr wert als du. Dann wird er einfach tun, was er will. Verstehst du das?«

Sie nickte; ihr zerschlagenes, geschwollenes Gesicht bewegte sich im gelblichen Lampenlicht auf und ab.

»Wir können hier *alle* rauskommen, wenn wir einen klaren Kopf behalten. Also gib nicht auf«, sagte er.

Dann kletterte er die Leiter hinauf, war für dreißig Minuten verschwunden, kehrte mit dem Wasser, den versprochenen Toilettensachen, einem Fläschchen Aspirin, etwas zu essen, einem Käsesandwich, ein paar Tüten Kartoffelchips, zurück, legte alles auf den Boden neben sie, dorthin, wo sie den Kopf des Jungen im Schoß hielt. Der dunkle, verfilzte Kopf bewegte sich nicht, aber er atmete, ein bißchen flach, ein bißchen seltsam, aber er atmete noch.

»Laß nicht zu, daß sie uns töten«, sagte sie leise, ohne den Blick von dem Kind abzuwenden. »Bitte, Hal.«

Sie wollte ihm nicht in die Augen sehen, als er hinter ihr ebenso leise sagte: »Nein.«

Eigentlich, dachte sie, spielt es keine Rolle. Eigentlich war ihr Schicksal bereits entschieden. Was immer geschah, Margaret Zalinski wußte, daß sie von diesem Moment an bei Miles bleiben würde. Mit ihm teilen würde, was immer auf ihn zukam. Immer bei ihm bleiben würde, immer, weil etwas ihr sagte, daß Miles sie brauchen würde. Das war etwas Neues. Niemand hatte Margaret Zalinski je zuvor gebraucht, außer als ein Stück Fleisch, von dem erwartet wurde, daß es sich den richtigen Formen anpaßte, die richtigen Geräusche machte, die richtigen Dinge tat. Die Art, in der Miles sie brauchte, gehörte in eine völlig andere Kategorie. Miles' Bedürfnisse hatten mit Liebe zu tun, etwas, das tief in ihr verborgen gewesen war wie ein schlummerndes Tier, etwas, das Margaret Zalinski nicht gekannt hatte, bis es herauskam, ihr auf die Schultern klopfte und sie merkte, daß es mit englischem Akzent sprach, verstörte, verträumte Augen hatte und ein Bedürfnis, ein riesiges, schwammartiges Bedürfnis, das alles aufsaugte, was sie zu geben hatte.

Sie wusch den Jungen, wischte das verklebte Zeug von seinem Mund und seinem Hals ab, überlegte, ob sie ihm den Sack ausziehen, ihn rundherum säubern sollte, entschied, daß es in dem kühlen, feuchten Keller zu riskant war. Er konnte sich etwas wegholen, sich erkälten. Zu allem Überfluß. Dann machte sie sich daran, sich selbst, so gut es ging, zu säubern, fuhr vorsichtig mit dem Schwamm über ihre Blutergüsse, fühlte, wie sich der Dreck schmerzhaft von ihrem Gesicht löste, spürte die kühle, saubere Berührung des Wassers.

Sie hatte keine Uhr. Hier unten existierte keine Zeit mehr. Es hätte mitten in der Nacht, mitten am Tag sein können. Und auch die Unterteilung der Zeit schien ungewiß. Als sie es versuchte, konnte sie nicht bestimmen, wie lang eine Minute, wie lang eine Stunde war. Ihr blieb nichts anderes übrig, als auf seinen Atem zu lauschen und zu warten. Auf ihn. Auf Hal. Vielleicht sogar auf Michael. Und das war *alles*, was sie tun konnte. Margaret Zalinski hatte es sich sorgsam in ihrem Kopf zurechtgelegt, sorgsamer als alles andere zuvor in ihrem Leben. Sie hatte die Möglichkeiten wie Perlen an einer Kette abgezählt, eine nach der anderen, hatte kleine Striche in die Erde geritzt, um sicher zu sein, daß sie nichts vergaß, sicher zu sein, daß sie nicht zu einer Möglichkeit zurückkehrte, die sie bereits erwogen hatte. Sie war nicht klug, sagte sie sich, aber sie war auch nicht dumm. Und das zählte. Das hieß, sie wußte, daß sie nur diese *einzige* Möglichkeit hatte: zu warten. Zu hoffen, daß Hal es schaffen würde. Auf das Geräusch der Falltür zu lauschen. Zu warten, bis die anderen wieder bei klarem Verstand waren, und dann zu sehen, was passierte. Zu erkennen, wann sich die Chance ergab, ihn hochzuheben – *aber er ist schwer, Margie, das weißt du* – und so schnell und so weit wie möglich wegzurennen.

Und dann – *dann bringen sie ihn zurück nach England, Margie, keine sanften Stimmen mehr in der Nacht, keine Liebe, kein Bedürfnis, keine Zärtlichkeit in deinem Leben* – fand man heraus, wie die wirkliche Welt war, und hoffte, sie sei nicht so grausam wie diejenige, die man gerade verlassen hatte. Irgendwo tief in ihrem Inneren, mit Gedanken, die so unformuliert waren, daß sie nicht benannt werden konnten oder mit Gefühlen verbunden waren, ließ Margaret Zalinski eine kleine Szene ablaufen, in der sie das Gericht davon zu überzeugen versuchte, daß eine Kellnerin, die Dope rauchte und in der Gegend herumschlief, keineswegs weniger geeignet war, sich um ein Kind zu kümmern, als irgendein klugscheißerischer Sozialarbeiter mit Collegeabschluß, daß es nur auf Liebe, Vertrauen und Mumm ankam, nicht auf die Bücher, die man las, sondern auf die Gedanken, die man teilte, und darauf, den Jungen niemals, niemals, niemals allein zu lassen, bis er auf eigenen Füßen stehen konnte. Tief in ihrem Inneren konnte sie sie lachen hören, ein frostiges, grausames

Lachen, das Margaret Zalinski schon während ihrer ganzen zwanzig Lebensjahre verfolgt hatte.

Sie schloß die Augen und hielt seinen Körper, seinen warmen Körper, der jetzt ein wenig zitterte und schwitzte, heiß war unter dem groben Sackhemd, mit dem etwas geschah, eine Veränderung, die auch ihr Leben neu formen würde, so oder so, gut oder schlecht, kurz oder lang. Dann schmiegte sie sich an ihn, so daß sie zu einem einzigen, warmen Bündel in der Dunkelheit wurden, und schlief unter dem schwachen gelben Licht der Glühbirne ein, fiel hinab zu einem Ort, an dem es keine Minuten oder Stunden gab, nichts als das Halbdunkel und die sanfte menschliche Feuchtigkeit seines Atems an ihrem Hals.

Es ließ sich nicht sagen, wie lange sie so aneinandergedrängt schliefen, die eine aus Erschöpfung, der andere durch den chemischen Schock, der durch seine Blutbahnen rauschte und strömte, Feuer, Eis und Wahnsinn durch seinen Kopf schickte, eine Million winziger Neuronen pro Sekunde, die durch das Kleinhirn und den Cortex jagten, durch Thalamus und Hypothalamus, die Hypophyse und den Hirnkern, brüllend, brüllend, brüllend, und das chemische Feuer wie Napalm über dem Dschungel abwarfen und nicht darauf warteten, was nach dem Flammeninferno, dem leuchtenden Blitz übrigblieb, was innerlich abgestorben war.

Als sie schließlich aufwachte, war der Junge ganz steif in ihren Armen, seine Augen wieder starre, glasige, tiefe Teiche und seine Arme, seine Beine verkrampft, unbeweglich, wie gelähmt. Sein Atem war rhythmisch, aber flach, wie von einer Maschine.

»Miles«, sagte sie, aber da war nichts, keine Reaktion auf irgendwas, das sie ihm leise, ängstlich ins Ohr flüsterte.

Margaret Zalinski wußte nichts von Ausdrücken wie »katatonisch« und konnte sich ihren Weg in den nächsten paar Stunden nur ertasten, seinen Körper und dessen sich verändernden Zustand nur erfühlen, ein wenig Dankbarkeit in ihre Besorgnis einlassen, als sich seine Glieder etwas entspannten, ihre Starre verloren, sie genug verloren, daß sich Blase und Darm durch das Sackhemd entleerten, so daß sie seinen kleinen Körper bewegen konnte, als sie ihn sauberwischte, seinen Namen rufen, ihm sanft, sanft ins Ohr flüstern konnte: »Erzähl mir von England, Miles, erzähl mir von Kricket und wie grün es ist, erzähl mir, erzähl mir, erzähl mir ...«

Margaret Zalinski wußte nichts von Bewußtseinsstörungen und wie unter unbekannten Umständen Psychopharmaka das Bewußtsein, die Identität, sogar die Erinnerung eines Menschen zerstören, *verändern* können. Sie wußte nichts von Poriomanie, diesem Dämon, der einen Menschen total verändern kann, so daß es keine Erinnerung daran gibt, was vorher war, wer man war, wen man liebte, wohin man gehörte.

Das alles waren abgehobene Vorstellungen mit langen Namen, und Margaret Zalinski konnte, würde sie nie verstehen. Sie wußte nur, während Miles Seymour sich in ihren Armen langsam wand, zuckte, schwitzte, während sich in der langen, langen Nacht langsam, unwissentlich seine Blase entleerte, daß das Kind in ihrem Schoß wiedergeboren, wiedererschaffen wurde. Und daß sie nichts dazu beitragen konnte, den dünnen Lebensfaden, der ihn mit der Welt und dem dunklen Raum dahinter verband, aufrechtzuerhalten, außer ihr Gesicht in der verfilzten, geliebten Strubbeligkeit seiner Haare zu verbergen.

7

Übereinkünfte

Money doesn't talk, it swears.

Bob Dylan, »It's Alright Ma (I'm Only Bleeding)«

Alles ist zu verkaufen: Sogar das Himmelslicht ist käuflich.

Percy Bysshe Shelley, »Queen Mab«

Tom Cordobes spürte das Gewicht des Schulterhalfters unter seiner Jacke. Es war schon eine Zeit her, seit er eine .45er getragen hatte, seit er auf dem Schießplatz der Polizei das schwere Ding krachend auf die Zielscheibe abgefeuert und den Rückstoß gespürt hatte, der die Waffe jedesmal nach dem Abdrücken hochriß, sie gegen die Erdanziehung hochriß, als hätte sie etwas Widerliches gerochen. Sie war unter der Jacke verborgen und fühlte sich warm an, noch lange nachdem er den Schießplatz verlassen hatte, warm an dem glatten, bügelfreien Nylonhemd.

Er konnte die Augen schließen und sich aus einer anderen Zeit an ihre Form erinnern, einer Zeit, als die Welt grün, feucht und dampfend war, als die Luft erfüllt war von dem Klang fremder Sprachen. Es war ein Paradies für die Leute der Spezialtruppe gewesen, ein Paradies, wo man tun konnte, was man wollte, ohne Repressalien befürchten zu müssen – das war vor My Lai –, ohne befürchten zu müssen, daß die Angestellten, die Buchhalter und die Schreibtischhengste, die überall in den Büros arbeiteten, vom Pentagon bis nach Saigon, eines Tages ankommen, ihre Köpfe schütteln und sagen könnten: »Nein. Das wird jetzt *so* gemacht.«

Es war eine Zeit, in der man einfach *improvisierte*, und Tom Cordobes gefiel die Vorstellung, nein, er war *vernarrt* darin, daß diese Zeit zurückkommen könnte. Selbst wenn es nur kurz war. Wenn er darüber nachdachte – und er dachte nicht gerne allzuviel darüber nach, weil es der beste Weg war, die große Wut zu bekommen –, gab es da draußen vieles, das man sich mit Wonne vorgeknöpft hätte. Von Berkeley bis zur Ohio State University, von den Weathermen bis zur Symbionese Liberation Army gab es eine ganze Litanei von Dingen, bei denen sich die .45er warm in seiner Hand anfühlte: Tom Hayden, die Rolling Stones, Huey Newton, Bobby Seale, Psilocybin, Eldridge Cleaver, Haight-Ashbury, Jerry Brown, jeder, der in Watts lebte, Abbie Hoffman, die verdammte Patty Hearst, die Russen und die Chinesen, die Juden und die Araber. Die Liste wurde jeden Tag länger.

Selbst als sie in Cy Langtons Büro saßen, durch dessen Fenster jetzt eine freundliche Wintersonne hereinschien, draußen ein leichter Wind die Ahornblätter bewegte, Einkaufslustige nach Neujahr auf Schnäppchenfang waren, selbst da fühlte sich die Waffe warm an, machte es ihre Wärme ihm schwer, sich auf das zu konzentrieren, was dieser eingebildete Engländer sagte, sich darüber zu wundern, warum sie sich überhaupt damit aufhielten, warum sie nicht einfach eine Übereinkunft trafen und weitermachten, Tom das tun ließen, was der Captain wollte, ohne viele Fragen zu stellen.

Schließlich war das Kind sowieso tot, dessen war er sich jetzt sicher. Als diese Sicherheit sich wie Verstopfung in ihm festsetzte, wurde ihm immer rätselhafter, was der Engländer wirklich dachte, warum er diesen spießigen Nadelstreifenanzug und das frischgebügelte weiße Hemd trug, diese dünne, blaue, gemusterte Seidenkrawatte, hier in Kalifornien, wo man die freundliche Wärme in der Nachmittagsbrise, die durch das halbgeöffnete Bürofenster hereinwehte, spüren konnte.

»Sie halten ihn bereits für tot, nehme ich an?« sagte der Engländer, und Tom Cordobes erwachte mit einem kleinen Ruck aus seiner Träumerei.

»Nein, Sir«, log Cordobes, recht überzeugend, wie er fand.

»Wieso nicht?«

»Wir haben es hier mit ziemlich cleveren Leuten zu tun, Sir. Falls sie das Kind umbringen wollen, werden sie es meiner Meinung nach erst tun, nachdem sie das Geld haben. Nachdem sie sicher sind, daß sie damit durchkommen. Sonst würden sie nur eine Lebensversicherung wegwerfen. Dazu haben sie keinen Grund.«

»Ach, wirklich?« sagte Simon Lascelles mit einem Grad der Resignation, bei dem Tom Cordobes hätte schwören mögen, daß reichlich viel Gelangweiltsein mitschwang. »Nun ja, zumindest ist der arme Daniel damit vom Haken. Ich nehme doch an, daß ich von diesem Unsinn nichts mehr hören werde?«

Der Ausdruck »kalter Fisch« schoß Cordobes durch den Kopf, und als er Lascelles betrachtete, hatte er das Gefühl, endlich zu wissen, was damit gemeint war.

»Sie haben in Großbritannien wahrscheinlich wenig Entführungsfälle«, sagte Cy Langton, nur ansatzweise um Höflichkeit bemüht, und überging das Thema des toten Schwagers vollkommen. »Hier bei uns haben wir viel zu viele. Lieutenant Cordobes hat nur erläutert, was seiner Meinung nach passiert ist; meine Einschätzung, Sir, deckt sich mit der seinen.«

»Das will ich doch hoffen«, sagte Lascelles. »Ich gebe Ihnen zweihunderttausend Dollar, weil ich genau das hoffe.«

»Das ist Ihre Entscheidung«, erwiderte Langton. »Sie kennen unsere Ansicht, Sir. Wir sind der Meinung, daß man *nicht* auf die Forderung von Entführern eingehen sollte. Wenn sie einmal damit durchkommen, machen sie prompt jemand anderem das Leben zur Hölle, sobald das Geld aufgebraucht ist. Gibt man nach, legitimiert man es, gibt man nach …«

Der Engländer verzog sein langes, dünnes Gesicht und sagte: »Oh, um Himmels willen, Mann, ersparen Sie mir den Vortrag. Die Vorträge von Daniel haben mir schon gereicht.«

»Wir haben die Pflicht, Recht und Gesetz aufrechtzuerhalten, Sir. Aber das bedeutet ebenfalls, daß wir die Pflicht haben, die Leute zu unterweisen, wie sie uns dabei helfen können. Das bedeutet, man läßt sich nicht auf Forderungen Krimineller ein. Man gibt nicht nach.«

»Sehr gut. Sehr gut. Sehr *edel*, würde ich sagen. Nun ja, aber ich habe ebenfalls eine Pflicht zu erfüllen, Captain. Ich habe eine Pflicht der Familie gegenüber, eine Pflicht, der verdammten Skandalpresse Einhalt zu gebieten, die uns ständig mit der Frage verfolgt, wann wir endlich das Lösegeld für den armen Miles bezahlen. Als ob *wir* dafür verantwortlich wären. Es ist schon schlimm genug, die arme Rosamund nach Hause zu schmuggeln, ohne zuviel Aufsehen zu erregen. Ich möchte wirklich nicht, daß das Ganze zu einer schmutzigen italienischen Farce verkommt und uns die ganzen Paparazzi permanent an den Fersen kleben. Wenn ich dafür zweihunderttausend Dollar zahlen muß, ist es mir das wert.«

»Ich schätze, Sie können es sich leisten, Sir«, sagte Langton ohne ein Lächeln.

»Da«, erwiderte Lascelles lebhaft, »dürften Sie sich irren. Eine weitverbreitete Fehleinschätzung. Wir sind altes Geld, Captain. Vielleicht ein Begriff, mit dem Sie hier in Kalifornien nicht vertraut sind, aber machen Sie sich nichts draus. Es bedeutet, daß wir früher über sehr viel Geld verfügten. Aber je mehr die Zeit fortschreitet, desto weniger wird es anscheinend. Sie haben hier keine Labour Party. Da können

Sie sich glücklich schätzen. Diese Entführer haben einen günstigen Zeitpunkt gewählt. Hätten sie noch ein Jahr oder so gewartet, wäre Rosamunds Vater vermutlich nicht mehr am Leben, und wenn das geschieht, verschlingt die Erbschaftssteuer den Rest. Wenn das geschieht, werden wir wie *Sie*. Das einzige Geld, über das wir dann noch verfügen, wird selbstverdientes Geld sein. Merkwürdige Vorstellung. Ich denke, wir werden uns daran gewöhnen müssen. Wo dann Rosamunds Krankenhauskosten und das Schulgeld für das Mädchen herkommen sollen, ist mir ein Rätsel.«

»Wenn Sie es sich nicht leisten können, ist das um so mehr ein Grund, nicht zu bezahlen«, sagte Langton.

Der Engländer lächelte auf eine Weise, die ihnen sagte, daß sie ihm aufrichtig leid taten, weil sie es offensichtlich nicht kapierten.

»Oje. Wie soll ich es Ihnen begreiflich machen? Genau aus dem Grund, daß wir es uns nicht leisten können, *müssen* wir bezahlen, Captain. Wenn man nur zwei Pennies in der Tasche hat, muß man so laut damit klappern, wie man kann. Verstehen Sie?«

Langton nickte kaum merklich, wollte diesen Mann so schnell wie möglich aus dem Büro haben und sagte: »Ich denke schon.«

»Unser Ziel«, warf Tom Cordobes ein und merkte, daß er bereits in die Militärterminologie zurückfiel, »was wir erreichen wollen, Sir, ist, beides zurückzubekommen. Ihr Geld und den Jungen.«

Lascelles lächelte. »Das wäre allerdings erfreulich. Oder wenigstens eines? Es wäre eine Tragödie, beides zu verlieren.«

»Nach den Fotos zu urteilen, ist er ein netter Junge«, sagte Cy Langton, und Tom Cordobes fragte sich, ob der Alte nicht gerade erwogen hatte, Lascelles quer über den Schreibtisch hinweg eine zu knallen.

»Miles?« Das dünne Gesicht blieb ausdruckslos. »Mag sein. Ehrlich gesagt, Captain, Kinder sind nicht mein Gebiet. Gott weiß, was ich mit Flora während der Ferien anfangen soll. Ich kann sie ja schließlich nicht zu ihrer Mutter schicken, nicht wahr? Und diese Internate sind die reinsten Halsabschneider, wenn es darum geht, die Kinder außerhalb der Schulzeit dazubehalten.«

Nette Wortwahl unter den Umständen, dachte Cordobes, schaute hinüber zu Langton und sah, daß ihm der gleiche Gedanke gekommen war.

»Wir werden jemanden zum Abholen des Geldes schicken, der bei Ihrer Bank gegenzeichnen kann, wenn die Einzelheiten für die Übergabe eintreffen«, sagte Cordobes. »Mrs. Seymour steht es frei zu gehen, sobald uns die unterzeichneten Gerichtspapiere zur Übergabe an die britischen Behörden vorliegen. Dann können die sich um sie kümmern, sie nach Hause bringen und all das. Von Ihnen brauchen wir sonst nichts mehr.«

»Gut«, sagte Simon Lascelles. »Dann werde ich in mein Hotel zurückgehen und lesen, meine Herren.«

Sie sahen ihm nach, als er in seinem schon etwas zu stark glänzenden Nadelstreifenanzug aus der Tür ging.

»Meinen Sie, wir tun dem Jungen einen Gefallen, wenn wir ihn zu diesem englischen Scheißkerl zurückschicken?« fragte Langton. »Ich hab' da so meine Zweifel.«

Tom Cordobes zuckte die Schultern und spürte die Wärme der Waffe wie Schweiß an seinem Nylonhemd kleben. Er dachte nicht mehr viel an das Kind. Auch Simon Lascelles nahm keinen großen Platz in seinen Gedanken ein, obwohl ihm die Frau leid tat, die nun lange Jahre in einer englischen Irrenanstalt verbringen würde. Wie ihm auch das Mädchen leid tat und dessen düstere Zukunft, die sich vor ihr aufzutun schien. Aber das waren nur Nebensächlichkeiten. Den größten Platz in seinen Gedanken nahmen in diesem

Moment Bobby Seale und die verdammte Patty Hearst ein und der Versuch, sich daran zu erinnern, wie es sich anhörte, wenn ein Geschoß traf, dieses leise, flache *paff*, wenn weiches Blei in noch weicheres Fleisch eindrang.

8

Joni und Louise

> Sofern wir menschliche Wesen sind, muß das, was wir tun, entweder böse oder gut sein; sofern wir Böses oder Gutes tun, sind wir Menschen; und es ist besser, um es paradox zu sagen, Böses zu tun, als nichts zu tun: wenigstens existieren wir dann.
>
> T. S. Eliot
> *Ausgewählte Essays*
> *Baudelaire*

Während sie in dem großen, silbergrauen Shogun mit einem beinahe lächelnden Steve Baxter durch die Straßen der Innenstadt fuhr, überlegte Louise Gostelow, wie lange es her war, seit sie das zum letzten Mal getan hatte, schaute hinaus auf die Stadt, die reizlosen Straßen, die Menschen, die zwischen Bon Marché und Starbucks flanierten, gelangweilt, verloren, richtungslos aussahen und versuchten, keine Notiz von den an jeder Ecke stehenden Bettlern zu nehmen. Wenn Louise einkaufte, tat sie es in New York oder San Francisco, Paris oder London. Das hier war nicht die Fifth Avenue oder der Union Square, es war nicht das linke Seineufer, nicht die Bond Street. Die Innenstadt von Seattle wirkte, als sei die Zeit stehengeblieben, wie etwas aus den dreißiger Jahren oder früher. Selbst die Monorail und der ferne, schlanke Umriß der Space Needle sahen so veraltet aus, so überholt wie die Illustration eines alten Science-fiction-Comics, den man in einem Spezialladen für hundert Dollar erwerben konnte. Es war trist, und diese Tristheit durchdrang alles, die Architektur, die Atmosphäre, die Kleider der Leute auf der Straße. Der schmale Kanal, der Mercer Island von der Stadt trennte, hätte ebensogut ein Ozean sein können, was sie betraf. Hierher begab man sich nicht freiwillig. Es gehörte nicht zu ihrer Welt, war weder elegant noch begehrenswert, besaß keine offensichtliche Trennlinie zwischen reich und arm, zwischen jenen, die es geschafft hatten und jenen, die ihr Glück wegwarfen. Es war die alte Schablone für eine Stadt, eine gemischte, polymorphe Gemeinschaft, Menschen, die eng an eng in Häusern wohnten, die man schon vor einem Jahrhundert hätte abreißen oder zumindest renovieren sollen, Menschen, die übereinandergestapelt lebten, sich gegenseitig auf der Tasche lagen, sich die gleiche Luft, das gleiche Wasser teilten. Für Louise Gostelow war das eine Schablone, die versagt hatte, eine Blaupause, die man am besten in die Schublade steckte und tausend Jahre dort liegenließ. Sie zog die neue Stadt vor, das Bellevue-Modell, wo Barrieren an der Grenze errichtet worden waren, hohe, wirtschaftliche Barrieren, die effektiver waren als alles, was man aus Stacheldraht bauen konnte, Barrieren, die sagten: »Wer den Eintrittspreis zahlen kann, darf hereinkommen. Wer es nicht kann, wischt die Böden auf, mäht den Rasen, versieht Klempnerarbeiten und geht abends wieder weg, zurück über die Grenze, zurück wohin auch immer, es spielt keine Rolle, es bleibt ihnen überlassen. *Wenn sie Glück haben.*«

Louise Gostelow wollte nicht wissen, wer ihre Nachbarn waren. Sie wollte sie noch nicht mal von irgendeinem Teil ihres grünen und perfekt in Ordnung gehaltenen Grundstückes aus sehen, dem Grundstück mit den künstlich angelegten Terrassen, dem Bootssteg, der in das klare, saubere Wasser hinausragte, dessen Oberfläche auch nicht den kleinsten Ölfleck aufwies. Die Blaupause für die neue Stadt schrieb vor, daß man Raum hatte und diesen Raum schuf, indem man bestimmte Leute durch das Errichten eines wirtschaftlichen Limits fernhielt – und es Konservierung nannte –, eines Limits, das festlegte, wer hier leben durfte und wer nicht. Und man mußte vorsichtig sein. Man mußte darauf achten, worin das Limit bestand, und hinnehmen, daß es sich mit der Zeit änderte. Wenn dann die Stadt einen wirtschaftlichen Aufschwung erlebte, wie es zur Zeit der Fall war, erhöhte man einfach die Barriere, damit die Zugänge gleichblieben und die Grenze erhalten blieb. Auf diese Weise konnte man weiterhin Tannen und Fichten in ordentlichen Reihen zwischen den Büros, Geschäften und Einkaufszentren pflanzen und die Stadt grün nennen. Louise Gostelow hatte in ihrem terrassenförmig zum Ufer abfallenden Garten einen Totempfahl aufstellen lassen, sechs Meter hoch, geschnitzt im Suquamish-Reservat, auf dem unten in großen, eckigen Buchstaben ein Ausspruch von Häuptling Seattle zu lesen war: »In den Städten des weißen Mannes gibt es keinen Ort der Ruhe. Keinen Ort, um das Entfalten der Blätter im Frühling zu hören oder das Rascheln von Insektenflügeln. Aber das liegt vielleicht daran, daß ich ein Wilder bin und kein Verständnis habe. Der Lärm scheint nur die Ohren zu beleidigen.«

Besucher von Desert Rose, die durch den Garten zum Ufer gingen, lasen den Spruch, betrachteten die Aussicht, so ruhig, so natürlich, so sauber, und lauschten mit leuchtenden Augen ihren Erzählungen über Häuptling Seattle und seinen Brief an Präsident Franklin Pierce und den anderen Aphorismen, die der Brief enthielt. Louise wußte, daß es alles nur ein Mythos war. Daß Häuptling Seattles kleine Sammlung von Volksweisheiten in Wahrheit aus der Feder eines Drehbuchautors stammten, der irgendein schmalziges historisches Epos fürs Fernsehen verfaßt hatte, aber das spielte keine Rolle. Sie besaß ein Schema im Kopf, das für sie Sinn ergab, und wenn sie Menschen wie jene dort draußen auf den Straßen der Stadt ausschloß, dann war das in Ordnung. Das hier war Amerika. Man besaß die Freiheit der Wahl.

»Wohin als nächstes, Ma'am?«

Baxter trug einen dunklen Wollanzug, das Haar kurzgeschoren. Er redete nicht. Wartete nur darauf, Befehle zu erhalten, und handelte dann. In ihrer Welt war er einer der Leute, die der neuen Stadt dienten, wußte genau, daß er es niemals über die Grenze schaffen würde, außer während des Tages, war aber trotzdem froh, eingelassen zu werden, froh, für seine Dienste bezahlt zu werden, bereit, das ihm Aufgetragene ohne Groll auszuführen, solange die Bezahlung ihm ermöglichte, sein bisheriges Leben hinter sich zu lassen, irgendwo in die Vororte zu ziehen, Ranton oder so, in ein nettes kleines Haus, eine verkleinerte Version der neuen Stadt, mit weniger Bäumen, weniger Platz zwischen den Schachteln, die man bewohnte, aber mit dem gleichen geistigen Abstand, der gleichen geistigen Trennung zwischen den Menschen, die dort wohnten. Man mußte vielleicht öfter Scheuklappen anlegen, aber es war besser als die Alternative. Er war jemand, den man benutzen konnte, wenn es nötig war. Das Nette an diesen kleinen Leuten mit Ehrgeiz war: Man konnte sich auf sie verlassen.

Sie saß auf dem Rücksitz und ließ ihren Blick über die First Street gleiten: Menschen, die ziellos zum Pike Place und zur Post Avenue hinunterschlenderten, um einzukaufen, um Mittag zu essen, Penner, die an Straßenecken herumstanden und alle Vorbeigehenden trübselig anstarrten.

»Lassen Sie es uns noch mal im Hotel versuchen, Steve.« Sie lächelte in den Rückspiegel.

Es war das zweite Mal in zwei Stunden, aber ihnen blieb nichts anderes übrig, außer endlos das Dreieck zwischen Pike Place, Pauls Boot und dem Pequod abzufahren, bis Joni Lascelles irgendwo an einem dieser drei Orte auftauchte und dann … Louise lächelte. Sie erinnerte sich daran, wie es vor zwanzig Jahren in Kalifornien gewesen war. Sie erinnerte sich an die Aufregung, das Sirren, das Feuer in ihr, das besser war als der beste Sex, besser als alles andere auf der Welt.

Sie erinnerte sich daran, sich gehengelassen zu haben, und sich gehenzulassen war das, was Louise Gostelow wirklich erregte, sich gehenzulassen, bis man nicht mehr wußte, wer man war, was man tat, bis es einem *egal* war. Sich gehenzulassen war die Eintrittskarte zu ihrer wirklichen Welt. Wo man nicht nachdachte, wo die Dinge keinen Namen hatten. Wo man einfach *handelte*, dann atemlos zurücktrat und die Konsequenzen abwartete.

Der Shogun fuhr langsam durch graue, gesichtslose Straßen und hielt dann unter dem dürftigen, blauweißen Baldachin vor dem Eingang des Pequod. Niemand trat heraus, um ihr aus dem Wagen zu helfen. Selbst in der Innenstadt, wo Hotelpagen für den Preis eines guten Mittagessens zu haben waren, war dies ungewöhnlich, zeigte, um was für eine Art von Etablissement es sich hier handelte. Louise betrat die Rezeption, einen engen, schmalen Raum mit einem hölzernen Tresen, dahinter eine altmodische Telefonvermittlung und derselbe dünne Mann wie vorher, im verknautschten grauen Anzug und mit Nickelbrille. Er wirkte gelangweilt, als wäre ihm alles egal. Er konnte sich noch nicht mal an sie erinnern.

»Miss Lascelles«, sagte sie.

»Ach ja«, erwiderte er und griff zum Telefon. Er sah wie ein Achtzehnjähriger aus, der vorgab, vierzig zu sein.

»Ich habe hier Besuch für Sie«, sagte er nach ein paar Sekunden. »An der Rezeption. Ja.«

Ohne ein Wort reichte er den Hörer über den Tresen.

»Hallo?«

Sie klang so jung, so englisch.

»Miss Lascelles, Sie kennen mich nicht. Ich bin eine Bekannte von Tom. Er bat mich, herzukommen und sie abzuholen. Er hat etwas gefunden. Sagt, es täte ihm leid, daß er sich nicht vorher gemeldet hat, aber Sie würden es sicher verstehen. Ein Wagen wartet hier unten auf Sie.«

Joni Lascelles spürte in dem kleinen, grauen Hotelzimmer, wie ihr Herz aussetzte, fragte sich, ob sie das wirklich wollte, ob sie sich nicht bereits zu dem Gedanken, zu dem Wunsch überredet – *überlistet* – hatte, daß es nicht geschehen würde.

»Ich bin gleich unten«, sagte sie und legte auf. Joni Lascelles trat zum Spiegel, schaute in ihr bleiches, dünnes Gesicht, keine Schminke, keine Schönheit dort, nur die Maske, die ihr ganzes Leben lang aus dem Spiegelglas zurückgestarrt hatte, diese ungewisse, fragende, herausfordernde Maske. Sie griff nach dem Telefon und wählte die Nummer, die sie bereits auswendig kannte. Genius nahm ab.

»Ja? Pike Place Studio?« Die dünne kleine Stimme klang so aggressiv.

»Hallo, Genius. Ist Paul zurück? Hast du von ihm gehört?«

Genius zögerte und sagte dann leise, mit Besorgnis in der Stimme: »Nein, Joni. Ben hat sich auf die Suche nach ihm gemacht, falls er sich irgendwo betrinkt oder so was. Was er allerdings schon lange nicht mehr getan hat. Habt ihr zwei euch gestritten?«

»Nein«, antwortete sie überrascht.

»Soll ich ihm was ausrichten, wenn er auftaucht?«

»Ja. Sag ihm, Tom Cordobes hat sich gemeldet. Er sagt, er habe etwas gefunden. Hat jemanden geschickt, um mich abzuholen. Sag ihm, ich rufe ihn an, im Studio, zu Hause, wo auch immer. Ich wünschte, ich wüßte, wo er ist.«

»Das tun wir alle«, sagte Genius. »Das tun wir alle.«

Sie hängte ein, fühlte sich unwohl, unglücklich nach diesem Gespräch und ging zur Tür. Beschimpfte sich dann, konnte nicht glauben, daß sie so gleichgültig, so nachlässig geworden war. Trat wieder ans Bett, zog den Koffer darunter hervor und öffnete ihn. Die kleine Handfeuerwaffe sah jetzt so alt aus, selbst nach diesen paar Tagen, und sie hatte ihre Zweifel, ob sie überhaupt funktionierte, ob es nicht nur eine Art Talisman war, eine Art Zauberstab, von dem sie hoffte, er würde die Welt mit einem glitzernden Bann belegen. Allein die Waffe zu halten, das schwere, stumpfe Metall in ihrer Hand zu fühlen, den Geruch von Waffenöl, der in ihre Haut eindrang, verursachte ihr ein wenig Übelkeit, ein wenig Scham darüber, daß sie einst, vor gar nicht langer Zeit gedacht hatte, Heilung, Erlösung sei durch Waffen, Haß und Gewalt zu erlangen, Blut würde Blut heilen, und es gäbe da noch einen anderen Schmerz, von dem sie sich befreien müßte, einen anderen als den simplen, grundsätzlichen des Wissenwollens. Sie legte die Waffe zurück in den Koffer, schloß ihn, schob ihn wieder unter das Bett und ging nach unten.

Louise Gostelow sah wie eine Geschäftsfrau aus, gut gekleidet, wohlhabend, selbstsicher, nicht die Art von Person, die Joni mit Tom Cordobes in Verbindung brachte. Sie meinte auch, sie schon vorher irgendwo flüchtig gesehen zu haben, doch es wollte ihr nicht einfallen, wo das gewesen war.

»Hi«, sagte Louise und reichte ihr die gebräunte Hand, die Nägel karminrot lackiert. Alles an ihr war perfekt: das Lächeln, die Zähne, die Haut, das Haar. Je mehr Joni darüber nachdachte, desto merkwürdiger fand sie es, daß diese Frau irgend etwas mit Cordobes zu tun haben sollte.

»Tom sagte, Sie wären an einem Treffen interessiert. Tja, und ich soll Ihnen sagen, daß es stattfinden kann. Der Wagen wartet draußen. Wir können sofort losfahren.«

»Ein Treffen mit wem?« fragte Joni. Noch etwas war merkwürdig an dieser Frau. An der Art, wie sie Joni musterte. Wie bei einer Prüfung. Als würden hier Noten vergeben, verglichen, beurteilt, eingeschätzt. Sehr merkwürdig.

»Ich bin nur für die Organisation zuständig. Einzelheiten sind mir nicht bekannt. Tom hat nur gesagt, ich soll Ihnen die Nachricht überbringen. Sie abholen. Das ist alles. Wenn Sie mitkommen wollen, bringen wir Sie hin.«

»Kann ich ihn anrufen? Haben Sie eine Telefonnummer?«

Louise zuckte die Schultern. »Es ist eine Privatadresse. Tut mir leid. Ich weiß es nicht.«

»Verstehe.«

Louise Gostelow drückte die schmale Tür des Pequod auf. Die Sonne schien. Die dicke Wolke über dem Puget-Sund brach rasch zu bauschigen Kumuluswolken auf, dahinter war leuchtendblauer Himmel zu sehen. In der Ferne erkannte Joni die Berge.

»Kommen Sie?« fragte die Frau, und es war Jonis innerliche Abwehr, die sie ja sagen ließ, und es war das Wissen, daß, nachdem sie so weit gekommen war, eine innere Stimme ihr Einhalt gebot, wollte, daß sich die Tür schloß, daß sie den stillen, den einfachen Weg wählte. Ihr fielen die Träume ein, die Stimmen, und sie wußte, daß es nicht möglich war, daß sie eine Art Katharsis in ihrem Leben brauchte, um ein Ganzes zu werden, um wachsen, weiterleben, atmen zu können.

Sie trat hinaus und kletterte in den Shogun, setzte sich auf das glänzende Lederpolster des Rücksitzes, atmete den moschusartigen Geruch der Politur ein und bemerkte, daß der Fahrer sich nicht umdrehte, um sie anzusehen, sie nur im Rückspiegel musterte.

Louise Gostelow ging außen um den Wagen herum, kletterte hinein, setzte sich neben sie und lächelte.

»Sie sollten lieber die Türen verschließen, Steve«, sagte sie, und der Fahrer griff nach unten, drückte einen Knopf auf der Hauptkonsole. Das harte, solide, metallische Klicken eines Mechanismus in der Türverkleidung ertönte rund um sie herum.

»In der Stadt kann man nicht vorsichtig genug sein«, sagte Louise, immer noch lächelnd. »Wirklich.«

Dann fuhr der Shogun langsam aus der Stadt hinaus, über

die Schwimmbrücke, an den Kormoranen vorbei, die sich mit raschen Flügelschlägen nur knapp über der stillen, glasigen Oberfläche des Lake Washington bewegten, hinaus auf die lange, gewundene Straße, die sich durch die Vororte schlängelte und auf die Cascades zu, so groß, so leer dort in der Ferne.

9

Meinungsänderung

Well, she was an American girl,
Raised on promises
She couldn't help thinking that there was a little more
to life
Somewhere else
After all it was a great big world
With lots of places to run to
And if she had to die
Tryin', she
Had one promise she was gonna keep

Tom Petty und The Heartbreakers
»American Girl«

Paul Dunsany verzog das Gesicht. »Bohemian Rhapsody« dröhnte aus den Lautsprechern des Musikladens, und es gab nichts, was er in diesem Moment mehr verabscheute als das Gesülze von Freddy Mercury, der auf Operntenor machte, dieses ambitiöse Arrangement, der lächerliche Text und der Gedanke, daß das Jahr 1975 kurz vor dem Verenden war mit diesem Mist als Nummer eins in den Charts.

»Scaramouche, Scaramouche, will you do the fandango?« dröhnte es aus den Lautsprechern, und Paul wurde richtig wütend bei dem Gedanken, wie diese Klänge, die paar Noten, den letzten Auftritt im Fernsehen, all diesen Kitsch, die großen Köpfe, das aufgesetzte Posieren vor seinen Augen entstehen ließ.

»Gott im Himmel«, sagte Paul Dunsany leise vor sich hin, dachte an die vor ihm liegende Woche, all die unausgefüllte Zeit, bis das College wieder begann, und überlegte, ob er es wirklich aushalten würde, sich die ganze Zeit Freddys

Geknödel in Moores Musikladen anzuhören. Es war Samstagnachmittag, kurz vor vier, und im Laden war kaum etwas los. Davie Fraser, der langhaarige Junge, der Baß spielte und ebenfalls als Aushilfe arbeitete, stand am Plattenregal und spielte zur Musik auf einer imaginären Gitarre. Paul Dunsany versuchte einzuschätzen, wie schwierig es sein würde, ihn von da wegzubringen und statt dessen etwas von Little Feat aufzulegen, doch dann vergaß er den Gedanken komplett. Louise Gostelow trat durch die Tür, kam auf ihn zu. Sie war verändert, sah kleiner, beinahe menschlicher aus. Sie hatte Ringe unter den Augen, dunkle Schatten im Gesicht, als hätte etwas sie angesprungen, ihr seinen Stempel aufgedrückt.

»Hi«, sagte er und versuchte, seine Gefühle einzuschätzen, festzustellen, was er eigentlich empfand.

»Wir müssen miteinander reden, Paul«, sagte sie, und er nickte automatisch. Was sie verlangte, war ihm Befehl, aber etwas in ihm wollte sich dagegen auflehnen, wollte ihn anstacheln, sich dafür zu hassen.

»Klar«, sagte er und schaute hinüber zu Davie Fraser, der grinste, kleine, obszöne Gesten mit der freien Hand machte, mit der anderen noch immer Akkorde auf seiner imaginären Gitarre griff, zur Musik auf und ab hüpfte. Dunsany schnitt eine Grimasse. Der Junge nahm die Kopfhörer ab und glotzte ihn blöd an.

»Mach nachher den Laden zu, Davie. Ich gehe. Ist ja doch nichts los.«

»Okay«, brüllte der Junge. »Aber du machst das auch mal für mich, ja?«

»Klar.« Paul trat hinter den Ladentisch, griff nach seiner billigen Baumwolljacke und verließ mit Louise den Laden. Der Winter schien rasch zu Ende zu gehen. Es war sonnig, richtige Sonne, nicht diese ausgewaschene Wasserfarbenimitation, die sonst im Januar üblich war. Die Sonne stand niedrig am Himmel, so niedrig, daß man ihre Wärme spüren konnte, fühlte, wie sich alles zu regen, wieder zu wachsen begann. Paul warf Louise Gostelow einen Blick zu und wünschte sich, sie wäre nicht so schön, wünschte sich, die Sonne würde ihre Haut nicht so golden und gebräunt erscheinen lassen, wünschte sich, er könnte sie anschauen und die Gedanken unterdrücken, die ungebeten, unmaskiert in ihm hochstiegen. Er hatte einfach keine Kontrolle darüber, wie sehr er sich auch dagegen wehrte.

Und sie *war* verändert. Hier draußen, im Tageslicht, war es noch deutlicher zu sehen. Die Härte, die Arroganz, die er mehr als einmal an ihr bemerkt hatte, schienen jetzt verschwunden. Sie sah aus wie das, was sie war: eine hübsche Zwanzigjährige. Ihr Gesicht hatte eine schlichte, klassische Schönheit, wie man sie auf Gemälden findet, etwas, das er nie außerhalb eines Buches zu sehen erwartet hätte, von dem er sich nie hätte träumen lassen, daß er es erleben, daß es ihn berühren könnte, wenn man die Kreise bedachte, in denen er aufgewachsen war, aus denen er sich seit Jahren herauskämpfte. Sie zog sich sogar anders an, eine einfache, bestickte Baumwollbluse, dazu eine leichte Hose. Das war nicht die Gesellschaftsprinzessin, das war jemand anderes.

Sie gingen zum Good Earth Café, holten sich Kaffee und zwei Stück Karottenkuchen, setzten sich an das große Fenster, beobachteten die Menschen, die über die University Avenue schlenderten, die Auslagen in den Schaufenstern betrachteten und prüften, welche Nachweihnachtsschnäppchen wohl zu haben seien.

»Du mußt mich für eine richtig arrogante Ziege halten, Paul«, sagte sie.

Als er den Mund aufmachte, um etwas zu sagen, brachte sie ihn mit einem Winken zum Schweigen. »Nein. Sag nichts. Das brauchst du nicht. Ich muß mich bei dir entschuldigen. Ich schulde dir eine Menge. Also nimm es an. Es tut mir leid. Wirklich leid.«

Er fragte sich, wo die Worte waren, wenn man sie brauchte. Paul Dunsany war auf das hier nicht vorbereitet. Er wußte nicht, was er sagen sollte. Er wußte nicht, was er mit diesen Gefühlen anfangen sollte.

»Du siehst …«, sagte er und versuchte das Gefühl zu unterdrücken, daß hier etwas *falsch* war. Etwas war hier derart falsch – *aber Hoffnung kann alles heilen* –, daß er wirklich herausfinden sollte, was es war.

»Ist alles in Ordnung mir dir, Louise?«

Sie betrachtete ihn. Schätzte ihn ein. Und sie erschien ihm so wirklich, so *neu*, daß er nichts anderes tun konnte, als ihr zuzuhören.

»Ich bin nicht an nette Menschen gewöhnt, Paul. Kannst du das verstehen? Ich bin nicht an die Vorstellung gewöhnt, jemandem zu vertrauen. So was geschieht nicht in meiner Welt. Ich bin nicht an die Vorstellung gewöhnt, daß es mehr zwischen zwei Menschen gibt als …«

Sie stieß einen leisen Fluch aus.

»Ich drücke mich nicht sehr gut aus, oder?«

»Ich weiß nicht«, sagte er. »Ich weiß nicht, worauf du hinauswillst.«

»Ich will darauf hinaus, daß ich nicht an die Vorstellung gewöhnt bis, daß mich jemand lieben könnte.«

Er starrte sie an, wollte gerne glauben, was er da hörte. »Meinst du das ernst?«

»Ja, ich meine es ernst«, sagte sie, und er konnte nicht aufhören, ihr in die Augen zu sehen, so strahlend, so eindringlich, daß man ihnen nicht ausweichen konnte. »Du denkst, das klingt verrückt? Es gibt einen Unterschied. Selbst ich weiß das. Ich weiß, daß ich attraktiv bin. Weißt du, was das bedeutet? Kannst du dir vorstellen, wie es ist, wenn du merkst, daß jeder Mann, den du kennenlernst, nur mit dir ins Bett will?

Nach einer Weile, Paul, gibt's nur noch das. Mehr nicht. Es wird zu einer Frage von Ja oder Nein. Wenn man dich wie ein Stück Fleisch behandelt, behandelst du andere genauso. Es ist ziemlich hart, Paul. Es macht einen auch hart.«

»So habe ich dich nie gesehen, Louise.«

»Das weiß ich, aber was du in mir gesehen hast, beängstigt mich. Diese Person, ich weiß nicht, ob ich das bin, Paul. Ich weiß nicht, ob ich diese Art von Person sein kann. Das hier ist das wirkliche Leben. Das hier ist nicht die ›Patridge Family‹. Im wirklichen Leben tun die Menschen das, was ihnen gefällt. Im wirklichen Leben *passieren* die Dinge einfach, und du weißt nicht, warum, du denkst sie nicht bis zum Ende durch. Ich habe nicht darüber nachgedacht, was wir getan haben. Ich habe nicht darüber nachgedacht, was ich zu dir gesagt habe. Es war ziemlich schlimm. Dafür entschuldige ich mich. Ich habe es nicht so gemeint. Außerdem hat die Hälfte davon sowieso nicht gestimmt.«

»Ist schon okay«, antwortete er und zuckte die Schultern.

»Verdammt, Paul. Es ist *nicht* okay«, sagte sie ein wenig zu laut, so daß das Paar vom Nebentisch mit offener Neugier herüberstarrte. »Wenn wir mit der Sache weitermachen wollen, kannst du dich nicht einfach naiv zurücklehnen und mir alles durchgehen lassen. Du mußt etwas dazu sagen. Du kannst dich nicht von mir einschüchtern lassen.«

»Du willst weitermachen?« fragte er überrascht.

Louise Gostelow schüttelte den Kopf, und es sah beinahe so aus, als würde sie gleich weinen. »Ich habe viel nachgedacht, Paul. Ich will nicht so weitermachen wie bisher. Du bist das einzig Gute, was mir in letzter Zeit passiert ist. Ich will diesen ganzen Mist hinter mir lassen und neu anfangen. Ich habe mich auf eine Menge Sachen eingelassen, von denen du besser nichts weißt. Ich will das alles auslöschen, neu anfangen, wieder mehr Normalität in mein Leben bringen. Und ich glaube nicht, daß ich das allein schaffe.«

Er probierte seinen Kaffee und stellte fest, daß er kalt war. Paul Dunsany schaute aus dem Fenster und dachte über sie nach, wagte darüber nachzudenken, ob es wirklich funktionieren, wirklich wachsen könnte.

»Wenn du willst, verschwinde ich sofort, Paul. Ich könnte es dir nicht vorwerfen.«

»Geh nicht«, sagte er, und die Welt begann sich zu drehen.

»Ich kann dir nichts versprechen. Ich kann dir nicht versprechen, daß es halten wird. Ich kann dir nicht versprechen, daß es kein Irrtum ist. Daß ich diese Person bin, Paul. Diese Person, die du gesehen hast. Das mußt du verstehen. Ich kann keine Versprechungen machen, weil ich nicht weiß, ob ich sie halten kann.«

»Ich will keine Versprechungen«, sagte er und dachte, ich will nur in deiner Gegenwart sein, dich anschauen, mit dir reden, dir zuhören. »Ich will nichts, außer mit dir zusammenzusein. Du mußt nichts überstürzen, Louise. Wenn diese Sache wichtig ist, dann mußt du nichts überstürzen.«

Sie lachte, und ihr Gesicht war von einer so überwältigenden Schönheit, so nahe bei ihm, daß es ihm den Atem nahm. Als sie das merkte, beugte sie sich über den Tisch, schloß die Augen, küßte ihn auf den Mund, ohne sich darum zu kümmern, ob irgend jemand es sah, was andere dachten. Louise Gostelow legte ihm die Hand an die Wange, spürte die Rauheit der Bartstoppeln, drängte ihre Zunge in seinen Mund und küßte ihn leidenschaftlich. Alle Gedanken, alle Zweifel, alle Formen und Gefühle in seinem Kopf verloren ihren Namen, vereinigten sich zu einer Explosion von Entzücken, von Versprechen, von Verlangen.

Schließlich ließ sie von ihm ab, doch in seinem Kopf drehte sich noch immer alles. Es war, als wäre sonst niemand im Raum, niemand auf der Welt.

»Auch wenn ich mich ändern will, Paul, werde ich doch

nicht alles ändern. Meine Eltern sind die ganze Woche weg. Telegraph Hill steht leer. Wenn du heute abend nicht mit mir zurückkommst und bleibst, solange du willst, befürchte ich, daß die Sache einen äußerst holprigen Anfang nehmen wird.«

Er hielt ihre Arme quer über dem Tisch mit beiden Händen umfangen, spürte die Kraft, die Entschlossenheit, das Menschliche in ihr, und es war das Beste, das Beste, was ihm in seinem Leben je passiert war, ein entscheidender Moment, den er nie vergessen würde.

Sie brausten mit dem Motorrad über den Highway, so schnell, wie er überhaupt zu fahren wagte, während ihnen der Wind ins Gesicht blies und ihre Haare hinter ihnen herflattern ließ, fuhren in die Stadt, durch die im spätnachmittäglichen Sonnenlicht leuchtenden Straßen, *leuchtend*, so lebendig, so strahlend, so voller Leben. Sie lud ihn zum Essen in ein schickes italienisches Restaurant am Washington Square ein, wo die Kellner auf seine Jeans, seine Haare schauten und verächtlich die Nase rümpften, soviel Tomaten, soviel Knoblauch, soviel Wein, sie zahlte mit ihrer Kreditkarte, und der Abend verging, die Zeit drängte sich irgendwie zusammen, die Stunden verwandelten sich in Minuten, alles flog an ihnen vorbei wie ein überdrehtes Aufziehspielzeug, flog im Restaurant an ihnen vorbei, wurde langsamer, als sie das Haus, das Schlafzimmer erreichten.

Sie wollte ihn, und sie war so stark, das war ihre Entscheidung, das war ihre Art. Mit gespreizten Beinen ritt sie auf ihm in der feuchten Nacht, während die Nebelhörner in der Ferne dröhnten, das gelegentliche Rasseln der Cablecars mit dem Wind herüberwehte, und sie bewegte sich so langsam, mit solcher Kraft, daß er das Gefühl hatte, er würde explodieren, als würde sich das physische Entzücken seines Körpers, so mächtig, so hart, zu etwas aufbauen, das sie beide verschlang. Als es geschah, und es war wie eine aufstrahlende Nova, so hell, so blendend, daß sich die Grenze zwischen Schmerz und Ekstase unmöglich erkennen ließ, als es geschah, war es kein Sex, war es keine Liebe, sondern eine seltsame, verrückte Katharsis, die diese körperliche Form annahm und wilde Farben in ihre Köpfe malte, ihre Körper mit Schweiß und Sperma bemalte, innen und außen, vereint zu einer einzigen weichen Fleischmasse. Er spürte, wie sein Saft in sie hineinschoß, spürte die Bestätigung ihres Körpers, so zärtlich, so liebevoll, und hielt sie sanft über sich, hielt ihre Brüste, die Nippel hart und stramm unter seinem Griff.

Sie blieb über ihm, den Kopf zurückgeworfen, die Augen geschlossen, spürte, wie er in ihr schlaff wurde, inmitten all der Säfte, dieser feuchten Verbindung zwischen ihnen, wartete darauf, daß er wieder lebendig wurde, wartete, daß er ihren Hunger spürte. Als es schließlich vorbei war, als keine Kraft, keine Säfte mehr übrig waren, lag sie in seinen Armen, das Gesicht halb im Schatten des von draußen hereinscheinenden Vollmondes, öffnete die Augen, so leuchtend, so durchdringend, so intelligent, und sagte: »Du mußt mich retten, Paul. Kannst du mich retten?«

Er merkte, daß sie auf eine Antwort wartete und konnte immer noch nicht ganz glauben, daß es wahr war, daß dies die wirkliche Welt war.

»Ich kann es versuchen«, sagte er schließlich. Und blieb dann wach, sah sie lächeln, spürte, wie sie ihren Kopf an seine Brust kuschelte, sah sie ruhig und friedvoll einschlafen. Die nächsten zwei Tage verbrachte Paul Dunsany im Paradies und spürte, *wußte*, daß es für immer sein würde.

10

Flucht

Freedom's just another word for nothing left to lose.
KRIS KRISTOFFERSON (MIT FRED FOSTER)
»Me and Bobby McGee«

Louise Gostelows Shogun war noch dreizehn Meilen von Snoqualmie entfernt, als Michael Quinn seinen Plan in die Tat umsetzte. Es war ein Plan von solcher Einfachheit, daß Baxter, als er es herausfand, sich hätte treten mögen, weil ihm fast augenblicklich klar war, daß es so hatte kommen *müssen*. Nachdem Quinn Tom Cordobes umgebracht hatte, nachdem Baxter die Leiche aus dem Badezimmer geschleppt und sie im Wald vergraben hatte, in einem tiefen, mit Hal Jamiesons Hilfe ausgehobenem Grab, hatte er ruhig und langsam begonnen, das Bad zu säubern, das Blut von den Kacheln zu waschen, von den Wänden, den Möbeln, sorgfältig jeden Glassplitter, jeden Porzellansplitter aufzusammeln.

Quinn hatte ihm eine Weile zugeschaut, gegrinst und gesagt: »Ich würde dir ja gerne helfen, Steve, aber mir wird schlecht bei solchen Sachen. Klingt verrückt, nicht wahr? Aber so ist es.«

Baxter hatte ihn auf eine Weise angeschaut, der selbst Quinn nicht standhalten konnte, also war er in die Küche gegangen, hatte eine Flasche Claret für hundertfünfzig Dollar geöffnet, sich ziemlich schnell betrunken und das Radio laut aufgedreht, den UKW-Sender mit Rockmusik, der hier gerade noch zu hören war, obwohl es dauernd Störungen gab und sie nur Mono sendeten und sich niemand, der etwas von Musik verstand, mit dieser miesen Qualität zufriedengegeben hätte.

Der Kerl benahm sich wie ein bewaffneter Hausmeister, dachte Quinn. Er reparierte sogar ein paar zerbrochene Regale, fand die Löcher in der Wand, nagelte neue Halter an, hängte die Borde sorgfältig ein und achtete darauf, daß sie auch schön gerade waren. Dann waren drei Schlägertypen aus der Stadt aufgetaucht, mit einer Menge Eisen- und Metallwaren in einer Holzkiste, hatten sie auf dem Küchentisch ausgeleert und sich an die Arbeit gemacht, wobei zwei im Haus herumhämmerten und der dritte die Einfahrt und den Wald beobachtete, die Waffe nicht allzu diskret verborgen unter der karierten Sportjacke mit dem eingestickten Microsoft-Emblem auf der rechten Brust.

Quinn sah sich den Mann an und sagte: »Beste Grüße an Bill. Sag ihm, daß der Dreamworks-Deal absolute Spitze ist. Microsoft in Hollywood. Filme, die abstürzen. Ein echt *cooles* Konzept.«

Der Blödmann starrte nur mit einer Mischung aus Boshaftigkeit und Dämlichkeit zurück.

Baxter machte die Runde und versah die Hütte mit einer ganzen Reihe neuer Sicherheitsvorkehrungen: Schlösser, Ketten und Riegel überall. Von draußen war das Ganze jetzt uneinnehmbar. Von drinnen ließ sich etwas machen, aber es würde Zeit kosten, mehr Zeit, als einem je zur Verfügung stehen würde. Quinn sah, wie er die Fenstertür im Badezimmer lange betrachtete, die, durch die Cordobes mit so viel Leichtigkeit eingedrungen war. Der Muskelmann setzte ein gewaltiges neues Schloß ein und holte dann einen Schweißbrenner, mit dem er Eisenstäbe befestigte, von oben bis unten, nur vorübergehend, Mr. Jamieson, verstehen Sie, sobald die Sache vorbei ist, nehmen wir sie wieder ab und keiner wird's bemerken. Dann, als die Hütte mehr an San Quentin erinnerte als San Quentin selbst, setzten sie sich hin und warteten. So wie Baxter es sah, und Jamieson wohl auch, mußten sie nur abwarten und sehen, was passierte, wenn Cordobes nicht nach Hause kam. Abwarten und sehen, ob er jemandem gesagt hatte, wohin er fahren würde, und wenn ja, ob dieser Jemand auftauchte, und wenn er es tat, womit.

Die Sache beunruhigte Baxter offenbar mehr als Hal Jamieson. Hal hatte Cordobes schon einmal in Aktion gesehen (wobei er die kurze Begegnung vor dem SCC-Gebäude nicht mitrechnete). Er wußte genau, was für eine Art Mann Cordobes war: ein Verrückter. Die Bude stürmen und erst davon berichten, wenn man gewonnen hat, das war die Art, in der Leute wie Cordobes arbeiteten. Aus diesem Grund war Hal nicht überrascht, daß niemand auftauchte. War nicht überrascht, daß die einzige Möglichkeit, die Auftraggeberin des verrückten alten Cops zu finden, darin bestand, ihr selbst auf die Spur zu kommen. Daher konnten sie sich entspannen. Konnten Quinn innerhalb der Hütte sich selbst und demjenigen überlassen, der gerade auf ihn aufpaßte, konnten zulassen, daß er sich betrank, albernes Zeug quatschte, unsichtbar wurde. Genau das taten sie.

Baxter war in der Stadt mit Louise Gostelow unterwegs und hatte seinen Platz Mr. Microsoft überlassen, einem massigen Mann, einem Mann mit regelmäßigen Gewohnheiten, der nicht viel redete, nicht viel dachte, so wie Quinn das sah. Wenn Mr. Microsoft seine Mahlzeiten aß – Mikrowellen-Pizza, Mikrowellen-Popcorn, Mikrowellen-Fertigmahlzeiten, der Mann würde von innen heraus *strahlen*, wenn er vierzig war, dachte Quinn –, setzte er sich an den großen Küchentisch, stützte beide Ellbogen auf das bleiche polierte Holz und saß einfach da, stopfte einen Bissen nach dem anderen in sich hinein, langsam, erbarmungslos, immer schweigend, die Augen nie von Quinn nehmend. Dann, wenn er fertig war, ging er in das kleine Gästeklo, das mit dem hübschen rosa Handwaschbecken direkt neben der Eingangstür. Er war ein

Mann mit regelmäßigen Gewohnheiten. Er konnte bis zu zehn Minuten und mehr dort drinnen bleiben, immer mit seiner Microsoft-Jacke bekleidet, die Schlüssel sicher in der Jackentasche, und von Zeit zu Zeit hörte man kleine Grunzlaute. Wenn er herauskam, kroch immer dieser schwache, metallische Gestank nach Scheiße durch den Spalt zwischen Tür und Boden. Man konnte seine Uhr danach stellen, wenn er den letzten Bissen nahm, sich Hände und Mund an der Serviette abwischte, Quinn ins Gesicht starrte, als wolle er sagen: »Nein!«, dann dort hinein verschwand, um sein Körpergewicht etwas zu erleichtern. Männer mit regelmäßigen Gewohnheiten, dachte Michael Quinn, schaffen ihre eigenen Probleme. Sie wetzen ihre Jacketts an der gleichen Stelle ab, weil sie jeden Abend ihre Ellbogen in der gleichen Weise auf den Bartresen stützen. Männer mit regelmäßigen Gewohnheiten tun das, weil ihnen jeder *Gedanke* an etwas anderes zu mühsam ist. Und das ist ein Zeichen von Trägheit und Mangel an geistiger Beweglichkeit.

Als Mr. Microsoft sich zu seiner Mahlzeit an den Tisch setzte – mit einer großen Steinofen-Pizza mit Käse, Peperoni und Zwiebeln –, trank Quinn den Rest seines Weinglases aus, ging zum Regal, holte eine neue Flasche heraus, goß sich noch etwas ein und tat so, als würde er auch das trinken. Tat so, als sei er betrunken. Er hatte bereits gegessen, mehr als gewöhnlich, vor kaum einer Stunde. Das war ein Trick, den man im Knast lernte, ein Trick, den man so oft anwenden konnte, wie man wollte, bis sie dahinterkamen. Nicht mit einem Claret zu hundertfünfzig Dollar in Obispo, aber das Prinzip blieb dasselbe.

Mr. Microsoft war bei seinem letzten Stück Pizza angelangt, als Quinn ihn über den Tisch hinweg ansah, rülpste und murmelte: »Scheiße.«

Der massige Mann betrachtete ihn angewidert, sagte aber nichts. Es war auch nicht nötig.

»Fühl mich beschissen«, nuschelte Quinn. »Fühl mich absolut beschissen.«

Dann rülpste er wieder, wartete, bis der letzte Bissen im Mund seines Gegenübers verschwunden war und rannte dann zum Gästeklo. Quinn verschloß die Tür hinter sich, knetete seinen Bauch, steckte den Finger in den Hals, knetete fester und fester, bis seine Innereien zu gurgeln begannen, spürte die Galle hochsteigen, drückte, so fest er es wagte, auf seinen Magen und kotzte dann alles ringsherum voll. Das rote Zeug spritzte an die Wände, auf den Boden, über das Porzellan. Der Gestank war widerlich. Selbst Quinn fand ihn eklig, also wusch er seinen Mund am Handwaschbecken aus, spuckte ins Klo, wischte sich das Gesicht mit der feuchten Hand ab, atmete tief durch, brachte sich wieder in Form, setzte sein übliches Grinsen auf und öffnete die Tür.

Mr. Microsoft stand direkt davor, ein Mann mit regelmäßigen Gewohnheiten, und schaute auf die Pfützen des Erbrochenen, schaute in Quinns lächelndes Gesicht, die eine Hand am Gürtel wie ein Mann, dessen Körper ihm sagte, daß er dringend aufs Klo mußte, dessen Kopf es sich aber anders überlegt hatte.

Er funkelte Quinn finster an, kam ihm aber nicht so nahe, daß er ihn riechen konnte, und sagte: »Wenn ich fertig bin, komm ich zurück und zwinge dich, jeden einzelnen Tropfen davon aufzuwischen. Dabei werde ich dich nicht aus den Augen lassen.«

»Ich nicht«, meinte Quinn grinsend. »Ich mach' keine körperliche Arbeit mehr.«

Er fragte sich einen Moment lang, ob er nicht zu weit gegangen war.

Mr. Microsoft drehte sich um, ging quer durch den Raum, zog die Tür zum Badezimmer auf, und Quinn folgte ihm, man konnte selbst beim Öffnen der Tür schon den Chlorgeruch des Jacuzzi wahrnehmen.

»Ein Mann, der beim Scheißen sein Jackett anbehält«, murmelte Quinn vor sich hin, »den nenne ich einen wahren Gentleman.«

Dann schloß der massige Mann die Tür, und Quinn blieb lauschend stehen, hörte, wie er quer durch das Badezimmer ging, hörte, wie die kleinen Grunzlaute begannen und griff in seine Tasche, zog den großen eisernen Schlüssel heraus, der normalerweise auf die andere Seite der Tür gehörte, steckte ihn ins Schloß, drehte ihn, ließ ihn so, halb umgedreht, damit niemand ihn von der anderen Seite herausstoßen und einen Zweitschlüssel benutzen konnte.

»Alles eine Frage der Logik«, sagte Quinn zu sich. »Wenn niemand rein kann, kann auch niemand raus.«

Es dauerte gute fünf Minuten, bis Mr. Microsoft fertig war, zur Tür ging, sie verschlossen fand, begriff, was passiert war und daß er nun als Gefangener in seinem eigenen Käfig saß. Inzwischen hatte Quinn den Schraubenzieher geholt, den er aus dem Werkzeugkasten geklaut hatte, als sie hier das ganze neue Zeug anbrachten, und nahm die Innenschrauben vom Mittelteil des sich über die ganze Wand erstreckenden Aussichtsfensters in Angriff, war schon bald soweit, das Glas aus dem Rahmen zu treten. Er versuchte, den richtigen Winkel zu finden, besann sich eines Besseren, ging hinüber zum Couchtisch, hob einen der massiven, antiken Stühle hoch und warf ihn gegen die Scheibe. Er mußte noch zweimal werfen, bis das Loch groß genug war, um hinauszuklettern, aber selbst dann gelang es Quinn, sich beim Hinausklettern an der linken Hand böse zu schneiden. Aber er hatte es geschafft, stand draußen im schwächer werdenden Nachmittagslicht, auf diesem seltsamen Waldboden, wo die riesigen Tannen schweigend auf ihn hinunterstarrten und die saubere Bergluft wie eine überwältigende Wolke in seine Lunge drang.

Er ging um das Haus herum und schaute durch die Fenstertür ins Badezimmer. Mr. Microsoft warf sich gegen die große Holztür, ohne etwas damit zu erreichen. Quinn klopfte leicht gegen das Fenster, grinste den massigen Mann an und wünschte, er hätte es nicht getan. Er schätzte Mr. Microsoft als einen Mann ein, der wußte, wie er sich unter Kontrolle halten konnte, wußte, wann er etwas zu tun, wann er zu schweigen hatte. Aber in dem Moment, dachte Quinn, hätte der bullige Kerl ihn sichtlich am liebsten in Stücke gerissen und genüßlich verspeist. Und das auch vor laufender Kamera, wenn es hätte sein müssen.

»Ciao«, sagte Michael Quinn leise, lauschte einen Moment, meinte, in der Ferne ein Auto zu hören, und verschwand dann im Wald, ohne zu überlegen, welchen Weg er einschlagen sollte, einfach geradeaus auf etwas, das zwischen den riesigen, in den Himmel ragenden Stämmen am meisten nach einem Pfad aussah.

Quinn hatte sich gute vierhundert Meter entfernt, als der Shogun in die Einfahrt bog. Baxter, der spürte, daß etwas nicht stimmte, scheuchte die Frauen unter das Verandadach, schloß die Badezimmertür auf, funkelte Mr. Microsoft an, ging zurück zu den Frauen, machte ein wenig Small talk, ließ sich nicht anmerken, daß etwas passiert war, obwohl Louise es zu wissen schien, wie man ihren Augen ansehen konnte. Dann befahl er Mr. Microsoft, auf der Stelle zu verschwinden, blickte ihm kurz nach und ließ die beiden Frauen in der Küche zurück, wo sie Kaffee tranken und sich stockend unterhielten.

Baxter ging zur Eingangstür zurück, schaute in das schwache Nachmittagslicht hinaus und überlegte, ob es der Mühe wert war, ob es nicht das beste wäre, Quinn dort im Wald und bei allem, was sich darin verbarg, zu lassen. Die nächstgelegene Hütte war zwölf Meilen entfernt. Quinns Chance, sie in diesem Meer von Fichten und Tannen zu finden, war gleich Null. Man mußte wissen, wie man sich im Wald orientierte, wie man nach der Sonne sah und daran erkannte, in welche Richtung man ging. Man brauchte Selbstvertrauen, man brauchte einen Plan. Man konnte nicht einfach hineinstürzen, den Kopf gesenkt, weiter und weiter laufen und hoffen, Mr. Parkranger zu treffen, der mit einem Picknickkorb unter dem Arm auf einen wartete, lächelnd und bereit, einem weiterzuhelfen, bis man ins Offene kam, das sich hinter dem Wald erstreckte, dort, wo er in niedriges Gebüsch überging, dann in Wiesen und wo schließlich, am Fuße des Berges, die Stadt am Meer lag.

Baxter seufzte, schaute auf den Nadelteppich zu seinen Füßen und marschierte los.

Es dauerte nicht lange. Michael Quinn hatte rasch herausgefunden, daß der Wald kein Ort zum Alleinsein ist. Die Luft, der Fichtennadelgeruch, der so stark war, daß man meinte, ihn fast berühren zu können, gaben ihm das Gefühl, kränker zu sein als je zuvor in seinem Leben, brachten sein Blut – *und das andere, das Fremde darin* – zum Kochen, bis er von innen zu bersten drohte. Schon nach fünfzig Metern lief ihm die Nase, und er verlor bereits die Orientierung. Zwanzig Jahre lang hatte Michael Quinn nicht soviel von der Außenwelt gesehen wie jetzt, und sie schien ihm so riesig und so fremd, daß es ihn überwältigte, ihn jeden möglichen Aktionsplan vergessen ließ und er nur noch den Wunsch hatte, sich irgendwo zu verstecken, bis sein Denken wieder funktionierte und in geordneter Form in seinem Kopf ablief. In sehr kurzer Zeit hatte Quinn sich verirrt, total verirrt, wußte nicht mehr, wo Norden und Süden war, oben und unten, hatte keine Ahnung, ob er auf die Hütte zulief oder sich von ihr entfernte, fühlte sich schwindlig vom Anblick der riesigen, bedrohlichen Fichtensäulen, die über ihm aufragten, ihn umschlossen, ihn einengten. Es gab auch Tiere in diesem Wald. Sie machten Geräusche, die einen zum Wahnsinn trieben, Geräusche, bei denen man herumfuhr, nach dem Ursprung suchte und nichts entdecken konnte, Geräusche, die einen ängstlich überlegen ließen, ob sie von einem Eichhörnchen oder einem Waschbären stammten oder von etwas Gefährlicherem. Etwas mit Zähnen und Klauen. Etwas, das einen mit einem einzigen Prankenhieb tiefe Fleischwunden zufügen oder einen zwischen großen, pelzigen Armen zerquetschen konnte.

Er versuchte zu denken. Er versuchte sich Wegzeichen zu merken: diesen Baum, jenen Baum. Aber sie sahen alle gleich aus. Sie *waren* alle gleich in diesem grauen Zwielicht. Er lehnte sich gegen einen der Stämme, fand das Gefühl dieser festen, lebendigen Holzmasse widerlich und überlegte, was er jetzt tun sollte. Er kam zu dem Schluß, daß ihm keine andere Wahl blieb, als zurückzugehen, zurück zur Hütte, um von dort aus alles zu durchdenken. Vielleicht Frieden zu schließen mit seinem bulligen Bewacher, falls er konnte, falls er mußte.

Sobald er sich dazu entschlossen hatte, ging er um den Baum herum und auf das schwächer werdende Licht zu, fragte sich allerdings, wo es plötzlich geblieben war und was dieser große schwarze Schatten sein könnte, der es verdeckte. Der Griff der Waffe erwischte ihn seitlich am Kopf, ließ die Haut aufplatzen, seine Gedanken wild durcheinanderwirbeln, und das hatte nichts mit Schmerz, nichts mit Entkommen, sondern mit Stolz zu tun. Selbst im Obispo sah man seinen Angreifer, bevor er einen niederschlug, aber der hier war einfach aus dem Nichts gekommen. Es tat weh, ließ ihn bluten, er spürte die Wärme der klebrigen Flüssigkeit, die an seinem Kopf herunterlief, als er gegen den Baum sackte.

Baxters großes, eckiges Gesicht starrte in das seine, dann tauchte etwas Riesiges, Schwarzes und Metallisches zwischen ihnen auf und hing unbeweglich in der Luft, der Lauf der Waffe, der auf sein Gesicht gerichtet war.

»Sehr bald«, sagte Steve Baxter, »wird Ihr Freund Mr. Jamieson mich dafür bezahlen, Ihnen den verdammten Kopf von den Schultern zu pusten. Aber wissen Sie was, *Mister* Quinn?«

Er grinste, und das sah seltsam aus. Quinn hatte den Muskelmann nie zuvor grinsen sehen.

»Momentan hätte ich gute Lust, es umsonst zu tun.«

Dann explodierte die Welt um Quinns Kopf herum, so laut, so laut, und ein heißer, beißender, erstickender Geruch erfüllte die Luft. Etwas Feuchtes und Klebriges, etwas, das wie Hustenbonbons roch, tropfte vom Baum auf ihn herab. Er spürte es auf sein Gesicht fallen. Harz. Als er aufschaute, sah er die Narbe, die weiße Narbe mit den schwarzen Rändern, die sich tief in das Holz des Baumes gegraben hatte.

Nachdem der Pulverdampf verflogen war, tauchte Baxters bösartiges Grinsen wieder aus dem Zwielicht auf. Er holte mit dem großen Fuß aus und trat Quinn mit aller Kraft gegen das Schienbein.

»Setz deinen gottverdammten Arsch in Bewegung«, sagte er. »Du hast noch einiges sauberzumachen. Und außerdem warten da ein paar Leute auf dich.«

Epiphanias

1

Vorbereitungen

> Ein Fischer trug einst seinen Dudelsack zum Ufer des Flusses und spielte darauf in der Hoffnung, die Fische hervorzulocken, aber nicht ein Fisch steckte seine Nase aus dem Wasser. Also warf er sein Netz in den Fluß aus und zog es bald angefüllt mit Fischen wieder heraus. Dann griff er erneut nach seinem Dudelsack, und während er spielte, hüpften die gefangenen Fische im Netz umher. »Sieh an, jetzt tanzt ihr, wenn ich spiele«, sagte er. »Ja«, sagte ein alter Fisch, »wenn man sich in der Macht eines Menschen befindet, muß man tun, was er gebietet.«
>
> Aesops Fabeln, *Der Fischer*

Selbst so kurz vor dem Ende gab es einen Augenblick, in dem Hal Jamieson dachte, es könnte einen anderen Weg geben, er könne all das einfach fallenlassen, was er und Louise an möglichen Abläufen, möglichen Vorkommnissen stundenlang überlegt, ausgearbeitet, eingeübt hatten. Einen Moment, in dem er dachte, daß die Welt, die normale Welt, eine Alternative bereithalten könnte. Daß man einfach die Polizei anrief und sagte, schauen Sie, das alles war ein *Mißverständnis. Okay?* Wir haben nur einen Verrückten hier, und den können Sie gerne haben. Ehrlich gesagt, wir wären sogar froh, wenn Sie ihn uns abnehmen. Der Kerl verdient es, eingesperrt zu werden, verdient alles, was Sie mit ihm anstellen wollen, da wird niemand widersprechen. Aber *wir* nicht. Wir haben nicht mehr getan, als ein bißchen Acid zur falschen Zeit einzuwerfen – er konnte Miles Seymour immer noch vor seinen Augen brennen sehen –, ein bißchen zu sehr abzudriften, ein bißchen zu sehr auszurasten. Wir sind nur ein paar ausgeflippte Collegekids. Wir ticken noch anders, wir verdienen Nachsicht. Nachsicht für unsere Dummheiten, denn so sind Kids in unserem Alter nun mal: Wesen, die sich in einer unsicheren, holprigen Übergangsphase befinden, die sich ihren Weg ertasten aus der Welt der Kindheit in die der Erwachsenen, die Sie bewohnen, die Sie regieren. Und übrigens, machen wir uns doch nichts vor, Officer, Sie haben da auch ein paar ausgerastete Exemplare in Ihrer Welt. Wenn man es genau betrachtet, haben Sie da draußen Leute, die uns ziemlich gescheit aussehen lassen. Dieser Manson war kein junger Hüpfer mehr. Und all diese Kerle, die in Vietnam Mist gebaut haben, die gelogen und nochmals gelogen haben, und als nichts anderes mehr half, einfach die Flagge geschwenkt haben, worauf niemand mehr wagte, sie als Verräter zu bezeichnen – das waren alles Leute, die genug Jahre auf dem Buckel hatten und es besser hätten wissen müssen. Vielleicht sollte ich in diesem Punkt nicht zu beharrlich sein, Sir, aber da erhebt sich doch die Frage der Vorbilder. Und was meinen Sie, welche Art Vorbilder *die* für uns abgeben? Genau ...

Doch das Problem war, je mehr er darüber nachdachte, desto unmöglicher wurde diese Vorstellung. Es gab einen Zeitpunkt, zu dem er es hätte tun können. An jenem ersten Morgen, als die Welt anders und schrecklich ausgesehen hatte, hätte er den Mut aufbringen können, nach Palo Alto zu gehen, ihnen alles zu erzählen, sie herzuführen. Den Jungen vermutlich lebend hier rausbringen können. Das hätte ihm bestimmt Pluspunkte eingebracht. Aber er hatte gewartet, und er wußte auch von Anfang an, warum er wartete. Er wartete auf sie. Er wartete darauf, daß sie begriff, von ihrem Drogentrip runterkam, wieder klar dachte, sah, in welchen Schlamassel sie hier hineinrutschten, mit jeder Stunde tiefer versanken. Er wartete darauf, daß Louise begriff, was geschah und ihm ein bißchen half, sich ihm vielleicht (und er konnte immer noch hoffen) sogar *anschloß*. Und ihre Unentschlossenheit, all die Stunden, die sie mit Quinn in seinem Schlafzimmer verbrachte, Dope rauchte, um sich gehenzulassen, wegzudriften, all diese Stunden verstrichen und ließen die Chance auf ein Entkommen schwinden. Es war schlimm genug, daß er sie nicht retten konnte. Doch er konnte unmöglich mit der Idee leben, derjenige zu sein, der sie der Verdammnis preisgab. Man stelle sich den Prozeß vor! Hal Jamieson, der im Gerichtssaal mit dem Finger auf sie deutete und sagte, ja, ich habe sie geliebt, und ja, sie hat all diese Dinge getan, ja, wir haben beide zugesehen, wie Quinn mit dem Leben des Kindes spielte und nachher, als wir von dem Trip runterkamen, hat es eine Weile gedauert, bevor Louise wieder bei Verstand war, bevor sie das Spiel aufgab. Das wären dann seine fünfzehn Minuten im Rampenlicht. Danach konnte man sich ebensogut ein ordentliches Glas Whisky eingießen, die Badewanne vollaufen lassen und mit ein paar hübschen scharfen Rasierklingen hineinspringen. Man konnte es sich als Schlagzeile in allen Zeitungen vorstellen. Wäre das Leben danach nicht einfach wunderbar? Wäre das nicht ein hervorragender Start für eine lukrative Karriere als Börsenmakler in den besseren Kreisen von Boston? Wäre es nicht genau das?

Selbst als sie von ihrem Trip runterkam, ließ sich nicht leugnen, daß die Komplizenschaft wuchs, je länger das Ganze dauerte, sie umhüllte, sie mit ihren kleinen und großen Schwierigkeiten, mit ihren dunklen und köstlichen Ecken und Winkeln gefangenhielt. Die Komplizenschaft wuchs, bis er die Sache in Wahrheit mehr zu seiner als zu der Quinns machte. Michael hatte nur den Ball ins Rollen gebracht, auf diese entsetzliche Weise, die Hal Jamieson immer noch nicht vollständig begriff. Es blieb ihm überlassen, das Chaos in etwas Sinnvolles zu verwandeln, etwas, das zusammengerafft, aufpoliert, eingestellt, geformt und schließlich genutzt werden konnte, um sie alle zu retten, sie in Sicherheit zu bringen, für immer. *Und auf einen gemeinsamen Weg …*

Ja, dachte Hal Jamieson. Vielleicht. Vielleicht könnte er alles zusammenhalten, könnte sie *alle* zusammenhalten und es schaffen, sie hier alle heil rauszubringen. Aber vielleicht auch nicht. Darum ging es, und bereits da bewies Hal Jamieson einen Sinn für Organisation, ein Talent dafür, die Spreu vom Weizen zu trennen, die Prioritäten im Auge zu behalten. Zu erkennen, daß man jetzt verhandelte, und das auf mehr als einer Ebene. Mit der Polizei um das Geld verhandelte. Und mit den anderen um ihre jeweilige Kooperation. In Verhandlungen erwartete man nicht, alles zu bekommen, was man wollte. Wenn man clever war, sorgte man dafür, nur das zu verlieren, was man als Verlust *eingeplant* hatte. Wenn man clever war, hatte man Pläne und Prioritäten und immer noch eine Trumpfkarte im Ärmel.

Was ihn entzückte, was ihn fast verrückt machte vor freudiger Erregung, war, daß er nicht lange warten mußte. Daß das, was er wollte, tatsächlich geschah, so schnell geschah, nachdem der Geschmack von Dope sie zu langweilen begann, nachdem sie erkannte, was da von außen auf sie zukam, die rein physische Bedrohung, und daß nur er sie davor retten konnte. Sogar noch bevor Quinn den Jungen mit all dem Acid vollstopfte, kam Louise von ihrer Wolke herunter, setzte sich mit Hal zusammen, schloß ihren Frieden mit ihm, entschuldigte sich beinahe auf ihre Weise. Es war, als hätte etwas ihr plötzlich die Augen geöffnet, ihr gezeigt, was das alles bedeutete, das Planen, das Vorausdenken, und dann war sie auf einmal voll bei der Sache. Sie war an seiner Seite, noch bevor das Jahr 1975 endete und das neue Jahr eintrat, von ihnen kaum bemerkt. Das sicherte ihnen Tage und Tage des Überlegens und Planens, während Quinn langsam im Hintergrund verschwand und sich dabei von Dope und Fusel ernährte. Das war der Moment, in dem ihre Beziehung wirklich begann, das Band geknüpft wurde, das schließlich zu gegenseitigem Respekt, Zuneigung und eine Zeitlang sogar zu gegenseitiger Treue führte und am Ende in einer langsamen Abwärtsspirale zur Eheschließung – aber nicht in St. Peter und St. Paul, damals konnte er den Gedanken an Kalifornien nicht ertragen, konnte nicht mehr ertragen als eine anonyme standesamtliche Trauung in Seattle, egal, was ihre Eltern davon hielten. Sie ließen sich einfach in die Beziehung hineinfallen, ließen sich treiben wie alle anderen auch. Was zum Teufel hätte man denn sonst tun sollen?

»Oh, sieh da, Lady Macbeth«, sagte Michael eines Tages mit einer plötzlichen, beängstigenden Klarheit aus seinem Drogenrausch heraus, als er sah, wie sie die Führung übernahm, die Dinge mit Hal durchging, ihm bei der Planung half, beide so beflügelt, sich so nahe.

Die Bemerkung erschütterte Hal. Er hatte vergessen, wie scharfsichtig Michael sein konnte. Quinn war irgendwie in den Hintergrund getreten, war zu einer Nebenfigur in dem Endspiel geworden, das sie jetzt spielten. Die Bemerkung rüttelte ihn auf, weil sie so wahr klang und er nur ungern darüber nachdenken wollte, was sie wirklich bedeuten könnte.

Sie lächelte, als sie es hörte, dachte zurück an ihre Jahre in dem vornehmen Ostküsteninternat, schaute Hal an und sagte gespielt theatralisch: »Schraub deinen Mut nur auf zum höchsten Grad, und es gelingt uns.«

Dann küßte sie ihn, genauso theatralisch, und während er ihren Geschmack auf seinen Lippen spürte, sah er aus den Augenwinkeln Quinn lachen.

»Ich will nicht, daß du weiter mit ihm schläfst«, sagte er später. »Hast du verstanden?«

Sie lächelte zurück, sah so glücklich aus, so sicher, so selbstbewußt und sagte: »Ich will das auch nicht.«

Womit alles gesagt war. Von da an war es nur noch eine Frage der Zeit, eine Frage des Planens, Ausarbeitens und Überlegens. Es war etwas, das sie ganz selbstverständlich zusammen taten. Louise Gostelow, die sich nie im Leben Geldsorgen machen mußte, hatte schließlich etwas gefunden, das sie anfeuerte, das ihrer Existenz Form und Substanz gab. Sie hatte endlich begriffen, daß Planen, Organisieren und Herausfinden, wo die Kniffligkeiten lagen, wo die Risse auftauchen könnten, ihre Stärke waren, sie zu einer ganzen Person werden ließen.

Als sie begannen, über den letzten Tag nachzudenken, die Einzelheiten auszuarbeiten, sagte er als erstes: »Das hier ist nicht *Dirty Harry*, Louise. Das hier ist das wirkliche Leben. Wir können diese Spiele nicht spielen. Wir können nicht Räuber und Gendarm spielen, weil wir keine Räuber *sind*. Wir sind keine Verbrecher. Wir haben keine Waffen. Ich *will* keine Waffen.«

»Aber du brauchst irgendwas, Hal«, sagte sie und meinte es ernst. »Wir haben Waffen zu Hause in Telegraph Hill. Du brauchst irgend etwas.«

»Ich weiß nicht, wie man damit umgeht. Ich *will* es nicht wissen.«

»Das brauchst du auch nicht. Aber i*ch* will es. Ich brauche es. Überlaß das nur mir.«

So, wie sie es sagte, gab es keine Möglichkeit abzulehnen, so sehr ihm die Vorstellung auch widerstrebte.

»Na gut. Aber laß Michael nicht in die Nähe davon, hast du verstanden? Laß Michael noch nicht mal wissen, daß du eine Waffe hast.«

Sie nickte. »Das ist nur vernünftig.«

Dann schwieg sie eine ganze Weile.

»Hal?«

Er saß über einen Plan von Chinatown gebeugt, versuchte das alles in seinem Kopf zum Leben zu erwecken. Bemühte sich um Alternativen, Optionen, um Flexibilität, die Dinge rasch ändern zu können, wenn es sein mußte, überlegte, welche Ressourcen ihm zur Verfügung standen. Als er aufsah, sie anschaute, spürte er, wie etwas nach seinem Herzen griff, sein Herzschlag für eine Sekunde aussetzte.

»Was geschieht mit Michael?« fragte sie lächelnd und sah einfach hinreißend, einfach *perfekt* aus. »Was *wird* mit Michael geschehen?«

Darüber wollte er jedoch nicht diskutieren. Er war nicht bereit, sich darüber zu streiten, nicht zuletzt, weil er Angst hatte, dabei zu verlieren.

»Wenn alles gutgeht, kümmern wir uns um ihn. Ganz einfach. Michael ist verrückt, aber er ist nicht dumm. Er weiß, wenn einer von uns geschnappt wird, einer von uns redet, sind wir alle dran. Zum Teufel, Louise, das wissen wir *alle*. Wenn sie mich irgendwie schnappen, nehme ich *alles* auf mich. Außer dem Mord an dem ersten Kind, den können sie keinem von uns anhängen, auch nicht Michael, wenn er sich daran hält, den Kopf zu schütteln und es abzustreiten. Dasselbe gilt für dich. Erinnerst du dich an die drei Musketiere? Alle für einen, einer für alle. Das ist die einzige Möglichkeit.«

»Du kannst dich nicht dein ganzes Leben lang um jemand anderen kümmern und für ihn sorgen, Hal. Das ergibt keinen Sinn.«

»Nichts von alldem hier ergibt einen Sinn. Wir müssen einfach sehen, wie wir damit fertig werden. Denk mal darüber nach. Wenn wir Michael sitzenlassen, wenn einer von uns die anderen sitzenläßt, spielen wir der Polizei jemanden in die Hände, der mordswütend ist. Was glaubst du, was dann passieren wird? Das FBI ... alle werden nach uns suchen. Wenn einer von uns erwischt wird, ist das etwas anderes. Man hat einen Grund, die Schnauze zu halten. Aber wenn man verraten wird, verrät man die Leute, die dafür verantwortlich sind.«

»Ja«, sagte sie, mehr nicht, obwohl er ihren Augen, ihrem Gesicht ansehen konnte, daß da etwas vorging, etwas, von dem er vielleicht erst später hören würde.

»Louise«, sagte Hal Jamieson. »Ich bin kein Krimineller. Ich tue Menschen nicht weh. Ich bringe sie nicht um. Menschen umzubringen – der ganze Mist, in den wir hier geraten sind – ist falsch. Das dürfen wir auf keinen Fall vergessen. Wir müssen aus der Sache herauskommen, ohne in den Teufelskreis zu geraten, der uns letztlich wieder zum Anfang zurückführt.«

Sie lächelte. In dem Moment war ihm klar, daß sie ihn zu fast allem bringen konnte, was sie wollte. *Fast.*

»Ich weiß«, sagte sie.

»Die ganzen Überlegungen darüber, wer wohin verschwindet und was mit wem passiert, die sind etwas für später. Jetzt müssen wir nur an den entscheidenden Tag denken. Wie wir sie austricksen können, indem wir unseren Grips benutzen. Das ist das einzige, was wir ihnen voraushaben, Louise. Das *einzige*, und wenn wir das nicht einsetzen, sind wir tot. Wenn wir die Sache wie *Dirty Harry* durchziehen, sind wir tot. Wir können nur gewinnen, wenn wir das sind, was wir sind. Gewitzte Collegekids. Wenn wir die Sache auf unsere Art durchdenken und dann durchziehen. Das wird schwer werden, weil wir einfach zu wenige sind.«

Der Ausdruck seines Gesichts gefiel ihr nicht. Zum ersten Mal, seit sie sich erinnern konnte, sah Hal Jamieson aus, als hätte er Zweifel.

»Du hast mich. Du hast Michael.«

»Du darfst keinesfalls in die Nähe des Übergabepunktes, Louise. Das hat nichts damit zu tun, daß ich den Kavalier spielen will. Ich brauche dich, um auf Maus und den Jungen aufzupassen. Und Michael … ja gut, den habe ich. Aber was glaubst du, was mir das in dem Moment nützt? Es reicht nicht.«

Also setzten sie sich wieder hin, Stunden um Stunden, brüteten über Karten und Zeitplänen, überprüften Routen und Fahrzeiten, überlegten, wieviel zweihunderttausend Dollar wiegen könnten, wie lange sie brauchen würden, um so schnell wie möglich auf dem sichersten Weg (das hieß, auf dem mit den meisten Umwegen) aus Kalifornien zu verschwinden. Welche Fahrzeuge sie als legale und sichere Transportmöglichkeit für ihre Flucht verwenden könnten. Und wer was übernehmen würde. Schließlich vor allem, wer was übernehmen würde.

Auf das erste Ziel ihrer Flucht hatten sie sich bereits geeinigt: Oregon, dieser große, menschenleere Staat, in dem es so leicht ist, einfach zu verschwinden. Danach vielleicht weiter nach Norden. Vancouver sah gut aus, zumindest gab es da eine Rechtssystembarriere, die einem ein bißchen Zeit verschaffen konnte, falls etwas schiefging. Auch Seattle sah gut aus, und tief in ihrem Inneren schlug Seattle Wurzeln, wurde zu einem fernen Bild von dem, was sie einmal werden könnten. Keiner von ihnen kannte die Stadt, aber sie hatten die Vorstellung im Kopf, daß es so ähnlich wie San Francisco wäre, die Art von Leben, die sie jetzt kannten, nur älter, grauer, nüchterner, ernster. Eine Stadt, in der es öfter regnete (und Hal Jamieson besaß immer noch das Sweatshirt, das er bei seinem einzigen kurzen Aufenthalt, einem Zwischenstop auf dem Sea-Tac-Flugplatz gekauft hatte, das die Aufschrift trug »Seattle Rain Festival, January 1st to December 31st«). Eine Stadt, in der das Leben ein anderes Tempo hatte, eine andere Intensität. Eine Stadt, in der man alt werden konnte, ohne ständig hinter sich zu schauen. Denn Hal Jamieson war vor allem eines äußerst klar; er machte Louise nichts vor: Er war zum Verbrecher *wirklich* nicht geboren. Wenn bei dieser Sache etwas Startkapital heraussprang, war das okay. Nur dieses eine Mal. Aber seine Zukunft lag auf einem anderen Gebiet, einem legitimen, sicheren und erfolgreichen, das er durch seine, durch ihrer aller Anstrengung erreichen würde. Er nahm sich fest vor, sobald er das erreicht hatte, sobald er erfolgreich und wohlhabend war, Louise und Michael davon abzugeben. Denn das hatten sie verdient. Das war nur gerecht. Er schuldete es ihnen, und Hal Jamieson war niemand, der eine Schuld lange auf sich sitzen ließ.

So waren die Pläne, die sie machten, für die direkte Zukunft bestimmt, Pläne, die bis zu dem großen Tag, dem 6. Januar, und den paar ungewissen Tagen danach reichten. Was dann kam, war nur das Samenkorn einer Idee, das Samenkorn einer Ambition, aber es wuchs stetig in ihnen heran.

Es waren gute Pläne. Pläne von Collegekids. Sehr gute Pläne, voller Haken, Optionen und Alternativen, die zum Einsatz kommen sollten, falls irgendwelche Änderungen eintraten. Es wäre sehr dumm gewesen, diese Pläne in den Müll zu werfen, zur Polizei zu gehen und zu sagen: »Tut uns leid.«

Gute Pläne – bis auf eine Sache, die er und Louise schnell erkannt hatten. Es handelte sich um etwas, das er als das »Ressourcenproblem« bezeichnete. Der Mangel an etwas äußerst Grundlegendem: Leuten. Sein Mut sank, als sie ihm erklärte, wie sie das ändern könnte. Er dachte fieberhaft über eine andere Lösung nach, kämpfte fast einen ganzen Tag dagegen an. Aber wenn man es bei Licht betrachtete, hatte Louise recht. Außerdem wußte Louise, was sie tat. Hier handelte es sich um ein Problem, zu dessen Lösung Louise wirklich hervorragend geeignet war.

Als er zustimmte, als er sagte, sie könne es tun, küßte sie ihn und sah so erfreut aus, so verliebt, nicht in ihn, das konnte nicht ihm gelten, daß er sie einfach an sich zog und festhielt, ihren warmen Körper an sich gedrückt, und über ihre Schulter in die Leere der Scheune starrte, während er sich fragte, welche Art von Leben sie für sich selbst in diesem Durcheinander, diesem speziellen Universum formten.

2

Michael hört das Rauschen

Der Tod ist der König dieser Welt: Sein ist der Park,
in dem er Leben zeugt, um sich zu nähren.
George Eliot, *The Spanish Gypsy*

Vielleicht lag es an dem Schlag, den ihm der Muskelmann versetzt hatte, oder vielleicht an dem stinkenden Zeug, das aus den Bäumen getropft war. Vielleicht auch an irgendwas anderem: an Tom Pettys Song »Don't Come Around Here No More«, der aus dem Radio tönte, an einem herumirrenden Quark, einem dieser Elementarteilchen, das via Mars und Schenectady, New York, durch seine Gallenblase gezischt war. Es kam nicht darauf an. Worauf es ankam, war, daß es begonnen hatte. Michael Quinn lag auf seinem Bett in der Hütte und lauschte mit halbem Ohr auf die Stimmen, die durch die geschlossene Tür drangen, leise Stimmen, die sich anhörten, als kämen sie von der anderen Seite der Welt, während er gleichzeitig das Brüllen hörte, das Rauschen in seinem Blut. Es hatte begonnen, das Ding in ihm war aufgewacht und auf dem Marsch, Zelle um Zelle, heiß und mörderisch. Quinn entdeckte etwas Neues an sich, etwas, das ihm während all der Jahre – der *zum Teufel damit* Jahre – nie aufgefallen war, und es war etwas ganz Einfaches. Er hatte Angst. Er erkannte den Klang, das dumpfe, unablässige Murmeln der Angst, der Sterblichkeit in seinem Hinterkopf, und daß es sie in seinem Leben, seinem Bewußtsein bis dato überhaupt nicht gegeben hatte, das machte sie um so realistischer, um so beängstigender. Zu hören, wie das Virus brüllend durch sein Blut jagte, brachte Michael Quinn flüchtig mit etwas Menschlichem in ihm in Berührung, etwas, das tief Luft holte, schrie und hilfesuchend die Hände ausstreckte. Ins Nichts griff.

Von der Tür her war ein Geräusch zu hören, und er drehte sich danach um. Die massive Fichtenholztür schwang auf, und da stand Louise Gostelow. Michael Quinn konnte kaum glauben, daß es tatsächlich geschah. Er fühlte sich zurückversetzt in ein anderes Holzhaus, vor zwanzig Jahren. Die Kleider waren jetzt anders, eleganter, teurer. Sie war stärker geschminkt, hatte vielleicht ein paar Falten mehr im Gesicht, etwas kräftigere Hüften. Aber es war unverkennbar Louise mit ihren blitzenden Augen, ihrem schimmernden schwarzen Haar und dem Lächeln. Dem Lächeln, das nichts bedeutete, nie etwas bedeutet hatte.

»Lady Macbeth«, sagte Michael Quinn und bemühte sich, den Ausdruck in ihrem Gesicht zu ignorieren, das Erstaunen, vielleicht den Schock, ihn so zu sehen. Normalerweise wäre ihm das egal gewesen. Man wurde älter und sah eben nicht mehr wie ein Adonis aus. Aber bei Louise war das etwas anderes. Für Louise wollte man immer so gut wie möglich aussehen, wollte Eindruck machen. Michael Quinn wußte genau, wie sein nackter Schädel, die ausgemergelte Knochigkeit seines Gesichtes auf Menschen wirkte. Vielleicht konnte sie auch das Rauschen, das Brüllen in seinem Blut hören, vielleicht war das ebenfalls eines von Louises Talenten.

Er sah beschissen aus und verrückt dazu. Dieser Moment war einer der seltenen, in dem ihm das etwas ausmachte.

»Michael, Michael«, sagte sie in dieser verträumten, distanzierten Art, auf die er nicht eine Minute lang hereinfiel. »All diese Jahre. All die verschwendete Zeit. Was machen wir nur mit dir?«

»Dir wird schon etwas einfallen, Louise. Dir fällt *immer* etwas ein«, sagte er und wünschte, er hätte es nicht getan.

»Schon haben wir einen Toten, Michael. Das war schnell. Selbst für dich. Kaum eine Woche draußen, und wir räumen schon wieder hinter dir auf. Manche Dinge ändern sich nie.«

»Unfälle passieren eben.« Er wünschte, er müßte das Brüllen in seinem Inneren nicht hören, so laut, so ohrenbetäubend, daß es unmöglich war, absolut unvorstellbar, daß sie es nicht auch hörte.

»In deiner Nähe, Michael, passieren ständig Unfälle«, sagte sie und beobachtete ihn, wartete den richtigen Augenblick ab, blieb auf dem Sprung.

»Sag mal«, sagte sie schließlich, und ihr Gesicht war so strahlend, daß selbst Quinn – der wußte, daß er nun kein Interesse an Sex mehr hatte, an etwas so Körperlichem, nicht wegen dem Ding in seinem Blut, sondern weil es einfach so war – seine Augen nicht von ihr abwenden konnte. Ihr Gesicht war so schön, daß es *leuchtete*. Das war reine, unverfälschte Ekstase, die sublime Ekstase des Sehens, des Erkennens der Welt, wie sie ist, und der Fähigkeit, alles in ihr zu kontrollieren, jedes kleinste Element. Das war für Michael Quinn eine schockierende Erkenntnis. Zu wissen, daß Desert Rose das größte Geschenk für jemand anderen aufgehoben und die Beherrschung der Welt und ihrer Menschen Louise gegeben hatte.

»Sag mal, Michael, wohin wolltest du eigentlich?«

Manche Fragen beantwortet man, andere nicht. Wie sollte man jemandem wie Louise, durch deren Blut ein anderes göttliches Wesen jagte, erklären, daß man manchmal nicht auf etwas zulief, sondern davor wegrannte? Er versuchte es nicht einmal.

»Malibu«, sagte er. »Mir war plötzlich danach, Surfer zu werden.«

Sie lachten, obwohl keiner die Bemerkung lustig fand.

»Da ist jemand, der dich kennenlernen möchte«, sagte sie. »Jemand, der uns alle kennenlernen möchte.«

»War mein Wachhund deswegen so besorgt, mich hier reinzubringen, ohne daß ihr es mitkriegt?«

Sie lächelte ihn an. »Er dachte, daß du dich vielleicht erst mal waschen wolltest. Du siehst aus wie …«

Die Worte hingen in der Luft, dann drehte Louise Gostelow sich um, und er stand auf, folgte ihr durch das Wohnzimmer in die Küche. Hal Jamieson war da, saß am Kopfende des Tisches, einen großen Becher Kaffee vor sich. Baxter hielt sich im Hintergrund, massig und schweigend. Quinn spürte, wie der Blick des Muskelmannes ihn durchbohrte. Sofort fing seine Kopfwunde wieder an, zu schmerzen und zu nässen, so daß er fühlte, wie die Blutströpfchen hochstiegen und im Licht glitzerten. Die Frau. Diese junge, dünne, bleiche Frau mit den blauen, durchdringenden Augen und dem leuchtendblonden Haar, so hell, daß es beinahe in den Augen schmerzte, die ihn nur anstarrte, sah, wie das Blut aus seinem Gesicht wich, ihn anstarrte, als wünschte sie sich, irgendwo anders zu sein, nur nicht hier.

Er setzte sich ihr gegenüber, versuchte zu lächeln. Sie schien gleichzeitig verängstigt und fasziniert, konnte ihre Augen nicht von ihm wenden, so sehr sie es auch wollte.

Jetzt brüllte sein Blut nicht nur, es donnerte, donnerte in riesigen Wellen, die mit jedem Herzschlag hochgepumpt wurden und durch ihn hindurchjagten. Das konnte ihnen nicht mehr entgehen, sie *mußten* es doch hören. Er schluckte. Seine Kehle war trocken. Blutgeschmack war in seinem Mund. Michael Quinn stellte zum ersten Mal fest, daß er sich wirklich krank zu fühlen begann. So fing es an. Der lange Trip bergabwärts. Man konnte nicht sehen, was sich am Fuße des Berges befand oder wie lang die Straße war, weil da unten eine dicke schwarze Wolke lag, wie eine Gewitterwolke, deren Polarität umgekehrt worden war, so daß sie jetzt von der Erde hochstieg, statt vom Himmel herunterzusinken.

Die dünne, bleiche Frau starrte ihn immer noch an und

sagte dann mit einer Stimme, die so angestrengt, so ausländisch klang: »Ich bin Miles Seymours Schwester.«

Die Worte hingen in der Luft wie Sprechblasen aus einem Cartoon, die plötzlich Substanz angenommen hatten, auf ihnen lasteten und jeden Moment mit einem dumpfen Aufprall zu Boden fallen konnten.

Quinn lächelte, was ihm zu seiner Überraschung tatsächlich gelang. Dann, wie ein Lehrer, der über eine Frage nachdachte, deutete er mit dem Finger zur Decke und sagte: »Ah!«

Wartete und fragte dann: »Will mir denn keiner hier was zu trinken anbieten?«

3

Mr. Cat

Pflichten werden nicht aus Pflichtgefühl erfüllt, sondern weil ihre Mißachtung dem Menschen unangenehm wäre. Ein Mensch erfüllt nur eine Pflicht – die Pflicht, seinen Geist zufriedenzustellen, die Pflicht, sich für sich selbst annehmbar zu machen.

Mark Twain, *What is Man?*

We're on a road to nowhere
Come on inside.

Talking Heads
»Road to Nowhere«

Tom Cordobes wußte tief in seinem Inneren, daß er zum letzten Mal Cy Langton gegenübersaß und nicht sagte, was er dachte. Nicht sagte, nein, das ist verrückt, das ist falsch, das funktioniert einfach nicht. Was auch immer am Ende des Tages herauskommen würde, er hatte sich das Recht auf etwas mehr Offenheit verdient, so oder so.

Später versuchte er sich einzureden, daß er nichts gesagt hatte, weil es sowieso keinen Zweck gehabt hätte. Der Alte war so starrköpfig, so versessen darauf, daß alles innerhalb ihrer Abteilung blieb, wollte weder die Leute vom FBI noch die aus der Stadt einschalten, keinen Fuß außerhalb seines eigenen, fest abgesteckten Territoriums setzen, daß es unmöglich war, ihn von diesem Schubladendenken wegzubringen. Wir erledigen das, und wir bringen es auch zu Ende, war Langtons ständige Litanei, die keinere weitere Diskussion zuließ.

Tom Cordobes wollte sich einreden, daß er nur aus diesem Grund nichts gesagt hatte, nicht weil eine kleine Stimme ihm immer wieder zuflüsterte, daß er in Wirklichkeit Angst hatte, Angst um seinen Job, Angst um seine Zukunft. Angst, daß die Sache schiefgehen könnte und all die kleinen Schlamassel unterwegs – von Roscoe Sutters Geständnis bis zu der verrückten Entscheidung, keine Haus-zu-Haus-Befragung vorzunehmen, bis es zu spät war, bis der Junge *sonstwo* sein konnte – auf ihre Köpfe niederprasseln würden. Nein. Auf seinen. Cy Langton war ein barscher alter Cop mit einem angeborenen Talent, sich immer wieder aufzurappeln. Vielleicht würde er es diesmal brauchen. Aber falls Langton über die Klinge springen mußte, konnte man wetten, daß er einen Haufen andere Leute vor sich herschubsen würde.

»Sie sehen, wie ich diese Sache handhabe, Tom. Wir kreisen ihn ein. Wir ziehen das Netz enger. Wir schlagen zu. Und Sie werden als erster dasein. Sie tun, was Sie für richtig halten. Das ist Ihre Entscheidung. Ich *weiß* einfach, daß Sie die richtige treffen werden.«

Cordobes griff nach der durchsichtigen Plastikhülle auf dem Schreibtisch und las den zweiten Entführerbrief durch.

> *Das ist unsere letzte Mitteilung. Der Junge lebt, aber morgen um elf Uhr bringen wir ihn um, falls das Geld bis dahin nicht in unseren Händen ist. Wenn Sie nicht kommen, bringen wir ihn um.*
> *Wenn Sie nicht genau das tun, was wir sagen, bringen wir ihn um. Verlassen Sie sich darauf, denn das ist die* WAHRHEIT. *Nur ein Bulle im grauen Anzug. Gelbe Tasche mit dem Geld in der Hand. Keine Waffen. Wir werden das überprüfen. Morgen, zehn Uhr an der Zufahrt zum mittleren Football-Feld im Thoreau-Park. Schön übersichtlich da. Wenn Sie den Platz umstellen, wenn Sie mit Bullenautos kommen, sehen wir es und blasen die Sache ab. Sie wissen, was dann passiert. Wenn Sie alles richtig machen,*

gehört das Kind Ihnen. So und nicht anders. Nehmen Sie's an, oder lassen Sie's bleiben.
Mr. Cat.

»Die gleiche Schreibmaschine«, sagte Cordobes. »Die gleichen Leute. Echt.«

»Ja.« Cy Langton nickte, ohne etwas zu sagen. Er wollte zu diesem Zeitpunkt nicht darüber diskutieren – das konnte warten –, warum das alles war, was sie hatten. Warum Cordobes und seine Männer die halbe Ostseite von Palo Alto auf den Kopf gestellt hatten, die Spelunken der Drogendealer, die Bordelle, die Zuhälter und Diebe der ganzen Gegend und absolut nichts gefunden hatten. Nichts außer den Blicken beleidigter, wütender Unschuld: *Klar gibt's hier Drogen, klar gibt's hier Frauen, aber denken Sie, wir würden so was tun?*

»Thoreau-Park«, sagte Cordobes eher zu sich selbst. »Was zum Teufel wissen diese Vorstadtganoven denn schon vom Thoreau-Park? Wo in Gottes Namen kommt das alles bloß her? Mr. Cat? Wie kommt er denn nur auf den verrückten Namen?«

Langton verschränkte die Arme und tat sein Bestes, wie ein Captain auszusehen, als wisse er Dinge, zu denen andere Polizisten keinen Zugang hatten. »Diese Namen haben sie aus ihren Büchern, Tom. Glauben Sie mir. Da kursiert irgendwelches subversives Zeug, vielleicht von den Black Panthern, und darin kommt ein Mr. Cat vor. Garantiert. Was den Park betrifft, vielleicht ist der einfach nur gut geeignet. Denken Sie mal darüber nach. Er ist sogar bestens geeignet. Für sie.«

Der Thoreau-Park war eine Sportanlage mittlerer Größe nicht weit vom Campus der Universität entfernt, auf der einen Seite vom El Camino begrenzt, durchkreuzt von einer Reihe ungepflasterter Versorgungswege für die Parkangestellten, die darauf achteten, daß das Gras wenigstens halbwegs grün blieb. An den meisten Tagen konnte man Leute dort beim Football-Training sehen, manchmal wurde auch Fußball gespielt. Der Park lag auf der anderen Seite des vielbefahrenen Highways zum Greshamwald und würde eines Tages als wertvolles Bauland für das große Gresham-Einkaufszentrum verkauft werden. Aber noch war es nur eine ebene, offene Grünfläche, so offen, daß man in allen Richtungen bis zu einer Meile Entfernung jede Bewegung sehen konnte. Auf den Versorgungswegen zu parken war unmöglich, weil man sofort auffallen würde. Auch nicht auf dem El Camino, da dort Parken verboten war, und jeder, der es wagte, sofort mit dem wütenden Geschrei des nächsten Fahrers und einem Anruf bei der Polizei rechnen mußte, weil er den ganzen Verkehr aufhielt.

»Die Sache mit dem Park ist clever«, wiederholte Langton. »Entweder sucht er sich einen Ort aus, wo es vor Menschen wimmelt, oder einen, wo überhaupt keine sind. Durchaus sinnvoll.«

»Ja«, erwiderte Cordobes. Aber es nagte an ihm. »Der Thoreau-Park ist also auf der Eastside gut bekannt? Klar, warum nicht? Wo sollen die Kerle auch sonst ihren Tag verbringen? Halten sie sich erst ein paar Stunden in der Bibliothek von Stanford auf und spielen dann ein bißchen *Fußball*, bevor sie ihr Dope umsetzen?«

Er schüttelte den Kopf. »Irgend etwas ist so ... *merkwürdig* an der ganzen Sache.«

»Ja«, knurrte Langton und wollte jetzt wirklich nicht an *Merkwürdigkeiten* denken, wollte nur, daß Cordobes die Sache zu Ende brachte. »Gut, darüber können wir später nachdenken. Jetzt geht es nur darum, sicherzustellen, daß die Kerle nicht abhauen. Wie wir nahe genug herankommen, um sie zu schnappen. Sie machen die Übergabe. Sie holen den Jungen raus ...«

Tom Cordobes sah ihn nur an, ohne etwas zu sagen. Er

spürte, wie seine Karriere ihm mit jeder Minute mehr entglitt.

»... oder tun, was Sie tun müssen. Das wär's im wesentlichen.«

»Was ist mit der Bewaffnung?«

»Was schlagen Sie vor?«

»Die .45er, die ich mir bereits habe geben lassen. Sie ist mir am vertrautesten. Außerdem eins von diesen neuen Funkgeräten, den kleinen. Wie weit ist die Reichweite?«

»Sechs, acht Meilen. Sagen zumindest die Leute, die sie uns verkauft haben.«

»Okay, dann eins von denen.«

»In Ordnung. Sonst noch was?«

»Nichts, was mir auf Anhieb einfiele.«

»Mir auch nicht, Tom. Die Deckung haben wir bereits arrangiert. Ein paar Jungs, die auf einem der Plätze ein Trainingsspiel veranstalten. Die sollten in der Lage sein, Sie im Auge zu behalten. Außerdem noch ein paar andere weiter hinten, um die Ecke. Nichts zu Auffälliges. Nichts, was er erkennen kann.«

»Das hat er bereits. Er *weiß*, daß wir das machen werden.«

»In diesem Fall gibt es keinen Grund, ihn zu enttäuschen, nicht wahr? Wir werden auch ein paar Fahrzeuge in der näheren Umgebung postieren. Sie können den Kerl dort verhören. Können ziemlich alles mit ihm anstellen, was Sie wollen. Niemand wird in der Nähe sein.«

»So einfach?«

»Himmel, Tom. Sie wissen, wie diese Fälle laufen. Ich habe die Akten durchgesehen, die Statistiken. Entführung ist ein Verbrechen, das von Leuten mit niedriger Intelligenz begangen wird. Leute, die so etwas tun, sind meistens *dumm*. Klar, von Zeit zu Zeit bringen sie ihre Opfer um, aber sie werden *erwischt*. Sie werden erwischt, weil sie dumm sind. So einfach ist das. Der Kerl hat bestimmt einen Plan. Vielleicht jagt er Sie ein bißchen in der Gegend herum. Im Park ist eine Telefonzelle. Das habe ich überprüfen lassen. Wir lassen sie abhören. Vielleicht klingelt es. Vielleicht gehen Sie ran und er sagt Ihnen, Sie sollen woanders hinkommen. Aber was soll's? Früher oder später müssen Sie irgendwas mit dem Geld tun, müssen es ihnen übergeben. Das hier ist eine nette, ordentliche Stadt, und die Bewohner sind größtenteils ehrliche Menschen, aber ich kann mir trotzdem nicht vorstellen, daß er Ihnen befiehlt, die Tasche irgendwo auf der Straße abzustellen und wegzugehen. Sie etwa? Früher oder später müssen Sie ihnen das Geld *übergeben*. Vielleicht jagt er Sie ein bißchen durch die Gegend, schickt Sie irgendwo anders hin. Aber der Kerl hat seine eigene Deadline. Da steht es. Ich schätze, wenn er das Geld nicht bis elf Uhr morgens in den Händen hat, ist der Junge tot. Das wird alles sehr rasch gehen, sehr rasch, egal, ob im Thoreau-Park oder irgendwo anders, und wenn es soweit ist ...«

»Das ist *seine* Deadline«, sagte Cordobes. »Das sagt *er*.«

»Der Kerl ist nicht halb so gewitzt, wie Sie denken, Tom. Wie schon gesagt, schauen Sie sich die Fälle an. Schauen Sie sich die Statistiken an. Nur Verlierer kommen auf so was wie Entführungen. Es ist ein dämliches Verbrechen, begangen von dummen Menschen. Warten Sie's ab. Irgendwann morgen früh kommt dieser Drecksack angekrochen und verlangt die Tasche von Ihnen, und dann kommt Ihr Moment.«

»Und dann ...?«

Langton seufzte.

»Sie wollen, daß ich es Ihnen in allen Einzelheiten erkläre?«

»Das wäre nett.«

»Sie wissen, daß ich das nicht kann, Tom. Sie wissen, daß ich Ihnen keine schriftliche Bestätigung dafür geben kann.«

Es tat gut zu sehen, wie der Alte sich wand. Es tat gut, zur Abwechslung mal in *dieser* Position zu sein.

»Ich würde es gerne hören. Ehrlich. Nur unter uns beiden.«

Langtons Mund verzog sich zu einem geraden Strich. Alles Blut war aus den beiden dünnen Linien der Lippen gewichen. War aus dem grauen Gesicht gewichen, das bereits erste Spuren von Bartstoppeln zeigte.

»Was ich will«, sagte er nach einer Weile, »ist, daß Sie sich diesen Kerl vornehmen, nachdem Sie ihn schließlich geschnappt haben, und aus ihm rauskriegen, wo die anderen sind. Die Adresse. Sobald Sie die haben, geben Sie sie an uns durch, und wir setzen das ganze SWAT-Team in Bewegung. Holen den Jungen da lebend raus, falls er überhaupt noch am Leben *ist*. Was zwischen Ihnen und dem Kerl passiert, liegt ganz bei Ihnen, Tom. *Egal was*. Wie schon gesagt, selbst wenn wir hinterher zwei Leichen oder mehr haben, werden wir gewinnen. Haben wir nur eine, und zwar die des Jungen, dann haben wir eine Menge Ärger am Hals. Ich verlasse mich auf Sie, Tom. Ich *weiß*, daß ich das kann. So einfach ist das.«

So einfach ist das, dachte Tom Cordobes. Wie gerne Cy Langton diesen Spruch doch anbrachte. Genauso wie er an der Vorstellung einer einfachen, vorhersehbaren Welt hing, in der alles schwarz oder weiß war und man sich keine Gedanken über irgendwelche Grauschattierungen machen mußte.

»Das ist also der Plan?«

»Das ist der Plan.«

Tom Cordobes nickte. Man begegnete Leuten wie Cy Langton beim Militär. Sie hatten ihre Schreibtische. Sie hatten ihre Orden. Sie hatten sogar Harvard-Abschlüsse. Sobald es etwas rauher wurde, sobald es nicht um Logistik, Truppenstärken oder Mannschaften ging, rannten sie los, schnappten sich den nächstbesten *echten* Soldaten und sagten: »Du bringst das in Ordnung. Du weißt, wie man das macht. Wir drehen dir jetzt den Rücken zu und wollen überhaupt nicht wissen, wie du es anstellst. Aber wenn wir uns wieder umdrehen, wollen wir, daß die Sache erledigt ist. Wir wollen in der Lage sein, hier vor laufenden Kameras rauszumarschieren und zu sagen: ›Los, loben Sie mich, weil ich's mal wieder geschafft habe, alles in Ordnung zu bringen.‹«

Tja, dachte Cordobes, manchmal sehen Militär und Polizei völlig gleich aus. Manchmal, wenn man ein einfacher Soldat war, lag der einzige Unterschied in der Uniform, die man trug, und dem Ort, an dem man kämpfte.

4

Michael schaut unter die Oberfläche

> Tapferkeit ist nicht von Nutzen, der Zufall bestimmt alles, und die Mutigsten fallen oft durch die Hand von Feiglingen.
>
> TACITUS
> *Historien*

Er starrte in das Glas mit Cabernet Sauvignon und dachte, wie sehr der Wein doch Blut ähnelte, daß er das gleiche dunkle, dickflüssige Rot hatte, daß, obwohl man nicht unter die Oberfläche blicken konnte, man trotzdem sah, was darunter lag, was sich in der darunter verborgenen dicken Flüssigkeit bewegte und verschob, man konnte diese Bewegung spüren, die komplexe Struktur bis hinab zu den Molekülen, der wirbelnden Ursuppe, die es zu dem machte, was es war. Der Wein schmeckte wie schwarze Johannisbeeren, die zu lange im Einmachglas gelagert worden waren. Er schluckte ihn runter, fand den Geschmack widerlich, wußte, daß es etwas war, das ihm abhanden kam, wußte, daß eine der Veränderungen seines Körpers in der Fähigkeit lag, diese Chemikalien, dieses *Gift* zu assimilieren, das einst so vertraut, so wichtig gewesen war.

»Du bist sehr mutig, Miles Seymours Schwester«, sagte Quinn mit einer Stimme, die vornehm klingen, englisch klingen sollte und erwiderte ihren starren Blick. Sie war bemerkenswert, auffallend, aber nicht schön. Die goldenen Locken umgaben ihren Kopf wie ein Heiligenschein. Sie war dünn und bleich. Er konnte ihren Gesichtsausdruck nicht deuten, konnte die sich widerspiegelnde Mischung der Gefühle nicht enträtseln. Es konnte Haß sein, aber auch Mitleid und alles dazwischen. Joni Lascelles gab ihm keine Hinweise. Sie tat das absichtlich. Als sie spürte, als sie sicher war, daß hier etwas nicht stimmte – und das war bereits im Auto passiert, obwohl sie sich dagegen gewehrt hatte –, empfand sie eine Art von Erleichterung, eine Art von Befriedigung, daß die Ereignisse endlich ihr eigenes Tempo annahmen. Daß das Endspiel, was immer es war, nun zu beginnen schien und sie mitriß, wo auch immer es sich hinbewegen wollte. Joni Lascelles war darüber nicht erschreckt und verspürte zu ihrer Überraschung auch keine Angst. Sie bedauerte ihre Entscheidung nicht, die Waffe im Koffer im Pequod gelassen zu haben. Sie fürchtete sich nicht vor diesen Leuten, vor dem, was sie tun könnten oder für was sie in diesem Durcheinander aus Gefühlen, Ereignissen und Tragödien, das ihre Vergangenheit ausmachte und ihre Gegenwart formte, stehen könnten.

Sie schaute Michael Quinn unverwandt an und beschloß, ihn – sie alle – als das zu nehmen, was sie waren. Eine andere Generation, erschöpft durch die gleiche Traurigkeit, die auch sie bedrückte, auf der Suche nach einer Möglichkeit, sich davon zu befreien.

»Das hier sind seriöse Leute«, sagte Quinn lächelnd mit einem Blick, der komplizenhaft sein sollte. »Meine Freunde hier. Sie haben es wirklich verdient, in Ruhe gelassen zu werden.«

»Ich habe mich nicht selbst eingeladen«, erwiderte sie mit einer Härte in der Stimme, die keinem entging. »Ich wurde hergebracht.«

Quinn grinste sie an. Sie konnte den fauligen Geruch riechen, der sie aus seiner Kehle, von seinen gelben, verrotteten Zähnen anwehte.

»Aber du hast *rumgeschnüffelt*, Mädel«, sagte er mit etwas, das wie ein Südstaatenakzent klingen sollte, aber nur albern und aufgesetzt wirkte. »Du hast *rumgeschnüffelt*!«

»Wo ist Mr. Cordobes?« fragte sie. »Mir wurde gesagt, er wäre hier.«

»Ah …«, sagte Quinn, jetzt wieder mit seiner normalen, eher ausdruckslosen Stimme, starrte dann auf die schimmernde Tischplatte und schwieg eine Weile.

»Mr. Cordobes, der berühmte Mr. Cordobes. Haben sie dir das gesagt? Hat *Louise* dir das gesagt?«

Joni schaute zu Louise, zu Jamieson. Die Frau erwiderte ihren Blick mit einem schwachen Lächeln, ohne etwas zu sagen.

Dem Mann schienen die Worte zu fehlen, und er sah aus, als seien alle Traurigkeit und alle Schuldgefühle der Welt gerade auf seinen Schultern abgeladen worden.

»Wo ist er?«

»Er und ich sind uns schon vorher begegnet«, sagte Michael Quinn. »Ich glaube, diesmal habe ich den Sieg davongetragen.«

Sie ließ ihren Blick um den Tisch wandern, versuchte herauszufinden, was geschah, nicht mit ihr, sondern zwischen den anderen. Versuchte festzustellen, wie das Gleichgewicht der Kräfte verteilt war, zwischen Quinn, der ziemlich verrückt wirkte, dem langhaarigen Mann, den sie Hal nannten, und der Frau, Louise, der Frau, die sie, je mehr sie darüber nachdachte, um so weniger mochte. Die Beziehungen ließen sich nicht so ohne weiteres erkennen. Auch nicht für diejenigen, die darin verwickelt waren.

»Cordobes ist tot«, erklärte Quinn brüsk. »*Tot.* Merk dir das Wort. Es wird sehr bald auf dich und mich zutreffen. Stimmt's, Louise?«

Es war Hal, der darauf antwortete, Hal, der sie ansah, und da war etwas an ihm, das von viel Qual sprach, etwas, das sie wiedererkannte.

»Es war ein Unfall«, sagte er. »Ein Irrtum. Er ist hier eingebrochen, es kam zu einem Kampf. Er wurde getötet. Ich war nicht hier. Wäre ich hier gewesen, hätte ich einschreiten können. Was aber *nicht* bedeutet ...«

Quinn grinste, die gelben Zähne gebleckt. Sein kahler Schädel schimmerte in dem großen Raum. Hal Jamieson war kurz davor, die Geduld zu verlieren.

»Michael«, sagte er sehr langsam, sehr betont. »Michael, es sieht so aus, als hätte ich den größten Teil meines Lebens damit verbracht, entweder hinter dir aufzuräumen oder darauf zu warten, welchen Scheiß du als nächstes produzierst. Diese Zeiten sind vorbei. Diese Art von Lösungen sind vorbei. Wir sind erwachsen geworden, während du im Knast warst. Wir sind alt geworden. Wir sind seriös geworden. Wir haben Gewichte auf unseren Schultern lasten, und sie helfen uns, nicht mehr abzuheben. Wir wollten schon damals nicht tun, was wir taten. Wir *hätten* es nicht getan, wenn du uns die Wahl gelassen hättest. Jetzt sind diese Zeiten endgültig vorbei.«

Es klang so vernünftig, es *war* vernünftig, doch Joni Lascelles konnte den Ausdruck in Louises Gesicht nicht deuten. Mehr noch, Hal, der offensichtlich der Ehemann dieser Frau war, das merkte man, konnte es auch nicht. Das beunruhigt ihn, dachte sie, und wenn es ihn beunruhigt, sollte es sie vielleicht alle beunruhigen.

Sie sagte: »Ich bin nicht hergekommen, um zu erfahren, was mit Cordobes geschehen ist.« Dann merkte sie, wie hart es klang, spürte, daß sie sich bereits wie diese Menschen hier ausdrückte. Daß es nicht ihre Worte waren, nicht das, was sie meinte, sondern nur so herauskam, weil es von ihr erwartet wurde, weil es das war, was sie von ihr hören wollten.

»Nein«, sagte Jamieson und sah ihr direkt ins Gesicht. In dem Moment erkannte sie, daß er ein guter Verkäufer war, er besaß die Stimme, das Aussehen, das Auftreten, die Überzeugung. »Dieser Cordobes ist eine andere Sache. Er ist hier eingebrochen, Himmel noch mal, und das war nicht besonders clever. Sie sind hier wegen der Sache, die damals passiert ist. Das *war* eine Tragödie. Das läßt sich nicht leugnen. Die Einzelheiten erspare ich Ihnen, es ist besser so, glauben Sie mir. Michael ist krank. Man hätte ihm nie erlauben dürfen, das zu tun, was er tat. Aber jetzt müssen wir dafür sorgen, die Dinge soweit wie möglich in Ordnung zu bringen. Ich weiß, daß das niemals genug sein wird, aber es ist das einzige, was uns möglich ist. Und wir werden es tun. Das sind wir Ihnen schuldig.«

»Ich will nur wissen, was mit ihm passiert ist«, sagte sie, und ihr Mund wurde trocken. »Ob er lebt oder tot ist. Wo ich ihn finde. Es ist …«

Es hatte wirklich keinen Sinn, es erklären zu wollen. Sinnlos, daran glauben zu wollen, daß ihr das Begraben ein paar trockener weißer Knochen Erleichterung verschaffen würde. Es mußte auch ihnen sinnlos erscheinen. Die Trennungslinie zwischen gestern und heute, die einst so vage, so schwankend zu sein schien, wurde jetzt deutlich, war klar zu sehen.

»Ich muß es einfach wissen«, sagte sie. »Ich fühle mich verantwortlich.«

Die Worte hingen zwischen ihnen in der Luft, zwischen ihnen allen, und es verging eine gute halbe Minute, bevor Hal Jamieson erneut sprach.

»Sie sind nicht verantwortlich. Wir waren es. Wir ganz allein. Alle hier in diesem Raum, außer Mr. Baxter. Wir haben es getan. Die Schuld liegt ganz allein bei uns.«

Louise lächelte und sagte leise: »Und noch einem. Einem, der noch kommen wird.«

Joni Lascelles hatte sie zwar gehört, wollte sich aber nicht ablenken lassen. Sie fragte: »Ist er tot?«

Aber Hal Jamieson reagierte nicht. Er dachte über den Ton in Louises Stimme nach und war sich sicher, daß hier etwas vorging. Daß etwas in der Luft lag, das ihm nicht gefiel. Überhaupt nicht gefiel.

5

Ein Akt des Vertrauens

> Es ist eine wunderbare, des Nachdenkens werte Tatsache, daß jedes menschliche Wesen in seiner Eigenart für andere zu einem tiefen Geheimnis wird.
>
> CHARLES DICKENS
> *Geschichte aus zwei Städten*

> Manche sind zum Entzücken erwacht,
> Manche geboren zu endloser Nacht.
>
> WILLIAM BLAKE
> *Weissagungen der Unschuld*

Das sei die Stellung, die ihr am besten gefiel, sagte sie. Sie saßen sich auf dem Bett gegenüber, und er bewegte sich sanft in ihr. Das sei die Stellung, in der keiner die Oberhand hatte, keiner dominierte, wo es nichts Drängendes gab, nur die warme, feuchte Weichheit ihrer aufeinandertreffenden Haut, die Totalität ihrer Vereinigung. Dies sei Kopfvögeln, sagte sie, das zweite Stadium des Vögelns, das erste sei eine rein körperliche Sache, das rote Brüllen im Kopf, die Verlorenheit und die Wut. Dies sei das zweite Stadium, bei dem man irgendwo anders vögelte, an einem Ort, an den einen der Körper brachte und festhielt, irgendwo hinter den Augen, wo all diese Formlosigkeit Gestalt annahm, wo sie sich langsam bewegen konnte, schwächer und dann wieder stärker, warten konnte, während sie spürte, wie er in ihr fast unmerklich weicher wurde und ihn dann mit einer Geste, ihren Lippen auf seiner Brustwarze, dem warmen, harten Elfenbein ihrer Zähne an seinem Hals, wieder ganz hart werden ließ, so hart, daß sie ihren Körper vorwärts auf ihn schnellen lassen konnte, bis er mit seiner Kraft diesen seltsamen, heißen Brennpunkt in ihr berührte, der Teil ihres Körpers war, aber auch Teil von etwas anderem, und die Welt rot, heiß und wild in ihrem Kopf explodieren ließ, um sich dann auszuruhen, mit ihm, seine Gegenwart immer noch in ihr, sich sanft zu bewegen, zu warten, aneinandergeschmiegt zu warten.

Sie konnten auch miteinander reden, sie konnten vögeln und reden. Das war neu, das war *alles* neu für ihn. Louise konnte Dinge zu ihm sagen, in dem großen weißen Bett, dem großen, leeren Fachwerkhaus auf dem Telegraph Hill, Dinge, die ihm mitteilten, daß die Welt so war und immer sein würde, die ihm zu verstehen gaben, daß eine Kante seines Lebens abgerundet worden war, daß der schmale Feldweg, den er vor sich gesehen hatte, zu einer breiten Straße geworden war, die sich in die Unendlichkeit dehnte. Er verlor den Überblick über die Stunden, die sie in dem großen weißen Bett verbrachten, verlor den Überblick darüber, wie oft sie sich liebten, wie oft und mit welcher Findigkeit, welcher Neugier sie auf eine Entdeckungsreise ihrer Körper gingen, das feuchte Fleisch, die dunklen, salzigen Haarbüschel sondierten, schmeckten, prüften, miteinander flüsterten, auf den Atem des anderen hörten, das schwere Keuchen, den Rhythmus des Sex, rollend, ineinander verschlungen wie ein einziges Wesen, Glieder, Haut, Schweiß ineinander verwoben in einem Entzücken, in einer Ekstase, die er nicht im entferntesten benennen konnte.

»Was ist das für ein Gefühl?« fragte sie ihn dann. »Wenn du kommst?«

Und er versuchte ihr etwas zu beschreiben, das so unfaßbar, so jenseits aller Worte war, die man in einem Lexikon finden konnte. Fragte sie dann dasselbe, worauf sie antwortete: »Als wenn sich etwas öffnet, ein Topf mit etwas Süßem, das tief aus deinem Inneren kommt.«

Manchmal wollte sie, daß er sie so hart rannahm, mit so

viel Kraft, solcher Geschwindigkeit, daß es ihn erschreckte, eine Schwärze in seinem Kopf hervorrief, die ihn fast beängstigte. Manchmal war es genau das Gegenteil. So langsam, daß die Zeit stehenblieb und er sich fragte, ob sie je das Ende erreichen würden, und sie wartete, wartete, bis er fiel, bis er ihr fast entschlüpfte, dann packte sie fester zu, redete mit ihm, küßte ihn, biß ihn, übernahm die Kontrolle seines Körpers. Für sie war es so, wie sie beide wußten, am besten, doch für ihn war es am anstrengendsten. Am kräftezehrendsten. Doch egal, in welcher Stellung, auf welche Weise sich ihre Körper miteinander verbanden, er blieb in ihrer Gewalt. Das wußten beide.

Das Licht vor dem Fenster wurde schwächer, aber es lag nicht nur daran, daß der Nachmittag zu Ende ging. Das Wetter änderte sich. Nach einer Reihe sonniger Tage bildete sich draußen über dem Meer wieder Nebel, sammelte sich in der Ferne wie graue, amorphe Geister, wartete wabernd den richtigen Moment ab, um über das passive, salzige Wasser hereinzudriften und sich über das Land zu legen. Ihre Hand lag an seinem Hinterkopf, und sie fühlte den Schweiß dort, lauschte auf die Geräusche, die sie machten, das leise, schmatzende Geräusch ihrer aufeinanderprallenden Lenden. Dabei sah sie aus dem Fenster, schätzte seine Bewegungen in ihr ab, überlegte, wieviel er spürte, wenn sie sich um ihn zusammenzog, überlegte, ob es wirklich so einfach sein konnte, sein physisches Selbst zu manipulieren, an ihre eigenen Muskeln zu denken, ihre Anspannung, die sich seiner Kraft anpaßte, die das Leben aus ihm herauslockte, bis er sich nicht mehr zurückhalten konnte. Paul Dunsany bäumte sich auf, verlor die Kontrolle über seinen Körper, keuchte, wurde steif, zuckte wie von einem elektrischen Schlag, und dann strömte die Wärme in sie, bedeckte das mysteriöse innere Selbst, das Louise Gostelow als ihr *Ich* betrachtete. Sie lächelte, den Blick zum Fenster gewandt. Lächelte über die Veränderung.

Sie empfand nichts, oder fast nichts. Louise kannte diese Geheimnisse, wußte vom ersten Stadium des Vögelns und vom zweiten. Aber sie wußte ebenfalls mit ihrem laienhaften Mathematikverständnis, daß es so etwas wie eine S-Kurve gab. Was bedeutete, und immer bedeuten würde, daß es auch noch ein drittes Stadium existierte. Nach dem Physischen, nach dem höheren Ort, dem Ort, wo das Physische einen auf Zehenspitzen stehen und fast den Himmel berühren ließ, kam ein drittes Stadium, wieder weit unten im physischen Bereich, wo sich alles auf das mechanische Aufeinanderklatschen der Körper, den Austausch von Flüssigkeit reduzierte. Auf Fortpflanzung und Kinderaufzucht. Einen festgelegten Ablauf, mechanisches Vögeln. Einen Akt der Vertrautheit unter Freunden, ohne Leidenschaft, ohne Erregung. Und vor allem ohne die formlosen Phantasiegestalten, die in der Dunkelheit, der bodenlosen Dunkelheit des eigenen Kopfes tanzten. Es war eine S-Kurve, und das einzige, was sich von Liebhaber zu Liebhaber änderte, war der Maßstab, den man für die X-Achse wählte, ob man die Stadien eins bis drei in Tagen, Wochen, Monaten oder vielleicht – und das trieb die Dinge für Louise Gostelow zu weit – in Jahren durchlief. Es war alles eine Frage des Timings.

Sie ließ ihn, von wo immer er gewesen war, herunterkommen – Paul befand sich im zweiten Stadium, würde sich immer im zweiten Stadium befinden – , machte sich dann sanft von ihm los, drehte sich auf den Rücken, wischte sich den Schweiß vom Gesicht, griff auf den Boden, zog ein cremefarbenes Seidenhemd über. Nach der Hitze ihrer Vereinigung fühlte sich die Luft im Raum kühl an. Sie legte sich in die Kissen zurück und sah ihn an; von ihrer olivfarbenen Haut unter dem offenen Hemd ging ein Strahlen aus. Er konnte seinen Blick nicht von der intensiven Erregung in ihrem Gesicht, der Blässe ihrer Brüste, dem dunklen, vollen Haardreieck wenden. Im Zimmer roch es nach Sex, nach

Sperma und nach etwas wie Ozon, ein Geruch wie von einem gerissenen Stromkabel, das zischend und knisternd über den Boden peitschte und nach Entladung suchte.

Sie griff nach einer Zigarette und sagte plötzlich, sehr ernsthaft: »Wir sollten von hier abhauen, Paul. Wir sollten uns von all dem befreien. *All* dem.«

Es kam so unvermittelt, daß er nicht wußte, ob er richtig gehört hatte. Er sah sich im Zimmer um, dem großen weißen Zimmer, sah aus dem Fenster mit dem Blick aufs Meer. Der Nebel hatte sich jetzt zu einem undurchsichtigen grauen Band vereint, das langsam über das Wasser näher kam. Man konnte die kalte Luft, die er vor sich hertrieb, beinahe fühlen. Ein Nebelhorn durchschnitt die Stille.

»Wer würde all dies hinter sich lassen wollen, Louise?« sagte er und starrte ins Nichts. »Wer würde all dies je verlassen wollen?«

»Paul?«

Er sah sie an und wünschte, sie würde es nicht sagen, wünschte, er würde nicht spüren, wie die Realität ihn einholte.

»Sie kommen zurück, Paul. Diese Woche. Ich muß noch verschiedenes erledigen. Du mußt gehen. Sie dürfen nicht wissen, daß du hier warst.«

»Ich weiß«, sagte er. »Aber irgendwann, Louise. Irgendwann.«

Doch sie schüttelte nur den Kopf und sagte: »Du kennst meine Familie nicht, Paul. Wir sind eine reinrassige Zucht. Es gibt eine Blutlinie fortzusetzen. Das ist nicht mein Denken, das ist *ihres*. Aber ich kann es nicht ändern. So ist es nun mal.«

»Ja«, sagte er und schaute sich im Zimmer nach seinen Kleidern um, schaute auf die Möbel und die Bilder, den handgenähten Quilt, der jetzt auf dem Boden lag, das *Geld*.

»Ja«, wiederholte er und überlegte, wohin zum Teufel das

alles führen sollte, überlegte, ob er es wirklich wissen wollte.

Sie rutschte auf dem Bett näher zu ihm heran. Ihr Gesicht leuchtete, *leuchtete*, und sie ließ nicht zu, daß er wegsah.

»Wie sehr willst du mich, Paul?«

Das graue Licht vor dem Fenster schien greifbarer zu werden, realer.

»Brauchst du wirklich eine Antwort darauf?«

»Ich muß hören, daß du es sagst. Ich *muß*. Es ist wichtig für mich.«

Dort, wo Paul Dunsany aufgewachsen war, lernte man nicht die Worte, die er jetzt benutzen wollte. Sie fielen ihm nicht leicht, nahmen keine Form in seinem Kopf an.

»Ich weiß nicht, *wie* ich es sagen soll, Louise«, begann er schließlich. »Ich besitze nicht die Fähigkeit dazu. Ich liebe dich. Ich empfinde Dinge, wenn ich mit dir zusammen bin, nicht nur im Bett, sondern *mit* dir, Dinge, die mir das Gefühl geben, wirklich zu sein. Die mir das Gefühl geben, daß die Welt wirklich existiert und ich nirgendwo ohne dich sein möchte.«

Man bat nicht um eine Antwort auf so etwas, sagte er sich. Man wollte es lieber nicht wissen.

»Wir könnten uns von all dem befreien, Paul«, sagte sie, und ihre Augen ließen ihn nicht los, ihre Augen ließen ihn nicht entkommen. »Von all dem. Abhängig von *ihnen* zu sein. Wenn ich jetzt mit dir durchbrenne, Paul, gebe ich *alles* auf. Sie schließen mich von allem aus, und ich bin völlig mittellos. Das kannst du mir glauben, denn es ist die Wahrheit. So sind sie nun mal. Aber wenn wir das Geld haben, können wir uns von ihnen befreien, können tun, was wir wollen. Uns ein Leben aufbauen. Zusammensein. Kann sein, daß wir von hier verschwinden müssen. Aber das ist mir egal. Solange ich mit dir zusammen bin, ist mir das egal.«

Er blinzelte, und das graue Licht vor dem Fenster war fast schmerzhaft. Hinter dem stumpfen Bleivorhang, der den

Himmel verbarg, lag eine Art strahlender Helligkeit, daß es den Raum mit seinem fahlen kränklichen Licht auszufüllen schien.

»Ich verstehe nicht«, sagte er.

»Da gehen Dinge vor, mit Hal, mit Michael, Dinge, von denen du nichts zu wissen brauchst, Paul. Dinge, die du vergessen kannst. Aber es steckt Geld drin, und wir könnten etwas davon bekommen. Wir könnten eine Menge davon bekommen. Genug, um fortzugehen. Zusammenzusein.«

Er wollte es nicht hören, wollte noch nicht einmal darüber nachdenken, es in seinem Kopf abwägen.

»Louise«, sagte er und wünschte sich, sie würde ihn nicht so gespannt, mit so viel Intensität betrachten, »ich rauche schon mal Dope, wenn welches da ist, aber ich will nicht in diese Sache verwickelt werden. Ich will nichts mit Dope zu tun haben. Ich will nicht, daß *du* etwas damit zu tun hast. Es ist unmoralisch. Ich will nicht in Schwierigkeiten mit dem Gesetz kommen. Das wird uns nicht helfen.«

Dann kniete sie sich auf das Bett, rutschte zu ihm, legte ihre Arme um seinen Hals, starrte ihm ins Gesicht, als wolle sie ihm etwas geben, als wolle sie ihm Stärke vermitteln.

»Das ist nur ein einmaliger Deal, Paul. Du gehst mit ihnen, du holst etwas, du trägst es. Sie brauchen dich, Paul. Sie schaffen es nicht allein. Und *ich* brauche dich. Wenn du das getan hast, sind wir frei. Können dieses Leben hier hinter uns lassen. Können zusammen ein neues anfangen. Es bedeutet nicht, daß wir es *je* wieder tun müssen. Es verhilft uns nur zur Freiheit.«

»Freiheit«, sagte er und hörte den Klang des Wortes in dem großen weißen Zimmer verhallen.

»Ich habe darüber nachgedacht, seit wir hierherkamen, Paul, seit ich die Scheune verlassen habe. Ich habe an nichts anderes gedacht. Ich liebe dich. Ich will dich. Ich will mit dir zusammensein. Aber wenn wir warten, wenn wir zögern, dann kriegen sie mich, Paul. Sie schleppen irgendeinen gottverdammten Gesellschaftspinsel an und *haben mich*. Ich muß verschwinden, oder sie machen mich zu einem Teil von all dem hier. Wenn ich bleibe, lassen sie mir keine andere Wahl. Das glaubst du mir doch, oder?«

Er sagte ja, ganz automatisch. Die Wahl lassen, Entscheidungen treffen. Am Ende ging es immer nur darum.

»Du mußt mich retten, Paul«, sagte sie. »Wir machen es nur dieses eine Mal. Dann verschwinden wir von hier, aus diesem Leben, für immer. Wir verschwinden, und wir sind zusammen.«

Sie beugte sich vor, sah ihm in die Augen, küßte ihn, hielt sein Gesicht fest, so fest zwischen ihren Händen, daß er meinte, sich nie wieder bewegen, nie wieder lösen zu können von dieser Kraft, dieser Stärke ihrer Umarmung.

»Wir machen es morgen«, sagte sie. »Wir beginnen um acht. Bis zum Mittag sind wir frei. Du und ich.«

Durch das offene Fenster klang das ferne, tiefe Grollen des Donners, ein massiver Knoten blauen Feuers und zuckender Energie, verborgen hinter wallenden grauen Wolken, die sich über die Stadt legten, die wirkliche, die lebendige Welt, die aus seinem Blickfeld, aus seinen Gedanken in dem Moment verschwunden war, als sie unter die große weiße Bettdecke in der Villa auf dem Telegraph Hill geschlüpft waren.

6

Miles' Wiedergeburt

Monty this seems strange to me.
The movies had the movie thing,
but nonsense has a welcome ring
and heroes don't come easy.
REM, »Monty Got a Raw Deal«

Er war jetzt wach, und er konnte sprechen, langsam, unzusammenhängend, aber man konnte die Worte meist verstehen, selbst wenn sie nicht immer einen Sinn ergaben. Miles konnte sprechen, und Margie hörte zu, geduldig, immer weiter, bis der Zeitpunkt gekommen war, etwas zu ihm zu sagen und eine Reaktion darauf zu erhalten, etwas wie ein Erkennen, etwas, das bedeutete, daß er allmählich gesundete.

Der Keller stank, nach ihnen, nach ihren Exkrementen, ihrem Schweiß. Sie hatte so lange unter diesem gelben Licht verbracht – *wie lange? wie lange?* –, daß sie keine Ahnung mehr hatte, welcher Tag es war. Aber aus der Art, wie Hal mit ihr sprach, erkannte sie, daß sich etwas tat. Man konnte es auch in der Atmosphäre spüren, dieser aufgeladenen Spannung, die ihren Weg in das kleine Erdloch fand und ihnen sagte, daß der jetzige Zustand, die jetzigen Verhältnisse nicht mehr lange andauern würden.

Als es soweit war, merkte sie verblüfft, daß sie sich wünschte, es würde noch etwas länger dauern, sie könnten noch eine Stunde, einen Tag hier unten bleiben. Denn was immer diese vier Erdwände waren, sie boten zumindest Schutz. Sie vermittelten ein Gefühl von Sicherheit, und die Außenwelt hatte nichts als Unsicherheit zu bieten. Margaret Zalinski, die sich selbst nicht länger als Maus wahrnahm, diesen Namen kaum mehr auf sich bezog, fürchtete sich vor dem, was kommen würde. Fürchtete sich vor dem Ergebnis. Fürchtete sich noch mehr vor den Entscheidungen.

Hal Jamieson kam die Leiter herunter, nahm dem Kind die Ketten ab, half ihnen beim Hinaufklettern in die schwüle, feuchte Nacht. Sie blinzelte. Es kam ihr viel zu hell vor. Der Himmel war ein blauer Samtmantel, über den die Sterne wie gelbe Punkte verstreut waren, durch eine Andeutung dünnen Dunstes hindurch blinkten. Sie befanden sich hier in der Bay Area, und das war das typische Wetter für dieses Gebiet. In der Stadt, zwanzig Meilen die Küste hinauf, herrschte bereits dichter Nebel, eine dicke graue Decke, die sich über alles legte, alles verbarg. Aber hier draußen, nahe bei dem Verkehrsgebrumme vom El Camino, nahe bei dem metallischen, donnernden Rumpeln auf der CalTrain-Strecke, war der Himmel klar. Man konnte hier wärmende Sonne haben und dort eiskalten, bis zum Boden reichenden Nebel. Zwei Seiten derselben Medaille.

In diesem Licht sah Hals Gesicht älter aus, hatte eine Angespanntheit, eine plötzliche Reife, die ihr vorher nicht aufgefallen war. Er musterte sie, fragte, wie es dem Jungen ging. Sie zuckte die Schultern.

»Er braucht einen Arzt, Hal. Ich kann nicht mehr tun, als mich um ihn zu kümmern. Aufzupassen, daß ihm nichts passiert. Das Zeug hat ihn nicht umgebracht, nur irgendwas mit seinem Gehirn angestellt. Als sei er irgendwie einfältig geworden oder so was. Er braucht einen Arzt. Du mußt dafür sorgen.«

»Ja«, antwortete Hal Jamieson und erkannte aus dem dunkeläugigen, faszinierten Starren des Jungen hinauf zu den Sternen, als hätte er so etwas noch nie gesehen, daß sie die Wahrheit sagte.

»Eins nach dem anderen, Maus. Bleib du in seiner Nähe

und tu, was ich dir sage. Ich werde euch in Sicherheit bringen. Aber du mußt mir vertrauen.«

Sie wollte ihn nicht verbessern, wollte ihm ihren richtigen Namen nicht sagen. Nicht in diesem Moment. Aber der entsprechende Augenblick würde schon kommen. Bald würden sie alle wissen, daß sie Margaret Zalinski war, nicht jemand namens Maus. Ein Mensch, eine Person, kein Stück menschlichen Abfalls, das sie rumschubsen konnten, wie es ihnen gefiel.

»Im Haus ist heißes Wasser und was Sauberes zum Anziehen. Heute nacht verschwinden wir von hier, und ich bringe euch an einen sicheren Ort, wo wir neu anfangen können. Ich versprech's dir.«

»Und Michael?« fragte sie, wobei es ihr allein beim Aussprechen des Namens kalt den Rücken herunterlief.

»Sieh zu, daß du ihm aus dem Weg gehst. Hast du verstanden? Halt dich von ihm fern, halt das Kind von ihm fern, dann wird nichts passieren.«

»Gut, Hal«, sagte sie und war fast bereit, ihm zu glauben. War fast bereit, es für die Wahrheit zu halten. Sie blickte zu den Sternen hoch, damit Hal Jamieson nicht sehen konnte, daß sie weinte. Dies ist der Moment, dachte sie. Dies ist der Moment zur Flucht. Jetzt waren sie draußen und hätten losrennen können, falls der Junge rennen konnte, einfach losrennen, quer durch den Wald, vorbei an den Pennern und dem großen grünen Sportplatz, wo die Collegekids Football spielten, vorbei an der Bahnlinie bis hinunter zur University Avenue und dabei die ganze Zeit brüllen, schreien und rufen können. Dann wären sie frei gewesen. *Aber sie nehmen ihn dir weg, Margie, du weißt, daß sie ihn dir wegnehmen.* Und was dann danach geschehen würde, nun ja, da mußte man einfach abwarten und hoffen, daß es irgendwo einen Gott gab, jemanden, der all den grauen Leuten, den Sozialarbeitern, den Polizisten und all den anderen, die auf sie herabgesehen hatten, als sie Kind war, den Kopf geschüttelt und gesagt hatten: »Tja, was sollen wir bloß mit dir anfangen?«, der all diesen Leuten ein paar Dinge einbleuen könnte.

»Gut, Hal«, wiederholte sie, schaute zu Miles, der so still, so hingerissen die Sterne betrachtete, und fragte sich, was er wohl sagen würde, was er wohl tun würde, wenn sie nach seiner Hand griff und ihm zuflüsterte, ihn drängte, mit ihr in die Nacht hineinzurennen. Miles, so schön, so vertrauensvoll. So zerstört auf eine Weise, die sie kaum erahnen konnte. »Gut«, sagte sie, griff nach seiner Hand und ging mit ihm zur Scheune zurück.

Es kam ihr jetzt alles so fremd vor. So kalt. So leblos. So dürftig. Margaret Zalinski nahm sich fest vor, daß sie eines Tages, falls sie alles heil überstanden, ein besseres Leben haben würden als das hier. Eines Tages würden sie nicht mehr nur dasitzen und zusehen, wie die Fliegen auf die Tapete schissen, würden nicht mehr darauf warten, daß ihr Leben wie Kerzenflammen im Nachtwind verlöschte.

Quinn grinste sie aus dem verschlissenen Sessel am Fenster an. Er sah völlig zugekifft aus, völlig irre. Wie hatte sie nur zulassen können, daß diese unmenschliche Kreatur ihren Körper benutzte, als gehöre er ihm?

Eines Tages ...

Sie entdeckte den Haufen verblichener Kleider, Kinderjeans und T-Shirts, von denen Hal gesprochen hatte, überlegte flüchtig, wo er sie wohl herhatte, wählte etwas aus, stopfte den Rest in eine Plastiktüte – man wußte ja nie –, führte Miles ins Badezimmer und ließ Wasser in die Wanne laufen. Es schoß aus den Hähnen, zwei stetige Ströme, einer eiskalt, einer glühend heiß, aber das spielte keine Rolle, weil es reines, klares Wasser war, das alles abwaschen würde, und sie konnte es kaum erwarten, ihn in der Wanne zu sehen, unter diesem schnell fließenden Strom, der soviel zu versprechen schien.

»Du mußt das Zeug ausziehen ...«, sagte sie zu ihm und wunderte sich, was da in ihrem Kopf passierte, warum sich ihre Gedanken fast überschlugen, überlegte, ob es mit dem Dope zusammenhing, dem verdammten Dope, das Quinn ihr aufgezwungen hatte, ob es sich jetzt, so lange danach, an ihr rächte.

»Okay«, sagte er, und sie hörte zum ersten Mal diesen weicheren – *härteren?* – Akzent, zum ersten Mal klang er nicht mehr so wie eines der Kinder aus *Mary Poppins*. Zum ersten Mal sagte er »okay« und nicht »ja«. Sie half ihm, sich aus dem verdreckten Sack zu befreien, hielt ihn über seinen Kopf, wollte nicht über das Ding nachdenken, warf es in eine Ecke,vergaß es, befahl sich, es für immer zu vergessen.

»Wir haben nicht viel Zeit«, sagte sie. »Vielleicht ist es das beste, wenn wir zusammen in die Wanne steigen. Das macht dir doch nichts aus. Du bist es von zu Hause gewohnt.«

»Macht mir nichts aus«, wiederholte er und stieg langsam, wie ein alter Mann, über den Rand der Badewanne, stand aufrecht im Wasser.

»Heiß.«

Sie steckte ihre Hand ins Wasser. Es war viel zu heiß. Sie beschimpfte sich, es nicht vorher geprüft zu haben. Nicht daran gedacht zu haben. Du kennst dich mit diesen Sachen nicht aus, sagte sie sich. Du *weißt* es nicht.

»Aber du weißt, wie du ihm Liebe geben kannst«, murmelte sie. »Und während du das tust, während du für ihn sorgst, lernst du alles andere.«

Dann half sie ihm heraus, ließ etwas kaltes Wasser nachlaufen, prüfte es mit der einen Hand, zog sich mit der anderen aus. Er sah nicht einmal hin. Ließ nur seine Hand im Wasser und schien erstaunt über das sich verändernde Gefühl, während die Temperatur fiel.

»So, jetzt geht es«, sagte sie, half ihm wieder hinein, hielt seine Hand, hielt seinen Arm, bis er sich gesetzt hatte, und ihr fiel ein, wie zerkratzt die Wanne war, wie alt sie war, wie man dachte, man säße auf Sand, und sie überlegte, ob ihm das schaden, ob ihm das weh tun könnte.

»Genug Zeit, deine Haare zu waschen, aber nicht genug, sie zu trocknen«, sagte sie und versuchte, Ordnung in ihre wirren Gedanken zu bringen, die berechtigten Sorgen von den absurden zu trennen, die ihr immer wieder durch den Kopf schossen. »Das spielt keine Rolle. Es ist warm draußen. Es wird bald trocken sein.«

Es schien ewig zu dauern, den ganzen Dreck abzuwaschen, ihn abzurubbeln, den ganzen Schmutz zu entfernen, der jede Pore verstopfte, so lange, daß sie zur Tür schaute, das Risiko einging, die Wanne leerlaufen ließ, ihn heraushob und neues Wasser einfüllte. Diesmal blieb es sauberer, wurde nur milchigweiß vom Seifenschaum, also kletterte sie selbst hinein und setzte sich ihm gegenüber, während sie ihn abrubbelte, die Seife abspülte, sein Gesicht betrachtete, sah, wie er es genoß. Die Fürsorge genoß. Die Liebe genoß. Die Nähe genoß, die für sie beide so neu war, so kostbar, so wundervoll.

»Hast du das früher schon gemacht?« fragte sie. »Bei euch zu Hause?«

Man konnte sehen, daß er nicht wußte, was er darauf antworten sollte. Es gab keine Antwort, es war alles so tief in ihm verborgen, vergraben, daß vielleicht nichts es jemals wieder an die Oberfläche bringen konnte, und selbst wenn das geschah, würde er nicht wissen, was er damit anfangen sollte, würde die Form, den Klang, den Geruch, das Gefühl des alten Lebens nicht mehr erkennen.

Vor der Scheune. Vor Margaret Zalinski.

»Zuhause«, sagte er, aber es war nur eine Aussage, nur ein Wort, das in der dampfigen Luft hing.

»Kannst du dich daran erinnern?« fragte sie. »Ja?«

Sie war ganz außer Atem. Das lag nicht an der Hitze, nicht an dem dampfenden Wasser.

Er dachte darüber nach, schüttelte langsam den Kopf und lächelte, dasselbe Lächeln, nichts hatte sich an dem Lächeln geändert. Lächelte darüber, wie sie sein Haar wusch, seine Schultern einseifte, lächelte über ihre Nacktheit, die so natürlich, so vertraut schien.

Sie beugte sich vor, küßte ihn auf die Stirn, und er lächelte wieder. Dann griff sie nach unten, schöpfte eine Handvoll milchigen Wassers, hob sie über seinen Kopf, ließ das Wasser über seinen dunklen, schimmernden Haarschopf laufen, hielt ihre Hände über seine Brauen, um sicherzugehen, daß ihm nichts in die Augen lief, sicherzugehen, daß ihm nicht weh getan wurde, daß ihm *nie wieder* weh getan wurde.

»Ich werde dich Joe nennen«, sagte sie und versicherte sich, *schwor* sich, daß dies keine Sünde war, daß Gott einen nicht für Dinge bestrafte, die man aus Zuneigung tat, selbst wenn das alles mit etwas Bösem begonnen hatte. »Hast du gehört? Du wirst mein Joe sein. Wir werden so schnell wie möglich von hier verschwinden und uns irgendwo ein hübsches Fleckchen zum Leben suchen. Hast du gehört, Joe?«

Er schloß die Augen, lächelte und deutete auf seinen Kopf. Sie schöpfte mit beiden Händen das milchige Wasser, hielt die Hände über seinen Kopf, öffnete sie, und das Wasser platschte auf seinen Scheitel, lief in breiten Rinnsalen hinunter, über sein Gesicht, über seine Wangen, über seinen lachenden Mund, bis ihm so viel hineingelaufen war, daß er es schmeckte und lachend wieder ausspuckte. Hier mit ihm in der Wanne zu sitzen war so wunderbar, so hinreißend, dachte Margaret Zalinski, daß es vielleicht der schönste Augenblick in ihrer beider Leben sein würde, der einfachste, reinste Moment, den sie je erleben würden. Sie zog ihn an sich, spürte die feuchte, nackte Wärme seiner Haut, starrte über seine Schultern ins Nichts und wartete darauf, daß die Tränen versiegten, wartete, bis er sie nicht mehr sehen konnte, bis er meinte, das wäre nur Wasser, das heiß und ein bißchen dick über seinen Rücken lief.

Als sie fertig waren, als sie sauber und in diese verblichenen frischen Sachen geschlüpft waren, die sich so fremd auf ihrer Haut anfühlten, als sie sich neu und bereit für die Nacht fühlten, zog sie ihn wieder an sich, nahm sein Gesicht in ihre Hände, sah ihn an, versuchte sich ihm verständlich zu machen.

»Wir bleiben zusammen, Joe«, sagte sie. »Von jetzt an bleiben wir immer zusammen.«

»Okay«, sagte er, und beim Klang seiner Stimme, seiner neuen Stimme, hätte sie, wenn sie es nicht besser gewußt hätte, gesagt, daß er aus Neuengland stammte und nicht aus einem anderen Land.

Sie sah ihn noch immer an, so ernst, so durchdringend, als an die Tür geklopft wurde. Dann küßte sie ihn wieder, auf die Stirn, wo er es am liebsten hatte, und sie gingen hinaus, um einer neuen Welt gegenüberzutreten.

Hal Jamieson war da und sah so alt aus, so ernst. Draußen stand ein VW-Campingbus in einer hellen Farbe, mit Streifen an jeder Seite, die im Nachtlicht blau aussahen. Hal öffnete die rückwärtige Klappe, und sie kletterten hinein. Es gab keine Fenster, nur zwei Bänke zu jeder Seite. Die Dunkelheit, die Enge, die er meinte, für immer verlassen zu haben, jagte dem Jungen erneut Angst ein. Sie konnte es spüren. Er brauchte nichts zu sagen. Also drückte sie ihn an sich, und er fühlte die Wärme durch seine neuen Kleidungsstücke. Dann sprang der Motor an, blinkten Lichter auf dem Armaturenbrett auf. Quinn, der vorne auf dem Beifahrersitz saß, drehte das Radio an, ohne sich nach ihnen umzuwenden, schaute durch die Windschutzscheibe, ohne von ihrer Anwesenheit Notiz zu nehmen.

Der Campingbus fuhr aus der Einfahrt und entfernte sich von der Scheune, bog auf den El Camino, fädelte sich in den

Abendverkehr ein, zwischen die Autos mit all den Menschen, die sich in der heißen, Abgasgesättigten Luft mies, traurig und deprimiert fühlten.

Sie brauchten eine dreiviertel Stunde bis in die Stadt, über den schnurgraden, flachen Highway, der am Flugplatz vorbeiführte, an der Küste entlang, ein Stück Straße, das ihnen so vertraut war und von dem sie spürten, daß es bereits in die Vergangenheit entglitt. Veränderung, eine große, magische, fundamentale Veränderung lag in der Luft und machte es ihnen unmöglich, ein vernünftiges Gespräch zu führen.

Als sie ankamen, als sie den steilen Hügel am Ende der Filbert Street hinauffuhren und vor dem Haus auf dem Telegraph Hill parkten, war der Nebel so dicht, daß man nur ein paar Meter weit sehen konnte. Selbst die Flutlichter um den Coit Tower bildeten nur eine schwache silbrige Korona weiter oben auf dem Hügel.

Margaret Zalinski betrat die Villa, sah die Größe, die Opulenz, und erkannte, daß nun das Schicksal seinen Lauf nehmen würde. Daß es kein Zurück mehr gab, kein Wegrennen, keine Möglichkeit, etwas anderes zu tun als zu warten und zu beten.

7

Am Scheideweg

Got a feeling I've been here before
Watching you cross the killing floor
You know you'll have to pay it all
You'll pay today or pay tomorrow

Steely Dan
»Your Gold Teeth«

Als er schließlich ins Studio zurückkehrte nach all dem Laufen, Nachdenken, Entscheidungen treffen, das ihn in Teile der Stadt geführt hatte, von deren Existenz er keine Ahnung gehabt hatte, dauerte es nur zehn Minuten bis zu der Entdeckung, daß alles vergeblich gewesen war. Zehn Minuten, bis er den Anruf von Louise erhielt, ihre Stimme so kontrolliert, so voll ruhiger Freude. Dann, nachdem das Gespräch beendet war, verließ er das Studio, ging die Treppen zur Waterfront hinunter, stand da und sah zu, wie sich das graue Wasser vor ihm in Zeitlupe bewegte, sah die Touristen zum Aquarium schlendern, zwischen den Souvenirläden hindurch, den Bars, den Restaurants. Die Situation hatte etwas an sich, das seinen Selbsthaß noch verstärkte. An einem Scheideweg anzukommen, zu entscheiden, welchen Weg man einschlug, war eine große Sache für Paul Dunsany, war etwas, das er normalerweise vermied. Und dann herauszufinden, wenn man so weit gekommen war, wenn man die Entscheidung schon fast getroffen hatte, daß jemand anderer sie bereits gefällt hatte – das war wie Betrug. Das war unmoralisch. Das veränderte die Dinge, zum Guten oder Schlechten, auf eine Art, die nicht rückgängig gemacht werden konnte.

Wenn man so weit gekommen war, glich es einer Fahrt mit einer der Fähren, die den Sund überquerten. Man überließ sich ihnen, sobald man sie betrat. Es gab kein Zurück, kein Aussteigen, bis man die andere Seite erreicht hatte, selbst wenn man merkte, daß man auf der falschen Fähre war. Selbst wenn es einen zu Tode ängstigte. Es blieb einem keine Wahl. Man bewegte sich, fuhr auf das jeweilige Ziel zu, und man konnte nur dasitzen und abwarten, bis man ankam, um sich dann mit dem, was einen dort erwartete, auseinanderzusetzen.

Dunsany ging zu einer der Imbißbuden, bestellte sich einen Teller Fischsuppe, dick und kremig, aß sie langsam, durchdachte die Möglichkeiten, versuchte herauszufinden, ob sich einige der Unbestimmtheiten in Dinge verwandeln ließen, die man fühlen und berühren konnte, und stellte sich dabei nicht einmal die Vertrauensfrage, nicht ein einziges Mal, weil Vertrauen etwas war, das man nicht in Worte fassen konnte. Das hatte er gelernt, und es schien tiefe Narben hinterlassen zu haben. Noch immer, nach zwanzig Jahren, tauchten Bilder vor seinen Augen von feuchter Haut, von leisem, tierischem Stöhnen, weißen Laken, weißen Zimmern auf, und er wußte jetzt, daß es Dinge gab, die man einfach nicht sagen konnte. Daß Vertrauen etwas war, das nur abstrakt existierte, in der elektrischen Strömung zwischen zwei Menschen. Es war wie der wirkliche Name Gottes. Man konnte ihn nicht aufschreiben, konnte ihn nicht aussprechen, weil er in dem Moment zu etwas Menschlichem wurde und verschwand.

Es war kurz nach zwei Uhr. Zwei Stunden zuvor hatten, was er nicht wissen konnte, Ben Rawlins und Joni Lascelles nur dreihundert Meter entfernt am Panoramafenster des Chinarestaurants gesessen, auf den Sund geschaut und sich gefragt, was als nächstes passieren würde. Jetzt waren Joni und Louise zusammen, wobei er nicht ganz verstand, wie das geschehen war. Es schien alles seinen eigenen Kurs einzuschlagen. Paul Dunsany aß die Fischsuppe auf. Sie gab ihm ein warmes, kräftigendes, gutes Gefühl im Magen. Das Seltsame war, daß er sich trotz allem gut fühlte. Er hatte weniger getrunken, seit Joni in sein Leben getreten war. Die Musik war gut. Das Studio war ein Chaos. Es würde immer ein Chaos sein. Aber zum ersten Mal, seit er sich erinnern konnte, gab es gute Dinge in seinem Leben, Dinge, die ihn bewegten, Dinge, auf die er sich freuen konnte und die er nicht nur erledigen mußte, verarbeiten mußte, Eingangskörbchen, Ausgangskörbchen, wie irgendein Angestellter in einem der großen Büros in der Innenstadt.

Er stellte sich die Frage, ob das Leben auf diese Weise nicht einen von Natur aus unentschlossenen Menschen zwang, etwas zu tun. Zu handeln. Vielleicht sagte es ihm auf diese Weise: »Okay, du hast Angst, du weißt nicht, was du tun sollst, du befürchtest, *alles* zu verlieren. Aber die Quintessenz ist, daß sie dich reingelegt haben. Sie haben dich betrogen. Sie haben dir etwas weggenommen, das dir gehörte, nicht ihnen. Und zwar dein Recht zu handeln, vielleicht das Falsche zu tun, wer weiß, aber das, was *du* willst. Sie haben dir das Recht genommen, Mist zu bauen, und du bist *berechtigt*, wütend zu werden, du bist *berechtigt*, zornig zu werden, wie sehr dich das auch belasten mag.«

Er kaufte eine Flasche Redhook, trank das eiskalte Bier, beobachtete die Fähren und die großen weißen Kreuzfahrtschiffe, die sich über den Sund bewegten. In der Ferne waren die Berge mit ihren schneebedeckten Gipfeln zu sehen, es war ziemlich klar heute, klar genug, ihre Schönheit zu erkennen, ihre Größe, ihre Mächtigkeit. Wenn auch die Farben ein bißchen verblichen wirkten, ein bißchen ausgewaschen über die Jahre, dann lag es nur daran, daß man alt wurde, daß die Welt alt wurde. Das war kein Kommentar, keine Kritik. Es war nur ein wenig kosmische Müdigkeit, die jegliche Struktur verblassen ließ.

Er trank den Rest aus der Flasche, deponierte sie sorgfältig in einem Abfallkorb, um die patrouillierende Müllpolizei nicht zu verärgern, stieg dann die Stufen wieder hinauf, fühlte sich gut, fühlte sich gesund, geriet nicht außer Atem, machte sich heute keine Sorgen um sein Herz, seinen Kopf, seine Leber. Fühlte sich zwar nicht jung, wußte aber, wo er in der Welt stand, und empfand das zumindest als etwas Neues.

Paul Dunsany ging über den Markt, schaute zu, wie die Fische durch die Luft flogen, sprach mit Leuten, sprach mit den richtigen Leuten, sprach die Dinge durch, verspürte mehr und mehr Gewißheit. Ging dann zurück zum Studio, sah Ben Rawlins und Genius zu, die an einer neuen Jazzpartitur für die Aufführung eines freien Theaters arbeiteten, erkannte, wie sie Feuer fingen, während sie Melodiefolgen in den Mac eingaben, fand Gefallen an dem, was er hörte, fand es gut.

Grayson stand im Aufnahmeraum und probierte ein Mingus-Stück auf dem neuen bundlosen Elektrobaß aus.

»Charlie würde mich wahrscheinlich umbringen, wenn er das hörte, Mann«, sagte er. »Mingus auf einem *Elektrobaß*. Das ist Ketzerei, oder?«

Paul Dunsany kam direkt zur Sache.

»Du willst *was?*«

Frank Grayson spielte einen wütenden kleinen Lauf auf dem Baß und starrte Dunsany dann an, als sei dieser verrückt geworden.

»Zwei Einsprüche, Paul. Erstens, auch wenn ich dir eine Waffe besorgen *könnte*, würdest du dich nur damit selbst verletzen. Zweitens, wie kommst du auf den Gedanken, daß ich Leute *kenne*, die mit solchem Zeug handeln?«

Paul überlegte kurz. »Wenn ich mich selbst verletze, Frank, dann ist das meine Sache. Du, Genius und Ben sind die einzigen drei Menschen, die ich gut genug kenne, sie um so etwas zu bitten. Willst du, daß ich die beiden frage?«

Grayson schaute durch die große Glasscheibe zu den beiden hinaus, die ihre Köpfe über den Mac beugten, und knurrte: »Das soll wohl ein Kompliment sein, nehme ich an. Aber die Antwort ist immer noch nein. Definitiv *nein*. Was zum Teufel willst du überhaupt mit einer Kanone?«

Paul brauchte etwa fünf Minuten und hielt sich dabei nur an die Fakten, nüchtern und emotionslos.

Als er fertig war, schaute Grayson ihn mißmutig an und sagte: »O verdammt. O verdammte Scheiße, Paul.«

Dann ging er ins Büro hinüber und hängte sich ans Telefon.

8

Walkie-talkie

> Es ist eine kuriose Sache, aber von jedem, der verschwindet, heißt es, man habe ihn in San Francisco gesehen. Ohne Frage eine entzückende Stadt mit allen Attraktionen der Neuen Welt.
>
> Oscar Wilde
> *Das Bildnis des Dorian Gray*

Am Morgen des sechsten Januar war es in Palo Alto heiß und stickig. Vor der Küste brauten sich im dicken, undurchdringlichen Nebel weitere Stürme zusammen, so daß die Wetterfrösche der örtlichen Fernsehsender alle Hände voll zu tun hatten. Sie mußten mit stets gleichbleibendem Lächeln in ihren neonfarbenen Jacken und den blitzend weißen Zähnen die Wettervorhersage verlesen, konnten letztlich aber auch nur die Schultern zucken und sagen, bei einem Wetter wie diesem, wer weiß, was da passiert? All diese Hochdruckzonen vor der Küste verwandelten das Ganze in einen Hexenkessel, und diese häßlichen schwarzen Gewitterwolken konnten überall auftauchen, von Monterey bis hinauf nach Fort Bragg, um sich dort auszutoben. Schließlich schrieb man erst das Jahr 1975, bevor jemand auf so was wie die Chaostheorie kam und sich die Frage stellte, ob das Flattern eines Schmetterlingsflügels im Amazonas-Regenwald der Ursprung einer ausgedehnten Smogperiode in Wladiwostok war. Aber wenn man in diesem Teil des Landes wohnte, hatte man bereits eine Vorstellung davon, es saß einem in den Knochen und sagte: Warum sich Sorgen machen? Was geschehen wird, wird geschehen, und es gibt absolut nichts, was man dagegen tun kann.

Tom Cordobes war in seinem hellgrauen Polyesteranzug bereits morgens um Viertel nach acht Uhr durchgeschwitzt, als die Einsatzbesprechung zu Ende war, als sie im Einsatzraum der Polizeistation alle Möglichkeiten durchgespielt hatten, als er seine Augen über die ihm zugeteilten Männer und Frauen wandern ließ und dachte, es könnte schlimmer sein, Langton hätte eine weit weniger geeignete Gruppe als Beschatter wählen können. Einige der Jungs hatten bereits Sportkleidung an und wirkten recht echt, wenn man nicht allzu genau hinschaute. Eigentlich waren sie nicht jung genug, und wenn man ihnen ins Gesicht sah, erkannte man diesen dumpfen, fast dümmlichen Ausdruck unterdrückter Aggression, der typisch war für jene, die diesen edlen Beruf als Karriere gewählt hatten und dann zu spät feststellten, daß er in Wirklichkeit eine Zwangsjacke war. Eine, aus der man nicht entkommen konnte. Zwei der Männer trugen die Uniform der Parkaufseher: hellbraun, Kappen mit dem Stadtemblem, der großen Fichte. Die drei Frauen waren ganz normal gekleidet, sollten Hunde spazierenführen. Alles, wie es im Buch stand. Cy Langton ging immer danach vor, und Cordobes konnte sich des Eindrucks nicht erwehren, daß ihr Gegner keinesfalls das gleiche Handbuch benutzte. Daß er jemand war, der den Regeln nicht folgte.

Als die Einsatzbesprechung zu Ende war, gingen sie Kaffee trinken, das für Polizeistationen übliche schwache Gebräu, redeten über Belanglosigkeiten, wie immer vor solchen Einsätzen, saßen herum, sahen, wie einer nach dem anderen von ihnen verschwand, die Parkwächter und Fußgänger, die Ballspieler und die Fahrer, die als Verstärkung gedacht waren, die jetzt alle ihre Positionen einnahmen und versuchten, sich natürlich zu verhalten. Schließlich waren nur noch Langton und Cordobes übrig, und der Captain sagte, er würde ihn zum Park fahren. Also gingen sie in Langtons Büro, holten das Geld, alles alte Scheine, alle sorgfältig abgezählt, und packten es in eine gelbe Adidas-Sporttasche. Es paßte gerade hinein. Dann gingen sie nach unten, stiegen in den großen, unmarkierten Polizeiwagen, und Langton schaltete sofort die Klimaanlage an.

»Blödes Wetter«, sagte der Alte. »Wenn ich Wetter wie dieses wollte, hätte ich mir einen Job in L. A. gesucht.«

Die Straßen waren leer. Palo Alto sah völlig normal aus. Nicht der Ort für diese Art Verbrechen, dachte Tom Cordobes. Ganz und gar nicht der Ort.

»Sie sind der Richtige für diesen Einsatz, Tom«, sagte Langton. »Das weiß ich. Ich weiß, daß Sie da draußen das Richtige tun werden. Am Ende des Tages sind wir groß in den Nachrichten, so oder so. Ich weiß, ich kann mich auf Sie verlassen, daß es auf unsere Weise endet.«

»Ja«, sagte Cordobes. »Was meint der Wetterbericht?«

»Ziemliche Turbulenzen vor der Küste. Wird wahrscheinlich den ganzen Tag so bleiben. Richtig heiß. Richtig stickig. Aber an so was sind Sie ja wohl gewöhnt, oder? Von Ihrer vorherigen Arbeit?«

Tom Cordobes dachte einmal mehr, daß es keine Möglichkeit gebe, es diesem alten Polizisten zu erklären, der in seinem Leben nie weiter herumgekommen war als auf ein paar Golfplätze in Schottland, der einfach nie begreifen würde, daß es einen Unterschied gab zwischen der Hitze des Dschungels, dem Schweiß und den Fliegen, der schwülfeuchten Luft, die einem den Atem nimmt, und dieser kalifornischen Wolke aus Smog und Sauerstoff. Das eine war fremd, das andere Teil der heimatlichen Umgebung. Es war nicht nur eine Frage der Temperatur.

»Sind Sie zufrieden mit der Situation?«

Cordobes spürte das Gewicht der .45er in seinem Schulterhalfter. Spürte die kleinere .38er, die mit Klebeband an seinem rechten Bein befestigt war, genau in der richtigen Höhe, um sich nicht unter dem Anzug abzuzeichnen, dem weit geschnittenen Anzug, den sie extra am Tag vorher bei einem Herrenausstatter auf der University Avenue gekauft hatten. Die größere Waffe war so offen sichtbar, daß der Kerl sie sehen mußte. Ihm befehlen mußte, sie loszuwerden (falls er die Zeit dazu hatte). Und selbst wenn er die Zeit hatte, war er vielleicht nicht sorgfältig genug, die kleine, an der Innenseite von Cordobes' Bein klebende Pistole zu bemerken. Falls er nahe genug herankam, Tom Cordobes zu durchsuchen, so war die Überlegung, war Tom auch nahe genug, den Burschen fertigzumachen. Auf der Polizeistation munkelte man, daß er dazu keine Waffe *brauchte*. Man munkelte, daß Tom in der Lage war, auf diverse unschöne Arten jemanden mit den bloßen Händen zu töten. Niemand zweifelte allzusehr daran. Niemand wollte es allzugenau wissen.

»So zufrieden, wie ich es nur sein kann«, sagte Cordobes leise und sah aus dem Fenster.

Dann hielt der Wagen auf dem El Camino, gegenüber vom Thoreau-Park. Langton ließ den Motor laufen und sagte: »Viel Glück, Tom. Ich weiß, daß Sie es schaffen. Ich weiß, daß Sie uns alle stolz machen werden.«

Tom Cordobes griff nach der gelben Sporttasche und stieg aus, froh, von diesem aufgeblasenen Wichtigtuer wegzukommen, selbst wenn das bedeutete, wieder in dieser stickigen Sauna zu sein, mit den Abgasen vom El Camino als kostenloser Dreingabe. Er sah dem wegfahrenden Langton nach und fragte sich, wo sich der Bursche momentan wohl aufhielt. Überlegte, wo er sich selbst plaziert hätte, um den Verlauf des kleinen Dramas zu beobachten. In gewisser Weise hatten sie recht gehabt. Es gab eine Menge Möglichkeiten, sich zu verstecken – im Greshamwald, zwischen den Spaziergängern im Park selbst, in der kleinen Ansammlung von Läden, die nahe der Stelle erbaut worden waren, wo der Highway über das steinige Bett des San Jacinto Creek führte. Aber es waren keine idealen Verstecke. Langton hatte bereits ein Team dort, das sich unauffällig unter den Leuten umschaute, um zu sehen, ob jemand dumm genug war, ein Fernglas zu benutzen. Niemand hatte über Funk gemeldet, etwas Interessantes gefunden zu haben. Irgendwie hielt es Tom Cordobes für unwahrscheinlich, daß sie das je tun würden.

Er wischte sich die Stirn mit dem Ärmel ab, überlegte kurz, ob das wohl als Beschädigung von Polizeieigentum gelten könne, und schaute auf die Uhr. Es war fünf vor zehn, Zeit, seine Position einzunehmen. Nicht, daß er genau gewußt hätte, was diese Position sein könnte. Mr. Cat hatte sich dazu nicht näher geäußert. Sie vermuteten, daß es eine gute Idee wäre, sich in der Nähe der einzigen öffentlichen Telefonzelle im Park aufzustellen. Aber es war nur eine Vermutung, und Tom Cordobes wurde den Gedanken nicht los, daß Mr. Cat, wenn er ihn wirklich dort haben wollte, es auch gesagt hätte. Der Bursche gehörte nicht zu der Sorte, die etwas dem Zufall überließ. Es war egal, wo er sich im Park aufhielt, nur mußte es in der Nähe des großen Spielfeldes sein. Mr. Cat würde ihn schon finden.

Cordobes ging zu der Telefonzelle und spürte das schwere Gewicht der Sporttasche bei jedem Schritt. Geld ist *wirklich* schwer, dachte er. Geld zieht einen runter. Er hoffte, er würde nicht allzuviel rennen müssen. Dafür war es viel zu heiß. Und mit dem Rennen ging es längst nicht mehr so gut wie früher. Längst nicht so gut wie mit dem Zielen. Also lehnte er sich einfach an die offene Telefonzelle, wartete nur halbherzig darauf, daß es klingelte, und ließ die Minuten verstreichen. Es war fünf nach zehn geworden, als eins von diesen langen gelben Taxis aus San Francisco auf den Parkweg einbog und auf ihn zukam. Tom Cordobes musterte das Innere des Wagens. Nur der Fahrer, von mittlerer Größe, schwarz, hinter dem Steuer, und er merkte, wie die Leute vom Team das Taxi beobachteten, wie sie sich anspannten, und er hoffte, hoffte einfach nur, daß sie nicht zu schnell zuschlugen, den Kerl damit in die Flucht jagten.

Es schien ewig zu dauern, den Unebenheiten und Schlaglöchern auf dem ungepflasterten Weg auszuweichen, und etwas daran deprimierte ihn. Die Vorstellung, daß man zweihunderttausend Dollar kassieren wollte und dabei gleichzeitig an die Stoßdämpfer seines Wagens dachte, kam ihm beinahe komisch vor. Dann rollte das Taxi durch die letzten beiden tiefen Krater in dem trockenen, staubigen Boden, hielt ein paar Meter von ihm entfernt an, und ein dünnes, schwarzes Gesicht beugte sich aus dem Fenster.

»Wenn ich gewußt hätte, daß das eine Landpartie wird, hätte ich noch was extra berechnet, Mister«, sagte der Taxifahrer. »Haben Sie überhaupt eine *Ahnung*, was es kostet, den Unterboden von diesem verdammten Ding zu erneuern?«

Mit einer sanften Bewegung zog Cordobes die .45er heraus, eher, weil ihm danach zumute war als aus einem anderen Grund, und wedelte langsam damit vor dem Gesicht des Fahrers.

»Ach, was soll der Scheiß, Mann.« Der Fahrer sah eher wütend als erschreckt aus. »Ich habe genau fünfzehn Dollar bei mir. Sollen wir das alles nur für *fünfzehn Dollar* veranstalten?«

Cordobes griff mit seiner freien Hand in die Jackentasche und zog die Polizeimarke heraus.

»Oh«, sagte der Taxifahrer. »Ihr Leute aus Palo Alto könnt es offenbar wirklich nicht leiden, wenn wir aus der Stadt auf euer Gebiet eindringen, oder?«

Cordobes hatte die Hände des Mannes nicht aus den Augen gelassen. Sie hatten sich nicht bewegt. Er bezweifelte, daß sich im Inneren des Taxis viel mehr als ein unter den Vordersitz geschobener Reifenheber befand, falls irgendein Betrunkener spätnachts aufmüpfig wurde.

»Warum legst du nicht einfach die Hände auf die Wagentür, mein Freund«, sagte Cordobes. »Tu das und erzähl mir, was du hier machst. Du bist mitten in ein Schwerverbrechen hineingeplatzt, muß ich dir sagen, und es wird einiger Überredung bedürfen, daß ich dir nicht gleich deine Rechte vorlese. Also fang an, mich zu überreden.«

Der Taxifahrer lehnte am offenen Fenster und zuckte zusammen, öffnete den Mund zu einem Lächeln, das einem alten Gartenzaun glich, voll schwarzer Löcher und Stümpfe.

»Verdammt, Mann. Ich bin doch nur von der Taxizentrale zu einer Fahrt losgeschickt worden. Sollte ein Päckchen abholen, es abliefern, einen Mann abholen und ihn irgendwo hinfahren. Wo ist da das Verbrechen, hä?«

»Was für einen Mann?«

»Ein Mann in einem grauen Anzug. Und die einzige Person, auf die diese Beschreibung momentan paßt, sind Sie. Also sagen Sie mir, erwarten Sie etwas von einem Mr. Cat?«

»Ich erwarte …«

»Gut«, sagte der Taxifahrer, und schneller, als Cordobes gedacht hätte, schneller, als er reagieren konnte, griff der Kerl unter das Armaturenbrett, nahm etwas hoch, schob eine rotweiße Tragetüte durch das Fenster. Sie war mit dem Namen eines Army-Surplus-Ladens bedruckt.

»Das Paket von Mr. Cat«, sagte der Taxifahrer. »Und könnten Sie jetzt vielleicht aufhören, mit dem verdammten Ding vor meiner Nase herumzuwedeln? Ich mache diese Jobs, komme hier raus, weil Ihr Stanford-Leute angeblich nett sein sollt. Regelrecht unhöflich, mir mit so was vorm Gesicht rumzufuchteln.«

Cordobes überlegte kurz und steckte die Pistole weg. Dann griff er vorsichtig nach der Tüte, sah hinein und zog ein großes, graugrünes Metallding heraus, das so viele Erinnerungen in ihm weckte, daß sie gar nicht alle auf einmal in seinem Kopf Platz hatten.

»Ach, sieh da«, meinte der Taxifahrer und machte große

Augen. »So was hatten wir in der Armee, irgendein Typ-Sowieso-Sende-und-Empfangsgerät oder so was.«

»Ja«, sagte Cordobes und wußte genau, was er in der Hand hielt, kannte das Gefühl, wußte, wofür jeder Schalter und jeder Knopf war. »Typ Sowieso.«

»Tja, in Vietnam hätte man sonst was für eins dieser Dinger gegeben«, fuhr der Fahrer fort. »Jetzt kauft man sie einfach bei Radio Shak. Wer hätte das gedacht?«

Es war, als sei es gestern gewesen. Cordobes legte den Schalter um, zog die lange Teleskopantenne heraus. Die Einstellung war bereits vorgenommen, der Zerhacker angeschaltet. Er versuchte, sich an die Reichweite zu erinnern. Fünfzehn, fünfundzwanzig Meilen? Der Gebrauch für Zivilisten war natürlich illegal. Aber nur, weil sie so was verkauften, hieß das ja nicht, daß die Leute es auch benutzten, oder? In Toms Welt hätte man solche Sachen nur ein paar wenigen Auserwählten zugänglich gemacht, aber das hier war nicht Toms Welt, und er wußte es.

Er lauschte, ob etwas über den eingestellten Kanal kam, hörte nichts, drückte dann den PTT-Knopf und sagte: »Ich hab' es.«

Es krachte und rauschte von statischen Störungen, und dann sagte eine Stimme, eine männliche Stimme, kein kalifornischer Akzent, dachte er, aber das war schwer zu sagen durch das statische Rauschen und die Verzerrung hindurch, die bei jedem über Zerhacker laufenden Funkverkehr aufzutreten schienen: »Himmel, das hat aber gedauert. Wurde auch höchste Zeit. Wie heißen Sie?«

Er ist nicht hier, dachte Cordobes sofort. Es war nicht nur die atmosphärische Störung. Irgend etwas anderes *sagte* ihm, daß der Bursche nicht hier war. Sie hatten das gesamte Team für etwas verschwendet, das nicht stattfinden würde.

»Lieutenant Cordobes.«

»Der Vorname, Lieutenant. Wir haben in den nächsten

paar Minuten eine Menge Arbeit zu erledigen. Da braucht es ein bißchen Vertrauen.«

»Tom.«

»Sind Sie fit, Tom?«

»Fit genug.«

Wieder krachte und rauschte es. Es war, als ob dem Burschen die Antwort nicht gefiel.

»Das werden wir bald rausfinden. Sagen Sie dem Fahrer, er soll Sie zur Nolan Street bringen, zur Bahnstation San Jacinto. Kennen Sie die?«

»Ja.«

»Gut. Sie müssen in fünf Minuten dort sein. Und ich möchte nicht sehen, daß Ihnen irgend jemand folgt.«

Du siehst *gar nichts*, dachte Cordobes, warf dann die gelbe Tasche mit dem Geld auf den Rücksitz und sprang in das Taxi.

»Ich hab' mitgehört«, sagte der Fahrer. »Sie sind in drei Minuten da. Kein Problem.«

Cordobes schaltete das Polizei-Walkie-talkie ein, gab durch, wohin sie fuhren, befahl ihnen, sich soweit wie möglich zurückzuhalten, sich in Nolan neu zu formieren, ihm genügend Spielraum zu geben, für die Übergabe allein zu lassen.

»Ich werde doch wohl für diese Sache bezahlt?« fragte der Fahrer. »Sie sorgen dafür, ja?«

Cordobes griff nach unten, öffnete die gelbe Tasche, warf ihm einen Fünfziger zu. Vom Vordersitz erklang ein langer, leiser Pfiff.

»Mir gefällt's in Palo Alto«, sagte der Fahrer. »Erst schieben dir die Leute 'ne Kanone ins Gesicht, dann werfen sie mit Fünfzigdollarscheinen um sich. Mir gefällt's hier, ehrlich.«

Dann waren sie auch schon da, und Cordobes verließ der Mut. Die Nolan Street war eine breite, offene Straße am Rand der Vororte: niedrige Holzhäuser mit weißgestrichenen Zäunen und sauber geschnittenen Rasenflächen. Zwei Blocks entfernt befand sich ein Industriepark. Gegenüber lag die Haltestelle für den langsamen Bummelzug in die Stadt. Während der Hauptverkehrszeit war hier richtig was los, wenn all die Steuerberater, Anwälte und Werbeleute, die gerne »auf dem Land« lebten, mit ihren großen Kombiwagen angefahren kamen, parkten und dann im Zug grummelnd während der fünfundvierzig Minuten dauernden Fahrt zur Arbeit zusammensaßen. Das gleiche passierte in umgekehrter Reihenfolge am Abend. Tagsüber hielt der Zug nur etwa einmal pro Stunde, und selbst das war Zeitverschwendung, da kaum jemand einstieg, kaum jemand mitfahren wollte, weil man nur anderthalb Meilen weiterzufahren brauchte, nach Palo Alto, wo der Expreßzug alle zwanzig Minuten ging.

Cordobes stieg aus, sah sich um, überlegte blitzschnell, wo der Bursche sein konnte. Denn er war hier, er *mußte* hier sein. Aber außer ihm war niemand auf der Straße, und man konnte nicht alle Häuser durchsuchen, das konnte man einfach nicht. Nicht ohne die Regeln zu brechen. *Seine* Regeln. Und wenn man es tat, würde er einfach aus der Hintertür abhauen und verschwinden. Für immer.

»Du bleibst hier«, sagte er zu dem Taxifahrer. »Es werden bald ein paar Leute auftauchen, die mit dir reden wollen.«

»Und schon ist der Tagesverdienst futsch«, sagte der Kerl, stellte die Uhr ab, lehnte sich im Fahrersitz zurück und schloß die Augen.

Hier schien es noch heißer zu sein als im Park. Es war nichts Grünes da, das die Sonne aufsaugen konnte. Ihre Strahlen prallten nur von dem staubigen Boden ab und wurden direkt auf einen zurückgeworfen. Tom Cordobes zerrte die Sporttasche heraus, spürte das Gewicht des Geldes, ließ sie zu Boden fallen. Er kam gerade zu dem Schluß – dem richtigen Schluß, wie Hal Jamieson hätte bestätigen können, der sich zwei Blocks weiter in Richtung Osten auf dem Dach eines niedrigen Bankgebäudes befand, ein starkes Militärfernglas vor den Augen –, daß der Bursche auf irgendeinem Dach sein mußte, vielleicht drüben im Industriepark, als das Funkgerät zum Leben erwachte.

»Sie haben eine Waffe in der Jackentasche. Und ein Walkie-talkie. Geben Sie beides dem Fahrer, Mann. Sie brauchen es nicht mehr.«

Diesmal war es näher, war die Stimme viel näher. Man hörte sie deutlicher, dachte Cordobes. Sie war näher und klang anders. Sie war *jung*.

Er zog die große .45er heraus, warf sie auf den Beifahrersitz, sah, wie der Taxifahrer beim Anblick des massigen Dinges zusammenzuckte, und warf das Walkie-talkie hinterher.

Cordobes sah auf die Uhr und drückte auf den PTT-Schalter des Funkgeräts. »Wir müssen die Sache jetzt durchziehen, Mr. *Cat*. Sie haben die Deadline auf elf Uhr festgesetzt, und wir müssen Ihnen das Geld übergeben. *Jetzt.*«

Auf dem Dach des Bankgebäudes spürte Hal Jamieson, wie ihn Kälte ergriff, als er den Haß, die Gewalttätigkeit in dieser Stimme hörte, und er wünschte sich, es gäbe einen anderen Ausweg.

Dann sagte er: »Deadlines ändern sich, Tom. Ein Mann muß flexibel sein im Leben. Wußten Sie das nicht?«

Jetzt war es an Tom Cordobes, sich Sorgen zu machen.

»Ich sehe sie kommen, Tom. Von da, wo ich bin, sehe ich *alles*. Sie haben sich nicht an meine Anweisungen gehalten. Sie haben Ihre Freunde mitgebracht.«

»Komm zur Vernunft, Bubi«, brüllte Cordobes, so laut, daß der Taxifahrer in seinem Sitz hochschrak. »Wir sind Polizisten, verdammt noch mal. Wir sind Erwachsene. Die Sache wird dir um die Ohren fliegen, wenn du nicht gleich zur Vernunft kommst.«

Dann stand er nur da, heiß, verschwitzt, und hätte am liebsten jemanden umgebracht.

Schließlich bellte ihn das Funkgerät wieder an.

»Oje. Wir fahren aber leicht aus der Haut, was, Tom? Ich denke, darauf müssen Sie aufpassen, wirklich. Schließlich ist da ein Fünfjähriger, der auf Sie zählt, und im Moment weiß ich nicht, wie er sich fühlen soll. Wissen Sie es?«

Cordobes kniff die Augen zusammen, ließ den Blick über die Dächer wandern. Der Junge *mußte* irgendwo dort oben sein.

»Sind Sie bereit für eine kleine Fahrt, Tom?«

Wütend drückte er auf den PTT-Knopf. »Was?«

»Sie haben mich schon richtig verstanden. Schauen Sie die Schienen entlang. Da kommt der Zehn-Uhr-Zweiunddreißig-Zug nach San Francisco, und das sogar pünktlich. Sie wissen, daß diese CalTrain-Fahrpläne einen zum Wahnsinn treiben können. Komplizierter als ein chinesisches Puzzle. Die meiste Zeit halten diese Züge an jeder einzelnen gottverdammten Station, also benutzt niemand sie. Die *meiste* Zeit.«

Cordobes sah zu den schnurgraden Schienen hinüber. Über die Mauer konnte er eben noch das Dach der großen Lokomotive sehen, die allmählich langsamer wurde, konnte das Quietschen der Bremsen hören.

»Aber der Zehn-Uhr-Zweiunddreißig ist völlig bekloppt, Tom. Er hält nur zweimal an. Wissen Sie, wo? Glauben Sie, Ihre Jungs wissen das? Wer weiß? Es ist niemand auf dem Bahnhof, Tom. Niemand, der einsteigen will, das macht es einfach für mich, zu sehen, ob Sie allein sind, weil ich weiß, daß nur eine Person einsteigen wird, und das sind Sie.«

Der Zug hatte jetzt die Station erreicht, man konnte hören, wie die großen Eisenräder hinter der hohen Betonwand quietschend zum Halten kamen. Toms Verstärkung war noch weit hinten auf der Straße, bewegte sich vorsichtig vorwärts, um in Stellung zu gehen. Sie konnten den Zug vermutlich nicht sehen, wußten wahrscheinlich nicht einmal, daß er da war. Tom hörte, wie sich die automatischen Türen zischend öffneten, und konnte irgendwo in seinem Kopf spüren, daß der Zugführer überlegte, wie schnell er von diesem unnötigen Halt wieder wegkommen konnte oder ob er den Zug nur ausrollen lassen sollte, mit angezogenen Bremsen, um dann gleich wieder zu beschleunigen, wie es einem der gesunde Menschenverstand riet.

»Ich habe einen besseren Überblick als Sie«, kam es aus dem Funkgerät. »Er fährt gleich los, Tom. Sie sollten besser rennen.«

Der massige Polizist griff nach der Tasche und lief los, rannte mit großen Schritten, verschwitzte den grauen Anzug noch mehr, rannte am leeren Fahrkartenschalter vorbei, fand den Bahnsteig, schlug mit der Faust auf den Türöffner der sich gerade schließenden Automatiktür, sprang hinein, starrte in den Waggon, überlegte, wie lange er brauchen würde, die Pistole von seinem Bein zu lösen, überlegte, wie lange er brauchen würde, die Wahrheit aus diesem eingebildeten, großkotzigen Jungen rauszuprügeln.

»Gut gemacht«, sagte die Stimme über Funk. »Das war wirklich gut.«

Der Zehn-Uhr-Zweiunddreißig verließ San Jacinto pünktlich, gerade als die Leute von der Verstärkung ihre Plätze einnahmen, sich endlich so weit vorgearbeitet hatten, ihm zu Hilfe zu kommen, und sich dann wunderten, wohin zum Teufel Tom Cordobes so schnell verschwunden war, was zum Teufel im Bahnhof so interessant sein konnte, ob er nur hinein- und wieder hinausgerannt war. Sich wunderten, warum er sich verdammt noch mal nicht bei ihnen meldete.

Sie brauchten fünfzehn Minuten, bis sie kapierten, was geschehen war. Da saß Tom Cordobes bereits in seinem eigenen Waggon, ratterte auf die Stadt zu und hatte das Spiel durchschaut. Wußte, daß es eines war, bei dem er auf sich allein gestellt sein würde.

9

Schrödingers Katze (3)

> Die Göttin Fortuna ist des Teufels Dienerin, bereit, jedem den Arsch zu küssen.
>
> William Blake

Joni Lascelles sah Quinn in die Augen und hätte es vorgezogen, ihm nicht direkt gegenüberzusitzen, ihn nicht über die schimmernde Platte des großen Fichtenholztisches hinweg anschauen zu müssen. Es ließ die Sache wie eine ganz persönliche Begegnung wirken, mit der niemand sonst etwas zu tun hatte, und das war einfach nicht der Fall. Hier ging es um mehr als Michael Quinn. Es war eine Illusion, etwas anderes vorzugeben.

»Was wollen Sie damit sagen?« fragte sie Jamieson, ihren Blick immer noch auf Quinn, auf seinen glänzenden Schädel gerichtet.

»Ich will damit sagen, daß ich alles tun werde, was in meiner Macht steht. Ich werde Leute dafür bezahlen, Margaret Zalinski zu finden. Herausfinden, was geschehen ist. Sie mit Ihnen in Verbindung bringen. Ich kann das sofort tun. Wir können die Angelegenheit jetzt bereinigen. Es kann in ein paar Tagen erledigt sein.«

Sie schaute auf ihre Hände, versuchte, das Ganze zu begreifen, dachte an die Frau, die mit am Tisch saß, und überlegte, was an ihr sie so beunruhigte.

»Und Mr. Cordobes?«

»Niemand wird etwas über Cordobes erfahren«, sagte Jamieson. Sie irrte sich nicht, es lag tatsächlich Bedauern in seiner Stimme. »In diesem Land verschwinden ständig Menschen. Er wird nur einer mehr sein, den niemand vermißt. Keine Verwandten, kein Arbeitgeber. Ich bin nicht stolz darauf, glauben Sie mir. Ich wünschte, es wäre nicht passiert. Ich wünschte, er wäre nicht hier eingedrungen. Daß wir die Sache auf eine andere Art hätten lösen können. Aber es hat keinen Zweck, sich darüber jetzt noch Gedanken zu machen. Wir können die Uhr nicht zurückdrehen. Es ist nun mal passiert, und der Punkt ist, daß wir es nicht an die Öffentlichkeit bringen können, ohne uns zu belasten. Ohne daß uns die ganze Sache um die Ohren fliegt. Ich erwarte nicht, daß Sie uns irgendeinen Gefallen tun. Ich gehe davon aus, daß unser Schicksal Sie einen Dreck kümmert. Aber denken Sie mal nach. Denken Sie daran, was Sie wollen. Sie brauchen meine Hilfe. Ich kann Sie zu ihm bringen. Aber ich kann es nicht, wenn ich im Gefängnis sitze.«

Quinn lachte mit gebleckten gelben Zähnen. Endlich begriff sie: Hier war wirklicher Irrsinn am Werk, eine Art Irrsinn, wie sie ihn noch nie gesehen hatte.

»Hal bringt Dinge in Ordnung, verstehst du«, sagte Quinn. »Das macht er richtig gut. Hat er schon immer und wird er auch immer. Da ist er echt begabt.«

Ihr entging nicht, daß Louise nicht in sein Lachen einstimmte, nur mit steinernem Gesicht dasaß, sich die Unterhaltung anhörte und leicht ungeduldig wirkte.

Schließlich sagte Joni: »Bleibt mir denn eine andere Wahl?«

Hal Jamieson dachte unwillkürlich, wie feminin, wie weiblich diese Antwort war. Nichts über die Fragen, nichts über das praktische Vorgehen. Nur das beleidigte Nörgeln darüber, keine Wahl zu haben.

»Willkommen im Club«, erwiderte er sofort. »Einige von uns sind mit der Frage durchs Leben gegangen, was ›die Wahl haben‹ überhaupt bedeutet. Das ist was für Menschen mit viel Zeit und wenig Entschlußkraft. Bei allen wichtigen

Dingen im Leben ist so etwas wie ›die Wahl haben‹ nicht vorgesehen. Man sagt entweder ja oder nein, steigt auf oder geht unter. Klar haben Sie eine Wahl. Sie entscheiden sich entweder für die positive Lösung, die auch für uns positiv ist, oder für die negative, die dann auch uns mitreißt. In beiden Fällen werden Sie Ihre Entscheidung am Ende höchstwahrscheinlich bedauern. Die Frage ist nur: Welche davon werden Sie mehr bedauern?«

Sie sah zu Quinn, der aufmerksam zugehört hatte. Wieder bewegten sich die gelben Zähne, und er sagte: »Das war ziemlich gut für einen Anfänger, Hal.«

Dann betrachtete Joni Louise Gostelow, sah sie unter den Tisch greifen, offenbar in ihre Handtasche, sah sie einen großen grauen Revolver herausziehen, so groß, daß er wie eine Art Bühnenrequisite wirkte. Dann sagte sie: »Auch uns bleibt keine Wahl, Hal. Wenn du darüber nachgedacht hättest, wüßtest du das.«

Jamieson sah sie das Ding auf die schimmernde Tischplatte legen und fragte sich, ob er diese Louise, diese neue Louise überhaupt kannte. Sie wirkte so gelassen und bereit, so als könne sie durch das Aussprechen der richtigen Worte die Kontrolle über die Situation an sich reißen. Und das verblüffte ihn. Er begriff es nicht.

»Steck die Waffe weg, Louise«, sagte er und hörte die Anspannung in seiner Stimme. »Wir lösen die Dinge nicht mit Waffen. Das haben wir nie getan, und wir fangen auch jetzt nicht damit an.«

Sie lächelte ihn an, wie man einen Bankangestellten anlächelte, und erwiderte: »Himmel, Hal, du machst mich fertig. Wirklich. Wir haben hier zwei Leute, die uns für den Rest unseres Lebens ins Gefängnis bringen können, vielleicht sogar *hinrichten* lassen können, und du sitzt einfach da und versuchst, dich aus der Sache herauszureden. Als ginge es um ein Geschäft, einen Vertrag. Hier geht es nicht um

Aktienoptionen, hier geht es nicht um Urheberrechte. Es geht um unser Leben, Hal. Ich lasse nicht zu, daß meines unter mir versickert, nur weil du auf irgendwelche Prinzipien beharrst …«

»Menschen nicht umzubringen hat nichts mit Prinzipien zu tun«, unterbrach Jamieson und überlegte noch immer, warum sie das tat, was sie damit beweisen wollte. Es schien alles so sinnlos. »Menschen nicht umzubringen ist der Punkt, von dem man ausgeht, Louise, nicht einer irgendwo da draußen, auf den man eines Tages zufällig stößt.«

Sie zündete sich eine Zigarette an. Sie war so ruhig. Da ging es Jamieson auf: Sie war vorbereitet. Was immer sie hier auch vorhatte, sie war bereit dazu.

»Mach die Augen auf, Hal. Wir befinden uns in den neunziger Jahren, nicht mehr in den sechzigern. All dieser Blödsinn von Friede und Liebe liegt hinter uns. Wir reden vom Überleben, und diese beiden sind eine *Bedrohung* für uns.«

Er schaute auf seine Hände, bemühte sich, ruhig zu bleiben, und sagte: »Steck die Waffe weg, Louise. Auf der Stelle. Darüber, was mit uns passiert, können wir später reden. Aber ich sage dir hier und jetzt, daß dieser *Scheiß*, dieser Schwachsinn keine Option ist, daß wir alles durchsprechen, uns auf etwas einigen, das Richtige tun werden. Also steck die gottverdammte Kanone weg. Jetzt.«

Sie blickte ihn freundlich an. Die Wut war aus ihrem Gesicht verschwunden. Sie sah hinreißend aus. Nicht mehr jung. Nicht, wenn man genau darüber nachdachte. Das war nur einer von Louises Tricks. Einer ihrer vielen Tricks. Hal Jamieson wunderte sich, wie es ihm gelungen sein konnte, sie all diese Jahre zu halten. Warum sie ihn nicht einfach verlassen hatte, wann immer ihr danach zumute gewesen war. Wenn man so aussah, wenn man diese Art von Intelligenz besaß, diesen Charme, konnte man fast alles tun, was man wollte.

»Ich habe es versucht, Hal«, sagte sie. »Das mußt du mir zugestehen. Ich habe es versucht. Der Punkt ist nur, daß ich nicht ins Gefängnis gehe. Ich kann das nicht. Ich werde alles tun, um das zu vermeiden. Glaub mir. Alles.«

Hal Jamieson spürte, wie die Erbitterung in ihm wie eine wütende Wespe zu summen begann.

»Keiner von uns geht ins Gefängnis, Louise, niemandem wird Schaden zugefügt. Genau darum geht es bei diesem Gespräch. Darum führen wir es. Diese Frau ist keine Bedrohung für uns, genausowenig wie Michael.«

Joni Lascelles sagte nichts. Merkte, daß etwas in ihr ihn davon abhalten wollte, es zu sagen, etwas Hartes, Kaltes in ihr, das nur allzu bereit war, die Welt so zu sehen, wie Louise Gostelow sie sah.

»Das kannst du nicht *wissen*«, entgegnete Louise. »Du mit deiner Vertrauensseligkeit. Mit deinem dauernden Gerede, daß alles gut werden wird, alles in Ordnung kommt. Damals, vor zwanzig Jahren, hätten wir die ganze Sache so einfach lösen können. Aber du wolltest ja nicht. Mußtest unbedingt *das Richtige* tun. Jetzt siehst du, wohin uns das geführt hat.«

Die plötzliche Spannung im Raum war für alle spürbar. Sie hing in der Luft, und Joni Lascelles erkannte, erkannte sofort, daß sie normalerweise nicht so miteinander sprachen, es bis jetzt nie getan hatten. Daß diese Direktheit wie eine alte Wunde aufgeplatzt war und beide nicht wußten, wohin das führen würde.

»Du kannst nicht einfach jeden umbringen, der dir im Weg steht, Louise«, sagte Jamieson und schaute aus dem Fenster auf den graugrünen Wald, wollte ihr nicht ins Gesicht sehen, wollte die intensive Konzentration nicht sehen. »Leute umzubringen ist keine Patentlösung, die man wie Insektenspray im Supermarkt kauft, um sich herum versprüht und dann darauf wartet, daß alles Ungeziefer verschwindet.«

»Nein?«

»Nicht in meiner Welt.«

Sie griff nach dem Revolver, drehte die Trommel, nahm eine Schachtel aus ihrer Handtasche, schob eine Patrone in eine der Kammern. Jamieson fluchte leise und erhob sich vom Tisch.

»Ich sagte, steck die verdammte Kanone weg, Louise.«

Er spürte, wie sich eine große Hand auf seine Schulter legte und ihn wieder auf den Stuhl zurückdrückte.

»Ich denke, Sie sollten bleiben, wo Sie sind, Mr. Jamieson«, sagte Baxter. In diesem Moment wurde Hal etwas klar, etwas, das schon seit einer Stunde an ihm genagt hatte.

Er lehnte sich zurück, atmete tief durch, drehte sich um und schaute den Muskelmann in seinem glänzenden grauen Anzug an. Baxter lächelte nicht, sagte nichts.

»Wie bitte?«

Jamieson starrte den Mann mit einem Blick an, den man sich aneignete, wenn man Unternehmen besaß, Menschen besaß, einen Blick, bei dem anderen unwohl wurde, ohne daß man ein Wort sagen mußte.

Baxter wurde ein bißchen rot, sah aus, als würde er schwitzen, und sagte: »Ich denke, Sie sollten zuhören. Ich denke, Sie sollten bleiben, wo Sie sind. Die Sache so einfach wie möglich machen.«

Es gefällt ihm nicht, dachte Hal Jamieson, er fühlt sich nicht wohl bei der ganzen Angelegenheit.

»Wieviel zahlt sie Ihnen, Baxter? Wieviel? Kein Problem. Ich zahle Ihnen das Doppelte. Woher zum Teufel meinen Sie, daß ihr Geld stammt. Wieviel wollen Sie?«

Baxter sah ihn, ohne zu lächeln, an, zögerte und erwiderte dann: »Manchmal ist es nicht nur eine Frage des Geldes, Mr. Jamieson. Es tut mir leid. Ich wollte das nicht sagen. Sie haben mich dazu gezwungen.«

Das konnte Hal Jamieson ohne weiteres glauben. Das ergab einen Sinn.

»Aha«, sagte Jamieson. »Sie schläft also mit Ihnen *und* gibt Ihnen Geld. Tja, das kann ich natürlich schwer übertreffen.«

»Ich denke, Sie sollten den Mund halten und zuhören«, sagte Baxter. »Wirklich.«

»Was meinen Sie, wie lange das anhält? Denken Sie, diese Unterwürfigkeit wird Ihnen in Zukunft viel nützen bei ihr?«

Jamieson wurde jetzt wirklich wütend. Merkte, daß er wütender werden könnte als je in seinem Leben, und das lag nicht nur an Baxter, das lag nicht mal an Louise, es war die ganze verdammte Sache, ihn selbst eingeschlossen, die Art, wie sich alles entwickelt hatte.

»Wie lange? Ich meine, ich hab's, abgesehen von ein paar kleinen Abstechern hin und wieder, immerhin auf runde zwanzig Jahre gebracht. Und ich hab' was auf dem Kasten, Steve. Hab' vielleicht nicht Ihre Körperkraft und was sonst noch dazu gehört. Aber ich kann dafür sorgen, daß Geld reinkommt. Und das ist wichtig für Louise. Louise *mag* Geld, Steve. Nur fair, Sie darauf hinzuweisen.«

Baxter erlaubte sich ein dünnes Lächeln, sah ihn an und sagte: »Geld wird kein Problem sein, Mr. Jamieson. Nicht, wenn Sie aus dem Weg sind. Dann wird *eine Menge* Geld da sein.«

Das ließ Hal Jamieson verstummen, völlig verstummen. Er spürte, wie ihm das Blut erstarrte, als er endlich alles begriff. Er sah Louise an und fühlte sich ausgelaugt durch die Jahre, die verschwendeten Jahre.

»Das ist das Ende, Hal«, sagte sie und lächelte nicht, sagte es auf die gleiche Weise wie bei der Entlassung eines Dienstboten – eher bedauernd als verärgert. »Das ist das, was du schon damals hättest tun sollen, aber nicht getan hast. Das ist das, was ich dir gesagt habe, als wir damals hierherfuhren, als sie da hinten im Campingbus saßen und es so leicht gewesen wäre. Jetzt kommt alles zurück. Wenn ich es hinter mir habe, kann ich mich endlich entspannen. Dann brauche ich mir nie mehr Sorgen wegen der Polizei, wegen des Gefängnisses zu machen. Verstehst du, alle müssen erledigt werden, alle, die wissen, was damals passiert ist. Du, er, das Mädchen, *alle*, und dann bin ich frei. Und das Schöne daran ist, daß es sich alles so sauber erledigen läßt. In diesen Wäldern hier kann man sich leicht verirren, man fährt einfach ins Nichts, man braucht noch nicht mal zu graben, die Leute verschwinden einfach. Bei dir ist selbst das überflüssig. Ich brauche mich nicht mit irgendwelchen Erbfragen herumzuschlagen. Das hier ist deine Hütte, Hal. Du hast sie zum Vögeln gekauft. Du hast ein hübsches Mädchen hier. Ihr streitet euch. Ihr habt Waffen. Und weißt du was? Ich bekomme auch noch Mitgefühl dafür. Wie könnte es für mich besser laufen?«

Jamieson versuchte fieberhaft, die Gedanken zu sortieren, die ihm durch den Kopf schossen.

»Du kannst Leute nicht einfach so *umbringen*, Louise. Das kann nicht dein Ernst sein.«

»Wirklich?« fragte sie, überprüfte dann den Revolver, schob ihn über den Tisch zu Quinn. Er lag vor ihm, ein stumpfes graues Ding auf dem schimmernden Holz. Quinn sah ihn nicht an.

»Erinnerst du dich an die Scheune, Michael?« fragte sie. »Junge, das waren Zeiten. Nicht so was wie dies hier, das ist klar, aber wir hatten unseren Spaß. Stimmt's?«

»Stimmt«, erwiderte Quinn mit einem irren Lächeln und starrte auf die ihm gegenübersitzende Joni, einen Ausdruck im Gesicht, den sie nicht einmal ansatzweise deuten konnte.

»Die Spiele, die wir da spielten. Erinnerst du dich an sie, Michael? Erinnerst du dich an das Spiel mit den kleinen Schaltern, das An-aus-Ding? Das mit dem komischen Namen?«

»Das war kein Spiel, Louise«, sagte Quinn mit monotoner Stimme. »Ich dachte, das hättest du begriffen. Das war überhaupt kein Spiel.«

»Schrödingers Katze. So hieß es, nicht wahr?«

»Aber kein Spiel«, wiederholte Quinn. Seine Stimme schwankte, nahm den nörgelnden, kindlichen Ton an, den Hal und Louise das letzte Mal vor zwei Jahrzehnten gehört hatten.

»Ich muß von Zeit zu Zeit daran denken«, sagte Louise. »Und weißt du, ich mag ja klug sein, ich mag ja intelligent sein, aber es kommt mir vor, als hätte ich es nie ganz kapiert. Kommt mir vor, als wäre es nur so was wie russisches Roulette gewesen. Entweder ist das Geschoß in der Kammer, oder es ist nicht drin.«

Hal Jamieson sah sie quer über den Tisch hinweg an und sagte in einem Ton, den er viel zu flehentlich fand: »Tu das nicht, Louise. Wir können immer noch zurück. Wir können die ganze Sache vergessen. Was immer du willst, das Geld, Baxter, es ist mir egal. Aber bitte tu das *nicht*.«

Sie wartete, bis er ausgesprochen hatte, und wischte das Gesagte dann, ohne nachzudenken, mit einer Bewegung ihrer Hand weg.

»Wir können nicht zurück, Hal. So etwas wie *zurück* gibt es nicht. Das hast du nie begriffen, oder? Also nimm den Revolver, Michael.«

»Den Revolver?«

»Du hast mich schon verstanden.«

Quinn beugte sich vor, wußte nicht, wohin er schauen sollte, sah Baxter etwas aus der Jackentasche ziehen, es auf ihn richten, als er nach dem Griff der Waffe auf dem Tisch langte.

Joni wollte etwas sagen. Ihr Mund war trocken. In ihrem Kopf drehte sich alles. Die Worte kamen einfach nicht heraus.

»Eine Patrone ist drin, Michael«, sagte Louise. »Ich habe die Trommel gedreht. Selbst ich weiß nicht, wo die Patrone ist. Ist das ungewiß genug für dich?«

»Es ist nicht dasselbe, Louise«, sagte Quinn. »Absolut nicht dasselbe.«

»Natürlich ist es das. Erinnerst du dich, was du damals gesagt hast? Wir bestehen alle nur aus Teilchen, die voneinander abprallen. Alles. Alles, was wir sagen, alles, was wir tun, reduziert sich schließlich darauf. Also egal, was passiert, es wird sowieso passieren. *Was soll's?*«

Sie nervte ihn. »Das stimmt nicht, Louise. Etwas Vorausbestimmtes ist nicht dasselbe wie etwas *Vorherbestimmtes.*«

»Wenn du das sagst. Was soll's. Richte die Waffe auf den Kopf des hübschen Mädchens, Michael.«

Quinn schaute zu Joni Lascelles hinüber und fragte sich, was er wirklich sah, wenn er lauschte, wenn er die Farben zu sich sprechen ließ. Das Gesicht eines fünfjährigen Kindes? Die Umrisse goldener Flügel, die hinter ihr flatterten? Das ist *nicht* dasselbe, sagte er sich. Das ist *nicht* richtig. Und in seinem Kopf hörte er das Blut rauschen, spürte die Hitze, die durch seine Adern jagte.

»Richte die Waffe auf den Kopf des hübschen Mädchens, und drück ab, Michael. Wer weiß? Vielleicht bekommen wir auf der Stelle ein neues Universum. Vielleicht eines mit einer guten Fee und einem Zauberstab. Vielleicht finden wir uns alle in der Hölle wieder. Das wissen wir erst, wenn du abdrückst. Drück ab, Michael.«

»Bitte …«, rief Jamieson über den Tisch. »Es ist noch nicht zu spät, Louise, bitte …«

Es war Quinn, der darauf antwortete, während er den Lauf der Waffe direkt auf Jonis von dem Heiligenschein blonden Haars umgebenen Kopf richtete, die bleiche Haut ihrer Stirn nicht mehr als fünfzehn Zentimeter von dem grauen Metall entfernt.

»Es ist immer zu spät, Hal«, sagte Quinn. »Das hätten wir alle längst begreifen sollen. Es ist immer viel zu spät.«

Sie wirkte so ruhig. Sie fixierte ihn mit einem Blick, der

keine Angst zeigte, keinen Haß, keinen Zweifel. Michael Quinn und Joni Lascelles sahen sich über den schimmernden Tisch hinweg an und spürten etwas, eine Art Wiedererkennen, eine Art von Verbindung, die sie nicht wahrhaben wollte. Ihr Blick war so stark, so strahlend, so starr auf ihn gerichtet. Er ging direkt durch ihn hindurch. Bohrte sich in ihn, als sei dieses Bild, dieser glänzende Schädel, diese Verrücktheit das letzte, was sie mit sich aus dieser Welt nehmen wollte.

»Schließ die Augen«, befahl er.

Das war eine unbedeutende Entscheidung oder vielleicht eine bedeutende. Joni Lascelles hätte es in dem Moment nicht sagen können. Die Welt um sie herum brach zusammen, und sie spürte, wie sie in die Trümmer der Zerstörung hinabfiel. Also schloß sie die Augen, ballte die Fäuste in ihren Jackentaschen und dachte an einen kleinen, perfekten Planeten, Millionen Meilen von diesem Ort, diesen Leuten entfernt. Während sie das tat, konnte sie ihren eigenen Atem hören, ruhig, flach, geduldig, konnte die kleinen Geräusche im Raum hören, das Blubbern der Heizung, das Summen des Kühlschranks, hören, wie all diese alltäglichen, gewöhnlichen Geräusche, die unter der Welt existierten, in den Vordergrund ihres Lebens traten, eine reale, eigene Existenz annahmen.

»Drück ab, Michael«, wiederholte die Frau, und es klang, als käme ihre Stimme von außerhalb des Zimmers, als käme sie aus dem Weltraum.

Dann ertönte ein Knall, eine Explosion, so laut, daß sie schon in sich tödlich sein mußte. Etwas Heißes, Verderbliches zischte durch die Luft, und etwas Rotes, Blutrotes fiel auf ihre Welt, vermischt mit dem Geräusch eines lauten Schreis.

10

Magie

… als ob die Pest nicht die Geißel Gottes wäre, sondern so etwas wie ein Von-Einem-Bösen-Geist-Besessensein, wogegen man sich mit Bekreuzigungen, Tierkreiszeichen oder Papierzetteln, mit so-und-sovielen Knoten zusammengeschnürt und mit bestimmten Wörtern oder Zeichen beschrieben, wehren konnte; so wurde besonders das Wort Abracadabra gebraucht, in Dreiecks- und Pyramidenform wie hier:

ABRACADABRA
ABRACADABR
ABRACADAB
ABRACADA
ABRACA
ABRAC
ABRA
ABR
AB
A

DANIEL DEFOE
Tagebuch aus dem Pestjahr

Atherton und Redwood City, San Mateo und Burlingame, Paul Avenue, 22nd Street. Tom Cordobes betrachtete die Namen auf der Streckenkarte und überlegte, wo der Zug wohl wirklich anhalten würde. Wo das Endspiel beginnen würde.

Er versuchte erneut herauszufinden, was der Junge vorhatte, denn es war mit Sicherheit ein Junge, eins von diesen Collegekids, die sich für so clever hielten, so geschwätzig waren. Hier ging es nur darum, etwas zu *beweisen*. Zu beweisen, daß er gerissener war, besser war als die alten Kerle, die Kerle, die für ihr Vaterland kämpften, kein Haschisch rauchten, die arbeiteten, sich abrackerten, ihren Mann standen.

Dadurch wurde es zu etwas Persönlichem, was Tom Cordobes gerade recht war, es nur noch besser machte. Wenn die Dinge einen persönlich betrafen, dann wurden sie real, greifbar.

Der Zug rumpelte über die CalTrain-Strecke, an Orten vorbei, die er bisher nur von der Straße aus gesehen hatte und jetzt kaum wiedererkannte. Von hier sah alles anders aus, verwandelt, doch es interessierte Tom Cordobes nicht sonderlich. Er wußte gerne über die Dinge Bescheid, die er wissen mußte, und behielt sie für den Moment im Gedächtnis, wo er sie brauchte.

Gelegentlich knisterte es im Funkgerät, und Cordobes dachte: Der Junge ist nicht halb so clever, wie er denkt. Er folgt der Bahnlinie im Auto, ist irgendwo auf der 101, an Redwood City vorbei, am Flugplatz, entlang der Küste der Bay, durch South Francisco und Candlestick Park bis in die Stadt hinein. Und er glaubt, dieses ausgemusterte Militärzeugs ist besser, als es ist. Er hat keine Ahnung von Funkgeräten und den Tricks, die sie einem spielen können. Er weiß nichts von der Blockierung durch Beton und Stromkabel. Er hat keine Ahnung von atmosphärischen Bedingungen. Er glaubt, er weiß alles besser, und das ist gefährlich, das ist immer gefährlich.

Aber dann, nach Burlingame, veränderte sich etwas. Das Wetter schlug um, und bald war der Waggon von Nebel eingehüllt, wie von einer Wolke, die gerade vom Himmel herabgesunken war und beschlossen hatte, eine Zeitlang den Boden zu bedecken. Es wurde kalt. Eine winterliche Kälte, und irgendwo war auch das Grummeln von Donner zu hören. Diese seltsame Kombination ließ das Innere des Zuges stickig, luftlos wirken. Cordobes öffnete alle Fenster in dem leeren Waggon, wollte soviel Luft wie möglich hereinlassen, setzte sich, fühlte sich fehl am Platz, empfand das Rütteln des Waggons als unangenehm. Die Untätigkeit begann ihn zu nerven. Er überlegte, welche Trumpfkarten der Junge noch im Ärmel haben mochte, und gab es dann auf. Es war die Mühe nicht wert. Statt dessen überlegte er, was Langton wohl gerade tat. Vermutlich seine Kündigung schreiben. Entweder das oder sich Möglichkeiten ausdenken, wie Cordobes die Sache doch noch für ihn retten konnte. Palo Alto war nur eine kleine Polizeistation. Sie besaß nicht die Ressourcen, besaß nicht die Einrichtungen, Dinge über die Stadtgrenze auf das Gebiet anderer zu verfolgen. Nachdem der Junge die Sache aus seiner Einflußsphäre hinausgetragen hatte, konnte Langton nichts anderes tun, als irgendeinen Großkopferten in der Stadt anzurufen, zu warten, bis der aufhörte zu lachen, und sich dann auf die Knie werfen und ihn um Hilfe anflehen. Wenn er wirklich Glück hatte, war es innerhalb der vierzig Minuten, die der Zug von San Jacinto in die Stadt brauchte, möglich, daß sie sich so weit zusammenrissen, den Zug bei seiner Ankunft zu erwarten. Möglich, aber unwahrscheinlich. Auf jeden Fall brauchten diese verdeckten Sachen Zeit. Man konnte so was nicht innerhalb von wenigen Minuten auf die Beine stellen, denn dann wäre es zu offensichtlich gewesen, und wohin brachte einen das? Zurück zum Anfang. Zurück zu dem Punkt, wo der Junge ihm über Funk mitteilen würde: »Ich habe Sie gewarnt …« Dann irgendwelche Idioten von der Presse anrief und ihnen sagte, wo sie die Leiche finden könnten.

Nein. Je mehr er darüber nachdachte, desto sicherer war er sich, was Cy Langton in diesem Augenblick machte. Er saß in seinem Büro und tat gar nichts. Rief niemanden an. Wandte sich an niemanden um Hilfe. Wartete nur darauf, daß Tom die Sache in Ordnung brachte, daß Tom ihn anrief und sagte: »Alles geregelt.« So oder so. Das war es, was Cy Langton machen würde, und vielleicht war es das Klügste, was er tun konnte.

Cordobes sah aus dem Fenster in die dicke, graue Masse,

die jetzt kaum mehr als zehn Meter Sicht erlaubte. Er hatte keine Ahnung, ob er sich noch auf dem offenen Land befand oder bereits in einer bebauten Gegend. Man konnte es nicht erkennen. Dann, plötzlich, bellte das Funkgerät ihn an, und Tom Cordobes nahm es vom Sitz.

»Sind Sie da, Tom?«

Da war noch ein Geräusch hinter der Stimme. Autoverkehr? Nein. Ein Nebelhorn. Das hieß, der Junge war irgendwo in der Nähe der Küste. Als wenn ihm das weitergeholfen hätte!

»Ich langweile mich, Junge. Mir wird sehr schnell langweilig.«

»Tja, das wird wohl auch noch eine Weile so bleiben, Tom. Spannung und Aufregung wird Ihnen die Sache nicht bringen. Sie übergeben nur das Geld, dann lassen wir den Jungen frei.«

»*Hör auf mit dem Scheiß!*« brüllte Cordobes ins Funkgerät. »Ich bin doch kein Idiot. Der Junge ist bereits tot. Glaubst du, ich weiß das nicht?«

Eine Pause trat ein, und dann sagte er etwas Seltsames, etwas, das Cordobes nicht interpretieren konnte.

»Der Junge lebt, Tom. Das sollten Sie mir besser glauben. Ich habe dafür *gesorgt*, daß er am Leben blieb, auch wenn Sie darüber nie mehr erfahren werden. Aber ich habe es getan. Wenn ich nicht gewesen wäre, dann wäre er schon längst tot. Und vielleicht nicht nur er.«

»Ja, ja«, sagte Cordobes und fragte sich, was es bedeutete, fragte sich, ob es sich irgendwie verwenden ließ.

»Jetzt liegt es an Ihnen, ihn am Leben zu halten, Tom. Ich habe alles getan, was ich konnte. Glauben Sie es, oder nennen Sie mich einen Lügner, das ist mir egal, es ist die Wahrheit.«

»Und was jetzt?«

»Sie steigen an der 22nd Street aus. Sie bleiben nicht bis

zur Endhaltestelle drin. Nach meiner Uhr müßte es der nächste Halt sein. Sie steigen aus, nehmen sich ein Taxi, lassen sich an die Ecke der California und Powell Street bringen. Machen Sie keine Dummheiten, wie jemanden anzurufen und Verstärkung anzufordern. Dazu haben Sie keine Zeit, Tom. Keiner von uns hat Zeit. Sie fahren da hin. Sie warten. Ich melde mich bei Ihnen.«

Cordobes spürte, wie ihm vor Wut die Galle hochkam.

»Welche verdammte Ecke, du Scheißkerl? Eine Kreuzung wie die von California und Powell hat vier Ecken. *Welche verdammte Ecke?*«

Im Funkgerät wurde es für kurze Zeit still, dann kam die Stimme zurück.

»Wissen Sie, Tom, Sie haben wirklich schlechte Manieren. Ich verstehe nicht, wieso man gerade Sie für diesen Job ausgewählt hat. Ich *weiß*, was eine Kreuzung ist. Ich *weiß*, daß sie vier Ecken hat. Ich habe keine bestimmte Ecke angegeben, Tom, weil es keine Rolle spielt. Es spielt überhaupt keine Rolle.«

Cordobes versuchte das zu begreifen, aber es gelang ihm nicht. Dann merkte er, wie sehr er den Ton der Stimme des Jungen verabscheute. Dachte, daß er sich an diesen Ton, diese kalte Arroganz noch lange Zeit erinnern würde, lange genug, um zu irgendeinem Schluß zu kommen. Aber es war nicht zu begreifen. War unmöglich zu begreifen. Ihm blieb nichts anderes übrig, als mitzumachen, zu sehen, was geschah, die Möglichkeit zu ergreifen, falls sie sich bot. Und zu beten, daß der Junge nicht so clever war, wie er wirkte. Zu beten, daß er nicht nur improvisierte und dabei schneller tanzte, als es ein konditionsloser, fast vierzigjähriger Cop schaffen konnte.

Der Zug hielt an der 22nd Street, und es war, als würde man in eine Schüssel eiskalter Suppe treten. Die Luft war wie eine Wand, nahm einem den Atem, jagte einem eisige Schauer über den Rücken. Er fröstelte und begriff plötzlich, was der Junge tat. Der Nebel war so dick, daß einem keine andere Wahl blieb. Man *mußte* improvisieren. Wenn man kaum die Hand vor Augen sah, blieb einem keine andere Wahl. Alle Pläne, die man gehabt haben mochte, waren nur noch Müll. Sie ließen sich nicht mehr durchführen in dieser naßkalten, grauen Welt, wo es leichter war, etwas zu hören als zu sehen, und selbst die Geräusche, die alltäglichen Straßengeräusche, Stimmen, der Verkehr, die Cablecars, die Nebelhörner in der Ferne, all das drang gedämpft, verzerrt, verformt durch den Nebel, bis man völlig unsicher war, wo es denn tatsächlich herkam. Wenn man es recht bedachte, konnte man sich nur noch auf sein Hirn verlassen. Wenn der Junge es auf diese Art durchzog, blieb Tom Cordobes nichts anderes übrig, als seinen Anweisungen zu folgen.

Er fand ein paar Taxis, schwach gelb im Zwielicht des Nebels, stieg in das erste, hievte die Sporttasche auf den Sitz neben sich und legte das Funkgerät obendrauf. Es knisterte und zischte jetzt nur noch. Es klang wie ein Kinderspielzeug.

Der Fahrer drehte sich nach ihm um, warf einen Blick auf das Walkie-talkie, das den Klang aus seinem Autoradio und die alles andere als perfekte Wiedergabe der Doobie Brothers endgültig zu ruinieren drohte. Der Mann hatte langes, schmieriges Haar, das ihm bis auf die Schultern hing, einen gewaltigen, herabhängenden Schnäuzer, der in seinen Bart überging, und eine verblaßte Tätowierung auf der Wange. Selbst in diesem trüben Licht trug er eine Sonnenbrille, die Kopie einer Ray-Ban-Fliegerbrille, die auf seinem Gesicht wie große Tränen aussah.

»California und Powell«, knurrte Cordobes und versuchte dann, einen Platz auf der Rückbank zu finden, wo die Federung nicht ganz so unbequem war.

»Haben Sie's eilig?« brummte der Fahrer zurück.

»Ich bin lieber in Bewegung, wenn es das ist, was Sie meinen.«

Der Taxifahrer zuckte mit den Schultern und warf ein zerfleddertes Magazin auf die Rückbank. Cordobes sah kurz drauf, man hätte es als Übungshandbuch für frischgebackene Gynäkologen benutzen können.

»Woll'n Sie unterwegs mein Muschi-Heft lesen, Mann?« fragte der Fahrer. »Das hebt vielleicht Ihre schlechte Laune.«

Dann bog der Wagen langsam auf die Straße ein und schloß sich dem vorwärts kriechenden Verkehr an. Cordobes griff nach unten, tastete nach der Waffe an seinem Bein, riß das Klebeband ab, steckte sie in die Tasche. Improvisieren. Überlegen, was passieren könnte. Versuchen, dem Jungen auf die Schliche zu kommen. Cordobes ging auf, daß es nun nicht mehr lange dauern konnte. Es mußte jetzt geschehen. Niemand, nicht mal dieser Junge, wie clever er auch sein mochte, konnte die Dinge in dieser Art von Situation kontrollieren. Er mußte sich das Geld holen. Mußte versuchen, es jetzt zu bekommen. Mußte seine Karten aufdecken. Man konnte nicht bei diesem Wetter durch die Stadt rennen, ohne in kürzester Zeit die Kontrolle über die Sache zu verlieren.

Das Taxi fuhr jetzt hügelaufwärts, und Cordobes schaute angestrengt aus dem Fenster. Man konnte gerade noch ein paar Häuserfronten ausmachen, ein paar Läden, die Neonschriften der Sexshops an der Rückseite vom Union Square: vierundzwanzig Stunden lang nackte Mädchen. Dann eine scharfe Linkskurve, und der Hügel wurde so steil, daß man in den Sitz gedrückt wurde, spürte, wie das Taxi über die Cablecar-Schienen rumpelte, dann wurde die Straße breiter, man konnte die andere Seite nicht mehr sehen. Kurz darauf hielt das Taxi an, der Fahrer zog die Handbremse und behielt den Fuß für alle Fälle auf dem Bremspedal. Die Steigung war extrem steil hier, und beim Aussteigen konnte Cordobes an der dünnen grauen Linie des abfallenden Straßenpflasters sehen, daß es etwas war, was man bedenken, etwas, was man in Betracht ziehen mußte.

»Sind Sie sicher, daß das hier die Ecke California und Powell ist?«

Die großen schwarzen Tränengläser wandten sich ihm zu und starrten ihn an. »Ich bin ein lizensierter Taxifahrer für San Francisco, *Sir*. Sie können wetten, daß ich mir sicher bin. Das macht zweifünfzig, und ich brauche Ihnen wohl kaum zu erklären, wie hart ich dafür gearbeitet habe, oder?«

Cordobes warf ihm drei Dollar zu und stieg aus, während der Fahrer nur mißmutig die Scheine betrachtete. Es war, als wäre man an einem Berghang, die Straße schien in einem Winkel von fünfundvierzig Grad nach oben zu führen. Mühsam bewegte er sich ein paar Meter vorwärts, sah hoch und erkannte die Straßenschilder: California und Powell. Versuchte sich dann vorzustellen, wie es hier ohne Nebel aussah. Doch ihm wollte nichts einfallen. Man ging ein Stück den Nob Hill hinunter, dann kam man nach Chinatown. Wie um das zu bestätigen, nahm Tom Cordobes plötzlich den Geruch wahr: den scharfen, würzigen Duft, den er zum ersten Mal auf der anderen Seite der Welt gerochen hatte, in einer Stadt, wo er für kurze Zeit König gewesen war. Wenn man die andere Seite hinunterging, kam man zum Union Square und schließlich zur Market Street. Bei den anderen beiden Richtungen war er sich nicht so sicher. Die Powell Street führte den ganzen Weg hinunter durch North Beach, beinahe bis zu den aufgemotzten Touristenfallen rund um Fishermen's Wharf. Die California Street begann unten am Hafen in der Nähe des Embarcadero Centers und führte zur anderen Seite der Stadt, eine lange, gerade Straße auf der Karte, aber hier ging sie ständig hügelauf, hügelab, hügelauf, hügelab.

Dann gab es noch die Cablecars. Nicht, daß Tom Cordobes viel über Cablecars wußte, ihnen gegenüber etwas anderes empfand als Antipathie, die schon fast an Haß grenzte, weil die Stadt zuließ, daß etwas so Altes, Langsames und Schwerfälliges die Straßen blockierte und den Autoverkehr aufhielt. Diese ständigen Staus in San Francisco, davon war Tom Cordobes überzeugt, wurden entweder durch irgendwelche dämlichen Cablecars ausgelöst oder durch dicke gelbe Schulbusse. Ein dreifaches Hoch auf die produktive Gesellschaft.

Er wartete, bis zwei Autos, deren Scheinwerfer wie weiße Kreise durch die graue Nebelsuppe schimmerten, über die Kreuzung gekrochen waren, dann trat er auf die Straße und lauschte. Da war es. Unter der Straße, summend, vibrierend wie die Baßsaite eines riesigen Musikinstruments, die durch das Rückgrat der Stadt lief, das Kabel, gespannt und singend, das die Wagen die California und wohin sie sonst noch fuhren hinaufzogen und -hievten. Da war die Glocke, das durch den Nebel gedämpfte metallische Läuten, dann tauchte der Wagen plötzlich aus dem trüben Grau auf. Hastig trat Tom zurück auf den Bürgersteig und ließ das große Ungetüm aus Holz und Eisen knarrend an sich vorbeirattern. Sie ließen diese verdammten Dinger wie mechanische Küchenschaben hier rumkrabbeln, wann immer es ihnen paßte, sagte er sich und wunderte sich wieder einmal über die Stadt, ihre Seltsamkeit und Fremdheit, die in ihm stets den Wunsch wachrief, so schnell wie möglich von hier zu verschwinden, zurück in die nette, überschaubare Schlichtheit von Palo Alto, und all diese Verrücktheit, all diesen Blödsinn hinter sich zu lassen.

Vereinzelt waren auch Menschen unterwegs. Graue Gestalten, die sich langsam an ihm vorbeibewegten, sich mühsam durch den Nebel kämpften, zu erkennen versuchten, wo sie waren und wohin sie gingen, sich bemühten, Unebenheiten und Rissen im Straßenpflaster auszuweichen, um nicht auf die Fahrbahn zu stolpern. So schlecht war die Sicht. Cordobes hatte es noch nie so schlimm erlebt, und in gewisser Weise konnte ihm der Junge fast leid tun. Jemandem bei diesen Witterungsverhältnissen eine Tasche mit zweihunderttausend Dollar unter der Nase wegzuschnappen, würde nicht leicht sein, nicht ohne sehr nahe heranzukommen, und sehr nahe war genau das, was Tom am liebsten hatte, wo er seine Fähigkeiten am besten einsetzen konnte. Das war schon immer so gewesen.

Als der Ruf ertönte, war er so laut, so desorientierend, daß er ihn aus dem Konzept brachte, ihm erneut den Schweiß auf die Stirn trieb. Auf einmal war die Straße still, und er konnte weder etwas sehen noch hören. Im nächsten Moment zerriß ein einzelnes Wort die Luft, in höchster Lautstärke von jemandem – dem Jungen – gebrüllt.

»*TOM* …«

Cordobes griff automatisch nach der Waffe, spürte das kalte Metall in der Hand. Der Nebel verzerrte den Klang. Man konnte unmöglich sagen, woher er kam. Die Richtung, der Klang, das Timbre der Stimme des Jungen, alles vermischte sich und schien aus allen Richtungen zu kommen.

»TOM. HÖREN SIE MICH?«

Er konnte es immer noch nicht lokalisieren. Hatte nicht die geringste Ahnung, ob es von vorne oder von den Seiten kam.

»Ja«, brüllte er zurück und versuchte zu überlegen, versuchte herauszubekommen, warum der Junge das Funkgerät nicht mehr benutzte, warum …

Weil es ihn verraten würde, sagte sich Cordobes. Weil ich mich dann nur nach dem Rauschen zu richten bräuchte, dem ständigen Rauschen, nichts Unterbrochenes, etwas so schwer zu Lokalisierendes wie eine Stimme.

»Tom. Stellen Sie die Tasche ab, und gehen Sie zur anderen Straßenseite.«

Der Junge klang anders. Besorgt. Verängstigt. Cordobes lächelte innerlich. Dazu hatte der Junge auch allen Grund.

»Das hatten wir doch schon. Auf welche verdammte Seite?«

Dann kam die Stimme des Jungen zurück, und es klang, als wäre er woanders, und auch er klang anders, als ob er seine Selbstsicherheit zurückgewonnen hätte. Als ob er genau wüßte, was er tat.

»Das habe ich doch schon gesagt, Tom. Es ist egal. Stellen Sie die Tasche hin, und gehen Sie zur gegenüberliegenden Ecke. Und noch etwas ...«

»Ja?« Er wünschte, er könnte in den Nebel hineinschießen, dorthin, wo seiner Meinung nach die Stimme herkam, könnte spüren, wie das Bleigeschoß das graue, wattige Nichts durchdrang und dort sein Ziel fand.

»Wenn Sie auf der anderen Seite sind, egal auf welcher, werden Sie dort etwas finden. Unter dem Straßenschild. Benutzen Sie es. Benutzen Sie es ständig. *Die ganze Zeit.* Haben Sie verstanden? Das bedeutet, daß wir fertig sind. Wir sind durch. Wir machen uns auf den Weg, und Sie auch.«

»Was soll ich da finden?«

»Etwas, das uns wissen läßt, wo Sie sind. Was Sie tun.«

»Ja?«

»Sie verschwenden nur Zeit, Tom. Ist Ihnen das nicht klar?«

Jetzt war der Junge wieder ganz der alte, dachte Cordobes. Das war der arrogante kleine Schnösel, der ihn den halben Tag lang über das Radio angeplärrt hatte. Nicht der, der zuerst gerufen hatte, also war es mehr als einer. Es *mußte* mehr als einer sein. Das war das Geheimnis, war wie ein Taschenspielertrick aus einem Kartenbuch. Wenn er die graue Wand wegschieben könnte, diese Watte vor seinen Augen, wäre er nahe genug, sie umzulegen, sie alle, hier und jetzt, nahe genug, sie mit seinen Fäusten zu packen und das Leben aus ihnen herauszuquetschen.

»Ich kann Sie nicht gehen hören, Tom.«

Cordobes lauschte auf den Verkehr. Die Straße war völlig tot. Kein Wind wehte. Kein Geräusch, außer einem weitentfernten Hupen und einem Kichern, das von hoch über ihm kam. In Zeiten wie diesen gab die Stadt einfach auf, sagte: »Was soll's?« und ließ fünf gerade sein. Die Geschäftsleute unten im Bankenviertel genehmigten sich ihre Mittagscocktails einfach eine Stunde früher. Diejenigen, die nebenbei etwas mit einer Buchhalterin zu laufen hatten, mieteten sich in einem Stundenhotel ein und spielten den Horizontaltango so laut, daß er aus dem offenen Fenster drang und sich mit dem Stöhnen und Keuchen von jemandem vermischte, der auf der anderen Straßenseite das gleiche tat. Die Stadt zuckte nur mit den Schultern und gab einfach auf, und falls sich unten auf der Straße ein kleines Drama abspielte, ein kleines Drama um Leben und Tod, na und? Das sollte *uns* kümmern?

Tom Cordobes ließ die Tasche mit den zweihundert Riesen (minus dem Fünfziger für den Taxifahrer) fallen, hörte sie auf dem Pflaster aufschlagen und war froh, sie los zu sein. Dann setzte er sich geradeaus in Bewegung, die California hinunter in Richtung Embarcadero, Richtung Ozean, während er angestrengt lauschte, versuchte, hastende Schritte hinter sich auszumachen, etwas, egal was, auf das man zielen konnte. Aber sie werden sich nicht rühren, bis du auf der anderen Seite bist, sagte sich Tom Cordobes. Sie werden sich nicht rühren, bis du das verdammte Ding findest, und woher werden sie das wissen?

Es war sogar schwierig, geradeaus zu gehen. Er ging direkt von der Straßenecke los. Als er die andere Seite erreichte, nachdem er die Cablecar-Schienen, das Summen und Schwirren unter seinen Füßen, überquert hatte, befand er sich bestimmt einen guten Meter weiter von der Ecke entfernt, war beim Überqueren um einiges von den neunzig Grad abgewichen. Es war jetzt so still, daß er sich richtig gut fühlte. Er konnte das aufgeregte Zittern des Jungen/der Jungs da draußen spüren, konnte durch den Nebel ihre Nervosität riechen, und es ging ihm immer besser und besser.

Manchmal brauchte man nicht zu wissen, wohin man ging, brauchte nur zu wissen, daß etwas einen dorthin führte, etwas, dem man sich anvertrauen und abwarten konnte, bis der Moment gekommen war. Und dies war sein Moment. Etwas sagte ihm das, etwas sagte es ihm, noch bevor er das fand, was sie für ihn dagelassen hatten.

Er stieß mit dem Fuß an das Ding und hätte sich dadurch beinahe verraten. Aber nur beinahe. Es gab kein lautes Geräusch, nur ein dumpfes Klirren, als sein Schuh Metall berührte, und das schluckte die graue Watte sofort, ließ Tom Cordobes Zeit, sich zu bücken und das Ding sehr langsam, sehr vorsichtig aufzuheben und anzuschauen. Man konnte diesen Mist für einen Dollar oder so hundert Meter weiter unten in Chinatown kaufen. Nachgemachte Cablecar-Glocken, ziemlich große, fast so groß wie das Original, Zeug, das die Touristen liebend gern mit nach Hause nahmen, auf Hochglanz polierten. Das war wirklich clever von dem Jungen/den Jungs. Man kaufte einfach vier davon und plazierte sie unter den Straßenschildern, wo niemand sie finden würde, außer jemand suchte speziell danach. Dann blieb man in sicherer Entfernung. Man kam nahe genug heran, um zu sehen, an welcher Ecke er sich aufstellte – unter den Leuten, die im Nebel an ihm vorbeigestolpert waren, mußte der Junge/die Jungs gewesen sein, mit Sicherheit, aber es gab nichts, was Tom Cordobes dagegen hätte tun können. Schließlich konnte er nicht jeden verdammten Passanten verhaften. Wenn sie dann wußten, wo er war, brachten sie ihn dazu, die Tasche fallen zu lassen, brachten ihn dazu, die Straße zur nächsten Ecke zu überqueren, die Glocke aufzuheben und dann wie ein bekloppter Weihnachtsmann dazustehen, die Glocke zu läuten, während sie mit der Kohle verschwanden, wobei sie ja wußten, daß sie ihn hören würden, falls er sich bewegte, ihn kommen hören würden, und damit war's vorbei, sie verschwanden einfach spurlos im Nebel. Ein guter Plan. Es konnte nicht ihr einziger sein, nur derjenige, der diesem Wetter entsprach. Man brauchte noch andere Pläne. Und vor allem brauchte man Leute. Es war unmöglich, das allein zu bewältigen, es auch nur allein zu versuchen.

Tom Cordobes lächelte auf die Messingglocke hinunter und dachte: Das ist wirklich clever, wenn man bedenkt, wie wenig Zeit sie hatten, sich das auszudenken. Wirklich clever. Er blieb reglos stehen. Wartete, spürte, wie die Spannung in der kalten, feuchten, milchigen Luft stieg, lauschte auf das Summen des Kabels unter der Straße.

Schließlich hielt es der Junge, der Anführer, nicht länger aus.

»Wir hören Sie nicht«, brüllte er, und er klang wütend, er klang zornig.

Tom wartete gute zehn Sekunden, bevor er zurückbrüllte: »Ich kann's nicht finden. Es würde helfen, wenn ich wüßte, wonach ich suche.«

Da draußen war nichts zu hören, aber er konnte sich vorstellen, wie sie sich jetzt fühlten. Sie waren total verängstigt. Dazu hatten sie auch allen Grund. Bis er die Glocke läutete, würden sie nicht wagen, sich auch nur einen Zentimeter zu bewegen. Er hörte, wie das Kabel unter der Straße sich straffte, summte und fragte sich, wie lange er sie noch hinhalten konnte.

»Finden Sie das Ding, Tom«, brüllte der Junge, und diesmal klang er regelrecht verängstigt, klang, als würde ihm die Sache entgleiten. »JETZT. Oder die Abmachung gilt nicht mehr.«

Dann begann die Glocke zu läuten, laut und klar durch den undurchdringlichen Nebel, und er konnte hören, wie sie losrannten, über die Straße, ohne zu wissen, daß er dort war, ohne zu wissen, daß er ihnen ganz nahe war.

Die Glocke läutete noch immer und wurde lauter und lauter. Er meinte, jetzt etwas sehen zu können, weit unten auf der California, die Lichter des Cablecars, das mühsam die Steigung hinaufkroch, und er überlegte, wann sie es wohl begreifen würden, wann ihnen das Rumpeln verraten würde, was geschehen war.

Dann rannte Tom Cordobes über die Straße, die Waffe in der Hand, die magische Waffe, die die Welt heilte, und wie drei Geister tauchten sie aus dem Nichts auf, waren bei der Tasche, griffen danach, wollten weglaufen und blieben verdattert stehen.

»Es ist das verdammte Cablecar«, sagte der eine mit einer leisen, flachen Stimme. In dem Moment drückte Cordobes ab, hörte etwas wie Stoff reißen, sah den ersten Geist hochschnellen und dann zu Boden gehen, hart aufprallen, spürte den Rückstoß der Waffe, feuerte erneut, kein guter Schuß, ein bißchen übers Ziel hinaus, sah den zweiten hochschnellen, sah, wie sein Kopf nach vorn schleuderte. Jemand schrie: »*Gottverdammt NEIN* ...« Für Tom Cordobes war es ein himmlisches Geräusch, weil er jetzt wußte, daß es nicht schwer sein würde, sie alle zu erwischen, einen davon zumindest lebendig, den er sich dann vorknöpfen, ausquetschen, so fertig machen würde, daß er es *nie* vergaß – *wissen Sie, Tom, Sie haben ziemlich schlechte Manieren. Ich kann mir nicht vorstellen, warum man gerade Sie für diese Aufgabe ausgewählt hat* –, es in seinem ganzen Leben nicht vergessen würde. Es würde sehr leicht sein, das zu tun, weil der, den er nicht getroffen hatte, immer noch da war, immer noch versuchte, den zweiten wegzuzerren, ihn brüllend und schreiend hochzog und regelrecht darum bettelte, erwischt zu werden.

Tom Cordobes überquerte den Rest der California Street jetzt langsam, richtete die Waffe auf den dritten, der wartend dastand – den eigentlichen Burschen, den Anführer, und er fragte sich, woher er das wußte –, und begann sich zu überlegen, was er sagen, wie er die Sache anpacken würde, als die Welt plötzlich verrückt und auf den Kopf gestellt wurde und ein scheußlicher, brennender Schmerz in seine Beine fuhr. Seine kleine Waffe segelte im hohen Bogen trudelnd in die graue Watte, er wurde hochgehoben, flog, wie es ihm vorkam, eine Ewigkeit durch die Luft, fiel dann krachend herab auf das graue Straßenpflaster, wobei seine Beine reißende, knackende Geräusche machten und ihm etwas Salziges über das Gesicht in den Mund lief.

Die Welt wurde schwarz um Tom Cordobes. Als er zu sich kam – *wie lange? wie lange?* –, starrte er direkt in das Gesicht eines uniformierten Polizisten der Stadt San Francisco, der nicht sonderlich erfreut über die Delle in seiner Stoßstange und die Tatsache zu sein schien, daß der Geruch von Schüssen in der Luft lag. Er sah Cordobes an und sagte: »Sie wollen mir doch wohl nicht erzählen, daß Sie hier nur verkehrswidrig die Straße überquert haben, was? Sie werden eine Menge zu erklären haben, nachdem ich Sie und Ihren Kumpel ins Krankenhaus gebracht habe.«

Cordobes versuchte zu sprechen, aber es kam nur Gestammel heraus. Der Polizist hörte sowieso nicht zu, er schaute hinüber zu dem grauen Bündel an der Straßenecke und schüttelte den Kopf.

Dann drehte er sich um und sagte zu Cordobes: »Der Bursche sieht noch viel schlimmer aus als Sie, mein Sohn.«

Worauf er sich über sein Funkgerät beugte.

Tom Cordobes bekam noch das Heulen der Sirene mit und war ohnmächtig, als der Krankenwagen eintraf. Doch mit dem Klang der Glocke verhielt es sich anders. Der Klang der Glocke, so gedämpft, so beharrlich im Nebel, hallte noch immer durch seinen Kopf, als er im Krankenhaus fünf Stunden später zu sich kam. Hallte so laut, daß er meinte, das Läuten würde nie verstummen, würde nie wieder ganz verschwinden.

11

Lady Macbeth

Es gibt keinen Zufall, keine Anarchie im Universum. Alles ist systematisiert und eingeteilt. Jeder Gott sitzt dort in seiner eigenen Sphäre.

RALPH WALDO EMERSON
The Conduct of Life

Der Schuß hatte den größten Teil von Michael Quinns Kopf weggerissen. Er hatte noch Zeit gehabt, den Revolver herumzureißen, ihn auf Louise zu richten und abzudrücken. Aber das hier war ihr Universum, war ein Ort, der ihr gehörte. Die Kammer war leer, und es gelang ihm, noch zweimal abzudrücken, ebenfalls leer, bis Baxter sich zusammenriß, einmal danebenschoß, ihn beim zweiten Mal in den Kopf traf, mit einem Schuß, der durch sein rechtes Ohr eindrang, die Schädelplatte hochhob, sein Gehirn und eine Menge Blut durch die Luft spritzen und das meiste davon auf Louise Gostelow landen ließ.

Joni öffnete die Augen. Ihr Blick wurde magisch von der Quelle des Schreis angezogen. Er kam von Louise. Das Blut und das graue Zeug bedeckten ihren Kopf und ihre Schultern, ihr Gesicht war damit verschmiert, es rann ihr über die Stirn, war in ihren Augen, auf ihren Lippen, sammelte sich in ihren Mundwinkeln. Es ließ sie wie ein Horrorgemälde aussehen, wie eine Zeichnung von Goya, die Farben von Dali. Joni Lascelles kam es vor, als würde sie das alles von einem anderen Ort aus betrachten, einem entfernten Ort, und sie merkte, daß sich irgendwo in ihr ein kleines schwarzes Gefühl regte, das »gut« sagte, ein Gefühl, das sie nicht ermutigen, aber auch nicht unterdrücken wollte, ein Gefühl, das intensiver war als Furcht und ihr nicht gestattete, zu erkennen, wie verrückt das war. Das war dieses Rauhe, Ungeformte in ihr, nach dem sie gesucht hatte, als sie hier ankam, diese Kälte, die sie sich unter Rache vorstellte. Aber sie irrte: Rache schmeckte nicht süß. Sie roch wie ein Schlachthaus: nach Fleisch und Blut und etwas Salzigem, wie Jod oder Ozon, und nach ein paar Sekunden mußte man den Mund schließen, damit es nicht in einen eindrang.

Sie blickte über den Tisch, atmete nur flach, merkte, wie sich ihr Magen hob und aus keinem besonderen Grund wieder beruhigte. Die Gewalt des Schusses hatte Quinn vom Stuhl gehoben und zu Boden geworfen. Der Revolver lag immer noch da, der Lauf auf niemand bestimmten gerichtet. Sie blickte auf die Waffe, spürte Jamiesons Aufmerksamkeit, fand sein Gesicht, und sie tauschten Blicke aus, versuchten einzuschätzten, wie weit sie einander vertrauen konnten.

Dann war Baxter an ihnen vorbei, packte den Revolver mit zitternden Händen, sein Gesicht eine Mischung aus Wut und Furcht.

»Wenn Sie sich auch nur bewegen, bringe ich Sie auf der Stelle um«, brüllte er. »Haben Sie mich verstanden?«

Jamieson nickte, und es galt für sie beide.

Baxter schaute zu Louise und sagte: »Ach du Scheiße.«

Ging dann zur Spüle, nahm zwei Handtücher und gab sie ihr. Joni beobachtete seine Bewegungen, suchte nach Zärtlichkeit in ihnen. Aber sie war nicht vorhanden. Was ihn antrieb, war Furcht, nicht nur vor der Situation, sondern vor Louise. Der Muskelmann war genauso ein Opfer wie sie alle, und er wußte es, es stand ihm ins Gesicht geschrieben, als er zusah, wie Louise sich das Gesicht abrieb, wie sie ihre Augen auswischte, um wieder sehen zu können.

»So sieht das aus, Louise«, sagte Jamieson schroff. »So sieht das aus. Was hattest du erwartet? Ein kleines rotes Loch und ein bißchen Theaterblut?«

Baxter war mit zwei Schritten bei Hal, beugte sich vor, schaute ihm ins Gesicht und sagte: »Noch ein einziges verdammtes Wort. Mehr ist nicht nötig. Noch ein einziges verdammtes Wort.«

Jamieson warf die Hände hoch, zuckte die Schultern, schaute zu Joni und sagte nichts. Er betrachtete die Leiche auf dem Boden. Sie wirkte so steif, so pathetisch. Hal Jamieson hatte sich den größten Teil seines Lebens bemüht, toten Dingen aus dem Weg zu gehen. Es war nicht der Anblick, der ihn abstieß. Es war die Verschwendung. Selbst in Michaels Fall war es Verschwendung. Selbst Michael verdiente die Chance, sich zu beweisen. Hatte sich bewiesen, dachte Jamieson. Sich auf eine Art bewiesen, die ihn das Leben gekostet hatte. War das Absicht gewesen? Hatte Michael wirklich versucht, etwas auszugleichen? Hatte er am Schluß Schuldgefühle gehabt? Würde Michael selbst die Antwort überhaupt wissen? Das ließ sich unmöglich sagen. Was auch immer man von Michaels Weltsicht hielt, man konnte nicht leugnen, daß sie auf ihn zutraf. Er war wirklich herumgehüpft, von Punkt zu Punkt, von Atom zu Atom, und schließlich hatte es ihn glatt aus der Welt hinauskatapultiert.

Louise hatte aufgehört zu schreien. Sie wischte sich mit dem Ärmel den Dreck aus dem Gesicht, in einem unablässigen, krampfhaften Rhythmus, und mit jedem Wischen schien ein wenig mehr vom Äußeren der Louise Gostelow zu verschwinden, kam etwas zum Vorschein, das in ihr wohnte, etwas, das vielleicht ihr wahres Ich war, dasjenige, das in letzter Zeit aus ihr sprach. Hal Jamieson beobachtete, wie sie sich zu säubern versuchte, und sah eine Frau mittleren Alters, die sich an etwas Fernes, eine vage Erinnerung klammerte, die von Anfang an nicht recht gestimmt hatte, sah die Falten in ihrem Gesicht, während sie sich Michael Quinns Blut und Hirnmasse von der Haut wischte, sah, wie sich etwas Unanmutiges, Fremdes und Unmenschliches in ihrem Körper bewegte. Wenn er in diesem Moment die richtigen Worte gefunden hätte, dann hätte er sie gesagt. Wenn er die richtigen Worte gefunden hätte, bei denen Baxter auf der Stelle explodiert wäre, sich umgedreht, ihn mit einem sauberen Schuß – nicht wie bei Michael – ins Jenseits befördert hätte, wäre Hal Jamieson völlig bereit gewesen, die Welt auf diese Art zu verlassen. Denn die Welt zu verlassen kam mit Sicherheit auf ihn zu, und Louise so zu sehen, mitzuerleben, wie die Maske von ihrem Gesicht verschwand, bedeutete, daß alles sowieso keine große Rolle mehr spielte.

Er schaute zu, wie sie ihr Gesicht abwischte, wie Baxter ihr eine Schachtel Kleenex zuwarf, wie sie ein Tuch nach dem anderen herauszerrte. Und erkannte, wie total verrückt das war, wie weit die ganze Sache jetzt gediehen war. Sie hatte die Gestalt von Louise, ihr Haar, wenn auch blutverklebt, ihre Kleider, fleckig und beschmutzt, ihre Stimme und schließlich auch ihr Gesicht. Das Gesicht, das er kannte und liebte, das Gesicht, das ihr Leben mit einem Fluch zu belegen schien. Aber die Frau hier war nicht Louise, war *nicht* sie, sagte sich Hal Jamieson. Das war jemand anderes, jemand, den Desert Rose ihm vor all den Jahren beschert hatte.

Dann ging sie zum Küchenschrank, nahm ein Tuch heraus, feuchtete es an, begann ihre Kleider abzutupfen, ihren Rock, ihre Bluse, manisch, immer und immer wieder. Es war so typisch für Louise, an praktische Dinge, an das Saubermachen und Aufräumen zu denken. Er erkannte, daß Objekte, Dinge wichtig für Louise waren, viel wichtiger als Menschen. Und vielleicht war es sein Fehler, Louise mit so vielen Objekten, so vielen Dingen ausgestattet zu haben, vielleicht war es das und das Acid, das sie verwandelt hatte. Vielleicht wäre es besser gelaufen, wenn sie arm geblieben wären, wenn sie sich mit einer rauhen Realität hätten auseinandersetzen müssen, wie andere Menschen auch. Wenn die Dinge sich nicht als so *verzaubert* erwiesen hätten in jener Nacht, als sie dieses spezielle Universum gewählt hatten, damals in dem Erdkeller in Palo Alto.

Louise wischte sich etwas von ihrem Mund, schaute zu Baxter und sagte mit einer Stimme, die so kalt, so flach, so emotionslos war: »Mach es. Bring sie nach draußen und mach es. Der Boden hier drinnen ist schon schmutzig genug.«

Hal Jamieson kam ein neuer Gedanke. Der Gedanke, daß man sich vielleicht all dies antun konnte, indem man sich tagein, tagaus an diesem kalten, unwirtlichen Ort im eigenen Inneren aufhielt. Man brauchte nichts, kein Desert Rose, keinen Ehemann, der einen maßlos verwöhnte, um einem dabei zu helfen. Dann schaute er zu Joni Lascelles und haßte sich dafür, zugelassen zu haben, daß sie in die ganze Sache hineingezogen wurde, schaute zu ihr und versuchte, etwas Hoffnung in ihren Augen zu finden.

12

Nachwirkungen

Der Zweck kann die Mittel heiligen, solange es etwas gibt, das den Zweck heiligt.

Leo Trotzki

Zwei Tage, nachdem Tom Cordobes und Michael Quinn ins Krankenhaus gebracht worden waren, als der Medienzirkus richtig losging, bog ein blauweißer VW-Bus in einen halbleeren Campingplatz bei Fort Bragg, viele Meilen nördlich der Stadt, an der Route 1, der Küstenstraße nach Oregon. Fünf Leute waren im Bus: Hal Jamieson, Louise Gostelow, Paul Dunsany, Margaret Zalinski und das Kind, das jetzt den Namen Joe trug. Sie redeten nicht viel miteinander, und wenn, dann nur über alltägliche Notwendigkeiten: Essen, Benzin, wo sie übernachten, welche Straße sie nehmen sollten. Jeden Morgen ging Jamieson zu der eine halbe Meile entfernten Tankstelle, um Zigaretten und Zeitungen zu kaufen, während ihn die kalte, klare Seeluft vom Pazifik umwehte und er mit halbem Herzen hoffte, daß diese Luft ihn, sie alle auf irgendeine magische Weise heilen würde. Vielleicht geschah das in gewisser Weise auch.

Cy Langton hatte recht gehabt. Die Zeitungen sahen die Dinge gerne in Schwarz und Weiß. Für sie gab es nur Gewinner und Verlierer. Der Verlierer war in diesem Fall die Polizei. Die Polizei, die den Fall von vornherein vermasselt hatte. Die Polizei, die die Geldübergabe vermasselt hatte. Die Polizei, der es nicht gelungen war, die Täter zu schnappen, außer diesen einen Jungen mit der Schußwunde in der Brust, der nicht viel, der überhaupt nichts zu sagen hatte, nur daß er es gewesen sei, er ganz allein (und niemand, wie sehr sie sich auch bemühten, schien in der Lage, ihm das Gegenteil zu beweisen). Die es nicht geschafft hatte, herauszufinden, was mit Miles Seymour geschehen war, ob er lebte oder tot war, vielleicht sogar zerstückelt (aber man mußte vorsichtig sein, was man schrieb, man mußte Ausdrücke wie »gewöhnlich wohlinformierte Kreise« benutzen, weil es keine Beweise gab, die diesen Quinn mit dem Tod des Hippiejungen in Verbindung brachten, überhaupt keine Beweise, und man würde ihn dafür nur anklagen können, wenn er gestand). Michael Quinn machte genau klar, was er zugeben würde und was nicht. Was den Seymour-Fall betraf, das war er gewesen, er ganz allein, sagte er, und falls man sich wunderte, wo das Geld geblieben war, tja, Officer, dann fragen Sie sich doch mal folgendes: Ein Polizist läßt eine gelbe Adidas-Sporttasche mit zweihundert Riesen auf einem Bürgersteig in San Francisco stehen und geht los, um den Kerl abzuknallen, der es abholen soll, sind Sie dann überrascht, wenn das Geld im Nebel verschwindet? Ein, zwei Wochen lang rätselte die ganze Stadt, wer das Geld denn nun wohl tatsächlich hatte. Irgendein Penner, der sich jetzt an einem Pool auf Hawaii mit ein paar hübschen, braungebrannten Puppen sonnte? Ein Straßenfeger? Vielleicht sogar ein Polizist?

Es nützte auch nichts, daß Tom Cordobes immer wieder beteuerte, es *sei* mehr als einer gewesen, er habe sie gesehen – *in dem Nebel, Tom, also wirklich* –, nicht deutlich, aber er habe sie gesehen. Insgesamt drei. Und er habe auch noch einen anderen verwundet. Ganz bestimmt. *Gewiß doch, Tom.* Die Zeitungen waren ganz begeistert, als ein langsam, alt und mitleiderregend aussehender Tom Cordobes an Krücken aus dem Krankenhaus humpelte. Veröffentlichten voller Wonne das Foto mit Bildunterschriften wie: *Erinnern Sie sich an den Mann, dem man das Zurückholen des Kindes anvertraut hatte?*

Sehen Sie ihn sich jetzt an. Sehen Sie sich die Krücken an und diesen schlaffen Zapata-Schnurrbart, sehen Sie ihn sich gut an. Ist es nicht beruhigend, daß wir nachts sicher in unseren Betten liegen können, weil wir wissen, daß Polizisten wie dieser uns bewachen?

In wenig mehr als einer Woche verwandelte sich das Ganze von einer persönlichen Tragödie zu einer allgemeinen Komödie, und derjenige, der am meisten zu leiden hatte, war Tom Cordobes. Das Problem war, daß es inzwischen nicht mehr um die Entführung eines englischen Jungen ging. Es ging nur noch um die Unfähigkeit der Polizei. Je mehr die Medien die Operation, die Cy Langton an jenem Tag zusammengestoppelt hatte, in Frage stellten, desto mehr vergaßen sie, was der eigentliche Auslöser gewesen war. Schon bald waren mehr Polizisten mit der Untersuchung der internen Vorgänge in Cy Langtons Revier beschäftigt, als für die Verfolgung von Miles Seymour und seine Entführern eingesetzt wurden. Schon bald danach hatte man Miles vergessen, und der Fall verkam zu einer Konfrontation zwischen der Polizei von Palo Alto und dem Rest der Welt. Und zwischen Michael Quinn und Tom Cordobes. Als Quinn dann im Sommer 1976 vor Gericht gestellt wurde, sorgte er dafür, Cordobes so stark wie möglich zu belasten – wie er sich benommen hatte, die Sprache, die er benutzt hatte, und daß er, Quinn, falls alles glattgegangen wäre, zum Versteck des Kindes hätte zurückkehren können. Nur konnte er das nicht. Weil er wegen Cordobes' Kugel erst vier Tage später das Bewußtsein wiedererlangt hatte, und als er schließlich aufwachte, als er schließlich zu sich kam, waren die Polizeiverhöre so hart, so intensiv, so aggressiv, wie das Berufungsgericht zwanzig Jahre später ebenfalls anführte, daß ihm jede Lust zur Zusammenarbeit verging. Selbst wenn in seiner Erinnerung genug für eine Zusammenarbeit vorhanden gewesen wäre, was sich nicht mit Sicherheit sagen ließ. Also fand man nie heraus, was mit Miles Seymour geschehen war, und das

Merkwürdige war, daß es zu der Zeit auch niemanden mehr interessierte. Zumindest niemanden in Amerika, obwohl es ein sechsjähriges Mädchen in England gab, das von Internat zu Internat geschickt wurde und sie stets nach ein paar Monaten wieder verlassen mußte, das sich erinnerte, immer wieder mitten in der Nacht schweißgebadet aufwachte und vor ihrem inneren Auge, unerreichbar, eine kleine schimmernde Gestalt mit glitzernden Goldflügeln sah.

Während all die Verhöre stattfanden, bewegte sich der VW-Bus langsam nach Norden, von der Route 1 auf die 101, dann auf die 199 durch den Collier-Tunnel und nach Oregon hinein, fand schließlich, nach drei Wochen, drei Wochen, in denen klar wurde, daß niemand auf der Suche nach anderen in den Fall verwickelten Personen war, den Mut, auf die Schnellstraße nach Norden zu biegen, die Interstate 5, die sie durch Eugene, an Portland vorbei über die Grenze in den Staat Washington brachte. Schließlich nach Seattle. Das im Nieselregen des Frühjahrs grau, flach, nichtssagend und – aus irgendeinem Grund, den sie nicht erklären konnten – nicht wie zu Hause aussah, aber wie ein Ort, an dem sie sich ausruhen konnten. An dem sie bleiben, vielleicht neu anfangen konnten. Ein Ort, von dem aus sich die Anrufe von unterwegs bestätigen ließen, die Anrufe nach Hause, in denen man erklärte, daß man das getan hatte, was junge Leute damals taten, daß man »ausgestiegen« war. Daß es wichtig für einen war. So wichtig, daß man es unbedingt tun mußte, auch wenn man damit die Eltern und Verwandten verletzte, die einem das College bezahlten und nicht viel mehr tun konnten, als verwundert den Kopf darüber zu schütteln, daß diese Kinder einfach alles aufgaben. Aussteigen. Das war Amerika, und man schrieb das Jahr 1976. Wie Hal Jamieson gesagt hatte – man konnte einfach durch den Boden der Nation fallen, irgendwo anders aufwachen, zum Kopfkissen neben sich schauen und dort einen Fremden finden, der genau dasselbe getan hatte, und gewöhnlich aus weniger zwingenden Gründen.

Sie hatten Pauls Kopfwunde irgendwo in der hintersten Provinz in Mendocino von einem Landarzt nähen lassen, der zunächst ein bißchen mißtrauisch geschaut hatte, als er die Wunde sah, die am Gesicht entlang bis in die Haare hinauf verlief, aber das verging, als Hal ihm ein paar Scheine zeigte. Der Arzt sagte, Paul müsse ins Krankenhaus. Es gäbe Anzeichen für eine Gehirnerschütterung. Das müsse genauer untersucht und beobachtet werden. Und wußte doch, daß sie seinen Rat nicht beachten würden. Wußte, daß sie weiter fliehen und die Wunde heilen lassen würden, in der Hoffnung, daß es schon gutgehen würde. Was wahrscheinlich auch der Fall sein würde. Aber mit Gehirnerschütterungen war das so eine Sache. Bei allem, was mit dem Gehirn zu tun hatte, ging es um dunkle, unerforschte Gebiete. Es ließ sich nicht sagen, ob der Gedächtnisverlust nur vorübergehend war, ließ sich nicht sagen, was in Zukunft geschehen würde. Er sagte es nur, weil er nicht anders konnte, weil eine ungeschriebene Regel im hippokratischen Eid einem vorschrieb, einem Haufen Kids, die einem plötzlich ins Haus schneiten und aussahen, als hätten sie sich auf etwas eingelassen, von dem sie nichts verstanden, zu sagen: »Seid nicht so verdammt dumm, Kinder. Wenn ihr älter werdet, dann versteht ihr, daß es einfach dämlich ist, so mit dem eigenen Leben herumzuspielen und dem Feuer zu nahe zu kommen. Wenn ihr älter werdet, dann kapiert ihr, daß man sich manchmal auf eine Art verbrennen kann, die man zu dem Zeitpunkt nicht bemerkt und noch nicht mal spürt.«

Der kleinere Bursche, der mit den Locken, der ihr Anführer zu sein schien, lächelte ihn an und sagte: »Ja, Sir.« Er sah aus, als ob er es verstünde, wirklich verstünde.

In dem kleinen Campingbus, in dieser beschränkten, abgeschlossenen Umgebung, die während jener ersten

Monate ihres neuen Lebens ihre Welt darstellte, wurden rasch unsichtbare Grenzen gezogen, ohne daß jemand darüber nachgedacht hätte, ohne daß ein Wort darüber gesprochen worden wäre. Hal und Louise saßen vorne, fuhren, planten, dachten voraus. Hinten kümmerte sich Margaret Zalinski um den Jungen – *Joe* – und auch um Paul, während er allmählich aus seiner Benommenheit aufwachte, Stück für Stück in die Gegenwart zurückkehrte. Als sie Seattle erreichten, waren sie wie zwei verschiedene Nationen, zwei verschiedene Familien, die sich dasselbe Land teilten, aber durch eine Grenze voneinander getrennt waren. Als sie Seattle erreichten und sich der Nebel in Paul Dunsanys Kopf gelichtet hatte, waren Hal und Louise ein Paar, waren durch ein Band miteinander verbunden, das teils aus Notwendigkeit, teils aus Komplizenschaft bestand und alle anderen aus ihrem Leben ausschloß. Louise sprach kaum mehr mit Paul Dunsany. Wollte nicht wissen, was er dachte, an was er sich erinnerte. Auch er war sich nicht mehr sicher, was wirklich gewesen war und was er sich nur einbildete. Da gab es ein Bild, das er nicht loswerden konnte, das Bild von ihm und Louise nackt in einem großen weißen Bett, in einem großen weißen Zimmer, und da war ihr Stöhnen, der Klang ihrer Stimme, das schmatzende Geräusch beim Aufeinanderprallen ihrer Körper. Wenn dieses Bild in ihm aufstieg und er die Augen schloß, war es so deutlich, so deutlich, daß es keinesfalls eine Einbildung sein konnte. Es mußte die Realität sein. Es mußte geschehen, mußte die Erklärung dafür sein, warum sie ihn nur ungern direkt ansah, stets seinem Blick auswich, sich stets von ihm fernhielt. In dieser engen, klaustrophobischen Atmosphäre vermied man nach Möglichkeit jeden Streit. Wenn die Spannung zu stark wurde, wenn Margaret Zalinski – die jetzt darauf bestand, Margie genannt zu werden – so entschieden, so vehement gegen etwas protestierte, daß man meinte, es würde gleich zur Explosion kommen, war

Hal derjenige, der schlichtend eingriff. Der ihnen versicherte, das alles wäre nur vorübergehend. Hätten sie erst einmal Seattle erreicht und das Geld aufgeteilt, wobei auch Michael seinen Anteil bekommen sollte, das sei nur gerecht, dann wäre alles gelaufen. Wäre alles okay. Es sei nur eine Frage der Geduld. Hal Jamieson schien genug Geduld für alle zu haben, genug, um ihnen davon abzugeben.

So verbrachte Paul Dunsany seine Zeit mit Margie und Joe, redete wenig, hörte hauptsächlich zu, versuchte zu ertasten, was in seinem Kopf noch vorhanden war und was davon stimmte, in seiner Erinnerung, seinem Vorstellungsvermögen zu ertasten, ob man einen a-Moll-Akkord tatsächlich so spielte, ob er sich tatsächlich so anhörte. Dachte an alles und nichts außer an Louise Gostelow, die jetzt so fern schien da vorne auf dem Beifahrersitz des VW-Busses, daß sie genausogut auf einem anderen Planeten hätte sein können.

Nur ein einziges Mal kamen sie sich nahe. Das war in einem Wohnwagen-Camp bei Olympia. Louise schlenderte zu ihnen herüber, während sie Hamburger und Fritten aus fettigen Kartons aßen und überlegten, wohin Hal sie als nächstes bringen würde. Sie musterte die drei, den Jungen, der verträumt mit seinem Essen herumspielte, lächelte, und er erinnerte sich an dieses Lächeln, war schon einmal darauf hereingefallen, und dann sagte sie: »Du hättest ihn nicht Joe nennen sollen. Wenn er zur Schule kommt, wird daraus doch sofort Slow Joe. Daran hättest du denken sollen.«

Margie sah sie an, und Paul spürte ihre Wut, spürte ihren Zorn, dachte, wenn sie eine Waffe gehabt hätte, ein Stück Eisenrohr, hätte sie Louise auf der Stelle umgebracht.

»Niemand wird ihn so nennen, solange ich da bin«, sagte Margie schließlich. »Und ich werde *immer* da sein. Womit sich das wohl erledigt hätte.«

Danach redeten sie nicht mehr viel miteinander, die beiden Nationen, die beiden Familien. Eine Woche später hob Hal Jamieson auf einem einsamen Parkplatz am Stadtrand von Seattle die Bodenbretter des Campingbusses hoch, nahm das Geld heraus, jetzt ordentlich in Plastiktüten verpackt, und teilte es unter ihnen auf. »Geht nicht sofort damit zur Bank und zahlt alles auf einmal ein«, sagte er. »Macht es nach und nach. Bei verschiedenen Banken. Und macht es mit Köpfchen.«

Margaret Zalinski nickte. Das hatte sie schon längst selbst begriffen.

Es war so grau hier, aber zumindest regnete es noch nicht. Man konnte zu Fuß losgehen, unterwegs ein Taxi anhalten und in ein Hotel fahren. Dort überlegen, was als nächstes geschehen sollte. Sie hatte sich bereits eine Menge Gedanken darüber gemacht.

»Paul?«

Er sah verloren aus. Die Wunde war verheilt, hatte aber eine rote, erhabene Narbe in seinem Gesicht zurückgelassen. Nichts im Vergleich zu den innerlichen Narben, dachte Margie bei sich. Paul war immer sehr still gewesen, war ihr wie jemand vorgekommen, der zumindest ein bißchen Anteil nahm. Jetzt sah es so aus, als sei alles Leben aus ihm gewichen.

»Weißt du, was du tun wirst?«

Er nickte.

»Eine Gitarre kaufen«, sagte er und konnte hören, wie Louise hinter dem Bus zu lachen begann.

»Paul.«

Paul Dunsany schaute Hal Jamieson an und versuchte, in ihm den Jungen zu sehen, den er damals in Stanford gekannt hatte. Es war, als wären sie alle über Nacht gealtert, nicht äußerlich, nur hinter den Augen, nur innerlich. Ein Meilenstein an der Grenze zum Erwachsensein lag hinter ihnen, und es war, zumindest für Paul, eine Reise, auf der man etwas verlor, sich dann aber nach ein paar Tagen nicht mehr daran erinnerte, was es überhaupt gewesen war.

»Paul, das sind an die vierzigtausend Dollar, die du da hast, und mein Part endet hier. Was von jetzt an passiert, ist deine Sache. Hier trennen sich unsere Wege. Verplempere es nicht. Bau keinen Mist, Mann. Es könnte unsere Chance sein, was aus uns zu machen, die einzige, die wir je bekommen. Wir haben Glück bei der Sache gehabt. Jetzt kommen sie uns nicht mehr nach. Aber das bedeutet nicht, daß dieses Glück für immer anhalten muß. Sei clever. Sei vorsichtig. Wir werden einen Weg finden, in Verbindung zu bleiben, falls du mich jemals brauchst.«

»Ja«, sagte er und erkannte, daß auch das Teil des Erwachsenwerdens war, jemanden reden zu hören und zu wissen, daß fast jedes Wort eine Lüge war. »Das werden wir.«

Paul Dunsany ging los, um für sich, Margie und Joe ein Taxi zu finden – Slow Joe, auch darin hatte sie recht, so würden die Kinder ihn nennen, Louise behielt meistens recht – und sein neues Leben zu beginnen, wobei er sich fragte, was das für ein Leben sein, was es beinhalten und wieviel von der Vergangenheit für immer im Schatten bleiben würde.

13

Unter den Bäumen

Kommt, Kinder, wir wollen die Puppen in den Kasten tun, denn unser Stück ist beendet.

William Makepeace Thackeray
Jahrmarkt der Eitelkeiten

»Wenn ich brülle, rennen Sie einfach los«, flüsterte Hal Jamieson ihr leise zu, als sie auf die Tür zuging. Es gab keine Möglichkeit, mehr zu sagen, solange Baxter dicht hinter ihnen war und seine Waffe auf sie richtete, als sei sie ein Zauberstab. Sie nickte, schaute nach vorne, schaute die ganze Zeit auf die Tür, schaute ins Nichts, sah nichts. Was dabei in ihrem Kopf vorging, hätte sie selbst nicht beschreiben können.

»Machen Sie die Tür auf«, sagte Baxter, und Hal Jamiesons Gedanken rasten. Sie rasten immer.

Inzwischen war es später Nachmittag und der Himmel von einem einheitlichen Grau. Stratuswolken, dachte der Pilot in Jamieson sofort, eine ausgedehnte, flache Feuchtigkeitsschicht in etwa sechstausend Fuß Höhe, die gerade genug Licht durchließ, um den Wald dunkelgrün und tot aussehen zu lassen. Aber die Luft war frisch, und nach dem Gestank in der Hütte war das eine Erleichterung, tat es sehr gut. Das sollte einem beim Denken helfen. Sollte die Gedanken ordnen.

Sie schauten sich um, warteten, Baxter halb zugewandt, wollten sehen, was er als nächstes vorhatte. Der Boden um die Hütte war planiert und mit kurzgeschnittenem Rasen bepflanzt: ein Steingarten, ein Grillplatz, eine Fläche, auf der man im Sommer ein paar Tische aufstellen konnte. Baxters Gedanken kreisten nur um Beweise. Wie die Polizei sie fand. Woran sie hängenblieben. Wieviel man hinterher beseitigen mußte und wie sehr, wie ungeheuer er diese Aufräumarbeiten haßte.

Er deutete auf die erste Reihe der Bäume, hinter dem Parkplatz, wo der Shogun und der Lexus jetzt schwach im schwindenden Licht schimmerten.

»Gehen Sie rüber zu den Bäumen«, knurrte er. »Ganz langsam. Wenn Sie rennen, schieße ich.«

Also gingen sie los, und Jamieson schüttelte langsam den Kopf über die Logik des Mannes.

»Was ist es Ihnen wert, Steve?« fragte er und sprach in das graue Licht vor ihnen hinein, ohne sich nach dem Muskelmann umzudrehen. »Was ist es Ihnen wert? Eine Million? Zwei? Sie brauchen nur Ihren Preis zu nennen. Spielt für mich keine Rolle. Sie wissen, wieviel ich besitze? Die letzte Schätzung lag bei vier Milliarden Dollar, was ich gehört habe. Nach der ersten Milliarde hört man auf zu zählen und überläßt es den Leuten von Forbes. Zum Teufel, Steve, was mich angeht, können Sie das alles haben. Nützt mir ja nicht mehr viel, wenn ich tot bin, nicht wahr?«

Der Muskelmann schwieg und knurrte dann: »Sie reden ziemlich viel, Mr. Jamieson. Für einen toten Mann reden Sie eine Menge.«

Joni Lascelles sagte: »Sie sollten auf ihn hören, Steve. Sie wissen, wie die Frau da drinnen ist. Sie haben gesehen, wozu sie fähig ist.«

Jamieson nickte und sah sie von der Seite an. Sie zuckte nicht mit der Wimper, schaute nicht weg. Sie besaß eine Stärke, dachte er, die wahrscheinlich die meiste Zeit verborgen blieb, aber vorhanden war, bereit war, sich zu zeigen, wenn sie es am meisten brauchte.

»Sie hat recht, Steve. Sie müssen sich entscheiden. Sie

müssen entscheiden, wieviel Ihnen der Arsch meiner Frau wirklich wert ist. Wieviel Sie von ihr bekommen. Wieviel Sie von mir bekommen. Oder sollte ich besser sagen, wieviel Sie *meinen*, von ihr zu bekommen. Louise ist eine gerissene Frau, mein Junge. Wenn die Sache schiefgeht, wird sie sich kaum für Sie einsetzen. Sie hat schon viel Bessere als Sie umgarnt. Verdammt, was meinen Sie, was sie jetzt gerade macht?«

Baxter versetzte ihm einen Stoß in den Rücken und winkte sie hinüber zu einer Gruppe gewaltiger Fichtenstämme, die eng beieinanderstanden wie lichtscheue Riesen.

»Schätze, ich sollte mich bei Ihnen bedanken, Mr. Jamieson. Ihre große Klappe hat mir gerade die Entscheidung abgenommen.«

Hal Jamieson verfluchte sich innerlich, konnte die Engländerin ein, zwei Sekunden lang nicht ansehen und fragte sich, wie er sein Gespür so hatte verlieren können. Fragte sich, ob ihm wirklich nur noch eines übrigblieb, nämlich den Burschen abzulenken und der jungen Frau damit die Chance zur Flucht zu geben. Die vermutlich nicht sehr groß war, aber auf jeden Fall wesentlich besser als seine eigene.

»Sie können sich jetzt umdrehen«, sagte Baxter, und als sie es taten, sahen sie die Beschämung, das Bedauern in seinem Gesicht.

»Ich mache nichts von alldem gerne«, sagte er. »Wollte nur, daß Sie das wissen.«

»Für uns ist es gleichgültig, ob Sie es gerne tun oder nicht«, erwiderte Jamieson langsam und schätzte die Entfernung zwischen sich und dem Muskelmann ab, ob es möglich war, ihn anzuspringen, ihn festzuhalten, um ihr soviel Zeit wie möglich zu verschaffen. »Wir werden tot sein, ob Sie sich nun dabei die Augen ausweinen oder sich bestens amüsieren, Steve. Denken Sie mal darüber nach.«

»Ja, nun«, sagte Baxter und hob die Waffe nachlässig, als wäre er in Gedanken woanders. »Die Sache ist die, daß manchmal eines nach dem anderen geschieht, bis man an einem Punkt anlangt, wo man keine Kontrolle mehr hat, wie sehr man es auch möchte.«

»Sie könnten eine Milliarde Dollar kriegen, Steve«, sagte Jamieson und dachte, er steht zu weit weg, er steht einfach zu weit weg; wenn ich mich bewege, beschleunige ich es dadurch nur noch.

Baxter starrte ihn haßerfüllt an, und dieser Haß stand zwischen ihnen wie etwas Dunkles, Schwarzes.

»Was sollte ein Mann wie ich mit einer Milliarde Dollar anfangen, verdammt noch mal?« fragte Baxter. Dann schüttelte er den Kopf, nahm die Waffe hoch, richtete sie auf einen Punkt zwischen ihnen, überlegte sich, wen er als erstes abknallen sollte, und wünschte sich, wünschte sich wirklich, diese Entscheidung nicht treffen zu müssen.

Joni hörte es als erste, hörte die Geräusche im Wald, wie von einem Tier, das sich durchs Unterholz bewegte, sich rasch bewegte, nicht weit entfernt, ganz in ihrer Nähe.

»Da kommt jemand«, sagte sie, und in Baxters Augen flackerte so etwas wie animalische Furcht auf.

»Mist«, sagte er und fuchtelte mit der Waffe herum, immer noch unsicher, auf wen er sie richten sollte.

»Da kommt jemand«, wiederholte sie, und als Baxter sie ansah, hatte er das Gefühl, etwas Überweltliches vor sich zu haben. Sie lächelte ihn an, und ihr Gesicht, ihr Kopf schien so riesig, so strahlend und golden im graugrünen Dämmern des Waldes. Sie lächelte, und sie würde nicht wegrennen, nicht vor diesem Mann, nicht vor ihnen allen. Vor niemandem. Baxter begriff, daß Louise recht hatte. Was diese Frau wollte, war keine vage, unausgesprochene Drohung. Was diese Frau wollte, war Vergeltung. Das war etwas, worüber sich nicht verhandeln ließ. Das war etwas, was einen verfolgte, überall hin, Tag und Nacht, einem ständig auf den Schatten trat, bis man sich umdrehte und ihm ins Gesicht sah.

Baxter sah sie an, holte aus, versetzte Hal Jamieson einen Schlag ins Gesicht, der ihn zu Boden schickte, auf den schmutzigbraunen Nadelteppich, richtete die Waffe auf ihren Kopf und sagte: »Sie als erste.«

Dann kam etwas aus dem Unterholz, so schnell, daß er es gar nicht richtig sah. Paul Dunsany war da, sie konnte ihn sehen, konnte ihn erkennen, spürte sofort ihre Dankbarkeit für seine Anwesenheit und spürte noch etwas dahinter, in ihrem Inneren: ein schwaches Gefühl der Verwirrung.

Baxter wurde durch den Aufprall dieser brüllenden, tretenden Furie, deren Hände sich um seinen Hals krallten, zurückgeworfen und dachte einen Moment lang, er hätte es hier mit einem Verrückten zu tun. Erinnerte sich dann an seine Tage als Rausschmeißer der Nachtlokale am Pioneer Square, versetzte ihm einen Hieb mit seiner großen Faust, versetzte ihm einen zweiten, merkte, wie er von ihm abließ, sah die Brille durch die Luft fliegen, hörte, wie der Mann vor Schmerzen aufstöhnte, sah ihn zu Boden fallen, sah das Mädchen neben ihm auf die Knie gehen und in sein Gesicht schauen.

Blut sickerte aus seinem Mundwinkel, und in seinen Augen war eine Mischung aus Furcht und Wut. Paul Dunsany sah sie drei am Boden liegen, mitten im Wald, auf Erde und Tannennadeln, schaute zu Hal Jamieson, zu Joni und spürte eine solche Wut in sich, daß es ihn schüttelte.

Baxter starrte auf ihn hinunter, so groß, so massig und sagte: »Du blöder Kerl.«

Richtete dann die Waffe grinsend auf Pauls Kopf, weil es jetzt in Ordnung war, weil jemand das Gleichgewicht hergestellt hatte, jemand auf ihn losgegangen war. Das brachte die Sache in Ordnung. Baxter grinste und fühlte sich glücklich, fühlte sich sicher in dem Wissen, daß es nun bald vorbei sein würde. Aber dann verschwamm die Welt vor seinen Augen, etwas Stechendes drang in seine Schulter ein, ließ ihn gegen den Baumstamm fallen und die Waffe in hohem Bogen durch die Luft fliegen.

Jamieson krabbelte, so schnell er konnte, hinterher, versuchte seine Gedanken zu ordnen, zu begreifen, was hier geschah und wer auf wessen Seite stand.

»Du brauchst das Ding nicht, Hal.«

Es war eine kräftige weibliche Stimme mit dem breiten, schneidenden Tonfall der Arbeiterklasse. Margaret Zalinski trat unter den Bäumen hervor, ein Jagdgewehr unter dem Arm. Joni musterte sie, das kurzgeschnittene Haar, das faltige, bäuerliche Gesicht, wie sie auf sie zukam, so ruhig, so vertraut mit dem Wald, und dachte: die Blaubeerenfrau. Dann überlegte sie. Hier fehlte noch ein Stück des Puzzles, das ergänzt werden mußte. Aber nicht jetzt. Nicht jetzt.

Sie hielt Paul im Arm, spürte seine Wärme, seine Menschlichkeit, zog ein Taschentuch heraus, tupfte das Blut von seinem Mundwinkel und wunderte sich über den Ursprung der Tränen, die ihr in die Augen getreten waren, fragte sich, für wen sie waren und warum.

Jamieson hob trotzdem die Waffe auf, hielt sie auf Baxter gerichtet und hoffte, der Muskelmann würde nicht erkennen, daß Hal keine Ahnung hatte, wie man so ein Ding entsicherte.

»Margie?« sagte er und starrte sie an, hatte Schwierigkeiten zu glauben, daß dies dieselbe Person sein konnte. »*Margie?*«

»Wenn du 'ne Farm hast, mußt du schießen können«, sagte sie, und er lauschte auf die abgehackte, bäuerliche Art, in der sie sprach, sah in ihr gebräuntes, wettergegerbtes Bauerngesicht, versuchte es mit dem Mädchen in Einklang zu bringen, das er vor so langer Zeit gekannt hatte. Aber er schaffte es nicht. »Gehört zum Job.«

Sie schaute auf den zwischen den Baumwurzeln zusammengekrümmten Baxter hinunter.

»Hör auf, dich anzustellen, Arschloch. Du wirst's überleben. Hätt' ich diesen verdammten Ballermann benutzt, den Paul mir gegeben hat, hätt's vielleicht anders ausgesehen, aber ich hab' nur einen Blick drauf geworfen und wußte, daß ich dich damit nicht treffe. Du hast nur was aus diesem dußligen kleinen Jagdgewehr abgekriegt, das ich für Kaninchen und Rehe benutze. Vielleicht hast du für eine Weile ein Loch in der Schulter, aber das wird heilen. Nach allem, was ich gehört habe, werden sie's dir im Gefängnis bald umsonst verarzten.«

Der Muskelmann lag nur da und sagte nichts.

»Können Sie fahren?« fragte Jamieson ihn.

Baxter bewegte den Arm. Er hatte tatsächlich nur ein bißchen Blut an der Schulter und spürte einen häßlichen, tiefen Schmerz, aber er konnte fahren, er *würde* fahren, er würde alles tun, nur um hier wegzukommen.

»Ja«, knurrte er und schaute keinen von ihnen an.

»Gut«, sagte Jamieson und warf ihm einen Satz Schlüssel zu. »Nehmen Sie den Shogun. Fahren Sie damit, wo immer Sie hin wollen, denn er gehört Ihnen. Er ist Ihre Bezahlung, mein Freund. Ich werfe Ihnen nichts vor, Mr. Baxter. Ich hasse Sie nicht. Ich trage Ihnen nichts nach. Aber ich will Ihr Gesicht nie wieder sehen. Sonst kann sich all das ändern. Haben Sie verstanden?«

Baxter nickte, stemmte sich hoch, schlurfte zum Shogun. Sie sahen ihm nicht nach, als er in die einbrechende Nacht davonfuhr, sie waren alle drei zu sehr damit beschäftigt, einander anzusehen, schweigend, voller Verwunderung, aufzunehmen, was sie da sahen, während Joni Lascelles sie von außerhalb dieses Kreises anstarrte, wußte, daß sie nicht dazugehörte, spürte, wie die Kraft dieses Wiedersehens an ihr abprallte, sie betäubte und erschöpfte.

Hal Jamieson drehte sich um und schaute zur Hütte. Die nackte Gestalt am Fenster war zu weit weg, um den Ausdruck in ihrem Gesicht sehen zu können, aber das brauchte man auch gar nicht. Sie war so still, so bleich im schwindenden Licht. Man brauchte es wirklich nicht.

»Es ist alles vorbei«, sagte Jamieson und konnte den Blick nicht von ihr wenden. »Michael ist tot, Paul. Die ganze Sache ist vorbei. Du solltest gehen. Du solltest auf der Stelle verschwinden. Überlaß mir den Rest.«

Dunsany tastete nach der schmerzenden Stelle in seinem Gesicht, entschied, daß Baxter nicht so hart zugeschlagen hatte, wie er es hätte tun können, schmeckte das getrocknete Blut in seinem Mund und überlegte, ob es eine Möglichkeit gab, zu Jamieson durchzudringen oder ob das ganze Kapitel einfach beendet war.

»Hal«, sagte er und setzte seine Brille wieder auf. »Wir waren mal Freunde. Was wir taten, haben wir zusammen getan ...«

»Himmel, Paul, du hast *überhaupt nichts* getan.«

»Wir waren Freunde.«

Jamieson drehte sich um und sah ihn an, sah ihn über die Jahre hinweg an, sah den naiven, talentierten Jungen mit dem langen Haar, sah diese Aura der Unschuld um ihn und verabscheute sich dafür, ihm die je genommen zu haben.

»Ich verdiene es nicht, dein Freund zu sein, Paul. Du verdienst etwas Besseres als mich. Was ich dir jetzt sage, sage ich dir nur einmal. Alles, was in der Hütte ist, gehört mir. Es ist einzig und allein meine Sache, damit fertig zu werden. Du hast nichts damit zu tun. Du kannst nichts, du *wirst* nichts damit zu tun haben. Hast du verstanden? Du wirst jetzt von hier verschwinden. Du und Margie, ihr nehmt diese Frau mit, erzählt ihr beide, was ihr wißt, und hofft, daß sie bereit ist, uns allen zu vergeben.«

Joni Lascelles bemühte sich, die richtigen Worte zu finden, und entschied, daß es nichts gab, nichts, was Hals Schmerz lindern konnte.

»Vergebung bedeutet nichts«, sagte sie schließlich. »Sie brauchen sie nicht von mir. Sie haben sie nicht nötig.«

Jamieson lächelte sie an. Fand es schwer zu glauben, daß dies wirklich dieselbe Person sein sollte wie das kleine, schmächtige Kind, das er vor zwanzig Jahren im Fernsehen gesehen hatte, eine Zeit, die ihm immer noch so nahe schien, die von der Gegenwart nur durch Falten auf der Haut und Dollars auf dem Bankkonto getrennt war.

»Hören Sie sich an, was diese zwei Ihnen zu erzählen haben«, sagte er, »und dann entscheiden Sie.«

»Schaffst du's allein?« fragte Margie, und er konnte immer noch nicht fassen, daß die Zeit ihr dies gebracht, sie so stark, so selbstsicher gemacht hatte. »Ich hab's nicht vergessen, Hal. Ich schulde dir was. *Wir* schulden dir was.«

Hal Jamieson sah von einem zum anderen und überlegte, wohin das am Ende alles führen würde, überlegte, ob es irgend etwas in seiner Macht gab, die Dinge zu ändern, und ob er die Kraft hatte, das herausfinden zu wollen. »Ihr schuldet mir nichts. Nehmt diese Frau mit, und sprecht mit ihr. Erzählt ihr, was sie wissen muß. Wenn ihr das tut, habt ihr mir sehr geholfen. Es ist sehr viel, worum ich euch bitte. Sehr viel, was ich verlange. Von euch. Und von ihr.«

Dann ging er zurück zur Hütte und trat durch die Tür, ohne sich noch einmal umzuschauen. Die drei bahnten sich ihren Weg durch den Wald zu dem alten Ford Pick-up, den Margie sonst immer auf der Farm benutzte. Jetzt war er zwischen zwei großen Fichten geparkt, die wie ein riesiges Eingangstor zu den Wäldern wirkten, den dunklen, endlosen Wäldern, die sich bis in die Unendlichkeit zu erstrecken schienen. Dann stiegen sie ein und fuhren davon, zunächst recht schweigsam, weil sie wußten, daß der richtige Zeitpunkt kommen würde, und sie sich alle auf ihre oder seine Weise vor den daraus entstehenden Konsequenzen fürchteten.

Hal Jamieson fand Louise im Schlafzimmer. Sie saß nackt

vor dem Spiegel, das nasse Haar an den Kopf geklatscht, und rieb sich mit einem Handtuch trocken. Er trat zu ihr, nahm ihr das Handtuch ab, half ihr beim Abtrocknen und erkannte mit unendlicher Traurigkeit, daß Louise nackt zu sehen nie wieder etwas in ihm bewegen würde. Sie sah bleich aus, ihre Haut alt. Ihre Augen wollten sich nicht auf ihn richten, überprüften nur ruhelos ihren Körper, ihr Gesicht, ihr Haar.

»Du bist zurückgekommen«, sagte sie. »Typisch Hal. Du kommst immer zurück.«

Jetzt sah sie ihn an, auf eine Art, die er vorher noch nicht gekannt hatte. Als würde sie ihn um etwas wie Trost anflehen.

»Klar doch«, sagte er, »immer.«

»Glaubst du?« fragte sie leise und zog die Schublade mit ihren Schminksachen auf. Er sah zu, wie sie ihr Äußeres wiederherstellte, langsam ihr Haar trocknete, ihre Haut trocknete, und ertappte sich bei dem Gedanken, ob es je möglich wäre, wieder eine Art Wärme zwischen ihnen zu entfachen, beschimpfte sich aber gleich für diese Überlegung. Die alte Louise kam allmählich zurück, während sie an sich arbeitete. Während sie ihre Wimpern tuschte, während sie Puder auflegte. Die alte Louise kehrte zurück, und falls es ihr etwas ausmachte, daß er hinter die Maske gesehen hatte, zeigte sie es nicht. Louise war an jenem Tag zum ersten Mal in ihrem Leben wirklich nackt gewesen. Was andere danach von einem dachten, was man selbst von sich dachte, spielte keine so große Rolle mehr.

»Du warst immer der Beste«, sagte sie.

»Ja.«

Sie richtete ihr Haar, und er sah nur zu, sah, wie sie mit sich umging, sich im Spiegel betrachtete. Das Haar war jetzt fast trocken, und wenn sie es fünfzehn Minuten mit einem Föhn, einer Bürste und einem Kamm bearbeitete, würde es wieder wie immer aussehen.

»Ich meine es nicht so, wie du denkst. Ich hatte so viele Männer, die gut zu mir waren, Hal. Aber du hast dich verhalten wie ...«

Sie suchte nach den richtigen Worten.

»Ich dachte, daß du mich magst, Hal. Ich dachte, daß du einen Menschen in mir siehst.«

Hal Jamieson schaute auf ihr Spiegelbild, und ihm fiel auf, wie verängstigt, wie traurig es wirkte, fragte sich, ob es wirklich so war oder nur an einer Verzerrung des Spiegels lag.

»Ich habe das nie in mir gesehen, Hal. Vom Tag meiner Geburt an fand ich alles langweilig und ermüdend, hing mir alles zum Hals raus, und das hat sich nie geändert. Durch dich wurde es ein bißchen besser, aber es ist immer noch so. Das weißt du, nicht wahr? Nichts von alledem bedeutet irgendwas. Willst du die Wahrheit wissen? Du bedeutest nichts. Ich bedeute nichts.«

»Ja«, sagte er, ging dann zum Schrank und zog ein Karohemd und eine Hose heraus.

»Das kannst du erst mal anziehen, Louise. Wir verschwinden für ein paar Tage. Nehmen das Flugzeug. Ich beauftrage jemanden, hier oben sauberzumachen. Wir verschwinden.«

Vielleicht hatte sie ihn gehört, vielleicht auch nicht. Hal Jamieson konnte seinen Blick nicht von ihr abwenden, wie sie an ihrem Gesicht herumtupfte, wie sie versuchte, ihr altes Aussehen wiederzugewinnen, vielleicht das von vor zwanzig Jahren, als alle in der Scheune – *alle* – in Louise verknallt gewesen waren. Als sie alle mit ihrer Schönheit, ihrer Macht gefangengenommen hatte.

Unten auf der Straße, bei Snoqualmie, auf dem Rückweg zur Küste, spürte Joni, wie sich ihre Gedanken überschlugen, ihren Kopf überfluteten, sie zu ertränken drohten.

»Paul?« sagte sie. »*Paul?*«

Zurück in den Garten

1

Margies Farm

In my dream the pipes were playing
In my dream I lost a friend
Come down Gabriel blow your horn
Some day we will meet again

ROBBIE ROBERTSON
»Fallen Angel«

Sie schliefen auf der Farm, in getrennten Zimmern, erwachten früh, wußten nicht recht, worüber sie miteinander reden sollten. Schließlich gingen Paul und Joe nach draußen, begannen die Reihen sauber beschnittener Obstbäume zu bearbeiten, suchten nach Ungeziefer, prüften den Zustand des Bodens. Für Joe war es ein ganz normaler Tag. Nur ein paar Besucher auf der Farm, mehr nicht.

Man wußte nie so genau, wie sich das Wetter in diesem Teil des Staates entwickeln würde, auf dem flachen, fruchtbaren Land zwischen den Bergen und dem Meer. Manchmal setzte sich das Mikroklima in den Kopf, die Stadt nachzuahmen. Manchmal hatte es eigene Vorstellungen. Der heutige Tag hatte trübe und kühl begonnen, mit eingeschränkter Sicht, ein mürrischer, düsterer Tagesbeginn. Dann war Wind aufgekommen, der Himmel begann sich zu verändern, ein helles Blau blitzte hier und da durch, gewann die Oberhand, so daß um zehn kaum noch eine Wolke am Himmel war. Man konnte bis zum Sund hinuntersehen, gute fünfzehn Meilen entfernt, über Ackerland und Wälder, eine sanft gewellte Landschaft, die so grün war, so grün, daß sie leuchtete, bis sie auf das glitzernde Wasser traf, dessen Oberfläche wie die Schuppen eines riesigen Fisches funkelte, bis zu den schneebedeckten Olympic Mountains, so hoch aufragend, so unnahbar in der Ferne.

Die zwei Frauen saßen auf der Veranda des modernen, aus Stein gebauten Farmhauses, tranken Kaffee, starken, heißen Kaffee, und sahen Paul und Joe zu, wie sie über die Felder schlenderten. Es dauerte eine Stunde oder so, bis Margaret Zalinski ihr die Fakten mitgeteilt hatte. Aber Fakten waren etwas Nacktes, am Strand zufällig verstreute Kieselsteine ohne Muster, ohne Bedeutung. Erklärungen waren etwas anderes. Erklärungen waren schwieriger. Erklärungen kamen nicht einfach so heraus, flach und aus dem Nichts. Sie brauchten Zeit. Man mußte ihnen Einlaß gewähren, mußte zulassen, daß sie sich im Vorstellungsvermögen langsam ihren Weg nach oben bahnten und dann lebendig wurden.

Joni betrachtete Margie und versuchte sie sich als Hippiemädchen vorzustellen, vor zwanzig Jahren, als jemand, die herumgeschubst wurde und im Strom der Blumenkinder ziellos durch Amerika wanderte. Es war nicht leicht. Margaret Zalinski konnte ihr Alter nicht verleugnen. Sah vielleicht sogar älter aus. Auf einer Farm zu arbeiten, ständig im Freien zu sein und gegen die Unbilden der Natur anzukämpfen mußte wohl so etwas bewirken. Sie hatte ein breites, männliches Gesicht, eines, das zufrieden, sogar vergnügt aussah, ohne viel zu lächeln. Und sie besaß eine Bedächtigkeit, die enervierend sein konnte. Sie dachte nach, bevor sie sprach, und die Pausen waren manchmal recht lang. Nichts wurde in Eile getan. Vielleicht lag das am Leben auf der Farm. Vielleicht lag es an ihrem Umgang mit Joe, dem sie alles sehr langsam und sorgfältig erklären mußte, damit er es so gut wie möglich verstand. Margaret Zalinski war anders als sie. Anders als alle Menschen, denen Joni Lascelles je begegnet war. So sorgfältig, so vorsichtig in ihrem Abwägen, wohin sie trat und wohin nicht.

Joni sah hinüber zu den beiden Männern unter den Apfelbäumen, die hin und wieder ein Wort miteinander wechselten, die Stämme auf Krankheitszeichen überprüften, den Reifegrad der Äpfel begutachteten, und sagte: »Sie und Paul. Sie waren ein Paar. Danach.«

Margaret Zalinski musterte sie mit einem leisen Lächeln, das mit ihren funklenden Augen konkurrierte.

»Sie haben einen Blick für so was«, sagte sie mit flacher, monotoner Stimme. »Das muß ich Ihnen lassen.«

Eigentlich nicht, dachte Joni. Da gab es nichts zu sehen. Man konnte es *spüren*. Man konnte spüren, wie es passiert sein mußte. Ein langsames Aufeinander-zu-Bewegen. Menschen kommen aus den unterschiedlichsten Gründen zusammen, und Liebe ist vielleicht einer der unbedeutenderen. Trost, gemeinsame Trauer, Schmerz oder simple Furcht sind wohl die häufigeren Gründe. Sie ergeben möglicherweise mehr Sinn als dieses geheimnisvolle, mysteriöse Ding namens Liebe, etwas, worüber alle reden, was aber niemand so recht definieren kann.

»Was ist passiert?« fragte sie.

Margie atmete tief durch und schaute in die Weite. Es war ein so schöner, so strahlender Tag, und die Luft war so köstlich, so frisch, daß man sie gar nicht wieder ausatmen mochte.

»Die Zeit. Mehr nicht. Nur die Zeit. Es war sowieso keine hitzige Angelegenheit. Nichts, worüber wir viel nachdachten. Wenn man es genau betrachtet, ist Paul ein Stadtmensch. Er liebt seine Musik so sehr, dieses kleine Studio. Man kann ihn da nicht rauszerren, kann ihn nicht von diesem Leben fernhalten. Joe und ich, wir paßten nicht in die Stadt. Es war kein Ort, an den wir *gehörten*. Wir hielten es da nicht aus. Wir funktionieren einfach nicht so. Ergibt das einen Sinn?«

Joni nickte.

»Also half mir Paul, dieses Stück Land hier zu kaufen. Half

mir, das Haus zu bauen. Er nahm sich von dem Geld nur soviel, um sein kleines Hausboot zu kaufen, das Studio zu mieten und ein paar Aufnahmegeräte anzuschaffen. Den Rest gab er mir und sagte, ich solle ihn für uns verwenden. Aber das war noch nicht alles. In den ersten paar Jahren ging es uns hier draußen nicht sehr gut. Wenn Paul mir nicht geholfen hätte, weiß ich nicht, was mit uns passiert wäre. Er ist ein guter Mann, wissen Sie? Er wollte es Ihnen sagen, wollte Sie herbringen, auch wenn es vielleicht das Ende zwischen Ihnen beiden bedeutet hätte. Dann schickte Louise ihm die Nachricht, daß sie Sie in ihrer Gewalt hätte, und damit nahm dann alles eine andere Richtung an. Er ist ein guter Mann. Er trägt es in sich, und ich glaube nicht, daß es ihm immer gut bekommt.«

»Das weiß ich«, sagte Joni. »Ich wußte es von Anfang an.«

»Wir auch. Er hat uns viel geholfen und uns finanziell unterstützt, bis wir auf die Beine kamen. Nach einer Weile weiß man, was zu tun ist, kennt die Arbeit und bekommt etwas zurück. Ich übernahm den Stand am Pike Place, verkaufte direkt an die Touristen, die mir den vollen Preis für meine getrockneten Blaubeeren und den Apfeltee bezahlen, kein Abzug von fünfzig Prozent Provision wie bei den verdammten Ladenbesitzern. Es wurde ein Erfolg. Letztendlich. Und ich hatte nichts mehr mit der Stadt zu tun, fuhr nur an den meisten Vormittagen hinein und verbrachte den Tag am Pike Place, was in Ordnung war, was genug war. Paul und ich waren Freunde. Gute Freunde. Bessere Freunde als in der Zeit, als wir noch ein Liebespaar waren, wenn Sie die Wahrheit wissen wollen.«

»Vielleicht ist es leichter«, sagte Joni. »Vielleicht erfordert Freundschaft nicht soviel.«

Es entstand eine jener langen Pausen, in denen Margaret Zalinski über das Gesagte nachdachte.

»Ich glaube nicht«, sagte sie schließlich. »Beziehungen

zwischen zwei Menschen sind niemals leicht, nicht, wenn sie etwas wert sind. Es war die Zeit, die uns voneinander entfernte, aber es war auch noch etwas anderes. Etwas, das unsere Gefühle für das Geschehene betraf. Eine Art Schuldgefühl, das wir beide hatten. Wobei Paul keinen Grund hatte, sich für *irgend etwas* schuldig zu fühlen. Er kann sich an vieles nicht erinnern, aber ich. Ich *weiß*, er hatte keine Ahnung, daß ein Kind in die Sache verwickelt war. Ich *weiß*, daß er sonst sofort zur Polizei gegangen wäre. Aber er akzeptiert das nicht. Entweder liegt es an seinem Gedächtnisverlust, oder etwas sagte ihm, daß er sich trotzdem schuldig zu fühlen hätte. Ich weiß es nicht. Ich weiß nur, daß zwei Menschen sich nicht lieben können, wenn die gleiche Sache an ihnen nagt. Wenn beide die gleiche Schuld empfinden. Man kann sich nicht im gleichen Maß aneinanderlehnen und hoffen, nicht umzufallen. So funktioniert das Leben nicht. Wenn Sie die Wahrheit wissen wollen, ich glaube, das hat uns ebensosehr auseinandergebracht wie die Tatsache, daß ich den Gestank der Stadt nicht ertragen konnte, die Art, wie Joe auf der Straße behandelt wurde. Wir wurden immer stummer. Das hat uns auseinandergebracht. Verstehen Sie, was ich sagen will?«

Joni war sich nicht sicher. Es war nichts, was man *verstehen* konnte. Es war etwas, das man fühlen mußte.

»Vielleicht«, sagte sie.

»Das ist eine ehrliche Antwort. Ehrliche Antworten sind heutzutage die sicherste Methode, die Dinge zwischen den Menschen zu zerstören. Wollen Sie eine weitere Wahrheit hören? Wenn sich jemand schuldig wegen der ganzen Sache fühlen sollte, dann ist es nicht Paul, nicht Hal Jamieson, nicht seine gottverdammte Frau. Mit Sicherheit nicht Michael Quinn, der noch nicht mal die Fähigkeit besaß, sich wegen irgendwas schuldig zu fühlen. Ich bin es. Ich habe mehr gewonnen als alle anderen. Wenn sich nichts von alledem zugetragen hätte, wissen Sie, wo ich dann heute wäre? Ich würde als Kellnerin in einem Imbiß arbeiten, würde in einer Wohnwagensiedlung mit vier rotznäsigen Kindern und einem Ehemann leben, der mich jeden Abend verprügelt. Ich war auf dem direkten Weg dahin, bevor all das passierte. Sie können sicher sein, daß es genauso gekommen wäre.«

»Dazu sind Sie viel zu klug, Margie. Das wäre nie passiert.«

»Das hat nichts mit Klugsein zu tun. Glauben Sie, daß die Frauen, denen das passiert, alle dumm sind? Nicht im geringsten. Es hat etwas mit Glück und Schicksal und so was zu tun. Damit hatte Quinn schon recht. Was er sagte, übersteigt mein Fassungsvermögen bei weitem, aber in gewisser Weise hatte er schon recht. Bei manchen Dingen hat man die Wahl, bei anderen überhaupt keine. Was mich aus dem Ganzen rauskatapultierte, war *er*. Joe. Er veränderte mein Leben. Er *gab* mir mein Leben.«

Joni überlegte, ob sie die Frage überhaupt stellen sollte, und begriff dann, daß es nicht unausgesprochen bleiben konnte. »Fühlen Sie sich deswegen schuldig?«

Margie antwortete direkt, mit etwas erhobener Stimme: »Nein, tue ich nicht. Ich sollte mich schuldig fühlen, aber ich tue es *nicht*. Nicht im geringsten. Es ist das, was mir aufgetischt wurde und was ich auszulöffeln hatte. Wenn es eine Möglichkeit gegeben hätte, die Ereignisse aufzuhalten, dann hätte ich es getan. Aber ich bekam nicht die Gelegenheit dazu. Also tat ich, was ich tun konnte.«

»Und Sie haben es gut gemacht«, sagte Joni. »Sie haben es so gut gemacht, Margie. Ich hätte nicht …«

Sie wollte nichts mehr sagen, wollte nicht darüber nachdenken.

»Oh, ja, Sie hätten. Glauben Sie bloß nicht, daß Sie es nicht hätten tun können. Wissen Sie, warum? Was mir passiert ist, was ich getan habe, war etwas, das ich *wollte*, nicht etwas, das ich tat, weil ich dachte, ich müsse es tun. Ich hab's getan, weil es mir etwas gab. Das verstehen die Leute noch immer nicht. Die Leute sehen Joe und sagen: ›Schaut ihn euch an, er ist doch nicht mehr als ein Kind.‹ Und ich sage: ›Danke.‹ Sehen Sie, ein Kind zu sein ist das Beste an uns, das Beste, bis jemand beginnt, es zu vergiften. Kinder basteln keine Bomben und stellen keine Drogen her. Kinder zetteln keine Kriege an. Das einzige, was sie über Haß wissen, ist das, was wir ihnen beibringen. Und das sollten Sie besser glauben. Sie mehr als alle anderen von uns. Natürlich schaffen Kinder keine Dinge, die wichtig für uns sind, wir können nicht *alle* Kinder sein. Aber wenn Sie mich fragen, nach welcher Seite das Pendel ausschlägt, dann weiß ich, weiß ich einfach, daß es zu ihren Gunsten sein wird. Daß wir ihnen mehr verdanken als sie uns, als sie es uns je verdanken werden. Wenn jemand zu mir sagt, es sähe so aus, als hätte ich für den Rest des Lebens ein Kind im Haus, dann macht es mich glücklich. Es ist, als würde man morgens aufwachen und spüren, daß der Tag gesegnet ist.«

Joni sagte nichts, und Margaret Zalinski bewegte sich unbehaglich auf ihrem Stuhl.

»Mist«, sagte sie. »Ich rede zuviel. Vergessen Sie, was ich gesagt habe. Ich hatte nicht das Recht dazu. Was jetzt geschieht, was jetzt mit Joe geschieht, haben Sie zu bestimmen. Er ist Ihr Fleisch und Blut. Ich habe kein Anrecht auf ihn. Habe noch nicht mal eine Bescheinigung, daß ich sein Vormund oder so was bin. Sie sind seine rechtmäßige Verwandte. Was Sie beschließen, wird geschehen. Ich werde Ihnen nicht im Weg stehen.«

Wieder sah Joni Lascelles hinüber zu den beiden Männern unter den Apfelbäumen, so versunken, so vertieft in ihre Arbeit.

»Joe ist Ihr Fleisch und Blut, Margie«, sagte sie. »Joe gehört zu Ihnen.«

Etwas in ihr löste sich, dieser scharfe, stechende Schmerz, der ihr Leben lang an ihr genagt hatte, und sie begriff, daß es ihr nicht darum gegangen war, zu wissen, ob Miles lebte, sondern um den Segen seiner Vergebung. Es war ihr bei dieser Suche um sie selbst gegangen, nicht um ihn. Dieses letzte, anhängliche Überbleibsel ihres alten Selbst löste sich auf, flog davon, und einen Moment lang hätte das ferne Schimmern des Wassers im Wind flatterndes Gold sein können, einen Moment lang meinte sie, über die Jahre hinweg das leise Wispern der Goldplättchen zu hören.

Margaret Zalinski schaute weg, verbarg ihr Gesicht, aber Joni konnte es trotzdem sehen. Konnte sehen, wie sie die Tränen einfach fließen ließ, ein langer stetiger Strom, ohne sie zurückzudrängen, ohne sich dagegen zu wehren. Als es vorbei war, wischte sie die Tränen mit dem Handrücken weg, wandte Joni ihr Gesicht wieder zu und sah so stark, so schön aus.

»Was soll ich ihm sagen?«

»Was kann er verstehen?«

»Mehr als die meisten Leute denken. Wir waren mit ihm bei einer Menge Ärzte. Auch dabei hat Paul mir geholfen. Hat nicht viel gebracht. Sein Gehirn hat einen dauerhaften Schaden durch das giftige Zeug bekommen, das Quinn ihm gegeben hat. Daran läßt sich nichts mehr ändern. So, wie er ist, wird er wohl auch bleiben. Er ist langsam. Er behält die Dinge, die wichtig für ihn sind. Er kann ein bißchen lesen. Die Sache ist nur, daß es nicht besser werden wird. Das ist etwas, worüber ich mir Gedanken machen muß, wenn ich älter werde, aber momentan kann ich es noch verdrängen. Wenn Sie ihm sagen wollen, daß Sie seine Schwester sind, dann wird er es verstehen. Er wird sehr stolz darauf sein, glaube ich.«

Sie brauchte nicht viel darüber nachzudenken, wartete

aber trotzdem, weil sie Margie nicht das Gefühl geben wollte, es sei eine übereilte, spontane Entscheidung.

»Sagen Sie ihm, ich sei eine Freundin von Paul. Nur das.«

Darauf schwieg Margaret Zalinski gute zwei Minuten lang.

»Soll ich ihm sagen, daß er Sie wiedersehen wird?«

Darauf gab es wirklich keine Antwort. Die Wahrheit war, daß Joni Lascelles es nicht wußte. Es einfach nicht wußte. Und den Prozeß nicht kannte, der sie zu diesem Wissen hätte führen können. Es war, als läge ein dicker Nebelschleier vor ihren Augen, nicht beängstigend, nicht erschreckend, nur undurchdringlich.

Die beiden Männer kamen zum Haus zurück, redeten langsam miteinander, sahen aus, als hätten sie Dinge wie diese schon seit Jahren getan, und einen Moment lang war sie eifersüchtig auf Paul, auf Margie, einen Moment lang schoß etwas Rotes, Heißes in ihr hoch bei dem Gedanken, daß sie ihn aufwachsen gesehen hatten, vom Kind zum Mann, daß sie diese erstaunliche Verwandlung über die Jahre miterlebt hatten und nichts davon für sie selbst übrigblieb, um es mit ihnen zu teilen, nichts, das sie wärmen, das ihr Trost bieten konnte.

Sie blieben auf dem staubigen Pfad vor der Veranda stehen. Joe legte die Hände auf die Hüften und sagte: »Anzeichen von Motten, Margie. Wir haben Motten.«

Joni sah ihn staunend an. Er war über eins achtzig groß, stark, gut gebaut, hatte eine gebräunte, gesunde Hautfarbe. Gut sah er aus mit seinem breiten, freundlichen, ernsten Gesicht, eingerahmt von dunklen, sauberen, kurzgeschnittenen Haaren, wie man es von einem Farmer erwarten würde. Sie schlugen beide ihrer Mutter nach, von ihrem Vater konnte sie nichts entdecken. Dazu kam diese Kraft, diese bäuerliche Kraft, die Kraft, die man durch die Arbeit auf einer Farm bekam. Joe war ein gutaussehender Mann, auch wenn er sich dessen gar nicht bewußt war.

»Hübsches Mädchen«, sagte er und schaute ihr mit einer so offenen Neugier in die Augen, daß es ihr den Atem nahm. »Willst du die Äpfel sehen? Leute aus der Stadt schauen sich immer gern die Äpfel an.«

Er kniff die Augen gegen das Sonnenlicht zusammen, lächelte nicht, hatte seine Mimik, seine Gestik über die Jahre von Margie übernommen, sogar bis hin zu der Direktheit, die Joni in ihrer Aufrichtigkeit so entwaffnend, ja fast lähmend fand.

Sie schaute zu Paul und spürte seine Nervosität, doch das hielt ihn nicht davon ab, sie zu beobachten, herauszufinden, was hier vorging.

»Wir müssen zurück in die Stadt, Joe«, sagte sie. »Vielleicht ein andermal.«

»Okay«, sagte er und beließ es dabei. »Hast du einen Namen?«

Dabei lächelte er ein bißchen, zeigte blitzende weiße Zähne. Joe wußte, daß er einen Witz machte, mochte seinen Witz, fühlte sich vertraut damit.

Vier Worte, dachte sie, zwei Leben. Zwei lebendige, pulsierende, nach Atem ringende Welten in ihrem Inneren.

»Mein Name ist Joni Lascelles«, sagte sie.

Er lachte so freundlich, schaute zum Himmel, rollte ein wenig mit den Augen, als überlegte er, wo *hab'* ich das schon mal gehört, und sagte: »*Verrückter Name.* Du entschuldigst mich. Ich muß jetzt essen.«

Dann ging er ins Haus und klapperte pfeifend in der Küche herum. Paul Dunsany schaute die beiden Frauen an, ging weg, um die Ecke des Hauses und begann, völlig unnötig am Auto herumzufummeln.

»Darf ich dich in den Arm nehmen?« fragte Margie nach einer kleinen Ewigkeit.

Joni trat auf sie zu und bemerkte überrascht, daß sie ein gutes Stück größer war. Margaret Zalinski war eine kleine Frau. Was ihr Größe gab, kam von innen, war nicht physisch, aber es war real, man konnte es berühren, konnte die Wärme spüren, und es war so stark, als wäre es aus Fleisch und Blut.

Joni Lascelles öffnete ihre Arme, und sie umarmten sich schweigend, die Gesichter im Haar der anderen verborgen, ließen etwas aufeinander übergehen, das keinen irdischen Namen, keine irdische Form hatte, aber eine solche Kraft besaß, daß sie nur ihre Augen schließen und einander festhalten konnten, um dann abzuwarten, bis das Wesen sie aus seinem furchteinflößenden, unnachgiebigen Griff entließ.

2

Mount Olympus

> Es gibt niemanden, wie weise er auch sein mag, der in seiner Jugend nicht Dinge gesagt oder auf eine Art gelebt hätte, die sein Gewissen im späteren Leben so belasten, daß er sie, wenn er könnte, mit Freuden aus seinem Gedächtnis tilgen würde.
>
> Marcel Proust
> *Auf der Suche nach der verlorenen Zeit*

Am Abend zuvor, nachdem er Louise geholfen hatte, sich zu säubern, nachdem er ihr in Hose und Karohemd geholfen und sie in den Lexus gesetzt hatte, war Hal Jamieson direkt zum Flugplatz gefahren und hatte einen Flugplan nach Hawaii eingereicht, mit Tankstop in San Francisco. Der Flugdienstleiter nahm den Plan entgegen, überprüfte ihn und sagte: »Schönen Urlaub, Mr. Jamieson.«

Lächelte die beiden dann über den Tresen hinweg an und wünschte sich, er hätte es gelassen. Sie sahen schrecklich aus. Sie sahen wie Tote aus, dachte er. Sie brauchten keinen Urlaub in Hawaii, sie brauchten ein neues Leben.

Jamieson blätterte die Wettervorhersagen am Anschlagbrett durch. Die Wolkendecke hatte sich mit Einbruch der Nacht ausgedehnt, hatte sich an manchen Stellen bis auf tausend Fuß herabgesenkt und reichte insgesamt bis auf dreizehntausend Fuß hinauf. Also ein Instrumentenstart, bei dem man vom Radarleitsystem durch den kommerziellen Luftverkehr gelenkt wurde, nach rechts und links, hinauf und hinunter, die ganze Strecke bis zu dem magischen Augenblick, wenn man über der dicken Suppe herauskam. Über den Wolken würde es heute eine helle, vom Mond erleuchtete Nacht sein. Der Mond würde fast voll sein, und man konnte unter den Sternen fliegen, dem Funk lauschen und sich von den Fluglotsen sagen lassen, wohin man fliegen sollte, befreit von der Erdanziehung, befreit von der Welt. Das war Hal Jamieson das Wichtigste am Fliegen. Es waren die Momente in seinem Leben, wo alles andere – Geschäft, Louise, das Leben selbst – in den Hintergrund trat und sein Hirn von dieser seltsamen Mischung aus körperlicher und geistiger Disziplin, Berechnung und Vermutung regiert wurde, die mit dem Fliegen eines Flugzeuges verbunden ist.

Louise stand draußen auf dem Asphalt und sah zu, wie er die Citation von außen überprüfte, den Tank überprüfte, dann die Seitentür aufschloß und von der Hydraulik die Stufen ausklappen ließ.

»Es ist lange her, seit ich mit dir geflogen bin«, sagte Louise, während sie vorsichtig die Stufen hinaufstieg.

»Zu lange«, sagte er und schaltete den Strom ein.

»Hal, wir haben nichts dabei. Kein Gepäck. Überhaupt nichts.«

»Ich habe eine American-Express-Platinkarte, Louise. Was braucht man mehr? Wir kaufen uns die Sachen einfach, wenn wir da sind. Ich rufe zu Hause an, lasse alles in Ordnung bringen, damit bei unserer Rückkehr das Leben normal weitergeht. Okay?«

Sie schnallte sich auf einem den Passagiersitze an – Louise flog nicht gern vorne, konnte es nicht leiden, wie die Lichter und Instrumente permanente Aufmerksamkeit forderten –, ohne darauf zu achten, was sie tat. Sie betrachtete ihr Gesicht im Spiegel. Es sah bleich, müde und alt aus. Hal Jamieson konnte es nicht mehr ertragen. Er zog die Tür von innen zu, legte den Hebel um, ging nach vorne, bereitete sich auf den Flug vor. Als er seine Karten entrollt hatte, die Jeppesen-Instrumententafel und auch die topographische Karte für das Gebiet um Seattle, auf der die Route eines gewöhnlichen Instrumentenstarts nach Norden sorgfältig mit Bleistift über den komplexen, zackigen Formen von Land und Meer in diesem Teil des Staates eingezeichnet war, war sie eingeschlafen. Schlief bereits tief, den Kopf an das cremefarbene Leder des Sitzes gelehnt, den Mund ein wenig offen, der Atem ein bißchen laut. Er betrachtete sie eine Weile, fragte sich, welche Träume wohl durch ihren Kopf geisterten, und hoffte, es würden ruhige sein, hoffte, daß Louises persönliche Monster sie für eine Zeitlang in Ruhe ließen. Dann gab Hal Jamieson seine Startabsicht durch und begann mit den Startvorbereitungen, ließ die Motoren an, ging die in einer Tasche neben dem Pilotensitz untergebrachte Checkliste durch.

Es herrschte ziemlich dichter Flugverkehr, aber der Fluglotse, der ihn betreute, wirkte warm und freundlich.

»Es ist ziemlich grau da draußen, Sierra Whisky, also werden wir Sie Stück für Stück aus dieser Suppe hinausführen, bevor wir Sie an Portland übergeben. Sie sind freigegeben für Rollbahn eins acht links, halten Sie an Punkt Charlie.«

»Freigegeben für eins acht, Charlie«, wiederholte Jamieson, schob den Gashebel vor, um die Maschine in Bewegung zu setzen, zog ihn etwas zurück, als sie anrollte, prüfte die Bremsen und folgte dann der Lichterkette, bis er das große Schild mit dem C darauf sah. Nach zwei Minuten waren die letzten Checks abgeschlossen, und er bat um Starterlaubnis.

»Okay, Sir, Sie haben Starterlaubnis, drei fünf null bis dreitausend.«

Der große Silbervogel rollte auf die Startbahn, nahm Geschwindigkeit auf und hob bereitwillig ab; Jamieson fuhr das Fahrwerk ein und hatte Mühe, die Maschine tief zu halten. Selbst mit vollen Tanks flog sie sich leicht und schien davonschießen zu wollen. Das Steigen auf dreitausend Fuß bei fast direktem nördlichen Kurs geschah so schnell, daß Hal meinte, eben erst das Fahrwerk eingefahren zu haben, als sich die Stimme des Fluglotsen mit neuer Richtungsanweisung wieder meldete.

»Wir haben weiteren einkommenden Flugverkehr, Sierra Whisky, was bedeutet, daß ich Sie ein bißchen herumschicken muß, wofür ich mich entschuldige.«

Dann wurde er in der Tat herumgeschickt. Vor und zurück durch den ganzen Abschnitt, um den großen Jumbos auszuweichen, die aus Tokio und noch weiter entfernten Orten eintrafen; in der undurchsichtigen grauen Wolkenbank schlüpfte er gut tausend Fuß entfernt zwischen ihnen hindurch, mit genauer Position und Flughöhe, stets in Sicherheit, stets dort, wo er sein sollte. Dann war er wieder auf Kurs, dort, wo Jamieson seiner Meinung nach die ganze Zeit hätte sein sollen. In westlicher Richtung über der Stadt, auf Olympia zu, bereit, nach Süden abzuschwenken, auf Reiseflughöhe zu gehen und die Citation dann in voller Geschwindigkeit die Küste entlang nach San Francisco zu jagen.

»Sierra Whisky, danke für Ihre Geduld, Sie können jetzt auf Reiseflughöhe gehen, mit einem Kurs von eins neuner fünf.«

»Verstanden, danke, Sir«, sagte Jamieson ins Kehlkopfmikrophon und streckte die Hand nach dem Drehknopf aus, der dem Autopiloten sagte, was er zu tun, wohin er zu fliegen hatte. Er zeigte noch die Einstellung seines letzten Fluges, als er die Stadt in westlicher Richtung überquert hatte. Der Höhenmesser stand auf fünftausend Fuß. Jamieson betrachtete den kleinen blauen Marker und wunderte sich über seine Nachlässigkeit. Als er mit dem Fliegen angefangen hatte, machte man das alles noch per Hand. Man lenkte das Flugzeug auf den richtigen Kurs, spielte mit dem Gashebel, um die richtige Steiggeschwindigkeit, die richtige Höhe zu erreichen. Man *flog* das Flugzeug. Heute war das alles anders. Heute konnte das jeder. Man drehte am Knopf des Autopiloten, und das Flugzeug ging auf Kurs. Man gab die

Höhe ein, die man wollte, die Geschwindigkeit, um sie zu erreichen, und der Computer übernahm den Rest. Wenn man völlig faul war, programmierte man die gesamte Route direkt in das GPS-System ein, überließ ihm die Kommunikation mit dem Autopiloten, lehnte sich zurück und betrachtete die Sterne. Bumste irgendein Mädchen aus der Marketingabteilung. Das hatte er auch schon gemacht. Das hatte er schon oft gemacht.

»Sierra Whisky. Ihr Abschwenken wird nicht auf dem Radar angezeigt. Bestätigen Sie, daß Ihr Kurs eins neuner fünf ist.«

»Verstanden«, sagte Jamieson und drehte die Lautstärke herunter. Draußen war nichts zu sehen als das kalt leuchtende Grau der Wolken, die sich in die Unendlichkeit zu erstrecken schienen, undurchsichtig, formlos. Er erinnerte sich an die Tricks aus dem Instrumentenflugunterricht. Wie der Fluglehrer verlangte, daß er die Augen schloß und dann erriet, was mit dem Flugzeug passierte. Und wie unmöglich das gewesen war. Man war nicht in der Lage, es zu beurteilen. In dem Moment, wo man den Horizont aus den Augen verlor – entweder den wirklichen oder den künstlichen auf dem Instrumentenbrett des kleinen Schulflugzeuges –, verschwand die Welt. Der Körper konnte nicht beurteilen, ob das Flugzeug eine Kurve von sechzig Grad nach links oder eine von dreißig Grad nach rechts flog. Man konnte das Flugzeug überziehen und dann ins Trudeln geraten, falls man bei solchem Wetter flog und nur seine Sinne benutzte. Weil sie einfach nicht mehr funktionierten. Man erreichte seine Grenzen. Seine Grenzen zu kennen war ausschlaggebend dafür, daß man die Fliegerei heil überstand.

Hal Jamieson betrachtete den blauen Marker, der auf zweihundertsiebzig Grad stand, sah, daß sich die Höhe bei siebentausend Fuß eingependelt hatte, warf einen Blick auf die Gebietskarte, stellte den Marker zehn Grad weiter nach

Norden, spürte, wie sich der große Metallvogel sanft bewegte, als Servos und Hydraulik ihre Arbeit taten und den neuen Kurs setzten, öffnete seinen Sitzgurt und ging zur Rückseite der Kabine. Louise schlief nach wie vor. Welche Träume auch durch ihren Kopf geisterten, es schienen friedliche zu sein, die sie nicht beunruhigten. Jamieson legte seine Hand an ihren Hals, spürte die Wärme, spürte die rauhe Haut, sah die immer noch deutlichen roten Stellen, wo sie das Blut und die Hirnmasse von Michael Quinn abgerubbelt hatte. Dann kniete er sich neben sie, berührte ihre Wange, küßte ihr Haar, schmiegte seinen Kopf sanft an den ihren, roch ihr Parfüm, irgend etwas Teures, dessen Namen ihm nicht einfiel, und dachte nicht mehr an das Grau da draußen, dachte an gar nichts, ließ nur die Minuten vergehen.

Im Kontrollturm auf dem Sea-Tac-Flugplatz drehten sie allmählich durch, weil sich der kleine grüne Punkt mit dem Sierra-Whisky-Transpondercode in die völlig falsche Richtung bewegte, eine Richtung, die er nicht einschlagen durfte über Scenic Beach, über Duckabush auf die Olympic Mountains zu, während sie verzweifelt in das Funkgerät brüllten, um eine Reaktion zu bekommen. Aber in der Kabine des Silbervogels, der in siebentausend Fuß Höhe mit einer Geschwindigkeit von 330 Meilen pro Stunde durch die grauen Wolken flog, gab es keine Panik, keine Furcht. Hal Jamieson hielt den Kopf seiner Frau umfangen und dachte an nichts, absolut nichts, ließ ein großes schwarzes Vakuum in seinem Kopf entstehen und fand, daß die Leere ihm so etwas wie Frieden brachte: etwas ohne Bedauern oder Schuldgefühl, ohne Furcht, ohne Schmerz. Als die Citation aufprallte, spürte er ebenfalls nichts. In Sekundenschnelle war alles vorbei, blieb nur noch eine Spur aus Blut, Knochensplittern und Trümmern übrig, dreihundert Meter unterhalb des Gipfels vom Mount Olympus. So hoch, so abgelegen, daß die Untersuchungsbeamten der Flugaufsichtsbehörde drei Wochen brauchten, um all die weitverstreuten Trümmer des Flugzeuges und die wenigen, nicht von Tieren verschleppten Überreste von Hal Jamieson und seiner Frau zu bergen, dann zu versuchen, die Unfallursache zu klären, ohne zu einem Ergebnis zu kommen.

Und schließlich die Schultern zu zucken, ein Bier trinken zu gehen und zu sagen: *Was soll's?*

3

Spaltung (2)

In der Erinnerung widerhallen Schritte
Den Gang entlang, den wir niemals beschritten,
Gegen die Tür zum Rosengarten hin,
Die wir nie geöffnet

T. S. Eliot
Four Quartets

»Wie das glitzert.«
Der Blick aus fünfjährigen Augen huscht durch das Schaufenster, bleibt an goldenen und silbernen Figürchen hinter der Scheibe hängen: eines mit einem Taktstock in der Hand, ein anderes mit einer winzigen Violine, beide angetrieben von einem Uhrwerk.

»Guck mal, Florrie. Wie das glitzert.«

Der Spitzname nervt sie. Sie kommt sich dämlich vor in diesem fremden Land, in dieser albernen weißen Verkleidung, die ihr bis auf die Knöchel reicht, mit den doofen Goldflügeln auf dem Rücken. Findet es peinlich, in dieser fremden, unvertrauten Umgebung so herumstehen zu müssen.

Sie schaut ihren Bruder an, und etwas Schwarzes, Sirrendes schießt durch ihr Blickfeld, verschwindet in der trockenen Nachmittagsluft. Sie schaut ins Schaufenster, sieht die Spiegelung zweier kleiner, geisterhafter Gestalten im fahlen Wintersonnenlicht, sieht, wie sich ihre weißen Hemden im Wind leicht bauschen. *Wie niedlich, wie niedlich*, hatten die Vorübergehenden gesagt, und jedes Wort macht sie wütender. *Wie niedlich, wie niedlich*, ihre Mutter war stehengeblieben, hatte sie angeschaut, bewundert, die kleine Kodak Instamatic herausgezogen, sie vor dem Schaufenster fotografiert, hatte »nur eine Minute« gesagt – nur eine Mami-Minute, dachte das Mädchen – »wartet kurz hier«. Es gab noch einiges zu erledigen, und im Geschäft war es so voll.

Sie lächelt nicht. Sagt nur, ein bißchen genervt: »Ja, Miles.«

Und fragt sich dann, ob er immer so sein wird. Immer der Kleine. Immer derjenige, um den man sich kümmern, für den man sorgen muß. Und akzeptiert, ohne nachzudenken, ohne eine Entscheidung fällen zu müssen, diese Vorstellung, akzeptiert die Rolle, selbst mit ihren fünf Jahren. Sich zu kümmern. Dazusein.

»Sie glitzern«, sagt sie, schaut erneut ins Fenster und denkt, vielleicht tun sie das ja. Vielleicht tun sie das ja wirklich.

Irgendwo, eine Meile entfernt, in einem alten Holzhaus, das bessere Tage gesehen hat, kommt Michael Quinn von einem LSD-Trip herunter und fühlt sich müde und krank. Er geht ins Bett, schläft ein und hat Träume, die keinen Sinn ergeben, Träumen von Engeln – und Quinn erinnert sich an etwas aus dem Religionsunterricht, erinnert sich daran, daß Dämonen nur gefallene Engel sind. Engel und eine traurige, wilde Gewalt, die keinen Sinn ergibt.

Daniel Seymour trinkt, hört aber allmählich damit auf, merkt, daß die Wut in ihm erstirbt (und damit auch sein Talent), beginnt nach und nach mit einem Gefühl des Erwachens seine Kinder als das zu sehen, was sie sind, eigenständige, individuelle Stücke im universellen Puzzle, nicht Teile von ihm in seinem eigenen Kosmos, private Besitztümer wie Waren und Vieh. Mit dieser Erkenntnis zieht Friede in seine Ehe ein, ein Friede, der mehr an einen Waffenstillstand als an echte Freundschaft erinnert, der jedoch ausreicht, bis die Kinder erwachsen sind und die Freiheit erlangen, sich ihren eigenen Schmerz zu schaffen, statt ihn aus zweiter Hand von anderen zu übernehmen. Louise Gostelow heiratet einen Börsenmakler aus einer guten katholischen Familie, arbeitet an ihrer Sonnenbräune und ihrem Alkoholproblem. Hal Jamieson wird Produktmanager bei Apple mit einem ansehnlichen Aktienvorkaufsrecht und dem Ruf, Cupertinos wildester Valentino zu sein. Tom Cordobes wird trotzdem von Cy Langton gefeuert, findet einen Job als Wachmann und verbringt lange, einsame Nächte vor dem Fernseher. Und Roscoe Sutter, der so viele Jahre in dem nach Exkrementen und Eukalyptus stinkenden Wald verbracht hat,

rassenfrassenrassenfrassenrassenfrassenrassenfrassen

der die Passanten verrückt gemacht hat und sich vor den Bauarbeitern versteckt, die mit dem Bau des Gresham-Einkaufszentrums beschäftigt sind, wird 1989 eines Tages tot unter den grauen, vernarbten Stämmen der letzten verbliebenen Bäume aufgefunden, tot unter einer Decke aus alten, urinbefleckten Wirtschaftsseiten aus dem *San Jose Mercury*.

Manche Dinge ändern sich nie, weil es die – *eine* – wirkliche Welt ist und, wie ein anderer Michael Quinn einst sagte, Vorherbestimmung und Vorausbestimmung nicht dasselbe sind.

Sie sieht all dies, und es ist kein Traum. Sie sieht es vor ihrem inneren Auge, während sie aus dem Fenster des Hausbootes schaut, auf das schwappende Wasser, grau und schmierig, das die Eintönigkeit, die Farbe des Himmels widerspiegelt und die Boote auf dem See sanft, in einer rhythmischen, langsamen Bewegung schaukelt.

Auf dem Holzboden steht ein Koffer, ein alter Koffer, ein vertrautes Stück, obwohl er nicht länger die vor langer Zeit von einer anderen Person in einer düsteren Gasse von Seattle gekaufte Waffe enthält, die Waffe, die jetzt auf dem Boden des Lake Union liegt, dessen verschmutztes Wasser sich bereits in das alte, harte Metall frißt, die Atome eines nach dem anderen ablöst und sie mit der halbindustriellen Suppe aus Wasser, Chemikalien und Schmutz vermischt.

Ein Koffer steht auf dem Boden, und in einer Seitentasche steckt ein Flugticket. In gewisser Weise ist sie bereits dort. Joni Lascelles hat ihre Uhr auf Londoner Zeit umgestellt, trägt das Kostüm, das sie zur Arbeit anzieht, hört im Kopf den Klang englischer Stimmen, sieht die heimischen Straßen vor sich.

Draußen, an Deck, spielt Paul Dunsany auf der alten akustischen Martin eine langsame Akkordfolge von Dur nach Moll, diese alte Sequenz, einem Klischee so nahe, dem Himmel so nahe, und sie lauscht den fließenden Klängen, dem komplexen Gewebe der Griffe, keine Stimme, keine Melodie, aber das wird kommen, sie weiß es irgendwie, obwohl Paul Dunsany in seinem Leben noch keinen Song geschrieben hat, spürt, daß sich hier etwas ändert, daß ein paar Schalthebel in ihm umgelegt worden sind und nicht in ihre Ursprungsposition zurückgebracht werden können.

Es ist feige, sagt sie sich, abzureisen und das Wort »vielleicht« in der Luft hängen zu lassen. So behutsam wie möglich zu sagen, daß es vielleicht ein andermal geben wird. Eine weitere Chance. In der Zukunft, diesem grauen, luftleeren Gebilde, das niemand bestimmen, niemand erkennen kann, bis es vorbei ist. Die so wahren, so prophetischen Worte von Margaret Zalinski unausgesprochen zu lassen: daß zwei Menschen, die die gleiche Schuld mit sich herumtragen, sich nicht nur aufeinander stützen können. Die kalte, brutale Tatsache ungesagt zu lassen: daß sie ihn nicht anschauen kann, ohne das harte, glitzernde Spiegelbild von Miles, dem hübschen, vertrauensvollen Miles, dem fünfjährigen Miles, dem wirklichen Miles in seinen Augen zu sehen. Egal, wie sehr sie ihn auch liebt oder nicht liebt, wieviel Güte er in sich haben mag, es ist mehr, als sie ertragen kann.

Sie nimmt ihren Koffer und das Flugticket und tritt hinaus auf das schmale Achterdeck. Paul Dunsany, der auf einem stoffbespannten Stuhl sitzt, hört auf zu spielen und schaut sie an, ohne zu lächeln, ohne so etwas wie Verurteilung in seinen Augen.

»Das ist neu«, sagt sie. »Die Melodie. Ich habe sie noch nie gehört.«

»Nein«, sagt er und denkt an die alte Gitarre, überlegt, wie viele Jahre sie schon sein Leben teilt, warum ein Stück Holz mit Metallsaiten seinen Worten soviel Gewicht verleihen sollte. »Es ist nicht neu. Ich hab' es vor zwanzig Jahren gespielt. Auf einer alten Harmony Sovereign. In der Scheune. Ich erinnere mich, wie Louise mir dabei zuschaute. Ich *erinnere* mich daran.«

Manche Wunden heilen nie, denkt Joni, es gibt keine Erklärung, keine Begründung dafür.

Er lehnt die Martin gegen die eiserne Reling am hinteren Ende des Bootes, schaut zu ihr, sieht ihr nicht ins Gesicht und sagt: »Zu alt, Joni. Ich bin zu alt dafür. Rock and Roll ist etwas, das einem viel bedeutet, wenn man jung ist, das einem *alles* bedeutet. Aber es sollte eine Regel geben, die besagt, daß man es hinter sich läßt, wenn man dreißig wird. Daß man erwachsen wird. Zu größeren, bedeutenderen Dingen übergeht. Und das habe ich nie getan.«

Dann steht er auf und kommt ihr so nahe, daß sie die Wärme seines Atems spürt, den Geruch seines Schweißes, spürt, wie er die Arme um sie legt, läßt zu, daß er sie küßt, schämt sich für ihre Zurückhaltung, ihre Kühle, die so offensichtlich ist, daß er es nicht zu erwähnen braucht.

Sie berührt die Narbe auf seiner Wange. Die tote Haut. So glatt, so gerade, und während er den Blick auf die goldene Aureole ihrer Haare richtet und nicht wagt, ihr in die Augen zu sehen, fragt sie ihn, wobei sie sich wünscht, nicht so erpicht auf die Antwort zu sein: »Was wirst du jetzt machen?«

Selbst seine Stimme klingt heute alt. So alt, so verloren. »Was kann ich schon machen? Was bleibt mir denn übrig? Soll ich die Gitarre nehmen und sie in den See werfen? Einen Bus fahren? Alles vergessen? *Alles?* Ich habe schon zuviel vergessen. Wenn ich mich an mehr erinnern würde, wäre vielleicht vieles von all dem nicht passiert.«

»Es ist nicht dein Fehler«, sagt sie und sieht bereits, wenn sie ihn anschaut, das andere, sieht es schimmern, spürt den scharfen stechenden Schmerz aus der Vergangenheit. »Diesmal gehen diese Zeiten, diese Gefühle vorbei.«

»Du könntest daran teilhaben«, sagt er und berührt sie, sie spürt die weiche Haut seiner Hand an ihrem Gesicht und möchte es fast glauben, bis sie die Verzweiflung in seiner Stimme erkennt. »Vielleicht nicht jetzt, Joni. Aber irgendwann. Wenn du bereit bist. Wenn es für dich in Ordnung ist. Wir könnten beide gesund werden. Es gibt hier Dinge, die ein Teil von dir sind, nicht nur ich, nicht nur Joe. Diese Dinge mögen weh tun, mögen Schmerz verursachen, aber so ist es nun mal. Der Schmerz wird nicht anders sein, nur weil du woanders bist. Er wird noch immer da sein, und du wirst niemanden haben, der ihn mit dir teilt.«

All das stimmt, und sie weiß es.

»Es hat nichts mit Schmerz zu tun«, sagt sie. »Wenn es nur das wäre, Paul, könnte ich jetzt schon bleiben. Es hat etwas mit Erinnerung zu tun. Und mit Vergebung.«

Als er zu sprechen ansetzt, legt sie ihm die Finger auf die Lippen.

»Nicht dir zu vergeben, Paul. Mir zu vergeben. Das ist mein Problem. Das weißt du, mußt es inzwischen wissen.«

Ein Schwarm Enten geht laut schnatternd auf dem See nieder. Sonst tut sich noch nicht viel zu dieser frühen Morgenstunde. Die Stadt um den See scheint zu schlafen, scheint zu erschöpft zu sein, um aus dem Bett zu kommen.

»Paul«, sagt sie und tritt einen Schritt zurück, muß sich

von ihm zurückziehen. »Das ist etwas, was nur ich tun kann. Du hast mir geholfen, das zu erkennen. Ohne dich hätte es nicht geschehen können. Aber jetzt liegt es an mir, dafür zu sorgen, daß es auch funktioniert. Du hast mir bewußt gemacht, daß ich geheilt werden kann. Aber du kannst mich nicht heilen. Und ich kann dich nicht heilen. Wir sind uns auf gewisse Weise zu gleich. Wir alle, die darin verwickelt waren, außer Margie, und sie …«

Das Bild von Margie auf der Farm, das kurzgeschnittene Haar, die innere Stärke, die nie vergehen würde, taucht in Jonis Kopf auf.

»Sie ist anders. Anders als wir alle. Sie hat sich durch Joe finden können. Aber wir sind nicht so. Wir müssen es selbst finden. Oder wir finden es nie. So ist es und nicht anders. Ergibt das einen Sinn?«

Er schüttelt den Kopf. »Nein. Aber die besten Dinge ergeben nie einen Sinn. Ich kann damit leben. Ich liebe dich. Ich glaube, du liebst mich auch. Das ergibt keinen Sinn, aber ich kann auch damit leben.«

Die Nacht fällt ihr ein, die ersten Stunden des Jahres 1996, als sie sich auf der Straße beim Pioneer Square so wild, so animalisch geliebt hatten, etwas ihr so Fremdes, so Schockierendes, daß es ihr jetzt, aus der Distanz, unwirklich vorkommt, als wäre es nie passiert, obwohl sie weiß, daß es passiert ist und auch warum. Und daß es fehlgeschlagen ist. Daß das, was zwischen ihnen steht, auch durch noch soviel Liebe, sei es geistige oder körperliche, nicht weggeschwemmt werden kann.

»Irgendwann«, sagt sie und haßt sich dafür, berührt noch einmal die Narbe, prägt sie sich ein, verstaut sie in ihrem Gedächtnis. »Irgendwann.«

Dann küßt sie ihn, betritt den Steg und starrt über das graue Wasser, beobachtet abwesend ein Wasserflugzeug auf der anderen Seite des Sees, das mit dem Kräuseln der Wellen, der Tide, der unsichtbaren, endlosen, unbegreiflichen Veränderung des Wassers unter sich fertig zu werden versucht.

Joni Lascelles geht den schmalen Steg entlang, weg vom Hausboot, hinauf zur Straße, wartet auf ein vorbeifahrendes Taxi und hält es an. Hinter sich, vom Wind getragen, hört sie die Gitarre, die sanften Klänge, von C-Dur hinunter zu a-Moll, immer und immer wieder, ein Klang, eine Sequenz, ein Intervall von solcher Traurigkeit, daß sie weiß, es wird sie den ganzen Weg über den Atlantik begleiten, vielleicht darüber hinaus, vielleicht für immer, Dur zu Moll, Jung zu Alt, Leben zu Tod, Vitalität zu Verfall, so langsam, so unbarmherzig, so unvermeidlich, Zeiträume, die im Atemrhythmus der Welt selbst zu vergehen scheinen.

Drei Stunden später, während der Salzgeruch des Ozeans allmählich aus ihrer Lunge verschwindet, verläßt Joni Lascelles die große graue Stadt und weiß, daß sie nie zurückkehren wird.

Combine Music Group, USA; und für Auszüge aus ›Fallen Angel‹, Text und Musik von Robbie Robertson und Martin Page, © 1987, Medicine Hat Music, Zomba Enterprises Inc., Martin Page Music, USA.

Faber & Faber Ltd für den Auszug aus ›The Man with the Blue Guitar‹ aus *The Collected Poems of Wallace Stevens*, und für Auszüge aus ›Burnt Norton‹ und ›Murder in the Cathedral‹ aus *The Collected Poems and Plays of T. S. Eliot*.

International Music Publications Ltd für Auszüge aus drei REM-Kompositionen, Text und Musik von Berry/Buck/Mills/Stipe: ›Drive‹, © 1996 Night Garden Music, Unichappell Music Inc., USA, Warner/Chappell Music Ltd, London W1Y 3FA; ›Man on the Moon‹, © 1992 Night Garden Music, Unichappell Music Inc., USA, Warner/Chappell Music Ltd, London W1Y 3FA; und ›Monty Got a Raw Deal‹, © 1996 Night Garden Music, Unichappell Music Inc., USA, Warner/Chappell Music Ltd, London W1Y 3FA. Auch für den Auszug aus der Talking-Heads-Komposition ›Once in a Lifetime‹, Text und Musik von David Byrne, Chris Frantz, Tina Weymouth, Jerry Harrison und Brian Eno, © 1982, Index Music Inc., Blue Disque Music Co. Inc., E. G. Music Ltd, und Warner/Chappell Music Ltd, London W1Y 3FA.

MCA Music Ltd für Auszüge aus drei Steely-Dan-Kompositionen, Text und Musik von Walter Becker und Donald Fagen: ›Black Friday‹, ›The Boston Rag‹ und ›King of the World‹.

Music Sales für den Auszug aus ›Rain‹, Text und Musik von John Lennon and Paul McCartney, Copyright © 1966 Northern Songs; und für den Auszug aus ›Happiness is a Warm Gun‹, Text und Musik von John Lennon und Paul McCartney, Copyright © 1968 Northern Songs. Alle Rechte vorbehalten. International Copyright Secured.

Rondor Music London Ltd für den Auszug aus ›American Girl‹, Text und Musik von Tom Petty, Tarka Music – assigned to Almo Music Corp.

Sony Music Publishing für Auszüge aus ›Absolutely Sweet Marie‹ und ›It's Alright Ma (I'm only Bleeding)‹, Text und Musik von Bob Dylan.

Zomba Music Publishers Ltd für Auszüge aus ›Fallen Angel‹, Text und Musik von Robbie Robertson und Martin Page, © 1987, Medicine Hat Music, Zomba Enterprises Inc., Martin Page Music, USA.

JETZT NEU
Aktuelle Titel
Login/ Registrieren
Über Bücher diskutieren
Jede Woche vorab in einen brandaktuellen Top-Titel reinlesen, ...
... Leseeindruck verfassen, Kritiker werden und eins von 100 Vorab-Exemplaren gratis erhalten.
vorablesen.de